ARCHE

JOHN BOYNE

*Das Haus
zur besonderen
Verwendung*

ROMAN

Aus dem Englischen
von Fritz Schneider

ARCHE

*Für Mark Herman,
David Heyman & Rosie Alison,
in Dankbarkeit*

1981

Meine Mutter und mein Vater führten keine glückliche Ehe.

Seit ich ihre Gesellschaft zum letzten Mal ertragen musste, sind Jahre verstrichen, Jahrzehnte, doch es gibt kaum einen Tag, an dem ich nicht an sie denke, allerdings nie länger als ein oder zwei Augenblicke. Ein kurzes Wispern der Erinnerung, so leicht wie Sojas Atem an meinem Hals, wenn sie nachts neben mir schläft. So sanft wie ihre Lippen auf meiner Wange, wenn sie mich im ersten Morgenlicht küsst. Ich kann nicht sagen, wann genau meine Eltern gestorben sind. Ich weiß nichts über ihr Ableben, einmal abgesehen von der Gewissheit, dass sie nicht mehr unter uns weilen. Doch ich denke an sie. Ich denke noch immer an sie.

Ich habe mir stets vorgestellt, dass mein Vater, Daniil Wladjewitsch, als Erster der beiden gestorben ist. Zur Zeit meiner Geburt war er bereits in seinen frühen Dreißigern, und soweit ich mich erinnern kann, war er nie bei guter Gesundheit. Ich weiß noch, wie ich mir als Kind in unserer bescheidenen Holz-Isba im Dorf Kaschin die winzigen Ohren zuhielt, um die grässlichen Geräusche seines Siechtums abzuwehren – wenn er würgte und keuchte und seinen blutigen Auswurf in das Feuer spuckte, das in unserem kleinen Herd vor sich hin loderte. Heute vermute ich, dass er irgendein Problem mit den Lungen hatte. Ein Emphysem vielleicht. Doch das ist schwer zu sagen. Es gab keine Ärzte, die sich um ihn hätten kümmern können. Es gab keine Arznei. Und seine vielen Gebrechen ertrug er nicht mit Fassung oder Würde. Nein, wenn er litt, so mussten wir ebenfalls leiden.

Seine Stirn ragte auf eine groteske Weise hervor, daran erinnere ich mich auch noch. Ein gewaltiger Höcker von missgebildeten Deckknochen mit kleineren Ausdehnungen zu beiden Seiten, die Haut straff gespannt vom Haaransatz bis zum Nasenrücken, was seine Augenbrauen nach oben zerrte und seinem Gesicht einen ständig beunruhigten Ausdruck verlieh.

Meine ältere Schwester, Liska, erzählte mir einmal, das Ganze gehe auf ein Missgeschick bei der Geburt zurück, auf einen inkompetenten Arzt, der das Kind am Schädel statt an den Schultern gepackt habe, als es aus dem Mutterleib auftauchte, und dabei zu kräftig auf den weichen, noch nicht gefestigten Knochen gedrückt habe. Vielleicht war es aber auch die Schuld einer faulen Hebamme, die unachtsam mit dem Kind einer anderen Frau umgegangen war. Seine Mutter erlebte das Wesen nicht mehr, das sie zur Welt gebracht hatte, das verunstaltete Baby mit seinem missgebildeten Schädel. Der Vorgang, meinem Vater das Leben zu geben, hatte meine Großmutter das ihrige gekostet. Das war damals nichts Ungewöhnliches und nur selten ein Anlass zur Trauer; man betrachtete es fatalistisch als eine Art Ausgleich der Natur. Selbstverständlich nahm sich mein Großvater wenig später eine neue Frau, die sein Kind aufziehen sollte.

Als ich ein Junge war, erschraken die anderen Kinder in unserem Dorf, wenn sie meinen Vater auf der Straße in ihre Richtung kommen sahen – wenn er von der Landarbeit nach Hause zurückkehrte, mit unstet umherhuschendem Blick, oder wenn er die Faust schüttelnd aus der Hütte eines Nachbarn kam, nach einem weiteren Streit über Geldschulden oder vermeintliche Beleidigungen. Die Kinder gaben ihm Spottnamen, und sie genossen den Nervenkitzel, ihm diese lauthals nachzurufen – sie nannten ihn Zerberus, nach dem dreiköpfigen Wachhund der Unterwelt, und sie verhöhnten ihn, indem sie sich die Kolpaks vom Kopf zogen und die Hände an die Stirn pressten, um dann wie verrückt damit zu wedeln und ein schrilles Kriegsgeschrei anzustimmen. Sie hatten keine Hemmungen, sich vor mir, seinem einzigen Sohn, derartig aufzuführen. Ich war damals klein und schwach. Sie hatten keine Angst vor mir. Sie schnitten Grimassen hinter seinem Rücken und äfften ihn nach, indem sie wie er auf den Boden spuckten, und wenn er sich nach ihnen umdrehte und laut schrie wie ein verletztes Tier, so stoben sie auseinander wie auf einen Acker geschleuderte Samenkörner, um ebenso schnell zu verschwinden. Sie lachten ihn aus; sie fanden ihn zugleich gruselig, monströs und abscheulich.

Im Unterschied zu ihnen hatte ich Angst vor meinem Vater, denn er war sehr freigebig mit seinen Fausthieben, und seine Gewaltausbrüche taten ihm hinterher nicht einmal leid.

Ich habe keinen Grund, es mir so vorzustellen, aber ich male mir aus, wie er, kurz nachdem ich an jenem kalten Morgen im März aus dem Eisenbahnwaggon in Pskow geflohen war, eines Abends nach Hause zurückkehrte und von Bolschewiki überfallen wurde, als Vergeltung für das, was ich getan hatte. Ich sehe mich selbst, wie ich in Todesangst über die Bahngleise haste und im Wald dahinter verschwinde, während er auf seinem Heimweg die Straße entlangschlurft, keuchend und stoßweise hustend, ohne zu ahnen, dass er in Lebensgefahr schwebt. In meiner Eitelkeit stelle ich mir vor, dass mein Verschwinden große Schande über meine Familie und unser kleines Dorf gebracht hatte, eine Schmach, die nach Vergeltung schrie. Ich stelle mir eine Gruppe von jungen Männern aus unserem Dorf vor – in meinen Träumen sind es stets vier Männer, große, hässliche, brutale Typen –, die mit Knüppeln über ihn herfallen und ihn von der Straße in die Dunkelheit einer schmalen Gasse zerren, um ihn dort ohne Zeugen totschlagen zu können. Ich höre ihn nicht um

Gnade flehen, denn das wäre nicht seine Art gewesen. Ich sehe das Blut auf den Steinen, wo er liegt. Ich erhasche einen flüchtigen Blick auf eine Hand, die sich langsam bewegt, eine zitternde Hand mit sich verkrampfenden Fingern. Eine Hand, die schließlich erstarrt.

Denke ich an meine Mutter, Julia Wladimirowna, so stelle ich mir vor, dass Gott sie ein paar Jahre später zu sich rief, als sie in ihrem Bett lag, hungrig, entkräftet, mit meinen wehklagenden Schwestern an ihrer Seite. Ich kann mir nicht vorstellen, welches Elend sie nach dem Tod meines Vaters zu erdulden hatte, und ich will es auch nicht wissen, denn obwohl sie eine herzlose Frau war, die mich zu jedem Zeitpunkt meiner Kindheit spüren ließ, wie wenig sie mich mochte, war sie doch meine Mutter, und ein solcher Mensch ist heilig. Ich male mir aus, wie meine älteste Schwester Asja ihr ein kleines Porträtfoto von mir zwischen die Hände steckt, als Mutter diese zum letzten Mal zum Gebet faltet, um sich in stiller Bußfertigkeit darauf vorzubereiten, ihrem Schöpfer gegenüberzutreten. Der Schleier ist an ihrem dünnen Hals zusammengerafft, ihr Gesicht ist weiß, ihre Lippen sind bleich mit einem Stich ins Bläulichgrüne. Asja mochte mich, aber sie beneidete mich um mein Entkommen aus unserer dörflichen Enge. Auch daran erinnere ich mich. Einmal begab sie sich auf die Suche nach mir, doch als sie mich gefunden hatte, zeigte ich ihr die kalte Schulter – etwas, wofür ich mich heute noch schäme.

Natürlich muss es nicht so gewesen sein. Das Leben meiner Mutter, meines Vaters und meiner Schwestern kann auch völlig anders geendet haben: glücklich, tragisch, gemeinsam, voneinander getrennt, friedlich, gewaltsam, doch ich habe keine Möglichkeit, dies in Erfahrung zu bringen. Es gab nie einen Moment, wo ich hätte zurückkehren können, nie eine Gelegenheit, Asja oder Liska zu schreiben oder sogar Tajla, die sich womöglich nicht mehr an ihren großen Bruder

Georgi erinnerte, den Helden und die Schande ihrer Familie. Zu ihnen zurückzukehren, hätte sie alle in Gefahr gebracht, es hätte mich in Gefahr gebracht, es hätte Soja in Gefahr gebracht.

Doch egal, wie viele Jahre verstrichen sind, ich denke noch immer an sie. Es gibt große Abschnitte meines Lebens, die mich ratlos machen, Jahrzehnte der Arbeit und des Familienlebens, des Sichabrackerns, des Treuebruchs, des Verlustes und der Enttäuschung, Dinge, die sich heillos vermischt haben und fast unmöglich voneinander zu trennen sind, doch viele Momente aus jenen Jahren, aus jenen frühen Jahren, sind mir im Gedächtnis haften geblieben und hallen noch immer nach. Und wenn sie als Schatten durch die dunklen Korridore meines alternden Geistes streichen, so sind sie umso lebendiger und bemerkenswerter angesichts der Tatsache, dass *sie* niemals vergessen sein werden. Selbst wenn *ich* es in Kürze sein werde.

Es ist mehr als sechzig Jahre her, dass ich jemanden aus meiner Familie gesehen habe. Es ist fast unglaublich, dass ich dieses Alter erreicht habe, zweiundachtzig, und nur einen so kurzen Abschnitt der mir gewährten Zeit unter meinen engsten Angehörigen verbracht habe. Ich habe meine Pflichten ihnen gegenüber vernachlässigt, auch wenn ich dies damals nicht so empfunden habe. Denn ich hätte mein Schicksal genauso wenig ändern können wie meine Augenfarbe. Die Umstände führten mich von einem Moment zum nächsten, und dann zum nächsten, und dann wieder zum nächsten, so wie es bei allen Menschen der Fall ist, und ich machte jeden dieser Schritte, ohne mir groß den Kopf darüber zu zerbrechen.

Und eines Tages hielt ich dann inne. Und ich war alt. Und sie waren alle gegangen.

Ich frage mich, ob sich ihre Körper noch immer im Stadium der Verwesung befinden oder ob sie sich bereits aufgelöst haben und eins geworden sind mit dem Staub. Erstreckt sich der Vorgang der Zersetzung über mehrere Generationen, bis er endgültig abgeschlossen ist, oder kann er schneller voranschreiten, abhängig vom Alter des Körpers oder der Art der Bestattung? Und hängt das Tempo des körperlichen Verfalls von der Qualität des Holzes ab, aus dem der Sarg gefertigt wurde? Vom Appetit des Erdreichs? Vom Klima? In der Vergangenheit wäre dies genau die Sorte von Fragen gewesen, über die ich nachgegrübelt hätte, wenn ich mich nicht mehr auf meine Nachtlektüre konzentrieren konnte. Normalerweise machte ich mir dann eine Notiz und ging derlei Fragen so lange nach, bis ich eine befriedigende Antwort gefunden hatte, doch meine Angewohnheiten haben sich in diesem Jahr allesamt verflüchtigt, und nun kommen mir solche Recherchen banal vor. Tatsächlich bin ich schon seit Monaten nicht mehr in der Bibliothek gewesen, nicht mehr, seit Soja krank wurde. Vielleicht werde ich nie wieder dort hingehen.

Den Großteil meines Lebens – zumindest den Großteil meines Lebens als Erwachsener – habe ich innerhalb der stillen Mauern des British Museum verbracht. Ich fand dort im Frühherbst 1923 eine feste Anstellung, kurz nachdem Soja und ich in London eingetroffen waren: frierend, verängstigt und davon überzeugt, dass sie uns noch immer aufspüren konnten. Ich war damals vierundzwanzig und wusste nicht, dass eine berufliche Tätigkeit dermaßen friedlich sein konnte. Es war fünf Jahre her, dass ich mich ein für alle Mal von den Symbolen meines früheren Lebens – Uniformen, Gewehre, Bomben, Explosionen – verabschiedet hatte, auch wenn sie unauslöschlich in mein Gedächtnis eingeprägt waren. Nun fand ich mich in einer Welt der Gelehrsamkeit wieder, eine willkommene Abwechslung.

Und vor London war da natürlich Paris gewesen, wo ich jenes Interesse für Bücher und Literatur fortentwickelte, das sich bei mir erstmals in der Blauen Bibliothek geregt hatte, eine Wissbegier, die ich in London weiter zu sättigen hoffte. Zu meinem schier unglaublichen Glück entdeckte ich in der *Times* eine Stellenausschreibung für einen Hilfsbibliothekar im British Museum. Noch am selben Tag bewarb ich mich dort persönlich um diesen Posten, den Hut in der Hand, und wurde sofort vorgelassen zu Mr Arthur Trevors, meinem potenziellen neuen Arbeitgeber.

Ich kann mich noch genau an das Datum erinnern. Es war der 12. August. Ich war gerade von der russisch-orthodoxen Cathedral of the Dormition and All Saints gekommen, wo ich für einen alten Freund eine Kerze angezündet hatte, eine alljährliche Geste des Respekts anlässlich seines Geburtstags. *Solange ich lebe*, hatte ich ihm seinerzeit versprochen. Es schien mir irgendwie passend, dass mein neues Leben am gleichen Tag beginnen sollte wie einst sein kurzes Leben.

»Wissen Sie, seit wann es die British Library gibt, Mr Jatschmenew?«, fragte er mich, wobei er mich über die halbmondförmigen Gläser seiner Brille fixierte, die einigermaßen nutzlos oben an seiner Nasenwurzel saß. Er verhaspelte sich kein bisschen bei meinem Namen, was mich beeindruckte, da so viele Engländer eine Tugend daraus zu machen schienen, ihn nicht aussprechen zu können. »Seit 1753«, beantwortete er sofort seine eigene Frage, ohne mir die leiseste Gelegenheit zu geben, eine Vermutung zu riskieren. »Als Sir Hans Sloane seine Sammlung von Büchern und Kuriositäten der Nation vermachte und somit den Grundstock für unser Museum stiftete. Wie finden Sie das?«

Darauf fiel mir nichts anderes ein, als Sir Hans ob seiner Philanthropie und seines gesunden Menschenverstandes zu preisen, eine Antwort, die bei Mr Trevors auf enthusiastische Zustimmung stieß.

»Da haben Sie vollkommen recht, Mr Jatschmenew«, sagte er, wobei er heftig mit dem Kopf nickte. »Das war ein ganz famoser Bursche, dieser Sloane. Mein Urgroßvater traf sich regelmäßig mit ihm zum Bridge. Inzwischen haben wir natürlich ein Problem mit dem Raum. Er geht uns allmählich aus, verstehen Sie? Heute werden zu viele Bücher herausgebracht, das ist das Problem. Die meisten davon stammen von Halbidioten, Atheisten oder warmen Brüdern, aber, Gott steh mir bei, wir sind nun mal verpflichtet, sie hier alle bei uns unterzustellen. Mit dieser Sorte von Tintenklecksern haben Sie doch nichts zu tun, Mr Jatschmenew, oder?«

Ich schüttelte unverzüglich den Kopf. »Nein, Sir«, erwiderte ich.

»Schön, das zu hören. Eines Tages werden wir die Bibliothek hoffentlich in ihren eigenen Räumlichkeiten unterbringen können, und das dürfte unser Problem auf einen Schlag lösen. Doch das hängt natürlich vom Parlament ab. Die kontrollieren unser gesamtes Budget, verstehen Sie? Und Sie wissen ja, was diese Typen sind: verdorben bis ins Mark, alle, wie sie da sitzen! Dieser alter Knabe Baldwin, nun ja, der ist schrecklich gut, aber alle übrigen ...« Er schüttelte den Kopf und zog ein Gesicht, als wäre ihm übel.

In der sich daran anschließenden Stille fiel mir nicht anderes ein, um mich für die ausgeschriebene Stelle zu empfehlen, als meiner Bewunderung für das Museum Ausdruck zu geben – wo ich vor dem Bewerbungsgespräch lediglich eine halbe Stunde verbracht hatte – und die erstaunliche Ansammlung von Schätzen zu loben, die es innerhalb seiner Mauern beherbergte.

»Also, Sie haben schon mal in einem Museum gearbeitet, Mr Jatschmenew?«, fragte er mich, woraufhin ich den Kopf schüttelte. Diese Reaktion schien ihn zu überraschen, und er nahm seine Brille ab, als er meine Befragung fortsetzte.

»Ich dachte, Sie seien vielleicht in der Eremitage angestellt gewesen? In St. Petersburg?«

Er hätte den Namen des Museums auch ohne die Erwähnung seines Standorts nennen können, denn ich kannte es recht gut. Einen Augenblick lang bedauerte ich, dass ich ihm nicht einfach etwas vorgeflunkert hatte, denn es war ziemlich unwahrscheinlich, dass er einen Nachweis für meine dortige Anstellung suchen würde, und jeder Versuch, irgendwelche Referenzen einzuholen, würde, wenn überhaupt, erst nach Jahren zu einem Ergebnis führen.

»Nein, dort habe ich nie gearbeitet, Sir«, erwiderte ich. »Aber ich kenne die Eremitage wie meine Westentasche. Ich habe dort so manche glückliche Stunde verbracht. Die Kollektion byzantinischer Kunst ist besonders beeindruckend. Und die Münzsammlung ist auch nicht zu unterschätzen.«

Er dachte eine Weile darüber nach, wobei er mit den Fingerkuppen gegen die Seite seines Schreibtischs trommelte, und gelangte schließlich zu dem Ergebnis, dass ihn meine Antwort zufriedenstellte. Er lehnte sich in seinem Stuhl zurück, kniff die Augen zusammen und atmete schwer durch die Nase, während er mich eindringlich musterte. »Also, Mr Jatschmenew«, sagte er, wobei er die Wörter in die Länge zog, als bereite ihm deren Artikulation Schmerzen, »seit wann sind Sie in England?«

»Erst seit Kurzem«, erwiderte ich wahrheitsgemäß. »Seit ein paar Wochen.«

»Sie sind direkt aus Russland gekommen?«

»Nein, Sir. Meine Frau und ich haben einige Jahre in Frankreich verbracht, bevor ...«

»Ihre Frau? Sie sind also verheiratet?«, fragte er, offenbar erfreut angesichts dieser Enthüllung.

»Ja, Sir.«

»Ihr Name?«

»Soja«, erklärte ich ihm. »Ein russischer Name, natürlich. Er bedeutet *Leben*.«

»Ach, tatsächlich?«, brummelte er, wobei er mich anstarrte, als wäre meine Bemerkung durch und durch impertinent gewesen. »Wie reizend. Und auf welche Weise haben Sie in Frankreich Ihren Lebensunterhalt verdient?«

»Ich habe in Paris in einem Buchladen gearbeitet«, erwiderte ich. »Von durchschnittlicher Größe, aber mit einem treuen Kundenstamm. Ich hatte immer alle Hände voll zu tun.«

»Und hat Ihnen die Arbeit Spaß gemacht?«

»Ja, sehr.«

»Warum?«

»Weil es dort so schön friedlich war«, erwiderte ich. »Selbst wenn es vor Kunden wimmelte, herrschte dort immer eine stille Atmosphäre, die ich überaus genoss.«

»Nun, so mögen wir es hier auch«, sagte er vergnügt. »Nett und still, aber jede Menge Arbeit. Und vor Frankreich sind Sie kreuz und quer durch Europa gereist, nehme ich an.«

»Eigentlich nicht, Sir«, bekannte ich. »Vor Frankreich hat es nur Russland gegeben.«

»Sie sind vor der Revolution geflohen, nicht wahr?«

»Wir haben Russland erst 1918 verlassen. Ein Jahr nach der Revolution.«

»Das neue Regime behagte Ihnen nicht, nehme ich an.«

»Ja, Sir.«

»Das kann ich gut verstehen«, bemerkte er und schürzte vor Abscheu die Lippen. »Verdammte Bolschewiken! Der Zar war ein Vetter von unserem King George. Haben Sie das gewusst?«

»Ja, das ist mir bekannt, Sir«, erwiderte ich.

»Und seine Frau, Mrs Zar, war eine Enkelin von Queen Victoria.«

»Die Zarin«, korrigierte ich vorsichtig seine Respektlosigkeit.

»Ja, wenn Sie das glücklich macht. Diese Bolschewiken haben vielleicht Nerven! Man sollte etwas gegen die unternehmen, bevor sie sich noch ganz Europa unter den Nagel reißen. Haben Sie gewusst, dass dieser Lenin unsere Bibliothek in Anspruch genommen hat?«

»Nein, das ist mir neu«, sagte ich und zog erstaunt eine Augenbraue hoch.

»Aber es ist wahr, das versichere ich Ihnen«, sagte er, als er meine Skepsis spürte. »Ich glaube, das war so um 1901 oder 1902 herum. Lange vor meiner Zeit. Aber mein Vorgänger hat mir davon erzählt. Er sagte, Lenin sei hier jeden Morgen gegen neun Uhr aufgetaucht und bis zur Mittagszeit geblieben. Dann sei seine Frau gekommen und habe ihn abgeholt, um mit ihm an dem revolutionären Käseblatt zu arbeiten, das sie hier herausgaben. Die ganze Zeit über versuchte er, Thermosflaschen mit Kaffee reinzuschmuggeln, aber wir haben ihn immer erwischt. Er hätte deswegen beinahe Hausverbot gekriegt. Schon allein daran lässt sich ermessen, was für ein Mensch das gewesen ist. Sie sind kein Bolschewik, Mr Jatschmenew, oder?«, sagte er, wobei er nach vorn ruckte und mich anfunkelte.

»Nein, Sir«, erwiderte ich mit einem Kopfschütteln, und dann starrte ich auf den Fußboden, weil ich seinem bohrenden Blick nicht standhalten konnte. Die erlesenen Marmorfliesen zu meinen Füßen überraschten mich. Ich dachte, ich hätte solchen Prunk hinter mir gelassen. »Nein, ich bin garantiert kein Bolschewik.«

»Was sind Sie dann? Ein Leninist? Ein Trotzkist? Ein Zarist?«

»Nichts von alldem, Sir«, entgegnete ich, wobei ich wieder zu ihm aufblickte, mit einem entschlossenen Gesichtsausdruck. »Ich bin überhaupt nichts. Oder nichts weiter als ein Mensch, der kürzlich in Ihrem großartigen Land eingetroffen ist und eine ehrliche Arbeit sucht. Ich habe keine politischen Bindungen, und ich suche auch keine. Ich möchte nichts weiter als ein ruhiges Leben und eine Möglichkeit, anständig für meine Familie sorgen zu können.«

Er ließ sich diese Äußerung eine Zeit lang durch den Kopf gehen, und ich fragte mich, ob ich mich ihm gegenüber vielleicht zu unterwürfig verhielt, doch ich hatte mir diese Worte auf meinem Weg nach Bloomsbury zurechtgelegt, da ich die Stelle unbedingt haben wollte, und ich fand, sie klangen gerade demütig genug, um einen potenziellen Arbeitgeber zufriedenzustellen. Es war mir egal, wenn sie mich wie einen Dienstboten erscheinen ließen. Ich brauchte Arbeit.

»Also gut, Mr Jatschmenew«, sagte er schließlich mit einem Kopfnicken. »Ich denke, wir werden es mit Ihnen versuchen. Zunächst eine Probezeit, sagen wir sechs Wochen, und wenn Sie und ich miteinander zufrieden sind, werden wir anschließend ein weiteres Schwätzchen halten und sehen, ob wir Ihnen eine Festanstellung geben können. Na, wie klingt das?«

»Ich bin Ihnen sehr dankbar, Sir«, sagte ich, wobei ich lächelte und ihm, als eine Geste der Freundschaft und Wertschätzung, meine Hand entgegenstreckte. Er zögerte einen Augenblick, so als hätte ich mir eine unerhörte Freiheit erlaubt, und dann dirigierte er mich in ein benachbartes Büro, wo man meine Personalien aufnahm und mir meine neuen Pflichten erläuterte.

Ich blieb bis zum Ende meines Arbeitslebens in der Bibliothek des British Museum angestellt, und nach meiner Pensionierung suchte ich sie weiterhin fast jeden Tag auf, um dort zu lesen oder um irgendetwas nachzuschlagen, um mich weiterzubilden, an den Tischen, die ich früher abzuräumen hatte. Ich fühlte mich dort sicher. Es gibt keinen Ort auf der Welt, wo ich mich so sicher gefühlt habe wie innerhalb jener Mauern. Mein Leben lang habe ich darauf gewartet, dass sie mich finden, dass sie uns beide finden, doch offenbar sind wir verschont worden. Nur Gott wird uns jetzt noch trennen können.

Es stimmt, dass ich nie das gewesen bin, was man als modern bezeichnen könnte. Mein Leben mit Soja, unsere lange Ehe, verlief eher traditionell. Obwohl wir beide berufstätig waren und etwa zur gleichen Zeit von der Arbeit nach Hause kamen, war sie es, die unser Essen zubereitete und auch die übrige Hausarbeit erledigte, Waschen, Putzen und dergleichen. Die Vorstellung, ich könnte ihr dabei zur Hand gehen, war bei uns nie ein Thema. Während sie kochte, saß ich am Kaminfeuer und las. Ich mochte lange Romane, vorzugsweise historische Epen, und hatte für die zeitgenössische Literatur nur wenig übrig. Ich versuchte, D.H. Lawrence zu lesen, als dies noch gewagt schien, doch ich kam nicht klar mit dem sonderbaren Dialekt, den Walter Morel oder Oliver Mellors sprachen. E.M. Forster gefiel mir da schon besser – diese ernsten, wohlmeinenden Schlegel-Schwestern, der freigeistige Mr Emerson, die ungestüme Lilia Herriton. Gelegentlich überkam mich das Bedürfnis, eine besonders ergreifende Passage laut vorzulesen, und dann kehrte Soja ihrer Arbeit den Rücken, dem Braten, den sie gerade schmorte, oder den Schweinekoteletts, die sie briet, strich sich erschöpft mit dem Handrücken über die Stirn und sagte *Ja, Georgi? Was möchtest du mir erzählen?*, so als hätte sie zwischenzeitlich völlig vergessen, dass ich mich im gleichen Raum aufhielt wie sie. Es scheint verkehrt, dass ich mich nicht mehr um den Haushalt kümmerte, aber so war das in jener Zeit nun einmal. Trotzdem bedauere ich es heute.

Ich hatte mir nicht immer vorgestellt, dass mein Leben in so konservativen Bahnen verlaufen würde. Es gab sogar Momente, flüchtige Augenblicke in über sechzig gemeinsam verbrachten Jahren, wo ich es hasste, dass wir nicht aus dem Schatten unserer Eltern heraustreten und unseren eigenen, individuell geprägten Lebensstil verfolgen konnten. Doch Soja trachtete danach, einen Haushalt zu führen, der sich nicht im Geringsten von dem unserer Nachbarn und Freunde unterschied – ein Wunsch, der womöglich auf ihre eigene Kindheit und ihre Erziehung zurückzuführen war.

Sie wollte ihren Frieden haben, verstehen Sie?

Sie wollte sich einfügen.

»Können wir nicht einfach in Ruhe leben?«, fragte sie mich einmal. »Ruhig und zufrieden? So wie alle anderen auch? Dann wird keiner jemals von uns Notiz nehmen.«

Wir ließen uns in Holborn nieder, nicht weit entfernt von der Doughty Street, wo der Schriftsteller Charles Dickens eine Zeit lang gewohnt hatte. Ich kam zweimal täglich an seinem Haus vorbei, auf meinem Hinweg zum British Museum und dann noch einmal auf dem Rückweg, und als ich mit seinen Romanen vertrauter wurde, da versuchte ich mir vorzustellen, wie er in seinem Arbeitszimmer im oberen Stockwerk saß und die eigentümlichen Sätze von *Oliver Twist* zu Papier brachte. Eine ältere Nachbarin erzählte mir einmal, ihre Mutter habe zwei Jahre lang täglich bei Mr Dickens sauber gemacht und von ihm ein Exemplar jenes Romans geschenkt bekommen, mit einer persönlichen Widmung – ein wertvolles Erinnerungsstück, das sie in ihrem Wohnzimmer auf einem Regalbrett aufbewahrte.

»Ein extrem reinlicher Mann«, erzählte sie mir, wobei sie die Lippen schürzte und zustimmend nickte. »Das pflegte meine Mutter immer über ihn zu sagen. Penibel, bei allem, was er machte.«

Mein Tag begann immer nach dem gleichen Schema. Um halb sieben klingelte der Wecker, und nachdem ich mich gewaschen und angekleidet hatte, nahm ich um sieben Uhr am Küchentisch Platz, wo mich bereits das von Soja zubereitete Frühstück erwartete: Tee und Toast sowie zwei perfekt pochierte Eier. Sie hatte eine erstaunliche Technik, was die Zubereitung der Eier betraf, bei der diese auch ohne Schale ihre ovale Form behielten, ein Kunststück, das sie auf einen Wirbelwindeffekt zurückführte, den sie mit einem Quirl in dem kochenden Wasser erzeugte, bevor sie Eiweiß und Eigelb hineinplumpsen ließ. Während ich aß, wechselten wir kaum ein Wort, doch sie saß neben mir am Tisch, um mir gegebenenfalls Tee nachzuschenken. Und sobald ich das Frühstück beendet hatte, schnappte sie sich meinen Teller, um ihn unter dem Wasserhahn abzuspülen.

Ich zog es vor, zu Fuß zum Museum zu gehen, bei Wind und Wetter, denn ich wollte körperlich fit bleiben. Als junger Mann war ich stolz auf meinen athletischen Körper gewesen, und ich gab mir große Mühe, in Form zu bleiben, selbst als ich das mittlere Lebensalter erreichte und von meinem Spiegelbild weniger angetan war. Ich ging mit einer Aktentasche zur Arbeit, und Soja legte mir dort jeden Morgen zwei Sandwiches und ein Stück Obst hinein, direkt neben den Roman, den ich gerade las. Sie kümmerte sich vorbildlich um mich, doch die tagtägliche, wie selbstverständlich wirkende Wiederholung dieser Dinge führte dazu, dass ich nur selten daran dachte, ihrer Liebenswürdigkeit Achtung zu zollen oder mich bei ihr zu bedanken.

Dies lässt mich womöglich wie einen altmodischen Menschen erscheinen, wie einen Haustyrannen, der unmögliche Ansprüche an seine Frau stellt.

Doch nichts könnte von der Wahrheit weiter entfernt sein. Als wir im Herbst 1919 in Paris heirateten, da war es für mich schlechterdings unvorstellbar, dass Soja sich mir jemals auf irgendeine Weise unterordnen würde.

»Aber ich bediene dich doch nicht«, beharrte sie. »Ich kümmere mich um dich, Georgi, und ich tue das gern. Merkst du das nicht? Ich hätte mir nie träumen lassen, einmal solche Freiheiten zu haben, Wäsche zu waschen, Essen zu kochen, einen Haushalt zu führen wie andere Frauen auch. Bitte verweigere mir nichts, was für andere selbstverständlich ist!«

»Worüber sich andere beklagen«, entgegnete ich mit einem Lächeln.

»Bitte, Georgi«, wiederholte sie, und was hätte ich tun können, außer auf ihren Wunsch einzugehen? Trotzdem bereitete mir dies noch jahrelang Unbehagen, doch im Laufe der Zeit und als uns ein Kind beschert wurde, gingen wir dermaßen in unseren jeweiligen Alltagspflichten auf, dass ich meine ursprünglichen Bedenken vergaß. Es war eine Aufgabenverteilung, die uns beiden gefiel, und das ist alles, was ich dazu sagen kann.

Zu meiner Schande hat Soja während unseres gemeinsamen Lebens jedoch dermaßen gut für mich gesorgt, dass ich nun, wo ich allein zu Haus bin, selbst die einfachsten Hausarbeiten nicht zu meistern vermag. Vom Kochen habe ich keine Ahnung, und so esse ich zum Frühstück jeden Tag Zerealien: Haferflocken, Kleie, steinharte Rosinen, die ich mit Milch aufweiche. Mein Mittagessen nehme ich um ein Uhr in der Kantine des Krankenhauses ein, wenn ich dort zu meinem täglichen Besuch erscheine. Ich esse allein, an einem Plastiktisch mit Blick auf den ungepflegten Garten des Hospitals, wo die Ärzte und Krankenschwestern in ihren hellblauen, fast schon unanständigen OP-Anzügen herumstehen und rauchen. Das Essen ist fade, ohne jegliche Raffinesse, doch es füllt meinen Magen, und mehr verlange ich nicht von ihm. Es ist elementares englisches Essen: Fleisch mit Kartoffeln, Hähnchen mit Kartoffeln, Fisch mit Kartoffeln – vielleicht werden sie auf der Speisekarte eines Tages auch noch Kartoffeln mit Kartoffeln anbieten. Wahrlich nichts Besonderes.

Natürlich erkenne ich inzwischen einige der anderen Besucher wieder, die Witwen und Witwer im Wartestand, wie sie in verzweifelter Einsamkeit über die Flure wandern, zum ersten Mal seit Jahrzehnten des Menschen beraubt, der ihnen am nächsten steht. Manche von uns kennen sich mittlerweile flüchtig, und es sind auch etliche darunter, die ihre Geschichten von Hoffnung und Enttäuschung an den Mann bringen wollen, doch ich lasse mich ungern in ein Gespräch verwickeln. Ich bin nicht hier, um irgendwelche Bekanntschaften zu machen. Ich bin allein wegen meiner Frau hier, wegen meiner geliebten Soja, um an ihrem Bett zu sitzen, um ihre Hand zu halten, um ihr Dinge ins Ohr zu flüstern, um sicherzugehen, dass sie weiß, sie ist nicht allein.

Ich bleibe bis sechs Uhr bei ihr, und dann küsse ich sie auf die Wange, lasse meine Hand für einen Moment auf ihrer Schulter ruhen und bete im Stillen darum, sie möge noch am Leben sein, wenn ich am nächsten Tag wiederkomme.

Zweimal in der Woche schaut unser Enkel Michael vorbei, um ein wenig Zeit mit mir zu verbringen. Seine Mutter, unsere Tochter Arina, kam im Alter von sechsunddreißig Jahren ums Leben, als sie auf ihrem Heimweg von der Arbeit von einem Auto angefahren wurde. Die Wunde, die ihr Tod bei uns hinterlassen hat, ist nie verheilt. Wir waren so lange davon überzeugt gewesen, wir könnten keine Kinder bekommen, dass es uns wie ein Wunder, wie ein Geschenk des Himmels vorkam, als Soja schließlich doch noch schwanger wurde. Ein Ausgleich, möglicherweise, für die Familien, die wir beide verloren hatten.

Und dann wurde sie uns entrissen.

Michael war noch ein Junge, als seine Mutter starb, und sein Vater, unser Schwiegersohn, ein zuvorkommender, rechtschaffener Mann sorgte dafür, dass die Beziehung zu seinen Großeltern mütterlicherseits aufrechterhalten blieb. Natürlich änderte sich Michaels äußere Erscheinung im Verlauf seiner Kindheit ständig, so wie bei allen Jungen, und wir konnten uns nie darüber einigen, welchem Zweig der Familie er am ähnlichsten sah, doch nun, wo er das Mannesalter erreicht hat, finde ich, dass er Sojas Vater wie aus dem Gesicht geschnitten ist. Ich bin mir sicher, dass auch ihr diese Ähnlichkeit aufgefallen ist, doch sie hat nie ein Wort darüber verloren. Die Art und Weise, wie er seinen Kopf dreht und uns anlächelt, wie er unvermutet die Stirn runzelt, wenn er etwas missbilligt, in der Tiefe seiner braunen Augen, die eine Mischung aus Zuversicht und Unsicherheit ausstrahlen. Als wir drei einmal an einem sonnigen Nachmittag durch den Hyde Park spazierten, tollte ein kleiner Hund auf uns zu, und Michael fiel auf die Knie, um das Hündchen zu umarmen, wobei er sich von diesem das Gesicht ablecken ließ, während er ihm, vor Entzücken glucksend, irgendwelche Albernheiten ins Ohr brabbelte, und als er aufblickte, um seine ihn abgöttisch liebenden Großeltern anzustrahlen, da traf uns diese plötzliche und unerwartete Ähnlichkeit wie ein Blitz – uns beide, dessen bin ich mir sicher. Dieser Moment war so aufwühlend, er rief so viele Erinnerungen wach, dass unsere Unterhaltung mit einem Mal etwas Gestelztes bekam und uns ein bis dahin angenehmer Nachmittag plötzlich verdorben war.

Michael befindet sich in seinem zweiten Studienjahr an der Royal Academy of Dramatic Art, wo er sich zum Schauspieler ausbilden lässt, ein Berufswunsch, der mich verblüfft, denn als Kind war er still und zurückhaltend, als Teenager mürrisch und introvertiert, während er sich nun, mit zwanzig, ganz ungeniert im Rampenlicht präsentiert und eine extrovertierte Ader enthüllt, wie sie keiner von uns jemals bei ihm erwartet hätte. Letztes Jahr, bevor sie zu krank wurde, um derlei Dinge genießen zu können, besuchten Soja und ich eine Studentenaufführung von Mr Shaws *Major Barbara*, in der Michael den jungen, verliebten Adolphus Cousins gab. Er war ziemlich beeindruckend, fand ich. Überzeugend in der Rolle. Er schien auch ein wenig über die Liebe zu wissen, was mir gefiel.

»Er ist sehr gut darin, so zu tun, als wäre er jemand, der er gar nicht ist?«, bemerkte ich hinterher zu Soja, als wir im Foyer darauf warteten, ihm zu gratulieren, wobei ich mir nicht sicher war, ob ich diese Worte als ein Kompliment verstand oder nicht. »Ich weiß nicht, wie er das macht.«

»Ich schon«, erwiderte sie zu meiner Überraschung, doch bevor ich darauf reagieren konnte, kam Michael und stellte uns eine junge Dame namens Sarah vor, Major Barbara höchstpersönlich, seine Verlobte auf der Bühne und, wie sich nun herausstellte, im richtigen Leben seine Freundin. Sie war ein hübsches Ding, doch es schien, als wäre sie ein wenig verwirrt, oder vielleicht auch verärgert, weil sie dazu gezwungen wurde, mit zwei älteren Verwandten ihres Liebsten Small Talk zu treiben. Während unseres Gesprächs kam es mir so vor, als redete sie von oben herab mit Soja und mir, als gäbe es für sie irgendwie einen Zusammenhang zwischen Alter und Dummheit. Mit ihren neunzehn Lebensjahren verbreitete sie sich altklug darüber, wie schlimm es doch auf der Welt zuginge, und dass Mr Reagan und Mr Breschnew allein dafür verantwortlich seien. In einem harschen, gönnerhaften Tonfall, der mich irgendwie an dieses grässliche Weibsbild

Thatcher erinnerte, wie es auf den Stufen zur Downing Street No. 10 den Heiligen Franz von Assisi zitierte, erklärte sie, dass der Präsident und der Generalsekretär mit ihrer imperialistischen Politik noch den ganzen Planeten zerstören würden, und dann sprach sie mit wichtigtuerischem Gehabe vom Wettrüsten und vom Kalten Krieg, von Dingen, die sie allenfalls aus ihren Studentenzeitschriften kannte und über die sie uns unbedingt aufklären zu müssen glaubte. Sie trug ein weißes T-Shirt, unter dem sich deutlich ihre Brüste abzeichneten; es war vorn bedruckt mit einem blutroten, tröpfelnden Schriftzug – *Solidarność* –, und als sie mitbekam, dass ich darauf starrte – auf den Schriftzug, ich schwöre es, nicht auf ihre Brüste –, da begann sie mit einem Sermon über den Heldenmut dieses polnischen Werftarbeiters, Mr Wałęsa. Ich fühlte mich von ihr behandelt wie ein dummer Schuljunge, ja sogar gekränkt, doch Soja hakte sich bei mir unter, um sicherzustellen, dass ich die Contenance wahrte, und schließlich teilte Major Barbara uns mit, wie absolut fabelhaft es gewesen sei, uns beide kennenzulernen, wie wahnsinnig entzückend wir doch seien, um dann in einer Traube von übertrieben geschminkten und zweifellos ähnlich überheblichen jungen Leuten zu verschwinden.

Selbstverständlich ließ ich Michael gegenüber kein schlechtes Wort über sie fallen. Ich weiß, was es bedeutet, ein verliebter junger Mann zu sein – und übrigens auch, was es bedeutet, ein verliebter alter Mann zu sein. Manchmal kommt es mir unfassbar vor, dass dieser prächtige Junge nun sinnliche Leidenschaften erlebt; es scheint noch gar nicht so lange her, dass er nichts weiter wollte, als auf meinen Schoß zu klettern und sich von mir Märchen vorlesen zu lassen.

Michael achtet darauf, dass er seine Großmutter alle paar Tage im Krankenhaus besucht; er ist da sehr gewissenhaft. Er verbringt etwa eine Stunde bei ihr, und anschließend schaut er bei mir vorbei, um mir etwas vorzuflunkern, um mir zu erzählen, wie viel besser sie inzwischen aussehe, dass sie für einige Augenblicke wach gewesen sei und sich aufgesetzt habe, um mit ihm zu reden, dass sie bei klarem Verstand und praktisch wieder ihr altes Ich gewesen sei und dass er felsenfest glaube, Soja werde es über kurz oder lang so gut gehen, dass sie nach Hause zurückkehren könne. Mitunter frage ich mich, ob er dies tatsächlich glaubt und mich für so dumm hält, ihm dies abzukaufen, oder ob er meint, er tue mir einen großen Gefallen, wenn er mir so herrliche, unrealistische Flausen in meinen törichten alten Kopf setzt. Junge Leute sind so respektlos gegenüber den Älteren, vielleicht nicht mit Absicht, sondern bloß deshalb, weil sie nicht glauben wollen, dass unsere Gehirne noch immer funktionieren. Aber wie dem auch sei, wir inszenieren diese gemeinsame Farce zwei- oder dreimal die Woche. Er erzählt mir all diese Dinge, ich pflichte ihm bei, wir schmieden Pläne, was wir drei – wir vier – unternehmen könnten, wenn Soja wieder auf dem Damm ist. Dann wirft er einen Blick auf seine Uhr und scheint überrascht, wie spät es geworden ist. Er küsst mich schnell auf die Stirn, sagt, »Also dann bis übermorgen, Pops, ruf mich an, wenn du was brauchst«, und, schwupp, ist er durch die Tür hindurch, springt auf seinen langen, schlanken, muskulösen Beinen die Stufen empor und schwingt sich fast noch im selben Augenblick auf die hintere Plattform eines vorbeifahrenden Doppeldeckers, alles binnen nur einer Minute.

Manchmal beneide ich ihn um seine Jugend, aber ich versuche, nicht groß darüber nachzudenken. Ein alter Mann sollte keinen Groll gegen diejenigen hegen, die einmal an seine Stelle treten werden – und sich an die Zeiten zurückzuerinnern, als man noch gesund, jung und kräftig war, ist ein nutzloser Akt des Masochismus. Auch wenn Soja und ich noch immer am Leben sind, kommt es mir so vor, als wäre ich bereits tot. Sie wird mir schon bald genommen werden, und es wird für mich keinen Grund geben, ohne sie weiterzumachen. Wir sind eine Person, verstehen Sie? Wir sind GeorgiundSoja.

Sojas Ärztin heißt Joan Crawford. Das ist kein Witz! Als wir einander vorgestellt wurden, kam ich nicht umhin, mich zu fragen, warum ihre Eltern sie mit diesem Namen belastet hatten. Oder war er vielleicht das Resultat ihrer Heirat? Hatte sie sich in den richtigen Mann verliebt, der aber leider den falschen Namen hatte? Natürlich verlor ich kein Wort über diese Koinzidenz. Ich bin mir sicher, sie hat sich deswegen ihr Leben lang dumme Bemerkungen anhören müssen. Wie es der Zufall will, hat sie sogar eine gewisse Ähnlichkeit mit der berühmten Schauspielerin: Sie trägt das gleiche dichte, dunkle Haar zur Schau und die gleichen leicht gewölbten Augenbrauen, und angesichts der Art und Weise, wie sie sich präsentiert, hege ich den Verdacht, dass sie bewusst zu diesem Vergleich animiert – über die Frage, ob sie ihre Kinder ebenfalls mit Drahtkleiderbügeln züchtigt, kann man natürlich nur Mutmaßungen anstellen. Für gewöhnlich trägt sie einen Ehering, doch hin und wieder fehlt dieser an ihrer Hand. Ist Letzteres der Fall, macht sie auf mich immer einen abwesenden, irgendwie bedrückten Eindruck, und dann frage ich mich, ob sie vielleicht von ihrem Privatleben enttäuscht ist.

Seit fast zwei Wochen habe ich nicht mehr mit Dr. Crawford gesprochen, und bevor ich heute bei Soja hereinschaue, wandere ich deshalb durch die weiß getünchten, antiseptisch riechenden Flure, um nach ihrem Büro zu suchen. Natürlich bin ich dort schon einige Male gewesen, doch ich finde mich nur schwer in der onkologischen Abteilung zurecht. Das ganze Krankenhaus ist ein Labyrinth, und unter den jungen

Männern und Frauen, die an mir vorüberhasten und im Laufen Klemmbretter konsultieren oder Fieberkurven überfliegen und dabei in Äpfel oder halbe Sandwiches beißen, scheint es niemanden zu geben, der bereit wäre, mir den Weg zu weisen. Doch irgendwann stehe ich vor ihrer Tür und klopfe sacht an. Es scheint eine Ewigkeit zu dauern, bis sie antwortet – ein gereiztes *Ja?* –, und daraufhin öffne ich die Tür, allerdings nur einen Spalt weit, und lächle entschuldigend, in der Hoffnung, sie mit meiner altmodischen Höflichkeit versöhnlich zu stimmen.

»Dr. Crawford«, sage ich. »Bitte entschuldigen Sie die Störung.«

»Mr Jatschmenew«, antwortet sie, wobei sie mich damit beeindruckt, dass sie sich so schnell an meinen Namen erinnert; im Laufe der Jahre hat es nicht wenige Leute gegeben, die ihn sich nicht merken oder ihn nicht richtig aussprechen konnten. Und dann waren da noch diejenigen, die es als unter ihrer Würde empfanden, dies überhaupt zu versuchen. »Sie stören mich keineswegs. Bitte kommen Sie doch herein.«

Ich bin froh, sie heute so zugänglich zu erleben, und trete ein. Dann nehme ich Platz, den Hut in der Hand, und hoffe, dass sie vielleicht gute Neuigkeiten für mich hat. Ich kann mir nicht helfen, ich muss einfach auf ihren Ringfinger schauen, und ich frage mich, ob ihre gute Laune auf den glänzenden Goldreif zurückzuführen ist, der mich anfunkelt, während er das Sonnenlicht einfängt. Sie lächelt, als sie mich von oben bis unten mustert, und ich starre sie an, ein wenig überrascht. Dies ist schließlich die Krebsstation. Diese Frau behandelt von morgens bis abends Krebspatienten, sagt ihnen die schrecklichsten Dinge, vollführt an ihnen die grässlichsten Operationen und beobachtet, wie sie sich schließlich von dieser Welt in die nächste quälen. Deshalb frage ich mich, was es wohl sein mag, das sie so fröhlich stimmt.

»Entschuldigen Sie, Mr Jatschmenew«, sagt sie mit einem schnellen Kopfschütteln. »Sie müssen mir verzeihen, aber ich bin immer davon beeindruckt, wie gut Sie angezogen sind. Männer Ihrer Generation scheinen immer einen Anzug zu tragen, oder? Und Männer mit Hüten bekommt man heute auch nicht mehr oft zu Gesicht. Ich *vermisse* die Hüte.«

Ich schaue an mir hinunter und frage mich, wie ich ihre Bemerkung zu verstehen habe. So ziehe ich mich nun einmal an, so habe ich mich schon immer angezogen. Es scheint mir nicht weiter erwähnenswert. Ich frage mich auch, ob mir ihre Unterscheidung zwischen unseren Generationen gefällt, auch wenn ich fast vierzig Jahre älter sein dürfte als sie. Tatsächlich muss Dr. Crawford etwa so alt sein, wie Arina, unsere Tochter, heute gewesen wäre. Wenn sie den Unfall überlebt hätte.

»Ich möchte mich nach meiner Frau erkundigen«, sage ich, denn ich finde, es sind genug Belanglosigkeiten ausgetauscht worden. »Ich möchte mich nach Soja erkundigen.«

»Ja, natürlich«, erwidert sie schnell, nun in einem ganz und gar geschäftsmäßigen Tonfall. »Was wollen Sie wissen?«

Darauf fällt mir absolut nichts ein, obwohl ich mir seit meinem gestrigen Krankenhausbesuch in Gedanken eine Reihe von Fragen zurechtgelegt habe. Ich durchstöbere mein Gehirn nach den richtigen Worten, nach etwas, das ansatzweise wie Sprache klingt. »Wie geht es ihr?«, frage ich schließlich, vier Wörter, die nicht auszureichen scheinen, um die schwere Last der Fragen zu tragen, die sie beinhalten.

»Sie hat keine Beschwerden, Mr Jatschmenew«, erwidert sie, in einem etwas sanfteren Tonfall. »Aber wie Sie wissen, der Tumor befindet sich in einem fortgeschrittenen Stadium. Erinnern Sie sich noch daran, was ich Ihnen neulich über die Entwicklung eines Ovarialkarzinoms erzählt habe?«

Ich nicke, kann ihr aber nicht in die Augen sehen. Wie stark wir uns an die Hoffnung klammern, selbst wenn wir wissen, dass keine mehr besteht! Im Verlauf mehrerer Beratungsgespräche hat sie Soja und mich ausführlich über die vier aufeinanderfolgenden Stadien der Krankheit und deren jeweiligen unvermeidlichen Ausgang ins Bild gesetzt. Sie hat von Eierstöcken und Tumoren gesprochen, von Gebärmutter, Eileiter und Becken; sie hat Formulierungen wie *Peritonealspülungen*, *Metastasen* und *paraaortale Lymphknoten* verwendet, die mir ein Buch mit sieben Siegeln gewesen sind, doch ich habe aufmerksam zugehört, vernünftige Fragen gestellt und mir redlich Mühe gegeben, alles zu verstehen.

»Also, im derzeitigen Stadium können wir im Grunde nichts weiter tun, als Sojas Schmerzen so weit wie möglich zu lindern. Für eine Frau ihres Alters spricht sie tatsächlich sehr gut auf die Medikamente an.«

»Sie war schon immer sehr stark«, sage ich.

»Ja, das merkt man«, erwidert sie. »Sie ist zweifellos eine der tapfersten Patientinnen gewesen, die mir in meinem Berufsleben untergekommen sind.«

Mir missfällt diese Verwendung der Konstruktion »ist gewesen«. Dies impliziert etwas, das bereits vorbei ist. Das einmal war, und das nun nicht mehr ist.

»Zu mir nach Hause wird sie wohl nicht …«, beginne ich, unwillig, den Satz zu vollenden. Ich schaue hoffnungsvoll zu Dr. Crawford auf, doch sie schüttelt den Kopf.

»Ihre Frau zu bewegen, würde das Fortschreiten der Krankheit nur beschleunigen«, erklärt sie mir. »Ich bezweifle, dass sie das damit einhergehende Trauma überleben würde. Ich weiß, das ist schwer für Sie, Mr Jatschmenew, aber …«

Ich schalte auf Durchzug. Dr. Crawford ist eine nette Person, eine fähige Ärztin, aber Plattitüden will ich mir weder anhören noch weitererzählen. Kurz darauf verlasse ich ihr Büro und kehre zur Station zurück, wo Soja inzwischen aufgewacht ist und schwer atmend daliegt. Sie ist ringsum von Apparaten umgeben. Kabel führen in die Ärmel ihres Nachthemds, Schläuche schlängeln sich unter den groben Bezug der Bettdecke, um wer weiß wo an ihrem Körper Einlass zu finden.

»Duscha«, sage ich und beuge mich über sie, um sie auf die Stirn zu küssen, wobei ich meine Lippen für einen Moment auf ihrem weichen, mageren Fleisch ruhen lasse. *Mein Liebling.* Ich atme ihren vertrauten Duft ein; alle meine Erinnerungen sind darin enthalten. Ich könnte meine Augen schließen und überall sein. Im Jahr 1970. Oder 1953. Aber auch 1915.

»Georgi«, flüstert sie, und es kostet sie bereits Mühe, meinen Namen auszusprechen. Ich gebe ihr zu verstehen, dass sie ihre Kräfte sparen soll, dann nehme ich an ihrer Seite Platz und ergreife sie bei der Hand. Sofort schließen sich ihre Finger fest um meine, und einen Moment lang bin ich darüber verblüfft, wie viel Kraft sie noch immer aufzubieten vermag. Doch ich tadele mich deswegen sofort, denn habe ich jemals einen Menschen getroffen, dessen Kraft sich mit der von Soja messen ließe? Wer unter den Lebenden oder den Toten hat dermaßen viel erdulden müssen und dennoch überlebt? Auch ich umklammere ihre Finger nun ganz fest, in der Hoffnung, dass das bisschen Kraft, das noch in meinem eigenen geschwächten Körper steckt, auf sie übergehen möge, und wir beide sagen kein Wort, sondern sitzen einfach nur da, genießen die Gesellschaft des anderen, so wie wir es während unseres gesamten Lebens getan haben, glücklich, mit dem anderen zusammen zu sein, zufrieden, wenn wir mit ihm eins sind.

Natürlich bin ich nicht immer so alt und schwach gewesen. Es war meine Stärke gewesen, die mich Kaschin den Rücken kehren ließ, die mich überhaupt erst mit Soja zusammenbrachte.

★

Der Prinz von Kaschin

Es war meine große Schwester Asja, die mir zum ersten Mal von der Welt erzählte, die außerhalb Kaschins existierte.

Ich war neun Jahre alt, als sie meinen beschränkten Horizont sprengte. Asja war damals elf, und ich glaube, ich war ein wenig in sie verliebt, auf die Art, auf die ein kleiner Bruder – bevor sich bei ihm die ersten sexuellen Bedürfnisse zu regen beginnen und er seine Aufmerksamkeit auf andere Objekte lenkt – bezaubert werden kann von der Schönheit und Rätselhaftigkeit des weiblichen Wesens, mit dem er am engsten verbunden ist.

Wir hatten uns immer sehr nahegestanden, Asja und ich. Sie stritt sich ständig mit Liska, die ein Jahr nach ihr und ein Jahr vor mir zur Welt gekommen war, und unsere kleine Schwester Tajla ertrug sie nur mit Mühe, doch ich war ihr Schatz. Sie kleidete mich an, sie versorgte mich und sie achtete darauf, dass ich von den schlimmsten Wutexzessen unseres Vaters verschont blieb. Zu ihrem Glück hatte sie von unserer Mutter Julia nicht deren Charakter, wohl aber die hübschen Gesichtszüge geerbt, und so widmete sie sich ausgiebig ihrem Aussehen. Mal flocht sie sich Zöpfe, mal band sie sich das Haar im Nacken zusammen, und wenn ihr danach war, ließ sie das Haar locker über die Schultern fallen. Sie rieb sich den Saft reifer Pflaumen auf die Wangen, um ihren Teint zu verschönern, und sie trug ihre Kleider bis über die Fußknöchel hochgesteckt, was meinen Vater dazu veranlasste, sie spätabends anzuglotzen – mit einer Mischung aus Begierde und Verachtung, die die Dunkelheit in seinen Augen noch verstärkte. Die anderen Mädchen in unserem

Dorf verhöhnten sie natürlich wegen ihrer Eitelkeit, beneideten sie aber eigentlich um ihr Selbstvertrauen. Als sie älter wurde, sagten die anderen Mädchen, sie sei eine Hure, die ihre Beine für jeden Mann oder Jungen breit machen würde, der sie begehrte, doch sie kümmerte sich nicht darum – sie lachte einfach über diese Frotzeleien und ließ sie an sich abperlen, wie Wasser an einem Felsen.

Ich denke, sie hätte besser an einem anderen Ort und zu einer anderen Zeit gelebt. Sie hätte ein sehr erfolgreiches Leben führen können.

»Aber wo ist diese andere Welt?«, fragte ich sie, als wir beide am Herd in der Ecke unserer kleinen Hütte saßen, einem Raum, der unserer sechsköpfigen Familie gleichzeitig als Schlafzimmer, Küche und Wohnzimmer diente. Es war etwa die Tageszeit, zu der unsere Mutter und unser Vater von ihrer Arbeit nach Hause zurückkehrten und erwarteten, dass wir für sie etwas zu essen vorbereitet hatten – andernfalls setzte es eine Tracht Prügel. Und so verrührte Asja Kartoffeln, Gemüse und Wasser in einem Topf zu einer sämigen Suppe, die als unser Abendessen herhalten musste. Liska war draußen und richtete irgendwo Schaden an, etwas, wofür sie eine besondere Begabung besaß. Talya, ein von Natur aus stilles Kind, lag in einem Nest aus Stroh und spielte mit ihren Fingern und Zehen, wobei sie uns beharrlich beobachtete.

»Weit weg von hier, Georgi«, erwiderte Asja, während sie vorsichtig einen Finger in den Schaum des brodelnden Eintopfs tunkte, um davon zu kosten. »Aber die Menschen leben dort nicht so, wie wir hier leben.«

»Ach, wirklich?«, fragte ich, unfähig, mir eine andere Lebensweise auch nur vorzustellen. »Ja, wie leben sie denn?«

»Nun, einige von ihnen sind natürlich arm, so wie wir«, räumte sie ein, in einem fast schon entschuldigenden Tonfall, so als wären unsere Lebensumstände etwas, für das wir uns alle schämen müssten. »Aber die meisten leben in Saus und Braus. Es sind die Menschen, die unser Land groß machen. Ihre Häuser sind aus Stein gebaut, nicht, so wie unseres, aus Holz. Sie essen, wann immer sie essen wollen, von Tellern, die mit Edelsteinen besetzt sind. Ein Essen, das eigens von Köchen zubereitet wird, die ihr ganzes Leben damit verbringen, ihre Kunst zu vervollkommnen. Und die Damen, die reisen nur per Kutsche.«

»Kutsche?«, fragte ich, wobei ich die Nase kräuselte, als ich sie ansah, unsicher, was die Bedeutung des Wortes betraf. »Was ist das?«

»Die werden von Pferden gezogen«, erklärte sie mit einem Seufzer, so als sei meine Unwissenheit einzig und allein dazu bestimmt, sie zu entnerven. »Die sind wie … oh, wie soll ich das nur erklären? Stell dir eine Hütte mit Rädern vor, in der Leute sitzen können, um sich bequem von einem Ort zum andern befördern zu lassen. Kannst du dir das vorstellen, Georgi?«

»Nein«, sagte ich mit Nachdruck, denn diese Vorstellung schien mir absurd und zugleich beängstigend. Ich wandte den Blick von ihr ab und spürte, wie sich mein Magen vor Hunger zusammenzog. Ich fragte mich, ob sie mir wohl ein oder zwei Löffel von dieser Suppe gestatten würde, bevor unsere Eltern nach Hause kamen.

»Eines Tages werde ich auch in so einer Kutsche reisen«, fügte sie ruhig hinzu, wobei sie in das Feuer unter dem Topf starrte und mit einem Stock darin herumstocherte, vielleicht in der Hoffnung, ein kleines Stück Kohle oder ein Holzscheit zu finden, das noch nicht Feuer gefangen hatte und dazu gebracht werden konnte, uns noch ein paar weitere Minuten Hitze zu bescheren. »Ich habe nicht vor, für immer in Kaschin zu bleiben.«

Ich schüttelte den Kopf vor Bewunderung für sie. Sie war der intelligenteste Mensch, den ich kannte, denn ihre Kenntnis von diesen anderen Welten und Lebensumständen verblüffte mich. Ich denke, es war Asjas Wissensdurst, der meine Fantasie zunehmend beflügelte und in mir den Wunsch weckte, mehr von der Welt kennenlernen zu wollen. Woher sie von all diesen Dingen wusste, konnte ich mir nicht erklären, doch der Gedanke, Asja könnte mir eines Tages genommen werden, stimmte mich traurig. Es verletzte mich, dass sie auch nur daran denken konnte, ein anderes Leben zu suchen, eines, das jenseits des Lebens lag, das wir gemeinsam teilten. Kaschin war ein finsteres, elendes, stinkendes, erbärmliches, trostloses Drecknest von einem Dorf – natürlich war es das. Doch bis dahin wäre ich nie auf den Gedanken gekommen, das Leben anderswo könnte besser sein. Ich war ja nie weiter als ein paar Kilometer über Kaschins Ortsgrenzen hinausgekommen.

»Das darfst du keinem erzählen, Georgi«, sagte sie einen Augenblick später und lehnte sich aufgeregt vor, so als wollte sie mir gleich ihr größtes Geheimnis anvertrauen, »aber wenn ich älter bin, werde ich nach St. Petersburg ziehen. Ich habe mir fest vorgenommen, einmal dort zu leben.« Ihre Stimme wurde lebhafter, und sie rang nach Luft, als sie dies sagte, als ihre Fantasien aus der Abgeschiedenheit ihrer privaten Gedankenwelt in die Realität des gesprochenen Wortes überwechselten.

»Aber das ist unmöglich«, sagte ich mit einem Kopfschütteln. »Du wärst dort ganz allein. Du kennst doch niemanden in St. Petersburg.«

»Anfangs, mag sein«, räumte sie lachend ein, wobei sie sich eine Hand auf den Mund legte, um ihre Freude im Zaume zu halten. »Aber es wird nicht lange dauern, bis ich einen reichen Mann kennenlerne. Einen Prinzen vielleicht. Und er wird sich in mich verlieben, und wir werden gemeinsam in einem Palast leben, und ich werde all die Dienstboten bekommen, die ich haben möchte, und Kleiderschränke voll herrlicher Gewänder. Ich werde jeden Tag andere Juwelen tragen – Opale, Saphire, Rubine, Diamanten –, und während der Ballsaison werden wir im Thronsaal des Winterpalais tanzen, und alle werden sie mich von morgens bis abends anschauen und mich bewundern und sich wünschen, sie wären an meiner Stelle.«

Ich starrte sie an, dieses nicht wiederzuerkennende Mädchen mit ihren fantastischen Plänen. War dies die Schwester, die jede Nacht neben mir auf dem Fußboden aus Moos und Kieferngrün schlief und auf deren Wangen jeden Morgen beim Aufwachen die Abdrücke der körnigen Zweige prangten? Ich verstand kaum ein Wort von dem, was sie sagte. Prinzen, Dienstboten, Juwelen? Derlei Vorstellungen waren meinem noch jungen Geist vollkommen fremd. Und das Gleiche galt für die Liebe. Was war das überhaupt? Was hatte das alles mit uns zu tun? Natürlich nahm sie meinen verständnislosen Blick wahr und brach in Gelächter aus, während sie mir das Haar zerzauste.

»Ach, Georgi«, sagte sie und küsste mich erst auf beide Wangen und dann noch einmal auf die Lippen, ein kleines Ritual, das Glück bringen sollte. »Du hast nichts von dem verstanden, was ich gesagt habe, stimmt's?«

»Nein«, behauptete ich schnell, denn mir missfiel die Vorstellung, sie könnte mich für dumm halten. »Natürlich habe ich alles verstanden.«

»Du hast also schon mal vom Winterpalais gehört?«

Ich zögerte. Ich wollte Ja sagen, befürchtete aber, dass sie mir dann nichts darüber erzählen würde, und dieses Wort, Winterpalais, übte bereits eine magische Faszination auf mich aus. »Ja, ich denke schon«, sagte ich schließlich. »Aber ich kann mich nicht mehr genau erinnern. Komm, hilf mir auf die Sprünge, Asja.«

»Das Winterpalais ist der Wohnsitz des Zaren«, erklärte sie mir. »Da lebt er, zusammen mit der Zarin natürlich und der kaiserlichen Familie. Du weißt, wer das ist?«

»Ja, weiß ich«, sagte ich schnell, denn der Name Seiner Majestät und der seiner Familie wurde bei uns vor jeder Mahlzeit beschworen, wenn wir ein Gebet sprachen, um für ihn Gesundheit, Großmut und Weisheit zu erflehen. Mitunter dauerten diese Gebete länger als das sich daran anschließende Essen. »Ich bin doch nicht blöd.«

»Nun, dann dürftest du ja wissen, wo der Zar seinen Wohnsitz hat. Oder zumindest einen seiner Wohnsitze. Er hat nämlich mehrere. Zarskoje Selo. Livadia. Und nicht zu vergessen: seine Jacht, die *Standart*.«

Ich zog eine Augenbraue hoch, und jetzt war ich an der Reihe, zu lachen. Die Vorstellung, jemand könne mehr als einen Wohnsitz haben, schien mir grotesk. Wozu sollte das gut sein? Natürlich war mir klar, dass Zar Nikolaus von Gott persönlich in seine glorreiche Position berufen worden war, dass seine Macht und seine Selbstherrschaft unumschränkt und absolut waren, doch besaß er auch magische Fähigkeiten? Konnte er gleichzeitig an mehreren Orten sein? Der Gedanke war absurd, aber irgendwie auch plausibel. Er war schließlich der Zar. Er konnte alles sein. Er konnte alles tun. Er war ebenso sehr ein Gott wie Gott selber.

»Wirst du mich mitnehmen nach St. Petersburg?«, fragte ich sie ein paar Augenblicke später, wobei meine Stimme sich fast zu einem Flüstern senkte, so als befürchtete ich, sie könnte mir diese äußerste Ehre versagen. »Wenn du fortgehst, Asja. Du wirst mich hier nicht zurücklassen, oder?«

»Ich könnte es versuchen«, sagte sie großherzig und ließ sich die Sache durch den Kopf gehen. »Oder du könntest vielleicht kommen und mich und den Prinzen besuchen, sobald wir unser neues Heim bezogen haben. Du könntest einen Flügel unseres Palastes ganz für dich allein haben, und eine Riege von Bediensteten, die sich um dein persönliches Wohlergehen kümmern. Der Prinz und ich werden natürlich auch Kinder haben. Wunderschöne Kinder, einen ganzen Stall voll, Jungen und Mädchen. Und du wirst ihnen ein Onkel sein, Georgi. Würde dir das gefallen?«

»Sicher«, erwiderte ich, obwohl ich spürte, wie ich eifersüchtig wurde angesichts der Vorstellung, meine wunderschöne Schwester mit jemand anderem teilen zu müssen, selbst wenn es sich dabei um einen Prinzen von königlichem Geblüt handeln mochte.

»Eines Tages …«, sagte sie mit einem Seufzer und starrte ins Feuer, so als könnte sie in den Flammen Bilder ihrer glorreichen Zukunft aufflackern sehen. Natürlich war sie damals auch nur ein Kind. Ich frage mich, ob sie Kaschin tatsächlich hasste oder ob sie sich bloß nach einem besseren Leben sehnte.

Es stimmt mich traurig, wenn ich mir diese Unterhaltung nach so langer Zeit vergegenwärtige. Es zerreißt mir das Herz, wenn ich daran denke, dass sich die Träume meiner Schwester nie erfüllt haben. Denn es war nicht Asja, die es nach St. Petersburg und ins Winterpalais schaffte. Es war nicht sie, die erleben durfte, wie man sich inmitten der verführerischen Macht von Reichtum und Luxus fühlte.

Nein, ich war derjenige. Ich, der kleine Georgi.

Mein engster Jugendfreund war ein Junge namens Kolek Borisowitsch Tanksi, dessen Familie seit ebenso vielen Generationen in Kaschin lebte wie meine. Wir hatten vieles gemeinsam, Kolek und ich. Wir waren nur um wenige Wochen voneinander getrennt geboren worden, im Spätfrühjahr

1899. Wir verbrachten unsere Kindheit, indem wir gemeinsam im Schlamm spielten, jeden Winkel unseres kleinen Dorfes erkundeten und uns gegenseitig die Schuld in die Schuhe schoben, wenn einer unserer mutwilligen Streiche ins Auge gegangen war. Wir waren beide von Schwestern umringt – ich hatte nur drei am Hals, während Kolek gleich mit der doppelten Anzahl gestraft war.

Und wir hatten beide Angst vor unseren Vätern.

Mein Vater, Daniil Wladjewitsch, und Koleks Vater, Boris Alexandrowitsch, kannten sich von Kindesbeinen an und hatten in ihrer Jugend vermutlich genauso viel Zeit miteinander verbracht wie ihre Söhne dreißig Jahre später. Beide waren sie leidenschaftliche Männer, etwa im gleichen Maße von Bewunderung und Abscheu erfüllt, doch in ihren politischen Ansichten unterschieden sie sich erheblich.

Daniil ließ nichts auf sein Geburtsland kommen. Er war patriotisch bis zur Verblendung, fest davon überzeugt, der Mensch habe keine andere Bestimmung, als den Befehlen des Boten Gottes auf Erden, des Zaren von Russland, zu gehorchen. Sein Hass, sein Groll gegen mich, seinen einzigen Sohn, war jedoch ebenso unverständlich wie irritierend. Vom Tage meiner Geburt an behandelte er mich mit Geringschätzung. Mal war ich ihm zu schmächtig, mal zu schwach, dann wieder zu schüchtern oder zu dumm. Natürlich trachteten die Landarbeiter danach, sich fortzupflanzen, und deshalb ist es mir ein Rätsel, warum mein Vater mich als eine solche Enttäuschung ansah, nachdem er doch schon zwei Töchter gezeugt hatte. Trotzdem hackte er in einem fort auf mir herum. Da ich nie etwas anderes kennengelernt hatte, wäre ich womöglich in dem Glauben aufgewachsen, dass alle Väter so mit ihren Söhnen umsprangen, hätte es nicht unmittelbar vor meiner Nase ein Gegenbeispiel gegeben.

Boris Alexandrowitsch liebte seinen Sohn über alle Maßen und betrachtete ihn als den Prinzen unseres Dorfes, was wohl impliziert, dass er sich für dessen König hielt. Er lobte Kolek ohne Unterlass, nahm ihn überallhin mit und schloss ihn nie, wie andere Väter es taten, von den Gesprächen der Erwachsenen aus. Doch im Unterschied zu Daniil war er regelrecht davon besessen, Russland und dessen Herrscher herunterzumachen, denn er war davon überzeugt, seine Armut und sein vermeintlicher Misserfolg im Leben seien einzig und allein auf die Autokraten zurückzuführen, deren Launen unseren Alltag bestimmten.

»Eines Tages werden sich die Verhältnisse in diesem Lande gehörig ändern«, erklärte er meinem Vater bei fast jeder Gelegenheit. »Es liegt was in der Luft. Spürst du das nicht auch, Daniil Wladjewitsch? Die Russen haben keine Lust mehr, sich noch länger von dieser Familie tyrannisieren zu lassen. Wir müssen unser Schicksal in die eigenen Hände nehmen.«

»Immer ganz der Revolutionär, Boris Alexandrowitsch«, erwiderte mein Vater, wobei er den Kopf schüttelte und lachte – etwas, das nur selten vorkam und dann ausnahmslos von den radikalen Ergüssen seines Freundes ausgelöst wurde. »Du hast dein ganzes Leben hier in Kaschin verbracht und den Boden beackert, Kascha gegessen und Kwass getrunken, und trotzdem hast du noch immer diese Flausen im Kopf. Du wirst dich wohl nie ändern, oder?«

»Und *du* bist dein ganzes Leben lang damit zufrieden gewesen, ein Muschik zu sein«, sagte Boris erzürnt. »Ja, wir bestellen das Land und verdienen uns so auf ehrliche Weise unseren Lebensunterhalt, aber sind wir nicht auch Menschen wie der Zar? Warum soll ihm alles gehören? Warum soll er auf alles einen Anspruch haben, alles besitzen, während wir unsere Tage in Armut und Elend verbringen? Du betest noch immer jeden Abend für ihn, nicht wahr?«

»Ja, natürlich«, sagte mein Vater, nunmehr in einem gereizten Tonfall, denn es ging ihm gegen den Strich, in ein Gespräch verwickelt zu werden, in dem der Zar kritisiert wurde. Von früh an hatte man ihm eine Servilität eingeimpft, die ihm schließlich in Fleisch und Blut übergegangen war. »Russlands Schicksal ist untrennbar mit dem des Zaren verknüpft. Führe dir nur einen Moment lang vor Augen, wie weit diese Dynastie zurückreicht. Bis zu Zar Michail! Das sind mehr als dreihundert Jahre, Boris!«

»Dreihundert Jahre Romanows sind dreihundert Jahre zu viel«, brüllte sein Freund, räusperte sich kräftig, bis er einen Mund voll Schleim zusammen hatte, und spuckte diesen dann ungeniert auf den Boden zwischen seinen Füßen. »Und verrat mir mal, was wir in all dieser Zeit von denen bekommen haben? Irgendwas von Wert? Ach wo! Eines Tages … eines Tages, Daniil …« An dieser Stelle hielt er inne. Boris Alexandrowitsch konnte sich so radikal und revolutionär gebärden, wie er wollte, doch es wäre eine Häresie, ja womöglich sein Todesurteil gewesen, hätte er den Satz vollendet.

Trotzdem gab es in unserem Dorf nicht einen Menschen, der nicht gewusst hätte, wie der Rest des Satzes gelautet hätte – und es gab viele, die der gleichen Ansicht waren wie Boris Alexandrowitsch.

Kolek Borisowitsch und ich sprachen natürlich nie über Politik. Solche Dinge bedeuteten uns beiden nichts, als wir Kinder waren. Wir spielten lieber die Spiele, die Jungen so spielen, handelten uns den Ärger ein, den Jungen sich so einhandeln, wir lachten und wir gerieten uns in die Haare, doch wir waren so viel zusammen, dass Fremde, die durch unser Dorf kamen, uns womöglich für Brüder gehalten hätten, wäre da nicht dieser auffällige Unterschied in unserer äußeren Erscheinung gewesen.

Als Kind war ich von kleiner Statur und mit einem Schopf blonder Ringellöckchen gestraft, ein Sachverhalt, der vielleicht der Grund für die Verachtung war, mit der mein Vater mir begegnete. Er hatte sich einen Stammhalter gewünscht, der seinen Namen weitervererbte, und ich sah nicht so aus wie die Sorte von Junge, die diese Aufgabe zu bewältigen vermochte. Im Alter von sechs Jahren war ich einen Kopf kleiner als alle meine Freunde, was mir den Spitznamen Pascha einbrachte, »der Kleine«. Wegen meiner blonden Locken bezeichneten mich meine großen Schwestern als das hübscheste Mitglied unserer Familie. Sie putzten mich heraus, mit Bändern, Schleifen und ähnlichen Accessoires, was meinen Vater dermaßen in Rage versetzte, dass er sie anbrüllte und mir die Girlanden vom Kopf fetzte, wobei er mitunter auch das eine oder andere Haarbüschel herausriss. Und trotz unserer kargen Kost neigte ich als Kind zur Dickleibigkeit, was mein Vater als einen persönlichen Affront betrachtete.

Kolek hingegen war immer groß für sein Alter, ein schlanker, kräftiger und, auf eine sehr maskuline Weise, gut aussehender Junge. Als er zehn war, beäugten ihn die Mädchen in unserem Dorf mit anerkennenden Blicken, wobei sie sich fragten, wie er sich wohl in einigen Jahren entwickelt haben mochte, wenn er das Mannesalter erreichte. Ihre Mütter wetteiferten um die Gunst seiner Mutter, einer schüchternen Person namens Anja Petrowna. Da man sich ziemlich sicher war, dass er eines Tages ein großer Mann sein und unserem Dorf Ruhm und Ehre einbringen würde, war es der sehnlichste Wunsch jeder Mutter, Kolek möge ihre Tochter eines Tages als Braut nach Hause führen.

Natürlich genoss er die Aufmerksamkeit, die ihm zuteil wurde. Er war sich der auf ihn gerichteten Blicke mehr als bewusst, ebenso wie der Bewunderung, die ihm allgemein entgegengebracht wurde, doch auch er hatte sich verliebt, und zwar in keine Geringere als meine Schwester Asja. Sie war der einzige Mensch, der ihn dazu bringen konnte, dass er errötete und zu stammeln begann. Doch zu seinem Kummer war sie auch das einzige Mädchen im Dorf, das seinem Charme nicht zu erliegen schien, ein Sachverhalt, glaube ich, der sein Verlangen nach ihr noch zusätzlich anfachte. Er trieb sich täglich in der Nähe unserer Isba herum, in der Hoffnung, Asja irgendwie beeindrucken zu können, wild entschlossen, ihren stählernen Panzer zu durchbrechen und dafür zu sorgen, dass sie ihn liebte, so wie es alle anderen taten.

»Der junge Kolek Borisowitsch ist in dich verknallt«, sagte unsere Mutter eines Abends zu ihrer ältesten Tochter, als sie für uns wieder einmal einen erbärmlichen Topf Schtschi zubereitete, eine Art Kohlsuppe, die mehr oder weniger unverdaulich war. »Er traut sich nicht, in deine Richtung zu schauen. Hast du das bemerkt?«

»Er kann mich nicht anschauen, und das bedeutet, er mag mich?«, bemerkte Asja beiläufig und wischte sein Interesse weg wie einen lästigen Fussel, den sie auf ihrem Kleid entdeckt hatte. »Eine eigenartige Logik, findest du nicht?«

»Er ist in deiner Gegenwart gehemmt, das ist alles«, erklärte Julia. »Nein, was für ein hübscher Junge er ist! Eines Tages wird er ein glückliches Mädchen zum Traualtar führen.«

»Mag sein«, sagte meine Schwester. »Aber nicht mich.«

Als ich sie hinterher dazu befragte, schien sie fast verärgert darüber, dass jemand auf die Idee kommen konnte, Kolek passe zu ihr. »Also erstens ist er zwei Jahre jünger als ich«, erklärte sie in einem wütenden Tonfall. »Ich werde doch keinen Jungen zu meinem Ehemann machen. Und außerdem mag ich ihn nicht. Er hat so eine arrogante Art, die ich nicht ausstehen kann – als drehte sich alles immer nur um ihn. So ist er schon immer gewesen, und jeder in diesem elenden Dorf bestärkt ihn auch noch darin. Und ein Feigling ist er obendrein. Sein Vater ist ein Scheusal – das stimmt doch, Georgi, oder? Ein ganz grässlicher Mensch. Doch alles, was dein kleiner Kolek tut, dient einzig und allein dazu, seinem Vater zu imponieren. Ich kenne keinen Jungen, der so sehr im Bann seines Vaters steht. Es ist widerlich, das zu beobachten.«

Ich wusste nicht, wie ich auf diese Schmähungen reagieren sollte. So wie alle anderen hielt auch ich Kolek Borisowitsch für den feinsten Jungen im Dorf und war insgeheim stolz darauf, dass er mich zu seinem besten Freund auserkoren hatte. Vielleicht lag es ja an unserem so verschiedenen Äußeren, dass unsere Freundschaft so gut gedieh – an der Tatsache, dass ich der kleine, dicke, goldgelockte Gehilfe war, der neben dem großen, schlanken, dunkelhaarigen Helden stand, sodass mein jämmerlicher Anblick ihn noch glorreicher erscheinen ließ, als er es bereits schon war. Und dies wiederum machte seinen Vater noch stolzer auf ihn. In diesem Punkt hatte Asja recht. Kolek hätte buchstäblich alles getan, um seinem Vater zu imponieren. Doch was gab es daran auszusetzen, fragte ich mich. Boris Alexandrowitsch war wenigstens stolz auf seinen Sohn.

Irgendwann hatte ich es jedoch satt, Pascha zu sein. Ich wollte wieder Georgi sein, und um meinen vierzehnten Geburtstag herum machten sich dann plötzlich und unerwartet Veränderungen in meiner äußeren Erscheinung bemerkbar, erste Anzeichen dafür, dass ich mich vom Knaben zum Mann entwickelte, was ich durch sportliche und andere Aktivitäten nach Kräften zu fördern versuchte. Binnen weniger Monate war ich ein ganzes Stück gewachsen und maß plötzlich etwa einen Meter achtzig. Die überzähligen Pfunde, die mich während meiner gesamten Kindheit geplagt hatten, purzelten rapide, als ich es mir angewöhnte, jeden Tag mehrere Meilen um unser Dorf zu laufen, nachdem ich morgens in aller Herrgottsfrühe aufgestanden war und eine Stunde lang im eiskalten Wasser der nahe gelegenen Kaschinka geschwommen war. Mein Körper kam zusehends in Form, und meine Bauchmuskeln traten immer deutlicher hervor. Meine Locken glätteten sich, und mein Haar wurde einen Tick dunkler, von einer an helles Sonnenlicht erinnernden Schattierung zu einem Farbton von ausgewaschenem Sand. 1915, als ich sechzehn Jahre alt war, konnte ich neben Kolek stehen, ohne dass mir der Vergleich peinlich gewesen wäre. Natürlich konnte ich ihm noch immer nicht das Wasser reichen, doch der Abstand zwischen uns beiden hatte sich deutlich verringert.

Und es gab auch Mädchen, die *mich* mochten, das wusste ich. Es stimmt, es waren nicht so viele wie die, die ein Faible für meinen Freund hatten, aber immerhin. Ich war nicht unbeliebt.

Und die ganze Zeit hindurch schüttelte Asja den Kopf und sagte, dass ich mich davor hüten solle, meinem Freund Kolek nachzueifern, dass dieser nie der große Mann sein werde, den die Leute erwarteten, sondern dass der junge Prinz seinem Heimatort Kaschin über kurz oder lang keine Ehre einbringen, sondern Schande bereiten werde.

Es war Boris Alexandrowitsch, von dem wir die Neuigkeit erfuhren, die mein Leben verändern sollte.

Kolek und ich standen am Rande eines Feldes nahe der Hütte meiner Familie, mit nacktem Oberkörper, obwohl es ein frostiger Morgen war, und zerhackten bestens gelaunt einen Stapel Baumstämme zu Brennholz und versuchten dabei nach Kräften, den Dorfmädchen zu imponieren, die an uns vorüberspazierten. Wir waren sechzehn Jahre alt, muskulös und gut aussehend, und während manche Mädchen uns die kalte Schulter zeigten, blickten andere in unsere Richtung und warfen uns ein neckisches Lächeln zu, wobei sie sich beim Lachen auf die Lippen bissen. Sie beobachteten, wie wir unsere Äxte hoch in die Luft schwangen, bevor wir sie mit aller Wucht in den Kern der Holzklötze niedersausen ließen und diese aufspalteten, wobei die Splitter in alle Richtungen stoben wie ein Feuerwerk. Eine oder zwei waren auch kokett genug, um die Sorte von anzüglichen Bemerkungen fallen zu lassen, auf die Kolek sofort ansprach, doch ich besaß noch nicht genug Selbstvertrauen, um mich an diesem Geschäker zu beteiligen – ich genierte mich und blickte lieber woandershin.

Mein Vater, Daniil, trat aus unserer Isba heraus und starrte uns einen Moment lang an, wobei er erst angewidert die Lippen schürzte und dann den Kopf schüttelte. »Ihr verdammten Idioten«, sagte er, gereizt angesichts unserer Jugend und unserer körperlichen Fitness. »Ihr werdet euch eine Lungenentzündung holen. Oder glaubt ihr Burschen etwa, ihr seid unsterblich?«

»Mich haut so schnell nichts um, Daniil Wladjewitsch«, erwiderte Kolek, wobei er ihm zuzwinkerte und seine muskulösen Arme ein weiteres Mal in die Höhe hob, damit alle sehen konnten, wie er seine kräftigen Bizeps spielen ließ. Die Axt glänzte in der Luft, ihr makelloser Stahl reflektierte das Sonnenlicht einen Moment lang und sandte eine Folge von schwarzen und goldenen Tupfen aus, die mir vor den Augen herumtanzten, und als ich diesen störenden Effekt wegzublinzeln versuchte, schien mein Freund mit einem Mal von einem prächtigen Glorienschein umgeben zu sein. »Schauen Sie, ich bin stark wie ein Bär!«

»Mag sein, Kolek Borisowitsch«, sagte mein Vater, wobei er mich anfunkelte, als wünschte er sich, nicht ich, sondern Kolek sei als sein Sohn zur Welt gekommen. »Aber Georgi möchte es dir immer gleichtun, obwohl er nicht so kräftig ist wie du. Wirst du dich um ihn kümmern, wenn er zitternd im

Bett liegt, wenn er wie ein Schwein schwitzt und nach seiner Mutter schreit?«

Kolek schaute mich an und grinste schadenfroh, doch ich sagte kein Wort und fuhr mit der Arbeit fort. Ein paar jüngere Kinder rannten vorbei und kicherten, als sie uns dort erblickten, entzückt von unserer fast schon unanständigen Entblößung, doch als sie dann meinen Vater gewahrten, mit seinem missgebildeten Schädel und seiner allseits bekannten Neigung zu cholerischen Wutausbrüchen, da erstarb das Lächeln auf ihren Lippen, und sie nahmen flugs Reißaus.

»Willst du noch den ganzen Nachmittag herumstehen und uns zuschauen? Hast du nichts Besseres zu tun?«, fragte ich schließlich, als Daniil keine Anstalten machte, uns unsere Arbeit und unser Gespräch ungestört fortführen zu lassen. Normalerweise redete ich meinen Vater mit einem gewissen Respekt an, nicht aus Angst, sondern weil ich keine Lust auf irgendwelche Auseinandersetzungen hatte. Bei dieser Gelegenheit waren meine aufmüpfigen Worte jedoch eher dazu gedacht, Kolek mit meiner Forschheit zu beeindrucken, als Daniil mit meiner Unverschämtheit auf die Palme zu bringen.

»Wenn du nicht sofort den Mund hältst, nehme ich dir die Axt weg und hacke dich damit in Stücke, Pascha«, erwiderte er, wobei er einen Schritt in meine Richtung machte und bewusst die Verkleinerungsform wählte, um mir zu demonstrieren, wer der Herr im Hause war. Ich hielt meine Stellung für einen kurzen Moment, doch dann trat ich den Rückzug an und ließ den Kopf hängen. Er übte nach wie vor eine Macht über mich aus, eine Macht, die ich nicht ganz verstand, aber er konnte mich mit einem simplen Wort dermaßen einschüchtern, dass ich wieder in die Gehorsamkeit meiner Kindheit zurückfiel.

»Mein Sohn ist eine Memme, Kolek Borisowitsch«, verkündete er dann, seinen Triumph sichtlich genießend. »Das passiert, wenn man in einer Familie voller Weiber aufwächst. Dann wird man selber zu einem!«

»Aber ich bin auch in so einer Familie aufgewachsen«, sagte Kolek und versenkte das Blatt seiner Axt in dem Baumstamm vor ihm. Und dann fragte er, das nach oben ragende Ende des Axtstiels zwischen seinen vor der Brust verschränkten Armen: »Halten Sie mich also auch für eine Memme, Daniil Wladjewitsch?«

Mein Vater öffnete den Mund, um ihm zu antworten, doch bevor er dies tun konnte, kam Koleks eigener Vater um die Ecke und auf uns zugestiefelt, mit puterrotem Gesicht und vor Zorn schnaubend, wobei sich sein Atem in der kalten Vormittagsluft in kleine Dampfwolken verwandelte. Er hielt einen Augenblick inne, als er uns drei dort herumstehen sah, schüttelte den Kopf und warf angewidert die Arme in die Höhe, auf eine dermaßen theatralische Weise, dass ich mir auf die Unterlippe beißen musste, um nicht loszulachen und ihn womöglich zu beleidigen.

»Es ist eine Schande«, schrie er, so laut und aggressiv, dass keiner von uns etwas sagte. Wir starrten ihn bloß stumm an und warteten darauf, die Ursache seines Missvergnügens zu erfahren. »Eine Affenschande!«, fuhr er fort. »Nein, dass ich das erleben muss! Ich nehme an, du hast schon davon gehört, Daniil Wladjewitsch?«

»Wovon?«, fragte mein Vater. »Um was geht's?«

»Wäre ich jünger«, erwiderte er, wobei er warnend den Zeigefinger erhob, wie ein Lehrer, der eine Gruppe unartiger Schuljungen ermahnt. »Ich sage dir, wäre ich jünger und noch im Vollbesitz meiner Kräfte …«

»Boris«, unterbrach ihn mein Vater, fast schon ein wenig belustigt von der Wut seines Freundes. »Du siehst so aus, als wolltest du heute noch jemanden umbringen.«

»Mit so was treibt man keine Scherze, mein Lieber!«

»Womit? Was für Scherze? Ich weiß noch nicht mal, welche Laus dir über die Leber gelaufen ist.«

»Vater«, sagte Kolek, mit einer so sorgenvollen Miene, dass ich dachte, er würde ihn gleich in die Arme nehmen. Diese offenkundige Zuneigung zwischen Vater und Sohn war für mich eine ständige Quelle der Faszination. Da ich eine solche Wärme selber nie erfahren hatte, nahm ich sie bei anderen immer voller Erstaunen zur Kenntnis.

»Ein Kaufmann, den ich gut kenne«, erklärte Boris schließlich, wobei er die Worte vor Aufregung und Wut herunterstotterte, »ein vertrauenswürdiger Mann, ein Mann, der nie lügt oder betrügt, ist heute Morgen durch unser Dorf gekommen und ...«

»Ja, ich habe ihn gesehen!«, verkündete ich fröhlich, denn in Kaschin bekam man nur selten einen Fremden zu Gesicht, und nur eine Stunde zuvor war ein mir unbekannter Mann in einem Mantel aus feinem Ziegenhaar an unserer Hütte vorbeigegangen. Ich hatte ihm einen guten Morgen gewünscht, doch er hatte seinen Weg fortgesetzt, ohne mich eines Blickes zu würdigen. »Er ist hier vor einer knappen Stunde vorbeigekommen und ...«

»Halt die Klappe, Junge!«, blaffte mich mein Vater an, verärgert über meine Einmischung. »Du hast still zu sein, wenn die Erwachsenen sich unterhalten!«

»Ich kenne diesen Mann seit vielen Jahren«, fuhr Boris fort, wobei er uns beide ignorierte. »Ein aufrichtigerer Mensch dürfte nur schwer zu finden sein. Letzte Nacht ist er durch Kaljasin gekommen, und es scheint, als wollte eines der Ungeheuer auf der Durchreise nach St. Petersburg durch unser Dorf ziehen. Dieser Kerl wird durch Kaschin kommen! Durch unser Dorf!«, fügte er hinzu, wobei er die Worte förmlich ausspuckte, so schwer war die Kränkung, die er empfand. »Und er wird natürlich erwarten, dass wir alle vor unsere Hütten treten und uns voller Verehrung vor ihm verbeugen, so wie es die Juden getan haben, als Jesus auf einem Esel in Jerusalem einzog. Eine Woche, bevor sie ihn kreuzigten, natürlich.«

»Was für ein Ungeheuer?«, fragte Daniil und schüttelte verwirrt den Kopf.

»Na, ein Romanow«, verkündete er, wobei er unsere Gesichter nach einer Reaktion durchforschte. »Kein Geringerer als der Großfürst Nikolaus Nikolajewitsch«, fügte er hinzu, und für jemanden, der die kaiserliche Familie so sehr verabscheute, ließ er den fürstlichen Namen von seiner Zunge rollen, als wäre jede Silbe ein kostbarer Edelstein, der mit äußerster Sorgfalt und Vorsicht behandelt werden musste, damit sein Glanz nicht zerstört würde und ein für alle Mal verloren ginge.

»Nikolaus der Lange«, sagte Kolek ruhig.

»Ja, genau der.«

»Warum *der Lange*?«, fragte ich stirnrunzelnd.

»Na, um ihn von seinem Vetter zu unterscheiden«, blaffte Boris Alexandrowitsch. »Von Nikolaus dem Kurzen, Zar Nikolaus II., dem Peiniger des russischen Volkes.«

Ich sperrte vor Überraschung die Augen auf. »Der Vetter des Zaren wird durch Kaschin kommen?«, fragte ich ungläubig. Ich wäre nicht minder erstaunt gewesen, hätte Daniil mich plötzlich umarmt und geherzt und als seinen Sohn und Erben gepriesen.

»Mach nicht so große Augen, Pascha!«, sagte Boris Alexandrowitsch, sichtlich darüber erbost, dass ich seine Verärgerung nicht teilte. »Weißt du nicht, was das für Leute sind? Was die für uns getan haben außer uns zu …«

»Boris, bitte nicht!«, sagte mein Vater. »Nicht heute! Spar dir deine politischen Tiraden für morgen oder übermorgen auf. Das ist eine große Ehre für unser Dorf.«

»Eine Ehre?«, fragte er hohnlachend. »Eine Ehre, sagst du? Diesen Romanows haben wir unsere Armut zu verdanken, und du hältst es für ein Privileg, wenn einer von denen hier kurz haltmacht, damit sein Gaul unser Wasser saufen kann und uns die Straße vollscheißt? Eine Ehre! Mit diesem Wort entehrst du dich selbst, Daniil Wladjewitsch. Komm, schau dir das an!«

Wir wandten unsere Köpfe in die Richtung, in die er zeigte: Fast alle Dorfbewohner hasteten in Richtung ihrer Hütten. Sie hatten offenkundig von der bevorstehenden Ankunft unseres erlauchten Besuchers erfahren und wollten sich nun gebührend auf das Ereignis vorbereiten: sich das Gesicht und die Hände waschen – natürlich, denn einem Prinzen von königlichem Geblüt konnten sie sich unmöglich mit ihren vor Schlammflecken starrenden Gesichtern präsentieren – und rasch eine Hand voll kleiner Blumen zu einer Girlande flechten, die man dem Pferd des Großfürsten unter die Hufe werfen konnte.

»Der Großvater dieses Mannes zählt zu den schlimmsten Zaren, die es je gegeben hat«, fuhr Boris fort, wobei er sich dermaßen ereiferte, dass sein Gesicht vor Zorn röter und röter wurde. »Ohne Nikolaus I. hätten die Russen niemals auch nur von der Idee der Selbstherrschaft gehört. Er war derjenige, der darauf bestand, dass jeder Russe, ob Mann, Frau oder Kind, seine unumschränkte Autorität bei buchstäblich jeder Angelegenheit anerkennen musste. Er betrachtete sich als unseren Erlöser, aber fühlst du dich erlöst, Daniil Wladjewitsch? Fühlst du dich erlöst, Georgi Daniilowitsch? Oder zitterst du vor Kälte und Hunger und sehnst dich nach deiner Freiheit?«

»Geh rein und zieh dir was Ordentliches an«, sagte mein Vater zu mir, ohne auf seinen Freund einzugehen. »Du wirst mir keine Schande bereiten, indem du dich vor einem so bedeutenden Mann halb nackt zeigst.«

»Jawohl, Vater«, sagte ich, wobei ich mich kurz vor *seiner* unumschränkten Autorität verneigte und dann nach drinnen eilte, um eine saubere Bluse zu suchen. Als ich den kleinen Stapel von Anziehsachen durchwühlte, der meine gesamte Garderobe ausmachte, hörte ich draußen vor unserer Hütte weiterhin laute Stimmen, bis sich mein Freund Kolek einschaltete und zu seinem Vater sagte, sie sollten lieber nach Hause gehen und sich ebenfalls für das Ereignis zurechtmachen – das Gebrüll auf der Straße nutze niemandem, mochte er ein loyaler Untertan oder ein radikaler Gegner der Romanows sein.

»Wäre ich noch ein junger Mann«, hörte ich Boris Alexandrowitsch sagen, als die beiden nach Hause aufbrachen. »Ich sage dir, mein Sohn, wäre ich ...«

»*Ich* bin ein junger Mann«, erwiderte Kolek, und damals maß ich seinen Worten keinerlei Bedeutung bei. Ich erinnerte mich erst später wieder daran, und dann sollte ich mich wegen meiner Dummheit verfluchen.

Eine knappe Stunde später tauchten am Horizont die ersten Reiter der Vorhut auf und begannen sich Kaschin zu nähern. Obgleich gewöhnliche Muschiks wie wir nur die Namen der unmittelbaren Mitglieder der kaiserlichen Familie kannten, war der Großfürst Nikolaus Nikolajewitsch, ein leiblicher Vetter des Zaren, in ganz Russland wegen seiner militärischen Heldentaten berühmt. Natürlich war er nicht beliebt – Männer wie er sind das nie. Doch er wurde verehrt und galt allgemein als ein aufrechter, unerschrockener Mann. Während der Revolution von 1905 soll er vor dem Zaren einen Revolver gezückt und gedroht haben, er werde sich eine Kugel durch den Kopf jagen, sollte sein Vetter sich weigern, Russland eine Verfassung zu gewähren, und deswegen wurde er von vielen bewundert. Doch diejenigen, die, wie Boris Alexandrowitsch, eher radikalen Gedanken anhingen, zeigten sich von solcher Courage unbeeindruckt; sie sahen nur einen Adelstitel und einen Unterdrücker, kurzum, eine Person, die Verachtung verdiente.

Die Vorstellung, dass der Großfürst in unmittelbarer Nähe weilte, reichte jedoch aus, um mein Herz vor Aufregung und Ehrfurcht höherschlagen zu lassen. Ich konnte mich nicht daran erinnern, wann wir in Kaschin zum letzten Mal eine solche Vorfreude verspürt hatten. Als die Reiter zusehends näher kamen, fegte fast jeder im Dorf die Straße vor seiner Isba blitzblank sauber, und so entstand eine klar erkennbare Route für die Pferde unseres hochwohlgeborenen Besuchers.

»Wer mag ihn wohl begleiten?«, fragte mich meine Schwester Asja, als wir alle vor unserer Haustür standen, eine Familie, die sich versammelt hatte und darauf wartete, zu winken und Hurra zu rufen. Ihre Wangen waren noch röter geschminkt als sonst, und ihr Kleid hatte sie bis zu den Knien emporgezogen, um ihre Beine zur Geltung zu bringen. »Vielleicht einige der jungen Prinzen aus St. Petersburg?«

»Der Großfürst hat keine Söhne für dich«, erwiderte ich und lächelte sie an. »Du wirst dein Netz noch etwas weiter auswerfen müssen.«

»Na, vielleicht nimmt *er* ja Notiz von mir«, sagte sie achselzuckend.

»Asja!«, schrie ich, entsetzt und zugleich belustigt. »Das ist doch ein alter Knacker. Der Mann muss mindestens sechzig sein. Und verheiratet ist er auch. Glaubst du denn allen Ernstes, dass ...«

»Ich ziehe dich doch nur auf, Georgi«, entgegnete sie, lachte und klopfte mir schelmisch auf die Schulter, wobei ich mir nicht ganz sicher war, ob sie mich tatsächlich nur aufzog. »Doch in seinem Gefolge wird es sicher ein paar ledige junge Soldaten geben. Sollte sich einer von denen für mich interessieren, so ... he, guck nicht so schockiert! Ich habe dir doch erzählt, dass ich nicht bis ans Ende meiner Tage in diesem erbärmlichen Kaff bleiben möchte. Ich bin schließlich achtzehn Jahre alt. Es ist höchste Zeit, dass ich einen Ehemann finde – bevor ich zu alt und zu hässlich bin, um noch heiraten zu können.«

»Und was ist mit Ilja Gorijawitsch?«, fragte ich, wobei ich mich auf den jungen Mann bezog, mit dem sie viel Zeit verbrachte. Wie mein Freund Kolek war auch der arme Ilja unsterblich in Asja verliebt, und sie schenkte ihm dafür ein bisschen Zuneigung, was ihn zweifellos in dem Glauben bestärkte, sie würde sich ihm irgendwann ganz hingeben. Ich bemitleidete ihn wegen seiner Dummheit. Ich wusste, dass er für meine Schwester kaum mehr als ein Spielzeug war, eine Marionette, an deren Fäden sie zog, um sich die Langeweile zu vertreiben. Eines Tages würde sie ihre Puppe beiseitewerfen, das war klar. Es würde sich ein besseres Spielzeug finden – ein Spielzeug aus St. Petersburg vielleicht.

»Ilja Gorijawitsch ist ein netter Junge«, sagte sie mit einem gleichgültigen Achselzucken. »Aber ich glaube, dass er mit einundzwanzig bereits alles ist, was er jemals sein wird, und ich bin mir nicht sicher, ob mir das reicht.«

Ich spürte, dass ihr noch weitere unnötigerweise abschätzige Kommentare zu diesem gutherzigen Tropf auf der Zunge brannten, doch nun waren die Soldaten fast bei uns angelangt. Wir konnten die sie anführenden Offiziere erkennen, die hoch auf ihren Pferden langsam die Straße entlangparadierten, prächtig anzuschauen in ihren schwarzen, zweireihigen Blusen, grauen Hosen und schweren dunklen Mänteln. Ich bestaunte die aus Pelz gefertigten Tschapkas auf ihren Köpfen, fasziniert von dem scharfen V, das deren Vorderseite genau über den Augen durchschnitt, und ich malte mir aus, wie herrlich es sein müsste, dieser Truppe anzugehören. Sie ignorierten das frenetische Hurrageschrei der Bauern am Straßenrand, die den Zaren hochleben ließen und ihre Girlanden vor die Hufe der Pferde schleuderten. Genau dies wurde schließlich von uns erwartet.

Vom Krieg bekamen wir in Kaschin kaum etwas mit, doch hin und wieder zog ein Händler durch unser Dorf und berichtete uns von den Erfolgen und Misserfolgen des Militärs. Gelegentlich wurde einem unserer Nachbarn von einem wohlmeinenden Verwandten ein Flugblatt zugestellt, und wir durften es alle der Reihe nach lesen, wobei wir uns ausmalten, wie der Vormarsch der Armeen vonstattenging. Einige junge Männer aus unserem Dorf waren bereits in den Krieg gezogen: Manche waren gefallen, manche wurden vermisst, manche standen nach wie vor im Feld. Man erwartete, dass Jungen wie Kolek und ich, sobald wir siebzehn geworden waren, einberufen wurden, um in irgendeiner militärischen Einheit zu dienen und unserem Dorf Ehre zu machen.

Die gewaltige Verantwortung, die Nikolaus Nikolajewitsch trug, war uns allen jedoch bestens bekannt.

Der Großfürst war vom Zaren zum Oberbefehlshaber des russischen Feldheeres ernannt worden und musste einen Dreifrontenkrieg führen: gegen Österreich-Ungarn, gegen das deutsche Kaiserreich und gegen die Türken. Nach allem, was man so hörte, war er bislang bei keinem dieser Feldzüge besonders erfolgreich gewesen, doch er genoss nach wie vor die Wertschätzung und die absolute Treue der unter seinem Kommando stehenden Soldaten, und dies wiederum drang bis in die hintersten Bauerndörfer Russlands. Für uns zählte er zu den feinsten Männern überhaupt, in seine Stellung berufen von einem gütigen Gott, der uns solche Führer sandte, damit sie sich um uns einfältige und unwissende Menschen kümmerten.

Die Hochrufe wurden noch lauter, als uns die Soldaten passierten, und dann registrierte ich inmitten der Menschenmenge eine sich allmählich nähernde gotthafte Erscheinung, ein großes weißes Kavalleriepferd, einen prächtigen Hengst, auf dem ein Riese von einem Mann saß, in einer schmucken Militäruniform und mit einem fein gestriegelten, gewichsten und zu beiden Seiten der Oberlippe spitz gezwirbelten Schnurrbart. Er starrte unverwandt geradeaus, hob aber hin und wieder seine linke Hand, um dem versammelten Volk ein huldvolles Winken zu entbieten.

Als die Pferde an mir vorüberkamen, erblickte ich plötzlich unseren umstürzlerischen Nachbarn, Boris Alexandrowitsch, wie er inmitten der Menschenmenge auf der gegenüberliegenden Straßenseite stand, und ich war einigermaßen perplex, ihn dort zu sehen, denn er war der einzige Mensch in unserem Dorf, von dem ich angenommen hätte, er würde sich weigern, sein Haus zu verlassen, um dem großen General seine Hochachtung zu bezeigen.

»He, guck mal«, sagte ich zu Asja, wobei ich sie an der Schulter stupste und in seine Richtung wies. »Da drüben. Boris Alexandrowitsch. Wo sind seine schönen Prinzipien geblieben? Er ist vom Großfürsten genauso gefesselt wie alle anderen.«

»Sind sie nicht fesch, diese Soldaten!«, erwiderte sie, ohne auf mich einzugehen, und spielte stattdessen mit ihren Locken, während sie jeden Mann, der an uns vorüberkam, gründlich musterte. »Wie können sie in einer Schlacht kämpfen und ihre Uniformen dennoch so tadellos in Ordnung halten, was meinst du?«

»Und da ist Kolek«, fügte ich hinzu, als ich meinen Freund bemerkte, wie er sich drüben in die erste Reihe der Schaulustigen vordrängelte, sein Gesicht eine Mischung aus Aufregung und Beklommenheit. »Kolek!«, schrie ich und winkte ihm zu, doch wegen des Hufgetrappels der an uns vorbeiziehenden Pferde und wegen des Hurrageschreis der Dorfbewohner konnte er mich weder hören noch sehen. Zu jeder anderen Zeit hätte ich mir bei diesem banalen Sachverhalt nichts gedacht und meinen Blick wieder auf die Parade gerichtet, aber da lag ein Ausdruck auf Koleks Gesicht, der mich irgendwie irritierte, ein Blick von tiefer Beunruhigung, den ich noch nie zuvor im Antlitz dieses weichherzigen Jungen wahrgenommen hatte. Er tat einen kleinen Schritt nach vorn und blickte sich um, bis er sich vergewissert hatte, dass sein Vater, der Mensch, dessen Anerkennung ihm mehr bedeutete als alles andere auf der Welt, unter den Zuschauern weilte, und als er sich von Boris Alexandrowitsch' Anwesenheit überzeugt hatte, drehte er den Kopf wieder zurück, um den Großfürsten zu fixieren, der auf seinem weißen Kavalleriepferd nun zusehends näher kam.

Nikolaus Nikolajewitsch war vielleicht noch sechs Meter von uns entfernt, als ich sah, wie Kolek die linke Hand in seine Bluse steckte und sie dort einen Moment lang ruhen ließ, wobei er leicht zitterte.

Als es nur noch viereinhalb Meter waren, sah ich den hölzernen Griff der Pistole langsam aus deren Versteck auftauchen: Die Hand meines Freundes hielt ihn fest umklammert, während sein Zeigefinger unmittelbar vor dem Abzug schwebte.

Als es nur noch drei Meter waren, zog er die Pistole hervor, unbemerkt von allen außer mir, und entsicherte die Waffe.

Der Großfürst war nur noch anderthalb Meter entfernt, als ich den Namen meines Freundes herausschrie – »Kolek! *Nein!*« – und mich durch eine Lücke zwischen den vorüberziehenden Reitern zwängte. Als ich dann quer über die Straße rannte, spürten die Soldaten sofort, dass etwas im Busch war, und drehten ihre Köpfe in meine Richtung, um zu sehen, was sich da abspielte. Mein Freund sah mich jetzt ebenfalls und schluckte nervös, bevor er seine Pistole hob und auf Nikolaus Nikolajewitsch zielte, der, nun unmittelbar vor ihm, sich schließlich herabließ, seinen Kopf zu drehen und auf den jungen Mann zu seiner Linken zu schauen. Er muss den Stahl in der Luft aufblitzen gesehen haben, hatte aber keine Zeit mehr, um seine eigene Schusswaffe zu ziehen oder sein Pferd herumzureißen und sich in Sicherheit zu bringen, denn fast im selben Augenblick ging die Pistole mit einem lauten Donnerschlag los. Sie sandte ihren mörderischen Pulverdampf in Richtung des Vetters und engsten Vertrauten des Zaren, genau in dem Moment, als ich mich, ohne auch nur einen Gedanken an die möglichen Folgen meines Tuns zu verschwenden, zwischen den Großfürsten und die Kugel warf.

Da war ein plötzlicher Feuerblitz, ein stechender Schmerz, ein entsetzter Aufschrei der Menge, und ich stürzte zu Boden, wobei ich fest damit rechnete, dass mein Schädel jeden Moment von den beschlagenen Hufen der massigen Pferde zermalmt werden würde, selbst als mir ein Schmerz, wie ich ihn vorher noch nie verspürt hatte, durch die Schulter raste – ein Gefühl, als hätte jemand eine Eisenstange genommen und diese in einem Ofen bis zur Weißglut erhitzt, um sie mir dann durch mein unschuldiges Fleisch zu bohren. Ich schlug hart auf dem Boden auf und empfand mit einem Mal ein tiefes Gefühl von Ruhe und Frieden. Dann wurde mir schwarz vor Augen, und die Geräusche um mich herum erstarben. Die Menge schien in einem Nebelschleier zu verschwinden, und schließlich war da nur noch eine leise Stimme übrig, die mir in meinem Kopf zuflüsterte, ich solle einschlafen – *Schlaf ein, Pascha!* –, und ich gehorchte ihrem Befehl.

Ich schloss die Augen und versank auf der Stelle in einer tiefen Finsternis.

Das Erste, was ich beim Aufwachen erblickte, war das Gesicht meiner Mutter, Julia Wladimirowna, die mir einen feuchten Lappen auf die Stirn presste und mit einer Mischung aus Verärgerung und Besorgnis auf mich hinabstarrte. Ihre Hand zitterte leicht, und mütterlichen Trost zu spenden, fiel ihr offenbar genauso schwer, wie es mir schwerfiel, diesen zu empfangen. Asja und Liska standen flüsternd in einer Ecke herum, während die kleine Tajla mich mit einem kalten und gleichgültigen Gesichtsausdruck musterte. Ich fühlte mich kein bisschen als ein Teil dieser ungewöhnlichen Szene und starrte die anderen ebenfalls an, völlig verwirrt, denn ich fragte mich, was wohl der Anlass zu einem solchen Gefühlsausbruch sein mochte, bis mich ein plötzlich aufbrandender Schmerz in meiner linken Schulter das Gesicht verziehen ließ, und als ich mit der Hand an die verletzte Körperstelle fasste, um den Druck zu lindern, entfuhr mir ein qualvoller Schrei.

»Da musst du vorsichtig sein«, hörte ich eine laute, tiefe Stimme im Rücken meiner Mutter sagen, und als diese Worte erklangen, zuckte sie sichtlich zusammen, und ihre Miene nahm einen Ausdruck von Angst und Beklemmung an. Ich hatte sie noch nie dermaßen eingeschüchtert erlebt und dachte im ersten Moment, es sei mein Vater, Daniil, der ihr befahl, ihm Platz zu machen, doch es war nicht seine Stimme. Mein Sehvermögen war ein wenig getrübt, und ich zwinkerte einige Male schnell hintereinander, bis sich der Nebel zu lichten begann und ich wieder klar sehen konnte.

Ich erkannte nun, dass es nicht mein Vater war, der über mir stand, denn dieser befand sich weiter hinten in unserer Hütte und beobachtete mich mit einem angedeuteten Lächeln auf dem Gesicht, ein Anblick, der seine emotionale Verwirrung verriet, eine Mischung aus Stolz und Feindseligkeit. Nein, die Stimme, die sich an mich gerichtete hatte, war die des Oberbefehlshabers der russischen Streitkräfte, des Großfürsten Nikolaus Nikolajewitsch.

»Nicht bewegen«, sagte er, wobei er sich über mich beugte, um meine Schulter zu inspizieren. Seine Augen verengten sich, als er die Verletzung näher betrachtete. »Du bist verwundet worden, aber die Sache ist glimpflich ausgegangen. Das Projektil ist mitten durch das weiche Gewebe deiner Schulter gegangen, ohne die Arterien oder die Vene zu treffen – ein glatter Durchschuss, und das ist dein Glück gewesen. Ein bisschen weiter nach rechts, und dein Arm wäre jetzt möglicherweise gelähmt, oder du wärst vielleicht sogar verblutet. Der Schmerz wird noch ein paar Tage anhalten, aber du wirst keinen bleibenden Schaden davontragen. Eine kleine Narbe, vielleicht.«

Ich schluckte – mein Mund war so trocken, dass mir die Zunge förmlich am Gaumen klebte – und bat meine Mutter um etwas zu trinken. Sie rührte sich nicht, sondern stand einfach bloß da, mit weit aufgerissenem Mund, als wäre sie zu verängstigt, um an der Szene, die sich vor ihren Augen abspielte, teilzunehmen, und so musste der Großfürst für sie einspringen. Er nahm die an seiner Taille befestigte Taschenflasche und füllte diese aus einem Fass, das in der Nähe stand, bevor er sie mir reichte. Die prächtige Lederverkleidung der Flasche schüchterte mich dermaßen ein, dass ich mich kaum traute, daraus zu trinken, insbesondere als ich darauf das mit goldenem Garn gestickte kaiserliche Siegel der Romanows erblickte, doch mein Durst war so stark, dass ich nicht lange zögerte und den Inhalt gierig hinunterschüttete. Das Gefühl, wie das eiskalte Wasser in meinen Körper hineinfloss und durch meine Gedärme strömte, vermochte den Schmerz in meiner Schulter für einige Augenblicke zu lindern.

»Du weißt, wer ich bin?«, fragte mich der Großfürst, wobei er sich nun zu seiner ganzen Größe aufrichtete und den

Raum mit seiner stattlichen Erscheinung ausfüllte. Mindestens einen Meter achtundneunzig. Gut aussehend und imposant. Und jener außergewöhnliche Schnauzbart, der ihn noch würdiger und majestätischer erscheinen ließ. Ich schluckte und nickte schnell mit dem Kopf.

»Ja«, erwiderte ich schwächlich.

»Du weißt, wer ich bin?«, wiederholte er nun lauter, sodass ich dachte, ich hätte ihn irgendwie verärgert.

»Ja«, sagte ich erneut, wobei ich meine volle Stimme wiedergewann. »Sie sind der Großfürst Nikolaus Nikolajewitsch, der Oberbefehlshaber des Heeres und der Vetter Seiner Kaiserlichen Hoheit Zar Nikolaus II.«

Er schmunzelte ein wenig, und sein Körper machte einen leichten Ruck, als er mich mit einem kurzen Lachen bedachte. »Jaja«, sagte er, offenbar unbeeindruckt von meiner mustergültigen Antwort. »Dein Gedächtnis funktioniert also noch, Junge. Wenn du dich so gut erinnern kannst, weißt du vielleicht auch noch, was vorhin passiert ist, oder?«

Ich richtete mich ein wenig auf, wobei ich den stechenden Schmerz ignorierte, der durch meine linke Seite fuhr, von der Schulter bis zum Ellbogen, und schaute hinunter auf meinen Körper. Ich lag auf der schmalen Hängematte, die mir als Bett diente, und sah, dass ich Hosen, aber keine Schuhe anhatte. Ich war peinlich berührt, als ich die an meinen nackten Füßen haftende, vom Boden unserer Hütte stammende Schmutzschicht erblickte. Die saubere Bluse, die ich eigens für die Parade des Großfürsten angezogen hatte, lag zusammengeknüllt neben mir auf dem Boden und war nun nicht mehr weiß, sondern von schwarzen und dunkelroten Flecken verunstaltet. Ich trug kein Hemd, und meine Brust war blutverschmiert von der Wunde an meinem Arm, die fest mit Bandagen umwickelt war. Ich fragte mich verdutzt, wo man wohl dieses Verbandszeug aufgetrieben hatte, doch dann erinnerte ich mich an die Soldaten, die durch unser Dorf gezogen waren, und nahm an, dass mich einer von ihnen mit ihrem Sanitätsmaterial verarztet hatte.

Und dies wiederum weckte mit einem Mal meine Erinnerung an die Ereignisse des Nachmittags.

Die Parade. Das weiße Kavalleriepferd. Der Großfürst, wie er rittlings darauf saß.

Und unser Nachbar. Boris Alexandrowitsch. Sein Sohn, mein bester Freund, Kolek Borisowitsch.

Die Schusswaffe.

»Eine Pistole«, schrie ich lauthals und sprang auf, so als würde sich das Ganze noch einmal abspielen, direkt vor meinen Augen. »Er hat eine Pistole!«

»Reg dich nicht auf, Junge«, sagte der Großfürst, wobei er mir auf die unverletzte Schulter klopfte. »Es gibt jetzt keine Pistole mehr. Du hast etwas Großes getan. Weißt du noch, was passiert ist?«

»Ich … ich bin mir nicht sicher«, erwiderte ich und versuchte, mich krampfhaft daran zu erinnern, was ich getan haben mochte, um ein solches Kompliment zu verdienen.

»Mein Sohn ist schon immer ein tapferer Junge gewesen, Euer Durchlaucht«, sagte Daniil und trat aus dem hinteren Ende der Hütte hervor. »Und für Euch hätte er zweifellos sein Leben hingegeben.«

»Es hat einen Attentatsversuch gegeben«, fuhr Nikolaus Nikolajewitsch fort, wobei er mir direkt in die Augen schaute und meinen Vater mit Verachtung strafte. »Ein junger Radikaler. Er zielte mit seiner Pistole auf meinen Kopf. Ich schwöre, dass ich sah, wie die Kugel im Begriff stand, ihre Kammer zu verlassen und sich in meinen Schädel zu bohren, doch du braver Junge bist plötzlich dazwischengesprungen und hast sie mit deiner Schulter aufgefangen.« An dieser Stelle legte er eine kleine Kunstpause ein, und dann sagte er: »Du hast mir das Leben gerettet, Georgi Daniilowitsch!«

»Wirklich?«, fragte ich, denn ich konnte mir nicht vorstellen, was mich dazu veranlasst haben mochte, so etwas zu tun. Doch der Nebel in meinem Kopf begann sich allmählich zu lichten, und ich erinnerte mich daran, wie ich auf Kolek zugestürmt war, um ihn in die versammelte Menschenmenge zurückzudrängen, damit er keine Tat beging, die ihn das Leben kosten würde.

»Ja, wirklich«, erwiderte der Großfürst. »Und ich bin dir sehr dankbar. Der Zar wird dir auch dankbar sein. Ganz Russland wird dir dankbar sein.«

Darauf wusste ich nichts zu sagen, ich lehnte mich zurück, ein wenig benommen und begierig auf einen weiteren Schluck Wasser. Er hielt sich offenbar für ziemlich wichtig.

»Er wird doch nicht wirklich fortgehen müssen, Vater, oder?«, sagte Asja plötzlich, wobei sie gegen ihre Tränen ankämpfte, als sie diese Frage stellte. Ich schaute in ihre Richtung und war davon gerührt, dass ihr das, was mir passiert war, so naheging.

»Sei still, Mädchen!«, erwiderte mein Vater und schubste sie an die Wand zurück. »Er wird tun, was ihm gesagt wird. Das werden wir alle tun.«

»Fortgehen?«, flüsterte ich, denn ich hatte keine Ahnung, was sie damit gemeint haben könnte. »Wohin?«

»Du bist ein tapferer Bursche«, sagte der Großfürst, wobei er sich wieder die Handschuhe anzog und eine kleine Geldbörse aus seiner Tasche holte, die er meinem Vater überreichte; sie verschwand auf der Stelle in den unergründlichen Kavernen seiner Bluse, und wahrscheinlich würden wir sie nie wieder zu Gesicht bekommen. *Ich bin verkauft worden*, dachte ich sofort. *Er hat mich für eine Handvoll Rubel an die Armee verschachert!* »Ein Junge wie du sollte sein Leben nicht an einem Ort wie diesem vergeuden. Du wolltest dich doch in diesem Jahr zum Kriegsdienst melden, nicht wahr?«

»Ja, Euer Durchlaucht«, erwiderte ich stockend, denn ich wusste, dass dieser Tag immer näher rückte, doch insgeheim hatte ich gehofft, ihn noch ein paar Monate hinauszögern zu können. »Das hatte ich vor, bloß ...«

»Nun, ich kann dich nicht in die Schlacht schicken, wo du nur noch weiteren Kugeln ausgesetzt sein wirst. Nein, nicht nach dem, was du heute getan hast. Natürlich kannst du noch ein paar Tage hierbleiben und dich erholen, bevor du mir folgst. Ich werde zwei meiner Männer hier lassen, die dich zu deinem neuen Zuhause begleiten werden.«

»Mein neues Zuhause?«, fragte ich, nun vollends verwirrt. Ich versuchte, mich wieder aufzurichten, als er auf die Tür unserer Hütte zuschritt. »Wo soll das sein, Euer Durchlaucht?«

»Na, in St. Petersburg natürlich«, sagte er, wobei er sich umdrehte und mich anlächelte. »Du hast bereits bewiesen, dass du dazu bereit bist, dich für jemanden wie mich in eine Kugel zu werfen. Und jetzt stell dir mal vor, wie viel Loyalität du für jemanden aufbringen würdest, der noch höherrangig ist als ein einfacher Großfürst.«

Ich schüttelte den Kopf und schluckte nervös. »Jemand, der noch höherrangig ist, als Ihr es seid?«, fragte ich.

Er zögerte einen Augenblick, so als wäre er sich nicht sicher, ob er mir verraten könnte, an wen er dabei dachte, als befürchtete er, der Schock dieser Offenbarung könnte mich vielleicht gänzlich in Ohnmacht fallen lassen. Doch als er schließlich wieder das Wort ergriff, da verhielt er sich so, als sei diese absolut außergewöhnliche Vorstellung die normalste Sache der Welt. »Der Zarewitsch Alexei«, sagte er. »Du wirst zu denjenigen gehören, deren Aufgabe es ist, ihn zu beschützen. Mein Vetter, der Zar, erwähnte mir gegenüber neulich, dass er genau nach so einem jungen Mann Ausschau halte, und er fragte mich, ob ich vielleicht jemanden kenne, der einen geeigneten Begleiter abgeben würde. Also jemanden, der etwa im selben Alter ist. Natürlich hat der Zarewitsch jede Menge Leibwächter. Er braucht aber mehr als das. Er braucht einen Begleiter, der sich auch um seine Sicherheit kümmern kann. Und ich glaube, ich habe gefunden, wonach der Zar sucht. Ich habe vor, dich ihm zum Geschenk zu machen, Georgi Daniilowitsch. Das heißt natürlich, falls er dich akzeptiert. Doch vorerst bleibst du noch hier. Erhol dich. Werde wieder gesund. Und gegen Ende der Woche sehen wir beide uns dann in St. Petersburg.«

Und mit diesen Worten verschwand er durch die Tür unserer Hütte. Meine Schwestern starrten ihm ehrfürchtig nach, meine Mutter sah so verängstigt aus wie noch niemals zuvor, und mein Vater zählte sein Geld.

Trotz meiner Schmerzen richtete ich mich noch ein Stück weiter auf, und als ich dies tat, konnte ich durch unsere Tür auf die dahinter liegende Straße blicken, wo eine Eibe stand, in voller Blüte, gesund, stark und kräftig, aber etwas daran war anders als sonst. Ein großes Gewicht schien in ihrem Geäst hin und her zu schwingen. Ich kniff die Augen zusammen, um dieses seltsame Ding zu identifizieren, und als ich schließlich erkannte, worum es sich dabei handelte, da stockte mir der Atem.

Es war Kolek.

Sie hatten ihn auf offener Straße erhängt.

1979

Es war Sojas Idee, noch eine letzte gemeinsame Reise zu machen.

Wir waren nie große Touristen gewesen, weder sie noch ich, denn anstatt uns den Beschwernissen einer Urlaubsreise auszusetzen, genossen wir lieber die Wärme und Sicherheit unserer behaglichen Wohnung in Holborn. Nachdem wir Russland verlassen hatten, begaben wir uns schnurstracks nach Frankreich; einmal dort angelangt, verbrachten wir einige Jahre in Paris, wo wir wohnten und arbeiteten und wo wir auch heirateten, bevor wir uns schließlich in London niederließen. Als Arina noch ein Kind war, scheuten wir weder Kosten noch Mühe, um uns jeden Sommer für eine Woche vom Großstadtgetriebe zu verabschieden, um ihr das Meer zu zeigen, sie im Sand spielen und mit anderen Kindern herumtollen zu lassen. Für gewöhnlich fuhren wir dann nach Brighton oder manchmal sogar bis hinunter nach Cornwall, die Küsten der Insel aber haben wir, nachdem wir einmal in England sesshaft geworden waren, niemals hinter uns gelassen. Und ich hatte gedacht, dabei würde es auch bleiben.

Soja rückte eines späten Abends mit ihrer Idee heraus, als wir in unserem Wohnzimmer am Kaminfeuer saßen und zuschauten, wie die Flammen allmählich schwächer wurden und die schwarzen Kohlen zum letzten Mal fauchten und zischten. Ich las im neuen Roman von Kingsley Amis und legte das Buch überrascht beiseite, als sie mir mitteilte, was sie sich überlegt hatte.

Unser Enkel, Michael, hatte sich eine halbe Stunde zuvor nach einem schwierigen Gespräch von uns verabschiedet.

Er war zum Abendessen gekommen und hatte uns erzählt, welche Fortschritte es in seinem neuen Leben als Schauspielschüler gab, doch die ausgelassene Stimmung des Abends war mit einem Mal wie weggewischt, als Soja ihn über ihre Krankheit und die Ausbreitung der Krebszellen ins Bild setzte. Sie wolle ihm nichts verheimlichen, aber sein Mitleid wolle sie auch nicht haben. So sei das Leben nun einmal, meinte sie. Da könne man nichts machen.

»Ich bin ja schon steinalt«, sagte sie mit einem Lächeln. »Und ich habe unglaubliches Glück gehabt, verstehst du. Ich bin dem Tod einmal sehr viel näher gewesen als jetzt.«

Doch als ein junger Mensch hatte Michael sofort nach Auswegen gesucht, nach einem Hoffnungsschimmer. Er beharrte darauf, dass sein Vater die Kosten für alle notwendigen Behandlungen übernehmen würde und dass er selber sein Studium an der RADA abbrechen und sich eine richtige Arbeit suchen würde, um bezahlen zu können, was immer sie brauchte, doch sie schüttelte den Kopf und umfasste seine Hände, während sie ihm mitteilte, dass man für sie nichts mehr tun könne, auch nicht für alles Geld der Welt. Diese Krankheit sei unheilbar, sagte sie zu ihm. Womöglich seien ihr nur noch wenige Monate vergönnt, und die wolle sie nicht mit der Suche nach Heilmitteln oder unnützen Therapien vergeuden. Diese Neuigkeit war ihm sehr an die Nieren gegangen. Nachdem er so viele Jahre ohne Mutter zugebracht hatte, war es nur natürlich, dass er sich nicht damit abfinden wollte, nun auch noch seine Großmutter zu verlieren.

Bevor er ging, hatte Michael mich beiseitegenommen und gefragt, ob er irgendetwas für seine Großmutter tun könne, um ihr das Schicksal zu erleichtern. »Sie hat doch die besten Ärzte, nicht wahr?«, fragte er mich.

»Selbstverständlich«, erwiderte ich, gerührt von den Tränen, die ihm in die Augen traten. »Aber mit dieser Krankheit ist nicht zu spaßen, verstehst du.«

»Sie ist doch eine zähe alte Lady«, sagte er, woraufhin ich lächeln musste.

Ich nickte. »Ja«, sagte ich. »Ja, das ist sie.«

»Ich habe von Menschen gehört, die es schaffen, den Krebs zu besiegen.«

»Ja, das habe ich auch«, erwiderte ich, obwohl ich ihm eigentlich keine falschen Hoffnungen machen wollte. Soja und ich hatten uns bereits seit Wochen über ihre Entscheidung gestritten, auf eine ärztliche Behandlung zu verzichten und es dem Krebs zu gestatten, sich in ihrem Körper auszubreiten und sie dahinscheiden zu lassen, wenn er schließlich genug von ihr hatte. Ich hatte buchstäblich alles versucht, um sie von diesem Vorhaben abzubringen, doch ohne Erfolg. Sie hatte einfach entschieden, dass ihre Zeit gekommen sei.

»Ruf mich an, wenn ihr mich braucht, ja?«, hatte Michael mit eindringlicher Stimme gesagt. »Mich oder Dad. Wir werden hier sein, wann immer ihr etwas braucht. Und ich werde jetzt öfter bei euch vorbeischauen, okay? Zweimal die Woche, wenn ich es schaffe. Und sag Großmutter, sie soll nicht für mich kochen. Ich werde vorher etwas essen.«

»Willst du sie beleidigen?«, fragte ich empört. »Du wirst essen, was sie dir auf den Tisch stellt, Michael!«

»Na, gut ... von mir aus«, sagte er achselzuckend, wobei er mit der Hand durch seine schulterlangen Haare fuhr und mich mit seinem charakteristischen knappen Lächeln bedachte. »Ich wollte ja bloß sagen, dass ich auf alle Fälle hier bin. Ich werde London nicht verlassen.«

Er ist immer ein guter Enkelsohn gewesen. Wir sind immer stolz auf ihn gewesen. Nachdem er gegangen war, gestanden wir uns beide ein, wie sehr uns seine Anteilnahme gerührt hatte.

»Eine Reise?«, fragte ich, von ihrem Vorschlag überrascht. »Bist du sicher, dass du das auch schaffen wirst?«

»Ja, ich glaube schon«, sagte sie. »Jetzt ginge es jedenfalls noch. Doch in ein paar Monaten … wer weiß?«

»Du möchtest nicht lieber hierbleiben und dich schonen?«

»Und sterben, willst du wohl sagen?«, fragte sie, wobei sie diese Worte noch im selben Moment zu bedauern schien, als sie den bestürzten Ausdruck auf meinem Gesicht registrierte. Sie beugte sich zu mir herüber, um mich zu küssen. »Es tut mir leid«, beteuerte sie. »Ich hätte das nicht sagen dürfen. Aber ich sehe die Sache so, Georgi: Ich kann hier herumsitzen und auf das Ende warten, oder ich kann die Zeit, die mir noch bleibt, auf eine angenehme Weise nutzen.«

»Nun, ich denke, wir könnten mit der Bahn irgendwo hinfahren, für ein oder zwei Wochen«, sagte ich, nachdem ich kurz darüber nachgedacht hatte. »Als wir noch jünger waren, hat es uns doch unten an der Südküste so gut gefallen.«

»Ich habe nicht an Cornwall gedacht«, sagte sie rasch, wobei sie den Kopf schüttelte, und jetzt war ich an der Reihe, meine Worte zu bedauern, denn der Name dieses Landstrichs weckte Erinnerungen an unsere Tochter, Erinnerungen, die mit Trauer und Wahnsinn verbunden waren.

»Schottland vielleicht«, schlug ich vor. »Da sind wir noch nie gewesen. Und Edinburgh soll sehr schön sein. Oder ist das zu weit weg? Nehmen wir uns vielleicht zu viel vor?«

»Man kann sich nie zu viel vornehmen, Georgi«, sagte sie mit einem Lächeln.

»Schottland also nicht«, sagte ich, wobei ich mir eine Landkarte von Großbritannien vorstellte und diese im Geist überflog. »Da ist es um diese Jahreszeit ohnehin zu kalt. Und Wales, denke ich, kommt auch nicht in Frage. Der Lake District vielleicht? Das idyllische Refugium von Wordsworth?

Oder Irland? Wir könnten die Fähre hinüber nach Dublin nehmen, wenn du dir sicher bist, dass du das schaffst. Oder wir könnten dort in den Süden fahren, nach West Cork. Da soll es auch sehr schön sein.«

»Ich habe an etwas gedacht, das weiter im Norden liegt«, sagte sie, und ihr Tonfall verriet mir, dass dies kein leeres Geplauder war, sondern eine Sache, mit der sie sich schon seit geraumer Zeit beschäftigte. Sie wusste ganz genau, wohin sie reisen wollte, und etwas anderes würde für sie nicht in Frage kommen. »Ich habe an Finnland gedacht«, sagte sie schließlich.

»Finnland?«

»Ja.«

»Aber warum ausgerechnet Finnland?«, fragte ich, von ihrer Wahl überrascht. »Das ist so … also, ich meine, *Finnland*! Da gibt es doch nichts zu sehen?«

»Aber natürlich, Georgi«, sagte sie seufzend. »Das ist ein richtiges Land, so wie jedes andere auch.«

»Aber du hast dich noch nie für Finnland interessiert.«

»Ich bin als Kind dort gewesen«, erzählte sie mir. »Natürlich erinnere ich mich kaum noch daran, aber ich habe gedacht … nun, es grenzt an unsere Heimat, verstehst du? Ich meine, wir wären dort so nahe an Russland.«

»Hmm«, sagte ich, nachdenklich nickend. »Ja, natürlich.« Ich vergegenwärtigte mir die Landkarte von Nordeuropa, die ausgedehnte, fast zwölfhundert Kilometer lange finnische Ostgrenze, die sich von Grense-Jakobselv im Norden bis nach Hamina im Süden erstreckte.

»Ich möchte noch einmal nahe bei St. Petersburg sein«, fuhr sie fort. »Nur noch ein Mal im Leben, das ist alles. Solange ich noch dazu in der Lage bin. Ich möchte in die Ferne schauen und es mir vorstellen, wie es noch immer dasteht. Unerschütterlich und unbesiegbar.«

Ich atmete schwer durch die Nase und biss mir auf die Lippen, während ich ins Feuer starrte, wo sich die letzten Kohlen in Glutasche verwandelten, und mir durch den Kopf gehen ließ, was sie soeben gesagt hatte. Finnland. Russland. Es war, im wahrsten Sinne des Wortes, ihr letzter Wunsch. Ich muss gestehen, dass die Vorstellung auch für mich ihren Reiz hatte, doch andererseits fragte ich mich, ob diese Reise tatsächlich eine gute Idee war. Und das nicht nur wegen der Krebserkrankung.

»Bitte, Georgi«, sagte sie, nachdem einige Minuten ohne ein Wort verstrichen waren. »Bitte! Das ist alles, was ich noch will.«

»Und du bist dir sicher, dass du die Kraft dazu hast?«

»Im Moment schon«, sagte sie. »Doch in ein paar Monaten ... wer weiß? Jetzt ginge es jedenfalls noch.«

Ich nickte. »Na, dann werden wir diese Reise machen«, sagte ich zu ihr.

Es gab eine Reihe von Anzeichen, die Rückschlüsse auf die Art von Sojas Krankheit erlaubt hätten, und zusammen genommen hätten diese mir eigentlich sagen müssen, wie schlecht es ihr ging, doch da sie im Abstand von mehreren Monaten auftauchten, gemeinsam mit den üblichen Wehwehchen und Gebrechen des Alters, war es schwer, die Verbindung zwischen den einzelnen Symptomen zu erkennen. Dazu kam noch, dass meine Frau die Details ihres Leidens so lange wie möglich für sich behielt. Ob sie dies tat, weil sie mir verheimlichen wollte, unter welchen Qualen sie litt, oder weil sie sich dagegen sträubte, einen Arzt zu konsultieren, ist eine Frage, die ich ihr nie gestellt habe – aus Angst, ihre Antwort könnte mich verletzen.

Ich bemerkte jedoch, dass sie müder war als sonst und dass sie abends mit einem Ausdruck von purer Erschöpfung am Kaminfeuer saß. Mir entging auch nicht, dass ihr das Atmen etwas schwerer fiel und dass ihr Teint ein wenig blasser war. Als ich sie nach dieser Mattigkeit fragte, zuckte sie die Achseln und meinte, es sei nichts, sie müsse nur einmal eine Nacht richtig durchschlafen, das sei alles und ich solle mir wegen ihr nicht immer so viele Sorgen machen. Doch dann bekam sie auch noch Probleme mit dem Rücken, und ich konnte sehen, wie sie heftig zusammenzuckte, als sie mit der Hand an eine Stelle unten an ihrem Rückgrat fasste und die Hand dort einen Moment lang ruhen ließ, bis der Schmerz abgeklungen war. Ihr Gesicht war dabei die ganze Zeit über vor Pein verzerrt.

»Du solltest lieber zum Arzt gehen«, sagte ich zu ihr, als die Schmerzen länger anzuhalten schienen, als sie offenkundig ertragen konnte. »Vielleicht hast du's ja an der Bandscheibe, und dein Rücken muss ruhiggestellt werden. Der Arzt könnte dir ein entzündungshemmendes Medikament verschreiben oder …«

»Oder ich werde einfach nur alt«, unterbrach sie mich, wobei sie sich alle Mühe gab, nicht laut zu werden. »Mir geht es gut, Georgi. Reg dich nicht unnötig auf!«

Binnen einiger Wochen hatten sich die Schmerzen nach und nach in ihrem Unterleib ausgebreitet, und ich registrierte bei ihr eine auffällige Appetitlosigkeit: Sie stocherte mit der Gabel in dem Essen auf ihrem Teller herum, schob sich nur Spatzenportionen in den Mund, auf denen sie dann lustlos herumkaute, bevor sie den Teller wegschob und behauptete, sie habe keinen Hunger.

»Ich habe beim Mittagessen ordentlich zugelangt«, erklärte sie, und ich war leider so dumm, ihr dies abzukaufen. »Mitten am Tag sollte ich nicht so viel essen.«

Doch als diese Symptome dann mehrere Monate lang anhielten, und sie nicht nur an Gewicht zu verlieren begann, sondern auch nachts vor Schmerzen nicht mehr schlafen konnte, ließ sie sich schließlich dazu bewegen, den in unserer Gegend ansässigen praktischen Arzt aufzusuchen. Als sie zurückkehrte, erzählte sie mir, er habe eine Reihe von Tests gemacht, und zwei Wochen später wurden meine schlimmsten Befürchtungen bestätigt, als sie an eine Fachärztin überwiesen wurde, Dr. Joan Crawford, die seitdem zu einem festen Bestandteil unseres Lebens geworden ist.

Es kommt mir merkwürdig vor, dass ich die Nachricht von Sojas Krankheit schlechter aufnahm als sie selber. Gott möge mir vergeben, aber sie schien erleichtert zu sein, fast schon glücklich, als die Tests abgeschlossen waren und sie mich von dem Ergebnis unterrichtete, mit großer Rücksicht auf meine Gefühle, aber ohne jegliche Angst oder Bestürzung, was ihren eigenen Zustand betraf. Sie weinte nicht, aber mir schossen die Tränen in die Augen. Sie schien weder Wut noch Angst zu verspüren, zwei Gefühle, die mich während der folgenden Tage immer wieder übermannten. Es kam mir so vor, als hätte sie ... nun ja, nicht gerade eine gute Nachricht erhalten, aber doch eine interessante Information, mit der sie nicht völlig unzufrieden war.

Eine Woche später saßen wir dann beide in Dr. Crawfords Büro und warteten auf sie. Soja wirkte völlig entspannt, während ich nervös auf meinem Stuhl hin und her rutschte und die eingerahmten Zeugnisse musterte, die an der Wand hingen. Ich redete mir ein, dass jemand, der auf diese Krankheit spezialisiert war und so viele Befähigungsnachweise von renommierten Universitäten besaß, zweifellos auch wissen müsste, wie sie zu bekämpfen war.

»Mr und Mrs Jatschmenew«, sagte Dr. Crawford, als sie den Raum betrat, ein wenig verspätet, aber energisch, ihr Gebaren durch und durch geschäftsmäßig. Obwohl sie uns nicht kühl oder von oben herab behandelte, spürte ich sofort, dass ihr ein gewisses Mitgefühl fehlte, was Soja darauf zurückführte, dass sie sich tagaus, tagein mit Patienten befasste, die alle an derselben Krankheit litten, und dass es für sie schwierig sei, jeden Fall als so tragisch zu empfinden, wie er es für die Angehörigen der Kranken war. »Es tut mir leid, dass Sie warten mussten. Aber Sie können sich sicher vorstellen, dass es hier von Tag zu Tag immer mehr zu tun gibt.«

Für mich war es nicht gerade eine Beruhigung, dies zu hören, doch ich sagte nichts, als sie die vor ihr auf dem Tisch liegende Krankenakte durchblätterte, wobei sie einmal ein Röntgenbild gegen das Licht hielt und es eingehend betrachtete, allerdings ohne dass ihrer Miene etwas zu entnehmen war. Schließlich klappte sie die Mappe zu, legte ihre Hände darauf und schaute uns beide an, wobei sie ihre Lippen zu einem, wie ich fand, angedeuteten Lächeln schürzte.

»Jatschmenew«, sagte sie. »Das ist ein ungewöhnlicher Name.«

»Das ist Russisch«, erwiderte ich schnell, denn der Sinn stand mir nicht nach Smalltalk. »Sie haben die Krankenakte meiner Frau gelesen, Frau Doktor?«

»Ja, und heute Morgen hatte ich eine Unterhaltung mit Ihrem Hausarzt, Dr. Cross. Er hat Sie über Ihren Zustand ins Bild gesetzt, Mrs Jatschmenew?«

»Ja«, sagte sie mit einem Kopfnicken. »Er hat mir gesagt, dass ich Krebs habe.«

»Präziser gesagt, Eierstockkrebs«, erwiderte Dr. Crawford, wobei sie die vor ihr liegenden Papiere mit beiden Händen glatt strich, eine Geste, die mich aus irgendeinem Grund an schlechte Schauspieler denken ließ, die nie wissen, was sie auf der Bühne mit ihren Händen anstellen sollen – vielleicht war dies ja meine Art, mich so weit wie möglich aus dem Gespräch herauszuhalten. »Sie haben schon seit einiger Zeit Schmerzen, nehme ich an.«

73

»Es gab gewisse Symptome, ja«, antwortete Soja vorsichtig, in einem Tonfall, aus dem hervorging, dass sie nicht getadelt werden wollte, weil sie erst so spät einen Arzt aufgesucht hatte. »Hin und wieder Schmerzen im Rücken, Erschöpfung, eine leichte Übelkeit, aber ich habe mir nichts dabei gedacht. Ich bin achtundsiebzig, Dr. Crawford. Seit zehn Jahren wache ich jeden Morgen mit einem anderen Zipperlein auf.«

Die Ärztin lächelte und nickte, wobei sie einen Moment lang innehielt, bevor sie mit einer sanfteren Stimme weiterredete. »Dies ist natürlich nichts Ungewöhnliches bei Frauen in Ihrem Alter. Ältere Frauen haben ein höheres Risiko, an Eierstockkrebs zu erkranken, obwohl dies normalerweise in einem Alter von Mitte fünfzig bis Mitte siebzig geschieht. Dass der Krebs sich, wie in Ihrem Fall, erst so spät im Leben herausbildet, ist relativ selten.«

»Ich wollte schon immer etwas Besonderes sein«, sagte Soja mit einem Lächeln.

Dr. Crawford erwiderte ihr Lächeln, und die beiden Frauen blickten sich für eine kurze Weile gegenseitig an, als wüssten sie etwas über die andere, das ich zwangsläufig nicht wusste. Ich fühlte mich fürchterlich ausgeschlossen.

»Darf ich Sie fragen, ob es in der Krankengeschichte Ihrer Familie schon irgendwelche Fälle von Krebs gegeben hat?«, fragte Dr. Crawford sie dann.

»Nein«, sagte Soja. »Ich meine, ja, Sie dürfen mich fragen. Aber nein, es hat keine solchen Fälle gegeben.«

»Und Ihre Mutter? Ist sie eines natürlichen Todes gestorben?«

Soja zögerte nur einen kurzen Moment, bevor sie antwortete. »Meine Mutter hatte keinen Krebs.«

»Ihre Großmutter? Irgendwelche Schwestern oder vielleicht Tanten?«

»Nein«, sagte sie.

»Und wie steht's mit ihrer persönlichen Krankengeschichte? Haben Sie in Ihrem Leben irgendwelche größeren Traumata erlitten?«

Nach einem kurzen Moment der Unschlüssigkeit brach Soja angesichts der Frage der Ärztin in prustendes Gelächter aus, woraufhin ich mich zur Seite drehte und sie überrascht anschaute. Als ich den hysterischen Ausdruck auf ihrem Gesicht wahrnahm, ihr krampfhaftes Bemühen, vor Belustigung und Kummer nicht zittern zu müssen, da wusste ich nicht, ob ich in ihr Gelächter einstimmen oder die Hände vors Gesicht schlagen sollte. Plötzlich wünschte ich mir, woanders zu sein. Ich wünschte mir, all dies wäre nicht geschehen. Es war zweifellos eine Wortwahl, wie sie unglücklicher nicht hätte sein können, doch Dr. Crawford schaute Soja einfach nur an und nahm deren Lachen kommentarlos zur Kenntnis. Ich vermutete, dass sie bei Gesprächen wie diesen jede Menge bizarrer Reaktionen erlebte.

»Medizinische Traumata habe ich keine erlitten«, sagte Soja schließlich, wobei sie sich wieder in den Griff bekam und das erste Wort ihres Satzes betonte. »Ich habe kein leichtes Leben gehabt, Dr. Crawford, aber ich bin immer bei guter Gesundheit gewesen.«

»Ja, natürlich«, sagte sie mit einem Seufzer, als verstünde sie ihre Patientin nur zu gut. »Frauen aus Ihrer Generation haben sehr viel durchmachen müssen. Zum Beispiel im Krieg.«

»Ja, der Krieg«, sagte Soja, nachdenklich nickend. »Es hat ja so viele Kriege gegeben.«

»Frau Doktor«, unterbrach ich sie und schaltete mich damit zum ersten Mal in das Gespräch ein. »Eierstockkrebs – ist das heilbar? Können Sie meiner Frau irgendwie helfen?«

Sie schaute mich mit einem gewissen Mitleid an, denn sie wusste natürlich, dass der Ehemann von allen im Raum Anwesenden wahrscheinlich die meiste Angst hatte. »Ich befürchte, die Krebszellen haben bereits begonnen, sich auszubreiten, Mr Jatschmenew«, sagte sie ruhig. »Und ich denke, Sie wissen, dass die medizinische Wissenschaft derzeit noch nicht mit einer erfolgreichen Therapie aufwarten kann. Wir können also nichts weiter tun, als die Schmerzen unserer Patienten so weit wie möglich zu lindern und ihnen so viel Hoffnung auf eine Verlängerung ihres Lebens zu machen, wie wir können.«

Ich starrte auf den Fußboden, denn ich verspürte angesichts dieser Worte eine gewisse Benommenheit, obwohl ich in Wahrheit gewusst hatte, dass sie genau dies sagen würde. Ich hatte bereits Wochen an meinem üblichen Tisch in der British Library verbracht und mich ausführlich über die Krankheit informiert, von der Dr. Cross gesprochen hatte, und ich wusste nur zu gut, dass es keine Therapie gab. Es bestand jedoch noch immer Hoffnung, und daran klammerte ich mich.

»Es gibt noch einige zusätzliche Tests, die ich gern machen würde, Mrs Jatschmenew«, sagte sie und wandte sich wieder meiner Frau zu. »Natürlich werden wir noch eine zweite Untersuchung des Beckenbereichs vornehmen. Und ein paar Bluttests, eine Ultraschalluntersuchung, einen Kontrasteinlauf, mit dem wir das Ausmaß des Krebses feststellen können. Selbstverständlich werden wir auch noch ein oder zwei Computertomografien machen. Wir müssen herausfinden, wie weit sich der Krebs von den Eierstöcken in den Beckenbereich ausgebreitet hat und ob er bereits in der Bauchhöhle angelangt ist.«

»Aber was ist mit den Behandlungen, Frau Doktor?«, unterbrach ich sie, wobei ich mich zu ihr vorbeugte. »Was können Sie tun, damit es meiner Frau besser geht?«

Sie schaute mich an, ein wenig gereizt, wie ich fand, so als sei sie es gewohnt, sich mit am Boden zerstörten Ehemännern befassen zu müssen, obwohl ihr Interesse einzig und allein ihren Patientinnen galt.

»Wie ich Ihnen bereits gesagt habe, Mr Jatschmenew«, erwiderte sie, »die Behandlungen können das Voranschreiten des Krebses lediglich verlangsamen. Chemotherapie wird natürlich eine wichtige Rolle spielen. Es wird chirurgische Eingriffe geben, und zwar möglichst schnell, um die Ovarien zu entfernen. Und um eine Hysterektomie werden wir auch nicht herumkommen. Dabei können wir gleichzeitig Biopsien von den Lymphknoten Ihrer Frau machen, von Ihrem Zwerchfell und Ihrem Beckengewebe, um herauszufinden, ob ...«

»Und wenn ich mich nicht behandeln lasse?«, fragte Soja mit einer leisen, aber festen Stimme, die den kalten Granit dieser medizinischen Fachbegriffe durchschnitt. Begriffe, die Dr. Crawford in der Vergangenheit sicherlich schon tausend Mal von sich gegeben hatte.

»Wenn Sie sich nicht behandeln lassen, Mrs Jatschmenew«, erwiderte sie, offenbar auch an diese Frage gewohnt, die mich bestürzte – wie leicht es dieser Dame doch fiel, dermaßen schreckliche Dinge zu erörtern –, »dann wird sich der Krebs mit an Sicherheit grenzender Wahrscheinlichkeit weiter ausbreiten. Die Schmerzen werden in etwa die gleichen sein, die Sie jetzt haben, doch dagegen könnten wir Ihnen Medikamente verabreichen. Aber eines Tages wird es Sie kalt erwischen, und mit Ihrer Gesundheit wird es rapide bergab gehen. Das wird der Zeitpunkt sein, wenn der Krebs sein letztes Stadium erreicht hat, wenn er die Bauchhöhle verlässt und Ihre inneren Organe angreift – die Leber, die Nieren und so weiter.«

»Natürlich werden wir sofort mit der Behandlung beginnen«, forderte ich, und Dr. Crawford lächelte mich an, mit der Nachsicht, die eine mitfühlende Großmutter ihrem schwachsinnigen Enkelkind entgegenbringt, und wandte sich dann wieder meiner Frau zu.

»Ihr Mann hat recht, Mrs Jatschmenew«, sagte sie. »Es ist wichtig, dass wir so schnell wie möglich mit der Behandlung beginnen. Das verstehen Sie doch, oder?«

»Wie lange wird es dauern?«, fragte Soja.

»Die Behandlung würde auf unbestimmte Zeit andauern«, erwiderte Dr. Crawford. »So lange, bis wir die Krankheit unter Kontrolle haben. Das kann eine kurze Zeit sein, es kann aber auch ewig dauern.«

»Nein«, erwiderte Soja mit einem Kopfschütteln. »Ich meine, wie viel Zeit würde mir noch bleiben, wenn ich mich nicht behandeln ließe?«

»Um Himmels willen, Soja!«, schrie ich, wobei ich sie anstarrte, als hätte sie völlig den Verstand verloren. »Was soll diese Frage? Hast du nicht verstanden, dass ...«

Sie hob eine Hand in die Höhe, um mich zum Schweigen zu bringen, aber ohne dabei in meine Richtung zu schauen.

»Wie lange, Frau Doktor?«

Dr. Crawford atmete laut aus und zuckte die Schultern, was mich nicht mit Zuversicht erfüllte. »Das ist schwer zu sagen«, erwiderte sie. »Diese Tests müssten wir auf jeden Fall machen, um genau zu bestimmen, in welchem Stadium sich der Krebs befindet. Aber ich würde sagen, nicht mehr als ein Jahr. Wenn Sie Glück haben, vielleicht ein wenig länger. Aber ich kann unmöglich sagen, wie Ihr Befinden während dieser Zeit sein wird. Es könnte sein, dass es Ihnen bis kurz vor dem Ende gut geht und der Krebs Sie dann sehr schnell attackiert. Es ist aber ebenso gut möglich, dass er Ihnen schon sehr bald ein schleichendes Dahinsiechen bringt. Es wäre für Sie wirklich das Beste, wenn wir sofort mit den nötigen Maßnahmen beginnen.« Sie öffnete einen schweren Terminkalender, der vor ihr auf dem Tisch lag, und fuhr mit dem Zeigefinger auf einer der Seiten entlang. »Also, die erste Beckenuntersuchung könnten wir am ...«

Sie kam nicht mehr dazu, ihren Satz zu vollenden, denn Soja war abrupt aufgestanden, hatte ihren Mantel vom Garderobenständer neben der Tür genommen und den Raum verlassen.

Ursprünglich wollten wir nicht weiter östlich reisen als bis nach Helsinki, doch aus einer Laune heraus fuhren wir dann bis zu der ebenfalls am Finnischen Meerbusen gelegenen Hafenstadt Hamina. Der Matkahuolto-Bus schaukelte uns gemächlich durch Porvoo und dann ein Stück weit nördlich an Kotka vorbei – Namen, die mir sechzig Jahre zuvor ebenso geläufig gewesen waren wie mein eigener, aber während der dazwischenliegenden Jahrzehnte nach und nach aus meinem Gedächtnis verschwunden waren, verdrängt durch die Erfahrungen und Erinnerungen eines gemeinsam verbrachten Erwachsenenalters. Als ich diese Wörter jedoch wieder auf dem Busfahrplan las und ihre vergessenen Silben im Flüsterton vor mich hin sprach, da riss es mich zurück in meine Jugend, und ihre Klänge hallten in meinem Innern wider, wehmütig und vertraut wie ein uralter Kinderreim.

Wegen unseres fortgeschrittenen Alters waren Soja und mir Sitzplätze ganz vorne im Bus angeboten worden – vier Tage vor unserer Abreise hatte ich meinen achtzigsten Geburtstag gefeiert, meine Frau war nur zwei Jahre jünger als ich. Wir saßen still nebeneinander und betrachteten die Städte und Dörfer, die an uns vorüberzogen, in einem Land, das nicht unsere Heimat war, das nie unsere Heimat gewesen war, wo wir uns aber unserem Geburtsland so nahe fühlten wie nie zuvor in den vergangenen Jahrzehnten. Die Landschaft entlang des Finnischen Meerbusens erinnerte mich wieder an längst vergessene Segeltörns vor der Küste des

Baltikums, an Ausflüge, bei denen meine Tage und Nächte erfüllt waren von Spielen und Gelächter und vom Klang von Mädchenstimmen, die nach meiner Aufmerksamkeit verlangten, eine lauter als die andere. Wenn ich die Augen schloss und dem Geschrei der über meinem Kopf kreisenden Möwen lauschte, so konnte ich mir vorstellen, wie wir noch einmal in Tallinn, an der Nordküste von Estland, den Anker auswarfen oder von Riga in Richtung Norden segelten, nach St. Petersburg – eine leichte Brise im Rücken und über uns die Sonne, die auf das Deck der *Standart* herniederbrannte.

Selbst die Stimmen der Menschen um uns herum klangen irgendwie vertraut; ihre Sprache war eine andere, natürlich, doch wir konnten dieses oder jenes Wort verstehen, und als ich hörte, wie sich die harten, kehligen Laute des Flachlands mit der sanften, zischenden Intonation der Fjorde vermischten, fragte ich mich, warum wir nicht schon viel früher hierher gekommen waren.

»Wie fühlst du dich?«, fragte ich Soja, als ich einem Wegweiser nach Hamina entnahm, dass wir dort in nicht mehr als zehn oder fünfzehn Minuten eintreffen würden. Ihr Gesicht war ein wenig blass, und ich konnte erkennen, wie sehr ihr diese Fahrt gen Osten ans Herz ging, auch wenn sie sich nach außen hin nichts anmerken ließ. Wären wir allein gewesen, so hätte sie womöglich geweint, vor Freude und vor Traurigkeit, doch wir teilten uns den Bus mit Fremden, deren Vorurteile sie nicht bestätigen wollte, indem sie sie Zeugen der Schwäche einer alten Frau werden ließ.

»Wie ich mich fühle? So als dürfte diese Reise niemals zu Ende gehen«, erwiderte sie ruhig.

Wir waren seit einer knappen Woche in Finnland, und Soja erfreute sich einer ausgesprochen guten Gesundheit, was mich darüber nachdenken ließ, ob wir nicht vielleicht für immer übersiedeln sollten, da es ihr im nördlichen Klima allem Anschein nach besser ging als bei uns zu Hause in London. Ich dachte an die Biografien großer Schriftsteller, deren Leben ich nach meiner Pensionierung in der British Library studiert hatte, daran, wie sie ihre Heimat für die kühle Luft der Gebirge des europäischen Festlands verlassen hatten, um sich dort von den Krankheiten ihrer Zeit zu erholen. An den begnadeten Stephen Crane, der sich in Badenweiler von der Tuberkulose dahinraffen ließ; an Keats, der auf die Spanische Treppe hinausstarrte, während sich seine Lungen mit Bakterien füllten und er den aufgeregten Stimmen von Severn und Clark lauschte, die sich über die geeignete Behandlungsmethode in die Haare gerieten. Natürlich hatten sich diese Männer dorthin begeben, weil sie auf eine Wiederherstellung ihrer Gesundheit hofften, auf einer Verlängerung ihres Lebens. Doch das Einzige, was sie dort gefunden hatten, waren ihre Gräber gewesen. Würde es bei Soja genauso sein, fragte ich mich. Würde uns eine Rückkehr in den Norden Hoffnung bescheren und die Aussicht auf zusätzliche Lebensjahre oder nur die niederschmetternde Erkenntnis, dass sich nichts gegen den bösartigen Eindringling ausrichten ließ, der mir meine Frau wegzunehmen drohte?

Ein kleines Café in der Stadt hatte ein traditionelles Lounas auf der Speisekarte. Wir riskierten es und nahmen draußen Platz, dick eingemummt in Mäntel und Schals. Die Kellnerin servierte uns warme Teller mit eingesalzenem Fisch und Saatkartoffeln und füllte die Gläser mit unserem Heißgetränk nach, wann immer es zur Neige ging. Eine Schar von Kindern lief an uns vorüber, und wir beobachteten, wie einer der Jungen ein kleineres Mädchen schubste, sodass es mit einem ängstlichen Schrei rücklings in einen Schneehaufen fiel. Soja beugte sich vor, um den Jungen wegen seiner Grobheit zur Rede zu stellen, doch sein Opfer war schnell wieder auf den Beinen und zahlte es ihm mit gleicher Münze heim, was ein zufriedenes Lächeln über ihr Gesicht huschen ließ. Wir sahen den Familien zu, die auf dem Weg von oder zu einer nahe gelegenen Schule waren, lehnten uns zurück und überließen uns unseren Gedanken und Erinnerungen, friedlich und entspannt, in dem Bewusstsein, dass eine lange und glückliche Beziehung dem Bedürfnis nach unentwegtem Geplauder den Boden entzieht. Obwohl uns beiden nie der Gesprächsstoff ausging, hatten Soja und ich schon seit Langem die Kunst perfektioniert, in der Gegenwart des anderen stundenlang stumm dazusitzen.

»Hast du auch diesen Geruch in der Nase?«, fragte Soja mich schließlich, als wir unseren letzten Schluck Tee genommen hatten.

»Diesen Geruch?«

»Ja, das ist ein ... nun, es ist schwer zu beschreiben, aber wenn ich die Augen schließe und ganz sachte einatme, erinnert er mich an meine Kindheit. London roch für mich immer nach Arbeit. Und Paris roch nach Angst. Aber Finnland – das erinnert mich an eine viel unbeschwertere Zeit in meinem Leben.«

»Und Russland?«, fragte ich. »Wonach hat Russland gerochen?«

»Eine Zeit lang roch es nach Glück und Wohlstand«, erwiderte sie auf der Stelle, ohne groß darüber nachzudenken. »Doch dann nach Wahnsinn und Krankheit. Und natürlich nach Religion. Und dann ...« Sie lächelte und schüttelte den Kopf. Offenbar genierte sie sich, ihren Satz zu vollenden.

»Was?«, fragte ich mit einem Lächeln. »Los, sag's mir.«

»Du wirst mich bestimmt für töricht halten«, erwiderte sie mit einem entschuldigenden Achselzucken, »aber auf mich wirkte Russland immer wie ein verdorbener Granatapfel – er verbirgt seine faulige Natur, ist außen rot und appetitlich, doch wenn man ihn aufschneidet, quellen einem die Samen und fleischigen Samenmäntel entgegen, schwarz und ekelerregend. Russland erinnert mich an einen Granatapfel. Bevor er verrottet.«

Ich nickte, ohne etwas darauf zu erwidern. Ich empfand keine besonderen Gefühle, was den Geruch unserer verlorenen Heimat betraf, doch die Menschen, die Häuser und die Kirchen, die mich in Finnland umgaben, erinnerten mich an die Vergangenheit. Dies waren womöglich schlichtere Vorstellungen – Soja hatte schon immer eher zu Metaphern geneigt als ich, vielleicht weil sie gebildeter war –, doch ich genoss den Gedanken, der Heimat wieder nahe zu sein, St. Petersburg wieder nahe zu sein, dem Winterpalais und sogar Kaschin.

Doch wie hatte ich mich verändert, seit ich das letzte Mal an einem dieser Orte gewesen war! Als ich nach unserem Mittagsmahl beim Händewaschen in den Spiegel schaute, erblickte ich einen alten Mann, der sein Spiegelbild anstarrte, einen Mann, der vielleicht einmal attraktiv gewesen war, jung und kräftig, doch dieser Glanz war nun ein für alle Mal verblichen. Mein Haar war schütter, schlohweiße Strähnen ballten sich an beiden Seiten meines Schädels zusammen und offenbarten eine von Leberflecken übersäte Stirn, die keinerlei Ähnlichkeit mit dem reinen, sonnengebräunten Teint meiner Jugend hatte. Mein Gesicht war schmal, meine Wangen waren eingefallen, meine Ohren wirkten unnatürlich groß, so als seien sie der einzige Teil meiner Physiognomie, der sich noch nicht auf dem Rückzug befand. Meine Finger waren knochig geworden, und eine pergamentene Hautschicht bedeckte das darunter befindliche Skelett. Ich hatte Glück, dass meine Beweglichkeit nicht eingeschränkt war, wie ich oft befürchtet hatte, doch wenn ich morgens aufwachte, dauerte es dennoch viel länger, bis ich all meine Kräfte und Ressourcen mobilisiert hatte, um mich aus dem

Bett zu stemmen und mich zu waschen und anzukleiden. Hemd, Krawatte, Pullover – tagein, tagaus. Seit ich sechzehn war, basierte mein Leben auf Disziplin und Förmlichkeit. Mit jedem Monat, der verging, machte mir die Kälte mehr zu schaffen.

Mitunter kam es mir seltsam vor, dass ein so alter Zausel wie ich noch immer in den Genuss der Liebe und des Respekts einer Frau kommen konnte, die so schön und jugendlich war wie Soja – denn die, so schien es mir, hatte sich kaum verändert.

»Du, ich habe eine Idee«, sagte sie, als ich an unseren Tisch zurückkehrte, wobei ich mir unsicher war, ob ich mich wieder hinsetzen oder lieber darauf warten sollte, dass sie sich erhob.

»Eine gute Idee?«, fragte ich mit einem Lächeln und entschied mich für Ersteres, denn Soja machte keine Anstalten, sich zu erheben.

»Ich glaube schon«, erwiderte sie zögernd. »Ich weiß allerdings nicht, was du davon halten wirst.«

»Du möchtest, dass wir nach Helsinki ziehen«, sagte ich, denn ich glaubte zu wissen, was sie mir vorschlagen würde, und lachte ein wenig angesichts der Absurdität dieser Vorstellung. »Wir sollen den Rest unseres Lebens im Schatten der Suurkirkko verbringen. Du hast dich in Finnland verliebt.«

»Nein«, sagte sie, wobei sie den Kopf schüttelte und lächelte. »Nein, das nicht. Ich finde nicht, dass wir hier bleiben sollten. Ganz im Gegenteil. Ich finde, wir sollten noch weiter reisen.«

Ich schaute sie stirnrunzelnd an. »Noch weiter?«, fragte ich sie. »Wohin? Vielleicht ins Landesinnere? Das wäre natürlich eine Möglichkeit, aber ich fürchte, so ein Abstecher könnte …«

»Nein, das nicht«, unterbrach sie mich, mit einer klaren und nüchternen Stimme, so als wollte sie nicht riskieren, dass ich ihren Wunsch ausschlug, weil sie zu aufgeregt wirkte. »Ich finde, wir sollten nach Hause fahren.«

Ich seufzte. Seitdem wir von London aufgebrochen waren, hatte ich befürchtet, dass diese Reise sie zu sehr strapazieren könnte und sie sich über kurz oder lang nach der Wärme und Behaglichkeit unserer vertrauten Wohnung in Holborn sehnen würde. Wir waren schließlich keine jungen Leute mehr. Es fiel uns nicht leicht, so lange auf Achse zu sein.

»Fühlst du dich krank?«, fragte ich sie. Ich lehnte mich zu ihr hinüber und fasste sie bei der Hand, wobei ich ihr Gesicht nach Anzeichen von Schmerz und Qualen durchforstete.

»Nicht kränker als sonst.«

»Die Schmerzen, sind sie zu viel für dich geworden?«

»Nein, Georgi«, erwiderte sie mit einem kleinen Lachen. »Mir geht's prima. Warum fragst du mich das?«

»Weil du nach Hause fahren willst«, sagte ich. »Wenn du das wirklich möchtest, dann tun wir das natürlich. Keine Frage. Aber dieser Urlaub dauert ja nur noch vier Tage, und da wäre es vielleicht besser, wir kehren nach Helsinki zurück und ruhen uns dort aus, bis die Zeit für unseren Abflug gekommen ist.«

»Ich wollte nicht zurück nach London«, sagte sie schnell, wobei sie den Kopf schüttelte und wieder zu den Kindern hinüberschaute, die lautstark in dem Schneehaufen herumtobten. »*Dieses* Zuhause habe ich nicht gemeint!«

»Welches dann?«

»Na, St. Petersburg«, erwiderte sie. »Wir sind schließlich schon so weit gekommen. Die Fahrt würde nur wenige Stunden dauern, nicht wahr? Wir könnten dort einen Tag verbringen, nur einen einzigen Tag. Hast du dir jemals vorgestellt, dass wir noch einmal auf dem Palaisplatz stehen könnten? Dass wir noch einmal russische Luft schnuppern könnten? Wenn wir es jetzt nicht tun, wo wir St. Petersburg so nahe sind, dann werden wir es nie tun. Was hältst du davon, Georgi?«

Ich schaute sie an und wusste nicht, was ich sagen sollte. Als wir uns zu dieser Urlaubsreise entschlossen haben, hat sich zweifellos jeder von uns insgeheim gefragt, ob es dieses Gespräch geben würde, und wenn ja, wer von uns beiden zuerst mit diesem Vorschlag herausrücken würde. Wir hatten geplant, nach Finnland zu reisen, so weit nach Osten zu fahren, wie es das Wetter und unsere Gesundheit zuließen, und in die Ferne zu schauen, um dort vielleicht noch einmal die Schatten der Inseln vor der Wiborger Bucht auszumachen, ja, vielleicht sogar die Spitze von Primorsk – um uns zu erinnern, um zu fantasieren, um zu staunen.

Keiner von uns hatte jedoch davon gesprochen, dass wir die letzten paar hundert Kilometer bis zu der Stadt zurücklegen sollten, in der wir uns einst kennengelernt hatten. Bis jetzt.

»Also, ich finde …«, begann ich, wobei ich die Worte langsam und unschlüssig von meiner Zunge rollen ließ, bevor ich den Kopf schüttelte und noch einmal von vorne begann. »Ich frage mich …«

»Was?«, unterbrach sie mich.

»Ich frage mich, ob wir dort auch sicher sind.«

Das Winterpalais

Ich versuchte, mich zusammenzureißen, um nicht allzu sichtbar zu zittern.

Ich saß auf dem langen, kalten Flur im dritten Stock des Winterpalais, wo der Zar und seine Familie residierten, wenn sie in St. Petersburg weilten. Die goldenen Wände verschwanden in einer einschüchternden Dunkelheit. Da war ich nun, ein grüner Junge aus Kaschin, dem es beinahe den Atem verschlug, als er an all diejenigen dachte, die hier in der Vergangenheit gewandelt waren.

Natürlich hatte ich einen solchen Prunk noch nie erlebt – dass Räumlichkeiten wie diese auch außerhalb meiner Fantasie existieren könnten, wäre mir nie und nimmer in den Sinn gekommen. Als ich an mir hinunterschaute, konnte ich sehen, wie die Knöchel an meinen Händen weiß wurden, weil ich die Armlehnen meines Ohrenstuhls so fest umklammert hielt. Vor Anspannung drehte sich mir der Magen um, und jedes Mal, wenn ich meinem vor Nervosität auf dem Marmorfußboden tappenden Fuß Einhalt gebot, blieb dieser nur für einen Augenblick ruhig, bevor er seinen hektischen Tanz aufs Neue begann.

Der Stuhl war ein Möbelstück von außergewöhnlicher Schönheit. Seine vier Beine waren aus Roteiche geschnitzt, mit feinen, blütenartigen Verzierungen, die sich an den Kanten entlangrankten. In seine seitlichen Kopfstützen waren zwei dicke Schichten aus purem Gold eingepasst, welche wiederum mit dreierlei Arten Edelsteinen besetzt waren, von denen ich jedoch nur eine identifizieren konnte: einen gepunkteten Schweif aus blauen Saphiren, die herrlich funkelten und ihre Farbe veränderten, wenn man sie aus unterschiedlichen Blickwinkeln betrachtete. Der Bezugsstoff war fest über ein Sitzpolster gespannt, das prall mit feinsten Daunenfedern gefüllt war. Als ich mich auf diesem Stuhl niederließ, konnte ich trotz meiner Nervosität einen genüsslichen Seufzer kaum unterdrücken, denn die vergangenen fünf Tage hatten mir keinen anderen Komfort geboten als das unerbittliche Leder des Reitsattels.

Nachdem der Großfürst Nikolaus Nikolajewitsch durch unser Dorf gezogen und dem Anschlag auf sein Leben entronnen war, sollte noch eine knappe Woche vergehen, bis ich meine Reise zur Hauptstadt des Russischen Reiches beginnen konnte. Meine Schwester Asja hatte den Verband an meiner Schulter zweimal täglich gewechselt, und als die abgewickelten Binden nicht mehr von Blut befleckt waren, meinten die beiden im Dorf zurückgelassenen Soldaten, die mich zu meinem neuen Zuhause begleiten sollten, dass ich nun reisefähig sei. Hätte mich die Kugel ein Stück weiter rechts getroffen, so wäre mein rechter Arm womöglich gelähmt geblieben, doch ich hatte Glück gehabt, und so dauerte es lediglich ein oder zwei Tage, bis die alte Harmonie zwischen Schulter, Ellbogen und Handgelenk wiederhergestellt war. Hin und wieder erinnerte mich ein Stechen knapp oberhalb der verheilenden Wunde an das, was ich getan hatte, und in diesen Momenten verzog ich mein Gesicht, nicht wegen des körperlichen Schmerzes, sondern weil mir wieder gegenwärtig wurde, dass mein spontanes Handeln meinen besten Freund das Leben gekostet hatte.

Man hatte den Leichnam von Kolek Borisowitsch zunächst hängen lassen. Er pendelte drei Tage lang an der Eibe nahe unserer Hütte, bis die Soldaten seinem Vater, Boris Alexandrowitsch, die Erlaubnis erteilten, ihn abzuschneiden und anständig zu beerdigen. Er tat dies mit Würde. Das feierliche

Begräbnis fand ein oder zwei Kilometer außerhalb unseres Dorfes statt – an dem Nachmittag, bevor ich Kaschin verließ.

»Glaubst du, wir können daran teilnehmen?«, fragte ich meine Mutter am Vorabend der Beerdigung – es war das erste Mal, dass ich ihr gegenüber den Tod meines Freundes erwähnte, so schuldig fühlte ich mich angesichts dessen, was ich getan hatte. »Ich möchte mich von Kolek verabschieden.«

»Hast du den Verstand verloren, Georgi?«, fragte sie mich, wobei sie die Stirn runzelte, als sie sich mir zuwandte. Sie hatte während der letzten paar Tage für mich gesorgt und mir dabei mehr Aufmerksamkeit geschenkt als in den gesamten vergangenen sechzehn Jahren, und ich fragte mich, ob mein Scharmützel mit dem Tod sie dazu veranlasst haben mochte, die zwischen uns herrschende Entfremdung zu bedauern. »Wir wären dort nicht willkommen.«

»Aber er war doch mein bester Freund«, beharrte ich. »Und du hast ihn seit dem Tag seiner Geburt gekannt.«

»Ja, von jenem Tag bis zu dem Tag, an dem er starb«, pflichtete sie mir bei, wobei sie sich auf die Lippe biss. »Aber Boris Alexandrowitsch ... also, er hat seine Meinung unmissverständlich zum Ausdruck gebracht.«

»Vielleicht sollte ich einmal mit ihm reden«, schlug ich vor. »Ich könnte ihn aufsuchen. Die Wunde an meiner Schulter ist mehr oder weniger verheilt. Ich könnte ihm erklären ...«

»Georgi«, sagte sie, wobei sie sich neben mich auf den Fußboden setzte und mir eine Hand flach auf den Bizeps meines unverletzten Arms legte. Ihre Stimme wurde so sanft, dass ich dachte, sie sei tatsächlich zu einer menschlichen Regung fähig. »Er will nicht mit dir reden, verstehst du? Er verschwendet nicht einen Gedanken an dich. Er hat seinen Sohn verloren, und das ist alles, was im Augenblick für ihn zählt. Er läuft mit verzerrtem Gesicht im Dorf herum, weint laut um Kolek und verflucht Nikolaus Nikolajewitsch. Er beschimpft den Zaren und gibt allen außer sich selbst die Schuld an dem, was vorgefallen ist. Die Soldaten haben ihm dringend geraten, seine hochverräterischen Äußerungen zu unterlassen, doch er hört nicht auf sie. Eines Tages wird er zu weit gehen, Georgi, und dann werden sie ihm ebenfalls eine Schlinge um den Hals legen. Glaube mir, es ist besser für dich, wenn du dich von ihm fernhältst.«

Ich litt unter schweren Gewissensbissen und konnte vor Schuldgefühlen kaum schlafen. In Wahrheit hatte ich überhaupt nicht vorgehabt, dem Großfürsten das Leben zu retten, sondern hatte vielmehr gehofft, Kolek von einer Dummheit abhalten zu können, die er mit seinem Leben bezahlen müsste. Dass ich dadurch seinen Tod bewirkt hatte, war eine Ironie des Schicksals, die mir nicht verborgen blieb.

Zu meiner Schande war ich jedoch fast darüber erleichtert, dass sein Vater mir keine Audienz gewähren wollte. Denn hätte er mich empfangen, so hätte ich mich zweifellos für meine Tat entschuldigt, und die beiden Soldaten hätten womöglich erkannt, dass ich nicht der Held war, für den mich alle hielten, und das mir in Aussicht gestellte neue Leben in St. Petersburg hätte vielleicht ein frühes Ende gefunden. Dies konnte ich nicht zulassen, denn ich wollte unbedingt weg von zu Hause. Die Möglichkeit eines Lebens jenseits von Kaschin hatte sich vor mir aufgetan, und als sich die Woche ihrem Ende zuneigte und der Augenblick meiner Abreise zusehends näher rückte, da begann ich mich zu fragen, ob ich tatsächlich vorgehabt hatte, Kolek zu retten, oder ob ich nicht vielmehr gehofft hatte, mich selber zu retten.

An dem Morgen, als ich aus unserer Hütte hinaustrat, um die lange Reise nach St. Petersburg anzutreten, konnte ich erkennen, wie mich die anderen Muschiks mit einer Mischung aus Bewunderung und Verachtung anstarrten. Es stimmte, dass ich unserem Dorf große Ehre gemacht hatte, als Lebensretter des Vetters des Zaren, doch die Männer und Frauen, die mir zuschauten, als ich meine wenigen Habseligkeiten in den Satteltaschen des mir für die Reise zurückgelassenen Pferdes verstaute, hatten allesamt verfolgt, wie Kolek in diesen Straßen aufgewachsen war. Die Tatsache seines vorzeitigen Todes, ganz zu schweigen von der Rolle, die ich dabei gespielt hatte, lag in der Luft wie ein schaler Geruch. Sie waren ohne Frage treue Untertanen der Romanows. Sie glaubten an die kaiserliche Familie und an die Rechtmäßigkeit der Autokratie. Sie waren fest davon überzeugt, dass Gott persönlich den Zaren auf dessen Thron gesetzt hatte, und sie glaubten, dass die Angehörigen des Zaren ebenso unantastbar waren wie er selbst. Doch Kolek stammte aus Kaschin. Er war einer von uns. Und in einer solchen Situation war es unmöglich, zu entscheiden, wem die Loyalität nun gebührte.

»Du kommst bald wieder zurück und besuchst mich, ja?«, fragte Asja, als ich mich zum Aufbruch anschickte. Sie hatte den Soldaten einige Tage lang damit in den Ohren gelegen, ob sie mich nicht nach St. Petersburg begleiten dürfe, wo sie natürlich ihr eigenes neues Leben zu beginnen hoffte, doch die beiden wollten nichts davon hören, und so musste sie sich auf eine einsame Zukunft in Kaschin gefasst machen, ohne ihren engsten Vertrauten in Reichweite zu wissen.

»Ich werde es versuchen«, versprach ich ihr, obwohl ich nicht wusste, ob es mir damit ernst war. Ich konnte schließlich nicht wissen, was mir bevorstand. Und mir war nicht danach, irgendwelche Verpflichtungen einzugehen.

»Ich werde jeden Tag auf einen Brief von dir warten«, beharrte sie, wobei sie meine Hände fest umklammerte und mich mit fragenden Augen anstarrte, aus denen jeden Moment die Tränen hervorzubrechen schienen. »Und ich werde mich irgendwann auf den Weg machen und dich aufspüren. Lass mich hier nicht versauern, Georgi! Das musst du mir versprechen! Erzähle jedem von mir, der dir über den Weg läuft. Erzähle allen, was für eine Bereicherung ihrer Gesellschaft ich wäre.«

Ich nickte und küsste zuerst sie und dann meine anderen Schwestern und meine Mutter auf die Wange, bevor ich zu meinem Vater hinüberstiefelte, um ihm die Hand zu schütteln. Daniil starrte mich an, so als wüsste er nicht, wie er auf diese Geste reagieren sollte. Jetzt hatte ich ihm endlich Geld eingebracht, aber mit seinem Profit kam gleichzeitig mein Abschied. Zu meiner Überraschung wirkte er betroffen, doch für eine Aussöhnung war es zu spät. Ich wünschte ihm alles Gute. Mehr wusste ich nicht zu sagen. Ich stieg auf den herrlichen grauen Hengst, rief ein letztes Lebewohl und verschwand nicht nur für immer aus Kaschin, sondern auch aus dem Leben meiner Familie.

Die fünftägige Reise verlief ohne größere Zwischenfälle; entweder ritten wir oder wir rasteten, mit wenig oder gar keiner Konversation, die mir die Langeweile vertrieben hätte. Erst am vorletzten Abend zeigte Ruskin, einer der beiden Soldaten, etwas Mitgefühl mit mir, als ich an unserem Lagerfeuer saß und in die Flammen starrte.

»Du siehst unglücklich aus«, sagte er, ließ sich neben mir nieder und stocherte mit der Stiefelspitze in den brennenden Zweigen herum. »Du freust dich wohl nicht auf St. Petersburg?«

»Doch, natürlich«, erwiderte ich mit einem Achselzucken, obwohl ich in Wahrheit noch nicht groß darüber nachgedacht hatte.

»Ach ja? Dein Gesicht erzählt eine andere Geschichte. Hast du vielleicht Angst?«

»Ich habe vor nichts und niemandem Angst«, zischte ich, wobei ich mich zu ihm hindrehte und ihm einen bösen Blick zuwarf, doch das Lächeln, das über sein Gesicht huschte, ließ meine Wut auf der Stelle verfliegen. Ruskin war ein großer Bursche, stark und männlich, und wir hatten eigentlich keinen Grund, uns zu streiten.

»In Ordnung, Georgi Daniilowitsch«, sagte er, wobei er seine Hände beschwichtigend in die Höhe hob. »Reg dich ab! Ich dachte nur, du wolltest dich vielleicht ein bisschen unterhalten.«

»Nein, wollte ich nicht«, sagte ich.

Eine Zeit lang schwiegen wir beide vor uns hin, und ich wünschte mir, er würde wieder zu seinem Kameraden zurückkehren und mich allein lassen, doch dann redete er weiter, wie ich es erwartet hatte, aber in einem sanften Tonfall.

»Du machst dir Vorwürfe wegen seines Todes«, begann er, wobei er mich nicht ansah, sondern in die Flammen blickte. »Nein, streite das nicht so schnell ab! Ich weiß, dass du deswegen Schuldgefühle hast. Ich habe dich die ganze Zeit über beobachtet. Und vergiss nicht, ich bin selber dabei gewesen an jenem Tag. Ich habe gesehen, was passiert ist.«

»Er war mein bester Freund«, sagte ich und spürte, wie sich in meinem Innern eine gewaltige Woge von Trauer anzustauen begann. »Wäre ich nicht zu ihm hinübergelaufen, dann …«

»Dann hätte er Nikolaus Nikolajewitsch vielleicht getötet und wäre wegen dieses Verbrechens genauso exekutiert worden. Womöglich wäre es sogar noch schlimmer gekommen: Hätte er den Vetter des Zaren tatsächlich ermordet, wäre vielleicht seine ganze Familie hingerichtet worden. Hatte er nicht auch Schwestern?«

»Ja, sechs Schwestern«, erwiderte ich.

»Und die sind am Leben, weil der General am Leben geblieben ist. Du hast nur versucht, diesen Kolek Borisowitsch daran zu hindern, ein abscheuliches Verbrechen zu begehen. Das ist alles. Einen Moment früher, und das Ganze wäre vielleicht überhaupt nicht geschehen. Du musst dir keine Vorwürfe machen. Du hast es doch nur gut gemeint.«

Ich nickte und erkannte durchaus den Sinn seiner Worte, doch es nützte mir nichts. Es war meine Schuld. Ich hatte den Tod meines besten Freundes auf dem Gewissen, und niemand konnte mich vom Gegenteil überzeugen.

Meinen ersten Eindruck von St. Petersburg bekam ich in der darauffolgenden Nacht, als wir endlich in der Hauptstadt eintrafen. Die triumphale Pracht blieb mir wegen der abendlichen Dunkelheit vorerst noch weitgehend verborgen, doch ich sah voller Erstaunen nicht nur die beeindruckend breiten Straßen, sondern auch die vielen an mir vorübereilenden Menschen, Pferde und Kutschen, die in alle Himmelsrichtungen unterwegs waren. Eine solche Betriebsamkeit hatte ich noch nie erlebt. An den Straßenrändern standen Männer, die über kleinen umgitterten Holzfeuern Kastanien rösteten und sie an die Herren und Damen verkauften, die auf den Bürgersteigen flanierten, allesamt gewandet in Hüte und Pelze von erlesenster Qualität. Meine beiden Begleiter schienen all diese Dinge überhaupt nicht zu registrieren – vermutlich waren sie so sehr daran gewöhnt, dass es keinerlei Eindruck mehr auf sie machte –, doch ein sechzehnjähriger Junge wie ich, der noch nie mehr als ein paar Kilometer über sein Geburtsdorf hinausgelangt war, kam aus dem Staunen gar nicht mehr heraus.

Vor einem dieser Feuer hatte sich eine kleine Menschentraube gebildet, und wir mussten unsere Pferde neben einer kunstvoll verzierten Kutsche zum Stehen bringen, bis die Leute beiseitetraten, um die Soldaten und mich durchzulassen. Ich hatte fast den ganzen Tag nichts gegessen und lechzte nach einer Tüte Kastanien. Mein Magen knurrte vor Vorfreude auf ein warmes Abendessen. Die Leute um uns herum lachten und scherzten; in vorderster Reihe befand sich eine Dame mittleren Alters, die eine ernste Miene an den Tag legte, und direkt neben ihr standen vier identisch gekleidete Mädchen – offenbar Schwestern –, jede ein bisschen jünger als die nächste. Sie waren alle sehr hübsch, und trotz des Hungers, der mir auf den Magen drückte, konnte ich den Blick nicht von ihren Gesichtern abwenden. Sie nahmen nicht die geringste Notiz von mir, bis eine von ihnen, die letzte in ihrer Reihe – ein Mädchen von etwa fünfzehn Jahren, wie ich schätzte –, sich umdrehte und auf mich aufmerksam wurde. Unsere Blicke trafen sich. Normalerweise wäre ich in so einer Situation errötet oder hätte schnell woanders hingesehen, doch ich tat nichts von beidem. Stattdessen hielt ich ihrem Blick stand, und wir schauten einfach einander an, als wären wir die besten Freunde, bis ihr mit einem Mal die heiße Tüte in ihren Händen bewusst wurde. Sie stieß einen Schrei aus, als ihr diese entglitt und zu Boden fiel. Die Tüte platzte auf, und ein halbes Dutzend Kastanien kam mir entgegengekullert. Ich bückte mich, um sie aufzuheben, und das Mädchen schickte sich an, zu mir herüberzulaufen, doch eine scharfe Rüge seiner Gouvernante ließ es abrupt stehen bleiben. Es hielt einen kurzen Moment inne, bevor es sich umdrehte, um sich wieder seinen Schwestern anzuschließen.

»Madame!«, rief ich und wollte ihr mit meiner Beute nachlaufen, doch ich hatte kaum ein oder zwei Meter zurückgelegt, als mich einer meiner Begleiter grob an meinem verletzten Arm packte, woraufhin ich vor Schmerz aufschrie und die Kastanien ein weiteres Mal auf den Boden prasselten. »Bist du noch ganz bei Trost?«, fuhr ich ihn wütend an, denn es gefiel mir überhaupt nicht, dass dieses Mädchen mitbekam, wie mich etwas so Harmloses wie der Griff eines anderen Mannes in die Knie zwang. »Die gehören ihr!«

»Sie kann sich neue kaufen«, sagte er, wobei er mich zu unseren Pferden zurückzerrte, so hungrig, wie ich es gewesen war, als wir dort angehalten hatten.« Vergiss nie, welchem Stand du angehörst, Junge! Sonst wirst du dir jede Menge Ärger einbrocken!«

Ich runzelte die Stirn und schaute hinüber zu meiner Linken, wo die Frau und ihre vier Schützlinge wieder in die Kutsche stiegen und davonfuhren. Kein Wunder, dass alle Augen auf sie gerichtet waren, denn eines dieser Mädchen war schöner als das andere, mit Ausnahme der Jüngsten, die sie alle überstrahlte.

Als wir ein paar Augenblicke später das Ufer der Newa entlangritten, bestaunte ich die granitenen Eindämmungen des Flusses und die fröhlichen, sich angeregt unterhaltenden jungen Paare, die auf den Fußwegen herumbummelten. Die Menschen hier schienen glücklich zu sein – was mich überraschte, denn eigentlich hatte ich eine vom Krieg gezeichnete Stadt erwartet. Es schien jedoch so, als wäre St. Petersburg, dessen Straßen erfüllt waren von ausgelassenem Gelächter und Frohsinn, von allem Ungemach verschont geblieben. Ich platzte fast vor Aufregung.

Schließlich gelangten wir an einen prächtigen Platz, und mit einem Mal stand ich vor dem berühmten Winterpalais. In der abendlichen Dunkelheit gewährte mir der am Himmel stehende Vollmond einen atemberaubenden Blick auf das mit einer grün-weißen Fassade versehene Schloss. Wie jemand ein so außergewöhnliches Bauwerk errichten konnte, war mir ein Rätsel, doch ich schien der Einzige aus unserer Gruppe zu sein, dem es bei diesem grandiosen Anblick den Atem verschlug.

»Das ist es?«, fragte ich einen der Soldaten. »Da wohnt der Zar?«

»Ja, natürlich«, erwiderte er schroff, wobei er die Achseln zuckte und das gleiche Desinteresse an einer Unterhaltung mit mir an den Tag legte, das er und sein Gefährte schon während unserer gesamten Reise gezeigt hatten. Ich vermutete, dass sie es als unter ihrer Würde empfanden, eine so profane Aufgabe erfüllen zu müssen, wie einen Jungen in die Hauptstadt zu begleiten, während ihre Kameraden weiterhin dem Großfürsten Gefolgschaft leisten durften.

»Und da soll ich nun auch wohnen?«, fragte ich ungläubig und versuchte, nicht zu lachen angesichts dieser irrwitzigen Vorstellung.

»Keine Ahnung«, erwiderte er. »Unser Befehl lautet, dich bei Graf Tscharnetzki abzuliefern, und danach musst du sehen, wie du allein zurechtkommst.«

Wir passierten den roten Granit der Alexandersäule, die fast doppelt so hoch war wie der Palast. Ich blickte hinauf zu ihrer Spitze, wo ein Engel zu erkennen war, der ein Kreuz umklammert hielt. Das Haupt des Engels war gebeugt, als hätte er eine Niederlage erlitten, doch seine Pose war die eines Siegers, eine an seine Feinde gerichtete Aufforderung, sich zu erkennen zu geben, denn die Kraft seines Glaubens würde dafür sorgen, dass sie ihm nichts anhaben könnten. Ich folgte den beiden Soldaten und trat unter einen direkt ins Innere des Palastes führenden Torbogen, wo mir mein Pferd abgenommen wurde und mich ein korpulenter Herr erwartete. Er musterte mich von oben bis unten, als ich mir die Strapazen der langen Reise aus den Kleidern schüttelte, und schien von dem, was er sah, kein bisschen beeindruckt.

»Du bist Georgi Daniilowitsch Jatschmenew?«, fragte er mich, als ich ihn erreicht hatte.

»Jawohl, mein Herr, der bin ich«, antwortete ich höflich.

»Und ich bin Graf Wladimir Wladjewitsch Tscharnetzki«, verkündete er, den Klang dieser Wörter sichtlich genießend, als sie ihm von der Zunge perlten. »Ich habe die große Ehre, der Kommandeur der Leibgarde Seiner Kaiserlichen

Majestät zu sein. Ich habe gehört, du hast in deinem Dorf ein veritables Heldenstück vollbracht und bist dafür mit einer Stelle im Haushalt des Zaren belohnt worden. Ist das richtig?«

»Ja, so heißt es«, gab ich zu. »Doch in Wahrheit ging das alles so schnell, dass ich ...«

»Papperlapapp«, unterbrach er mich unwirsch. Dann drehte er sich um und bedeutete mir, ihm durch eine andere Tür in die Wärme des Palastinneren zu folgen. »Du musst wissen, dass solche selbstlosen Einsätze zu den alltäglichen Pflichten derjenigen gehören, die den Zaren und seine Familie beschützen. Du wirst in Zukunft an der Seite von Männern arbeiten, die ihr Leben schon zigmal riskiert haben. Bilde dir also nicht ein, du seist etwas Besonderes. Wir können auch ohne dich auskommen, verstehst du?«

»Jawohl, Herr Graf«, erwiderte ich, von seiner feindseligen Haltung überrascht. »Ich halte mich keineswegs für etwas Besonderes. Und ich versichere Ihnen, dass ich ...«

»Normalerweise mag ich es nicht, wenn man mir neue Leibgardisten aufzwingt«, verkündete er, als er mich schnaufend und pustend eine Reihe von breiten, mit purpurfarbenen Läufern ausgelegten Treppen hinaufführte, wobei er ein solches Tempo vorlegte, dass ich mehr oder weniger rennen musste, um mit ihm Schritt zu halten – eine verblüffende Behändigkeit, bedachte man den Unterschied in unserem Alter und in unserem Körpergewicht. »Und es amüsiert mich noch weniger, wenn man mich dazu zwingt, junge Männer unter meine Fittiche zu nehmen, die nicht über die geringste Ausbildung verfügen und die keine Ahnung haben, wie man sich bei Hofe zu benehmen hat.«

»Jawohl, Herr Graf«, wiederholte ich, während ich neben ihm herlief und mir Mühe gab, möglichst ehrerbietig zu erscheinen.

Als wir die Treppen des Palastes hinaufstiegen, blickte ich voller Ehrfurcht auf die schweren Goldrahmen der Spiegel und Fenster. Weiße Alabasterstatuen traten aus den Wänden hervor und standen triumphierend auf ihren Sockeln, ihre Gesichter abgewandt von den imposanten grauen Kolonnaden, die vom Fußboden bis zur Decke reichten. Durch geöffnete Türen, die zu einer Flucht von Vorräumen führten, konnte man prächtige Gobelins und Gemälde erkennen, auf denen berühmte Herrscher zu sehen waren, wie sie hoch zu Ross ihre Männer in die Schlacht führten. Der Marmorboden unter unseren Füßen hallte laut von unseren Schritten wider. Es überraschte mich, dass sich ein Mann von Graf Tscharnetzkis Leibesfülle – und seine Leibesfülle war in der Tat beachtlich – mit einer solchen Leichtigkeit durch die Flure bewegte. Jahrelange Übung, vermutete ich.

»Doch hin und wieder versteift sich der Großfürst auf derlei Grillen«, fuhr er fort, »und wenn dies der Fall ist, so bleibt uns nichts anderes übrig, als ihm seinen Willen zu tun. Ungeachtet der Folgen.«

»Herr Graf«, stieß ich hervor und blieb kurz stehen, fest entschlossen, ihm meine Mannhaftigkeit zu demonstrieren, ein Ansinnen, das jedoch durch die Länge der Zeit durchkreuzt wurde, die ich benötigte, um wieder zu Atem zu kommen. Mit nach vorn gebeugtem Oberkörper, die Hände an den Hüften, stand ich da und schnappte keuchend nach Luft. »Ich habe mir nie träumen lassen, jemals eine so hohe Position zu bekleiden, doch Sie können sich darauf verlassen, dass ich alles tun werde, was in meiner Macht steht, um die mir zugedachte Aufgabe mit Tapferkeit und Anstand zu erfüllen, und dass ich Ihrer Truppe keine Schande machen werde. Ich bin darauf erpicht, alles zu lernen, was ein Leibgardist wissen muss. Und Sie werden sehen, ich lerne schnell. Das verspreche ich Ihnen.«

Er war mir inzwischen ein paar Schritte vorausgeeilt, blieb nun aber ebenfalls stehen und drehte sich zu mir um. Er starrte mich einen Augenblick lang dermaßen überrascht an, dass ich nicht wusste, ob er auf mich zutreten und mir eine Ohrfeige verpassen oder mich kurzerhand durch eines der hohen Farbglasfenster werfen würde, die die Wände säumten. Am Ende tat er nichts davon, sondern schüttelte lediglich den Kopf und ging weiter, wobei er mir über die Schulter zurief, ich solle die Beine in die Hand nehmen und ihm folgen.

Ein paar Minuten später landeten wir in einem langen Flur, und er gebot mir, auf einem prächtigen Stuhl Platz zu nehmen. Ich tat, wie mir geheißen, dankbar für diese bitter benötigte Atempause. Er nickte, hochzufrieden angesichts der erfolgreichen Durchführung seiner Mission, und kehrte mir den Rücken, um seiner Wege zu gehen, doch bevor er völlig aus meinem Gesichtsfeld verschwunden war, fasste ich mir ein Herz und rief ihm hinterher.

»Herr Graf!«, schrie ich. »Graf Tscharnetzki!«

»Was gibt's denn noch?«, fragte er, wobei er sich umdrehte und mich anfunkelte, als könnte er es nicht fassen, dass ich die Stirn hatte, ihn erneut anzusprechen.

»Nun ...«, begann ich, wobei ich um mich blickte und die Achseln zuckte. »Was soll ich jetzt tun?«

»Was du jetzt tun sollst, Junge?«, fragte er und machte wieder ein paar Schritte auf mich zu. Er lachte kurz auf, aber vor Verbitterung, wie ich annahm, nicht vor Belustigung. »Was du tun sollst? Na, du wirst hier warten. Bis du hereingerufen wirst. Und dann wird man dich instruieren.«

»Und danach?«

»Danach«, sagte er, wobei er sich wieder von mir wegdrehte und in die Dunkelheit des Flurs eintauchte, »wirst du tun, was wir hier alle tun, Georgi Daniilowitsch. Du wirst gehorchen.«

Die Minuten, die ich dort saß, zogen sich endlos dahin, und ich begann mich zu fragen, ob man mich vielleicht vergessen hatte. Auf dem Flur war es mucksmäuschenstill, und abgesehen von dem Gefühl, dass hinter jeder der Palasttüren ganze Scharen von beflissenen Dienstboten herumwuselten, gab es praktisch kein Anzeichen von Leben. Wer immer mich in meine Pflichten einweisen sollte, ließ auf sich warten. Mich beschlich allmählich ein gewisses Unbehagen, und ich fragte mich, was ich tun sollte, falls niemand auftauchte, um sich meiner anzunehmen. Ich hatte auf eine warme Mahlzeit gehofft, auf ein Bett, auf eine Möglichkeit, mir den Staub von der Reise vom Körper zu waschen, doch nun schien es unwahrscheinlich, dass ich noch in den Genuss dieser Annehmlichkeiten kommen würde.

Der von meiner Anwesenheit alles andere als entzückte Graf Tscharnetzki war wieder in den Tiefen des Labyrinths verschwunden. Ob vielleicht der Großfürst Nikolaus Nikolajewitsch selbst das Gespräch mit mir führen würde? Nein, er war vermutlich wieder zur Stawka, dem Hauptquartier des russischen Feldheeres, zurückgekehrt. Mein Magen begann zu knurren – es war fast vierundzwanzig Stunden her, dass ich zum letzten Mal etwas gegessen hatte. Ich schaute mit gerunzelter Stirn zu ihm hinunter, so als könne ihn ein scharfer Tadel dazu bringen, Ruhe zu geben. Sein tiefes Grummeln, das an das Geräusch einer sich langsam öffnenden, ungeölten Tür erinnerte, hallte durch den Flur und wurde von Sekunde zu Sekunde lauter und peinlicher. Ich hustete ein wenig, um das Knurren zu kaschieren, und als ich mich erhob, um meine Glieder zu strecken, spürte ich einen stechenden Schmerz, der mir von der Knöchelgegend bis in den Oberschenkel schoss, ein Souvenir von dem langen Ritt von Kaschin.

Der Durchgang, in dem ich stand, gewährte einen Blick auf die Newa, deren Ufer von elektrischen Lichtern illuminiert wurden. Trotz der späten Stunde fuhren noch immer ein paar Ausflugsdampfer, was mich verwunderte, denn es war ein kühler Abend, und auf dem Wasser wehte sicherlich ein frisches Lüftchen. Die Leute an Bord gehörten eindeutig der feinen Gesellschaft an, denn selbst aus dieser Entfernung war erkennbar, dass sie Pelze, Hüte und Handschuhe trugen, die ein Vermögen gekostet haben mussten. Ich stellte mir vor, dass es an Deck dieser Schiffe Essen und Getränke im Überfluss gab – eine Generation von Prinzen und Fürstinnen, die lachten und plauderten, als hätten sie keinerlei Sorgen.

Wer diese Szene beobachtete, hätte nie geglaubt, dass sich unser Land seit Monaten im Krieg befand und dass stündlich Tausende von jungen russischen Männern auf den Schlachtfeldern Europas ihr Leben hingaben. Es war nicht unbedingt so wie in Versailles vor dem Eintreffen der Schinderkarren, doch es herrschte eine Atmosphäre der Verdrängung, so als wollten die begüterten Schichten von St. Petersburg die Verbitterung und Unzufriedenheit, die sich in den Städten und Dörfern jenseits der Kapitale zusammenbrauten, einfach nicht wahrnehmen.

Ich beobachtete, wie eines dieser Schiffe, das vielleicht luxuriöseste von allen, direkt vor dem Palast anlegte. Als es an seinen Liegeplatz glitt, überbrückten zwei kaiserliche Leibgardisten die kurze Entfernung zwischen dem Deck und der Promenade mit einem eleganten Sprung und ließen eine breite Zugbrücke herab, damit die Passagiere sicher an Land gelangen konnten. Eine kräftig gebaute Frau ging als Erste von Bord und trat einen Schritt beiseite, um die vier jungen Mädchen in ihrem Gefolge vorbeizulassen. Sie trugen alle die gleichen langen grauen Kleider, Mäntel und Hüte und unterhielten sich angeregt. Ich reckte den Hals, um besser sehen zu können, und registrierte verdutzt, dass es dieselbe Gruppe war, der ich an dem Stand mit den Röstkastanien begegnet war. Ihre Kutsche musste sie bis zu dem Schiff gebracht haben, für eine kurze Fahrt als Ausklang eines angenehmen Abends. Mein Beobachtungsplatz im dritten Stock des Palastes lag so hoch, dass ich sie nur für ein paar kurze Augenblicke sehen konnte. Ich fragte mich jedoch, ob sie vielleicht spürten, dass jemand sie beobachtete, denn kurz bevor sie aus meinem Blickfeld entschwanden, zögerte eines von ihnen – das jüngste, das Mädchen mit dem bezaubernden Blick, dem die Tüte mit den Kastanien heruntergefallen war – und sah zu mir hoch. Als sich unsere Blicke trafen, huschte ein Ausdruck des Wiedererkennens über ihr Gesicht, so als hätte sie mich von Anfang an dort erwartet. Für den Bruchteil einer Sekunde sah ich ihr Lächeln, dann verschwand sie. Ich schluckte nervös und runzelte die Stirn, völlig verwirrt von dem ungewohnten Gefühl, das mich übermannte.

Obgleich ich nur einen kurzen Blick auf das Mädchen erhascht hatte und wir beide an dem Kastanienstand kaum ein Wort gewechselt hatten, lag eine Wärme, eine tiefe Zuneigung in ihrem Blick, die in mir den Wunsch weckten, auf der Stelle hinunterzulaufen und mit ihr zu reden und herauszubekommen, wer sie war. Fast hätte ich laut aufgelacht angesichts der Absurdität meiner Gefühle. *Mach dich nicht lächerlich, Georgi!*, sagte ich mir, wobei ich heftig den Kopf schüttelte, um die darin herumgeisternden Bilder zu verscheuchen. Da sich nach wie vor niemand sehen ließ, der sich meiner angenommen hätte, begann ich, den Flur hinunterzuspazieren, weg von diesen gefährlichen Fenstern, weg von meinem formidablen Stuhl.

Und just in diesem Moment hörte ich in der Ferne Stimmen.

Von den geschlossenen Türen war eine so üppig verziert wie die andere, und alle waren sie an die viereinhalb Meter hoch, mit einem halbkreisförmigen Fries oberhalb der kunstvollen Goldgüsse, die ihre Oberflächen schmückten. Ich fragte mich, wie viele Stunden Arbeit und wie viel handwerkliches Geschick diese sorgfältig ausgearbeiteten Details gefordert haben mochten. Wie viele solcher Türen gab es wohl in diesem Palast? Eintausend? Zweitausend? Diese Frage sprengte mein Vorstellungsvermögen, und mir wurde schwindelig angesichts des Gedankens, wie viele Leute damit beschäftigt gewesen sein mussten, einen solchen Prunk zu schaffen, der lediglich dem Vergnügen einer einzigen Familie diente. Ob deren Mitglieder überhaupt wahrnahmen, wie schön das Ganze war? Oder ob sie an der ganzen unglaublichen Pracht einfach achtlos vorübergingen?

Ich hielt nur einen kurzen Moment inne und bog dann um eine Ecke, wo mich ein wesentlich kürzerer Flur erwartete. Zu meiner Linken brannten nun keine Lichter mehr, und die Dunkelheit rief mir die Spukgeschichten in Erinnerung, die Asja mir in meiner Kindheit erzählt hatte, um mir Albträume zu bescheren. Mir fuhr ein kleiner Schauer über den Rücken, und so wandte ich mich nach rechts, wo ein paar Kerzen auf den Fensterbrettern flackerten. Angetrieben von einer gewissen Entdeckerfreude, begann ich, an ihnen entlangzugehen, vorsichtig und darauf bedacht, keinen Lärm zu verursachen.

Auch hier waren die Türen allesamt geschlossen, doch es dauerte nicht lange, bis ich herausfand, dass die Stimmen aus einem Raum kamen, der irgendwo vor mir lag. Neugierig ging ich weiter, wobei ich mein Ohr an jede Tür presste, die ich passierte – doch hinter ihnen herrschte immer nur Stille. Was mochte in diesen Räumen vor sich gehen? Wer wohnte dort? Wer arbeitete dort? Wer erteilte von dort aus Befehle? Die Geräusche wurden lauter. Am Ende des Flurs befand sich eine Tür, die nur angelehnt war. Ich zögerte, bevor ich mich ihr näherte. Die Stimmen waren nun deutlicher zu vernehmen, obwohl nur leise gesprochen wurde, und als ich durch den Türspalt lugte, sah ich in ein schlichtes Zimmer, in dessen Mitte ein Betpult stand.

Darauf kniete eine Frau, das Gesicht in dem Polster zum Aufstützen der Ellbogen vergraben. Sie schluchzte.

Ich beobachtete sie einen Moment, gebannt von ihrem Kummer, bevor ich den Blick zu der anderen im Raum anwesenden Person schweifen ließ, einem Mann, der mir den Rücken zukehrte und auf die Wand vor sich schaute, wo eine große Ikone an einem lumineszierenden Gobelin befestigt war. Er hatte dunkle, außergewöhnlich lange Haare, die ihm bis auf den Rücken herabhingen, dicht und zottelig, so als wären sie verfilzt, und er trug die einfache Kluft eines Bauern, die Sorte von Bluse und Hosen, die ich auch aus Kaschin kannte. Ich fragte mich, was um Himmels willen er hier in einem so schlichten Gewand verloren hatte. War er womöglich ein Einbrecher? Irgendein Dieb? Aber nein, das war unmöglich, denn die vor ihm kniende Dame trug das vornehmste Kleid, das ich jemals zu Gesicht bekommen hatte, und sie gehörte zweifellos in diesen Palast – wäre er ein Eindringling gewesen, so hätte sie bestimmt nicht dermaßen hoffnungsvoll zu ihm aufgeblickt.

»Du musst beten, Matuschka«, sagte der Mann plötzlich, mit einer Stimme, so tief und leise, als käme sie aus dem finstersten Schlund der Hölle. Er breitete die Arme aus zu einer Pose, die an Jesus erinnerte, am Kreuz auf dem Hügel Golgatha. »Du musst an eine Macht glauben, die größer ist als alle Fürsten und Paläste. Du bist nichts, Matuschka. Und ich bin nichts als ein Sprachrohr, durch das man Gottes Stimme vernehmen kann. Um Seine Gnade musst du demütig bitten. Du musst dich Gott ganz hingeben, in welcher Gestalt auch immer Er sich dir zeigt. Du musst tun, was immer Er von dir verlangt. Zum Wohle des Jungen.«

Die Frau sagte nichts, sondern vergrub ihr Gesicht noch tiefer in dem Polster des Betpults. Mich fröstelte, und ich wurde immer nervöser, als ich die sich vor meinen Augen abspielende Szene verfolgte. Gleichzeitig schlug mich das Geschehen so in den Bann, dass ich mich nicht abwenden konnte. Ich hielt den Atem an und erwartete, dass der Mann weiterreden würde, doch dieser spürte meine Gegenwart, drehte sich mit einem Mal blitzschnell um und schaute mir direkt in die Augen.

Diese Augen! Noch heute kann ich mich daran erinnern ... Sie glichen Kohlestücken, gefördert aus den Tiefen einer verpesteten Grube.

Ich riss die Augen weit auf, als wir einander anstarrten, und mein Körper war vor Angst wie gelähmt. *Lauf!*, schrie eine Stimme in meinem Innern. *Lauf weg!* Doch meine Beine wollten mir nicht gehorchen, und so starrten wir weiter einander an, bis der Mann schließlich seinen Kopf ein wenig zur Seite neigte, als wäre er neugierig auf mich, und mich breit angrinste – ein schauriges Lächeln, bei dem aus dem höhlenartigen Dunkel seines Mundes ein gelbliches Gebiss hervortrat. Dieser grässliche Anblick reichte aus, um den Bann zu brechen. Ich drehte mich um und lief davon, den gleichen Weg nehmend, den ich gekommen war, wobei ich erneut an jener Flurgabelung landete und zögerte, unsicher, welche Richtung ich einschlagen sollte, um wieder dorthin zu gelangen, wo Graf Tscharnetzki mir zu warten befohlen hatte.

Fest davon überzeugt, dass mir der Mann dicht auf den Fersen war, um mich umzubringen, schlug ich den einen oder anderen Haken, bis ich mich schließlich heillos verlaufen hatte. Verängstigt, völlig außer Atem und mit rasendem Puls fragte ich mich verzweifelt, wie in aller Welt ich mein Verschwinden jemals erklären sollte. Vielleicht war es das Beste, einfach so viele Treppen wie möglich hinabzustürmen, bis ich wieder außerhalb des Palastes gelandet war, und dann schleunigst davonzulaufen, zurück nach Kaschin. Ich könnte einfach so tun, als hätte diese ganze Episode niemals stattgefunden.

Aber wie durch Zauberei fand ich mich in dem Flur wieder, von dem ich ursprünglich aufgebrochen war. Ich hielt an, beugte mich luftschnappend nach vorn und merkte beim Wiederhochkommen, dass ich nicht mehr allein war.

Ein Mann stand am Ende des Flures, unmittelbar vor einer geöffneten Tür, aus der ein gleißendes Licht drang, das ihn beleuchtete und beinahe wie einen Gott erscheinen ließ. Ich starrte ihn an und fragte mich, welche Schrecken mir dieser Abend wohl noch bescheren mochte. Wer war dieser in einen weißen Heiligenschein getauchte Mann? Aus welchem Grund hatte man ihn mir geschickt?

»Bist du Jatschmenew?«, fragte er ruhig, mit einer leisen, freundlichen Stimme, die mich dennoch ohne Schwierigkeiten erreichte.

»Ja, mein Herr«, erwiderte ich.

»Bitteschön«, sagte er, wobei er sich umdrehte und auf den Raum hinter sich wies. »Ich dachte schon, du seist mir verloren gegangen.«

Ich zögerte nur einen kurzen Moment, bevor ich ihm folgte. Natürlich war ich diesem Mann vorher noch nie begegnet, hatte ihm noch nie von Angesicht zu Angesicht gegenübergestanden, doch ich wusste sofort, wer er war.

Seine Kaiserliche Majestät, Zar Nikolaus II., Kaiser und Selbstherrscher von ganz Russland, Großfürst von Finnland, König von Polen.

Mein Arbeitgeber.

»Entschuldige, wenn ich dich habe warten lassen«, sagte er, als ich in den Raum trat und er die Tür hinter mir schloss. »Aber du kannst dir bestimmt denken, dass es jede Menge

Staatsangelegenheiten gibt, um die ich mich kümmern muss. Und es war ein sehr, sehr langer Tag. Eigentlich hatte ich gehofft ...« Er hielt kurz inne, als er sich umdrehte, und starrte mich erstaunt an. »Was in aller Welt machst du da, Junge?«

Er stand links neben seinem Schreibtisch, offensichtlich davon überrascht, mich etwa drei Meter von ihm entfernt auf dem Boden knien zu sehen und zu verfolgen, wie ich mich mit ausgestreckten Händen nach vorn warf und meine Stirn in den weichen Teppich presste.

»Euer Kaiserlichste Majestät«, stammelte ich, wobei meine Worte von dem purpurnen und roten Wollgewebe, in das ich meine Nase vergraben hatte, gedämpft wurden. »Darf ich Euch meinen aufrichtigen Dank für die große Ehre, die Ihr ...«

»Jesus, Maria und Josef! Steh auf, Junge, damit ich dich sehen und hören kann!«

Als ich zu ihm aufschaute, zuckte die Andeutung eines Lächelns über seine Lippen – ich muss einen recht außergewöhnlichen Anblick dargeboten haben.

»Euer Majestät mögen mir verzeihen«, erwiderte ich. »Ich wollte bloß sagen, dass ich ...«

»Und *steh auf!*«, sagte er mit Nachdruck. »Du siehst aus wie ein geprügelter Köter, wie du da so ausgestreckt auf dem Teppich liegst.«

Ich stand auf, rückte meine Kleidung zurecht und versuchte, einen halbwegs gefassten Eindruck zu machen. Ich spürte, wie das Blut, das mir in den Kopf geschossen war, als ich auf dem Boden gelegen hatte, mein Gesicht puterrot anlaufen ließ, und mir war bewusst, dass es so scheinen musste, als machte mich seine Anwesenheit verlegen. »Bitte verzeiht mir«, sagte ich noch einmal.

»Zunächst einmal kannst du damit aufhören, mich in einem fort um Verzeihung zu bitten«, sagte er, wobei er nun hinter seinen Schreibtisch trat und dort Platz nahm. »Während der letzten zwei Minuten haben wir beide nichts weiter getan, als uns beim anderen zu entschuldigen. Damit muss jetzt Schluss sein.«

»Jawohl, Euer Majestät«, erwiderte ich mit einem Kopfnicken. Ich wagte es, ihn direkt anzuschauen, während er mich musterte, und war ein wenig überrascht von seiner äußeren Erscheinung. Er war nicht besonders groß, bestenfalls ein Meter fünfundsiebzig, wie ich schätzte, und dies bedeutete, ich hätte ihn um Haupteslänge überragt, wenn wir beide nebeneinander gestanden hätten. Er sah jedoch ziemlich gut aus, ein Mann von kompakter Statur, schlank und offenbar durchtrainiert, mit durchdringenden blauen Augen und einem fein gestutzten Vollbart, dessen Schnurrbartspitzen gewichst waren, aber ein wenig herabhingen, was womöglich auf die späte Abendstunde zurückzuführen war. Ich stellte mir vor, dass er seinen Bart einmal am Tag pflegte, frühmorgens, oder wenn es abends einen Empfang gab, noch ein weiteres Mal, als Vorbereitung auf seine Gäste. Empfing er jedoch einen so unbedeutenden Besucher wie mich, so konnte er sich diesen Aufwand sparen.

Entgegen meinen Erwartungen war der Zar nicht in irgendein ausgefallenes kaiserliches Kostüm gekleidet, sondern in die bescheidene Tracht eines gewöhnlichen Muschiks: ein schmuckloses, vanillefarbenes Hemd, eine weite Hose und dazu ein Paar dunkle Lederstiefel. Natürlich bestand kein Zweifel, dass diese schlichten Kleidungsstücke aus feinstem Tuch gefertigt waren, doch sie wirkten bequem und einfach, und ich fühlte mich in seiner Gegenwart nun etwas entspannter.

»Du bist also Jatschmenew«, sagte er schließlich, mit einer klaren Stimme, die weder Interesse noch Desinteresse verriet, so als hakte er lediglich einen weiteren Punkt auf seiner Tagesordnung ab.

»Ja, Euer Majestät.«

»Dein voller Name?«

»Georgi Daniilowitsch Jatschmenew«, antwortete ich. »Aus dem Dorf Kaschin.«

»Und dein Vater?«, fragte er. »Wer ist er?«

»Daniil Wladjewitsch Jatschmenew«, sagte ich. »Ebenfalls aus Kaschin.«

»Aha. Und? Weilt er noch unter uns?«

Ich schaute ihn verdutzt an. »Er hat mich nicht hierher begleitet, Euer Majestät«, sagte ich. »Keiner hat mir gesagt, er solle mitkommen.«

»Ich meine, ob er noch lebt, Jatschmenew«, erklärte er mit einem Seufzer.

»Oh, ich verstehe. Ja, das tut er.«

»Und welchem gesellschaftlichen Stand gehört er an?«

»Er ist Bauer, Euer Majestät.«

»Er bestellt sein eigenes Land?«

»Nein, Euer Majestät. Er ist nur Landarbeiter.«

»Du hast aber gesagt, er sei Bauer.«

»Ich habe mich versprochen. Ich meine, er bestellt Land. Aber es gehört ihm nicht.«

»Wem gehört es dann?«

»Es gehört Eurer Majestät.«

Daraufhin lächelte er und hob kurz eine Augenbraue, als er sich meine Antwort durch den Kopf gehen ließ. »Ja, genauso ist es«, sagte er dann. »Obwohl es Leute gibt, die der Ansicht sind, alles russische Land solle gleichmäßig an die Bauern verteilt werden. Mein früherer Ministerpräsident Stolypin hat eine solche Agrarreform in die Wege geleitet«, fügte er hinzu, wobei aus seinem Tonfall hervorging, dass er diese Maßnahme offenbar nicht begrüßt hatte. »Der Name Stolypin sagt dir etwas?«

»Nein, Euer Majestät«, erwiderte ich wahrheitsgemäß.

»Du hast noch nie von ihm gehört?«, fragte er überrascht.

»Nein, tut mir leid.«

»Macht nichts«, sagte er und wischte sich sorgfältig einen Schmutzfleck von der Bluse. »Er ist inzwischen tot. Er wurde in der Kiewer Oper erschossen, während ich in der kaiserlichen Loge saß und auf ihn hinabschaute. Ja, so nahe können einem diese Mörder kommen. Stolypin war ein guter Mann. Ich habe ihn nicht sehr nett behandelt.« Er hielt für ein paar Augenblicke inne, drückte mit der Zunge gegen die Innenseite seiner Wange und ließ die Gedanken schweifen. Obwohl ich erst ein paar Minuten in der Gegenwart des Zaren verbracht hatte, vermutete ich bereits, dass die Last der Vergangenheit schwer auf seinen Schultern ruhte – und dass die Gegenwart für ihn auch nicht viel tröstlicher war.

»Dein Vater«, sagte er schließlich und schaute dabei wieder zu mir auf. »Bist du der Ansicht, er sollte sein eigenes Stück Land bekommen?«

Ich dachte darüber nach, doch allein die Vorstellung verwirrte mich dermaßen, dass mir nichts Gescheites über die Lippen kommen wollte. Ich zuckte die Achseln. »Tut mir leid, von solchen Dingen weiß ich nichts«, erwiderte ich. »Aber ich bin mir sicher, was immer Ihr entscheiden werdet, es wird das Richtige sein.«

»Ich genieße also dein Vertrauen?«

»Ja, Euer Majestät.«

»Aber warum? Du hast mich doch gerade erst kennengelernt.«

»Weil Ihr der Zar seid, Euer Majestät.«

»Und was bedeutet das?«

»Was es bedeutet?«

»Ja, Georgi Daniilowitsch«, sagte er ruhig. »Was bedeutet es, dass ich der Zar bin? Du schenkst mir bloß deswegen dein Vertrauen, weil ich der Zar bin?«

»Ja ... so ist es«, sagte ich, wobei ich erneut die Achseln zuckte. Er seufzte und schüttelte den Kopf.

»Man zuckt nicht die Achseln in der Gegenwart von Gottes Auserwähltem«, sagte er bestimmt. »Das ist unhöflich.«

»Entschuldigung, Euer Majestät.«

»Du entschuldigst dich ja schon wieder.«

»Weil ich nervös bin.«

»Nervös?«

»Ja.«

»Aber warum?«

»Weil Ihr der Zar seid.«

Daraufhin brach er prustend in Gelächter aus, in ein schallendes Lachen, das etwa eine Minute andauerte und mich in einen Zustand tiefster Verunsicherung stürzte. Ehrlich gesagt, hatte ich nicht damit gerechnet, dem Kaiser an jenem Abend – oder überhaupt jemals – zu begegnen, und unser Treffen war mit so wenig Vorbereitung oder Formalitäten zustande gekommen, dass ich es noch immer nicht fassen konnte. Es schien, als wollte er mich auf Herz und Nieren prüfen, wegen meiner Anstellung, bei der mir nach wie vor unklar war, was es damit auf sich hatte, aber seine Fragen waren überlegt und vorsichtig, und er hörte sich jede meiner Antworten genau an, um ihnen dann weiter nachzugehen, als legte er es darauf an, mich bei einem Fehler zu ertappen. Und jetzt schüttelte er sich vor Lachen, so als hätte ich etwas wahnsinnig Komisches gesagt, doch mir fiel beim besten Willen nicht ein, was das gewesen sein könnte.

»Du siehst verwirrt aus, Georgi Daniilowitsch«, sagte er schließlich. Er hörte auf zu lachen und schenkte mir ein freundliches Lächeln.

»Das bin ich auch, jedenfalls ein bisschen«, sagte ich. »Habe ich vielleicht etwas Unpassendes gesagt?«

»Nein, nein«, erwiderte er mit einem Kopfschütteln. »Es ist nur die messerscharfe Logik deiner Antworten, die mich amüsiert. Das ist alles. *Weil ich der Zar bin!* Wer sollte ich denn sonst sein?«

»Ja, da habt Ihr recht, Euer Majestät.«

»Eine eigenartige Position, wie ich hinzufügen möchte«, sagte er, wobei er einen stählernen, mit Diamanten besetzten Brieföffner von seinem Schreibtisch nahm und diesen auf der Spitze vor sich hin und her balancierte. »Eines Tages werde ich dir vielleicht mehr erzählen. Doch zunächst einmal schulde ich dir meinen Dank.«

»Euren Dank?«, fragte ich, verblüfft, wie der Zar auf die Idee kommen konnte, jemandem wie mir irgendetwas zu schulden.

»Mein Vetter, der Großfürst Nikolaus Nikolajewitsch. Du bist auf seine Empfehlung hier. Er hat mir erzählt, du hättest ihm bei einem Attentatsversuch das Leben gerettet.«

»Ich bin mir nicht sicher, ob das Ganze tatsächlich so schwerwiegend gewesen ist, Euer Majestät«, sagte ich, denn die Worte schienen mir ein wenig übertrieben, auch wenn sie aus dem Munde des Zaren kamen.

»Ach ja? Wie würdest du es denn nennen?«

Ich ließ mir die Sache kurz durch den Kopf gehen. »Also, der fragliche Junge. Kolek Borisowitsch. Ich kannte ihn von Kindesbeinen an. Es war bloß … es war ein dummer Fehler von ihm, versteht Ihr? Sein Vater hat feste Überzeugungen, und Kolek wollte Eindruck auf ihn machen.«

»Mein Vater war auch ein Mann von festen Überzeugungen, Georgi Daniilowitsch. Aber versuche ich deswegen, Menschen umzubringen?«

»Nein, Euer Majestät. Dafür habt Ihr ja Eure Armee.«

Sein Kopf schnellte nach oben, und er sah mich entgeistert an. Seine Augen waren angesichts meiner Impertinenz weit aufgerissen; ich war zutiefst darüber schockiert, dass ich etwas Derartiges gesagt hatte.

»Ich muss doch sehr bitten!«, sagte er, nachdem scheinbar eine Ewigkeit vergangen war.

»Euer Majestät«, sagte ich rasch, um die Wogen zu glätten, »ich habe mich versprochen. Ich wollte nur sagen, dass Kolek seinen Vater vergötterte. Das ist alles. Er wollte es ihm zu Gefallen tun.«

»Also war es sein Vater, der meinen Vetter tot sehen wollte? Dann sollte ich Soldaten losschicken, um *ihn* festnehmen zu lassen, oder?«

»Nur wenn jemand wegen der Gedanken in seinem Kopf festgenommen werden kann und nicht wegen der Taten, die er begangen hat«, sagte ich, denn wenn ich den Tod meines besten Freundes auf dem Gewissen hatte, so wollte ich verdammt sein, wenn nun auch noch das Blut seines Vaters an meinen Händen kleben sollte.

»Fürwahr«, sagte er nachdenklich. »Und nein, mein junger Freund, wegen solcher Dinge lassen wir niemanden festnehmen. Es sei denn, seine Gedanken führen zu konkreten Plänen. So ein Attentat ist eine schreckliche Sache. Es ist die feigeste Form des Protests.«

Dazu sagte ich nichts. Mir fiel nichts dazu ein.

»Ich war erst dreizehn, als mein eigener Großvater einem Attentat zum Opfer fiel, weißt du? Alexander II., der Befreier-Zar, wie er genannt wurde. Der Mann, der den Leibeigenen die Freiheit schenkte, und dann haben sie ihn trotz seiner Großzügigkeit umgebracht. Ein Feigling warf eine Bombe in seine Kutsche, als er, nicht weit von hier entfernt, durch die Straßen fuhr, doch er überlebte die Explosion ohne einen Kratzer. Als er dann aus der Kutsche stieg, lief ein zweiter Attentäter auf ihn zu und zündete eine weitere Bombe. Der Zar wurde schwer verletzt hierhergebracht, in diesen

Palast. Unsere ganze Familie war um ihn versammelt, als er starb. Ich sah mit eigenen Augen, wie das Leben aus ihm entwich. Ich erinnere mich so deutlich daran, als wäre es erst gestern geschehen. Es hatte ihm ein Bein abgerissen, und von dem anderen war auch nicht mehr viel übrig. Seine Eingeweide quollen heraus, und er rang nach Atem. Es war klar, dass er nur noch wenige Minuten zu leben hatte. Und dennoch wandte er sich nacheinander an jeden Einzelnen von uns, um uns seine letzten Segenswünsche auszusprechen – selbst in diesem Moment besaß er noch so viel Kraft. Er weihte meinen Vater. Er hielt meine Hand. Und dann starb er. Er muss unter unerträglichen Schmerzen gelitten haben. Du siehst also, ich kenne die Folgen dieser Form von Gewalt, und ich habe mir geschworen, dass kein Mitglied meiner Familie jemals wieder einem Attentat zum Opfer fallen darf.«

Ich nickte und war von seinen Worten zutiefst gerührt. Meine Augen wanderten zu den vollen Bücherregalen, die die Wand zu meiner Rechten säumten. Ich betrachtete sie näher, wobei ich die Augen zusammenkniff, um die Buchtitel entziffern zu können.

»Man wendet sich nicht von mir ab«, sagte der Zar, obwohl seine Stimme eher neugierig als verärgert klang. »Ich bin derjenige, der sich von jemandem abwendet.«

»Entschuldigung, Euer Majestät«, sagte ich, wobei ich ihn wieder anschaute. »Das habe ich nicht gewusst.«

»Noch mehr Entschuldigungen«, sagte er seufzend. »Ich merke, du wirst noch einige Zeit brauchen, bis du gelernt hast, welche Gepflogenheiten hier herrschen. Sie werden dir vielleicht … nun, ja, etwas seltsam vorkommen. Du interessierst dich für Bücher?«, fragte er dann mit einem Nicken in Richtung der Bücherregale.

»Nein, Euer Majestät«, sagte ich und schüttelte dabei den Kopf. »Ich meine, ja, Euer Majestät.« Ich stöhnte innerlich auf und gab mir Mühe, weniger ignorant zu klingen. »Ich meine ... ich interessiere mich für deren Inhalt.«

Der Zar schmunzelte und schien wieder in Gelächter ausbrechen zu wollen, doch dann verdunkelte sich seine Miene, und er beugte sich zu mir herüber.

»Mein Vetter bedeutet mir sehr viel, Georgi Daniilowitsch«, verkündete er. »Aber was noch wichtiger ist, er spielt eine herausragende Rolle bei unseren Kriegsanstrengungen – die Folgen seines Todes wären unabsehbar gewesen. Der Zar und das gesamte russische Volk sind dir also zu großem Dank verpflichtet.«

Ich spürte, dass jeder weitere Protest ungebührlich gewesen wäre, und neigte stattdessen demütig den Kopf. Nachdem ich einen Moment lang in dieser Pose verharrt hatte, schaute ich wieder zu ihm auf.

»Du musst müde sein, Junge«, sagte er. »Warum setzt du dich nicht?«

Ich blickte mich um und entdeckte hinter mir einen Stuhl, der dem draußen auf dem Flur ähnelte, aber nicht ganz so prächtig verziert war wie der des Zaren. Ich fühlte mich gleich wesentlich entspannter, als ich darauf Platz genommen hatte. Im Sitzen ließ ich meinen Blick kurz durch den Raum schweifen, wobei ich den Büchern diesmal keine Beachtung schenkte, sondern mich den Gemälden und Gobelins an den Wänden widmete, aber auch den Kunstobjekten, die jeden freien Fleck verzierten. Eine solche Pracht war mir noch nie zu Augen gekommen. Es war schlichtweg atemberaubend. Hinter dem Zaren, ein Stück oberhalb seiner linken Schulter, erblickte ich einen sehr außergewöhnlichen Schmuckgegenstand, und obwohl ich inzwischen wusste, wie unhöflich es war, woanders hinzublicken als auf den Zaren, konnte ich meine Augen nicht davon lassen. Als der Zar von meinem Interesse Notiz nahm, drehte er sich zur

Wand, um festzustellen, was meine Aufmerksamkeit erregt hatte.

»Ah«, sagte er, wobei er sich wieder mir zuwandte und mich anlächelte. »Du hast eine meiner Kostbarkeiten bemerkt.«

»Entschuldigung, Euer Majestät«, sagte ich, wobei ich mir alle Mühe gab, nicht die Achseln zu zucken. »Es ist bloß ... also, ich habe noch nie etwas derartig Schönes gesehen.«

»Ja, das ist ganz hübsch, nicht wahr?«, sagte er und griff mit beiden Händen nach der eiförmigen Figur, um sie dann zwischen uns auf die Tischplatte zu stellen. »Komm näher, Georgi. Dann kannst du es etwas genauer betrachten, wenn du möchtest.«

Ich rückte meinen Stuhl nach vorn und beugte mich über den Tisch. Das Objekt war nicht höher als neunzehn oder zwanzig Zentimeter und etwa halb so breit: ein golden und weiß emailliertes Ei, verziert mit winzigen Porträts und getragen von einem Adler, der auf einem roten, mit Juwelen besetzten Postament stand.

»Das ist von einem Künstler namens Fabergé«, erklärte der Zar. »Er schenkt meiner Familie schon seit Langem zu jedem Osterfest ein solches Ei – jedes Jahr eine neue Kreation, und immer mit einer Überraschung im Inneren des Eies. Ist das nicht fantastisch?«

»So etwas habe ich noch nie gesehen«, sagte ich und hätte dieses Kleinod liebend gern angefasst, befürchtete aber, ich könnte es dabei irgendwie kaputtmachen.

»Dieses Ei haben die Zarin und ich vor zwei Jahren bekommen, anlässlich der Dreihundertjahrfeier der Herrschaft der Romanows. Diese Miniaturbildnisse hier, das sind alles Porträts ehemaliger Zaren.« Er drehte das Ei ein wenig herum, um mich auf einige seiner Vorfahren aufmerksam zu machen. »Michail Fjodorowitsch, der Begründer unserer Dynastie«, sagte er und deutete dabei auf ein unscheinbares, hutzeliges Männlein mit einer spitzen Kopfbedeckung.« Und das hier ist Peter der Große, der ein Jahrhundert später gelebt hat. Und Katharina die Große, wieder ein halbes Jahrhundert später. Und hier mein Großvater, von dem ich dir vorhin erzählt habe, Alexander II. Und mein Vater.«, fügte er hinzu und zeigte dabei auf einen Mann, dem er fast wie aus dem Gesicht geschnitten war. »Alexander III.«

»Und hier seid Ihr, Euer Majestät«, bemerkte ich und zeigte auf das zentrale Porträt. »Zar Nikolaus II.«

»In der Tat«, sagte er, sichtlich darüber erfreut, dass ich ihn erkannt hatte. »Ich bedaure nur, dass der Künstler nicht noch ein weiteres Porträt hinzugefügt hat.«

»Von wem denn, Euer Majestät?«

»Na, von meinem Sohn natürlich. Vom Zarewitsch Alexei. Ich finde, sein Konterfei hätte hier sehr gut hingepasst – als ein Zeugnis unserer Hoffnungen für die Zukunft.« Er sinnierte einen Moment lang darüber, bevor er weiterredete. »Und wenn man das hier macht«, er fasste an die Spitze des Eies und öffnete behutsam einen kleinen Deckel, »dann stößt man auf die Überraschung, die es enthält.«

Ich lehnte mich noch weiter nach vorn, sodass ich praktisch quer über der Tischplatte lag, und hielt den Atem an, als ich entdeckte, was sich im Innern der Kugel verbarg: die Kontinente, in Gold gefasst, und die Ozeane, nachempfunden mittels geschmolzenem blauem Stahl.

»Das Ei enthält zwei nördliche Hemisphären«, erzählte er mir, und seinem Tonfall war zu entnehmen, wie sehr er es genoss, ein aufmerksames Publikum zu haben. »Das hier ist das russische Herrschaftsgebiet im Jahre 1613, als mein Vorfahr Michail Fjodorowitsch den Thron bestieg. Und das hier«, fuhr er fort, wobei er die Kugel umdrehte, »sind unsere Territorien dreihundert Jahre später, unter meiner Herrschaft. Ein gehöriger Unterschied, wie du siehst.«

Ich schüttelte den Kopf. Es hatte mir die Sprache verschlagen. Das Ei bestand aus so feinen Details, war so exquisit, dass ich noch stundenlang hätte davorsitzen können, ohne mich an seiner Schönheit sattgesehen zu haben. Dies sollte jedoch nicht sein, denn nachdem er noch eine Weile auf die von ihm beherrschten Länder geblickt hatte, klappte der Zar den Deckel des Eies wieder zu und stellte es zurück auf den Wandtisch, wo er es hergeholt hatte.

»So viel zu diesem Thema«, sagte er, presste seine Handflächen zusammen und schaute auf die Uhr an der ihm gegenüberliegenden Wand. »Es ist spät geworden. Vielleicht sollte ich dir jetzt erzählen, warum ich dich sprechen wollte.«

»Natürlich, Euer Hoheit«, erwiderte ich.

Er schaute mich eine Weile an, so als suchte er nach den richtigen Worten. Sein Blick durchbohrte mich dabei so tief, dass ich ihm nicht standhielt und wegschaute. Dabei fiel mir eine gerahmte Fotografie ins Auge, die auf seinem Schreibtisch stand. Seine Augen folgten meinem Blick dorthin.

»Ah«, sagte er mit einem Kopfnicken. »Dann fangen wir einfach damit an.« Er nahm die Fotografie in die Hand und reichte sie mir. »Ich nehme an, du bist mit der kaiserlichen Familie vertraut.«

»Ja, ich glaube schon, Euer Majestät«, erwiderte ich. »Natürlich habe ich noch nicht die Ehre gehabt, sie …«

»Die vier jungen Damen auf diesem Bild«, fuhr er fort, ohne auf mich einzugehen, »sind meine Töchter, die Großfürstinnen Olga, Tatjana, Maria und Anastasia. Sie wachsen allesamt zu überaus feinen jungen Frauen heran, möchte ich hinzufügen. Ich bin äußerst stolz auf sie. Die älteste, Olga, ist mittlerweile zwanzig. Vielleicht werden wir sie schon bald verheiraten, wer weiß. In den europäischen Königshäusern gibt es viele junge Männer, die als Gatte infrage kämen. Im Moment ist das natürlich unmöglich. Wegen dieses elenden

Krieges. Doch lange wird es nicht mehr dauern. Sobald der Krieg vorbei ist. Die jüngste, die du hier siehst, ist mein Ein und Alles, die Großfürstin Anastasia, die demnächst fünfzehn wird.«

Ich betrachtete ihr Gesicht auf dem Foto. Sie war jung, natürlich, aber andererseits war ich auch nur knapp zwei Jahre älter als sie. Ich erkannte sie auf der Stelle wieder. Es war das Mädchen, das mir früher am Abend am Kastanienstand über den Weg gelaufen war, die junge Dame, die zu mir heraufgeschaut und mich angelächelt hatte, als sie eine Stunde zuvor von Bord ihres Schiffes gegangen war, diejenige, vor deren Blick ich mich voller Verlegenheit abgewendet hatte, total verwirrt von einer mich plötzlich durchströmenden Woge der Leidenschaft.

»Es gab Momente – ich glaube, ich kann dir dies anvertrauen, Georgi –, da dachte ich, mir sollte nie ein Sohn beschert werden«, fuhr er fort, wobei er mir den Rahmen aus den Händen nahm und mir einen anderen reichte, in dem das Porträtfoto eines bemerkenswerten Jungen steckte. »Wo ich dachte, Russland sollte nie ein Thronfolger beschert werden. Doch zum Glück gebar mir die Zarin dann vor etwa elf Jahren meinen Alexei. Er ist ein feiner Junge, und eines Tages wird er ein großer Zar sein.«

Ich registrierte den heiteren Gesichtsausdruck des Jungen auf dem Bild, war aber ein wenig überrascht, wie dünn er aussah, wie dunkel um die Augen herum. »Ganz ohne Zweifel, Euer Majestät«, erwiderte ich.

»Selbstverständlich wird er rund um die Uhr von Leibgardisten bewacht«, sagte er dann, und ich hatte den Eindruck, er rang ein wenig um Worte, so als sei er sich nicht sicher, wie viel er mir sagen wollte. »Und sie passen natürlich gut auf ihn auf. Aber ich habe an jemanden gedacht ... also, an einen Begleiter, der vielleicht eher in seinem Alter ist. An jemanden, der alt genug und tapfer genug ist, um ihn notfalls auch beschützen zu können. Wie alt bist du, Georgi?«

»Sechzehn, Euer Majestät.«

»Sechzehn, das ist gut. Ein Junge von elf Jahren wird immer zu einem Burschen deines Alters aufschauen. Womöglich könntest du ihm ein gutes Vorbild sein.«

Ich atmete nervös aus. Der Großfürst hatte bereits etwas in der Art erwähnt, als er mich in Kaschin am Krankenbett besucht hatte, doch ich hatte bezweifelt, dass man einen Muschik wie mich tatsächlich mit einer solchen Aufgabe betrauen würde. Nun schien es, als würden meine kühnsten Hoffnungen übertroffen. Ich rechnete damit, jeden Moment aufzuwachen und zu entdecken, dass dies alles nur ein Traum war, dass sich der Zar, das Winterpalais und die gesamte darin versammelte Pracht, inklusive des prächtigen Fabergé-Eies, in Luft aufgelöst hatten und ich plötzlich wieder auf dem Fußboden unserer Hütte in Kaschin lag und von Daniil mit Fußtritten traktiert wurde, damit ich ihm sein Frühstück zubereitete.

»Es wäre mir eine große Ehre, Euer Majestät«, sagte ich schließlich. »Falls Ihr findet, ich sei dessen würdig.«

»Der Großfürst ist jedenfalls der Ansicht, du seist es«, sagte er, wobei er sich nun erhob, und selbstverständlich folgte ich seinem Beispiel und erhob mich ebenfalls. »Du scheinst ein anständiger junger Mann zu sein, und ich bin mir sicher, du bist der Aufgabe gewachsen.« Wir gingen zur Tür, und auf dem Weg dorthin legte er seine kaiserliche Hand auf meine Schulter, was mir einen Schauder durch die Glieder jagte: Der Zar, der von Gott höchstselbst Auserwählte, berührte mich! Es war die größte Gnade, die ich jemals empfangen hatte. Er griff mir fest an die Schulter, und ich fühlte mich dermaßen geehrt und überwältigt, dass mich der stechende Schmerz nicht kümmerte, der mir durch den Arm schoss, als er unabsichtlich auf meine noch immer nicht ganz verheilte Schusswunde drückte.

»Ich kann dir also vertrauen, Georgi Daniilowitsch?«, fragte er mich, wobei er mir tief in die Augen schaute.

»Das könnt Ihr, Euer Majestät«, erwiderte ich.

»Ich hoffe es«, sagte er, und in seiner Stimme lag eine Spur von tiefer Verzweiflung und großem Kummer. »Wenn du diese Verantwortung übernehmen möchtest, dann wäre da noch etwas … Georgi, was ich dir jetzt anvertraue, muss unter uns bleiben – es darf diesen Raum niemals verlassen!«

»Euer Majestät, was immer es sein mag, ich werde es mit ins Grab nehmen.«

Er schluckte und zögerte. Die zwischen uns herrschende Stille hielt länger als eine Minute an, doch ich empfand diesmal keine Verlegenheit; stattdessen hatte ich das Gefühl, Teil eines großen Geheimnisses geworden zu sein, das mir der Herrscher unseres Landes jeden Moment anvertrauen würde. Doch zu meiner Enttäuschung schien er es sich anders überlegt zu haben, denn anstatt sich mir zu offenbaren, schüttelte er einfach nur den Kopf und schaute beiseite, als er meine Schulter losließ und die Tür zum Flur öffnete.

»Vielleicht ist es noch nicht die Zeit dafür«, sagte er. »Lass uns erst einmal sehen, wie du dich bei deiner Aufgabe anstellst. Ich bitte dich nur um äußerste Sorgfalt im Umgang mit meinem Sohn. Auf ihm ruht unsere ganze Hoffnung, verstehst du? Auf ihm ruht die Hoffnung aller kaisertreuen Russen.«

»Ich werde alles tun, damit dem Zarewitsch nichts zustößt«, versicherte ich ihm. »Mein Leben gehört ihm.«

»Dann brauchst du auch nicht mehr zu wissen«, erwiderte er, wobei er erneut kurz lächelte, bevor er die Tür vor meiner Nase schloss und mich wieder in dem kalten und leeren Flur allein ließ, wo ich mich fragte, ob mich dort jemand abholen würde und was mir als Nächstes bevorstehen mochte.

1970

Im ersten Jahr nach meiner Pensionierung machte ich einen großen Bogen um die Bibliothek des British Museum. Ich tat dies nicht, weil ich nicht dort sein wollte, ganz im Gegenteil: Nachdem ich mein gesamtes Erwachsenenleben in der gelehrsamen Atmosphäre dieses friedvollen Gemäuers verbracht hatte, verspürte ich fast nirgendwo sonst eine so große Zufriedenheit. Nein, ich mied es, weil ich nicht einer jener Zeitgenossen werden wollte, die sich nicht damit abfinden können, dass ihr Arbeitsleben zu Ende gegangen ist und dass der gewohnte Trott des Berufsalltags, der unserem Leben Ordnung und Disziplin verleiht, mit einem Mal ersetzt worden ist durch die tiefe Verwirrung oder, wie Charles Lamb es zu nennen beliebte, die »Erlösung« des Ruheständlers.

Ich konnte mich nur zu gut an jenen Freitagabend im Jahre 1959 erinnern, an dem eine kleine Party zu Ehren unseres Bibliotheksleiters, Mr Trevors, stattfand, der das fünfundsechzigste Lebensjahr erreicht hatte und nun seine letzte Arbeitswoche absolvierte. Es wurden Getränke und Häppchen gereicht, es wurden Reden gehalten, und Dutzende von Leuten schauten vorbei, um ihm, für was immer er in Zukunft vorhaben mochte, alles Gute zu wünschen. Wir ließen die üblichen Klischees vom Stapel – dass ihm die Welt jetzt zu Füßen läge und dergleichen – und schämten uns unserer Falschheit kein bisschen. Die Stimmung sollte locker und ausgelassen sein, doch im Laufe des Abends wurde mein ehemaliger Vorgesetzter immer trübsinniger und fragte sich laut, in Gegenwart seiner peinlich berührten Gäste, was er denn nun mit seiner Zeit anfangen solle.

»Ich bin ganz allein auf der Welt«, erzählte er uns mit einem todunglücklichen Lächeln, wobei ihm die Tränen in die Augen schossen und wir alle wegsahen, in der Hoffnung, jemand anders würde ihm Trost spenden. »Was habe ich denn noch ohne meine Arbeit? Ein leeres Haus. Keine Dorothy, und auch keine Mary«, fügte er leise hinzu, sich auf seine Familie beziehend, die ihm den Lebensabend hätte versüßen können, wäre sie ihm nicht durch den Tod entrissen worden. »Meine Arbeit war der einzige Grund, aus dem ich morgens aufgestanden bin.«

Am darauffolgenden Montagmorgen erschien er wie üblich in der Bibliothek, pünktlich auf die Minute, Hemd und Krawatte pieksauber, und bestand darauf, uns bei den einfacheren Tätigkeiten zu assistieren, um die er sich früher nie gekümmert hatte. Keiner von uns wusste, wie wir darauf reagieren sollten – als unser langjähriger Chef strahlte er für uns nach wie vor eine Aura der Autorität aus, und so ließen wir ihn eben gewähren. Doch dann kreuzte er zu unserem Unbehagen auch am nächsten Tag auf, und auch am Tag darauf. Am Donnerstagmorgen nahm ihn einer der Museumsdirektoren beiseite und bat ihn darum, sich zu vergegenwärtigen, dass die anderen Bibliotheksangestellten dort arbeiteten, dass sie für ihre Arbeit *bezahlt* wurden und deswegen nicht den ganzen Tag über Konversation treiben konnten. Er solle nach Hause gehen und seinen Ruhestand genießen, wurde ihm gut gelaunt mitgeteilt. Er solle die Füße hochlegen und all die Dinge tun, die man nicht tun könne, wenn man hier tagaus, tagein schuften musste! Und genau das tat der arme Mann dann auch. Er ging nach Hause und erhängte sich noch am selben Abend.

Als ich an meinen eigenen Ruhestand dachte, verschwendete ich keinen Gedanken daran, dass es mir so oder so ähnlich ergehen könnte. Zum einen erfreuten Soja und ich uns bester Gesundheit, und wir hatten nicht nur einander, sondern auch noch unseren neunjährigen Enkelsohn Michael, der uns jung hielt. Ich würde nie in eine Depression stürzen oder von einem Gefühl der Nutzlosigkeit übermannt werden. Das stand für mich fest. Trotzdem verspürte ich ein Jahr nach meiner Pensionierung das Bedürfnis, in die Bibliothek zurückzukehren – nicht um meine alte Beschäftigung wieder aufzunehmen, sondern um wieder in jene Atmosphäre der Gelehrsamkeit einzutauchen, die ich so sehr vermisste. Um mehr zu lesen. Um etwas über all jene Dinge zu lernen, über die ich noch immer nichts wusste. Schließlich war ich während meines gesamten Arbeitslebens von Büchern umgeben gewesen, hatte aber nur selten die Gelegenheit gehabt, mich näher damit zu befassen. Und so beschloss ich, jeden Nachmittag für ein paar Stunden in die Ruhe der Bibliothek zurückzukehren. Da ich meinen ehemaligen Kollegen keinen Ärger bescheren wollte, versteckte ich mich für gewöhnlich vor ihnen – damit sie sich nicht dazu verpflichtet fühlten, ein Gespräch mit mir anzuknüpfen. Und ich war zufrieden mit diesem Arrangement, glücklich angesichts der Vorstellung, die mir noch verbleibenden Jahre damit zu verbringen, mich autodidaktisch weiterzubilden.

Als ich im Spätherbst des Jahres 1970, kurz nach meinem einundsiebzigsten Geburtstag, eines Nachmittags an meinem üblichen Tisch saß, fiel mir eine Frau auf. Sie war schätzungsweise etwa dreißig Jahre jünger als ich und stand an einem der Bücherregale. Sie tat so, als studierte sie die Titel, obwohl klar zu erkennen war, dass sie sich nicht im Mindesten dafür interessierte, sondern in Wirklichkeit damit beschäftigt war, mich zu beobachten. Ich maß dem keine große Bedeutung bei. Womöglich war sie in Gedanken versunken und merkte überhaupt nicht, dass sie in meine Richtung starrte. Ich vertiefte mich wieder in mein Buch.

Am darauffolgenden Nachmittag bemerkte ich sie jedoch erneut. Sie saß an einem Tisch, nur drei Plätze von meinem entfernt, und beäugte mich verstohlen – eine Erfahrung, die mich zugegebenermaßen nicht nur irritierte, sondern auch zunehmend verärgerte. Wäre ich jünger gewesen, hätte man meinen können, sie habe sich irgendwie in mich verguckt, doch angesichts meines Alters war das höchst unwahrscheinlich. Ich war schließlich in mein achtes Lebensjahrzehnt eingetreten. Die wenigen mir noch am Kopf verbliebenen Haare offenbarten einen unebenen, von Leberflecken übersäten Schädel. Meine Zähne waren zwar noch meine eigenen und noch halbwegs weiß, doch sie fügten meinem Lächeln nichts hinzu, wie sie es vielleicht früher getan hatten, als ich noch jünger gewesen war. Und obgleich meine Beweglichkeit nicht über Gebühr vom Alter beeinträchtigt wurde, bediente ich mich seit einiger Zeit eines feinen Malakkaspazierstocks, um auf meinem täglichen Weg von und zur Bibliothek mein Gleichgewicht besser halten zu können. Kurzum, ich war kein Adonis und schon gar nicht ein Liebesobjekt für eine Frau, die halb so alt war wie ich.

Ich überlegte, ob ich mich woanders hinsetzen sollte, entschied mich aber dagegen. Schließlich hatte ich in den vergangenen fünf Jahren jeden Nachmittag an diesem Platz gesessen. Das Licht war dort gut, was mir das Lesen erleichterte, denn meine Sehkraft hatte mit der Zeit doch ein wenig nachgelassen. Außerdem war es dort ruhig, denn ich war ringsum von Bücherregalen umgeben, deren Sachgebiete so unattraktiv waren, dass mich kaum jemand störte. Warum sollte ich den Platz wechseln? Wenn jemand den Platz wechseln sollte, dann doch wohl sie. Dies war mein Platz.

Die Frau ging kurz darauf. Im Vorübergehen hielt sie kurz inne, so als wollte sie mich ansprechen, schien es sich jedoch dann anders zu überlegen und verschwand.

»Du wirkst besorgt«, sagte Soja zu mir, als wir an jenem Abend zu Bett gingen. »Ist irgendetwas passiert?«

»Nein, es ist alles in bester Ordnung«, sagte ich und lächelte sie an. Ich wollte die Angelegenheit lieber für mich behalten, denn sonst hätte sie womöglich gedacht, dass ich mir Dinge einbildete und allmählich den Verstand verlor. »Es ist nichts. Ich bin bloß ein wenig müde, das ist alles.«

Trotzdem konnte ich in jener Nacht kaum schlafen und zerbrach mir den Kopf darüber, was diese Frau wohl von mir wollte. Dreißig oder auch nur zwanzig Jahre früher hätte ihr Erscheinen bei mir paranoide Fantasien darüber verursacht, wer sie wohl geschickt haben mochte, um mich auszuspionieren, was diese Leute vorhaben mochten und ob sie auch nach Soja suchten. Doch inzwischen schrieben wir das Jahr 1970. Jene Zeiten waren längst vorbei. Mir fiel kein vernünftiger Grund für ihr Interesse an mir ein, und ich begann mich zu fragen, ob es sich womöglich doch nicht um die Frau vom Vortag gehandelt hatte oder ob ich sie mir lediglich eingebildet und bei mir der Altersschwachsinn eingesetzt hatte.

Diese Sorge wurde am darauffolgenden Tag entkräftet, als ich am frühen Nachmittag an der Bibliothek ankam und die Dame draußen bei den großen Steinlöwen stehen sah, umhüllt von einem dunklen, schweren Mantel. Ihr Körper spannte sich sichtlich an, als sie mich auf sie zukommen sah.

Ich wiederum runzelte die Stirn und wurde auf der Stelle nervös. Mir war klar, dass sie mich gleich ansprechen würde, doch ich dachte, dass sie mich vielleicht in Frieden ließe, wenn ich einfach an ihr vorüberging und ihr keinerlei Beachtung schenkte. Denn inzwischen wusste ich ganz genau, wer diese Frau war. Es lag auf der Hand. Ich hatte sie noch nie gesehen, bevor sie in die Bibliothek gekommen war – und ich hatte sie auch nicht sehen wollen –, doch nun war sie da und trat mir gegenüber. Das allein war schon eine Anmaßung.

Geh weiter, sagte ich mir. *Beachte sie nicht, Georgi. Sag kein Wort.*

»Mr Jatschmenew«, sagte sie, als ich mich ihr näherte. Ich hob kurz meine behandschuhte Hand in die Höhe, und als ich die Frau erreicht hatte, bedachte ich sie mit einem angedeuteten Lächeln und einem leichten Kopfnicken. Ich war wirklich alt geworden. Dies war das Gebaren eines älteren Herrn, eines Prinzen von königlichem Geblüt, der in einer vergoldeten Equipage vorüberfuhr. Es erinnerte mich an den Großfürsten Nikolaus Nikolajewitsch, wie er hoch zu Ross durch die Straßen von Kaschin paradierte und dem versammelten Volk seinen Segen entbot, nichts von der Todesgefahr ahnend, in der er schwebte. »Mr Jatschmenew, Verzeihung, aber könnte ich Sie kurz …«

»Ich muss hinein«, sagte ich, wobei ich die Worte hastig herunterrasselte, ohne stehen zu bleiben, darauf bedacht, einem zeitgenössischen Kolek keine Chance zu geben, einen Schuss auf mich abzufeuern. »Ich fürchte, ich habe heute jede Menge zu arbeiten.«

»Es wird nicht lange dauern«, sagte sie, und ich konnte sehen, wie ihr die Tränen in die Augen stiegen, als sie einen Schritt nach vorn tat und mir den Weg versperrte. Sie war ebenfalls nervös, das war ihrem Gesichtsausdruck eindeutig zu entnehmen, und das Zittern ihrer Hände war offenbar nicht allein auf das kalte Wetter zurückzuführen. »Es tut mir leid, wenn ich Sie belästige, aber ich kann nicht anders. Es muss sein.«

»Nein«, murmelte ich vor mich hin und schüttelte den Kopf, nicht willens, sie anzuschauen. »Nein, bitte nicht …«

»Mr Jatschmenew, wenn Sie mir sagen, ich soll gehen, dann werde ich tun, was sie sagen. Ich verspreche Ihnen, ich werde Sie in Frieden lassen, aber alles, worum ich Sie bitte, sind ein paar Minuten von Ihrer Zeit. Vielleicht können wir uns ja auf eine Tasse Tee zusammensetzen, mehr nicht. Ich weiß, ich habe nicht das Recht, etwas von Ihnen zu verlangen, aber ich bitte Sie darum. Wenn Sie es über sich bringen könnten ...«

Ihre Stimme verlor sich, als sie in Tränen ausbrach, und ich war nun gezwungen, sie anzuschauen. Ich spürte den schneidenden Schmerz in meinem Herzen, jenen grässlichen Schmerz, der mich in den unerwartetsten Momenten des Tages überkam, zu Zeiten, in denen ich überhaupt nicht an das dachte, was geschehen war – Momente, in denen ich diese Frau dermaßen hasste, dass ich am liebsten selbst losgezogen wäre, um sie zu finden, um ihr meine alten, knochigen Hände um den Hals zu legen und ihren Gesichtsausdruck zu beobachten, während ich sie langsam erwürgte.

Doch nun hatte sie mich gefunden. Da stand sie nun und wollte mir einen Tee spendieren.

»Bitte, Mr Jatschmenew«, sagte sie, und ich öffnete den Mund, um ihr zu antworten, doch alles, was ich hervorbrachte, war ein gewaltiger Wutschrei, der tief aus meinem Innern kam. Ein bloßer Bruchteil des Schmerzes, den sie mir zugefügt hatte und der meine Seele so fest umschnürte wie kein anderer Kummer meines Lebens.

Wir hatten so lange darauf gewartet, ein Kind zu bekommen. Wir hatten so viele Enttäuschungen erlebt. Und dann war sie eines Tages da. Unsere kräftige, kerngesunde Arina, die man einfach lieb haben musste.

In der Zeit unmittelbar nach ihrer Geburt platzierten Soja und ich sie manchmal in der Mitte unseres Bettes, und dann saßen wir zu beiden Seiten von ihr auf der Matratze und betrachteten sie, wobei wir überglücklich lächelten. Wir legten uns ihre winzigen Füße auf den Handteller und staunten darüber, wie fröhlich die Kleine war – wir konnten es kaum fassen, dass uns schließlich doch noch ein Kind beschert worden war.

»Das bedeutet *Frieden*«, antworteten wir, wenn uns jemand fragte, wie wir auf ihren Namen gekommen waren, und genau das war es auch, was sie uns bescherte: Frieden, die tiefe Befriedigung des Elternseins. Wenn sie schrie, fanden wir es frappierend, dass ein so kleines Wesen so laute Geräusche produzieren konnte. Bei meinem täglichen Heimweg von der Bibliothek konnte ich mich mit Müh und Not daran hindern, auf dem Bürgersteig in einen Sprint zu verfallen, so sehr fieberte ich dem Moment entgegen, wo ich nach Hause kam und den Ausdruck wahrnahm, der auf ihrem Gesicht auftauchte, sobald ich durch die Tür in unsere Wohnung trat, jenen Gesichtsausdruck, der mir sagte, dass sie mich während der letzten acht Stunden möglicherweise vergessen hatte, aber dass sie sich nun, wo ich wieder zurück war, an mich erinnerte und mir zeigte, wie schön sie es fand, mich wiederzusehen.

Als Arina heranwuchs, war sie nicht schwieriger, aber auch nicht pflegeleichter als andere Kinder. In der Schule machte sie sich gut, wobei ihre Noten weder herausragend waren noch Anlass zur Sorge gaben. Sie heiratete jung – zu jung, wie ich seinerzeit fand –, doch ihre Ehe war glücklich. Ob sie mit ähnlichen Schwierigkeiten zu kämpfen hatte wie ihre Mutter, vermag ich nicht zu sagen, doch es dauerte sieben Jahre, bis sie schließlich bei uns am Wohnzimmertisch Platz nahm und uns bei den Händen fasste, um uns mitzuteilen, dass wir bald Großeltern sein würden. Michael kam zur Welt und erfüllte uns mit Freude. Bei einem Abendessen erwähnte sie einmal, dass sie ihm gern ein Brüderlein oder ein Schwesterlein schenken würde. Nicht sofort, aber demnächst. Und wir waren hocherfreut von dieser Neuigkeit, denn uns behagte die Vorstellung von einem Haus voller Enkelkinder, die uns besuchen kamen.

Und dann starb sie.

Arina war sechsunddreißig, als sie uns genommen wurde. Sie arbeitete als Lehrerin an einer Schule nahe dem Battersea Park. Eines Spätnachmittags fegte ihr auf dem Heimweg auf der Albert Bridge Road ein Windstoß den Hut vom Kopf, woraufhin sie, ohne nach links oder rechts zu schauen, auf die Straße lief und von einem Auto erfasst wurde. So schwer es mir auch fällt, dies einzuräumen, es war einzig und allein ihre Schuld. Der Wagen hätte ihr nie und nimmer ausweichen können. Natürlich hatten wir ihr beigebracht, Obacht zu geben, wenn sie eine Straße überquerte – aber wer von uns lässt sich nicht hin und wieder von etwas ablenken und vergisst dann, was man ihm beigebracht hat? Der Hut wurde Arina vom Kopf geweht, und sie wollte ihn wiederhaben. So einfach war das. Und es kostete sie das Leben.

Soja und ich erfuhren erst später am Abend von dem Unfall, als es überraschend an unserer Haustür klopfte. Ich öffnete, und draußen stand ein blasser junger Mann, der mir irgendwie bekannt vorkam, den ich aber nicht sofort einordnen konnte. Sein Gesichtsausdruck war bekümmert, ja fast schon verängstigt, und in seiner Hand hielt er eine braune Stoffmütze, die er in einem fort zwischen den Fingern hin und her wandern ließ. Ich wusste nicht warum, aber ich verfolgte Letzteres immer gebannter, während er sprach. Seine Hände waren ziemlich knochig, mit einer beinahe transparenten Haut, meinen eigenen Altmännerhänden nicht unähnlich, obgleich er mindestens vierzig Jahre jünger war als ich. Ich betrachtete seine Hände, während er sprach, vielleicht um mich zu beruhigen, denn irgendetwas an seinem Gesichtsausdruck ließ mich erahnen, dass mir nicht gefallen würde, was er zu berichten hatte.

»Mr Jatschmenew?«, fragte er.

»Ja.«

»Ich weiß nicht, ob Sie sich noch an mich erinnern, Sir. Ich bin David Frasier.«

Ich starrte ihn an und zögerte, noch immer unsicher, wer er war, doch dann tauchte Soja hinter mir auf und rettete mich aus dieser peinlichen Situation.

»David«, sagte sie. »Was in aller Welt hat Sie um diese Uhrzeit hierher verschlagen? Georgi, du erinnerst dich doch an Ralphs Freund hier, oder? Von der Hochzeit?«

»Ja sicher, natürlich«, sagte ich, denn nun wusste ich wieder, wer er war. In angesäuseltem Zustand hatte er damals versucht, den Gopak zu tanzen und mit vor der Brust verschränkten Armen die Beine nach vorn geschmissen, krampfhaft darum bemüht, das Kreuz durchzudrücken. Er hielt dies offenbar für ein Zeichen der Zusammengehörigkeit, für eine Geste des Respekts vor seinen Gastgebern. Ich verschwieg ihm lieber, dass dieses Gehopse im Grunde nicht mehr war als eine gymnastische Übung, um sich vor einer Schlacht aufzuwärmen.

»Mr Jatschmenew«, sagte er, wobei sein Gesicht verriet, wie bekümmert er war. »Mrs Jatschmenew. Ralph hat mich geschickt. Ich soll sehen, dass ich Sie erwische, hat er gesagt.«

»Uns erwischen?«, fragte ich. »Was soll das heißen, *uns erwischen*? Haben wir etwas verbrochen?«

»Ralph hat Sie geschickt?«, fragte Soja, ohne mir Beachtung zu schenken. Das Lächeln auf ihrem Gesicht erlosch. »Warum? Ist etwas passiert? Geht es um Michael? Oder um Arina?«

»Es hat einen Unfall gegeben«, sagte er schnell. »Aber es ist wohl nicht so schlimm. Genaueres weiß ich leider nicht. Es geht um Arina. Sie war auf dem Heimweg. Von der Schule. Ein Auto hat sie angefahren.«

Mir fiel auf, dass er in kurzen, abgehackten Sätzen sprach, und ich fragte mich, ob dies wohl seine natürliche Redeweise war. Eine Diktion, die mich an Gewehrfeuer erinnerte. Daran musste ich denken, als ich ihn reden hörte. An Gewehrfeuer. Soldaten an der Front. Lange Reihen von Jungen – Engländer, Deutsche, Franzosen, Russen –, dicht an dicht, die auf alles schossen, was sich vor ihnen bewegte, die einander töteten, ohne zu bemerken, dass ihre Opfer junge Männer waren, wie sie selbst. Jungen, deren Heimkehr von schlaflosen Eltern bangen Herzens erwartet wurde. Die Bilder strömten mir durch den Kopf. Bilder voller Gewalt. Ich konzentrierte mich ausschließlich auf sie. Ich wollte ihm nicht zuhören. Ich wollte nicht hören, was dieser Mensch zu sagen hatte, dieser Bursche, der behauptete, man habe ihn geschickt, um uns zu erwischen, dieser Junge, der die Stirn hatte, mir zu sagen, er kenne meine Tochter. Wenn ich nicht hinhöre, dachte ich, wird es nicht passiert sein. Wenn ich die Ohren zusperre. Wenn ich an etwas völlig anderes denke.

»Wo ist es passiert?«, fragte Soja. »Und wann?«

»Vor zwei Stunden«, sagte er, und nun musste ich ihm einfach zuhören. »Irgendwo in Battersea, glaube ich. Man hat sie ins Krankenhaus gebracht. Ich glaube, es geht ihr gut. Ich denke nicht, dass es was Ernstes ist. Aber ich bin mit Ralphs Auto hier. Er hat mich gebeten, Sie abzuholen.«

Soja zwängte sich an ihm vorbei und hastete durch die Tür nach draußen. Sie stürmte die Stufen hinauf in Richtung Auto, als wollte sie unverzüglich zum Krankenhaus aufbrechen, ohne einen von uns, wobei sie übersah, dass wir auf Mr Frasier angewiesen waren, wollten wir dort hingelangen. Ich blieb, wo ich war. Ich verspürte eine gewisse Taubheit in meinen Beinen sowie ein flaues Gefühl im Magen, und der Boden unter meinen Füßen begann mit einem Mal leicht zu schwanken.

»Mr Jatschmenew«, sagte der junge Mann und trat auf mich zu, mit ausgestreckter Hand, so als glaubte er, mich stützen zu müssen. »Geht es Ihnen gut, Mr Jatschmenew?«

»Ja, mir geht's gut, Junge«, erwiderte ich barsch und wandte mich nun ebenfalls in Richtung Tür. »Los, kommen Sie. Wenn Sie uns dort hinbringen sollen, dann lassen Sie uns um Himmels willen losfahren.«

Die Fahrt war eine Qual. Es herrschte starker Verkehr, und so brauchten wir fast vierzig Minuten von unserer Wohnung in Holborn bis zum Krankenhaus. Unterwegs bombardierte Soja den jungen Mann mit Fragen, während ich mucksmäuschenstill auf dem Rücksitz saß, den beiden zuhörte und nicht in der Stimmung war, etwas zu sagen.

»Sie glauben, es geht ihr gut?«, fragte Soja. »Wieso glauben Sie das? Hat Ralph das gesagt?«

»Ja, oder etwas in der Art«, erwiderte er, wobei er immer mehr so klang, als wünschte er sich, er wäre völlig woanders. »Er hat mich auf der Arbeit angerufen. Ich arbeite gleich beim Krankenhaus um die Ecke. Er hat mir gesagt, wo er war, und mich gebeten, ihn dort sofort an der Aufnahme zu treffen, wegen der Autoschlüssel, und Sie dann schnellstmöglich von zu Hause abzuholen.«

»Aber was hat er denn nun gesagt?«, fragte Soja, der allmählich der Geduldsfaden riss. »Ich will es Wort für Wort wissen. Hat er gesagt, dass mit ihr wieder alles in Ordnung kommt?«

»Er sagte, sie habe einen Unfall gehabt. Ich habe ihn gefragt, ob es ihr gut geht, und daraufhin hat er mich angeblafft. Er sagte: *Ja, ja, sie wird es überstehen, aber jetzt fahr los, und hol sofort ihre Eltern her.*«

»Er hat gesagt, sie werde es überstehen?«

»Ja, ich glaube schon«, sagte Mr Frasier. Ich konnte den panischen Unterton in seiner Stimme vernehmen. Er wollte nichts sagen, was er vielleicht bereuen würde. Er wollte keine falschen Auskünfte geben. Oder Hoffnung verbreiten, wo es keine gab. Oder erklären, wir sollten uns auf alles gefasst machen, obwohl dazu kein Grund bestand. Doch er wusste etwas, das wir nicht wussten, und seine Stimme verriet mir, was es war. Er hatte Ralph gesehen. Er hatte den Ausdruck auf Ralphs Gesicht gesehen, als er die Autoschlüssel geholt hatte.

Im Krankenhaus eingetroffen, eilten wir unverzüglich zur Aufnahme, wo man uns sofort durch einen kurzen Flur und eine Treppe hinaufdirigierte. Als wir uns, oben angelangt, ratlos umschauten, hörten wir mit einem Mal eine Stimme, die nach uns rief – *Großmama! Großpapa!* –, und dann das Getrappel kleiner, sich nähernder Füße, die unserem Enkelsohn gehörten, dem damals erst neunjährigen Michael, der uns mit ausgebreiteten Armen und einem bleichen, tränenüberströmten Gesicht entgegenstürmte.

»Duscha«, sagte Soja und bückte sich, um ihn emporzuheben. Ich ließ meinen Blick den Flur entlangschweifen, bis ich weiter hinten einen Mann mit einem roten Schopf erblickte, der in ein Gespräch mit einem Arzt vertieft war und den ich als meinen Schwiegersohn Ralph identifizierte. Ich beobachtete die beiden. Ich rührte mich nicht. Der Arzt sagte gerade etwas. Seine Miene war ernst. Nach einer Weile streckte er einen Arm aus, legte seine Hand auf Ralphs linke Schulter und schürzte die Lippen. Es gab nichts mehr zu sagen.

Ralph drehte sich um, als er die Unruhe in seinem Rücken spürte, und unsere Blicke begegneten sich. Er sah jedoch durch mich hindurch, und sein Gesichtsausdruck verriet mir alles, was ich wissen musste, als er mich geraume Zeit verständnislos anstierte, bis er mich schließlich wiedererkannte.

»Ralph«, sagte Soja und schob Michael nun beiseite, um auf ihren Schwiegersohn zuzulaufen. Dabei fiel ihr die Handtasche herunter. Wann hatte sie sich diese überhaupt gegriffen, fragte ich mich. Der Inhalt der Tasche – eine Haarbürste, ein paar Klammern, ein Notizblock, ein Kugelschreiber, eine Packung Papiertaschentücher, ein Schlüsselbund, eine Geldbörse, eine Fotografie, ich erinnere mich tatsächlich an jeden einzelnen Gegenstand – ergoss sich über den weiß gefliesten Fußboden, so als sei ihr gesamtes Leben mit einen Schlag in die Brüche gegangen. »Ralph«, schrie sie und packte ihn bei den Schultern. »Ralph, wo ist sie? Geht es ihr gut? Los, antworte mir, Ralph! Wo ist sie? Wo ist meine Tochter?«

Er blickte sie an und schüttelte stumm den Kopf, und in der darauffolgenden Stille drehte Michael sich zu mir um, wobei sein Kinn vor Schreck leicht zitterte angesichts der unvermutet auf ihn einstürmenden Emotionen. Er trug ein Fußballtrikot, die Farben seines Lieblingsvereins, und mir kam der Gedanke, mit ihm demnächst einmal zu einem Heimspiel zu gehen, falls es das Wetter erlaubte. Dieser Junge sollte wissen, dass er geliebt wurde. Dass unsere Familie durch diejenigen geprägt wurde, die wir verloren hatten.

Bitte, Mr Jatschmenew, hatte sie gesagt. Am Ende willigte ich ein, die Frau, die mich in der Bibliothek beobachtet hatte, zum Russell Square zu begleiten. Betreten nahmen wir auf einer Bank Platz, dicht nebeneinander. Es war ein komisches Gefühl, eine so intime Situation mit einer Frau zu teilen, die nicht meine Ehefrau war. Am liebsten wäre ich aufgestanden und davongelaufen, doch ich hatte ihr zugesagt, dass ich ihr Gehör schenken würde, und wollte mein Wort nicht brechen.

»Ich möchte meinen Kummer keineswegs mit dem ihrigen vergleichen«, sagte sie, wobei sie ihre Worte mit Bedacht wählte. »Mir ist klar, dass das zwei völlig verschiedene Dinge sind. Aber, Mr Jatschmenew, Sie müssen mir bitte glauben, wie unendlich leid mir das Ganze tut. Ich denke, mir fehlen die Worte, um mein Bedauern zum Ausdruck zu bringen.«

Mir gefiel das rege Treiben um uns herum, denn der Lärm und das Gesumm der Gespräche erlaubten es mir, der Frau nicht meine ganze Aufmerksamkeit zu schenken. Tatsächlich hörte ich ihr nur mit einem halben Ohr zu, da ich gleichzeitig auf ein junges Paar achtete, das etwa drei Meter von uns entfernt saß und eine erregte Diskussion über seine Beziehung führte, die, wie ich mir zusammenreimte, kurz vor dem Aus stand.

»Die Polizei hat gesagt, ich solle nicht mit Ihnen Kontakt aufnehmen«, sagte Mrs Elliott, denn so hieß die Dame, die meine Tochter ein paar Monate zuvor auf der Albert Bridge Road überfahren und getötet hatte. »Aber ich musste es einfach tun. Ich fand es nicht richtig, einfach so darüber hinwegzugehen. Ich fand, ich müsste Sie aufsuchen und mit Ihnen beiden reden, um Sie irgendwie um Verzeihung zu bitten. Ich hoffe, das war nicht falsch. Ich möchte die Sache für Sie auf keinen Fall noch schlimmer machen, als sie es ohnehin schon ist.«

»Mit uns beiden reden?«, fragte ich, wobei ich mir diese Formulierung herausgriff, als ich ihr stirnrunzelnd den Kopf zuwandte. »Wie habe ich das zu verstehen?«

»Ich meine, mit Ihnen und Ihrer Frau.«

»Aber ich bin hier mit Ihnen allein«, sagte ich. »Sie wollten *mich* sehen.«

»Ja, das hielt ich für das Beste«, erwiderte sie und sah auf ihre Hände hinab. An der Art und Weise, wie sie mit ihren Fingern an einem Paar Handschuhe zerrte und zupfte, konnte ich erkennen, wie nervös sie war, ein Verhalten, das mich an David Frasier erinnerte, wie er an jenem Abend beklommen vor unserer Haustür gestanden hatte. Die Handschuhe waren sicher nicht billig gewesen. Und ihr Mantel war ebenfalls von feinster Qualität. Ich fragte mich, wer diese Frau sein mochte und wie sie an ihr Geld gekommen war. Hatte sie es selbst verdient? Oder geerbt? Oder hatte sie es sich erheiratet? Die Polizei war natürlich bereit gewesen, mir alles zu erzählen, was ich wissen wollte, und ich glaube, sie waren überrascht, als ich nichts wissen wollte. Ich musste nichts wissen. Wozu? Welchen Unterschied hätte es denn gemacht? Arina wäre weiterhin tot gewesen. Nichts könnte jemals etwas daran ändern.

»Ich dachte, wenn ich zuerst Sie treffe und mit Ihnen rede und Ihnen erkläre, wie ich mich fühle«, fuhr sie fort, »dass Sie dann vielleicht mit Ihrer Frau reden könnten, damit ich sie ebenfalls treffen kann, um sie um Verzeihung zu bitten.«

»Ah«, sagte ich, wobei ich nickte und einen leisen Seufzer über meine Lippen kommen ließ. »Jetzt verstehe ich. Ich finde es interessant, Mrs Elliott, wie die Leute während der letzten Monate an meine Frau und mich herangetreten sind.«

»Interessant?«

»Ja, die Leute scheinen aus irgendeinem Grund zu glauben, dass so etwas für die Mutter schlimmer ist als für den Vater. Dass ihr Kummer irgendwie größer ist. Ich werde andauernd gefragt, wie Soja das Ganze verkraftet, so als wäre ich der Arzt meiner Frau und nicht der Vater meiner Tochter, und ich glaube nicht, dass sich die Leute bei ihr auf dieselbe Weise nach meinem Befinden erkundigen. Vielleicht liege ich falsch, aber …«

»Nein, Mr Jatschmenew«, sagte sie schnell mit einem Kopfschütteln. »Nein, Sie haben mich falsch verstanden. Ich wollte nicht andeuten, dass …«

»Und auch jetzt noch, nachdem bereits ein paar Monate vergangen sind, wollen Sie zuerst mich sprechen, als eine Art Vorbereitung auf das aus Ihrer Sicht schwierigere Treffen mit meiner Frau. Ich bin mir sicher, dass es Ihnen nicht leichtgefallen ist, dieses Gespräch hier in die Wege zu leiten. Ehrlich gesagt, bewundere ich Sie dafür, doch es deprimiert mich, dass Sie offenbar denken, ich würde den Verlust Arinas leichter wegstecken als meine Frau. Dass ihr Tod für mich weniger schmerzlich wäre.«

Sie nickte und öffnete den Mund, um etwas zu sagen, überlegte es sich dann jedoch anders und schaute weg. Ich schwieg ebenfalls für einen Moment, denn ich wollte, dass sie sich meine Worte durch den Kopf gehen ließ. Zu meiner Linken sagte der junge Mann gerade zu seiner Freundin, sie solle sich nicht künstlich aufregen und aus einer Mücke keinen Elefanten machen, denn das Ganze sei schließlich auf einer Party passiert und er habe einen im Tee gehabt, und sie wisse doch, wie sehr er sie liebe, und sie wiederum zahlte es ihm heim, indem sie ihm eine Reihe von Kraftausdrücken an den Kopf warf, einer vulgärer als der andere. Falls sie dachte, sie könnte ihn damit zur Einsicht bringen, dann hatte sie sich getäuscht, denn er lachte in gespieltem Entsetzen laut auf, eine Reaktion, die sie noch mehr in Rage versetzte. Ich fragte mich, warum es den beiden nichts auszumachen schien, dass alle Welt ihren Streit mitbekam. Oder war ihre Leidenschaft, so wie bei Filmstars, vielleicht nur dann real, wenn sie Zeugen hatten?

»Ich bin auch Mutter, Mr Jatschmenew«, sagte Mrs Elliott nach einer Weile. »Ich denke, es ist nur natürlich, dass ich mich unter diesen Umständen eher in die Gefühlslage einer anderen Mutter versetze. Aber ich wollte Ihr Leid keineswegs herunterspielen.«

»Sie sind ein Elternteil«, sagte ich, um ihr zu widersprechen, war aber nun etwas versöhnlicher gestimmt. Es war nicht zu übersehen, wie sehr sie unter Arinas Tod litt. Ich litt ebenfalls entsetzlich darunter, doch mein Schmerz konnte niemals gelindert werden. Es wäre für mich so einfach gewesen, ihre Qualen zu mildern, ihr Gewissen wenigstens ein bisschen zu erleichtern. Es wäre eine Geste von unendlicher

Güte gewesen, und ich fragte mich, ob ich dazu fähig war.

»Wie viele Kinder haben sie denn?«, fragte ich, nachdem ein Moment verstrichen war.

»Drei«, erwiderte sie, und man konnte hören, wie sehr es sie freute, danach gefragt zu werden. Natürlich freute sie es. Alle wollen sie nach ihren Kindern gefragt werden – *sie* hieß es nun, nicht mehr *wir*. »Zwei Jungen, die bereits auf die Universität gehen, und ein Mädchen, das noch die Schule besucht.«

»Haben Sie etwas dagegen, wenn ich Sie nach ihren Namen frage?«

»Nein, überhaupt nicht«, sagte sie, möglicherweise überrascht von der Freundlichkeit der Frage. »Mein Ältester heißt John, das war der Name meines Mannes. Dann Daniel, und das Mädchen heißt Beth.«

»Das *war* der Name Ihres Mannes?«, fragte ich sie, da mir die Vergangenheitsform sofort aufgefallen war, und wandte ihr nun mein Gesicht zu.

»Ja, ich bin seit vier Jahren verwitwet.«

»Ihr Mann muss noch relativ jung gewesen sein«, sagte ich, denn sie selber war erst in den Mittvierzigern.

»Ja, das stimmt. Er starb eine Woche vor seinem neunundvierzigsten Geburtstag. Ein Herzinfarkt. Es kam völlig unerwartet.« Sie zuckte die Achseln und blickte in die Ferne, nun für einen Moment in ihre Erinnerungen, in ihren eigenen Kummer versunken. Ich ließ meinen Blick über die Parkanlage schweifen. Wie viele der dort versammelten Menschen mochten wohl unter einem ähnlichen Schmerz leiden? Das Mädchen zu meiner Linken schlug seinem Freund gerade eine Reihe von Dingen vor, die er mit sich machen könne und die allesamt nicht besonders angenehm klangen, während er alle Register zog, um zu verhindern, dass sie aufstand und fortging. Ich wünschte mir, die beiden würden ihr belangloses Geschwätz weniger lautstark fortführen, denn sie ödeten mich maßlos an.

»Darf ich Sie nach Ihrer Tochter fragen?«, sagte sie dann, und ich spürte, wie sich mein Körper angesichts der Unverfrorenheit ihrer Frage ein wenig verkrampfte. »Wenn Sie das nicht möchten, nehme ich Ihnen das natürlich nicht ...«

»Nein«, sagte ich schnell. »Kein Problem, fragen Sie ruhig. Was möchten Sie wissen?«

»Sie war Lehrerin, nicht wahr?«

»Ja«, sagte ich.

»Und was hat sie unterrichtet?«

»Englisch und Geschichte«, antwortete ich, wobei ich ein wenig darüber lächeln musste, wie stolz ich seinerzeit gewesen war, dass sie sich für zwei so unpraktische Fächer entschieden hatte. »Aber eigentlich hatte sie andere Pläne. Sie wollte Schriftstellerin werden.«

»Ach, wirklich?«, sagte Mrs Elliott. »Was hat sie denn geschrieben?«

»Gedichte, als sie noch jünger war«, sagte ich. »Aber die waren nicht so besonders, wenn ich ehrlich bin. Dann Kurzgeschichten, als sie älter war, und die lasen sich schon wesentlich besser. Zwei davon wurden sogar veröffentlicht. Eine in einer kleinen Anthologie, die andere im *Express*.«

»Das habe ich nicht gewusst«, erwiderte sie und schüttelte den Kopf.

»Woher hätten Sie das auch wissen sollen. Das dürfte kaum zu den Dingen gehören, die einem die Polizei erzählt.«

»Nein«, sagte sie, wobei sie die Zähne zusammenbiss.

»Und sie saß an einem Roman, als der Unfall passierte«, fuhr ich fort. »Sie hatte ihn fast fertiggestellt.«

Ich muss zu meiner Schande gestehen, dass ich diese Frau unverfroren anlog, denn nichts von dem, was ich ihr erzählte, war wahr. Arina hatte meines Wissens nie irgendwelche

Gedichte geschrieben. Sie hatte auch keine Kurzgeschichten veröffentlicht oder einen Roman zu schreiben versucht. Das hätte ihr überhaupt nicht gelegen. Es schien, als erfand ich diese kreative Seite ihrer Persönlichkeit, weil ich andeuten wollte, dass ein großes Potenzial viel zu früh ausgelöscht worden war, dass diese Frau nicht bloß einen Menschen eliminiert hatte, sondern auch all die Talente, mit denen dieser Mensch die Welt im Laufe seines Lebens hätte beglücken können. »Ich glaube, es gab bereits einen Interessenten«, fuhr ich fort, wie berauscht von meiner eigenen Lüge. »Ein Verleger, der ihre Kurzgeschichten gelesen hatte, wollte mehr von ihr sehen.«

»Und worum ging es darin?«, fragte sie mich.

»Worin?«

»In dem Roman, den ihre Tochter schrieb. Haben Sie ihn gelesen?«

»Ja, ein oder zwei Kapitel. Es ging darin um Schuld. Und um Schuldvorwürfe. Um unangebrachte Schuldvorwürfe.«

»Hatte sie schon einen Titel für das Buch?«

»Ja.«

»Darf ich fragen, wie er lautete?«

»*Das Haus zur besonderen Verwendung*«, antwortete ich ohne zu zögern und erschrak darüber, wie viel Wahrheit durch meine Lüge schimmerte, doch Mrs Elliott äußerte sich nicht dazu, sondern wandte sich einfach von mir ab, verlegen angesichts der Richtung, die unser Gespräch eingeschlagen hatte. Auch ich fühlte mich unbehaglich, und mir war klar, dass ich diese Farce nicht mehr lange fortführen konnte.

»Sie müssen wissen, Mrs Elliott«, sagte ich, »dass ich Ihnen nicht die alleinige Schuld an dem gebe, was vorgefallen ist. Und ich ... ich hasse Sie auch nicht, falls Sie das glauben sollten. Arina ist auf die Straße gelaufen, heißt es. Sie hätte besser aufpassen müssen. Aber es ist nun nicht mehr zu ändern, oder? Nichts wird sie wieder zurückbringen. Es war mutig von Ihnen, dass Sie mich aufgesucht haben, und ich weiß das auch zu schätzen. Ja, ehrlich. Aber mit meiner Frau können Sie sich nicht treffen.«

»Aber Mr Jatschmenew …«

»Nein«, sagte ich kategorisch, wobei ich mir mit der Hand aufs Knie schlug, wie ein Richter, der seinen Hammer auf den Richtertisch herabsausen ließ. »Das geht leider nicht. Ich werde meiner Frau selbstverständlich erzählen, dass ich mich mit Ihnen getroffen habe. Ich werde sie darüber ins Bild setzen, wie sehr Sie unter dieser Sache leiden. Aber einen persönlichen Kontakt zwischen Ihnen und ihr kann und darf es nicht geben. Das wäre einfach zu viel für sie.«

»Aber wenn ich vielleicht …«

»Mrs Elliott, Sie hören mir nicht zu«, unterbrach ich sie, denn allmählich verlor ich die Geduld. »Was Sie verlangen, ist unmöglich und egoistisch. Sie wollen uns beide sehen, damit wir Ihnen vergeben und Sie mit der Zeit über dieses schreckliche Ereignis hinwegkommen können, um zumindest damit leben zu können, auch wenn Sie es vielleicht nie vergessen werden, aber wir können das nicht, und es ist auch nicht unsere Aufgabe, Ihnen dabei zu helfen, die Folgen dieses Unfalls zu verarbeiten. Ja, Mrs Elliott, ich weiß, es war ein Unfall. Und wenn es Ihnen irgendwie hilft, ja, dann vergebe ich Ihnen. Aber suchen Sie mich bitte nie wieder auf! Und hüten Sie sich davor, mit meiner Frau in Kontakt zu treten! Sie wäre so einem Treffen nicht gewachsen, verstehen Sie?«

Sie nickte und begann, leise vor sich hin zu schluchzen, doch ich dachte mir, nein, dies ist nicht der Moment, wo du zum Trostspender wirst. Wenn sie Tränen hat, so soll sie sie vergießen. Wenn Sie Schmerzen hat, so soll sie sie spüren. Sollen ihre Kinder doch mit ihr reden und ihr die Dinge

sagen, die sie hören muss, um ihren Weg durch diese dunklen Tage zu finden. Sie hat ihre Kinder schließlich noch.
Es war Zeit für mich, nach Hause zu gehen.

»Du denkst, es sei deine Schuld, nicht wahr?«
Soja schaute mich über die Schulter an, ihr Gesichtsausdruck eine Mischung aus Unglaube und Feindseligkeit. »Wie soll ich das verstehen?«, fragte sie. »*Was*, denke ich, ist meine Schuld?«
»Vergiss nicht«, sagte ich, »ich kenne dich besser als jeder andere. Ich kann deine Gedanken lesen.«
Seit Arinas Tod waren über sechs Monate verstrichen, und der Alltagstrott hatte uns wieder, so als wäre nie etwas Schlimmes geschehen. Unser Schwiegersohn Ralph hatte seine Arbeit wieder aufgenommen und tat alles in seiner Macht stehende, um Michaels Kummer zu lindern. Der Junge weinte noch immer jeden Tag und sprach von seiner Mutter, so als glaubte er, dass wir sie irgendwie von ihm fernhielten – ihr Verlust, die Unfassbarkeit ihres Todes, war etwas, das er noch immer nicht bewältigt hatte. Zwischen Michael und mir mochten einundsechzig Jahre liegen, doch was die Ähnlichkeit unserer Gefühle betraf, hätten wir durchaus Zwillinge sein können.
Wir waren gerade vom Haus unseres Schwiegersohns zurückgekehrt, wo Soja und Ralph sich wegen des Jungen gestritten hatten. Sie wollte, dass er wieder öfter bei uns übernachtete, doch Ralph fand, es sei noch zu früh, um ihn außerhalb seiner gewohnten Umgebung schlafen zu lassen. In der Vergangenheit hatte Michael regelmäßig bei uns übernachten dürfen und dann im ehemaligen Zimmer seiner Mutter geschlafen, doch dieses Arrangement hatte sofort nach ihrem Tod ein Ende gefunden. Es verhielt sich nicht so, dass Ralph den Jungen von uns fernhalten wollte, sondern

vielmehr so, dass er nicht ohne ihn sein wollte. Ich verstand das. Ich fand das völlig in Ordnung. Denn ich wusste, wie es war, wenn man sein Kind bei sich haben wollte.

»Natürlich ist es meine Schuld«, sagte Soja. »Und du wirfst mir das auch vor. Ich weiß, dass du das tust. Du wärst ein Dummkopf, tätest du es nicht.«

»Ich werfe dir überhaupt nichts vor«, schrie ich, wobei ich nun von hinten an sie herantrat und sie zu mir herumriss, damit sie mir in die Augen schaute. In ihrem Gesichtsausdruck lag eine Härte, ein ganz bestimmter Blick, der sich viele Jahre lang verborgen gehalten hatte, aber nun, seit Arinas Tod, wieder zurückgekehrt war und mir genau verriet, was in ihrem Kopf vorging. »Du glaubst, ich mache dich für den Tod unserer Tochter verantwortlich? Das ist doch völliger Irrsinn. Wenn ich dich für etwas verantwortlich mache, dann für ihr Leben!«

»Wieso sagst du mir das?«, fragte sie, und ihre Stimme verriet mir, wie nahe sie den Tränen war.

»Weil du es immer so empfunden hast und weil es unser beider Leben überschattet hat. Doch da irrst du dich, Soja, siehst du das nicht? Du irrst dich gewaltig, wenn du das so empfindest. Denk daran, ich habe mitbekommen, wie du jedes Mal reagiert hast. Als Leo starb …«

»Das ist schon eine Ewigkeit her, Georgi!«

»Als unsere Freunde bei den deutschen Luftangriffen auf London ums Leben kamen.«

»Jeder hat damals Freunde verloren, oder?«, schrie sie. »Du denkst, ich habe mir die Schuld daran gegeben?«

»Und jedes Mal, wenn du eine Fehlgeburt gehabt hast. Da habe ich es auch gesehen.«

»Georgi … bitte«, sagte sie mit angespannter Stimme.

»Und nun Arina«, fuhr ich fort. »Nun denkst du, ihr Tod sei wegen …«

»Hör auf!«, schrie sie und stürmte auf mich los, die Hände zu Fäusten geballt, mit denen sie mir gegen die Brust trommelte. »Kannst du nicht wenigstens für einen Moment damit aufhören? Warum glaubst du, ich müsste an all diese Dinge erinnert werden? An Leo, die Babys, unsere Freunde, unsere Tochter ... ja, sie sind alle von uns gegangen, jeder Einzelne von ihnen. Aber warum sollen wir über sie reden? Wozu soll das gut sein?«

Ich setzte mich hin und fuhr mir vor Verzweiflung mit der Hand übers Gesicht. Ich liebte meine Frau über alles, doch da war immer ein unsichtbarer Faden seelischen Kummers durch unser Leben gelaufen. Ihr Schmerz, ihre Erinnerungen nahmen sie dermaßen stark in Anspruch, dass es in ihr kaum Raum für den Schmerz anderer gab, auch nicht für meinen.

»Es gibt Dinge im Leben, die kann man unmöglich ignorieren«, sagte sie nach ein paar Minuten der Stille, neben mir in einen Sessel gekauert, die Arme schützend um ihren Körper geschlungen, ihr Gesicht so weiß wie der Schnee in Livadia. »In meinem Leben hat es zu viele tragische Fügungen gegeben, um sie noch als Zufälle bezeichnen zu können. Ich bin ein Unglücksbringer, Georgi. Ja, genau das bin ich. Während meines gesamten Lebens habe ich den Menschen, die mich geliebt haben, immer nur Kummer und Elend gebracht. Nichts als Schmerz. Es ist meine Schuld, dass so viele von ihnen tot sind. Ich weiß, dass es so ist. Vielleicht hätte ich auch sterben sollen, als ich ein Kind war. *Vielleicht?*«, fügte sie hinzu, wobei sie verbittert auflachte und den Kopf schüttelte. »Was sage ich denn da? Selbstverständlich hätte ich damals sterben sollen. Das war mein Schicksal.«

»Aber das ist doch Irrsinn«, sagte ich, wobei ich mich aufrichtete und versuchte, ihre Hand zu ergreifen, doch sie rückte von mir weg, so als würde sie meine bloße Berührung in

Flammen aufgehen lassen. »Was ist denn mit mir, Soja? Mir hast du nichts von alledem gebracht!«

»Den Tod, nein. Aber Leid? Elend? Kummer? Glaubst du nicht, dass ich dir all dies zugefügt habe?«

»Natürlich glaube ich das nicht«, sagte ich, verzweifelt darum bemüht, sie zu beruhigen. »Schau uns beide an, Soja. Wir sind seit über fünfzig Jahren verheiratet. Wir sind glücklich gewesen. *Ich* bin glücklich gewesen.« Ich starrte sie an und betete inständig, dass meine Worte ihre Qualen lindern würden. »Bist du es denn nicht auch gewesen?«, fragte ich sie und ängstigte mich beinahe davor, ihre Antwort zu hören und unversehens vor den Trümmern unseres Lebens zu stehen.

Sie seufzte, nickte aber schließlich. »Ja«, sagte sie. »Du weißt, dass ich es gewesen bin. Aber das, was nun passiert ist – ich meine die Sache mit Arina –, das hat mit den Rest gegeben. Das war eine Tragödie zu viel. So etwas darf es in meinem Leben nie mehr geben. Nie mehr, Georgi!«

»Was meinst du damit?«, fragte ich.

»Ich bin jetzt neunundsechzig Jahre alt«, sagte sie mit einem angedeuteten Lächeln. »Und ich habe genug. Ich habe … ich genieße das Leben nicht mehr, Georgi. Ehrlich gesagt, habe ich es noch nie genossen. Und jetzt reicht es mir. Ich will nicht mehr. Kannst du das verstehen?«

Sie stand auf und schaute mich mit einer solchen Entschlossenheit an, dass mir angst und bange wurde.

»Soja«, sagte ich, »was redest du da? So etwas sagt man nicht! Das ist …«

»Oh, ich meine nicht das, was du denkst«, sagte sie und schüttelte den Kopf. »Dieses Mal nicht, das verspreche ich dir. Ich meine bloß, dass ich, wenn das Ende kommt, und es wird bald kommen, dass ich es dann nicht bedauern werde. Genug ist genug, Georgi. Verstehst du das nicht? Empfindest du das manchmal nicht auch so? Schau dir das Leben an, das ich geführt habe, das wir gemeinsam geführt haben. Denk einmal darüber nach. Wie haben wir überhaupt so lange überleben können?« Sie schüttelte den Kopf und stieß einen tiefen Seufzer aus, so als wäre die Antwort sehr einfach und offenkundig. »Ich will, dass es ein Ende hat, Georgi«, sagte sie zu mir. »Das ist alles. Ich will nur, dass es ein Ende hat.«

Der Prinz von Mogilew

Noch Wochen nach meiner Ankunft in St. Petersburg ertappte ich mich immer wieder dabei, wie ich in Gedanken nach Kaschin zurückkehrte, zu der Familie, die ich dort hinterlassen hatte, und zu dem Freund, dessen Tod so schwer auf meinem Gewissen lastete. Wenn ich nachts auf meiner schmalen Pritsche lag, tauchte Koleks Gesicht vor mir auf, seine Augen herausgequollen, sein Hals vom Strick zerschrammt und aufgescheuert. Ich stellte mir sein Entsetzen vor, als die Soldaten ihn zu dem Baum führten, von dem die Schlinge herabbaumelte, denn trotz des draufgängerischen Gebarens, das er für gewöhnlich an den Tag legte, stand für mich fest, dass er mit nichts als panischer Angst in den Tod gegangen war – und vermutlich voller Bedauern angesichts der Jahrzehnte, die er nun nicht mehr erleben würde. Ich bat inständig darum, dass er mir im Jenseits keine allzu schweren Vorwürfe machte, war mir aber sicher, diese könnten nicht schwerer sein als die, die ich mir selber machte.

Und wenn ich nicht an Kolek dachte, kreisten meine Gedanken um meine Familie, insbesondere um meine Schwester Asja, die Himmel und Hölle in Bewegung gesetzt hätte, um dort sein zu können, wo ich jetzt lebte. Tatsächlich war es Asja, an die ich eines Spätnachmittags dachte, als ich den Lesesaal des Winterpalais kennenlernte. Die Türen standen offen, und ich wollte schon daran vorbeigehen, überlegte es mir jedoch instinktiv anders und spazierte hinein – und fand mich mutterseelenallein in der Stille einer Bibliothek wieder, zum ersten Mal in meinem Leben. Drei Wände waren vom Fußboden bis zur Decke mit Regalen voller Bücher bedeckt, und an jeder dieser Bücherwände gab es eine Leiter, die an einer Schiene hing und es so möglich machte, sich beim Herumschmökern von einer Seite des Regals zur anderen zu ziehen. In der Mitte stand ein schwerer Eichentisch, auf dem zwei dicke Folianten lagen, mit aufgeschlagenen Seiten, auf denen Landkarten zu erkennen waren. Im Raum waren mehrere bequeme Lederfauteuils aufgestellt, und ich malte mir aus, wie ich einen Nachmittag lang in einem dieser Sessel saß, vertieft in eine spannende Lektüre. Natürlich hatte ich in meinem ganzen Leben noch nicht ein einziges Buch gelesen, aber es schien, als würden die Bücher leise nach mir rufen, als würde von ihren dicht bei dicht stehenden Rücken ein Flüstern zu mir herüberwehen. Ich griff mir eins nach dem anderen, überflog die Titelseiten, las die Eröffnungsabsätze so gut ich konnte und legte die begutachteten Bände danach gedankenlos auf dem Tisch hinter mir ab.

Ich war so in meine Erkundung vertieft, dass ich nicht mitbekam, wie sich in meinem Rücken eine Tür öffnete. Erst als ein Paar schwerer Stiefel über den Boden marschierte, kehrte ich verdutzt in die Gegenwart zurück und bemerkte, dass ich nicht mehr allein war. Beim Umdrehen glitt mir das Buch, dem ich mich gerade gewidmet hatte, aus den Händen. Es fiel laut krachend zu Boden, wo es sich vor meinen Füßen öffnete. Das Geräusch hallte von den Wänden wider, während ich auf die Knie fiel und mich tief vor dem von Gott Auserwählten verbeugte.

»Euer Majestät«, stammelte ich und traute mich nicht, zu ihm aufzuschauen. »Euer Majestät, ich bitte Euch demütigst um Verzeihung. Aber ich war in Gedanken versunken, wie Ihr seht, und ...«

»Steh auf, Georgi Daniilowitsch!«, sagte der Zar, und ich erhob mich langsam. Eben noch hatte ich meiner Familie nachgetrauert, und jetzt hatte ich eine Heidenangst davor, dass man mich wieder zu ihr zurückschickte.«Schau mich an!«

Ich hob langsam den Kopf, und unsere Blicke begegneten sich. Ich spürte, wie meine Wangen rot anzulaufen begannen, doch der Zar sah weder erzürnt noch verstimmt aus.

»Was treibst du hier überhaupt?«, fragte er mich.

»Ich habe mich verlaufen«, erwiderte ich. »Eigentlich hatte ich nicht vor, diesen Raum hier zu betreten, doch dann sah ich ...«

»Die Bücher?«

»Ja, Euer Majestät. Ich war neugierig, das ist alles. Ich wollte mal schauen, was da so drinsteht.«

Er atmetet einen Moment lang schwer, so als fragte er sich, wie am besten mit dieser Situation umzugehen sei, seufzte dann kurz und entfernte sich von mir. Er trat hinter den Eichentisch, schaute auf die Bücher mit den Landkarten hinab, blätterte deren Seiten um und würdigte mich keines Blickes, während er sich mit mir unterhielt.

»Ich hätte dich nie für einen Leser gehalten«, sagte er ruhig.

»Ich bin auch keiner, Euer Majestät«, erklärte ich. »Das heißt, ich bin nie einer gewesen.«

»Aber lesen kannst du?«

»Jawohl, Euer Majestät.«

»Wer hat es dir beigebracht? Dein Vater?«

Ich schüttelte den Kopf. »Nein, Euer Majestät. Mein Vater wäre dazu nicht in der Lage gewesen. Meine Schwester Asja hat es mir beigebracht. Sie besaß ein paar Bücher, die sie an einem Stand gekauft hatte. Sie hat mir das Alphabet beigebracht – zumindest in groben Zügen.«

»Ich verstehe«, sagte er. »Und wo hat deine Schwester lesen gelernt?«

Ich dachte darüber nach, musste aber passen. Vielleicht hatte sie es sich selbst beigebracht, angetrieben von dem Wunsch, unserem Heimatdorf zu entkommen, um wenigstens für die kurze Dauer der Seiten einer Geschichte in strahlendere Welten entfliehen zu können.

»Aber es hat dich interessiert?«, fragte mich der Zar. »Ich meine, irgendetwas hat dich hier hereingezogen.«

Ich ließ meinen Blick durch den Raum schweifen und dachte einen Moment lang nach, bevor ich ihm eine ehrliche Antwort gab. »Es hatte etwas ... Interessantes, ja, Euer Majestät«, sagte ich. »Meine Schwester hat mir oft Geschichten erzählt. Und ich habe ihr immer gern zugehört. Ich dachte, ich könnte hier vielleicht etwas finden, das mich an sie erinnert.«

»Ich bin mir sicher, du vermisst mittlerweile deine Familie«, sagte der Zar, wobei er den Tisch verließ und an ein Fenster trat, sodass das dadurch hineinschimmernde milde Licht ihn von allen Seiten beleuchtete. »Ich vermisse meine Familie auch, sobald ich einige Zeit von ihr getrennt bin.«

»Ich habe noch nicht die Zeit gehabt, an sie zu denken, Euer Majestät«, erwiderte ich. »Ich habe immer alle Hände voll zu tun. Graf Tscharnetzki hält mich ganz schön in Trab. Und in meiner übrigen Zeit habe ich die Ehre, dem Zarewitsch Gesellschaft leisten zu dürfen.«

Er lächelte, als ich seinen Sohn erwähnte, und dann nickte er. »Ja, in der Tat«, sagte er. »Und ihr kommt gut miteinander aus, ihr zwei?«

»Ja, Euer Majestät, sehr gut.«

»Er scheint dich zu mögen. Ich habe mich bei ihm nach dir erkundigt.«

»Das freut mich zu hören, Euer Majestät.«

Er nickte und schaute weg, denn nun zog es ihn wieder zu den Landkarten hin. Er beugte sich über sie und musterte sie konzentriert, wobei er sich mit der Hand über den Bart strich. »Diese Karten«, murmelte er. »Hier ist alles verzeichnet, siehst du das, Georgi? Das Land. Die Grenzen. Die Häfen. Wie man den Feind schlagen kann. Wenn ich es doch nur erkennen könnte! Doch ich kann es nicht *erkennen*!«, zischte er, mehr zu sich selbst als zu mir. Ich beschloss, ihn nicht länger bei seinem Kartenstudium zu stören, und begann, mich rückwärts aus dem Raum zu entfernen.

»Vielleicht sollten wir dir ein wenig Unterricht erteilen lassen«, sagte er laut, als ich fast die Tür erreicht hatte.

»Unterricht, Euer Majestät?«

»Um deine Lesekünste zu verbessern. Diese Bücher sind dazu da, gelesen werden. Ich sage immer zu meinen Bediensteten, sie dürfen lesen, was sie wollen, sofern sie schonend mit den Büchern umgehen und sie in dem Zustand zurückbringen, in dem sie sie vorgefunden haben. Na, würde dir das gefallen, Georgi?«

Ich wusste nicht, ob es mir gefallen würde, wollte ihn jedoch nicht enttäuschen und gab ihm die Antwort, die er vermutlich hören wollte.

»Ja, Euer Majestät«, sagte ich. »Das würde mir sehr gut gefallen.«

»Nun, dann werde ich veranlassen, dass Graf Tscharnetzki dich an einigen der Unterrichtsstunden für die Jungen vom Pagenkorps teilnehmen lässt. Da du so viel Zeit mit Alexei verbringen wirst, kann es nicht schaden, wenn du ein wenig Bildung bekommst. Und jetzt darfst du gehen«, sagte er und ließ mich wegtreten.

Ich kehrte ihm den Rücken und verließ den Raum. Als ich die Tür hinter mir schloss, konnte ich noch nicht ahnen, dass dieses eine Gespräch mit dem Zaren die Initialzündung sein sollte für ein Leben inmitten von Büchern.

Bevor ich auch nur ein einziges Wort mit der Großfürstin Anastasia Nikolajewna gewechselt hatte, küsste ich sie.

Ich hatte sie vorher bei drei Gelegenheiten zu Gesicht bekommen – einmal an dem Röstkastanienstand am Ufer der Newa, und noch einmal später an jenem Abend, als ich, an meinem allerersten Tag im Winterpalais, auf meine Audienz beim Zaren gewartet und beim Betrachten des Flusses und seiner Ufer die vier Großfürstinnen erblickt hatte, wie sie von ihrem privaten Ausflugsdampfer an Land gegangen waren.

Die dritte Gelegenheit ergab sich zwei Tage später, im Anschluss an ein nachmittägliches Kampftraining bei der Leibgarde. Völlig entkräftet und besorgt, ich könnte es in puncto Kraft und Ausdauer nie mit den anderen aufnehmen und würde deswegen postwendend nach Kaschin zurückgeschickt werden, wollte ich am späten Nachmittag in mein Zimmer gehen, verlief mich aber im Labyrinth des Palastes. Als ich dann eine Tür öffnete, von der ich annahm, sie würde auf meinen Flur führen, landete ich stattdessen in einer Art Klassenzimmer und war bereits halb hindurchmarschiert, bevor ich meinen müden Blick vom Fußboden löste und meinen Fehler erkannte.

»Kann ich Ihnen helfen, junger Mann?«, sagte eine Stimme zu meiner Linken, und ich erblickte Monsieur Gilliard, den Schweizer Hauslehrer der Zarentöchter, wie er hinter seinem Tisch stand und mich irritiert und zugleich belustigt anstarrte.

»Bitte entschuldigen Sie, Herr Lehrer«, sagte ich schnell, wobei ich angesichts meiner Tölpelhaftigkeit ein wenig errötete. »Ich habe gedacht, diese Tür führe zu meinem Zimmer.«

»Nun, wie du sehen kannst«, erwiderte er und breitete die Arme aus, um auf die Landkarten und Porträts zu deuten, die die Wände bedeckten, Porträts von berühmten Romanschriftstellern und großen Komponisten, deren Werke zum Lehrstoff der Mädchen zählten, »tut sie es nicht.«

»Nein, Herr Lehrer«, erwiderte ich mit einer höflichen Verbeugung und machte kehrt, um den Raum zu verlassen. Dabei fiel mein Blick auf die vier Schwestern, wie sie in zwei Reihen hintereinander jeweils an einem eigenen Tisch saßen und mich mit einer Mischung aus Neugier und Langeweile beäugten. Dies war das erste Mal, dass auch die anderen drei von mir Notiz nahmen – an dem Kastanienstand hatten sie mich kaum bemerkt. In ihrer Gegenwart fühlte ich mich ein wenig gehemmt, aber zugleich auch wahnsinnig privilegiert. Mit den Töchtern des Zaren in ein und demselben Raum zu sein – für einen Muschik wie mich war das schon ein ziemliches Ding, um nicht zu sagen, eine unbeschreibliche Ehre. Olga, die älteste von ihnen, schaute mit einem mitleidigen Gesichtsausdruck von ihrem Buch auf.

»Er sieht erschöpft aus, Monsieur Gilliard«, bemerkte sie. »Er ist erst seit ein paar Tagen hier und bereits völlig entkräftet.«

»Danke, aber mir geht's gut, Euer Hoheit«, sagte ich mit einer tiefen Verbeugung.

»Ist das nicht der Junge, dem sie in die Schulter geschossen haben?«, fragte ihre jüngere Schwester Tatjana. Sie war hoch aufgeschossen und elegant und hatte die gleiche Haarfarbe und die gleichen grauen Augen wie ihre Mutter.

»Nein, das kann er unmöglich sein, denn ich habe gehört, dass der Junge, der Vetter Nikolaus das Leben gerettet hat, wahnsinnig gut aussehen soll«, kicherte die dritte Schwester, Maria. Ich warf ihr einen giftigen Blick zu, denn obwohl mich mein neues Leben am Hofe des Zaren noch immer beeindruckte, war ich viel zu geschafft vom Ringen, Fechten und Boxen mit Graf Tscharnetzkis Männern, um mich jetzt noch von ein paar Mädchen verulken zu lassen, mochten diese auch noch so edlen Geblütes sein.

»Doch, er ist es«, hörte ich eine ruhigere Stimme sagen,

und als ich mich in deren Richtung drehte, sah ich der Großfürstin Anastasia direkt in die Augen. Sie war damals fast fünfzehn, etwa ein Jahr jünger als ich, hatte strahlend blaue Augen und ein Lächeln, das meine müden Lebensgeister auf der Stelle wiedererweckte.

»Woher willst *du* das wissen, Schwipsik?«, fragte Maria und nahm sich nun ihre kleine Schwester vor, die jedoch keinerlei Anzeichen von Verlegenheit oder Scheu erkennen ließ.

»Weil du recht hast«, sagte sie mit einem Achselzucken. »Ich habe dasselbe gehört. Ein gut aussehender junger Mann hat unserem Vetter das Leben gerettet. Und sein Name war Georgi. Also muss er es sein.«

Angesichts dieser schnippischen Antwort brachen die anderen Mädchen erst in Gekicher und dann in prustendes Gelächter aus, aber wir beide schauten uns weiterhin an, und wenig später sah ich, wie sich ihre Mundwinkel ein wenig anhoben und ein Lächeln in ihr Gesicht trat – und zu meiner Verblüffung besaß ich die Dreistigkeit, es zu erwidern.

»Unsere Schwester hat sich verliebt«, kreischte Tatjana, woraufhin Monsieur Gilliard mit der hölzernen Einfassung seines Tafelschwamms auf den Tisch vor ihm pochte, ein Geräusch, das Anastasia und mich aufschrecken ließ und die soeben zwischen uns geknüpften zarten Bande jäh durchschnitt. Verlegen wandte ich mich Monsieur Gilliard zu.

»Ich bitte um Verzeihung, Herr Lehrer«, sagte ich. »Ich habe Ihren Unterricht gestört.«

»Ja, mein Lieber, das hast du tatsächlich. Aber vielleicht kannst du uns ja deine Ansichten zum Verhalten des Grafen Wronski mitteilen«

Ich starrte ihn verdutzt an. »Das kann ich nicht. Ich bin diesem Herrn noch nie begegnet.«

»Und wie steht's mit der Treulosigkeit Stepan Arkadjewitschs? Mit Lewins Streben nach Erfüllung? Oder möchtest du Alexei Alexandrowitschs Reaktion auf den Ehebruch seiner Frau kommentieren?«

Ich hatte keinen Ahnung, auf wen oder was er sich da bezog, doch als ich den Roman sah, den alle vier Großfürstinnen aufgeschlagen vor sich auf dem Tisch liegen hatten, vermutete ich, dass es sich bei den erwähnten Leuten nicht um reale Personen, sondern um fiktive Gestalten handelte. Ich warf einen kurzen Blick auf Anastasia, die ihren Lehrer mit einer ungläubigen, enttäuschten Miene anstarrte.

»Er hat's nicht kapiert, oder?«, sagte Tatjana, der vielleicht nicht entgangen war, dass ich nicht so recht wusste, wie ich mich aus der Affäre ziehen sollte. »Was meint ihr? Ist er ein Einfaltspinsel?«

»Sei still, Tatjana!«, zischte Anastasia und warf ihrer Schwester einen Blick voller Verachtung zu. »Er hat sich verlaufen, das ist alles.«

»Ja, das stimmt«, sagte ich, wobei ich mich Monsieur Gilliard zuwandte, denn ich traute mich nicht, die Großfürstin direkt anzusprechen. »Ich habe die Orientierung verloren.«

»Nun, hier drinnen wirst du sie nicht finden«, erwiderte er, ohne zu ahnen, wie falsch er mit dieser Bemerkung lag. »Und jetzt geh bitte.«

Ich nickte schnell und verbeugte mich ein weiteres Mal, bevor ich zur Tür eilte. Als ich mich umdrehte, um sie hinter mir zu schließen, erhaschte ich einen letzten Blick auf Anastasia. Sie beobachtete mich noch immer, und ich entdeckte, dass sich ihre Wangen gerötet hatten. In meiner Eitelkeit fragte ich mich, ob sie sich wohl noch weiter auf ihren Unterricht konzentrieren konnte, denn ich wusste, dass sie mir an diesem Abend nicht mehr aus dem Kopf gehen würde.

Den darauffolgenden Nachmittag verbrachte ich wieder mit meiner Grundausbildung bei den Leibgardisten. Graf Tscharnetzki, dem meine Zuweisung zu seiner Truppe nach wie vor nicht schmeckte und der keine Gelegenheit ausließ, mir seine Geringschätzung zu demonstrieren, hatte darauf bestanden, dass ich mir binnen eines Monats die wesentlichen Fertigkeiten aneignen sollte, die seine Männer im Laufe von Jahren erwarben, und da ich in so kurzer Zeit so viel zu lernen hatte, war ich abends immer fix und fertig. Ich hatte gerade fast sieben Stunden rittlings auf einem tüchtigen Kavalleriepferd verbracht und gelernt, es mit der linken Hand zu lenken, während ich mit der rechten eine Pistole schwang, um einen potenziellen Attentäter niederzustrecken, und als ich den Palaisplatz überquerte, wünschte ich mir nichts sehnlicher als ein Bett für meine müden Knochen.

Als ich in dem kleinen überdachten Atrium, das Platz und Palast miteinander verband, eine kurze Verschnaufpause machte, fiel mein Blick auf den Garten, der sich vor mir auftat. Die Bäume, die den kurzen, zum Eingang führenden Fußweg säumten, hatten ihre Blätter verloren, und so konnte ich die jüngste Tochter des Zaren sehen. Mir den Rücken zugekehrt, saß sie trotz des in der Luft liegenden Frostes auf der Umrandung des in der Mitte befindlichen Springbrunnens, offenbar ganz in Gedanken versunken und so reglos wie eine der Alabasterstatuen, die die Treppenhäuser und Vestibüle des Palastes schmückten.

Vielleicht spürte sie meine Anwesenheit, denn ihre Schultern senkten sich, sie setzte sich etwas aufrechter hin und wandte dann langsam, ohne ihren Körper zu bewegen, den Kopf leicht nach links, sodass ich sie im Profil sehen konnte. Ihre Wangen waren rund und rosig, ihre Lippen leicht geöffnet, und ihre Hände lösten sich vom Brunnenrand, als würden sie darauf brennen, irgendetwas zu tun, kehrten aber schon im nächsten Moment zu ihrem Ausgangspunkt zurück. Ich sah, wie ihre makellosen Wimpern in der kalten Abendluft zitterten. Es schien, als könnte ich jede Bewegung ihres Körpers fühlen.

Leise flüsterte ich ihren Namen.

Anastasia.

Und genau in diesem Augenblick drehte sie sich um. Sie konnte mich unmöglich gehört haben, aber sie wusste es irgendwie. Ihr Körper regte sich noch immer nicht, doch ihre Augen suchten nach mir. Sie raffte ihren dunkelblauen Mantel, der ihr ein wenig von den Schultern gerutscht war, zusammen, erhob sich und kam direkt auf mich zu. Nervös verzog ich mich hinter einen der zwölf sechssäuligen Pfeiler, die das Geviert umgaben, und verfolgte, wie sie entschlossenen Schrittes und mit festem Blick näher kam.

Als sie vor mir stand und mich mit einer Mischung aus Verlangen und Unsicherheit anschaute, wusste ich nicht, was ich sagen oder tun sollte. Wir hatten noch nie ein Wort gewechselt, geschweige denn ein Gespräch geführt. Sie fuhr sich über die Lippen und ließ ihre kleine rosige Zunge sehen, setzte sie für einen Moment der frostig kalten Luft aus, bevor sie sie wieder in die warme Höhle ihres Mundes zurückkehren ließ. Wie verlockend mir diese weiche Zunge erschien! Sie beflügelte meine Fantasie und brachte mich auf Gedanken, die mich zugleich mit Scham und Erregung erfüllten.

Ich stand wie angewurzelt da und schluckte nervös, so sehr begehrte ich sie. Eigentlich hätte ich ihr eine tiefe Verbeugung und eine untertänige Begrüßung entbieten und dann meiner Wege gehen müssen, doch ich schaffte es nicht, mich so zu verhalten, wie es das Protokoll verlangte. Stattdessen zog ich mich noch tiefer in die Dunkelheit der Kolonnaden zurück, während ich sie im Blick behielt und sie mir immer näher kam. Mein Mund war trocken, und ich brachte kein

Wort hervor. Wir blickten einander stumm in die Augen, bis ein Leibgardist, der auf dem Palaisplatz patrouillierte, auf seinem Kavalleriepferd so unerwartet an Anastasia vorbeipreschte, dass sie zusammenzuckte, kurz aufschrie und vor Angst, unter die Hufe des Pferdes zu geraten, einen Satz nach vorn machte – direkt in meine Arme.

Ich fing sie auf, und graziös wie ein tanzendes Liebespaar schwangen wir herum, sodass ihr Rücken gegen die massive Eichentür gedrückt wurde, die hinter uns aufragte. Nun standen wir gemeinsam im Schatten, an einer Stelle, wo uns niemand beobachten konnte und blickten einander in die Augen. Als sie die ihren zu schließen begann, beugte ich mich vor und drückte meine kalten, aufgesprungenen Lippen auf ihren warmen, weichen Mund. Ich hielt sie in meinen Armen, eine Hand fest an ihren Rücken gepresst, während die andere sich in ihrem seidenweichen, kastanienbraunen Haar verlor.

In diesem Moment konnte ich an nichts anderes denken als daran, wie sehr ich sie begehrte. Dass wir noch immer kein Wort gewechselt hatten, war unerheblich. Genauso wie die Tatsache, dass sie eine Großfürstin war, eine Tochter von kaiserlichem Geblüt, und ich nur ein Dienstbote, ein Muschik, den man geholt hatte, damit er auf ihren kleinen Bruder aufpasste. Es kümmerte mich nicht, ob uns jemand beobachtete – ich wusste, dass ihr Verlangen so groß war wie meins. Wir küssten uns eine halbe Ewigkeit, und als wir endlich innehielten, um kurz nach Luft zu schnappen, legte sie mir eine Hand auf die Brust und sah mich an, halb erschrocken, halb benommen. Sie wandte sich ab und blickte kopfschüttelnd zu Boden, als verstünde sie noch nicht einmal ansatzweise, wie sie dermaßen tollkühn gewesen sein konnte.

»Tut mir leid«, sagte ich – meine ersten an sie gerichteten Worte.

»Wieso?«, fragte sie.

»Ihr habt recht«, erwiderte ich mit einem Achselzucken. »Es tut mir überhaupt nicht leid!«

Sie zögerte einen kurzen Moment und lächelte dann. »Mir auch nicht«, sagte sie.

Wir schauten einander an, und es war mir peinlich, dass ich nicht wusste, was als Nächstes von mir erwartet wurde.

»Ich muss hinein«, sagte sie. »Wir werden gleich zu Abend essen.«

»Euer Hoheit«, sagte ich und griff nach ihrer Hand. Ich suchte krampfhaft nach Worten, denn ich wusste nicht, was ich ihr sagen wollte, außer dass sie noch ein wenig länger bei mir bleiben sollte.

»Bitte«, sagte sie mit einem Kopfschütteln. »Nenn mich Anastasia. Und darf ich dich Georgi nennen?«

»Ja.«

»Ich mag diesen Namen.«

»Er bedeutet *Bauer*«, erwiderte ich, ein wenig verlegen, aber sie lächelte.

»Das bist du also?«, gab sie zurück. »Ich meine, das bist du also gewesen?«

»Nein, aber mein Vater ist einer.«

»Und du?«, fragte sie ruhig. »Was bist du?«

Ich dachte darüber nach – diese Frage hatte ich mir vorher noch nie gestellt, doch nun, wo ich mit diesem Mädchen in klirrender Kälte unter den Kolonnaden stand, schien es darauf nur eine einzige Antwort zu geben.

»Ich bin dein«, antworte ich ihr.

Ich war noch immer ein Neuling am Hofe des Zaren, als ich den kaiserlichen Zug bestieg, um nach Mogilew zu fahren, wo sich das Hautquartier des russischen Feldheeres befand. Mir gegenüber, völlig aus dem Häuschen angesichts der Vorstellung, die behütete Welt des Palastes gegen die rauere Umgebung eines Militärstützpunktes eintauschen zu können, saß ein elfjähriger Junge: Alexei Nikolajewitsch, der Thronerbe, Zarewitsch und Großfürst des Hauses Romanow.

In Momenten wie diesen konnte ich noch immer nicht fassen, auf welch dramatische Weise sich mein Leben verändert hatte. Noch einen Monat zuvor war ich ein Muschik wie jeder andere gewesen, hatte in Kaschin Holz gehackt und auf dem harten Fußboden geschlafen, mit knurrendem Magen und zu Tode erschöpft, voller Grausen angesichts des bitterkalten Winters, der in Kürze anbrechen und mir jegliche Freude am Leben verderben würde. Und jetzt trug ich die eng anliegende Uniform der kaiserlichen Leibgarde, und mich erwartete eine komfortable Reise mit der Aussicht auf zwei üppige warme Mahlzeiten pro Tag, und das in der Gesellschaft des von Gott höchstselbst Auserwählten, der nur knapp einen Meter von mir entfernt saß.

Es war meine erste Fahrt mit dem kaiserlichen Zug, und obwohl ich mich seit meiner Ankunft in St. Petersburg zunehmend an die Verschwendung und die aufwendige Lebenshaltung am Zarenhof gewöhnt hatte, konnte mich der Luxus meiner Umgebung noch immer in Erstaunen versetzen. Es gab alles in allem zehn Waggons, darunter ein Salonwagen, ein Küchenwagen, ein Wagen mit privaten Arbeitszimmern für den Zaren und die Zarin, aber auch Wagen mit Unterbringungsmöglichkeiten für jedes der Kinder sowie für das Personal und das Gepäck. Ein zweiter, kürzerer Zug folgte im zeitlichen Abstand von einer Stunde und beförderte einen ganzen Hofstaat von Ratgebern und Dienstboten. Der vorausfahrende Zug war natürlich der Zarenfamilie und deren Begleitung vorbehalten, zu der nicht nur zwei Ärzte und drei Köche gehörten, sondern auch eine kleine Armee von Leibwächtern sowie die jeweiligen Berater, denen der Zar die Ehre einer persönlichen Einladung hatte zuteilwerden lassen. Da ich dem Zarewitsch seit nunmehr drei Wochen als Beschützer und Vertrauter zur Seite stand, verlangte das Protokoll meine Anwesenheit im ersten Zug.

Selbstverständlich waren die Fußböden, Wände und Decken mit den erlesensten Materialien verkleidet, die aus indischem Teakholz gezimmerten Wände mit einer geprägten Lederpolsterung und goldseidenen Einlegearbeiten ausgestattet. Unter unseren Füßen befand sich ein schwerer, samtweicher Teppich, der von einem Ende der Waggons bis zum anderen reichte, während das Mobiliar aus feinster Buche oder indischem Satinholz gefertigt und mit Schnitzereien oder Vergoldungen sowie Bezügen aus glitzerndem englischen Cretonne versehen war. Es schien, als hätte man das komplette Winterpalais einfach mit Rädern versehen, sodass keinem der an Bord befindlichen Reisenden jemals in den Sinn gekommen wäre, dass sich jenseits der Fensterscheiben Städte und Dörfer befanden, wo die Menschen in bitterer Armut lebten und sich zunehmend von ihrem Zaren im Stich gelassen fühlten.

»Ich wage es kaum, mich zu bewegen, aus Angst, ich könnte vielleicht etwas kaputt machen«, sagte ich zum Zarewitsch, während wir an den Feldern der Landarbeiter und den kleinen Weilern vorüberrauschten, wo die Leute herauskamen, um zu winken und Hurra zu rufen. Dabei wirkten sie missmutig, ihre Lippen waren feindselig geschürzt, ihre Leiber vor Unterernährung ausgemergelt. Es gab fast keine jungen Männer unter ihnen, aber das war auch nicht verwunderlich: Die meisten von ihnen waren entweder gefallen, untergetaucht oder irgendwo an der Front, wo sie für den Fortbestand unseres merkwürdigen Lebensstils kämpften.

»Wie meinst du das, Georgi?«, fragte er.

»Na ja, hier ist alles so prunkvoll«, sagte ich, wobei ich meinen Blick über die strahlend blauen Wände und die Seidenvorhänge an den Fenstern schweifen ließ. »Siehst du das nicht?«

»Sind denn nicht alle Züge so wie dieser?«, fragte er mich überrascht.

»Nein, Alexei«, erwiderte ich mit einem Lächeln. Was mich in blankes Erstaunen versetzte, war für den Sohn des Zaren etwas ganz und gar Alltägliches. »Nein, das hier ist ein besonderer Zug.«

»Mein Großvater hat ihn bauen lassen«, sagte er mit dem Gesichtsausdruck eines Menschen, der davon ausgeht, dass jedermanns Großvater ein bedeutender Mann sei. »Alexander III. Es heißt, er sei vom Eisenbahnwesen äußerst fasziniert gewesen.«

»Eins verstehe ich nicht«, sagte ich. »Es ist die Geschwindigkeit, mit der dieser Zug fährt.«

»Wieso, was stimmt damit nicht?«

»Na ja ... ich habe nicht viel Ahnung von diesen Dingen, doch ich möchte wetten, dass ein Zug wie dieser viel schneller fahren kann.« Seit wir St. Petersburg verlassen hatten, waren wir nie schneller als vierzig Stundenkilometer gefahren. Der Zug war während der gesamten Fahrt nie schneller oder langsamer geworden, was die Reise angenehm ruhig machte, aber auch ein wenig enttäuschend. »Es gibt Pferde, die diesen Zug ohne Weiteres überholen könnten.«

»Er fährt immer so langsam«, erklärte er. »Jedenfalls wenn ich an Bord bin. Mutter meint, wir dürfen keine plötzlichen Stöße oder Erschütterungen riskieren.«

»Man könnte meinen, du seist aus Porzellan«, sagte ich, wobei ich meinen sozialen Rang für einen Moment vergaß und meine Worte sofort bereute, denn als er zu mir herüberschaute, verengten sich seine Augen missbilligend und fixierten mich auf eine Weise, die mir das Blut in den Adern gefrieren ließ. Dieser Junge hatte tatsächlich das Zeug zum Zaren.

»Entschuldigung, Euer Hoheit«, fügte ich nach einer kurzen Weile hinzu, doch er schien meinen Fauxpas bereits vergessen zu haben und war wieder in sein Buch vertieft, einen dicken Wälzer zur Geschichte der russischen Landstreitkräfte, den sein Vater ihm ein paar Abende zuvor gegeben hatte und mit dem er sich seitdem eingehend beschäftigte. Wie ich bereits mitbekommen hatte, war er ein heller Junge, dem das Lesen genauso viel Spaß machte wie das Herumtollen im Freien, wovon seine fürsorglichen Eltern ihn jedoch ständig abzuhalten versuchten.

Ich war dem Zarewitsch am Morgen nach meiner Ankunft im Winterpalais vorgestellt worden und hatte ihn auf Anhieb gemocht. Trotz seiner blassen Gesichtsfarbe und der dunklen Ringe unter seinen Augen strahlte er großes Selbstvertrauen aus, was ich darauf zurückführte, dass er die ungeteilte Aufmerksamkeit von jedem in seinem Umkreis genoss. Zur Begrüßung reichte er mir seine Hand, die ich stolz schüttelte, während ich mich respektvoll vor ihm verbeugte und mich vorstellte.

»Du wirst also mein neuer Leibwächter sein?«, fragte er mich mit ruhiger Stimme.

Ich schaute rasch zu Graf Tscharnetzki hinüber, der mich zu dieser Audienz begleitet hatte, und sah, dass er zustimmend nickte. »Ja, Euer Hoheit«, erwiderte ich. »Aber ich hoffe, auch Euer Freund.«

Beim letzten Wort runzelte er ein wenig die Stirn, so als sagte es ihm nichts, und dachte kurz nach, bevor er sich wieder an mich wandte.

»Mein letzter Leibwächter hat sich mit einer der Köchinnen davongemacht, um sie zu heiraten. Hast du das gewusst?«

Ich schüttelte den Kopf und lachte, amüsiert, wie ernst er diese läppische Angelegenheit nahm – als hätte dieser Leibwächter ihn im Schlaf zu erdrosseln versucht. »Nein, Euer Hoheit«, erwiderte ich. »Das habe ich nicht gewusst.«

»Ich denke, er muss schrecklich verliebt gewesen sein, um einen Posten wie diesen einfach so sausen zu lassen, doch das Ganze war eine ziemliche Mesalliance, denn er war ein Vetter des Fürsten Hagurow, und sie war eine geläuterte Prostituierte. Dieser Mann ist eine Schande für seine ganze Familie.«

»Ja, Euer Hoheit«, stimmte ich nach einem kurzen Moment des Zögerns zu. Ich war mir nicht sicher, ob dies tatsächlich seine eigenen Worte waren oder Formulierungen, die er bei den Erwachsenen aufgeschnappt hatte und nun als seine eigenen wiedergab. Sein bekümmerter Gesichtsausdruck verriet mir jedoch, dass ihm dieser Leibwächter nahegestanden haben musste und dass er seinen Fortgang bedauerte.

»Mein Vater ist ein strenger Verfechter des Prinzips der standesgemäßen Ehe«, fuhr er fort. »Er würde sich nie mit jemandem abgeben, der unter seinem Stand heiratet. Aber wie dem auch sei, den Leibwächter, den ich davor hatte, mochte ich kein bisschen. Der hatte einen üblen Mundgeruch. Und er hatte seine Körperfunktionen nicht richtig unter Kontrolle. Ich finde so etwas ordinär. Du auch?«

»Ich glaube schon«, sagte ich, darauf bedacht, ihm auf gar keinen Fall zu widersprechen.

»Obwohl«, fuhr er fort, wobei er sich auf die Unterlippe biss, als er über die Sache nachdachte, »manchmal habe ich es auch lustig gefunden. Einmal, als Onkel Willi meinen Vater besuchte und meine Schwestern und ich am darauffolgenden Morgen hereingeführt wurden, um ihm Guten Tag zu sagen, machte er wirklich schlimme Geräusche. Das war einfach zum Schießen! Aber sie haben ihn deswegen entlassen. Den Leibwächter, meine ich. Nicht meinen Onkel.«

»Das klingt mir wirklich nicht nach einem angemessenen Verhalten, Euer Hoheit«, bemerkte ich, wobei ich gleichzeitig schockiert war, wie jemand Kaiser Wilhelm, mit dem sich unser Land im Krieg befand, als Onkel Willi bezeichnen konnte.

»Ja, das war es tatsächlich nicht. Er führte sich unmöglich auf, fand ich, aber meinen Schwestern und mir wurde gesagt, wir sollten über sein ordinäres Benehmen hinwegsehen. Und dann war da noch der Leibwächter, den ich vor diesem Burschen hatte. Also, den habe ich sehr gemocht.«

»Und was ist mit ihm geschehen?«, fragte ich in Erwartung einer weiteren kuriosen Geschichte über verbotene Liebesaffären oder unangenehme Eigenheiten.

»Den hat's erwischt«, erwiderte Alexei, ohne mit der Wimper zu zucken. »In Zarskoje Selo. Ein Attentäter wollte eine Bombe in meine Kutsche werfen, doch der Fahrer entdeckte ihn noch rechtzeitig und gab den Pferden die Peitsche, bevor die Bombe in meinem Schoß landen konnte. Dieser Leibwächter saß in der Kutsche direkt hinter uns, und die Bombe traf dann nicht mich, sondern ihn. Er wurde regelrecht zerfetzt.«

»Das ist ja schrecklich«, sagte ich, entsetzt über solch rohe Gewalt und mir mit einem Mal der Lebensgefahr bewusst werdend, in der auch ich fortan im Umfeld meines erlauchten Schützlings schweben würde.

»Ja«, sagte er. »Obwohl Vater meint, der Mann habe sein Leben gern geopfert – zum Wohle Russlands. Schließlich wäre es viel schlimmer gewesen, wenn es mich erwischt hätte.«

Hätte ein anderes Kind eine solche Bemerkung gemacht, so hätte sie vielleicht herzlos und arrogant geklungen, doch der Zarewitsch äußerte sie mit so viel Mitgefühl für den Toten und mit einer so vernünftigen Einschätzung seiner eigenen Bedeutung, dass ich sie ihm nicht übel nahm.

»Nun, ich beabsichtige weder, mit jemandem vom Personal durchzubrennen oder in der Öffentlichkeit zu furzen, noch mich von einer Bombe zerfetzen zu lassen«, sagte ich und lächelte ihn an, wobei ich in meiner Naivität dachte, ich könnte so offen reden und dabei nur sein Alter berücksichtigen, nicht aber seine Position. »Also werde ich Euch wohl eine ganze Weile beschützen können.«

»Jatschmenew«, fuhr Graf Tscharnetzki sofort dazwischen. Zu einer Entschuldigung bereit drehte ich mich zu ihm um, bemerkte aber dann, wie mich der Zarewitsch mit weit aufgerissenem Mund anschaute. Einen Moment lang wusste ich nicht, ob er gleich in Gelächter ausbrechen oder die anderen Wachen hereinrufen würde, damit sie mich in Ketten legten und hinausschleppten, doch am Ende schüttelte er einfach nur den Kopf, so als seien ihm Normalsterbliche wie ich ein ständiger Quell der Verwunderung und Belustigung. Auf diese Weise begann unsere Beziehung.

In den folgenden Wochen entwickelte sich zwischen uns eine angenehme Ungezwungenheit. Er wollte, dass ich ihn Alexei nannte, was ich liebend gern tat, denn einen Elfjährigen den ganzen Tag über mit »Euer Hoheit« oder auch nur mit »Ihr« anzureden, wäre doch des Guten zu viel gewesen. Er nannte mich Georgi, was ihm gefiel, denn er hatte einmal ein Hündchen dieses Namens besessen – bis es unter die Räder einer der Kutschen seines Vaters gekommen war, ein Sachverhalt, den ich als ein böses Omen ansah.

Er hatte seinen geregelten Tagesablauf, und wo immer er hinging, begleitete ich ihn. Morgens besuchte er mit seinen Eltern die Messe, und anschließend begab er sich unverzüglich zum Frühstück und dann zum Einzelunterricht bei Monsieur Gilliard. Den Nachmittag verbrachte er draußen in den Gärten, wobei mir nicht entging, dass seine Eltern, mochten sie auch noch so beschäftigt sein, stets ein Auge auf ihn hatten und ihm alle Aktivitäten untersagten, die ihn möglicherweise zu sehr angestrengt hätten. Ich führte dies darauf zurück, dass sie befürchteten, dem Thronerben könne irgendetwas zustoßen. Abends speiste er im Kreise seiner Familie, und danach nahm er sich ein Buch vor, oder er lud mich zu einer Partie Backgammon ein, einem Würfelspiel, das er mir an unserem ersten gemeinsamen Abend beigebracht hatte und bei dem ich ihn noch nie hatte schlagen können.

Und dann waren da noch seine vier Schwestern, Olga, Tatjana, Maria und Anastasia, die er bei jeder sich bietenden Gelegenheit heimsuchte und denen er im gleichen Ausmaß auf die Nerven ging und die ihn liebten und verhätschelten. Als Alexeis Leibwächter hielt ich mich tagsüber ständig in der Gegenwart der Großfürstinnen auf, die mich für gewöhnlich allesamt ignorierten.

Das heißt, alle außer derjenigen, in die ich mich verliebt hatte.

»Vergiss die *Pferde*«, sagte ich zu Alexei, als ich dasaß und aus dem Fenster starrte. »*Ich* könnte schneller laufen als dieser Zug hier fährt.«

»Warum versuchst du es dann nicht, Georgi Daniilowitsch? Ich wette, der Lokomotivführer hält den Zug für dich an.«

Daraufhin schnitt ich eine Grimasse, und er musste kichern, ein untrüglicher Beweis dafür, dass er alles Mögliche sein mochte – gebildet, redegewandt, ein Thronerbe, der zukünftige Herrscher über Millionen von Menschen –, aber im Grunde seines Herzens nur das war, was jeder russische Mann irgendwann einmal gewesen war.

Ein kleiner Junge.

Die Zarin, Alexandra Fjodorowna, hatte sich von Anfang an gegen diese Reise ausgesprochen.

Sie war das Mitglied der kaiserlichen Familie, mit dem ich seit meiner Ankunft in St. Petersburg am wenigsten Kontakt gehabt hatte. Der Zar war stets freundlich und zugänglich, und wenn ich ihm über den Weg lief, erinnerte er sich sogar fast immer an meinen Namen, was ich als einen großen Gunstbeweis empfand. Der Verlauf des Krieges machte ihm jedoch schwer zu schaffen, und dies spiegelte sich auch in seinem Gesicht wider, in den Sorgenfalten auf seiner Stirn und in den dunklen Ringen unter seinen Augen. Er verbrachte die meiste Zeit in seinem Arbeitszimmer, wo er sich entweder mit seinen Generälen beriet, deren Gesellschaft er genoss, oder die Führer der Duma empfing, deren bloße Anwesenheit er als einen Affront zu empfinden schien. Er achtete indes immer darauf, dass sich seine Stimmung nicht auf sein Verhalten gegenüber den Menschen um ihn herum auswirkte. Wann immer er mich sah, grüßte er mich höflich zurück und fragte mich, wie mir meine neue Stelle gefiel. Ich hatte noch immer großen Respekt vor ihm, aber zugleich begann ich, ihn persönlich zu mögen, und ich war sehr stolz darauf, ihm dermaßen nahe sein zu dürfen.

Die Zarin, eine große, attraktive Frau mit scharf geschnittener Nase und forschendem Blick, war anders als ihr Mann: Für sie war ein Raum leer, wenn sich darin nur Bedienstete oder Mitglieder der Leibgarde befanden, und war dies der Fall, so führte sie sich so auf, als wäre sie allein in diesem Raum.

»Sprich sie niemals an!«, riet mir eines Abends Sergei Stasjewitsch Poliakow, ein Leibgardist, mit dem ich mich angefreundet hatte, weil unsere Quartiere direkt nebeneinander lagen. Unsere Betten wurden nur von einer dünnen Wand getrennt, durch die ich ihn nachts schnarchen hören konnte. Er war achtzehn und somit zwei Jahre älter als ich, aber dennoch einer der Jüngsten in Graf Tscharnetzkis Eliteregiment. Ich war geschmeichelt, dass er mich zum Freund gewählt hatte, denn er wirkte viel weltmännischer und weniger befangen als ich.»Sie würde es als eine ungeheuerliche Respektlosigkeit empfinden, solltest du ein Gespräch mit ihr anzuknüpfen versuchen.«

»Das würde ich nie tun«, versicherte ich ihm.»Aber manchmal treffen sich unsere Blicke, hier im Palast oder anderswo, und dann weiß ich nicht, ob ich sie grüßen oder ob ich mich vor ihr verbeugen soll.«

»Sie mag dir ins Auge fallen, Georgi«, sagte er lachend zu mir,»aber du wirst ihr garantiert nicht ins Auge fallen. Durch unsereinen sieht diese Frau hindurch. Für sie sind wir bloß Geister, jeder von uns.«

»Ich bin kein Geist«, beharrte ich, überrascht darüber, dass es mir gegen den Strich ging, so tituliert zu werden.»Ich bin ein Mensch.«

»Ja, ja«, sagte er, drückte seine halb aufgerauchte Zigarette am Stiefelabsatz aus, um sie für später in seiner Jackentasche verschwinden zu lassen, und erhob sich, um sich in sein Quartier zu begeben.»Du darfst nicht vergessen, wie sie aufgewachsen ist. Ihre Großmutter war Queen Victoria, die Königin von England. Bei so einer Abstammung machst du dich nicht mit dem Plebs gemein. Mit Dienstboten spricht sie nur, wenn es sich nicht vermeiden lässt.«

Ich hielt dies jedoch für völlig vernünftig. In meiner Ahnentafel gab es keine Könige oder Fürsten – ich kannte noch nicht einmal die Namen aller meiner Großeltern. Aus welchem Grund sollte sich die Kaiserin von Russland also dazu herablassen, mit mir ein Gespräch zu führen? Tatsächlich war meine Ehrfurcht vor der kaiserlichen Familie so groß, dass ich nie gedacht hätte, jemand von ihnen würde mich überhaupt wahrnehmen, doch wenn ich berücksichtigte, mit welchem Wohlwollen mir ihr Mann, ihr Sohn und ihre Töchter begegneten, so fragte ich mich zuweilen, ob ich sie irgendwie verletzt oder gekränkt haben mochte.

Ich hatte sie bereits an meinem ersten Abend im Winterpalais gesehen, obgleich ich damals noch nicht wusste, wer die Dame war, die mit dem Rücken zu mir auf dem Betpult gekniet hatte. Ich konnte mich noch sehr gut daran erinnern, wie fieberhaft und mit welch großer Hingabe sie gebetet hatte. Und ich hatte auch diese grässliche Erscheinung nicht vergessen, diesen finsteren Priester mit seinem bösartigen Grinsen, der da plötzlich vor mir gestanden hatte. Sein Bild hatte mich die ganze Zeit über verfolgt, obwohl er mir seit jenem Tag nicht wieder über den Weg gelaufen war.

Die Kehrseite ihrer Weigerung, von mir Notiz zu nehmen, bestand darin, dass sie nichts dabei fand, sich in meiner Gegenwart alles andere als hoheitsvoll aufzuführen, was mich manchmal in Verlegenheit brachte. So zum Beispiel zwei Tage bevor ich den kaiserlichen Zug bestieg, als sie erfuhr, dass der Zar Alexei nach Mogilew ins Heereshauptquartier mitzunehmen gedachte.

»Nicky«, schrie sie, als sie in einen der Salons im obersten Stock des Palastes gestürmt kam, wo der Zar gedankenverloren über irgendwelchen Unterlagen brütete und ich in einer abgedunkelten Ecke des Raums saß. Mein Schützling Alexei kroch auf dem Fußboden herum und beschäftigte sich mit seiner Spielzeugeisenbahn, die er dort aufgebaut hatte. Die Lokomotiven und Waggons waren natürlich allesamt vergoldet, und die Gleise bestanden aus feinstem Stahl. Vater und Sohn schenkten mir keinerlei Beachtung, wechselten aber hin und wieder ein Wort. Obgleich er sich ganz und gar auf seine Arbeit konzentrierte, wirkte der Zar, wie ich bemerkt hatte, wesentlich entspannter, wenn er Alexei in seiner Nähe wusste, und er schaute auf und wurde nervös, sobald dieser aus irgendeinem Grund den Raum verließ.

»Nicky, sag mir bitte, dass ich mich verhört habe!«

»Verhört, mein Schatz?«, fragte er, wobei er mit so müden Augen von seinen Papieren aufschaute, dass ich mich einen Moment lang fragte, ob er in der Zwischenzeit vielleicht eingenickt war.

»Anna Wyrubowa hat mir erzählt, dass du am Donnerstag nach Mogilew fährst, um der Armee einen Besuch abzustatten.«

»Das ist richtig, Sunny«, erwiderte er, wobei er sich des Kosenamens bediente, mit dem er sie für gewöhnlich ansprach und der so gar nicht zu ihrem oftmals düsteren und launischen Gebaren passen wollte. Ich fragte mich, ob sie früher, zu der Zeit, als er ihr den Hof gemacht hatte, vielleicht ein anderes Verhalten an den Tag gelegt hatte. »Ich habe Vetter Nikolaus letzte Woche geschrieben und ihm mitgeteilt, dass ich dort ein paar Tage verbringen werde, um die Truppen aufzumuntern.«

»Ja, ja«, sagte sie unwirsch. »Aber Alexei wirst du doch wohl nicht mitnehmen, oder? Ich habe gehört ...«

»Doch, das hatte ich vor«, sagte er ruhig, wobei er von ihr wegschaute, so als wisse er nur zu gut, dass sie gleich aneinandergeraten würden.

»Das kann ich nicht zulassen, Nicky!«, schrie sie.

»Nicht zulassen?«, fragte er, wobei sein sanfter Tonfall einen belustigten Beiklang bekam. »Und warum nicht?«

»Das weißt du ganz genau. Es ist dort nicht sicher.«

»Inzwischen ist es nirgends mehr sicher, Sunny. Oder hast du das noch nicht bemerkt? Spürst du nicht das Gewitter, das sich rings um uns zusammenbraut?« Er zögerte kurz, und die Spitzen seines Schnurrbarts hoben sich ein wenig, als er zu lächeln versuchte. »*Ich* spüre es.«

Sie öffnete den Mund, um zu protestieren, doch seine letzte Bemerkung schien sie für einen Moment zu verwirren. Sie wandte sich von ihm ab, um einen Blick auf ihren Sohn zu werfen, der einige Meter entfernt auf dem Fußboden hockte und nun von seinen Eisenbahnzügen aufschaute, um die Szene zu beobachten, die sich vor seinen Augen abspielte. Sie lächelte ihm kurz zu, ein besorgtes Lächeln, und rang nervös die Hände, bevor sie sich wieder ihrem Gatten zuwandte.

»Nein, Nicky«, sagte sie. »Nein, ich bestehe darauf, dass er hier bei mir bleibt. Schon die Fahrt wird für ihn unerträglich sein. Und wer weiß, welche Zustände euch dort erwarten? Was ist mit den Gefahren, die euch bei der Stawka drohen? Was ist, wenn euch dort ein deutsches Bombenflugzeug aufspürt?«

»Wir sehen diesen Gefahren doch tagtäglich ins Auge, Sunny«, sagte er mit erschöpftem Tonfall. »Und wir sind nirgendwo leichter aufzuspüren als hier in St. Petersburg.«

»*Du* siehst diesen Gefahren ins Auge, ja. Und *ich* sehe ihnen ins Auge. Aber Alexei nicht. Unser Sohn nicht!«

Der Zar schloss kurz die Augen, bevor er sich erhob und zum Fenster ging, um auf die Newa hinabzublicken.

»Er muss mitkommen«, sagte er schließlich, wobei er sich umdrehte und seiner Frau direkt ins Gesicht schaute. »Ich habe Vetter Nikolaus bereits mitgeteilt, dass er mich begleiten wird. Er hat den Truppen sicher schon ein entsprechendes Bulletin zukommen lassen.«

»Dann sag ihm, du hast es dir anders überlegt.«

»Das geht nicht, Sunny. Alexeis Anwesenheit in Mogilew wird die Truppen ungemein beflügeln. Du weißt, wie sehr ihr Kampfgeist in letzter Zeit gelitten hat, wie schlecht es um ihre Moral bestellt ist. Du liest doch auch diese Depeschen. Ich habe dich damit in deinem Salon gesehen. Wir müssen alles Menschenmögliche versuchen, um den Männern Mut zu ...«

»Und du glaubst, ein elfjähriger Junge kann das?«, unterbrach sie ihn mit einem bitteren Lachen.

»Er ist nicht nur ein elfjähriger Junge, wie du weißt. Er ist der Zarewitsch, der Erbe des russischen Thrones. Er ist ein Symbol ...«

»Oh, wie ich es hasse, wenn du so von ihm sprichst«, fuhr sie ihn an und lief dann wütend im Raum auf und ab, wobei sie an mir vorbeiging, als wäre ich nichts weiter als ein Stück Tapete oder ein dekoratives Möbelstück. »Er ist kein Symbol. Jedenfalls nicht für mich. Er ist mein Sohn.«

»Er ist mehr als das, Sunny, und du weißt das.«

»Ich will aber mitfahren, Mutter«, sagte eine leise Stimme vom Teppich. Es war die von Alexei, und er schaute die Zarin mit einem aufrichtigen und bittenden Ausdruck an. Mit ihren Augen, wie ich bemerkte. Sie waren sich sehr ähnlich, die beiden.

»Ich weiß, dass du das willst, mein Schatz«, sagte sie, wobei sie sich kurz zu ihm hinabbeugte und ihn auf die Wange küsste. »Aber dort bist du nicht sicher.«

»Ich werde aufpassen«, sagte er. »Das verspreche ich dir.«

»Schön und gut, so ein Versprechen«, erwiderte sie, »aber was ist, wenn du über etwas stolperst? Oder wenn in deiner Nähe eine Bombe explodiert und du dann hinfällst? Oder, Gott behüte, wenn eine Bombe genau da explodiert, wo du dich gerade befindest?«

Ich war drauf und dran, den Kopf zu schütteln und einen lauten Seufzer von mir zu geben: Nein, was für eine überängstliche Mutter! Wenn er hinfallen sollte? Das war einfach lächerlich. Der Junge war immerhin elf Jahre alt! Da sollte er mindestens ein Dutzend Mal am Tag hinfallen können. Ja – und gleich wieder aufstehen.

»Der Junge muss die wirkliche Welt kennenlernen, Sunny«, sagte der Zar nun mit festerer Stimme, so als habe er seine Entscheidung getroffen und als sei die Diskussion für ihn nun beendet. »Sein Leben lang ist er in Palästen verwöhnt und verweichlicht worden. Was wäre, wenn mir morgen etwas zustoßen sollte und er meinen Platz einnehmen müsste? Er hat nicht die geringste Ahnung davon, was es bedeutet, der Zar zu sein. Ich selber wusste es auch kaum, als uns unser lieber Vater genommen wurde, und damals war ich immerhin ein Mann von sechsundzwanzig Jahren. Welche Aussichten hätte Alexei unter solchen Umständen? Er hat sein ganzes Leben hier verbracht, bei dir und den Mädchen. Es ist Zeit, ihn allmählich mit seinen Pflichten vertraut zu machen.«

»Aber das Risiko, Nicky!«, flehte sie und lief zu ihrem Gatten hin, um ihn bei den Händen zu packen. »Du musst dir dessen bewusst sein. Ich habe mich beraten lassen. Und bevor ich damit zu dir gekommen bin, habe ich Vater Grigori gefragt, was er von diesem Vorhaben hält. Und er hält das für keine gute Idee. Er meint, dass du es dir noch einmal überlegen ...«

»Wie bitte? Vater Grigori sagt mir, was ich tun soll?«, rief der Zar entgeistert. »Vater Grigori glaubt, er könnte dieses Land besser regieren als ich? Verstehe ich das richtig? Er glaubt, er könnte Alexei ein besserer Vater sein als der Mann, der ihn gezeugt hat?«

»Er ist ein Mann Gottes«, protestierte sie. »Er steht mit jemandem in Verbindung, der größer ist als der Zar.«

»Nein, Sunny!«, schrie er, wobei er sich von ihr abwandte und seine Stimme nun vor Wut und Enttäuschung bebte. »Nicht schon wieder dieses Thema! Nicht jeden verfluchten Tag! Ich habe es satt, verstehst du? Mir reicht's!«

»Aber Nicky!«

»Kein Aber! Ja, ich bin Alexeis Vater, aber ich bin auch noch Vater von Millionen von anderen Menschen, um deren Schutz ich mich ebenfalls kümmern muss. Der Junge wird mit mir nach Mogilew fahren. Ich versichere dir, man wird gut auf ihn aufpassen. Derewenko und Fedorow werden uns begleiten, sodass die Ärzte immer verfügbar sind und sich um ihn kümmern können, sollte tatsächlich etwas passieren. Gilliard wird ebenfalls mitkommen und dafür sorgen, dass der Junge mit dem Lernen nicht in Rückstand gerät. Soldaten und Leibgardisten werden auf ihn achten. Und Georgi wird ihm nicht von der Seite weichen, von dem Moment an, wo der Zarewitsch morgens aufwacht, bis zu dem Moment, wo er abends zu Bett geht.«

»Georgi?«, schrie die Zarin, mit vor Überraschung gerunzelten Augenbrauen. »Und wer ist dieser Georgi, wenn ich fragen darf?«

»Du kennst ihn, meine Liebe. Ihr seid euch bereits zigmal begegnet.« Er nickte in meine Richtung, woraufhin ich diskret hüstelte und aufstand, um mich aus dem Schatten des Raumes zu lösen und auf sie zuzutreten. Sie drehte sich zu mir um und starrte mich an, als hätte sie nicht die geringste Vorstellung, was ich dort machte und warum ich ihre Aufmerksamkeit verlangte, bevor sie sich wieder von mir abwandte und auf ihren Gatten zumarschierte.

»Sollte ihm irgendetwas zustoßen, Nicky ...«

»Es wird ihm nichts zustoßen.«

»Aber wenn ihm doch etwas zustößt, dann verspreche ich dir ...«

»Du versprichst mir was, Sunny?«, fragte er sie kühl. »Was versprichst du mir?«

Sie zögerte nun, ihr Gesicht nahe an seinem, sagte aber kein Wort. Geschlagen wandte sie sich von ihm ab, nicht ohne mir einen eisigen Blick zuzuwerfen. Als sie auf ihren Sohn hinabschaute, entspannten sich ihre Gesichtszüge, und sie sah mit einem Mal glücklich aus, so als gäbe es nirgendwo auf der Welt einen vollkommeneren und schöneren Anblick.

»Alexei«, sagte sie mit sanfter Stimme und streckte ihre Hand nach ihm aus. »Alexei, leg deine Spielsachen beiseite und komm mit deiner Mutter, ja? Es ist Zeit für dein Abendessen.«

Er nickte und erhob sich. Dann fasste er sie bei der Hand und folgte ihr, als sie aus dem Raum stürmte.

»Nun?«, fragte der Zar mit frostiger, zorniger Stimme und sah mich an. »Was lungerst du hier noch herum? Los, geh mit ihm! Pass auf ihn auf! Deswegen bist du ja schließlich hier.«

Das Hauptquartier der Kaiserlich Russischen Armee, die Stawka, befand sich auf einer Hügelkuppe, in der ehemaligen Residenz des Provinzgouverneurs – um dafür sorgen zu können, dass dieser nach dem Krieg noch über eine Region verfügte, die er verwalten konnte, hatte er sich eine andere Bleibe suchen müssen. Es handelte sich um ein großes, weitläufiges Herrenhaus, inmitten etlicher Hektar Land, auf denen genug Häuschen und Hütten verstreut waren, um die durchreisenden Militärangehörigen einquartieren zu können.

Der Großfürst Nikolaus Nikolajewitsch, der sich fast ununterbrochen in der Stawka aufhielt, bewohnte das zweitschönste Zimmer des Gebäudes, eine ruhige Kammer im ersten Stock, die Aussicht auf einen Garten gewährte, wo der Gouverneur erfolglos versucht hatte, in der hart gefrorenen Erde Gemüse zu ziehen. Das beste Zimmer jedoch, eine geräumige Suite im obersten Stock des Hauses, zu der auch ein Arbeitszimmer und ein privates Badezimmer gehörten, wurde für den Zaren frei gehalten, sollte der einmal vorbeischauen, um die Truppen zu inspizieren. Durch die vergitterten Fenster bot sich der idyllische Anblick einer sich in der Ferne erstreckenden Hügellandschaft, und an ruhigen Abenden konnte man zuweilen das Rauschen der nahe gelegenen Gewässer vernehmen, was einem die Illusion einer Welt im tiefsten Frieden bescherte, eines unschuldigen, bäuerlichen

Lebens in der Stille und Beschaulichkeit des östlichen Belorusslands. Für die Dauer unseres Aufenthalts teilte sich der Zar sein Zimmer mit Alexei, während mir eine Pritsche in einem kleinen Salon im Erdgeschoss zugewiesen wurde, in dem auch noch drei andere Leibwächter untergebracht waren, darunter mein Freund Sergei Stasjewitsch, der zu denjenigen zählte, die ausschließlich mit dem Schutz des Zaren betraut waren.

Es war ein Vergnügen, während dieser Zeit den Zaren und den Zarewitsch gemeinsam zu beobachten, denn ich hatte noch nie einen Vater und seinen Sohn gesehen, die die Gesellschaft des anderen so sehr genossen. In Kaschin wäre diese Art von Zuneigung von jedermann mit Stirnrunzeln quittiert worden. Bei uns wäre dieser Sohnesliebe allenfalls der Respekt am nächsten gekommen, den mein Freund Kolek seinem Vater Boris gezollt hatte. Doch zwischen dem Zaren und seinem Sohn bestand eine natürliche Wärme und Freundlichkeit, die mich neidisch machte, eine tiefe, gegenseitige Sympathie, die sich noch verstärkte, wenn die beiden der Strenge des Palastlebens entfliehen konnten. In solchen Momenten musste ich oft, und voller Bedauern, an Daniil denken.

Der Zar hatte vom ersten Tag an darauf bestanden, dass Alexei auf dieser Reise nicht als Kind zu behandeln sei, sondern als der Thronerbe des Russischen Reiches. Keine Unterhaltung wurde als zu privat oder als zu ernst für seine Ohren erachtet. Kein Anblick sollte seinen Augen erspart werden. Als Nikolaus ausritt, um die Truppen zu besuchen, da ritt Alexei an seiner Seite, dicht gefolgt von Sergei und mir sowie den anderen Leibwächtern. Bei den Truppeninspektionen standen die Soldaten stramm und beantworteten die Fragen ihres Kaisers, während der Junge still und höflich neben seinem Vater verharrte, aufmerksam zuhörte und jedes Wort innerlich verarbeitete.

Und als wir die Feldlazarette besuchten, was wir des Öfteren taten, zeigte er keinerlei Anzeichen von Zimperlichkeit oder Entsetzen, trotz der grässlichen Anblicke, die sich uns dort boten.

In einem der Feldlager folgte unsere gesamte Entourage dem Zaren und dem Zarewitsch in ein mit einem grauen Baldachin überdachtes Zelt, wo sich ein Häuflein Ärzte und Krankenschwestern um vielleicht fünfzig oder sechzig Verwundete kümmerte. Diese lagen in Einzelbetten, die so dicht aneinandergerückt waren, dass es beinahe so schien, als hätte man die Matratzen zu einem einzigen langen Sterbelager für die Männer zusammengefügt. Als wir das Zelt betraten, schlug uns der Gestank von Blut, eitrigen Gliedmaßen und brandigem Fleisch entgegen. Mit vor Übelkeit verzerrtem Gesicht und krampfhaft den natürlichen Brechreiz unterdrückend, hätte ich am liebsten auf der Stelle kehrtgemacht, um nach draußen an die frische Luft zu eilen. Der Zar hingegen offenbarte nicht das geringste Anzeichen von Ekel, und auch Alexei ließ sich nicht von dieser bestialischen Attacke auf die Sinne überwältigen. Tatsächlich schaute er zu mir hinüber, als er mich keuchen hörte, mit einem unverkennbar missbilligenden Gesichtsausdruck, was mich beschämte, denn er war nur ein Junge und stand diese Situation mannhafter durch als ich, der ihm fünf Jahre voraus war. Gedemütigt kämpfte ich gegen meinen Ekel an und folgte dem kaiserlichen Tross, als sich dieser von Krankenbett zu Krankenbett bewegte.

Der Zar sprach der Reihe nach mit jedem der Männer, wobei er sich tief zu ihnen hinabbeugte, sodass ihre Unterhaltung eine gewisse Vertraulichkeit bekam. Einige der Männer waren in der Lage, ihm Antworten zuzuflüstern, andere besaßen weder die Kraft noch die Selbstdisziplin, um eine Unterhaltung führen zu können. Alle schienen sie jedoch zutiefst davon beeindruckt, dass der Zar persönlich unter ihnen weilte – vielleicht dachten sie ja, dass sie sich all dies nur im Fieberwahn einbildeten. Es war, als wäre Christus persönlich in das Zelt eingetreten, um ihnen seinen Segen zu erteilen.

Etwa in der Mitte des Zeltes ließ Alexei die Hand des Zaren los und begab sich zu den Betten auf der gegenüberliegenden Seite, wo er sich nach dem Vorbild seines Vaters mit den Männern zu unterhalten begann. Er nahm auf ihrer Bettkante Platz, und ich hörte, wie er ihnen erzählte, dass er den ganzen Weg von St. Petersburg bis hierher gereist sei, um mit ihnen zusammen zu sein, und dass sein Pferd ein echtes Kavalleriepferd sei, wir aber nur in einem gemäßigten Tempo ritten, damit ihm nichts zustoße. Er redete über Kleinigkeiten, über Belanglosigkeiten, die er offenbar ungeheuer wichtig nahm, doch die Patienten schätzten die Unverstelltheit seiner Konversation und waren von ihm bezaubert. Als die beiden das Ende ihrer jeweiligen Bettenreihe erreicht hatten, registrierte ich, wie der Zar sich umdrehte und seinen Sohn beobachtete, als dieser einem Mann, der bei einem Angriff das Augenlicht eingebüßt hatte, eine kleine Ikone in die Hand drückte. Er wandte sich einem seiner Generäle zu und machte eine leise Bemerkung, die ich nicht hören konnte, und der Offizier nickte und verfolgte gebannt, wie der Zarewitsch seine Konversation zu Ende führte.

»Ist was, Vater?«, fragte Alexei, wobei er sich umdrehte und bemerkte, dass alle Augen auf ihn gerichtet waren.

»Nein, überhaupt nichts, mein Sohn«, sagte der Zar, und ich war mir sicher, ich konnte hören, wie ihm die Worte fast in der Kehle stecken blieben, aus Mitgefühl mit den Verwundeten und zugleich vor Stolz auf die große Geduld, die sein Sohn an den Tag gelegt hatte. »Aber komm, wir müssen jetzt aufbrechen.«

Den Großfürsten Nikolaus Nikolajewitsch, dem ich das Leben gerettet und dessen Erkenntlichkeit ich mein neues Leben zu verdanken hatte, traf ich erst eine gute Woche nach meiner Ankunft in der Stawka. Als wir beide uns wiedersahen, war er gerade von der Front gekommen, wo er mit wechselndem Erfolg unsere Truppen angeführt hatte. Nun war er nach Mogilew zurückgekehrt, um sich mit seinem Vetter, dem Zaren, zu beraten und die Strategie für den Herbst festzulegen.

Ich hatte das Haus gerade vom Garten aus betreten, wo Alexei damit beschäftigt war, sich zwischen ein paar Bäumen ein Fort zu bauen, als ich einen Riesen von einem Mann den Flur entlang auf mich zustiefeln sah. Instinktiv wollte ich kehrtmachen und wieder nach draußen laufen, denn seine hünenhafte Statur und seine enorme Leibesfülle bildeten eine überaus einschüchternde Erscheinung, fast noch einschüchternder als der Zar selbst, aber es war zu spät, um sich davonzumachen, denn der Mann hatte mich bereits entdeckt und eine Hand zum Gruß erhoben.

»Jatschmenew!«, röhrte er, als er näher kam, wobei er das durch die geöffneten Türen einfallende Sonnenlicht mehr oder weniger verdeckte. »Du bist doch Jatschmenew, oder?«

»Ja, ich bin's, Euer Durchlaucht«, erwiderte ich und entbot ihm eine tiefe, respektvolle Verbeugung. »Es ist schön, Euch wiederzusehen.«

»Ist es das?«, fragte er mich und klang dabei ein wenig überrascht. »Na, das höre ich gern. Da bist du also«, fügte er hinzu, wobei er mich von Kopf bis Fuß musterte, als wollte er herausfinden, ob ich seine Wertschätzung noch immer verdiente. »Ich habe mir damals gedacht, es könnte vielleicht hinhauen. Habe zu meinem Vetter gesagt, Nicky, es gibt einen Jungen, den ich in diesem Drecksloch von Dorf kennengelernt habe, ein ziemlich beherzter Bursche. Gebe zu, er macht nicht viel her. Ein paar Zentimeter größer könnte er schon sein, und etwas mehr Fleisch auf den Knochen könnte auch nicht schaden, aber er ist trotzdem ein prima Junge. Er könnte genau derjenige sein, nach dem du suchst, als Aufpasser für den kleinen Alexei. Ja, das habe ich zu ihm gesagt, und es freut mich, dass er auf mich gehört hat.«

»Ich bin Euch sehr dankbar, Euer Durchlaucht. Für die große Veränderung in meinen Lebensverhältnissen.«

»Ja, ja«, sagte er mit einer wegwerfenden Handbewegung. »Ist schon etwas anders als in diesem ... wo haben wir uns noch mal kennengelernt?«

»In Kaschin, Euer Durchlaucht.«

»Ja, richtig, in Kaschin. Grässliches Kaff. Musste den Dummkopf aufknüpfen lassen, der auf mich geschossen hatte. Ich wollte das eigentlich gar nicht, denn er war ja noch ein Junge, aber für so einen Unfug gibt es keine Entschuldigung! Ich musste ein Exempel statuieren. Das verstehst du doch, oder?«

Ich nickte, sagte aber kein Wort. Koleks Tod und die Rolle, die ich dabei gespielt hatte, waren etwas, an das ich nicht gern erinnert wurde, denn ich empfand schreckliche Gewissensbisse, wenn ich daran dachte, wie sehr ich davon profitiert hatte. Außerdem vermisste ich ihn.

»Ein Freund von dir, nicht wahr?«, fragte der Großfürst nach einer Weile, denn er registrierte offenbar meine plötzliche Zurückhaltung.

»Wir sind zusammen aufgewachsen«, sagte ich. »Mitunter hatte er seltsame Ansichten, aber ein schlechter Mensch war er nicht.«

»Da bin ich mir nicht so sicher«, erwiderte er mit einem Achselzucken. »Er hat schließlich eine Pistole auf mich abgefeuert.«

»Ja, Euer Durchlaucht.«

»Nun, das gehört jetzt der Vergangenheit an. Das Überleben des Stärkeren und all das. Aber wo wir gerade davon sprechen, wo ist eigentlich der Zarewitsch? Solltest du nicht immer an seiner Seite sein?«

»Ach, der ist draußen und spielt«, sagte ich und nickte in Richtung des kleinen Gehölzes, wo der Junge gerade irgendwelche Balken durch das Gras schleifte, um damit die Mauern seines Forts zu verstärken.

»Und man kann ihn da hinten unbeaufsichtigt spielen lassen, ja?«, fragte der Großfürst, und ich kam nicht umhin, entnervt aufzuseufzen. Ich hatte inzwischen mehr als zwei Monate lang auf den Zarewitsch aufgepasst, und mir war noch nie ein Kind untergekommen, das dermaßen in Watte gepackt wurde wie er. Seine Eltern führten sich auf, als könnte er jeden Moment entzweibrechen. Und nun gab mir der Großfürst zu verstehen, dass man den Zarewitsch nicht allein lassen durfte, weil er sich sonst vielleicht verletzten könnte. *Er ist doch noch ein Junge!*, wollte ich ihnen manchmal laut zurufen. *Ein Kind! Seid ihr denn nie Kinder gewesen?*

»Wenn Ihr es wünscht, gehe ich natürlich sofort zu ihm rüber«, erwiderte ich. »Ich bin nur kurz ins Haus gekommen, um …«

»Nein, nein«, sagte er schnell, wobei er den Kopf schüttelte. »Du wirst schon wissen, was du tust. Es ist nicht meine Aufgabe, dem Domestiken eines anderen Mannes zu sagen, wie er seine Arbeit zu erledigen hat.«

Mir sträubten sich ein wenig die Haare angesichts dieser Charakterisierung. Der Domestik des Zaren. War ich das? Ja, natürlich war ich das. Als einen freien Menschen konnte ich mich im Grunde nicht bezeichnen. Aber trotzdem war es nicht angenehm zu hören, wie diese Worte laut ausgesprochen wurden.

»Und? Hast du dich schon eingewöhnt?«, fragte er mich.

»Ja, Euer Durchlaucht«, antwortete ich wahrheitsgemäß. »Ich bin ... nun, vielleicht ist es nicht der richtige Ausdruck, aber es macht mir sehr viel Spaß.«

»Das ist genau der richtige Ausdruck, mein Junge«, sagte er, schniefte laut und schneuzte sich dann in ein riesiges weißes Taschentuch. »Es geht nichts über eine Arbeit, die einem Spaß macht. Da vergeht der Tag viel schneller. Und was macht eigentlich dein Arm?«, fragte er mich und schlug mir dabei dermaßen kräftig auf die Stelle, wo die Kugel eingedrungen war, dass ich mich gehörig zusammenreißen musste, um nicht vor Schmerz laut aufzuschreien oder zurückzuschlagen, eine Reaktion, die sicher schwerwiegende Konsequenzen nach sich gezogen hätte.

»Dem geht es schon viel besser, Euer Durchlaucht«, erwiderte ich mit zusammengebissenen Zähnen. »Es ist eine Narbe geblieben, wie Ihr vorhergesagt habt, aber ...«

»Ein Mann sollte mindestens eine Narbe haben«, sagte er schnell. »Ich habe überall Narben. Mein Körper ist damit übersät. Nackt sehe ich aus, als hätte mich eine Katze mit ungeschnittenen Krallen bearbeitet. Das muss ich dir bei Gelegenheit zeigen.« Ich starrte ihn an, verblüfft über diese Bemerkung. Die Narben des Großfürsten in Augenschein zu nehmen, war so ziemlich das Letzte, was ich wollte. »Es gibt nicht einen Mann in unserer Armee, der keine Narben hat«, fuhr er fort, ohne meine Entgeisterung wahrzunehmen. »Betrachte es als ein Ehrenzeichen, Jatschmenew. Und was die Weiber betrifft ... nun, ich garantiere dir, wenn sie die Narbe sehen, werden sie daran mehr Gefallen finden, als du dir in deinen kühnsten Träumen vorzustellen vermagst.«

Ich errötete, unschuldig wie ich war, und schaute verlegen zu Boden.

»Heiliges Kanonenrohr, Jatschmenew!«, sagte er lachend. »Du bist ja puterrot geworden. Du hast deine Narbe doch bestimmt schon jeder Hure in St. Petersburg gezeigt, oder?«

Ich sagte nichts und schaute weg. Ich hatte nichts dergleichen getan und war in Sachen Fleischeslust noch immer so unbedarft wie am Tage meiner Geburt. Ich hatte kein Interesse an Huren, obwohl ich problemlos an welche herangekommen wäre, denn sie waren ein fester Bestandteil des Palastlebens. Ich hatte auch kein Interesse an Frauen, deren Reize ohne eine finanzielle Gegenleistung verfügbar gewesen wären. Für mich gab es nur eine einzige Frau, ein Mädchen, das meine ganze Aufmerksamkeit auf sich zog. Doch dessen Identität preiszugeben, wäre unmöglich gewesen, denn es handelte sich um eine so unpassende Liaison, dass deren Enthüllung womöglich mein Todesurteil gewesen wäre – und Nikolaus Nikolajewitsch wäre der Letzte gewesen, dem ich mich anvertraut hätte.

»Na, bloß keine Hemmungen, mein Lieber«, sagte er und schlug mir noch einmal auf den Arm. »Du bist noch jung. Warum solltest du dich nicht amüsieren wie ... Oh mein Gott!«

Die jähe Veränderung in seinem Tonfall ließ mich aufblicken, und ich sah, dass er nicht mehr mich anschaute, sondern durch das Fenster in den Garten starrte, wo das Fort des Zarewitschs inzwischen Formen angenommen hatte. Alexei selber war nirgends zu sehen, doch als ich meinen Blick in die Richtung lenkte, in die der Großfürst schaute, entdeckte ich ihn schließlich, wie er, in etwa viereinhalb Meter Höhe, auf einem dicken Ast einer Eiche saß.

»Alexei!«, flüsterte der Großfürst, mit vor Angst bebender Stimme.

»He, ihr da unten!«, rief der Junge von seinem Ausguck, voller Stolz auf die luftige Höhe, die er erklommen hatte. »Vetter Nikolaus, Georgi, seht ihr mich?«

»Alexei, bleib, wo du bist!«, brüllte der Großfürst und stürmte in den Garten. »Rühr dich nicht! Bleib, wo du bist! Ich komme und hol dich da runter.«

Ich folgte ihm auf dem Fuß, darüber erstaunt, wie ernst er das Ganze zu nehmen schien. Der Junge hatte es geschafft, auf den Baum hinaufzuklettern, also würde er es auch schaffen, wieder hinunterzuklettern. Und trotzdem spurtete Nikolai Nikolajewitsch zu dieser Eiche, als hinge unser aller Leben, ja das Schicksal von ganz Russland davon ab, ob wir den Jungen von dort oben herunterbekamen.

Es war jedoch zu spät. Der Anblick dieses auf ihn zustürmenden Monstrums von einem Mann war zu viel für den Jungen. Er wollte aufstehen und am Stamm hinunterklettern – vielleicht weil er dachte, er habe irgendein ungeschriebenes Gesetz gebrochen und müsse sich nun schleunigst davonmachen, bevor er erwischt und bestraft werden konnte –, doch er blieb mit dem Fuß an einem Ast hängen. Im selben Augenblick hörte ich ihn erschrocken aufschreien, sah, wie er sich vergeblich an den kleineren Ästen und Zweigen unter ihm festzuhalten versuchte und dann unsanft und lautstark auf dem Boden landete. Er setzte sich gleich wieder auf, rieb sich die Stirn und den Ellbogen und grinste uns beide an, als wäre das Ganze für ihn eine große Überraschung gewesen, wenn auch keine besonders angenehme.

Erleichtert erwiderte ich sein Lächeln. Es ging ihm also gut. Ein Malheur, wie es Jungen nun einmal passiert. Er hatte dabei keinen Schaden genommen.

»Los, schnell«, sagte der Großfürst, wobei er sich nun mir zuwandte, mit kreidebleichem Gesicht. »Hol die Ärzte! Und zwar zack, zack, Jatschmenew!«

»Aber ihm fehlt doch nichts, Euer Durchlaucht«, protestierte ich, darüber erstaunt, wie viel Wind er um diesen Unfall machte.

»Du holst *auf der Stelle* die Ärzte, Jatschmenew!«, schrie er und stieß mich vor Zorn fast um. Diesmal gehorchte ich ihm sofort.

Ich machte kehrt, rannte los und holte Hilfe.

Und binnen weniger Minuten kam der gesamte Haushalt völlig zum Erliegen.

Der Abend kam und ging, ohne dass ein Abendessen aufgetragen wurde, und dann verstrich die Nacht, ohne dass irgendeine Unterhaltung oder Zerstreuung geboten wurde. Gegen zwei Uhr morgens konnte ich mich schließlich unter einem Vorwand aus dem Zimmer verdrücken, wo sich die übrigen Mitglieder der Leibgarde versammelt und mich die ganze Zeit über angestarrt hatten, einer verächtlicher als der andere. Ich begab mich unverzüglich zu meiner Pritsche, wo ich nur noch die Augen schließen, schnell einschlafen und die Ereignisse dieses schrecklichen Tages vergessen wollte.

In der Zeit zwischen dem Unfall und dem frühen Morgen hatte ich abwechselnd unter Anfällen von Verwirrung, Wut und Selbstmitleid gelitten, wusste aber immer noch nicht, warum Alexeis Sturz als eine solche Katastrophe angesehen wurde, denn er zeigte keinerlei Anzeichen einer äußeren Verletzung, einmal abgesehen von ein paar leichten Prellungen am Ellbogen, am Bein und am Oberkörper. Natürlich ahnte ich irgendwie, dass die besondere Fürsorge, die man dem Zarewitsch entgegenbrachte, nicht bloß mit seiner Nähe zum Thron zu tun hatte, sondern noch eine andere Ursache haben musste. Im Rückblick konnte ich mich an Gespräche mit dem Zaren, mit Mitgliedern der Leibgarde und sogar mit Alexei selber erinnern, in denen gewisse Dinge angedeutet, aber nie klar benannt worden waren, und ich verfluchte mich nun, weil ich so dumm gewesen war, dieser Sache nicht auf den Grund zu gehen.

Als ich durch die Flure ging und mich dabei zunehmend selbst bemitleidete, öffnete sich zu meiner Linken eine Tür, und ehe ich mich's versah, hatte mich jemand beim Rockaufschlag gepackt und in das Zimmer gezerrt.

»Wie konntest du bloß so dumm sein?«, fragte mich Sergei Stasjewitsch, als er die Tür hinter uns zuwarf und mich herumriss, damit ich ihm in die Augen sehen konnte. Zu meiner großen Überraschung handelte es sich bei der anderen Person, die sich in diesem Raum befand, um keine Geringere als die Großfürstin Maria, Alexeis ältere Schwester, die mit dem Rücken zu einem Fenster stand, ihr Gesicht bleich, ihre Augen vom Weinen verquollen. Einer der Leibgardisten hatte zuvor erwähnt, dass die Zarin bereits aus St. Petersburg eingetroffen war, und als ich diese Neuigkeit vernahm, durchzuckte mich unversehens die Hoffnung, dass sie nicht allein gekommen war. »Wieso hast du nicht auf ihn aufgepasst, Georgi?«

»Ich *habe* auf ihn aufgepasst, Sergei«, widersprach ich, darüber verärgert, dass nun offenbar alle Welt diesen armen Muschik aus Kaschin zum Sündenbock machen wollte. »Ich war mit ihm im Garten, es war alles ganz ungefährlich. Ich wollte nur kurz ins Haus gehen und bin dann abgelenkt worden von ...«

»Du hättest ihn nicht unbeaufsichtigt lassen dürfen«, sagte Maria, wobei sie auf mich zutrat. Ich entbot ihr eine tiefe Verbeugung, die sie mit einer unwirschen Handbewegung abtat, als fühlte sie sich davon beleidigt. Sie war im gleichen Alter wie ich – wir waren beide ein paar Tage zuvor siebzehn geworden – und eine Schönheit wie von Porzellan, eine Erscheinung, nach der sich die Männer umdrehten, sobald sie einen Raum betrat. Für manche war sie die mit Abstand schönste unter den Zarentöchtern. Aber nicht für mich.

»Das hat man davon, wenn man Amateure in unsere Reihen aufnimmt«, sagte Sergei, wobei er sich frustriert von mir abwandte und nervös im Raum auf und ab ging. »Tut mir leid, das zu sagen, Georgi, denn im Grunde ist es nicht deine Schuld gewesen. Du hast viel zu wenig Erfahrung für einen so verantwortungsvollen Posten. Dass Nikolaus Nikolajewitsch dich dafür empfohlen hat, ist ein trauriger Witz. Weißt du, wie lange ich ausgebildet worden bin, um den Zaren beschützen zu dürfen?«

»Nun, da du bloß zwei Jahre älter bist als ich, kann das ja nicht so lange gewesen sein«, sagte ich, denn ich wollte mir von ihm nichts gefallen lassen.

»Sergei ist seit acht Jahren bei uns im Palast«, fuhr mich die Großfürstin an, von meiner letzten Bemerkung offenbar verärgert, und baute sich nun direkt vor mir auf. »Er hat seine Jugend im Pagenkorps verbracht. Weißt du überhaupt, was das ist?« Sie blickte mich voller Verachtung an und schüttelte den Kopf. »Natürlich weißt du das nicht«, beantwortete sie ihre eigene Frage. »Er gehörte zu den einhundertfünfzig Jungen, die aus dem Hofadel ausgewählt wurden, um sie zu Leibgardisten auszubilden. Und nur die allerbesten Mitglieder des Korps werden schließlich damit betraut, meine Familie zu beschützen. Sergei hat von der Pike auf gelernt, worauf er achten muss, wo die Gefahren lauern, wie man verhindert, dass es zu einer wie auch immer gearteten Tragödie kommt. Hast du überhaupt eine Ahnung, wie viele meiner Vorfahren und Verwandten hinterhältig ermordet wurden? Ist dir bewusst, dass mein Bruder, meine Schwestern und ich ständig in Lebensgefahr schweben? Das Einzige, worauf wir uns verlassen können, sind unsere Gebete und unsere Leibwächter. Sergei Stasjewitsch gehört zu der Sorte von Männern, die wir um uns herum brauchen. Du gehörst nicht dazu. Du nicht!«

Sie schüttelte den Kopf und schaute mich mitleidig an. Mir kam es irgendwie merkwürdig vor, dass sie mir den Vorfall mit ihrem Bruder genauso übel zu nehmen schien wie die patzige Antwort, die ich Sergei gegeben hatte. Was war er für sie denn anderes als ein x-beliebiges Mitglied der Leibgarde? Er wiederum, das Objekt ihrer Verteidigungsrede, stand nun wütend am Fenster, und ich sah, wie sie zu ihm hinüberging und sich leise mit ihm unterhielt, bis er den Kopf schüttelte und *Nein* sagte. Ich fragte mich, ob Maria vielleicht ein wenig in ihn verschossen war, denn er war ein beeindruckender junger Mann, groß und gut aussehend, mit einem blonden Haarschopf und durchdringenden blauen Augen.

»Ich weiß nicht, was man von mir erwartet«, sagte ich schließlich, vor Verzweiflung nun den Tränen nahe. »Seitdem man mich mit dieser Aufgabe betraut hat, habe ich mein Möglichstes getan, um auf Alexei aufzupassen. Es ist ein Unfall gewesen. Warum ist das so schwer zu verstehen? Das ist bei einem Jungen doch nichts Besonderes.«

»Sieh zu, dass du eine Mütze voll Schlaf kriegst, Georgi«, sagte Sergei ruhig, wobei er sich nun zu mir umdrehte und zu mir herüberkam, um mir voller Mitgefühl auf die Schulter zu klopfen. Ich schüttelte seine Hand jedoch ab, denn ich wollte mich von ihm nicht so gönnerhaft behandeln lassen. »Morgen erwartet dich ein harter Tag. Du wirst ihnen Rede und Antwort stehen müssen. Es ist nicht deine Schuld gewesen, jedenfalls nicht ausschließlich. Man hätte dir vorher die Wahrheit sagen müssen. Hättest du es vielleicht gewusst ...«

»Gewusst?«, fragte ich, mit vor Verwirrung gerunzelter Stirn. »Was gewusst?«

»Geh«, sagte er und öffnete die Tür, um mich auf den Flur hinauszuschieben. Ich hätte unser Gespräch lieber fortgesetzt, doch er unterhielt sich schon wieder leise mit der Großfürstin. Ich fühlte mich überflüssig, von ihnen im Stich gelassen und verzog mich, zutiefst gekränkt, ging jedoch nicht zu Bett, wie ich ursprünglich vorgehabt hatte, sondern kehrte stattdessen in den Garten zurück, dorthin, wo alles seinen Ausgang genommen hatten.

Es war eine Vollmondnacht, und schließlich stand ich wieder an der Stelle, wo ich mich früher am Nachmittag mit dem Großfürsten unterhalten hatte, und genoss es nun, mit meinen Gedanken und Reuegefühlen allein zu sein. Von draußen wehte eine sanfte Brise herein, und ich stellte mich an die offene Tür, schloss die Augen und ließ mich vom Wind umschmeicheln, wobei ich mir vorstellte, ich wäre ganz woanders, weit weg an einem Ort, wo nicht so viel von mir erwartet wurde. In der Dunkelheit, in der düsteren Einsamkeit jenes Flurs in der Stawka fand ich nun so etwas wie Frieden, eine kleine Atempause von dem Drama, das uns den Nachmittag und den Abend hindurch nicht mehr hatte zur Ruhe kommen lassen.

Ich hatte schon eine ganze Weile sich nähernde Schritte gehört, bevor ich mich endlich dazu entschloss, mich umzudrehen und in die Richtung zu schauen, aus der sie kamen. In diesen Schritten lag eine Dringlichkeit, eine Entschlossenheit, die mich nervös machte.

»Wer da?«, rief ich. Denn was immer Sergei und die Großfürstin von mir halten mochten, ich war während der vergangenen Monate darin ausgebildet worden, mutmaßliche Attentäter mit immer ausgefeilteren Techniken zur Strecke zu bringen, aber hier, mitten im Hauptquartier des russischen Feldheeres, würde wohl kaum mit einem zu rechnen sein. »Wer da?«, wiederholte ich, diesmal lauter, wobei ich mich fragte, ob ich nicht vielleicht doch eine Chance erhielt, mich noch vor Sonnenaufgang in den Augen der kaiserlichen Familie zu rehabilitieren. »Geben Sie sich zu erkennen!«

Als ich dies sagte, trat die Gestalt schließlich ins helle Mondlicht, und noch bevor ich den Atem anhalten konnte, stand sie unmittelbar vor mir, hob eine Hand in die Höhe und schlug mir dann heftig und entschlossen quer über das

Gesicht. Die Wucht und die Plötzlichkeit dieses Hiebs überraschten mich dermaßen, dass ich das Gleichgewicht verlor, nach hinten taumelte und zu Boden krachte, wobei ich schmerzhaft auf dem Ellbogen landete, aber nicht aufschrie, sondern bloß benommen dasaß und meinen verletzten Kiefer betastete.

»Du Dummkopf!«, sagte die Zarin und machte einen weiteren Schritt auf mich zu, woraufhin ich ein Stück vor ihr zurückwich, wie ein rückwärts krabbelnder Krebs an einem Strand, obwohl ich nicht glaubte, dass sie mich noch einmal schlagen würde. »Du elender Dummkopf«, wiederholte sie, mit einer Stimme, die vor Wut und Angst zitterte.

»Euer Majestät«, sagte ich und erhob mich, hielt aber sicherheitshalber einen gewissen Abstand zu ihr. In ihren Augen lag ein Ausdruck von tiefster Beunruhigung, eine Panik, wie ich sie noch nie bei jemandem wahrgenommen hatte. »Ich kann immer nur sagen, es war ein Unfall. Ich weiß nicht, wie ...«

»Wir können uns keine Unfälle *erlauben*«, schrie sie. »Wozu bist du überhaupt nütze, wenn du nicht auf meinen Sohn aufpassen kannst? Wenn du nicht darauf achtest, dass ihm kein Leid geschieht?«

»Wozu ich nütze bin?«, fragte ich, nicht gewillt, diesen Vorwurf auf mir sitzen zu lassen, selbst wenn er von der Kaiserin von Russland stammte. »Ich kann ihn nicht rund um die Uhr im Auge haben«, beharrte ich. »Er ist ein Junge. Also ist er auf Abenteuer aus.«

»Es heißt, er sei von einem Baum gefallen«, erwiderte sie. »Was um Himmels willen hatte er auf einem Baum zu suchen?«

»Er ist da raufgeklettert«, erklärte ich ihr. »Der Zarewitsch hat sich ein Fort gebaut, und wahrscheinlich brauchte er dafür noch ein bisschen Holz und ...«

»Warum bist du nicht bei ihm gewesen? Du hättest bei ihm sein müssen!«

Ich schüttelte den Kopf und schaute weg, denn mir war unbegreiflich, wie sie von mir erwarten konnte, dass ich ihrem Sohn niemals von der Seite wich. Er war ein unternehmungslustiges Bürschchen, egal, was die anderen von ihm dachten. Der Bengel büxte mir in einem fort aus.

»Georgi«, sagte die Zarin, wobei sie die Hände an ihre Wangen legte und sie dort einen Moment lang ruhen ließ, während sie einen tiefen Seufzer von sich gab. »Georgi, du verstehst nicht. Ich habe zu Nicky gesagt, wir hätten es dir erklären sollen.«

»*Es* erklären?«, fragte ich und erhob dabei meine Stimme, ungeachtet des zwischen uns bestehenden Standesunterschieds, denn was immer es sein mochte, ich wollte es endlich erfahren. »*Was* erklären? Bitte erzählt es mir!«

»Hör genau hin!«, sagte sie und legte kurz den ausgestreckten Zeigefinger an ihre Lippen, woraufhin ich um mich blickte und die Ohren spitzte, weil ich dachte, gleich bekäme ich etwas zu hören, das mir alles erklärte.

»Was ist?«, fragte ich. »Ich höre nichts.«

»Ich weiß«, sagte sie. »Jetzt ist es noch still. Es ist nichts zu hören. Noch nicht. Doch in einer Stunde, vielleicht auch etwas früher, werden diese Flure von den Schreien meines Sohnes widerhallen, denn dann setzen bei ihm die ersten Schmerzen ein. Sein Blut kann nicht gerinnen, und in etwa einer Stunde wird er die Folgen seiner Verletzungen zu spüren bekommen. Und du wirst denken, dass du noch nie im Leben solche qualvollen Schreie gehört hast, aber …«, sie schüttelte den Kopf, und dabei entfuhr ihr ein kurzes, bitteres Lachen, »aber diese Schreie sind nichts – *nichts!* – im Vergleich zu dem, was dann kommt.«

»Aber das war doch kein schwerer Sturz«, protestierte ich

zaghaft, denn allmählich dämmerte mir, was hinter dieser übertriebenen Fürsorge steckte.

»Ein paar Stunden später werden die richtigen Schmerzen einsetzen«, fuhr sie fort. »Die Ärzte werden nicht in der Lage sein, die Blutungen zu stillen, denn seine Verletzungen sind alle innerlich, und man kann ihn nicht operieren, weil die Gefahr besteht, dass er dann verblutet. Da das Blut nicht auf natürliche Weise abfließen kann, wird es in Alexeis Muskeln und Gelenke strömen und Bereiche zu füllen versuchen, die bereits voll sind – was diese verletzten Stellen dann noch weiter ausdehnt. Er wird Qualen zu erdulden haben, die du und ich uns niemals vorstellen können. Er wird heulen und wimmern. Und er wird schreien. Er wird eine Woche lang schreien, vielleicht auch länger. Kannst du dir solche Schmerzen vorstellen, Georgi? Kannst du dir vorstellen, wie es sein muss, so lange zu schreien?«

Ich starrte sie an und sagte nichts. Natürlich konnte ich es mir nicht vorstellen. Es sprengte mein Vorstellungsvermögen.

»Und die ganze Zeit über wird der Junge mal bei Bewusstsein sein und mal das Bewusstsein verlieren, doch meist wird er wach sein und die Schmerzen spüren«, fuhr sie fort. »Er wird am ganzen Körper furchtbare Krämpfe bekommen und zeitweilig im Delirium liegen. Und wenn er nicht von Albträumen heimgesucht wird oder vor Schmerzen laut schreit, wird er seinen Vater oder mich anflehen, ihm zu helfen, doch es gibt nichts, was wir für ihn tun könnten. Wir werden an seinem Bett sitzen, wir werden mit ihm reden, wir werden seine Hand halten, doch wir werden nicht weinen, denn wir dürfen uns vor dem Kind keine Schwäche erlauben. Und niemand kann sagen, wie lange diese Tortur dauern wird. Und weißt du, was außerdem noch passieren könnte, Georgi?«

Ich schüttelte den Kopf. »Nein. Was denn?«, fragte ich.

»Er könnte sterben«, erwiderte sie kühl. »Mein Sohn könnte sterben, und Russland hätte keinen Thronfolger mehr. Und das nur, weil du ihm erlaubt hast, auf einen Baum zu klettern. Hast du jetzt verstanden?«

Ich wusste nicht, was ich sagen sollte. Der Junge war ein Bluter – er hatte die sogenannte »königliche Krankheit«, ein Leiden, über das ich die Bediensteten im Winterpalais hin und wieder tuscheln gehört hatte, ohne weiter einen Gedanken daran zu verschwenden. Queen Victoria, die verstorbene Königin von England und Großmutter der Zarin, war eine Überträgerin gewesen, und da sie fast alle ihre Kinder und Enkelkinder an europäische Prinzen und Prinzessinnen verheiratet hatte, war diese Krankheit ein schamvoll gehütetes Geheimnis vieler Herrscherhäuser, darunter auch das unsrige. Sie hätten es mir sagen müssen, dachte ich verbittert. Sie hätten mir vertrauen sollen. Schließlich hätte ich mir eher ein Messer ins eigene Herz gestoßen, als zuzulassen, dass dem Zarewitsch auch nur ein Haar gekrümmt wurde.

»Darf ich ihn sehen?«, fragte ich, und sie lächelte mich kurz an, wobei ihr Gesichtsausdruck etwas milder wurde, bevor sie sich einfach umdrehte und im Schatten des langen Flurs verschwand, in Richtung des Zimmers des Zarewitschs. »Ich möchte ihn sehen!«, schrie ich ihr nach, ohne daran zu denken, wie ungehörig dies war. »Bitte, Ihr müsst mich zu ihm lassen!«

Doch meine Schreie stießen auf taube Ohren. In einer Umkehrung des soeben Geschehenen entfernten sich die Schritte der Zarin nun, wurden leiser und leiser, bis Stille einkehrte und ich wieder allein war. Ich starrte in den Garten und bedauerte voller Verzweiflung, was ich getan hatte.

Und in genau diesem Augenblick tauchte Anastasia auf.

Sie hatte jedes Wort gehört, das zwischen ihrer Mutter und mir gefallen war. Sie musste vorhin, wie ich gehofft hatte, mit einer der Kutschen eingetroffen sein. Sie war wegen ihres Bruders gekommen.

Und, dachte ich, wegen mir.

»Georgi«, rief sie, wobei ihre Stimme kaum über ein Flüstern hinausging, aber dennoch über die Hecken und Büsche des Gartens herübergeweht kam und mir wie Musik in die Ohren drang. Ich wandte mein Gesicht in die Richtung, aus der die Stimme gekommen war, und sah hinter dem dunkelgrünen Buschwerk ihr weißes Kleid im Wind flattern. »Georgi, ich bin es.«

Nachdem ich mich vergewissert hatte, dass uns niemand beobachtete, rannte ich nach draußen. Sie erwartete mich hinter einem Gesträuch, und als ich ihr banges Gesicht sah, wären mir beinahe die Tränen gekommen. Ihr Bruder lag zu Tode verängstigt im Bett und machte sich auf qualvolle Wochen gefasst, doch nun, wo *sie* vor mir stand, schien mich dies nicht mehr zu kümmern, und ich schämte mich ein wenig.

»Ich habe gehofft, dass du kommst«, sagte ich.

»Mutter hat uns mitgenommen«, rief sie und fiel mir in die Arme. »Alexei ist …«

»Ja, ich weiß«, sagte ich. »Und ich bin schuld. Es ist alles meine Schuld gewesen. Ich hätte … ich hätte besser auf ihn aufpassen müssen. Hätte ich gewusst …«

»Du solltest nichts davon erfahren«, sagte sie nachdrücklich. »Ich habe Angst, Georgi. Halt mich, bitte! Halt mich ganz fest, und sag mir, dass alles gut wird.«

Ich zögerte keinen Moment. Ich legte meine Arme um sie und drückte ihren Kopf an meine Brust. Dann küsste ich von oben ihr Haar und ließ meine Lippen dort ruhen, während ich den süßen Duft ihres Parfüms einatmete.

»Anastasia«, sagte ich, wobei ich die Augen schloss und mich ungläubig fragte, wie mir geschah. »Anastasia, mein Liebling.«

1953

Ich saß am Fensterplatz eines Cafés gegenüber der Central School of Art and Design und wartete auf Soja, wobei ich hin und wieder auf die Uhr schaute und das Geschnatter der Leute um mich herum zu ignorieren versuchte. Sie war bereits über eine halbe Stunde in Verzug, und allmählich begann ich mich zu ärgern. Ein Exemplar von *Die Caine war ihr Schicksal* lag aufgeschlagen vor mir auf dem Tisch, doch ich konnte mich nicht auf die Worte konzentrieren und schob das Buch schließlich beiseite, um stattdessen mit dem Teelöffel in meinem Kaffee herumzurühren, während ich mit den Fingern der anderen Hand nervös auf die Tischplatte trommelte.

Auf der gegenüberliegenden Straßenseite schlenderten Dozenten und Studenten des Instituts vorüber. Einige von ihnen standen am Eingangsportal, unterhielten sich, lachend, schwatzend und Küsschen verteilend, und manch einer erntete dabei von diesem oder jenem Passanten ein missbilligendes Stirnrunzeln wegen seines unorthodoxen Aufzugs. Ein junger Mann von etwa neunzehn Jahren bog um die Ecke und marschierte die Straße entlang, als defilierte er bei der alljährlichen Fahnenparade vor der Königin. Er trug Röhrenhosen, ein dunkles Oberhemd samt Weste, und abgerundet wurde das Ganze von einem knielangen, taillierten Sakko mit Schulterpolstern. Sein Haar glänzte vor Brillantine und war über der Stirn zu einer imposanten Tolle frisiert. Der junge Mann stolzierte einher, als gehörte die Stadt ihm. Man kam nicht umhin, ihn anzustarren, was vermutlich auch seine Absicht war.

»Georgi.«

Ich drehte den Kopf und war überrascht, meine Frau neben mir stehen zu sehen. Das Treiben draußen vor dem Institut hatte mich dermaßen in seinen Bann gezogen, dass ich ihre Ankunft gar nicht bemerkt hatte. Noch vor einem Jahr, dachte ich bekümmert, wäre mir das nicht passiert.

»Hallo«, sagte ich und schaute auf die Uhr, was ich noch im selben Moment bedauerte, denn es war eine aggressive Geste, dazu gedacht, auf ihre Verspätung hinzuweisen, ohne es auszusprechen. Ich war verärgert, keine Frage, doch ich wollte nicht verärgert *erscheinen*. Die vergangenen sechs Monate hatte ich hauptsächlich damit verbracht, zu versuchen, nicht verärgert zu *erscheinen*. Dies gehörte zu den Dingen, die uns beide zusammenhielten.

»Entschuldigung«, sagte sie und nahm mit einem erschöpften Seufzer neben mir Platz, nachdem sie Hut und Mantel abgelegt hatte. Vor ein paar Wochen hatte sie sich ihr Haar ziemlich kurz schneiden lassen, zu einer Frisur, wie die Königin sie trug – nein, wie die Königinmutter; ich hatte mich noch immer nicht daran gewöhnt, sie so zu nennen –, doch das war mir, ehrlich gesagt, egal. Es gab zu jener Zeit viele Dinge, die mir egal waren. »Ich bin aufgehalten worden, als ich gerade gehen wollte«, erklärte sie. »Dr. Highsmiths Sprechstundenhilfe war nicht an ihrem Platz, und ich konnte doch nicht gehen, ohne mir den nächsten Termin geben zu lassen. Es hat ewig gedauert, bis sie wieder auftauchte, und dann konnte sie ihren Terminkalender nicht finden.« Sie schüttelte den Kopf und seufzte, als wäre ihr die Welt zu strapaziös, bevor sie kurz lächelte und sich mir zuwandte. »Und dann diese Busse ... aber wie dem auch sei, ich kann nicht mehr tun, als mich zu entschuldigen.«

»Ist schon gut«, sagte ich und schüttelte den Kopf, als wäre das Ganze nicht der Rede wert. »Ich habe gar nicht gemerkt, dass es schon so spät ist. Alles in Ordnung mit dir?«

»Ja, mir geht's gut.«
»Was kann ich dir bestellen?«
»Nur eine Tasse Tee, bitte.«
»Nur Tee?«
»Ja, bitte«, sagte sie munter.
»Du hast keinen Hunger?«
Sie zögerte kurz, dachte darüber nach und schüttelte dann den Kopf.
»Im Moment nicht«, sagte sie. »Heute habe ich irgendwie keinen Appetit. Ich nehme nur einen Tee, danke.«
Ich nickte und ging zur Theke. Als ich dort stand und darauf wartete, dass das Wasser kochte und die Blätter aufgebrüht wurden, beobachtete ich Soja, wie sie durch das Fenster auf das Institut schaute, wo sie seit nunmehr fünf Jahren unterrichtete, und bemühte mich, sie nicht zu hassen für das, was sie uns angetan hatte. Für das, was sie mir angetan hatte. Dafür, dass sie hier verspätet auftauchte, ohne Appetit, denn dies bedeutete für mich, dass sie woanders gewesen war, mit jemand anderem, und dass sie mit ihm zu Mittag gegessen hatte und nicht mit mir. Auch wenn ich wusste, dass dies nicht der Fall war, hasste ich sie dafür, dass sie mich dazu gebracht hatte, jeden ihrer Schritte zu beargwöhnen.
»Danke«, sagte sie, als ich die Tasse vor ihr abstellte. »Das habe ich gebraucht. Draußen ist es jetzt schon ziemlich kühl. Ich hätte einen Schal mitnehmen sollen. Und, wie war dein Vormittag?«
Ich zuckte die Achseln, verärgert über ihr fröhliches Gebaren und über das belanglose Geplapper, das sie von sich gab, als sei nicht das Geringste vorgefallen, als wäre unser beider Leben so, wie es immer gewesen war und wie es immer sein würde. »Wie immer«, sagte ich. »Langweilig.«
»Ach, Georgi«, sagte sie, wobei sie mit der Hand über die

Tischplatte langte und sie flach auf meine legte. »Warum sagst du das? Dein Leben ist doch nicht langweilig.«

»Nun, es ist jedenfalls nicht so aufregend wie deins«, sagte ich und bereute es sofort, denn sie erstarrte und fragte sich offenbar, ob diese Worte tatsächlich so sarkastisch gemeint waren, wie sie geklungen hatten. Sie ließ ihre Hand noch für ein paar Sekunden auf meiner liegen, und dann zog sie sie wieder zurück, schaute aus dem Fenster und nippte vorsichtig an ihrem Tee. Ich wusste, dass sie erst wieder mit mir reden würde, wenn ich damit begann. Nach über dreißig Jahren Ehe gab es an ihrem Verhalten kaum etwas, das ich nicht voraussehen konnte. Natürlich konnte sie mich überraschen – das hatte sie ja bewiesen. Trotzdem kannte ich sie besser als irgendjemand sonst.

»Die neue Kollegin hat heute angefangen«, sagte ich schließlich mit einem Räuspern, um ein unverfängliches Gesprächsthema anzuschneiden. »Es gibt also doch etwas Neues.«

»Ach ja?«, fragte sie mit einem neutralen Tonfall. »Und, wie ist sie so?«

»Sehr angenehm. Wissbegierig. Und ziemlich belesen. Hat in Cambridge Literatur studiert. Furchtbar schlau, diese Person.«

Soja schmunzelte und unterdrückte ein Lachen. »*Furchtbar* schlau!«, wiederholte sie. »Wie englisch du geworden bist, Georgi.«

»Bin ich das?«

»Ja. Solche Formulierungen hättest du früher, als wir hier ankamen, nie benutzt. Das kommt wahrscheinlich von den Professoren und Geisteswissenschaftlern, mit denen du all die Jahre in der Bibliothek zu tun gehabt hast.«

»Ja, wahrscheinlich«, sagte ich. »Es heißt, dass sich die persönlichen Sprachgewohnheiten ändern, je mehr man sich an eine andere Gesellschaft anpasst.«

»Ist sie so eine graue Maus?«

»Wer?«, fragte ich.

»Na, deine neue Mitarbeiterin. Wie heißt sie überhaupt?«

»Miss Llewellyn.«

»Eine Waliserin also?«

»Ja.«

»Und, ist sie eine graue Maus?«

»Nein. Weißt du, bloß weil sie sich dazu entschieden hat, in einer Bibliothek zu arbeiten, muss sie nicht gleich so ein Mäuschen sein, das rot anläuft, sobald es ein Mann anspricht.«

Soja seufzte und starrte mich an. »In Ordnung«, sagte sie. »Ich habe mir nichts weiter dabei gedacht. Ich wollte nur ein bisschen Konversation treiben.«

Reizbarkeit. Launen. Angst. Ein unterbewusster Drang, an allem, was sie sagte, etwas auszusetzen. Ein Bedürfnis, sie zu kritisieren, ihr ein schlechtes Gewissen zu machen. Ich spürte dies jedes Mal, wenn wir beide uns unterhielten. Und ich hasste es. Das waren nicht wir, wie wir sein sollten. Nein, wir sollten einander lieben und den anderen mit Respekt und Güte behandeln. Schließlich waren wir nie Georgi und Soja gewesen, sondern immer GeorgiundSoja.

»Sie wird schon zurechtkommen«, sagte ich, nun in einem etwas versöhnlicheren Tonfall, denn ich wollte nicht noch mehr Öl ins Feuer gießen. »Ohne Miss Simpson wird es natürlich nicht mehr dasselbe sein. Oder ohne Mrs Harris. Aber so ist das nun mal. Das Leben geht weiter. Die Zeiten ändern sich.«

»Ja«, sagte sie, wobei sie nach unten in ihre Handtasche griff und eine aktuelle Ausgabe der *Times* hervorholte. »Hast du das gesehen?«, fragte sie und legte die Zeitung vor mir auf den Tisch.

»Ja, habe ich«, erwiderte ich nach einem kurzen Zögern. Ich las die *Times* jeden Morgen in der Bibliothek, und sie wusste das. Mich überraschte jedoch, dass *sie* es gesehen hatte, denn Soja war kein Mensch, der sich gern über das Tagesgeschehen informierte, insbesondere wenn es, so wie damals, hauptsächlich kriegerischer Natur war.

»Und, was sagst du dazu?«

»Ich sage dazu gar nichts«, erwiderte ich, wobei ich mir die Zeitung schnappte und einen Moment lang das Foto mit dem Konterfei von Josef Stalin betrachtete, den buschigen Schnauzbart, die unter schweren Lidern hervorlugenden Augen, die mich mit geheuchelter Herzlichkeit anlächelten. »Was sollte ich deiner Ansicht nach dazu sagen?«

»Wir sollten eine Party geben«, sagte sie mit einer kalten, aber zugleich frohlockenden Stimme. »Wir sollten das feiern. Findest du das nicht auch?«

»Nein, finde ich nicht«, erwiderte ich. »Für mich ist das kein Grund zur Freude. Na schön, der Kerl ist tot. Aber wird sich dadurch irgendetwas ändern? Glaubst du etwa, es wird wieder so wie früher?«

»Natürlich nicht«, sagte sie, bevor sie mir die Zeitung aus der Hand nahm, noch einen kurzen Blick auf das Foto warf, sie zusammenfaltete und wieder in ihrer Tasche verstaute. »Ich bin nur froh darüber, das ist alles.«

»Worüber? Dass er gestorben ist?«

»Nein, dass er tot ist.«

Ich äußerte mich nicht dazu. Es missfiel mir, einen solchen Hass in ihrer Stimme zu vernehmen. Natürlich war ich kein Bewunderer Stalins, ganz im Gegenteil. Ich hatte genug über seine Taten gelesen, um ihn zu verabscheuen. In den fünfunddreißig Jahren seit meinem Abschied von Russland hatte ich mich genügend über die Ereignisse in meiner Heimat informiert, um mich nun, wo er nicht mehr am Ruder war, erleichtert zu fühlen. Doch einen Tod konnte ich nicht feiern, selbst seinen nicht.

»Aber wie dem auch sei«, fuhr ich nach einem Moment fort, »ich muss bald wieder zur Arbeit zurück, und ich würde gern noch hören, wie es dir heute Vormittag ergangen ist. Wie ist es gelaufen?«

Soja blickte hinab auf den Tisch und schien darüber enttäuscht, dass wir das Thema so schnell wechselten. Vielleicht hätte sie sich lieber noch etwas länger über Stalin und seine Taten unterhalten, über seine politischen Säuberungen und all die anderen Verbrechen. Wenn sie unbedingt wollte, hatte ich bereits insgeheim beschlossen, so konnte sie dieses Gespräch führen. Allerdings nicht mit mir. »Ganz gut«, erwiderte sie ruhig.

»Nur ganz gut?«

»Diesmal war es etwas ... nun ja, etwas komplizierter als letztes Mal, denke ich.«

Ich ließ mir ihre Antwort durch den Kopf gehen und zögerte kurz, bevor ich nachhakte. »Kompliziert?«, fragte ich. »Inwiefern?«

»Das ist schwer zu erklären«, sagte sie, wobei sie ein wenig die Stirn krauste, als sie darüber nachdachte. »Letzte Woche, bei unserem ersten Termin, schien sich Dr. Highsmith nur für meinen Alltag zu interessieren, für meinen üblichen Tagesablauf und so weiter. Er wollte wissen, ob mir meine Arbeit gefällt, seit wann ich in London lebe, wie lange wir beide verheiratet sind. Also ziemlich allgemeine Fragen. Wie Smalltalk auf einer Party.«

»Und, war dir das nicht unangenehm?«, fragte ich.

»Nein, eigentlich nicht«, sagte sie mit einem Achselzucken. »Natürlich stand für mich vorher fest, wie viel ich ihm von mir erzählen wollte, also, ich hatte mir da eine Grenze gesetzt. Ich kenne den Mann ja nicht. Aber er schien das zu merken. Er hat schon bald versucht, mich aus der Reserve zu locken.«

Ich nickte. »Und wie weit bist zu zurückgegangen?«

»Nun, ziemlich weit, auf die eine oder andere Weise«, räumte sie ein. »Ich habe davon gesprochen, wie es während des Krieges war, und von den Jahren zwischen Kriegsausbruch und unserer Ankunft in England. Und davon, wie lange wir beide auf ein Kind gewartet hatten. Ich habe ...« Sie hielt inne und biss sich auf die Unterlippe, doch dann blickte sie auf und fuhr mit wesentlich festerer Stimme fort. Ich fragte mich, ob dies etwas war, zu dem Dr. Highsmith sie ermuntert hatte. »Ich habe auch von Paris gesprochen.«

»Tatsächlich?«, fragte ich überrascht. »Wir beide reden nie über Paris.«

»Nein«, sagte sie, wobei ihr Tonfall etwas Vorwurfsvolles hatte. »Nein, das tun wir nicht.«

»Sollten wir es denn?«

»Vielleicht.«

»Wovon hast du sonst noch gesprochen?«

»Von Russland.«

»Du hast von Russland gesprochen?«

»Ja, aber auch nur ganz allgemein«, sagte sie. »Es kam mir irgendwie komisch vor, so private Dinge mit jemandem zu besprechen, den ich gerade erst kennengelernt habe.«

»Du vertraust ihm nicht?«

Sie schüttelte den Kopf. »Nein, das ist es nicht«, sagte sie. »Ich vertraue ihm schon. Es ist bloß ... es ist seltsam, denn er stellt mir eigentlich keine Fragen. Er spricht einfach nur mit mir. Wir unterhalten uns. Und dann merke ich plötzlich, dass ich mich ihm gegenüber öffne. Dass ich ihm Dinge erzähle. Es ist fast eine Form von Hypnose. Ich habe vorhin darüber nachgedacht, in seiner Praxis, als ich auf seine Sprechstundenhilfe wartete, und plötzlich musste ich an ... also, er erinnerte mich an ...«

»Ich weiß, an wen«, sagte ich leise, fast schon im Flüsterton, so als würde allein schon die Erwähnung seines Namens die Gefahr bergen, dass dieser Unhold wieder von den Toten auferstand. Ein Schnappschuss der Erinnerung blitzte in meinem Kopf auf. Ich war wieder siebzehn und bibberte vor Kälte, als ich eine Leiche ans Ufer der Newa zerrte, um sie wenig später in den Fluten zu versenken. Die Erde war mit Blut getränkt, das aus den Schusswunden sickerte, und für einen Moment lag etwas in der Luft, und mich beschlich das bange Gefühl, das Ungeheuer würde gleich wieder zum Leben erwachen und uns allen den Garaus machen. Der Raum begann sich ein wenig zu drehen, als die Erinnerung an jenen Abend in mir aufstieg, und ich zitterte. Dies war keine Sache, an die ich gern dachte. Es war etwas, an das ich nicht erinnert werden wollte.

»Er hat einen sehr beruhigenden Tonfall«, erwiderte sie, ohne auf das einzugehen, was ich gesagt hatte, denn dies war überhaupt nicht nötig. »In seiner Gegenwart fühle ich mich völlig entspannt. Ich hatte befürchtet, er würde so sein wie Dr. Hooper, aber er ist ganz anders. Er scheint sich wirklich für einen zu interessieren.«

»Und hast du ihm auch von deinen Albträumen erzählt?«

»Ja, heute«, sagte sie mit einem Kopfnicken. »Er hat mich gleich zu Anfang gefragt, warum ich überhaupt zu ihm gekommen sei. Beim letzten Mal war mir gar nicht aufgefallen, dass er mich nicht danach gefragt hatte. Es macht dir doch nichts aus, wenn ich dir das alles erzähle, Georgi?«

»Nein, natürlich nicht«, erwiderte ich, wobei ich zu lächeln versuchte. »Ich möchte es wissen, aber … aber nur, wenn du es mir auch erzählen willst. Für mich ist das Wichtigste, dass er dir hilft. Du sollst nicht glauben, dass du mir alles erzählen musst.«

»Danke«, sagte sie. »Ich denke, es gibt einige Dinge, die sich komisch anhören könnten, wenn ich sie dir ohne den entsprechenden Zusammenhang wiederholen würde, Dinge, die aus dem Moment heraus einen Sinn ergeben haben, wenn du verstehst, was ich meine. Aber wie dem auch sei, ich habe ihm davon erzählt, dass ich in jüngster Zeit nachts immer so oft aufwache. Und von diesen fürchterlichen Träumen, und davon, wie sie mit einem Mal wie aus dem Nichts über mich hereingebrochen sind. Es ist wirklich lächerlich, dass nach so vielen Jahren wieder diese alten Erinnerungen hochkommen.«

»Und was hat er dazu gesagt?«, fragte ich.

»Nicht viel. Er bat mich, sie ihm zu beschreiben, und das habe ich auch getan. Einige davon zumindest. Es gibt etliche, die ich ihm noch nicht anvertrauen möchte. Und danach haben wir uns über alles Mögliche unterhalten. Zum Beispiel über dich.«

»Über mich?«

»Ja.«

Ich musste schlucken, denn ich war mir nicht sicher, ob ich ihr diese Frage stellen sollte, aber ich konnte nicht anders.

»Was wollte er denn über mich wissen?«, fragte ich.

»Na ja, er wollte, dass ich dich beschreibe. Das war alles. Was für ein Mensch du bist.«

»Und was hast du ihm erzählt?«

»Die Wahrheit natürlich. Wie nett du bist. Wie zuvorkommend. Wie liebevoll.« Sie hielt kurz inne und beugte sich ein wenig vor. »Wie gut du dich all diese Jahre um mich gekümmert hast. Und wie nachsichtig du bist.«

Ich sah sie an und spürte, wie mir die Tränen kamen. Meine Wut war verflogen, aber ich fühlte mich erneut verletzt. Hintergangen. Ich suchte nach den richtigen Worten. Ich wollte sie nicht angreifen. »Und du hast ihm auch von … von *ihm* erzählt?«

Sie nickte. »Von Henry? Ja, habe ich.«

Ich seufzte und schaute weg. Selbst jetzt noch, fast ein Jahr danach, reichte schon sein Name aus, um meine Stimmung zu verdüstern. Ich konnte es noch immer nicht fassen, dass sie mich nach so vielen gemeinsamen Jahren mit einem anderen Mann betrogen hatte.

Gegen Ende des Sommers machte Arina Soja und mich mit Ralph bekannt. Ich hatte keine Ahnung, was mich erwartete – es war schließlich das erste Mal, dass sie einen Jungen mit nach Hause brachte –, und im Grunde hatte ich eher Angst davor, ihn kennenzulernen, nicht nur, weil es mir bewusst machte, dass meine Tochter allmählich erwachsen wurde, sondern weil es mir gleichzeitig vergegenwärtigte, wie alt ich inzwischen geworden war. Ich war noch immer so töricht zu glauben, das Leben breite sich vor mir aus wie ein Blumenbeet im Frühling, wie eine Reihe von Tulpen, die gleich zu strahlendem Leben erblühen würden, während es in Wirklichkeit einem Rosenbusch im Herbst glich, an dem die Blätter langsam welkten und sich schwarz färbten und dem nur noch der Zerfall und die Fäulnis des Winters bevorstanden. Verloren zwischen den Karteikästen der British Library, gab ich den ganzen Tag über keinen Ton von mir, während sich diese ernüchternde Vorstellung in meinem Kopf festsetzte, und als Miss Llewellyn mich fragte, ob es mir gut gehe, konnte ich meine gedrückte Stimmung nur mit einem verlegenen Lächeln abtun und gab ihr eine ehrliche Antwort.

»Ich weiß nicht«, sagte ich. »Mir steht ein ziemlich ungewöhnlicher Abend bevor, das ist alles.«

»Ach ja?«, fragte sie, denn nun war ihre Neugier geweckt. »Das klingt ja interessant. Gehen Sie aus?«

»Leider nicht. Meine Frau hat den Freund unserer Tochter zum Abendessen eingeladen. Es ist das erste Mal, und ich freue mich nicht gerade darauf.«

»Vor zwei Monaten habe ich meinen Freund mit nach Hause gebracht, um ihn meinen Eltern vorzustellen«, sagte sie, wobei sie angesichts der Erinnerung an jenen Tag ein wenig zitterte und ihre in einer Strickjacke steckenden Arme um sich schlang. »Das Ganze endete mit einem fürchterlichen Streit. Mein Vater schmiss Billy achtkantig raus und sagte, er würde nie wieder ein Wort mit mir reden, wenn ich weiterhin mit ihm gehen sollte.«

»Tatsächlich?«, fragte ich und hoffte, mein Abend würde nicht ganz so dramatisch verlaufen. »Er hat ihn also nicht gemocht?«

Sie verdrehte die Augen, als wäre die Szene zu schrecklich gewesen, um sie mit Worten beschreiben zu können. »Es war alles so sinnlos«, fuhr sie dann fort. »Billy sagte etwas, das er besser nicht gesagt hätte, und daraufhin sagte mein Vater etwas noch Schlimmeres. Mein Billy hält sich für einen Revolutionär, müssen Sie wissen, und Dad hat mit solchen Leuten nichts am Hut. Er ist einer dieser unverbesserlichen Traditionalisten, die noch immer dem Empire nachtrauern – ich denke, Sie kennen die Sorte. Sie hätten hören sollen, wie sich die beiden angeschrien haben, als sie auf unseren armen alten König – er möge in Frieden ruhen – zu sprechen kamen. Ich dachte, die Nachbarn würden jeden Moment die Polizei rufen! Darf ich Sie mal fragen, wie alt Ihre Tochter ist, Mr Jatschmenew?«

»Ja, sie ist gerade neunzehn geworden.«

»Na, dann dürfte das erst der Anfang sein. Ich garantiere Ihnen, in Zukunft werden Sie noch jede Menge solcher Abendessen erleben. Sie werden sehen, dieser Typ wird nur der erste von mindestens einem Dutzend sein.«

Dieser gut gemeinte Hinweis war mir natürlich alles andere als ein Trost. An jenem Abend kehrte ich etwas später nach Hause zurück als üblich, denn auf dem Heimweg hatte ich noch eine Kirche in unserem Viertel aufgesucht, um dort eine Kerze anzuzünden: Es war der zwölfte August, und an diesem Datum musste ich – *so lange ich lebe* – ein Versprechen erfüllen.

»Georgi«, sagte Soja, als ich durch die Tür hereinkam und sie sich nach mir umdrehte, ihr Gesicht vor Sorge gerötet. »Ja, wo bleibst du denn? Ich habe dich bereits vor einer halben Stunde zurückerwartet.«

»Entschuldigung«, sagte ich und dabei fiel mir auf, wie viel Mühe sie in ihre Garderobe und ihr Make-up investiert hatte. »Du siehst ja richtig toll aus«, fügte ich hinzu, ein wenig darüber verwundert, welchen Aufwand sie für einen Jungen trieb, den wir gar nicht kannten.

»Musst du dabei so überrascht klingen?«, sagte sie in einem beleidigten Tonfall. »Hin und wieder mache ich mich gern ein wenig schön, weißt du?«

Ich lächelte und gab ihr einen Kuss. Früher, man kann sagen jahrzehntelang, wäre dieser kleine Wortwechsel als eine harmlose, liebevolle Neckerei durchgegangen. Doch nun lag darin eine gewisse Gereiztheit, das Gefühl, dass das, was zwischen uns beiden vorgefallen war und was wir bereinigt zu haben glaubten, keineswegs vergeben und vergessen war, und dass ein zum falschen Zeitpunkt geäußertes falsches Wort, so wie bei Miss Llewellyns Freund und ihrem Vater, zu einer verheerenden Auseinandersetzung führen könnte.

»Nimmst du ein Bad?«, fragte sie mich.

»Brauche ich eins?«

»Du hast den ganzen Tag gearbeitet«, erwiderte sie ruhig, biss sich dabei jedoch auf die Unterlippe.

»Na, dann sollte ich wohl besser eins nehmen«, seufzte ich, wobei ich meine Aktentasche einfach fallen ließ, sodass Soja gezwungen wäre, sie aufzuheben und wegzuräumen, sobald ich im Badezimmer verschwunden war. »Ich beeile mich. Wann werden sie denn hier aufkreuzen?«

»Nicht vor acht. Arina sagt, sie wollen nach der Arbeit noch einen Drink nehmen, doch danach werden sie sich gleich auf den Weg machen.«

»Er ist also ein Trinker«, sagte ich stirnrunzelnd.

»Einen Drink, habe ich gesagt«, erwiderte sie. »Gib ihm eine Chance, Georgi. Wer weiß, vielleicht ist er ja ganz nett.«

Ich hatte meine Zweifel, und als ich ein paar Minuten später in der Wanne lag und die Ruhe und Behaglichkeit des warmen Seifenwassers genoss, grübelte ich weiterhin über die beunruhigende Tatsache, dass Arina nun das Alter erreicht hatte, wo ihre Gedanken unentwegt um das andere Geschlecht kreisten. Erst gestern schien sie noch ein Mädchen gewesen zu sein oder, besser gesagt, noch ein Baby. Tatsächlich kam es mir so vor, als wäre es erst wenige Jahre her, dass Soja und ich verzweifelt unter der Vorstellung gelitten hatten, wir beide müssten kinderlos bleiben. Mein Leben, so erkannte ich, schwand dahin. Ich war jetzt vierundfünfzig. Wie hatte das geschehen können? War es nicht erst einige Monate her, dass ich im Winterpalais eingetroffen und Graf Tscharnetzki durch goldene Flure zu meiner ersten Begegnung mit dem Zaren gefolgt war? Und war es nicht erst zu Beginn dieses Jahres gewesen, als ich an Bord der *Standart* ein bisschen Zeit für mich selbst gefunden hatte, weil die kaiserliche Familie einem Konzert des St. Petersburger Streichquartetts beiwohnte?

Nein, dachte ich, und schüttelte den Kopf angesichts meiner Dummheit, während ich noch tiefer in das Badewasser eintauchte. Nein, das war es nicht. Das lag Jahre zurück. Jahrzehnte.

Jene Tage gehörten zu einem gänzlich anderen Leben, zu einem Leben, über das wir nicht mehr sprachen. Ich schloss die

Augen und ließ meinen Kopf unter Wasser sinken. Während ich den Atem anhielt, hallte das Echo der Vergangenheit in meinen Ohren und in meiner Erinnerung wider, und mit einem Mal befand ich mich wieder in jenen schrecklichen, herrlichen Jahren zwischen 1915 und 1918, als sich die Tragödie unseres Heimatlandes direkt vor meinen Augen entfaltete. Der wirklichen Welt entrückt, konnte ich wieder den scharfen Biss des Winters am Newaufer verspüren, wie er mich so heftig an der Nase zwickte, dass es mir vor Schreck den Atem verschlug. Ich konnte die Gesichter des Zaren und der Zarin so klar und deutlich erkennen, als stünden die beiden unmittelbar vor mir. Und der Duft von Anastasias Parfüm erfüllte meine Sinne wie in einem Traum, gefolgt vom verschwommenen Bild eines jungen Mädchens, in das ich mich einst verliebt hatte.

»Georgi«, rief Soja, klopfte an die Badezimmertür und streckte ihren Kopf herein. Ihr Anblick ließ mich sofort aus dem Wasser emporschnellen und nach Luft schnappen, während ich mir die nassen Haare mit den Händen aus der Stirn wischte. »Georgi, sie werden gleich hier sein!« Sie hielt inne, womöglich beunruhigt von dem unerwarteten Ausdruck von Trauer und Bedauern, den sie in meinem Gesicht entdeckte. »Was ist mit dir?«, fragte sie. »Stimmt was nicht?«

»Nein, es ist alles in Ordnung.«

»Ach ja? Du weinst doch.«

»Das ist nur Badewasser«, korrigierte ich sie, fragte mich allerdings, ob sich das Seifenwasser unbemerkt mit meinen Tränen vermischt haben konnte.

»Deine Augen sind gerötet.«

»Es ist alles in Ordnung«, wiederholte ich. »Ich habe bloß an etwas gedacht.«

»An was denn?«, fragte sie, mit einem ängstlichen Unterton in ihrer Stimme, so als fürchtete sie sich vor meiner Antwort.

»Ach, an nichts Wichtiges«, sagte ich mit einem Kopfschütteln. »An jemanden, den ich einmal gekannt habe, das ist alles. Jemand, der schon vor langer Zeit gestorben ist.«

Es gab Momente, wo ich sie für das hasste, was sie getan hatte. Ich hätte nie gedacht, dass ich für Soja einmal etwas anderes empfinden würde als Liebe, doch es gab Zeiten, wo ich vor Wut und Enttäuschung am liebsten laut aufgeschrien hätte, wenn ich nachts hellwach neben ihr im Bett lag und mein Körper sich so anfühlte, als würde er sich in Luft auflösen, sobald ich sie berührte.
Als es vorbei war und wir den Bruch in unserer Ehe zu kitten versuchten, traute ich mich, sie zu fragen, wie es überhaupt dazu gekommen war.
»Ich weiß es nicht, Georgi«, sagte sie, wobei sie seufzte, so als wäre es unhöflich von mir, darauf eine Antwort zu erwarten.
»Du weißt es nicht?«, wiederholte ich, wobei ich die Worte förmlich ausspuckte.
»Richtig.«
»Tja. Was soll ich dazu sagen?«
»Ich habe ihn nie geliebt, falls das für dich eine Rolle spielt.«
»Das macht es noch schlimmer«, erwiderte ich, wobei ich nicht wusste, ob sie mir die Wahrheit gesagt oder mich angelogen hatte, aber ich wollte ihr einfach wehtun. »Was sollte denn das Ganze, wenn du ihn nicht geliebt hast? Dann hätte es wenigstens einen Sinn ergeben.«
»Er kannte mich nicht«, sagte sie ruhig. »Das unterschied ihn von dir.«
»Dich kennen?«, fragte ich stirnrunzelnd. »Was meinst du damit?«
»Meine Sünden. Er wusste nichts von meinen Sünden.«

»*Nein!*«, schrie ich daraufhin wutentbrannt und machte Anstalten, mich auf sie zu stürzen. »Untersteh dich, dich *damit* zu rechtfertigen!«

»Oh, das mache ich nicht, Georgi, nein, auf die Idee würde ich nie kommen«, sagte sie kopfschüttelnd und begann zu schluchzen. »Es war bloß ... wie kann ich dir etwas erklären, das ich selber nicht verstehe? Verlässt du mich jetzt?«

»Es gibt nichts, was ich lieber täte«, sagte ich – eine Lüge natürlich. »Ich hätte dir so etwas nie angetan. Niemals!«

»Ja, ich weiß.«

»Denkst du, ich komme nie in Versuchung? Denkst du, ich schaue nie anderen Frauen nach und finde sie begehrenswert?«

Sie zögerte eine Weile, schüttelte aber schließlich den Kopf. »Nein, Georgi. Ich denke nicht, dass du das machst. Ich bezweifle, dass du jemals in Versuchung kommst.«

Ich öffnete den Mund, um ihr zu widersprechen, aber wie konnte ich das? Sie hatte ja recht.

»Das macht dich zu dem, der du bist«, sagte sie mit Nachdruck. »Du bist gut und anständig, und ich ...« Sie hielt kurz inne, und als sie fortfuhr, wobei sie jedes einzelne Wort betonte, klang sie so kategorisch, wie ich sie vorher noch nie gehört hatte. »Und ich bin es nicht.«

Wir standen eine ganze Weile stumm da, und dann kam mir ein Gedanke, der so ungeheuerlich war, dass ich es kaum wagte, ihn auszusprechen.

»Soja«, sagte ich, »hast du es vielleicht getan, damit ich dich verlasse?« Sie sah mich an und schluckte. Dann wandte sie sich wortlos von mir ab. »Hast du gedacht, dass es eine Art Bestrafung wäre, wenn ich dich verlasse? Dass du es verdienst, bestraft zu werden?«

Schweigen.

»Lieber Himmel, Soja!«, sagte ich kopfschüttelnd. »Du denkst also noch immer, es wäre deine Schuld gewesen? Du willst noch immer sterben?«

Um Punkt acht Uhr öffnete sich die Haustür, und Arina kam als Erste herein, ein zaghaftes Lächeln im Gesicht – die Miene, die sie als Kind immer aufgesetzt hatte, wenn sie irgendetwas angestellt hatte, es uns aber nicht verheimlichen wollte. Sie trat auf Soja und mich zu und küsste uns beide, wie sie es immer machte, und dann löste sich aus dem dunklen Schatten des Flures ein junger Mann, einen Hut in der Hand, die Wangen leicht gerötet, unverkennbar bestrebt, einen guten Eindruck zu machen. Trotz meiner ursprünglichen Vorbehalte fand ich seine Nervosität irgendwie rührend und konnte mir nur mit Mühe ein Lächeln verkneifen. Es muss ein Tag für Erinnerungen gewesen sein, denn seine Beklommenheit rief mir ins Gedächtnis, wie nervös ich gewesen war, als ich seinerzeit Sojas Vater vorgestellt wurde.

»Mama, Papa«, sagte Arina, wobei sie auf den jungen Mann deutete, als könnten wir ihn nicht sehen, wie er da so verlegen vor uns stand, »darf ich euch Ralph Adler vorstellen?«

»Guten Abend, Mr Jatschmenew«, sagte er fast noch im selben Moment, wobei er auf mich zutrat, um mir die Hand zu geben, und sich bei meinem Namen verhaspelte, obwohl es sich so anhörte, als hätte er diese Begrüßung vorher eingehend geübt. »Es ist mir eine große Ehre, Sie kennenzulernen. Und bei Ihnen, Mrs Jatschmenew, möchte ich mich für die große Ehre bedanken, dass Sie mich in Ihr Haus eingeladen haben.«

»Nun, Sie sind herzlich willkommen, Ralph«, sagte sie, ebenfalls lächelnd. »Wie schön, Sie endlich einmal kennenzulernen. Arina hat uns schon so viel von Ihnen erzählt. Möchten Sie nicht hereinkommen und sich setzen?«

Arina und Ralph nahmen am Tisch Platz. Ich saß Ralph gegenüber und hatte so Gelegenheit, während Soja mit den letzten Vorbereitungen für das Abendessen beschäftigt war, ihn näher in Augenschein zu nehmen. Er war von durchschnittlicher Körpergröße und Figur, mit einem knallroten Haarschopf, was mich überraschte, aber alles in allem kein schlecht aussehender Junge. So weit man das eben von einem Jungen sagen konnte.

»Sie sind älter, als ich erwartet habe«, sagte ich und fragte mich sofort, ob Arina womöglich nur die letzte in einer Reihe von Freundinnen war, die er verführt hatte.

»Ich bin vierundzwanzig«, sagte Ralph schnell. »Also hoffentlich noch jung.«

»Natürlich sind Sie das«, sagte Soja. »Stellen Sie sich vor, Sie wären vierundfünfzig!«

»Arina ist erst neunzehn«, sagte ich.

»Also gerade mal fünf Jahre«, sagte er, als spielte dieser Altersunterschied keine Rolle, womit er mir den Wind aus den Segeln nahm, denn eigentlich hätte ich mich gern noch etwas länger über dieses Thema ausgelassen. Jedes Mal, wenn er redete, schaute er zu Arina hinüber, um sich ihrer Zustimmung zu vergewissern, und wenn sie lächelte, lächelte er ebenfalls. Wenn sie redete, beobachtete er sie mit leicht aufgesperrtem Mund. Ich hatte den Eindruck, da war etwas in ihm, das sich zu mir herüberbeugen und mir erklären wollte, welch unfassbares Glück er habe, dass sich jemand wie Arina überhaupt für jemanden wie ihn interessierte. In seinen Augen erkannte ich eine ganze Palette von Gefühlen: Bewunderung, Verlangen, Faszination, Liebe. Ich freute mich für meine Tochter, nicht davon überrascht, dass sie solche Gefühle zu wecken vermochte, doch gleichzeitig stimmte es mich auch ein bisschen traurig.

Sie ist noch so jung, dachte ich. Ich wollte sie noch nicht verlieren.

»Arina hat uns erzählt, Sie seien Musiker, Ralph«, sagte Soja, als wir ein Abendessen zu uns nahmen, wie es bei uns normalerweise nur sonntags auf den Tisch kam. Roastbeef mit Kartoffeln. Zweierlei Gemüse. Bratensoße. »Welches Instrument spielen Sie denn?«

»Klarinette«, antwortete er wie aus der Pistole geschossen. »Mein Vater war ein ausgezeichneter Klarinettist. Er bestand darauf, dass meine Geschwister und ich von klein auf Stunden nahmen. Damals, als Kind, habe ich es natürlich gehasst, doch das hat sich im Laufe der Zeit geändert.«

»Warum haben Sie es gehasst?«, fragte ich.

»Ich glaube, es lag an der Lehrerin«, sagte er. »Sie muss an die hundertfünfzig Jahre alt gewesen sein, und jedes Mal, wenn ich schlecht spielte, zog sie mir hinterher den Hosenboden stramm. Wenn ich gut spielte, summte sie mit und begleitete Mozart, Brahms, Tschaikowski oder wen immer wir gerade durchnahmen.«

»Mögen Sie Tschaikowski?«

»Ja, sehr.«

»Aha.«

»Aber irgendwann muss sich Ihre Einstellung geändert haben«, sagte Soja. »Ich meine, Sie verdienen mit der Musik ja schließlich Ihren Lebensunterhalt.«

»Oh, ich wünschte, das wäre so«, sagte er, wobei er sie mehr oder weniger unterbrach. »Verzeihen Sie, Mrs Jatschmenew, aber ich bin kein Berufsmusiker. Jedenfalls noch nicht. Ich bin noch in der Ausbildung. Ich studiere an der Guildhall School of Music and Drama, nicht weit entfernt vom Embankment.«

»Ja«, sagte sie mit einem Kopfnicken, »die ist mir ein Begriff.«

»Ein bisschen alt, um noch zu studieren, oder?«, warf ich ein.

»Es ist ein Aufbaustudium«, erklärte er. »Damit ich nicht nur spielen, sondern bei Bedarf auch unterrichten kann. Ich bin jetzt in meinem letzten Studienjahr.«

»Neben seinem Studium spielt Ralph auch noch in einem Orchester«, sagte Arina schnell. »Mit dem ist er in den letzten drei Jahren beim Weihnachtsgottesdienst in St. Paul's aufgetreten. Letztes Jahr hat er sogar ein Solo spielen dürfen. Stimmt's Ralph?«

»Ach, tatsächlich?«, sagte Soja, mäßig beeindruckt, während der Junge lächelte und errötete, als er sich nun plötzlich im Mittelpunkt des Interesses sah. »Dann müssen Sie ja sehr gut sein.«

»Ich weiß nicht«, sagte er und runzelte die Stirn, als er darüber nachdachte. »Ich hoffe zumindest, dadurch besser zu werden.«

»Sie hätten Ihre Klarinette mitbringen sollen«, fuhr sie fort. »Dann hätten Sie uns etwas vorspielen können. Sie müssen wissen, als Kind habe ich Klavier gespielt. Und ich habe mir oft gewünscht, dass wir hier den Platz für eins hätten.«

»Hat es Ihnen Spaß gemacht?«

»Ja«, sagte sie und öffnete den Mund, um mehr zu erzählen, doch dann schien sie es sich anders zu überlegen und verstummte abrupt.

»Ich habe nie ein Instrument gelernt«, sagte ich, um die Gesprächspause zu überbrücken. »Ich habe es aber immer gewollt. Hätte sich mir die Gelegenheit geboten, so hätte ich Geige gelernt. Das ist für mich immer das eleganteste Musikinstrument gewesen.«

»Nun, man ist nie zu alt, um noch etwas zu lernen, Sir«, sagte Ralph, und kaum war ihm diese Bemerkung herausgerutscht, da lief er vor Verlegenheit puterrot an, wobei es nicht gerade hilfreich war, dass ich ihm direkt in die Augen schaute, mit dem ernstesten Gesichtsausdruck, den ich aufbieten konnte, so als hätte er mich gerade schrecklich beleidigt. »Tut mir wahnsinnig leid«, stammelte er. »Ich wollte damit keineswegs sagen, dass ...«

»Dass ich alt bin?«, unterbrach ich ihn. »Ja, na und? Ich *bin* alt. Es ist schon einige Zeit her, dass ich daran gedacht habe, Geige zu lernen. Eines Tages werden Sie auch alt sein. Und dann werden Sie sehen, wie das ist.«

»Ich wollte bloß sagen, man kann in jedem Alter damit anfangen, ein Musikinstrument zu lernen.«

»Weil ich alter Tattergreis dann vielleicht etwas Sinnvolles zu tun habe?«, schlug ich vor.

»Nein, ganz und gar nicht. Ich meine ...«

»Georgi, hör auf, den armen Jungen zu quälen«, sagte Soja und beugte sich über den Tisch, um meine Hand zu ergreifen. Unsere Finger verflochten sich miteinander, und als ich auf sie hinabschaute, registrierte ich, wie sich die Haut an Sojas Knöcheln vom Alter ein wenig zu straffen begann; für einen Moment stellte ich mir vor, ich könnte das Blut und die Knochen darunter sehen, so als hätten die vergangenen Jahre Sojas Hand durchsichtig gemacht. Ja, wir wurden beide älter, und diese Vorstellung deprimierte mich. Ich drückte ihre Finger fest zusammen, woraufhin sie sich mir zuwandte und mich anschaute, ein wenig überrascht, vielleicht weil sie sich fragte, ob ich sie aufmuntern oder ihr wehtun wollte. Eigentlich wollte ich ihr in diesem Moment sagen, wie sehr ich sie liebte, dass mich alles andere nicht kümmerte, die Albträume, die Erinnerungen, ja sogar Henry, doch es war mir unmöglich, dies auszusprechen. Nicht weil Ralph und Arina anwesend waren. Es war mir schlicht und einfach unmöglich.

»Hat Ihr Vater dieselbe Schule besucht«, fragte Soja etwas später. »Ich meine, um Klarinette zu lernen?«

»Oh, nein«, sagte er mit einem Kopfschütteln. »Nachdem er hier in England angekommen war, hat er keinen Unterricht mehr genommen. Sein Vater hatte es ihm im Kindesalter beigebracht, und danach hat er einfach allein weitergeübt.«

»Nachdem er hier angekommen war?«, fragte ich, diese Formulierung aufgreifend. »Wie soll ich das verstehen? Ist er kein Engländer?«

»Nein, Sir«, erwiderte er. »Mein Vater wurde in Hamburg geboren.«

Arina hatte uns ziemlich viel von ihrem Freund erzählt, doch dies war etwas, das sie vorher noch nie erwähnt hatte, und Soja und ich schauten angesichts dieser Neuigkeit von unseren Tellern auf, um ihn überrascht anzustarren. »Hamburg?«, fragte ich dann. »Hamburg, in Deutschland?«

»Ralphs Vater ist 1920 nach England gekommen«, erklärte Arina, mit leicht angespannter Miene.

»Ach, tatsächlich?«, sagte ich und ließ mir das Ganze durch den Kopf gehen. »Also nach dem Weltkrieg?«

»Ja«, sagte Ralph leise.

»Und als dann später der nächste große Krieg ausbrach, ist er wieder in sein Vaterland zurückgekehrt, nehme ich an.«

»Nein, Sir«, erwiderte er. »Mein Vater war ein entschiedener Gegner der Nazis. Er ist nie mehr nach Deutschland zurückgekehrt, nicht seit dem Tag, an dem er es verlassen hatte.«

»Aber die Militärbehörden?«, fragte ich. »Haben die nicht ...«

»Man hat ihn während des Krieges interniert«, erklärte er. »In einem Lager auf der Isle of Man. Also nicht nur ihn, sondern uns alle. Meinen Vater, meine Mutter, unsere ganze Familie.«

»Aha«, sagte ich und dachte darüber nach. »Und Ihre Mutter, ist sie auch eine Deutsche?«

»Nein, Sir, sie ist Irin.«

»Eine Irin«, sagte ich lachend und wandte mich Soja zu, wobei ich ungläubig den Kopf schüttelte. »Das wird ja immer besser! Aber das erklärt vermutlich die roten Haare.«

»Ja, vermutlich«, erwiderte er, und mit einem Mal lag ein Selbstbewusstsein in seiner Stimme, das mich beeindruckte. Soja und ich wussten nur zu gut, wie es gewesen war, während des Krieges in England mit einem Akzent herumzulaufen, der nicht mit dem der Nachbarn übereingestimmt hatte. Wir waren beleidigt und beschimpft worden. Ich wurde sogar zur Zielscheibe körperlicher Gewalt. Die Arbeit, die ich während jener Jahre verrichtet hatte, war, zumindest partiell, auch ein Beweis für meine Solidarität mit der Sache der Alliierten gewesen. Trotzdem waren wir für die Engländer noch immer Russen. Emigranten. Und obwohl diese Zeit kein Zuckerschlecken gewesen war, wollte ich mir nicht vorstellen, wie es zu jener Zeit einer deutschen Familie in England ergangen sein musste. Ich nahm an, dass dieser Ralph mehr Mumm in den Knochen hatte, als man angesichts seiner Nervosität gegenüber den Eltern seiner Freundin vermuten konnte. Ich stellte mir vor, dass er sich seiner Haut zu wehren wusste.

»Das ist für Sie bestimmt nicht angenehm gewesen«, sagte ich, wobei ich mir der Untertreibung bewusst war.

»Richtig«, sagte er leise.

»Sie haben noch Geschwister, sagten Sie vorhin.«

»Ja, einen Bruder und eine Schwester.«

»Und hat Ihre Familie darunter gelitten?«

Er zögerte kurz, bevor er aufschaute, und nickte, um mir dann direkt in die Augen zu sehen. »Ja, sehr«, sagte er. »Und nicht bloß meine Familie. Es gab dort noch mehr Familien wie unsere. Und viele gingen natürlich auch zugrunde. Das sind Zeiten, an die ich nicht gern zurückdenke.«

Ein betretenes Schweigen breitete sich am Tisch aus. Ich wollte noch mehr wissen, doch ich fand, ich hatte genug

Fragen gestellt. Dass er uns so viel von sich erzählte hatte, war ein Beweis dafür, wie sehr ihm unsere Tochter am Herzen lag. Ich kam zu dem Ergebnis, dass ich diesen Ralph Adler mochte und dass ich ihm keine Steine in den Weg legen würde.

»Also«, sagte ich und füllte die Weingläser nach. Dann hob ich meins in die Höhe, um einen Toast auszubringen. »Wir leben jetzt alle hier zusammen, Emigranten aus aller Herren Länder. Ob Russe, Deutscher oder Ire, das macht keinen Unterschied. Wir alle haben liebe Menschen in unserer Heimat zurückgelassen, und unterwegs haben wir auch so manchen verloren. Lasst uns die Gläser im Gedenken an diese Menschen erheben und auf sie anstoßen.«

Wir ließen die Gläser klingen und widmeten uns dann wieder dem Roastbeef, nunmehr keine dreiköpfige, sondern eine vierköpfige Familie.

Schon seit Wochen bekniete Arina mich, einen Fernsehapparat zu kaufen, damit wir uns zu Hause die Krönung der neuen Königin anschauen konnten. Anfangs sträubte ich mich dagegen, nicht weil mich die Zeremonie als solche nicht interessiert hätte, sondern weil ich keinen Sinn darin erkennen konnte, für viel Geld ein Gerät anzuschaffen, das wir dann nur einmal benutzten.

»Aber wir werden es jeden Tag benutzen«, beteuerte sie. »Oder ich zumindest. Bitte! Wir können doch nicht als einzige Familie in unserer Straße keinen Fernsehapparat haben. Das wäre verdammt peinlich.«

»Nun mach mal halblang«, sagte ich zu ihr und schüttelte den Kopf. »Was versprichst du dir davon? Willst du etwa, dass wir drei hier jeden Abend stumm dasitzen und auf einen Kasten starren, der in einer Zimmerecke steht? Und wenn alle anderen einen haben, wieso gehst du dann nicht einfach zu den Nachbarn und schaust dir den Krönungsgottesdienst dort an?«

»Weil wir uns das gemeinsam anschauen sollten«, sagte sie zu mir. »Als Familie. Bitte, Papa«, fügte sie hinzu, wobei sie mich mit dem flehentlichen Lächeln bedachte, mit dem sie mich immer herumkriegte. Und so lenkte ich schließlich ein und kehrte am darauffolgenden Montag, nur einen Tag, bevor die Königin feierlich in die Westminster Abbey einziehen sollte, mit einem nagelneuen Fernseher namens Ambassador nach Hause zurück, einem keilförmigen Kasten, der gut in eine Ecke unseres kleinen Wohnzimmers passte.

»Nein, was ist das Ding hässlich«, sagte Soja, die auf dem Sofa saß, während ich mich mit den dazugehörigen Kabeln und Steckern abmühte. Im Laden hatten mich die dort präsentierten Apparate auf der Stelle in ihren Bann gezogen, und am Ende hatte ich mich für dieses Modell entschieden, weil sein Gehäuse aus einem ähnlichen Holz war wie unser Esstisch. Es war unterteilt in zwei Hälften, einen kleinen 30-Zentimeter-Bildschirm, der bequem auf einem etwa gleichgroßen Lautsprecher thronte, und beide Komponenten zusammen ließen das Ding wie eine unfertige Verkehrsampel aussehen. Trotz meiner ursprünglichen Vorbehalte packte mich angesichts dieser Neuerwerbung nun doch eine gewisse Aufregung.

»Er ist einfach wunderbar«, sagte Arina und nahm neben ihrer Mutter Platz, um den Apparat gebannt zu betrachten, als handelte es sich dabei um einen Picasso oder einen Van Gogh.

»Das sollte er besser auch sein«, brummelte ich. »Es ist das Teuerste, was wir uns jemals angeschafft haben.«

»Wie viel hat er denn gekostet, Georgi?«

»Achtundsiebzig Pfund«, erwiderte ich, selbst jetzt noch darüber erstaunt, wie ich so viel Geld für etwas im Grunde so Nutzloses hatte ausgeben können.« Auf zehn Jahre verteilt natürlich.«

Soja murmelte einen alten russischen Fluch, enthielt sich sonst aber jeglicher Kritik – womöglich hatte das Gerät sie inzwischen auch in seinen Bann gezogen. Es dauerte eine Weile, bis ich herausgefunden hatte, wie man es bediente, doch schließlich waren alle Verbindungen vorschriftsmäßig hergestellt, und ich drückte auf den Einschaltknopf, und wenig später sahen wir drei einen kleinen weißen Kreis auf dem Bildschirm auftauchen, der allmählich größer wurde und nach zwei oder drei Minuten den gesamten Bildschirm mit einem Symbol für die BBC ausfüllte.

»Es geht erst um sieben Uhr los«, erklärte Arina, war aber offenbar vollauf damit zufrieden, einfach so dazusitzen und das Testbild zu betrachten.

Das ganze Land hatte am darauffolgenden Tag freibekommen, und die Straßen waren von so vielen Flaggen und Wimpeln gesäumt, dass sich die Stadt über Nacht in einen Zirkus verwandelt zu haben schien. Gegen Mittag erschien Ralph bei uns, mit kaltem Braten, Käse und diversen Chutneys für Sandwiches und mit mehr Flaschen Bier, als ich eigentlich für nötig hielt.

»So wie du dich aufführst, könnte man meinen, du heiratest heute«, sagte ich zu Arina, die bereits seit sechs Uhr morgens auf den Beinen war und aufgeregt in der Wohnung herumfuhrwerkte, bis sie schließlich direkt vor dem Fernsehgerät auf dem Fußboden Platz nahm, um den Ereignissen so nahe zu sein wie irgend möglich. »Stellst du dir so unsere Zukunft vor? Dass wir dasitzen werden wie eine Familie von Halbaffen, hypnotisiert von einem flimmernden Licht, das aus einer Holzkiste kommt?«

»Pssst, Papa, ich will das sehen!«, sagte sie, während sie verfolgte, wie der Reporter im Studio dieselbe Information in einem fort wiederholte und dabei jedes Mal so tat, als berichtete er etwas aufregend Neues.

Soja schien an den Geschehnissen weniger interessiert als die jungen Leute. Sie hielt so viel Abstand zum Fernsehgerät, wie es unser kleines Wohnzimmer ermöglichte, und ging allerlei unnötigen Beschäftigungen nach. Doch als die junge Königin ihre Fahrt vom Buckingham Palace aus begann und, zuversichtlich lächelnd, aus der goldgekrönten Kutsche schaute und ihren Untertanen dabei mit jener durch und durch königlichen Handbewegung zuwinkte, da rückte Soja ihren Sessel näher an den Fernseher heran und begann stumm zuzuschauen.

»Sie ist schon ein hübsches Ding«, bemerkte ich, als Elisabeth den Thron erklomm, nur um mir ein weiteres »Pssst!« meiner Tochter einzuhandeln, die es sich nicht nehmen ließ, jeden Edelstein, jedes Diadem, jeden Thron und jedes Detail der zeremoniellen Prachtentfaltung zu kommentieren, es sich aber verbat, dass ich die Übertragung des Festaktes auch nur mit einem einzigen Wort störte.

»Ist es nicht wundervoll?«, fragte sie, wobei sie sich uns zuwandte, völlig hingerissen von dem Geschehen auf dem Bildschirm. Ich lächelte sie an, obwohl mir eigentlich nicht danach zumute war, und warf einen kurzen Blick auf meine Frau, die ebenfalls von den Fernsehbildern gebannt war und offenbar kein Wort von dem mitbekommen hatte, was unsere Tochter gesagt hatte.

»Ralph und ich werden jetzt zum Palast gehen«, verkündete Arina, als der Festakt endlich vorbei war.

»Warum um Himmels willen?«, fragte ich und zog dabei eine Augenbraue hoch. »Habt ihr denn nicht genug gesehen?«

»Jeder geht dorthin, Mr Jatschmenew«, sagte Ralph, als wäre dies die selbstverständlichste Sache der Welt. »Wollen

Sie denn nicht sehen, wie die Königin auf den Balkon hinaustritt?«

»Nein, eigentlich nicht.«

»Ihr werdet gehen«, sagte Soja, wobei sie aufstand und uns den Rücken kehrte. Sie ließ heißes Wasser ins Spülbecken laufen und machte sich unverzüglich über unser benutztes Geschirr her. »Das ist was für junge Leute. Georgi und ich könnten diese Menschenmassen nicht ertragen.«

»Wir sollten jetzt besser gehen, Ralph, sonst bekommen wir keinen guten Platz mehr«, sagte Arina, wobei sie sich seine Hand schnappte und ihn hinauszerrte, bevor er sich auch nur ansatzweise für unsere Gastfreundschaft bedanken konnte. Draußen auf der Straße waren jetzt auch andere Leute zu hören, die ebenfalls ihre Häuser verließen, nachdem sie die Krönung im Fernsehen verfolgt hatten, und nun von Holborn zur Charing Cross Road zogen, und von dort weiter bis zur Mall, in der Hoffnung, dem Königin-Viktoria-Denkmal möglichst nahe zu kommen. Ich hörte mir das ein paar Minuten lang an, bevor ich aufstand und zu Soja hinüberging.

»Geht's dir gut?«, fragte ich sie.

»Ja.«

»Ganz bestimmt?«

»Nein.«

»Wegen der Zeremonie?«

Sie seufzte und drehte sich zu mir hin, um mich anzuschauen, wobei sich unsere Blicke für ein paar Sekunden begegneten, bevor sie wieder von mir wegschaute.

»Soja«, sagte ich und wollte sie in die Arme nehmen, sie ganz fest an mich drücken, sie trösten, doch da war etwas, das mich daran hinderte. Dieser Riss in unserer Ehe. Sie spürte es ebenfalls und gab einen erschöpften Seufzer von sich. Dann kehrte sie mir den Rücken zu und ging ohne ein weiteres Wort oder eine Berührung ins Schlafzimmer. Sie schloss die Tür hinter sich und ließ mich allein zurück.

Ich wusste, dass etwas nicht stimmte, lange bevor sie damit herausrückte. Dieser Henry, ein Amerikaner, war an die Central School gekommen, wo Soja arbeitete, um dort für ein Jahr zu unterrichten, und die beiden hatten sich rasch angefreundet. Er war jünger als sie, Ende dreißig, glaube ich, und muss sich zweifellos einsam gefühlt haben in einer Stadt, wo er niemanden kannte und wo er keine Freunde hatte. Soja war nicht der Typ, der sich auf diese Weise für andere verantwortlich fühlte – normalerweise pflegte sie außerhalb der Schule keinen Umgang mit ihren Kollegen –, doch aus irgendeinem Grund nahm sie ihn unter ihre Fittiche. Es dauerte nicht lange, und die beiden verbrachten gemeinsam ihre Mittagspause und tauchten dann verspätet zum Unterricht auf, weil sie dermaßen ins Gespräch vertieft gewesen waren, dass sie einfach die Zeit vergessen hatten.

Jeden Donnerstagabend nahmen sie nach der Arbeit noch einen Drink. Einmal wurde ich dazu eingeladen, und ich fand Henry recht angenehm, obgleich er mir in seiner Konversation ein bisschen zu oberflächlich war und zur Wichtigtuerei neigte. Danach wurde ich nie wieder von den beiden eingeladen, ohne jede Erklärung oder Begründung. Es schien, als hätte ich die Aufnahmeprüfung für ihren kleinen Club nicht bestanden und als wollten sie meine Gefühle nicht verletzen, indem sie mir dies mitteilten. Doch im Grunde kümmerte es mich nicht. Eigentlich gefiel es mir sogar, dass Soja von sich aus mit jemandem Freundschaft geschlossen hatte, denn sie hatte in ihrem Leben nie viele Freunde oder Freundinnen gehabt, doch dass die beiden mich von ihren Treffen ausschlossen, tat schon ein bisschen weh.

Wenn sie nach Hause kam, erzählte sie mir alles über Henry, was er an jenem Tag gemacht habe, was er gesagt habe, wie gebildet er sei und wie witzig. Er könne Präsident Truman nahezu perfekt imitieren, erzählte sie mir, wobei ich mich fragte, woher Soja wusste, wie sich Präsident Truman anhörte, damit sie diesen Vergleich überhaupt anstellen konnte. Vielleicht war ich naiv, aber ich maß all dem keinerlei Bedeutung bei. Tatsächlich amüsierte es mich, welchen Narren sie an ihm gefressen hatte, und hin und wieder zog ich sie deswegen auf, und dann lachte sie immer und sagte, er sei nur ein Junge, mit dem sie sich gut verstehe, das sei alles und es gebe keinen Grund, darum so viel Wind zu machen.

»Ein Junge ist er eigentlich nicht mehr«, merkte ich an.

»Na, du weißt schon, wie ich das meine«, sagte sie. »Er ist so jung. Auf diese andere Weise – du weißt schon, welche – bin ich überhaupt nicht an ihm interessiert.«

An diese Unterhaltung erinnere ich mich noch sehr gut. Wir standen in der Küche, und sie schrubbte wie wild an einem Kochtopf herum, obwohl dieser bereits seit etlichen Minuten blitzblank sauber war. Ihre Wangen hatten sich während unseres Gesprächs gerötet, und nun wandte sie sich von mir ab, als könnte sie mir nicht in die Augen sehen. Ich hatte sie nur aufgezogen, das war alles, so wie sie mich immer wegen Miss Simpson aufgezogen hatte, doch es überraschte mich, wie neckisch-verschämt, ja fast schon kokett ihre Reaktion ausgefallen war.

»Ich meine nicht, dass du an ihm interessiert bist«, sagte ich, wobei ich versuchte, das Ganze mit einem Lachen abzutun und die plötzlich zwischen uns aufgekommene Spannung zu ignorieren. »Ich meine, dass er an dir interessiert ist.«

»Mach dich nicht lächerlich, Georgi«, sagte sie. »Allein schon der Gedanke!«

Und eines Tages hörte sie dann einfach auf, von ihm zu sprechen. Sie kehrte nach wie vor zur gewohnten Zeit von der Arbeit nach Hause zurück, sie nahm noch immer einmal wöchentlich mit ihm einen Drink, doch wenn ich sie fragte, ob sie einen angenehmen Abend verbracht hatten, zuckte sie die Achseln, als könnte sie sich kaum noch an irgendwelche Einzelheiten erinnern, und meinte, ja, es sei ganz nett gewesen, aber nichts Besonderes. Und sie wisse nicht, warum sie sich überhaupt noch dazu aufraffe.

»Und, gefällt es ihm in London?«

»Wem?«

»Na, Henry natürlich.«

»Ja, ich glaube schon. Er redet nicht viel darüber.«

»Über was redet ihr dann?«

»Also, ich weiß es nicht, Georgi«, sagte sie zögernd, als wäre sie bei ihren Gesprächen mit Henry nicht ganz präsent. »In erster Linie über die Arbeit. Über unsere Studenten. Über nichts Interessantes.«

»Wenn es nicht interessant ist, wieso verbringst du dann so viel Zeit mit ihm?«

»Was redest du da?«, fragte sie, mit einer unerwartet wütenden Stimme. »Ich verbringe so gut wie gar keine Zeit mit ihm!«

Das Ganze kam mir immer bizarrer vor, und obwohl es hinten in meinem Kopf eine winzig kleine Stimme gab, die mir sagte, es müsse mehr hinter dieser Sache stecken, als meine Frau mir erzählte, entschied ich mich dafür, diese Stimme zu ignorieren. Die Vorstellung schien mir völlig abwegig. Schließlich war Soja in den Fünfzigern. Wir hatten über die Hälfte unseres Lebens gemeinsam verbracht. Wir liebten einander über alle Maßen. Wir beide hatten mehr durchgemacht als die meisten anderen Menschen. Wir hatten gemeinsam gelitten und verloren, und wir hatten gemeinsam überlebt. In guten wie in schlechten Zeiten waren wir immer zusammen gewesen – GeorgiundSoja.

Und dann war das Jahr um, und Henry kehrte nach Amerika zurück.

Zunächst wirkte Soja ein wenig hysterisch. Sie kam von der Arbeit nach Hause und redete den ganzen Abend wie ein Wasserfall, so als habe sie Angst davor, auch nur einen Moment lang still zu sein, weil ihr dann womöglich all das in den Sinn käme, was sie verloren hatte, und sie völlig zusammenbrechen würde. Sie kochte aufwendige Gerichte und bestand darauf, dass wir Wochenendausflüge zu den unmöglichsten Orten machten – zum Zoologischen Garten, zur National Portrait Gallery, zum Schloss Windsor –, wo wir uns wie ein junges Liebespaar aufführten, das gerade dabei war, sich kennenzulernen, und nicht wie zwei alte Eheleute, die ihr gesamtes Erwachsenenleben miteinander verbracht hatten. Es schien, als wollte sie mich wieder kennenlernen, als hätte sie mich unterwegs irgendwo aus den Augen verloren, wobei sie zwar ahnte, dass ich ihre Liebe verdiente, sie sich aber nicht daran erinnern konnte, warum sie dieses Gefühl einmal für mich entwickelt hatte.

Die Hysterie wich einer Depression. Soja sprach von Tag zu Tag weniger mit mir, und wenn ich versuchte, mich mit ihr zu unterhalten, über unseren jeweiligen Arbeitstag oder was auch immer, so war es, als redete ich gegen eine Wand. Sie ging früh zu Bett, und mit mir schlafen wollte sie auch nicht mehr. Sie, die immer so großen Wert auf ihr äußeres Erscheinungsbild gelegt hatte – insbesondere, seitdem sie unerwarteterweise die Stelle an der Central School bekommen hatte und der Ansicht war, sie müsse den hohen, von den anderen Dozentinnen und Studentinnen gesetzten Modemaßstäben entsprechen –, begann nun, ihr Äußeres zu vernachlässigen. Es kümmerte sie nicht, ob sie in der Kleidung vom Vortag zum Unterricht erschien oder mit deutlich ungepflegterem Haar als früher.

Als sie es mir schließlich nicht mehr verheimlichen konnte, nahm sie eines Abends neben mir Platz und sagte, sie müsse mir etwas erzählen.

»Hat es was mit Henry zu tun?«, fragte ich, woraufhin sie mich verdutzt anschaute, denn er hatte England vor mehr als fünf Monaten verlassen, und seitdem war sein Name in unserer Wohnung kein einziges Mal erwähnt worden.

»Ja«, sagte sie. »Woher weißt du das?«

»Ich habe es geahnt«, erwiderte ich.

Sie nickte, und dann erzählte sie mir alles. Und ich hörte ihr zu und wurde nicht wütend, sondern versuchte vielmehr, sie zu verstehen.

Was nicht einfach war.

Und einige Wochen später begannen dann ihre Albträume. Sie wachte mitten in der Nacht auf, in Schweiß gebadet, mit keuchendem Atem und vor Angst zitternd. Wenn ich daraufhin neben ihr aufwachte – denn wir schliefen nie getrennt, selbst in unseren schlimmsten Nächten nicht – und die Hand nach ihr ausstreckte, zuckte sie vor Schreck zusammen, da sie mich zunächst nicht erkannte. Ihre Angst legte sich erst, nachdem ich das Licht angeknipst und sie in die Arme genommen hatte. Ich hielt sie ganz fest, während sie versuchte, die Tränen zurückzuhalten und mir, so weit es ging, die Bilder zu beschreiben, die sie in der Dunkelheit und Einsamkeit ihrer Träume verfolgt hatten.

Als unsere Ehe schließlich an ihrem absoluten Tiefpunkt angelangt war und meine Frau nachts nicht mehr schlafen konnte und kaum einen Bissen anrührte, während ich vor Liebe, Wut und Schmerz weder aus noch ein wusste, da wachte sie eines Tages auf und sagte, dass es so nicht weitergehen könne, dass sich etwas ändern müsse. Ich erstarrte und dachte sofort an das Schlimmste. Ich stellte mir vor, dass sie mich allein zurückließ und dass mir ein Leben ohne sie bevorstand.

»Wie meinst du das?«, fragte ich, wobei ich nervös schluckte und im Geiste eine Rede vorbereitete, in der ich ihr alles, aber auch wirklich alles verzieh, wenn sie mich nur wieder so lieben würde, wie sie es früher getan hatte.

»Ich glaube, ich brauche professionelle Hilfe, Georgi«, sagte sie.

Der Starez und die Schlittschuhläufer

Schon seit einigen Tagen hatte ich das unheimliche Gefühl, verfolgt zu werden. Wenn ich am frühen Abend den Palast verließ, um das Ufer der Moika entlangzuspazieren, blieb ich hin und wieder stehen, um die Gesichter der an mir vorbeihastenden Menschen zu mustern, denn ich war überzeugt, dass mich einer von ihnen beobachtete. Es war ein eigenartiges, beunruhigendes Gefühl, das ich anfangs auf eine Paranoia zurückführte, die womöglich mit meinen neuen Lebensumständen zusammenhing.

Inzwischen gefiel mir meine neue Stellung bei der kaiserlichen Familie dermaßen gut, dass ich mich praktisch nie an meine Vergangenheit erinnern konnte, ohne die Angst zu verspüren, wieder dorthin zurückkehren zu müssen. Wenn ich tatsächlich einmal an zu Hause dachte, hatte ich Gewissensbisse, die ich jedoch unverzüglich wieder aus meinem Kopf verbannte.

Selbst als Kaschin eines Tages wieder vor mir lag, dachte ich nur an Anastasia und daran, wie wir uns in dunklen Fluren trafen und ich sie in eines der unzähligen leeren Zimmer des Palastes lotste, um sie zu küssen und an mich zu ziehen, in der Hoffnung, sie würde vielleicht eine noch größere Intimität zulassen, um meine pubertäre Wollust zu stillen. Am Vorabend war ich ziemlich aus der Rolle gefallen. Als wir uns umarmten, hatte ich ihre Hand genommen und langsam an meiner Jacke hinabgeschoben, in Richtung meines Gürtels, wobei mir das Herz bis zum Hals schlug, vor Begierde und in banger Erwartung, doch sie riss sich von mir los und sagte »Nein, Georgi ... lass das ... das dürfen wir nicht ...«

Mein Kopf war so sehr von diesen Gedanken erfüllt, und vom dringenden Bedürfnis, schnellstens in die Einsamkeit meines Zimmers zurückzukehren, dass ich die in dicke Schals eingemummte junge Frau, die am Admiralitätsgebäude stand, kaum wahrnahm. Sie sagte irgendetwas zu mir, ein paar Worte, die ich nicht verstehen konnte, da mich ein heftiger Wind umtoste. In meiner Selbstbezogenheit zischte ich ihr verärgert zu, ich hätte kein Geld für sie übrig und sie solle sich in eine der Suppenküchen verziehen, die in St. Petersburg aus dem Boden geschossen waren, um den Bedürftigen Nahrung und Wärme zu spenden.

Zu meiner Überraschung rannte die Frau mir nach. Ich wirbelte herum, als sie mich am Arm packte, und fragte mich zugleich, ob sie tatsächlich glaubte, sie könne mir das bisschen Geld rauben, das ich bei mir hatte. Ich erkannte sie erst, als sie mich mit meinem Namen ansprach.

»Georgi.«

»Asja!«, schrie ich verblüfft, aber auch erfreut, und starrte meine Schwester an, als wäre sie ein Gespenst und kein Mensch. »Ich kann's nicht fassen! Bist du's tatsächlich?«

»Ja, ich bin's«, sagte sie mit einem Kopfnicken, und dann schossen ihr die Freudentränen in die Augen. »Endlich habe ich dich gefunden.«

»Du hier?«, fragte ich und schüttelte den Kopf. »Hier in St. Petersburg?«

»Ja. Da, wo ich schon immer sein wollte.«

Ich umarmte sie. Gleichzeitig schoss mir, zu meiner ewigen Schande, mit einem Mal der Gedanke durch den Kopf: *Was hat sie hier zu suchen? Was will sie von mir?*

»Komm, lass uns da rübergehen«, sagte ich und bedeutete ihr, mir in den Schutz einer der Kolonnaden zu folgen. »Komm, raus aus der Kälte. Du siehst verfroren aus. Wie lange bist du eigentlich schon hier?«

»Noch nicht sehr lange«, erwiderte sie und nahm neben mir auf einer niedrigen Steinbank Platz, in einer windgeschützten Ecke, wo wir besser verstehen konnten, was der andere sagte. »Erst seit ein paar Tagen.«

»Schon ein paar Tage?«, sagte ich überrascht. »Und da kommst du erst jetzt zu mir?«

»Ich wusste nicht, wie ich an dich herantreten sollte, Georgi«, erklärte sie. »Immer wenn ich dich gesehen habe, warst du in Gesellschaft anderer Soldaten, und ich habe mich nicht getraut, dich zu stören. Aber ich wusste, früher oder später würde ich dich allein antreffen.«

Ich nickte und erinnerte mich wieder daran, dass ich mich beobachtet gefühlt hatte und wie unangenehm mir das gewesen war.

»Aha«, sagte ich. »Na ja, jetzt hast du mich gefunden.«

»Ja, endlich«, sagte sie und setzte ein strahlendes Lächeln auf. »Wie gut du aussiehst! Und du scheinst auch gutes Essen zu bekommen.«

»Aber ich trainiere auch fleißig«, sagte ich schnell, ein wenig beleidigt. »Ich arbeite hier rund um die Uhr.«

»Du siehst gesund aus, mehr wollte ich nicht sagen. Das Leben im Palast scheint dir zu bekommen.«

Ich zuckte die Achseln und blickte hinaus auf den Palaisplatz und die Alexandersäule, die zu meinen allerersten Eindrücken von dieser neuen Welt gezählt hatten, und ich dachte, wie dünn und blass meine Schwester doch aussah.

»Als ich ihn zum ersten Mal gesehen habe, wäre ich fast in Ohnmacht gefallen«, sagte sie, als sie meinem Blick folgte.

»Wen? Den Palast?«

»Ja, er ist unglaublich schön, Georgi. So etwas habe ich noch nie im Leben gesehen.«

Ich nickte, versuchte aber, unbeeindruckt zu wirken. Ich wollte ihr das Gefühl geben, dass dies ein Ort war, wo ich hingehörte, dass es meine Bestimmung gewesen war, eines Tages in diesem Palast zu landen.

»Es ist ein Zuhause wie jedes andere auch«, sagte ich.

»Nein, ist es nicht!«, schrie sie.

»Ich meine, von innen aus gesehen, also wenn du mit der Familie zusammen bist – sie betrachten es als ihr Zuhause. Man gewöhnt sich schnell an so einen Reichtum«, log ich.

»Und hast du sie schon kennengelernt?«, fragte sie.

»Wen?«

»Ihre kaiserlichen Majestäten.«

Ich platzte fast vor Lachen. »Aber Asja«, erklärte ich, »ich sehe sie jeden Tag. Ich bin doch der ständige Begleiter des Zarewitsch Alexei. Hast du vergessen, dass man mich deswegen hierhergebracht hat?«

Sie nickte, und sie schien um Worte zu ringen. »Es ist bloß ... also, ich hätte nie gedacht, dass das wirklich ernst gemeint war.«

»War es aber«, sagte ich gereizt. »Aber wie dem auch sei, warum bist du eigentlich hier?«

»Georgi?«

»Entschuldige bitte«, sagte ich, denn ich bedauerte meinen Tonfall sofort. Es setzte mich in Erstaunen, wie sehr ich mir wünschte, dass sie wegging. Dabei wusste ich, dass sie nicht gekommen war, um mich nach Hause zu holen. Aber sie verkörperte einen Abschnitt meines Lebens, mit dem ich ein für alle Mal abgeschlossen hatte, eine Zeit, die ich nicht nur hinter mir wissen, sondern völlig vergessen wollte. »Ich meine, welche glückliche Fügung hat dich ebenfalls hierhergeführt?«

»Keine«, erwiderte sie. »Ich habe es ohne dich in Kaschin nicht mehr ausgehalten. Es war unerträglich. Also habe ich mich einfach auf den Weg gemacht, und jetzt bin ich hier. Ich dachte ... ich dachte, du könntest mir vielleicht helfen.«

»Selbstverständlich«, sagte ich nervös. »Aber wie? Was könnte ich für dich tun?«

»Nun, ich dachte, vielleicht ... also, die brauchen im Palast doch sicherlich Dienstmädchen. Vielleicht gibt es ja eine Stelle für mich. Wenn du deswegen mit jemandem sprechen könntest?«

»Ja, ja«, sagte ich stirnrunzelnd. »Ja, ich denke schon, dass es dort freie Stellen gibt. Ich könnte mich einmal danach erkundigen.« Ich dachte darüber nach und fragte mich, an wen ich mich in dieser Angelegenheit wenden müsste. Ich stellte mir meine Schwester in einer Dienstmädchenuniform vor oder in der schlichteren Arbeitskluft einer Küchenhilfe, und einen Augenblick lang hielt ich das Ganze für eine hervorragende Idee. Asja könnte hier ebenso Karriere machen wie ich. Und ich würde in ihr eine Freundin haben, eine Vertraute – also keinen Freund wie Sergei Stasjewitsch, dessen Respekt ich mir wünschte, aber auch keine Freundin wie Anastasia, nach deren Liebe ich mich sehnte. »Sag mal, wo wohnst du überhaupt?«

»Ich habe mir ein Zimmer genommen«, sagte sie. »Sehr bescheiden, aber trotzdem werde ich es mir nicht lange leisten können. Glaubst du, dass du für mich ein gutes Wort einlegen könntest, Georgi? Wir könnten uns dann wiedertreffen. Hier oder woanders.«

Ich nickte, verspürte aber plötzlich den Wunsch, sie los zu sein und wieder in die unwirkliche Welt des Palastes zurückzukehren, statt hier draußen herumzusitzen und Gespräche mit der Vergangenheit zu führen. Ich hasste mich für meinen Egoismus, konnte ihn aber auch nicht überwinden.

»Also dann in einer Woche«, sagte ich und erhob mich. »Heute in einer Woche, um die gleiche Zeit. Dann kann ich dir mehr sagen. Ich wünschte, ich könnte noch etwas länger bleiben, aber die Pflicht ...«

»Natürlich«, sagte sie mit einem traurigen Gesichtsausdruck. »Vielleicht hast du ja später noch ein bisschen Zeit? Irgendwann am Abend? Ich könnte noch einmal hierherkommen und ...«

»Nein, das ist unmöglich«, sagte ich und schüttelte den Kopf. »Nächste Woche. Ich verspreche es dir. Wir sehen uns nächste Woche wieder.«

Sie nickte und umarmte mich. »Vielen Dank, Georgi«, sagte sie. »Ich wusste, du lässt mich nicht im Stich. Entweder ich bekomme hier diese Stelle, oder ich kehre wieder nach Hause zurück. Mehr bleibt mir nicht. Du wirst alles versuchen, nicht wahr?«

»Ja, ja«, erwiderte ich unwirsch. »Aber jetzt muss ich gehen. Also bis nächste Woche, Schwesterherz.«

Und damit eilte ich auf den Platz zurück und in Richtung des Palastes, wobei ich sie dafür verfluchte, dass sie gekommen war und die Vergangenheit an einen Ort brachte, wo sie nicht hingehörte. Als ich mein Zimmer erreichte, war ich wieder etwas milder gestimmt und nahm mir vor, am nächsten Vormittag alles Menschenmögliche zu versuchen, um ihr zu helfen. Doch als die Tür hinter mir ins Schloss fiel, hatte ich Asja augenblicklich vergessen, und meine Gedanken waren einmal mehr bei dem einzigen Mädchen, das mir wirklich etwas bedeutete.

Der Zar hatte viele Residenzen, doch von den drei bedeutendsten, dem Winterpalais in St. Petersburg, dem oben auf einem Felsen gelegenen Anwesen in Livadia und dem Alexanderpalais in Zarskoje Selo, gefiel mir die letztgenannte am besten. Zarskoje Selo, das »Kaiserdorf«, lag etwa fünfundzwanzig Kilometer südlich der Hauptstadt, und die Zarenfamilie und ihr Hofstaat fuhren regelmäßig mit dem Zug dorthin – natürlich in einem gemächlichen Tempo, damit es nicht zu plötzlichen Stößen oder Erschütterungen kam, die beim Zarewitsch lebensgefährliche Blutungen auslösen könnten.

Im Unterschied zu St. Petersburg, wo ich in einer engen Kammer an einem langen Flur untergebracht war, an dem auch noch andere Mitglieder der kaiserlichen Garde ihr Logis hatten, bewohnte ich in Zarskoje Selo ein winziges Quartier nahe dem Zimmer des Zarewitsch, welches wiederum von einem großen *Kiot* dominiert wurde, auf dem seine Mutter außergewöhnlich viele Ikonen platziert hatte.

»Ach du lieber Himmel!«, sagte Sergei Stasjewitsch, als er eines Abends den Kopf durch meine Tür steckte. »Hier haben sie dich also einquartiert, Georgi Daniilowitsch.«

»Ja, fürs Erste«, sagte ich, ein wenig verlegen, weil er mich auf dem Bett liegend vorgefunden hatte, im Halbschlaf, während die anderen Mitglieder des Haushalts irgendeiner Arbeit nachgingen. Sergei selber war rotbackig und strotzte vor Energie, und als ich ihn fragte, wo er den Abend verbracht hatte, schüttelte er den Kopf und wandte sich ab, um eingehend Wände und Decken zu mustern, als gäbe es dort Dinge von ungeheurer Wichtigkeit zu sehen.

»Nirgendwo«, erwiderte er zögernd. »Ich habe einen Spaziergang gemacht, das ist alles. Bis hinunter zum Katharinenpalast.«

»Wieso hast du mir das nicht gesagt?«, fragte ich ihn, darüber enttäuscht, dass er mich nicht eingeladen hatte, ihn zu begleiten, denn wenn ich am Zarenhof so etwas wie einen Freund hatte, dann war er es, und es gab Momente, wo ich dachte, ich könnte mich ihm anvertrauen. »Dann hätte ich mich dir angeschlossen. Bist du allein gegangen?«

»Ja ... äh, nein«, korrigierte er sich. »Ich meine, ja, ich war allein. Aber was geht dich das überhaupt an?«

»Es geht mich gar nichts an«, sagte ich, verdutzt über seine heftige Reaktion. »Ich habe mich bloß gefragt ...«

»Du kannst von Glück sagen, dass sie dir dieses Zimmer hier gegeben haben«, wechselte er das Thema.

»Willst du mich auf den Arm nehmen? Das muss früher eine Besenkammer gewesen sein, dieses Kabuff.«

»Kabuff?«, fragte er und lachte laut auf. »Du hast keinen Grund, dich zu beklagen. Wir sind mit zwanzig Mann in einem der großen Schlafsäle im zweiten Stock zusammengepfercht. Ich sage dir, du kannst kein Auge zumachen, wenn die anderen alle husten und furzen und im Schlaf laut nach ihren Schätzchen rufen.«

Ich lächelte ihn an und zuckte bedauernd die Achseln, war aber heilfroh, dass ich sein Schicksal nicht teilen musste. In diesem Zimmer war kaum genug Platz für meine Pritsche und den kleinen Tisch, auf dem mein Waschgeschirr stand. Aber da Alexei und ich zueinandergefunden hatten und er mich in seiner Nähe haben wollte, hatte der Zar verfügt, dass seinem Wunsch entsprochen wurde.

Die Zarin schien von diesem Arrangement weniger begeistert zu sein. Seit dem Tag, an dem Alexei in Mogilew vom Baum gefallen war und sich verletzt hatte, war die Kaiserin nicht gut auf mich zu sprechen. In den Fluren lief sie wortlos an mir vorüber, selbst wenn ich mich tief und voller Demut vor ihr verbeugte. Betrat sie einen Raum, in dem sich ihr Sohn und meine Wenigkeit aufhielten, so ignorierte sie mich völlig und widmete sich ausschließlich ihrem Sohn. Das war an sich nichts Ungewöhnliches – war jemand kein Blutsverwandter oder gehörte er nicht einer erlauchten Familie an, so behandelte sie ihn in der Regel wie Luft –, doch die Art und Weise, in der sie die Lippen schürzte, wenn ich in ihrer Nähe weilte, ließ mich erkennen, wie sehr sie mich verabscheute. Sie hätte es wohl am liebsten gesehen, wenn man mich aus dem Dienst der kaiserlichen Familie entließ und wieder nach Kaschin schickte oder vielleicht sogar in die Verbannung nach Sibirien, doch der Zar hielt mir nach wie vor die Stange, und so blieb ich auf meinem Posten. Hätte er nicht dieses Vertrauen in mich gesetzt, so wäre mein Leben völlig anders verlaufen.

Drei Nächte später sollte mir wieder jemand seine Aufwartung machen, doch diesmal war mir mein Besucher nicht so willkommen wie Sergei Stasjewitsch. Ich war schon fast eingeschlafen, als es an meiner Tür klopfte, so leise, dass ich es zunächst gar nicht wahrnahm. Als es dann erneut klopfte, runzelte ich die Stirn und fragte mich, wer wohl zu dieser späten Stunde noch etwas von mir wollte. Alexei konnte es nicht sein, denn der klopfte nie an, bevor er mein Zimmer betrat. Vielleicht … es verschlug mir fast den Atem, als ich daran dachte, es könnte Anastasia sein. Ich setzte mich auf, schluckte nervös und ging zur Tür. Ich öffnete sie nur einen Spalt weit und starrte hinaus auf den dunklen Flur.

Ich dachte, meine Ohren hätten mir einen Streich gespielt, denn es war niemand zu sehen. Doch gerade als ich die Tür wieder schließen wollte, löste sich aus dem Schatten ein Mann, dessen langen dunklen Haare und schwarze Robe so mit der Finsternis des Flures verschmolzen, dass für einen Moment nur das Weiße in seinen Augen sichtbar war.

»Guten Abend, Georgi Daniilowitsch«, sagte er mit einer klaren Stimme, und als er den Mund zu einer Art Lächeln öffnete, kam ein gelbes Gebiss zum Vorschein.

»Vater Grigori«, erwiderte ich, denn obgleich ich bis dahin noch nie ein Wort mit ihm gewechselt hatte, war er mir im Palast bei den Gemächern der Zarin schon oft über den Weg gelaufen. Zum ersten Mal hatte ich ihn natürlich an meinem allerersten Abend im Winterpalais gesehen, als er der Kaiserin am Betpult seinen Segen erteilte und dabei zu mir herübergeschaut und mitbekommen hatte, wie mir angesichts seines Blicks der Schreck in die Glieder gefahren war.

»Ich hoffe, ich komme nicht ungelegen«, sagte er.

»Ich war schon im Bett«, erwiderte ich, mir mit einem Mal bewusst werdend, dass ich lediglich das weite Unterhemd und die Unterhose trug, die mir als Nachtwäsche dienten. »Kann das nicht bis morgen warten?«

»Wohl kaum«, sagte er und feixte, als wäre dies ein vortrefflicher Witz gewesen. Zielstrebig stiefelte er ins Zimmer und ließ mir gar keine andere Wahl, als beiseitezutreten. Er blieb mit dem Rücken zu mir stehen und starrte, ohne sich zu rühren, auf mein Bett hinab. Dann richtete er seinen Blick auf das schmale Fenster zum Hof und stand wieder, als wäre er zu Stein erstarrt. Erst als ich die Tür hinter uns geschlossen und eine Kerze angezündet hatte, drehte er sich zu mir um. Das flackernde Licht war so schwach, dass ich ihn kaum besser sehen konnte als zuvor.

»Was führt Euch zu mir?«, fragte ich, fest entschlossen, mich nicht einschüchtern zu lassen, obgleich ich seine Erscheinung mehr als bedrohlich fand. »Bringt Ihr eine Botschaft vom Zarewitsch?«

»Nein, und wenn es eine gäbe, glaubst du etwa, ich würde sie *dir* bringen?«, fragte er, wobei er mich langsam von Kopf bis Fuß musterte. Da ich mich in meiner Unterwäsche immer unwohler fühlte, schnappte ich mir meine Hose und zog sie an, wobei er mich weiterhin unverwandt anstarrte. »Wir haben so viel gemeinsam, du und ich, und trotzdem reden wir nie miteinander. Das ist jammerschade, findest du nicht? Wo wir doch so gute Freunde sein könnten.«

»Ich wüsste nicht, warum«, erwiderte ich. »Ich bin nämlich nie ein gläubiger Mensch gewesen, Vater Grigori.«

»Aber der Glaube steckt in jedem von uns.«

»Da bin ich mir nicht so sicher.«

»Warum?«

»Ich bin nie zur Schule gegangen«, erklärte ich. »Wir mussten hart arbeiten, meine Schwestern und ich. Wir hatten keine Zeit, Ikonen anzubeten oder irgendwelche Gebete zu sprechen.«

»Und trotzdem nennst du mich Vater Grigori«, sagte er nachdenklich. »Du respektierst meine Stellung.«

»Selbstverständlich.«

»Du weißt, wie die anderen mich nennen, oder?«

»Ja«, erwiderte ich augenblicklich, darum bemüht, keinerlei Gefühlsregung zu zeigen, weder Angst noch Verehrung. »Sie nennen Euch einen Starez.«

»Ja, das tun sie«, erwiderte er, wobei er nickte und kurz lächelte. »Das ist ein angesehener Lehrer, ein Mann, der ein durch und durch ehrbares Leben führt. Findest du diese Bezeichnung angemessen, Georgi Daniilowitsch?«

»Ich bin mir nicht sicher«, sagte ich, nervös schluckend. »Ich kenne Euch nicht.«

»Würdest du mich denn kennenlernen wollen?«

Darauf wusste ich keine Antwort und verharrte einfach, wo ich war, unfähig, mich zu bewegen, obwohl ich am liebsten vor ihm davongelaufen wäre. Doch meine Füße waren wie am Boden festgenagelt.

»Die Leute haben noch einen anderen Namen für mich«, sagte er, nachdem wir uns eine Weile angeschwiegen hatten, und diesmal war seine Stimme leise und tief. »Den hast du auch schon gehört, nehme ich an.«

»Rasputin«, sagte ich, wobei mir das Wort beinahe im Hals stecken blieb, als ich es aussprach.

»Richtig. Und du weißt, was dieser Name bedeutet?«

»Er bedeutet ›Mann ohne Tugend‹«, erwiderte ich, krampfhaft darum bemüht, mit fester Stimme zu sprechen, denn als er mich nun mit seinen dunklen, stechenden Augen fixierte, rutschte mir das Herz in die Hose.«Ein Mann, der sich mit vielen vertraut macht.«

»Wie höflich du bist, Georgi Daniilowitsch«, sagte er und lächelte wieder kurz. »*Macht sich mit vielen vertraut.* Eine sehr eigenartige Formulierung. Damit wollen die Leute sagen, dass ich mit jeder Frau etwas anfange, die mir über den Weg läuft.«

»Ja«, sagte ich.

»Meine Feinde behaupten, ich hätte bereits halb St. Petersburg geschändet, nicht wahr?«

»Ja, das habe ich gehört.«

»Und nicht bloß die Frauen, sondern auch blutjunge Mädchen. Und Knaben. Sie sagen, ich stille meine Wollust, wo immer es geht.« Ich schluckte nervös und schaute beiseite. »Es gibt sogar welche, die nicht einmal vor der Behauptung zurückschrecken, ich hätte die Zarin in mein Bett gezerrt – und dass ich die vier Großfürstinnen der Reihe nach bestiegen habe wie ein brünstiger Bulle. Was sagst du dazu, Georgi Daniilowitsch?«

Nun schaute ich ihn wieder an, die Lippen vor Abscheu zusammengepresst. Ich verspürte das Bedürfnis, ihm mit der Faust ins Gesicht zu schlagen, ihn aus meinem Zimmer zu werfen, doch sein finsterer Blick hielt mich in seinem Bann und jagte mir eine Gänsehaut über den Rücken. Ich dachte kurz daran, zur Tür zu rennen, diese aufzureißen und in den Flur hinauszustürmen, so verzweifelt wollte ich diesem Mann entkommen. Und dennoch verharrte ich noch immer. Sosehr seine Worte mich auch erzürnen mochten, ich war bestrickt, und meine Beine gehorchten mir nicht mehr. Eine Minute oder auch länger herrschte Schweigen zwischen uns. Er schien mein Unbehagen zu genießen, denn er lächelte in sich hinein, lachte leise auf und schüttelte dann den Kopf.

»Meine Feinde sind natürlich allesamt Lügner«, sagte er

schließlich, wobei er die Arme ausbreitete, als wollte er mich umarmen. »Eine Bande von Märchenerzählern. Von Heiden. Ich bin ein Gottesmann, nichts weiter, doch sie stellen mich als einen hemmungslosen Lüstling dar. Und Heuchler sind sie obendrein, denn wie du selbst gesagt hast, bin ich für sie einmal ein ehrbarer Mann und dann wieder ein Mann ohne Tugend. Man kann aber nicht gleichzeitig ein Starez und ein Rasputin sein, meinst du nicht auch? Aber diese Leute können mir nichts anhaben. Weißt du auch, warum?«

Ich schüttelte den Kopf, sagte aber nichts.

»Weil meine Bestimmung auf diese Erde eine höhere ist«, erklärte er. »Hast du nicht auch dieses Gefühl, Georgi Daniilowitsch? Dass du aus einem ganz bestimmten Grund hier bist?«

»Ja, manchmal«, flüsterte ich.

»Und welcher Grund ist das deiner Ansicht nach?«

Ich dachte darüber nach und öffnete schon den Mund, um zu antworten, doch dann überlegte ich es mir anders und schloss ihn wieder. Ich hatte *manchmal* gesagt, doch in Wahrheit war mir dieser Gedanke bis dahin noch nie gekommen – erst als er mich danach gefragt hatte, war mir bewusst geworden, dass es einen mir noch unbekannten Grund gab, warum ich hier war. Diese Vorstellung reichte aus, um mich noch tiefer zu beunruhigen, und als ich zu ihm aufblickte, zeigte der Starez wieder jenes schaurige, abstoßende Lächeln, von dem zugleich eine seltsame Faszination ausging, sodass ich meine Augen nicht von seinem Gesicht abwenden konnte.

»Ich habe dir bereits gesagt, dass wir uns sehr ähnlich sind«, fuhr er fort, wobei mir die Tümpel um seine Pupillen im Kerzenlicht wie dunkle Strudel auf der winterlichen Newa erschienen.

»Das bezweifle ich«, erwiderte ich.

»Du bist der Beschützer des Jungen, und ich bin der Hüter der Mutter. Ist dir das nicht klar? Und warum liegen uns die beiden so sehr am Herzen? Weil wir unser Heimatland lieben. Habe ich recht? Deine Aufgabe ist es, darauf zu achten, dass dem Jungen nichts zustößt, denn sonst regiert der Zar ohne einen leiblichen Thronfolger. Und das zu diesen Krisenzeiten! Krieg ist etwas Schreckliches, Georgi Daniilowitsch! Stimmst du mir da nicht zu?«

»Ich passe schon auf, dass Alexei nichts zustößt«, protestierte ich. »Notfalls würde ich sogar mein Leben für ihn opfern.«

»Und wie viele Wochen hat er in Mogilew gelitten«, fragte er dann. »Wie viele Wochen haben sie alle gelitten – der Junge, die Schwestern, die Mutter, der Vater? Sie dachten, er müsse sterben, hast du das gewusst? Du hast nachts wach in deinem Bett gelegen und ihn schreien gehört. So wie wir alle. Wie haben sich seine Schreie für dich angehört? Etwa wie Musik?«

Ich schluckte, denn jedes Wort, das er gesagt hatte, entsprach der Wahrheit. Die Tage und Wochen nach dem Unfall des Zarewitschs waren ein einziger Albtraum gewesen. Noch nie hatte ich einen Menschen so leiden gesehen. Als ich endlich zu ihm ins Zimmer durfte, fand ich dort statt des fröhlichen, lebhaften Jungen, zu dem ich ein fast schon brüderliches Verhältnis entwickelt hatte, ein zum Skelett abgemagertes Kind, das mit grotesk verdrehten Gliedmaßen auf dem Bett lag. Sein gelbliches Gesicht war vom Schweiß bedeckt, der sofort aufs Neue ausbrach, egal, wie oft man ihm kalte Kompressen auf die Stirn legte. Ich fand einen Jungen vor, der mich mit Augen anschaute, die niemanden wiedererkannten, aber inständig darum baten, ihm zu helfen – ein Häufchen Elend, das die Hand nach mir ausstreckte, mit der letzten ihm noch verbliebenen Kraft, das gellend schrie und mich anflehte, irgendetwas zu tun, egal was, Hauptsache, es linderte seine Schmerzen. Von solchen Qualen hatte ich nichts gewusst, und ich fragte mich, wie man eine solche Tortur überleben konnte. Jeden Tag und jede Nacht rechnete ich damit, dass der Junge vor seinen Schmerzen kapitulieren und von uns gehen würde. Doch das tat er nicht. Er verfügte über Kräfte, die ich ihm nie und nimmer zugetraut hätte. Und abermals wurde mir bewusst, dass dieser Junge tatsächlich das Zeug zum Zaren hatte.

In dieser insgesamt drei Wochen währenden Leidenszeit war die Zarin, diese gute Frau, ihrem Sohn nicht von der Seite gewichen. Sie hatte an seinem Bett gesessen und ihm die Hand gehalten. Sie hatte mit ihm gesprochen, ihm zugeflüstert und ihm Mut gemacht. Wir waren keine Freunde, sie und ich, aber bei Gott, ich erkannte eine liebende und hingebungsvolle Mutter, zumal ich selber nie eine gehabt hatte. Als das Schlimmste vorüber war und der Genesungsprozess einsetzte, als Alexei sich zu erholen begann und wieder zu Kräften kam, war die Zarin sichtlich gealtert. Ihr Haar war ergraut, und ihre Haut war von der nervlichen Anspannung fleckig geworden. Der von mir verschuldete Vorfall hatte sie unwiderruflich verändert.

»Hätte ich ihm helfen können, so hätte ich es getan«, sagte ich zum Starez. »Aber ich konnte nichts tun.«

»Natürlich nicht«, sagte er, wobei er die Arme ausbreitete und lächelte. »Aber du musst dir nicht die Schuld geben. Tatsächlich ist genau das der Grund, aus dem ich dich heute Abend besuche, Georgi. Um dir zu danken.«

Ich runzelte die Stirn und starrte ihn an. »Um mir zu danken?«, wiederholte ich unsicher.

»Aber natürlich. Ihre Majestät, die Zarin, ist in letzter Zeit fast ausschließlich mit der Gesundheit ihres Sohnes beschäftigt gewesen. Und sie befürchtet, sie könnte … sie könnte dir gegenüber ein wenig unfreundlich gewesen sein.«

»Nein, davon kann keine Rede sein, Vater Grigori«, log ich. »Sie ist die Kaiserin. Sie kann mich behandeln, wie es ihr beliebt.«

»Ja, aber wir hielten es für wichtig, dich wissen zu lassen, wie sehr man dich schätzt.«

»Wir?«

»Die Zarin und ich.«

Angesichts dieser Formulierung zog ich erstaunt eine Augenbraue hoch. »Nun, es besteht kein Grund, mir zu danken«, sagte ich schließlich, von seinen Worten verwirrt und nicht davon überzeugt, dass die Zarin jemals etwas Derartiges gesagt oder ihn überhaupt mit dieser Mission betraut hatte. »Und versichert Ihrer Majestät bitte, dass ich alles Menschenmögliche tun werde, damit sich so ein Unfall in Zukunft nicht wiederholt.«

»Du bist nicht nur ein hübscher Junge, nicht wahr?«, fragte er ruhig und machte einen Schritt auf mich zu, sodass uns nur noch ein paar Zentimeter trennten, während ich mich mit dem Rücken an die Wand presste. »Du bist auch ein sehr loyaler Junge.«

»Das hoffe ich«, erwiderte ich und wünschte mir, er würde endlich verschwinden.

»Jungen in deinem Alter sind nicht immer so loyal«, sagte er, wobei er so nahe an mich heranrückte, dass ich seinen fauligen Atem riechen und seinen Körper spüren konnte, den er gegen den meinen zu drücken begann. Es drehte mir den Magen um, und mir schoss der Gedanke durch den Kopf, dass er geschickt worden war, um mich umzubringen. Doch er legte nur seinen Kopf ein wenig zur Seite und lächelte gespenstisch. Auf seinem Gesicht lag ein Ausdruck von Tod und Verderben, und die ganze Zeit über fixierte er mich mit diesen grässlichen Augen. »Du bist gegenüber der gesamten Familie loyal«, säuselte er leise und strich mir mit einem

Finger vom Halsansatz bis zum Ellbogen. »Hier hast du eine Kugel aufgefangen, die einem von ihnen gegolten hat«, flüsterte er, wobei er exakt an der Stelle innehielt, wo Koleks Kugel in meine Schulter eingedrungen war. »Und hier würdest du eine Kugel auffangen, die dem Jungen gilt«, sagte er und legte mir dabei eine seiner Handflächen auf die Brust, woraufhin mein Herz wie wild zu pochen begann. »Aber wo wirst du sein, wenn die Kugeln abgefeuert werden?«

»Vater Grigori«, flüsterte ich, denn nun wünschte ich mir nichts sehnlicher, als dass er mein Zimmer auf der Stelle verlassen würde, »bitte … ich bitte Euch.«

»Wo wirst du dann sein, Georgi? Wenn die Türen auffliegen und die Männer mit ihren Revolvern hereinkommen? Wirst du die Kugeln dann auffangen, oder wirst du dich wie ein Feigling draußen zwischen den Bäumen verstecken?«

»Ich habe keine Ahnung, wovon Ihr sprecht«, schrie ich, von seinen Worten völlig konsterniert. »Was für Männer? Was für Kugeln?«

»Du würdest dich vor das Mädchen stellen, habe ich recht?«

»Welches Mädchen?«

»Du weißt, welches Mädchen, Georgi«, sagte er, seine Hand lag nun flach auf meinem Bauch, und ich wartete darauf, dass er das Messer zückte, um es mir in die Eingeweide zu stoßen und mit der Klinge so lange darin herumzufahren, bis ich tot war. Er wusste Bescheid, so viel stand fest. Er hatte die Wahrheit über mich und Anastasia herausbekommen, und nun hatte man ihn geschickt, um mich wegen meiner Unbedachtheit ins Jenseits zu befördern. Ich würde es nicht abstreiten. Ich liebte sie, und wenn dies mein Verderben sein sollte, so konnte ich nichts daran ändern. Ich schloss die Augen und wartete darauf, dass mein Fleisch durchbohrt werden würde und das aus meiner Bauchhöhle spritzende

Blut meine nackten Füße mit seiner klebrig-feuchten Wärme benetzte. Doch die Sekunden verstrichen, und dann die Minuten, ohne dass etwas Derartiges passierte, ohne dass mich eine scharfe Klinge zerfetzte, und als ich die Augen öffnete, war er verschwunden. Es war, als hätte er sich in Luft aufgelöst, ohne auch nur die geringste Spur zu hinterlassen.

Schweißüberströmt und zitternd vor Angst klappte ich zusammen und vergrub meinen Kopf zwischen den Händen. Der Starez wusste alles! Daran bestand kein Zweifel. Aber wem würde er es erzählen? Und wenn sie es erfuhren, was würde dann mit mir geschehen?

Fürstin Raissa Afonowna, der das Hausgesinde des Winterpalais unterstand, hatte sich seit unserer ersten Begegnung, am Tage nach meiner Ankunft in der Hauptstadt, mir gegenüber überraschend freundlich verhalten. Da sie eine enge Vertraute der Zarin war, liefen wir uns in den Gemächern der kaiserlichen Familie hin und wieder über den Weg, und dann grüßte sie mich immer sehr herzlich und blieb stehen, um sich mit mir zu unterhalten, wozu sich viele Mitglieder ihres Standes niemals herabgelassen hätten. Und daher war sie diejenige, die ich am nächsten Morgen aufsuchte, um mich nach einer möglichen Anstellung für Asja zu erkundigen.

Sie residierte in einem relativ kleinen Büro im ersten Stock des Palastes. Ich klopfte an und wartete darauf, hereingebeten zu werden, bevor ich meinen Kopf durch die Tür steckte und sie begrüßte.

»Georgi Daniilowitsch«, sagte sie mit einem Lächeln und bedeutete mir, dass ich eintreten sollte. »Welch angenehme Überraschung.«

»Guten Morgen, Euer Gnaden«, erwiderte ich, als ich die Tür hinter mir schloss. Dann folgte ich ihrem Geheiß, neben ihr auf einem kleinen Sofa Platz zu nehmen. Ich hätte den

Sessel vorgezogen, der zwei oder drei Meter davon entfernt stand, doch dieses Sitzmöbel war offenkundig für erlauchtere Besucher als mich bestimmt, und ich wollte auf gar keinen Fall die Etikette verletzen. »Ich hoffe, ich störe Euch nicht.«

»Nein, ganz und gar nicht«, sagte sie und raffte ein paar Papiere zusammen, die sie dann sorgfältig auf einem kleinen Tisch ablegte. »Ich bin für jede Abwechslung dankbar.«

Ich nickte, ein weiteres Mal davon überrascht, wie zuvorkommend sie mich behandelte, in deutlichem Gegensatz zu ihrer Freundin, der Zarin Alexandra, die keine Notiz von mir nahm.

»Wie geht es dir denn?«, fragte sie. »Hast du dich inzwischen gut eingelebt?«

»Sehr gut, Euer Gnaden«, erwiderte ich mit einem Kopfnicken. »Ich glaube, ich bin mir meiner Pflichten bewusst.«

»Und deiner Verantwortung hoffentlich auch«, sagte sie. »Denn davon hast du jede Menge. Du hast das Vertrauen des Zarewitschs gewonnen, habe ich gehört.«

»So ist es«, sagte ich, und die Erwähnung Alexeis zauberte ein inniges Lächeln auf mein Gesicht. »Er hält mich ganz schön in Trab, wenn ich das sagen darf.«

»Ja, das darfst du«, sagte sie lachend. »Ich weiß, er ist ein lebhafter Junge. Er wird einmal ein großer Zar sein, wenn alles gut geht.« Ich runzelte die Stirn, von ihren Worten überrascht, und für einen Moment schien es mir so, als schösse ihr das Blut in die Wangen. »Ein großer Zar, ganz gewiss«, korrigierte sie sich dann selbst. »Aber du musst es hier doch ziemlich seltsam finden, oder?«

»Seltsam?«, fragte ich, unsicher, wie sie das gemeint haben mochte.

»Ich meine, so weit weg von zu Hause zu sein. Von deiner Familie. Ich vermisse meinen Sohn Lew jeden Tag.«

»Er lebt also nicht in St. Petersburg?«

»Doch, eigentlich schon«, sagte sie. »Aber er ist …« Sie seufzte und schüttelte den Kopf. »Er ist natürlich Soldat. Er kämpft für sein Land.«

»Ja«, sagte ich. Das lag nahe. Die Fürstin war nicht älter als vierzig, und somit war es wahrscheinlich, dass sie einen Sohn in der Armee hatte.

»Tatsächlich ist er nur zwei Jahre älter als du«, sagte sie. »Du erinnerst mich irgendwie an ihn.«

»Wirklich?«, fragte ich.

»Ja, ein bisschen. Ihr seid gleich groß. Habt das gleiche Haar. Und eine ähnliche Statur. Im Grunde«, fügte sie hinzu und lachte kurz, »könntet ihr Brüder sein.«

»Ihr macht Euch sicher Sorgen um ihn.«

»Hin und wieder schaffe ich es, eine ganze Nacht durchzuschlafen«, sagte sie mit einem angedeuteten Lächeln. »Aber nicht allzu oft.«

»Entschuldigung«, sagte ich, denn ich spürte, dass sie kurz davor stand, die Fassung zu verlieren. »Ich hätte dieses Thema nicht anschneiden sollen.«

»Schon gut«, sagte sie und schüttelte lächelnd den Kopf. »Manchmal habe ich Angst um ihn. Manchmal bin ich stolz auf ihn. Und manchmal bin ich wütend.«

»Wütend?«, fragte ich überrascht. »Worüber?«

Sie zögerte und schaute weg. Es sah so aus, als kämpfte sie mit sich selbst, als versuchte sie, sich daran zu hindern, das zu sagen, was sie eigentlich sagen wollte. »Über die Richtung, in die er uns führt«, sagte sie leise durch ihre zusammengebissenen Zähne. »Über den ganzen Wahnsinn. Über seine völlige militärische Inkompetenz. Wir werden alle zugrunde gehen, wenn er so weitermacht.«

»Euer Sohn?«, fragte ich, denn ihre Worte ergaben für mich keinen Sinn.

»Nein, nicht mein Sohn, Georgi. Der ist bloß ein Rädchen im Getriebe. Aber ich rede zu viel. Du hast mich hier aufgesucht. Was kann ich für dich tun?«

Ich zögerte, unsicher, ob wir das Gespräch, das wir begonnen hatten, fortführen sollten, und entschied mich dagegen. »Ich würde gern wissen, wie es zur Zeit mit Haushaltshilfen aussieht?«, fragte ich. »Ich meine, ob Ihr noch Personal braucht?«

»Du willst doch wohl nicht den Posten bei der Leibgarde gegen ein Paar Schürzenbänder eintauschen, oder?«

»Nein«, sagte ich und lachte kurz. »Nein, es geht um meine Schwester, Asja Daniilowna. Sie würde liebend gern hier arbeiten.«

»Ach, tatsächlich?«, fragte die Fürstin, offenbar interessiert. »Ich vermute, sie hat einen guten Leumund?«

»Einen tadellosen!«

»Nun, wir haben hier immer Verwendung für tadellose Mädchen«, sagte sie lächelnd. »Ist sie in St. Petersburg oder noch zu Hause in ... Tut mir leid, Georgi, ich habe vergessen, wo du herkommst.«

»Aus Kaschin«, erinnerte ich sie. »Und nein, sie ist nicht mehr da, sondern schon ...« Ich hielt inne und korrigierte mich. »Verzeiht mir«, sagte ich. »Ja, sie ist noch da, aber sie will unbedingt von dort weg.«

»Nun, dann könnte sie wohl in ein paar Tagen hier sein, wenn wir ihr eine entsprechende Nachricht zukommen ließen. Schreib ihr, Georgi. Schreib ihr auf alle Fälle. Lade sie hierher ein, und benachrichtige mich, sobald sie eingetroffen ist. Ich werde garantiert eine Stelle für sie finden.«

»Vielen Dank«, sagte ich und erhob mich, unsicher, warum ich sie über Asjas Aufenthaltsort angelogen hatte. »Ihr seid zu gütig.«

»Wie gesagt ...« Sie lächelte mich an und wandte sich

wieder ihren Papieren zu. »Du erinnerst mich an meinen Sohn.«

»Ich werde für ihn eine Kerze anzünden«, sagte ich.

»Danke.«

Ich machte eine tiefe Verbeugung und verließ ihr Büro. Nachdem ich die Tür hinter mir geschlossen hatte, blieb ich noch eine Weile draußen im Flur stehen. Einerseits freute ich mich darüber, dass ich mit solchen Neuigkeiten zu meiner Schwester zurückkehren konnte, dass ich wieder ihr Held sein konnte. Andererseits war ich darüber verärgert, dass sie in meine neue Welt eindrang, eine Welt, die ich für mich allein haben wollte.

»Du scheinst verwirrt, Georgi Daniilowitsch«, sagte der Starez, Vater Grigori, der so plötzlich, so unerwartet vor mir aufgetaucht war, dass mir vor Schreck ein Schrei entfuhr. »Sei ruhig«, befahl er mir leise, wobei er eine Hand nach mir ausstreckte, sie auf meine Schulter legte und mich sanft zu streicheln begann.

»Ich bin spät dran, ich muss zu Graf Tscharnetzki«, sagte ich und versuchte, mich von ihm loszureißen.

»Ein widerwärtiger Mensch«, sagte er und lächelte mich an, wobei er sein gelbes Gebiss bleckte. »Was willst du denn bei dem? Warum bleibst du nicht bei mir?«

Aus einem unerklärlichen Grund verspürte ich mit einem Mal das Bedürfnis, ihm mein Einverständnis zu geben. Stattdessen entwand ich mich jedoch seiner Hand und machte mich von dannen, ohne auch nur ein einziges Wort zu sagen.

»Am Ende wirst du schon die richtige Entscheidung treffen, Georgi«, rief er mir nach, wobei seine Stimme von den steinernen Wänden reflektiert wurde und in meinem Kopf widerhallte. »Du wirst dein eigenes Vergnügen über die Wünsche anderer stellen. Das ist es, was dich zu einem Menschen macht.«

Ich begann zu laufen, und binnen weniger Sekunden übertönte das Gepolter meiner Stiefel die Wahrheit, die, wie ich wusste, hinter seinen Worten steckte.

Während des Winters und der ersten Wochen des Frühjahrs 1916 machte ich es mir zur Aufgabe, darauf zu achten, dass der Zarewitsch sich jeglicher Aktivitäten enthielt, die zu einem Unfall und somit zu Verletzungen führen konnten – keine leichte Aufgabe, wenn man es mit einem agilen elfjährigen Jungen zu tun hat, der partout nicht einsehen will, warum ihm die Spiele und Sportübungen verwehrt sein sollten, an denen sich seine Schwestern erfreuen durften. Es kam regelmäßig vor, dass er die Geduld mit seinen Aufpassern verlor und sich auf sein Bett warf und mit Fäusten auf die Kissen einschlug, so sehr hasste er die Schutzmaßnahmen, die man um seinetwillen angeordnet hatte. Womöglich wurde diese Wut noch dadurch verschärft, dass er zwar der Zarewitsch war, die Dinge, die ihm den größten Spaß bereiteten, aber seinen Schwestern vorbehalten blieben.

Gegen Ende des Winters begab sich die kaiserliche Familie auf einen Schlittschuhausflug zu einem zugefrorenen See bei Zarskoje Selo. Der Zar und seine vier Töchter sowie deren Hauslehrer, Monsieur Gilliard, und Dr. Fedorow verbrachten den Nachmittag damit, beeindruckende Muster in das dicke Eis zu kerben, während die Zarin und ihr Sohn, dick eingemummt in Pelze, Handschuhe und Mützen, am sicheren Seeufer saßen und den anderen zuschauten.

»Darf ich nicht wenigstens für ein paar Minuten aufs Eis?«, bettelte der Zarewitsch bei Einbruch der Dämmerung, als klar war, dass der Spaß bald zu Ende sein würde.

»Du weißt doch, das geht nicht, mein Schatz«, erwiderte seine Mutter und strich ihm mit der Hand über sein in die Stirn hängendes Haar. »Wenn dir etwas passiert ...«

»Es wird aber nichts passieren«, beharrte er. »Ich passe auf, versprochen.«

»Nein, Alexei«, sagte sie seufzend.

»Aber das ist so ungerecht«, schimpfte er, mit vor Wut glutroten Wangen. »Warum muss ich hier herumsitzen, während meine Schwestern alles dürfen, was sie wollen. Schau dir Tatjana an! Die ist schon ganz blau. Und trotzdem muss sie nicht vom Eis und sich aufwärmen, oder? Und Anastasia! Die guckt andauernd zu mir herüber. Sie möchte, dass ich mitmache.«

Ich stand im Rücken der kaiserlichen Ausflugsgesellschaft und musste schmunzeln, als ich ihn dies sagen hörte, denn ich wusste, dass Anastasia nicht zu ihrem Bruder hinüberschaute, sondern zu mir. Es war für mich nach wie vor ein Wunder, wie wir es geschafft hatten, unsere Liaison fast ein Jahr lang geheim zu halten. Das Ganze war natürlich völlig harmlos. Wir verabredeten uns zu geheimen Rendezvous, wir schrieben uns Briefchen in einem von uns ersonnenen Code, und wenn es uns beiden gelang, einmal irgendwo allein zu sein, dann hielten wir Händchen und küssten uns, wobei wir uns ewige Liebe schworen. Wir hielten uns fest umschlungen und hatten ständig Angst, jemand könnte von unserer Romanze erfahren, denn diese Entdeckung hätte zweifellos unsere sofortige Trennung bedeutet.

»Immer stellst du Forderungen, Alexei«, sagte die Zarin mit einem erschöpften Seufzer, während sie einen Zinnbecher mit heißer Schokolade aus einer Thermosflasche füllte. »Aber ich muss dich wohl nicht an die Schmerzen erinnern, die du bekommst, wenn du stürzt oder hinfällst.«

»Aber ich werde nicht hinfallen«, beharrte er durch seine zusammengebissenen Zähne. »Soll das immer so weitergehen? Darf ich nie glücklich sein?«

»Doch, Alexei, natürlich. Wenn du erwachsen bist, kannst du tun und lassen, was du willst, aber bis dahin entscheide ich, und zwar in deinem eigenen Interesse. Vertrau mir!«

»Vater«, sagte Alexei und wandte sich nun an den Zaren, der gemeinsam mit Anastasia ans Ufer des Sees geglitten war und den Streit der beiden mitbekommen hatte. Ihre Gesichter waren rosig, aber sie hatten trotz der klirrenden Kälte gelacht und sich blendend amüsiert. Anastasia lächelte mich an, und ich erwiderte ihr Lächeln kurz, wobei ich darauf achtete, dass es niemandem auffiel. »Vater, darf ich ein bisschen Schlittschuh laufen?«

»Alexei«, erwiderte der Zar und schüttelte traurig den Kopf, »wir haben uns doch schon hundertmal darüber unterhalten.«

»Aber was ist, wenn ich nicht allein aufs Eis gehe?«, schlug der Junge vor. »Wenn mich jemand beim Schlittschuhlaufen an den Händen hält und mich notfalls auffängt?«

Der Zar dachte einen Moment lang darüber nach. Im Unterschied zu seiner Frau war er sich der anderen Mitglieder unserer Ausflugsgesellschaft bewusst, der Bediensteten, der entfernten Verwandten, der Prinzen aus vornehmen Adelsfamilien, und bei Gelegenheiten wie dieser war er stets darauf bedacht, dass sein Sohn nicht als ein Schwächling wahrgenommen wurde, der es nicht riskieren konnte, an den normalsten Aktivitäten teilzunehmen. Er war schließlich der Zarewitsch. Es war wichtig, dass man ihn für stark und männlich hielt, denn nur so war sein Anspruch auf den Thron aufrechtzuerhalten. Als er die Unschlüssigkeit seines Vaters spürte, packte der Junge die Gelegenheit sofort beim Schopf.

»Nur zehn Minuten«, fuhr er fort, als Anwalt in eigener Sache. »Höchstens fünfzehn. Vielleicht zwanzig. Und ich werde ganz langsam laufen. Im Schritttempo, wenn ihr wollt.«

»Alexei, das geht nicht«, begann die Zarin, doch dann wurde sie von ihrem Gatten unterbrochen.

»Gibst du mir dein Ehrenwort, dass du nur im Schritttempo läufst und dass du die beiden, die dich begleiten, an den Händen hältst?«

»Ja, Vater«, schrie Alexei begeistert und sprang von seinem Stuhl auf, wobei er – zum allgemeinen Entsetzen – beinahe über seine eigenen Füße gestolpert wäre. Ich hechtete zu ihm hin, um ihn aufzufangen, bevor er zu Boden fallen konnte, doch er schaffte es noch rechtzeitig, die Balance zu halten, und dann stand er da, und ihm war anzusehen, wie peinlich ihm sein kleines Missgeschick war.

»Nicky, nein!«, rief die Zarin sofort, wobei sie nun ebenfalls aufstand und ihrem Gatten einen wütenden Blick zuwarf. »Das darfst du nicht zulassen.«

»Der Junge sollte schon etwas Freiheit genießen dürfen, Sunny«, erwiderte der Zar, wobei er sich abwandte, nicht gewillt, seiner Frau in die Augen zu schauen. Ich konnte sehen, wie wenig es ihm behagte, dass sich diese Szene vor aller Augen abspielte. »Du kannst doch nicht erwarten, dass er hier den ganzen Nachmittag still herumsitzt und sich nicht betrogen fühlt.«

»Aber wenn er hinfällt«, schluchzte sie mit tränenerstickter Stimme.

»Ich falle nicht hin, Mutter«, sagte Alexei und küsste sie auf die Wange. »Das verspreche ich dir.«

»Du wärst doch fast schon hingefallen, als du nur von deinem Stuhl aufgestanden bist!«, schrie sie.

»Das war ein Versehen. Das passiert mir nicht noch mal.«

»Nicky«, sagte sie noch einmal mit flehender Stimme zu ihrem Gatten, doch der Zar schüttelte den Kopf. Ich erkannte, dass er seinen Sohn da draußen auf dem Eis sehen wollte. Und er wollte, dass alle anderen Alexei ebenfalls dort sahen – ohne Rücksicht auf mögliche Folgen. Der Zar und seine Frau starrten einander an und lieferten sich einen stummen Machtkampf. Laut Hofklatsch war es eine Liebesheirat gewesen, als sich die beiden zwei Jahrzehnte zuvor das Jawort gegeben hatten – ihre Verbindung war nicht nur gegen den Willen Alexanders III., des Vaters des Zaren, zustande gekommen, sondern auch gegen den der Kaiserinwitwe Maria Fjodorowna, der die englisch-deutsche Abstammung Alexandras ein Dorn im Auge war. Während all ihrer Ehejahre hatte der Zar sie stets auf Händen getragen, selbst als sie ihm eine Tochter nach der anderen gebar und er die Hoffnung auf einen Sohn fast schon aufgegeben hatte. Erst in den letzten Jahren, seitdem bei Alexei die Bluterkrankheit diagnostiziert worden war, hatte ihre Beziehung Risse bekommen.

Andere, landesweit verbreitete Gerüchte besagten, dass der Zar in Alexandras Gunst und ihrem Bett durch Vater Grigori ersetzt worden war, doch ich vermochte nicht zu sagen, ob dies der Wahrheit entsprach oder ob es eine Verleumdung war.

»Ich werde mit ihm laufen, Vater«, sagte eine leise Stimme, und ich schaute zu Anastasia hinüber, die das für sie typische unschuldige, zarte Lächeln zeigte. »Und ich werde ihn die ganze Zeit an der Hand halten.«

»Da, siehst du?«, sagte Alexei zu seiner Mutter. »Jeder weiß, dass Anastasia die beste Schlittschuhläuferin von uns allen ist.«

»Aber nur ihr beide allein, das geht nicht«, erwiderte die Zarin, die sich offenbar mit ihrer Niederlage abgefunden hatte, aber wenigsten so tun wollte, als hätte sie noch ein Wörtchen mitzureden. »Georgi Daniilowitsch«, sagte sie und überraschte mich, denn sie drehte sich zielgerichtet zu mir um, »du wirst meine Kinder aufs Eis begleiten. Alexei, du wirst zwischen den beiden laufen und sie immer an den Händen halten. Hast du verstanden?«

»Ja, Mutter«, krähte er entzückt.

»Und wenn ich sehe, dass du die beiden auch nur ein einziges Mal loslässt, werde ich dich zurückrufen, und du wirst mir ohne Widerspruch gehorchen.«

Der Zarewitsch erklärte sich damit einverstanden und band seine Schnürsenkel zu, während ich mich zum Seeufer begab, um meine klobigen Schneestiefel gegen elegante Schlittschuhe einzutauschen. Ich erhaschte einen Blick von Anastasia, die mich kokett anlächelte – welch brillanten kleinen Plan sie da ausgeheckt hatte! Wir beide würden da draußen vor aller Augen über den See schweben, und niemand würde auch nur den geringsten Verdacht schöpfen.

»Ihr seid eine ausgezeichnete Schlittschuhläuferin, Euer Hoheit«, erklärte ich, als wir zu dritt langsam zur Mitte des Sees liefen, wo die anderen Schlittschuhläufer und die Großfürstinnen auseinanderglitten, um uns Platz zu machen.

»Ach ja? Vielen Dank, Georgi«, sagte sie hochmütig, als wäre ich für sie nichts weiter als ein Dienstbote. »Du hingegen scheinst mir überraschend unsicher auf dem Eis.«

»Unsicher?«, fragte ich lächelnd.

»Ja. Bist du vorher noch nie Schlittschuh gelaufen?«

»Doch, schon oft.«

»Ach, wirklich?«, fragte sie überrascht, als wir am Seeufer entlang unsere Kreise zogen, wobei wir uns im Gleichschritt bewegten und mal nach links und mal nach rechts ausschwenkten. Ab und zu zogen wir das Tempo etwas an, bis uns die Schreie der am Ufer stehenden Zarin dazu zwangen, es wieder zu drosseln. »Ich habe nicht gewusst, dass du so viel Freizeit hast, um den Palast für derlei Frivolitäten verlassen zu können. Vielleicht sind deine Aufgaben ja doch nicht so schwer, wie ich bislang gedacht habe.«

»Nicht hier, Euer Hoheit«, erwiderte ich schnell. »Ich meinte, zu Hause in Kaschin, meinem Heimatdorf. Wenn die Seen im Winter zugefroren waren, sind wir immer auf dem Eis gewesen. Natürlich nicht auf Schlittschuhen. Für so einen Luxus hatten wir kein Geld.«

»Aha«, sagte sie, unser kleines Geschäker sichtlich genießend. »Und du bist dort allein gelaufen, nehme ich an.«

»Nein, nicht immer.«

»Also mit deinen Freunden, diesen anderen Bauerntölpeln, mit denen du aufgewachsen bist.«

»Keineswegs, Euer Hoheit«, grinste ich. »Wie überall auf der Welt bekommen auch die Familien in Kaschin nicht bloß Söhne, sondern auch Töchter. Nein, ich bin immer mit den Mädchen aus meinem Dorf eisgelaufen.«

»Hört auf, euch zu streiten!«, schrie Alexei, der sich nach Kräften bemühte, nicht das Gleichgewicht zu verlieren, denn in Wahrheit war er ein lausiger Schlittschuhläufer. Außerdem war er noch zu jung, um zu erkennen, dass das Ganze kein Streit war, sondern ein munterer Flirt.

»Ich verstehe«, sagte Anastasia nach einer Weile. »Nun, es kommt dir offenbar zugute, dass du mit diesen dicken, hart arbeitenden Mädchen über eure Seen geschlittert bist. Ich selber bin ja schon seit Jahren eine versierte Schlittschuhläuferin.«

»Das merkt man«, erwiderte ich.

»Kennst du den Prinzen Jewgeni Iljitsch Simonow?«

»Ja«, sagte ich, »er ist mir schon mal über den Weg gelaufen.« Ich erinnerte mich an diesen gut aussehenden Sprössling einer der wohlhabendsten Familien von St. Petersburg, einen Burschen, der nicht nur mit einem ahornholzfarbenen Teint und einem dichten Schopf blonder Haare gesegnet war, sondern auch mit den weißesten Zähnen, die ich je gesehen hatte. Es war allgemein bekannt, dass ihn die jungen Damen der feinen Gesellschaft vergötterten.

»Nun, Jewgeni hat mir alles beigebracht, was ich kann«, sagte Anastasia mit einem reizenden Lächeln.

»Alles?«

»Na ja, fast alles«, räumte sie etwas später ein, wobei sie den Mund spitzte, als sie mich anschaute – die größte uns mögliche Annäherung an einen öffentlichen Kuss.

»Kommt, lasst uns einen Kreis bilden«, sagte ich und blickte zu Alexei hinab.

»Einen Kreis?«

»Ja, dann können wir uns gemeinsam drehen, Euer Hoheit«, fuhr ich fort und schaute nun Anastasia an. »Ihr fasst auch mich bei der Hand, sodass wir drei eine geschlossene Kette bilden.«

Sie folgte meiner Anweisung, und einen Moment später waren wir drei miteinander verbunden und glitten auf diese Weise mal hierhin und mal dorthin, ein angenehmer Ringelreihen, der ein Ende fand, als uns die Zarin wütend vom Seeufer aus zuwinkte und darauf bestand, dass wir sofort vom Eis herunterkamen. Ich seufzte, und obwohl ich mir wünschte, es könnte noch ewig so weitergehen, sprach ich mich dafür aus, der Zarin zu gehorchen, doch in dem Moment, als wir Alexei sicher bei seiner Mutter abgeliefert hatten, nahm Anastasia erneut meine Hand, wobei sie diesmal fester zugriff, und dann fegte sie in einem solchen Tempo mit mir auf das Eis hinaus, dass ich Mühe hatte, mit ihr Schritt zu halten und nicht das Gleichgewicht zu verlieren.

»Anastasia«, schrie die Zarin, der mit einem Mal bewusst wurde, wie unziemlich es war, dass ihre Tochter und ich auf diese Weise allein Schlittschuh liefen, doch das schallende Gelächter, das der Zar anstimmte, als ich beinahe der Länge nach hingeschlagen wäre, reichte aus, um mich davon zu überzeugen, dass man mir diese Eskapade durchgehen ließe.

Und so liefen wir gemeinsam Schlittschuh. Und aus dem Schlittschuhlaufen wurde schnell ein Tanz. Wir beide bewegten uns in völligem Einklang, unsere Bewegungen und unsere Schritte waren perfekt aufeinander abgestimmt. Das Ganze dauerte nicht länger als ein paar Minuten, doch es kam mir vor wie eine Ewigkeit. Wenn ich an Zarskoje Selo und an den Winter 1916 zurückdenke, so ist dies meine deutlichste Erinnerung.
Die Großfürstin Anastasia und ich bei Sonnenuntergang allein auf dem Eis, Hand in Hand, in unserem ureigenen Rhythmus dahingleitend, während es zusehends dunkel wurde und uns ihre Eltern und Geschwister aus der Ferne zuschauten, ohne auch nur das Geringste von unserer leidenschaftlichen Romanze zu ahnen – wir beide in einem Takt tanzend, eine perfekte Verbindung von zwei Menschen, die sich wünschten, dieser Augenblick möge nie zu Ende gehen.

Und nun muss ich vom wohl schändlichsten Moment meines Lebens erzählen. Ich ertrage die Erinnerung daran nur, indem ich mir sage, dass ich damals jung war, dass ich verliebt war, nicht nur in Anastasia, sondern auch in die kaiserliche Familie, ins Winterpalais, in St. Petersburg, in jede Facette meines neuen Lebens, das sich mir so plötzlich eröffnet hatte. Ich sage mir, dass ich von Selbstsucht und Stolz erfüllt gewesen war, dass ich meine neue Existenz mit niemandem teilen wollte, dass dieser Neuanfang ganz und gar mir gehören sollte. Ich sage mir all diese Dinge, doch sie sind mir kein Trost. Es war eine unverzeihliche Sünde.
Asja erwartete mich bereits, als ich zur vereinbarten Uhrzeit an unserem Treffpunkt erschien – ich hatte sie im Verdacht, dass sie dort schon den halben Nachmittag gewartet hatte.

»Es tut mir leid«, sagte ich und sah ihr direkt in die Augen, obwohl ich sie schamlos anlog. »Es gibt keine Stelle für dich. Ich habe gefragt, aber derzeit besteht einfach kein Bedarf.«

Sie nickte und akzeptierte meine Worte, ohne zu klagen. Als sie in der Nacht verschwand, sagte ich mir, dass sie in Kaschin viel besser aufgehoben sei, wo sie Freunde und eine Familie hatte, ein Zuhause. Und dann verbannte ich sie aus meinen Gedanken, als wäre sie nichts weiter als eine entfernte Verwandte und keine Schwester, die mich liebte.

Ich habe sie nie mehr wiedergesehen und auch nie wieder etwas von ihr gehört. Ich muss mit dieser Erinnerung leben und mit der Schande.

1941

Drei Mal war ein gewisser Herr bereits von mir unbemerkt in der Bibliothek aufgetaucht, als mich Miss Simpson, die sehr von ihm angetan war, bei seinem vierten Besuch mit einem freudig erregten Gesichtsausdruck beiseitenahm.

»Er ist wieder da«, flüsterte sie, wobei sie meinen Arm umklammerte und hektisch in den Bibliothekssaal lugte, bevor sie sich wieder mir zuwandte – so aufgekratzt hatte ich sie noch nie erlebt. Ihre fiebrige Erregung glich der eines Kindes am Heiligabend kurz vor der Bescherung.

»Wer ist wieder da?«, fragte ich.

»Na, *er*«, sagte sie, als hätten wir uns bereits ausgiebig über den Burschen unterhalten und als stellte ich mich absichtlich begriffsstutzig. »Mr Tweed, wie ich ihn nenne. Er ist Ihnen doch sicher auch aufgefallen, oder?«

Ich starrte sie an und fragte mich, ob sie vielleicht verrückt geworden war. Der Krieg schlug uns schließlich allen aufs Gemüt. Die ständigen Luftangriffe, das Drohen von Luftangriffen, die Folgen von Luftangriffen … es war genug, um selbst die vernünftigste Seele in den Wahnsinn zu treiben.

»Miss Simpson«, sagte ich, »ich habe keine Ahnung, wovon Sie da reden. Es ist jemand hier, den Sie schon einmal hier gesehen haben. Ist das richtig? Ein Störenfried oder etwas in der Art? Was um Himmels willen wollen Sie mir sagen?«

Sie packte mich und zerrte mich vom Ausgabepult weg, wo ich gearbeitet hatte, und einen Augenblick später standen wir versteckt hinter einem Bücherregal und betrachteten einen Mann, der an einem der Lesetische saß und sich auf einen dicken Wälzer konzentrierte. Es war nichts sonderlich

Bemerkenswertes an ihm, einmal abgesehen von der Tatsache, dass er einen teuren Tweedanzug trug, von dem sich der Name ableitete, den Miss Simpson sich für ihn ausgedacht hatte. Vermutlich war er auch ein Frauentyp, mit dunklem, nach hinten gekämmtem, pomadisiertem Haar. Seine sonnengebräunte Haut ließ darauf schließen, dass er entweder kein Engländer war oder viel Zeit im Ausland verbrachte. Am Ungewöhnlichsten war jedoch die Tatsache, dass ein Mann seines Alters – er war ungefähr Ende zwanzig – an einem Donnerstag um zwei Uhr nachmittags in der Bibliothek des British Museum saß. Eigentlich hätte er irgendwo beim Militär sein müssen.

»Ja, und?«, fragte ich, irritiert von der unübersehbaren Begeisterung meiner jungen Kollegin. »Was ist nun mit ihm?«

»Er ist diese Woche jeden Tag hier gewesen«, sagte sie, wobei sie wie wild nickte. »Haben Sie ihn nicht bemerkt?«

»Nein«, erwiderte ich. »Es gehört nicht zu meinen Gewohnheiten, junge Herren zu bemerken, die unsere Bibliothek aufsuchen.«

»Ich glaube, er hat ein Auge auf mich geworfen«, sagte sie kichernd, wobei sie wieder in seine Richtung linste und anerkennend lächelte. »Wie sehe ich aus, Mr Jatschmenew? Ist mein Lippenstift in Ordnung? Ich habe seit Monaten keinen mehr gehabt, aber heute morgen habe ich hinten in meiner Frisierkommode noch einen gefunden und mir gesagt, *Mensch, das bringt Glück*, und ihn gleich aufgetragen, um mich in Stimmung zu bringen. Was ist mit meinem Haar? Ich habe eine Bürste dabei. Was meinen Sie, sitzt es so?«

Ich starrte sie an und merkte, dass meine Irritation zunahm. Es war nicht so, dass ich die Frivolitäten, die sich die jüngeren Leute hin und wieder gestatteten, in Bausch und Bogen verurteilte – schließlich war das Leben in letzter Zeit für uns alle nicht nur schwieriger, sondern auch beängstigender geworden. Natürlich gönnte ich jedem einen Moment der Freude, denn solche Momente waren inzwischen rar. Doch der Frohsinn hatte für mich auch seine Grenzen. Von einem gewissen Punkt an konnte ich ihn nicht mehr ertragen. Und das Verhalten von Miss Simpson ging mir, ehrlich gesagt, gehörig auf die Nerven.

»Sie sehen gut aus«, sagte ich und wandte mich ab, um wieder meinen Pflichten nachzugehen. »Und Sie würden noch besser aussehen, wenn Sie sich wieder an die Arbeit machten und Ihre Zeit nicht mit solchen Albernheiten vergeudeten. Haben Sie denn nichts zu tun?«

»Doch, natürlich«, sagte sie. »Ach, kommen Sie, Mr Jatschmenew, zurzeit gibt es herzlich wenig Männer in London. Schauen Sie ihn an! Ist er nicht umwerfend? Wenn er tatsächlich jeden Tag wegen mir hierherkommt, na ja, dann werde ich nicht Nein sagen, verstehen Sie? Vielleicht ist er einfach nur zu schüchtern, um mich anzusprechen. Aber das lässt sich ja leicht herausfinden.«

»Miss Simpson, ich bitte Sie, unterstehen Sie …«

Doch es war bereits zu spät. Sie zog ein Buch aus dem Regal und ging auf den Mann zu. Obwohl ich es eigentlich nicht wollte, ertappte ich mich dabei, wie ich aus einem morbiden Interesse an meinem Platz verharrte, um zu verfolgen, was wohl als Nächstes geschehen würde. Miss Simpsons Verhalten war immer für einen gewissen voyeuristischen Kitzel gut, den ich hin und wieder durchaus genoss. Sie stolzierte durch den Saal und schwang dabei die Hüften mit der Selbstsicherheit eines Filmstars. Als sie den Mann erreicht hatte, ließ sie absichtlich das Buch fallen, woraufhin dessen harter Einband mit einem lauten, im ganzen Saal widerhallenden Krachen auf dem Marmorfußboden landete, was mich wiederum dazu veranlasste, die Augen zu verdrehen. Als sie sich vornüberbeugte, um es aufzuheben, gewährte sie jedem in ihrer Nähe einen mehr als deutlichen Blick auf ihr Hinterteil und das obere Ende ihrer Strümpfe – es war fast schon unanständig, aber sie war ein hübsches Mädchen, und man hätte stärker sein müssen als ich, um wegzuschauen.

Mr Tweed griff nach dem Buch, und ich sah, wie Miss Simpson lachte, etwas zu ihm sagte und ihm dabei mit den Fingern kurz über die Schulter fuhr. Er streifte ihre Hand jedoch sofort wieder ab und murmelte eine barsche Antwort, bevor er ihr das heruntergefallene Buch reichte. Sie sagte noch etwas zu ihm, woraufhin er einfach das vor ihm liegende Buch zuklappte, um ihr den Titel zu zeigen, und als sie sich vornüberbeugte, um diesen zu entziffern, gewährte sie ihm einen deutlichen Blick auf ihren üppigen Busen – ein Panorama, das ihn jedoch kaltzulassen schien, denn er wandte seinen Blick ab wie ein wahrer Gentleman. Von meinem Beobachtungsposten aus konnte ich erkennen, dass er sich mit Gibbons *Verfall und Untergang des Römischen Reiches* beschäftigt hatte, was mich zu der Vermutung veranlasste, dass er möglicherweise Historiker oder Professor war, oder aber er litt an einer Krankheit, die ihn kriegsuntauglich machte. Seine Anwesenheit in der Bibliothek konnte alle möglichen Gründe haben.

Es war nicht verwunderlich, dass Miss Simpson sich so sehr für ihn interessierte. Noch vor wenigen Jahren hätte es in der Bibliothek und im Museum von jungen Männern nur so gewimmelt, doch seit Kriegsausbruch hatte sich das Leben beträchtlich verändert, und die Anwesenheit eines jungen, womöglich ledigen Mannes an einem unserer Lesetische war zweifellos bemerkenswert. Unser Leben wurde beherrscht von Lebensmittelkarten, Ausgehverboten und dem Sirenengeheul des allnächtlichen Fliegeralarms. Ging man durch die Straßen, so begegneten einem dort Zweier- oder Dreiergruppen von Mädchen, die jetzt alle als Krankenschwestern arbeiteten und zwischen den provisorischen Hospitälern und ihren Unterkünften hin und her hasteten, mit bleichen Gesichtern und tief liegenden, dunkel umränderten Augen, die nicht nur vom Schlafmangel herrührten, sondern auch von der tagtäglichen Konfrontation mit den zerschundenen und zerfetzten Körpern ihrer Mitbürger. Ihre weißen Schwesterntrachten waren häufig scharlachrot gesprenkelt, aber sie schienen es nicht mehr zu bemerken, oder es war ihnen egal.

Seit zwei Jahren rechnete ich damit, dass die Bibliothek auf unbestimmte Zeit geschlossen würde, doch sie zählte zu jenen Symbolen des britischen Lebens, an denen Mr Churchill so trotzig festhielt, und so blieb das Gebäude geöffnet, und diente nun häufig als Zufluchtsort für Adjutanten aus dem Kriegsministerium, die sich in ruhige Ecken des Lesesaals verzogen, wo sie über Landkarten und Fachbüchern brüteten, um ihren Vorgesetzten mit der Präsentation geschichtlich erprobter siegreicher Strategien zu imponieren. Wir mussten mit deutlich weniger Personal als zu Friedenszeiten auskommen, aber Mr Trevors war natürlich noch immer bei uns, denn er war zu alt, um noch eingezogen zu werden. Miss Simpson war bei Kriegsausbruch zu uns gekommen. Als Tochter eines Geschäftsmannes mit guten Beziehungen hatte sie diese Stelle bekommen, »weil sie kein Blut sehen konnte«. Es gab noch etliche andere Hilfsbibliothekare, die alle nicht mehr im wehrfähigen Alter waren, und dann war da noch ich. Dieser russische Bursche. Der Emigrant. Der Mann, der seit fast zwanzig Jahren in London lebte und dem plötzlich alle Welt mit Misstrauen begegnete, und zwar aus einem einfachen Grund: meinem Akzent.

»Nun, er lässt sich nicht in die Karten sehen, so viel steht fest«, sagte Miss Simpson, als sie zum Ausgabepult zurückkehrte, wo ich nun wieder stand, nachdem es mich zu langweilen begonnen hatte, ihr beim Flirten zuzuschauen.

»Ach, tatsächlich?«, bemerkte ich, wobei ich mir alle Mühe gab, desinteressiert zu klingen.

»Ich habe ihn bloß nach seinem Namen gefragt«, fuhr sie fort, ohne sich um meinen Tonfall zu scheren, »und er meinte, das sei ja wohl ziemlich dreist von mir, und ich sagte: *Nun, ich nenne Sie Mr Tweed, weil Sie hier jeden Tag in diesem herrlichen Tweedanzug aufkreuzen. Ein Geschenk von Ihrer Frau, fragte ich ihn, oder vielleicht von Ihrer Verlobten?* Daraufhin sagte er: *Das ist ja wohl meine Privatangelegenheit,* total blasiert und von oben herab, und ich sagte, er halte mich hoffentlich nicht für aufdringlich, aber es komme nun mal nicht so oft vor, dass jemand wie er nachmittags bei uns in der Bibliothek erscheine. *Jemand wie ich?*, fragte er mich. *Was wollen Sie damit sagen?* Ich erwiderte, ich wolle ihm nicht zu nahe treten, aber er sei mir eben wie jemand Bessergestelltes vorgekommen, also wie jemand, mit dem man sich vielleicht gut unterhalten könne, und, na ja, dass ich, falls er interessiert wäre, später am Abend frei hätte und ...«

»Miss Simpson, ich bitte Sie!«, unterbrach ich sie barsch, bevor ich entnervt die Augen schloss und mir mit den Daumen die Schläfen massierte, denn ihr unablässiges Geschnatter bereitete mir Kopfschmerzen. »Wir sind hier in einer Bibliothek. An einem Ort der Gelehrsamkeit. Und Sie sind hier, um zu arbeiten. Und nicht, um Klatsch und Tratsch zu verbreiten. Oder zu flirten. Könnten Sie also freundlicherweise Ihre ...«

»Na, hören Sie mal!«, fuhr sie mir über den Mund, das Kinn gereckt, die Hände in die Hüften gestemmt, als hätte ich sie gerade tödlich beleidigt. »Nichts für ungut, aber Sie sollten sich mal reden hören, Mr Jatschmenew! So wie Sie sich hier aufführen, könnte man meinen, ich hätte irgendwelche Staatsgeheimnisse an die Deutschen verraten!«

»Es tut mir leid, wenn ich schroff gewesen bin«, sagte ich mit einem Seufzer. »Aber ich habe hier viel um die Ohren. Da drüben stehen zwei Bücherwagen und warten schon seit heute Morgen darauf, dass sie endlich abgeräumt werden. Und auf den Tischen liegen jede Menge Bücher herum, die wieder in ihre Regale einsortiert werden müssen. Ist es wirklich zu viel verlangt, dass Sie einfach Ihre Arbeit erledigen?«

Sie funkelte mich kurz an und schürzte die Lippen, wobei sie die Zungenspitze von innen gegen die Wange drückte, bevor sie den Kopf schüttelte und mir den Rücken kehrte, um davonzumarschieren, mit so viel Würde und Empörung, wie sie aufbieten konnte. Ich schaute ihr nach und fühlte mich ein wenig schuldig. Ich mochte Miss Simpson. Sie wollte niemandem schaden und war in der Regel eine angenehme Gesellschaft. Doch der Gedanke, Arina könnte sich eines Tages in eine junge Frau wie Miss Simpson verwandeln, ließ mich erschaudern.

»Ihre Kollegin ist ja 'ne tolle Nummer«, sagte wenig später eine leise Stimme, und als ich aufschaute, erblickte ich Mr Tweed, der direkt vor mir stand. Ich machte Anstalten, sein Buch entgegenzunehmen, doch er hatte keins dabei. »Die kann einem sicher ganz schön auf die Nerven gehen.«

»Nein, die hat das Herz auf dem rechten Fleck«, erwiderte ich, denn ich empfand genug kollegiale Solidarität, um Miss Simpson gegenüber einem Fremden in Schutz zu nehmen. »Den jungen Leuten bieten sich derzeit einfach wenig Gelegenheiten, um sich zu zerstreuen. Aber ich entschuldige mich für meine Kollegin, falls sie Sie belästigt haben sollte, Sir«, fügte ich hinzu. »Sie ist ein leicht erregbares Ding, das ist alles. Ich glaube, Ihr Interesse schmeichelt ihr, wenn ich das sagen darf.«

»Mein Interesse?«, fragte er und zog überrascht eine Augenbraue hoch.

»Der Sachverhalt, dass Sie jeden Tag hierherkommen, um ein Auge auf sie zu werfen.«

»Deswegen komme ich nicht hierher«, sagte er in einem Tonfall, der mich ihn mit neuen Augen ansehen ließ. Er hatte eine eigentümliche Ausstrahlung, etwas, das darauf hindeutete, dass er womöglich nicht der Gelehrte war, für den ich ihn gehalten hatte.

»Das verstehe ich nicht«, sagte ich. »Gibt es irgendetwas, das ich ...«

»Nun, ich bin nicht wegen *ihr* hier, Mr Jatschmenew«, sagte er.

Ich starrte ihn an und merkte, wie mir das Blut in den Adern gefror. Als Erstes galt es nun herauszufinden, ob dieser Mann mit einem Akzent sprach oder nicht. Ob er ebenfalls ein Emigrant war. Ob er einer von uns war.

»Woher kennen Sie meinen Namen?«, fragte ich ruhig.

»Sie sind doch Mr Jatschmenew, oder? Mr Georgi Daniilowitsch Jatschmenew?«

Ich schluckte. »Was wollen Sie von mir?«

»Was *ich* von Ihnen will?« Er klang ein bisschen überrascht, doch dann schüttelte er den Kopf und schaute kurz beiseite, bevor er sich ein Stück zu mir herüberbeugte. »Ich will gar nichts von Ihnen. Ich bin nicht derjenige, der Ihre Hilfe braucht – der Ihre Hilfe *benötigt*.«

»Wer dann?«, fragte ich, doch er sagte nichts, sondern lächelte mich nur an – die Sorte von Lächeln, die Miss Simpson umgehauen hätte, wäre sie nicht gerade in einem anderen Teil des Lesesaals beschäftigt gewesen.

Der Luftkrieg über London tobte bereits seit Monaten und hatte sich in letzter Zeit dermaßen verschärft, dass ich glaubte, er würde uns alle in den Wahnsinn treiben. Jede Nacht warteten wir voller Angst darauf, dass das Geheul der Luftschutzsirenen anhob – darauf zu warten, war fast schlimmer als das Geräusch selbst –, und wenn es so weit war, rannten Soja, Arina und ich zum Luftschutzbunker im U-Bahnhof Chancery Lane, dessen zwei lange parallele Tunnel sich binnen kürzester Zeit mit Anwohnern aus den umliegenden Straßen füllten.

Es gab nur acht solcher Bunker in der Stadt, viel zu wenig, und es handelte sich um finstere, unangenehme Orte, um stickige, lärmerfüllte, übel riechende unterirdische Gänge, wo wir uns ironischerweise weniger sicher fühlten als oben in unseren Häusern. Ungeachtet der strengen Vorschriften, die genau regelten, wer sich in welchen Bunker zu begeben hatte, trafen schon am frühen Abend Bewohner aus entlegeneren Bezirken Londons an den U-Bahnhöfen ein und warteten davor, um sich einen Platz zu sichern. Wurden die Türen schließlich geöffnet, so kam es häufig zu einem unschönen Geschiebe und Gedränge. Im Gegensatz zu der weit verbreiteten Legende, die, angeheizt von glühendem Patriotismus und einer Verklärung der Vergangenheit, im Laufe der Zeit entstanden ist, kann ich mich nicht an irgendwelche fröhlichen Momente in jenen Bunkern erinnern und auch nur an wenige Nächte, wo zwischen den von Bomben unter die Erde getriebenen Menschen so etwas wie Solidarität geherrscht hätte. Wir sprachen dort unten kaum miteinander, wir lachten nicht, und wir sangen auch keine Lieder. Stattdessen hockten wir im Familienkreis zusammen, zitternd, ängstlich, mit blank liegenden Nerven, wobei es in der beklemmenden Atmosphäre auch hin und wieder zu Streitigkeiten und Schlägereien kam. Wir waren beherrscht von der ständigen Furcht, die Decke könnte jeden Augenblick über uns einstürzen und uns alle in einer unzugänglichen Schutthalde unter den Straßen der zerstörten Stadt begraben.

Zur Mitte des Jahres 1941 wurden die Bombenangriffe seltener, doch man wusste nie, in welcher Nacht oder zu welcher Nachtzeit die Sirenen losgehen würden – eine Situation, die bei uns zu ständiger Übermüdung und Gereiztheit führte. Obwohl jeder das Geräusch der Bombenexplosionen hasste, der Detonationen, die die Häuser unserer Nachbarn zerstörten, tiefe Krater in die Straßen rissen und jene armen Seelen töteten, die es nicht rechtzeitig in die Bunker geschafft hatten, war es für Soja besonders qualvoll. Allein schon Wörter wie Feuerkraft oder Blutbad reichten aus, um sie zur Verzweiflung zu treiben.

»Wie lange soll das noch so weitergehen?«, fragte sie mich eines Nachts, als wir im Chancery-Lane-Bunker saßen und die Minuten zählten, bis wir uns wieder aus unserer Grabkammer heraustrauen konnten, um die Bombenschäden der vergangenen Nacht in Augenschein zu nehmen. Die inzwischen siebenjährige Arina schlief auf meinem Schoß, halb unter meinem Mantel verkrochen. Ein Kind, das den Krieg für einen ganz normalen Bestandteil des Lebens hielt, weil es sich kaum noch an die Zeit erinnern konnte, als er unseren Alltag noch nicht dominiert hatte.

»Das ist schwer zu sagen«, erwiderte ich, denn ich wollte zuversichtlich klingen, ihr zugleich aber keine falschen Hoffnungen machen. »Bestimmt nicht mehr lange.«

»Aber hast du denn nichts gehört? Hat niemand mit dir gesprochen und dir gesagt, wann wir wieder ...«

»Soja«, unterbrach ich sie schnell und schaute mich um, mich vergewissernd, dass uns niemand zuhörte, doch im Bunker war es so laut, dass niemand etwas von unserem Gespräch hätte aufschnappen können. »*Hier* können wir nicht darüber sprechen.«

»Aber ich halte das nicht mehr aus«, sagte sie, und dann schossen ihr die Tränen in die Augen. »Es vergeht kein Tag, an dem ich mich nicht frage, ob wir die kommende Nacht überleben werden. Du hast doch jetzt Freunde, Georgi. Leute, denen du wichtig bist. Könntest du sie nicht fragen ...«

»Soja, sei still!«, fauchte ich sie an und schaute mich kurz mit zusammengekniffenen Augen um. »Ich habe es dir bereits gesagt. Ich weiß nichts. Ich kann niemanden fragen. Bitte ... Mir ist klar, was das für eine Belastung ist, aber wir können jetzt nicht darüber reden. Nicht hier.«

Arina regte sich in meinen Armen und blickte verschlafen zu mir auf, mit halb geöffneten Augen, wobei ihr Mund leicht zuckte, als sie sich mit der Zunge über die Lippen fuhr. Ihre Gesichtszüge entspannten sich, sobald sie sich vergewissert hatte, dass wir beide, ihr Vater und ihre Mutter, noch immer da waren, um sie zu beschützen. Soja strich ihr so lange über das Haar, bis sie wieder eingeschlafen war.

»Denkst du nicht manchmal auch, dass wir uns den falschen Ort ausgesucht haben, Georgi?«, fragte sie mich, nun mit einer leisen und resignierten Stimme. »Wir hätten nach Paris überall hingehen können.«

»Aber es ist überall so wie hier, meine Liebe«, erwiderte ich ruhig. »Die ganze Welt ist darin verstrickt. Es gibt keinen Ort, wo uns dieser Wahnsinn nicht ereilt hätte.«

Während jener langen Nächte im Bunker wanderten meine Gedanken häufig nach Russland zurück. Ich versuchte mir vorzustellen, wie es inzwischen in St. Petersburg oder Kaschin aussehen mochte, zwanzig Jahre, nachdem ich das Land verlassen hatte, und ich kam nicht umhin, mich zu fragen, wie die Russen wohl den Krieg überstanden, wie sie mit diesem Martyrium fertig wurden. Natürlich war St. Petersburg für mich nie Leningrad gewesen, auch wenn es in den Zeitungen als die Stadt der Bolschewiki bezeichnet wurde. Ich hatte mich auch nie mit dem Namen Petrograd angefreundet, den der Zar zu Beginn des Weltkrieges eingeführt hatte, als er befürchtete, der ursprüngliche Name könnte für eine bedeutende russische Stadt zu teutonisch sein, insbesondere da wir in einen Krieg mit seinem deutschen Vetter verwickelt waren, bei dem es auch um Gebietserweiterungen ging. Ich versuchte mir diesen Stalin vorzustellen, von dem ich so oft gelesen hatte und dessen Gesicht mich misstrauisch machte. Natürlich hatte ich ihn nie kennengelernt, doch während meines letzten Petersburger Jahres hatte ich mitbekommen, wie sein Name – zusammen mit denen von Lenin und Trotzki – bei Gesprächen im Palast gefallen war, und es kam mir merkwürdig vor, dass ausgerechnet er die beiden anderen überlebt und die Macht an sich gerissen hatte. Die Herrschaft der Romanows hatte ihr Ende gefunden, weil das Volk vom Zarismus genug gehabt hatte, doch ich fand, dass sich dieses neue Sowjetregime bis auf den Namen kaum vom alten russischen Kaiserreich unterschied.

Obwohl ich nur selten an sie dachte, fragte ich mich, wie meine Schwestern den Krieg erlebten und ob sie überhaupt noch am Leben waren. Asja musste inzwischen Mitte vierzig sein, Liska und Talya in den frühen Vierzigern. Sie waren alt genug, um Söhne zu haben – meine Neffen –, die nun wohl irgendwo an der russischen Front kämpften und ihr Leben auf dem Schlachtfeld opferten. Ich hatte mir oft einen Sohn gewünscht, und es tat mir weh, wenn ich daran dachte, dass ich nie einen dieser Jungen kennenlernen würde, dass sie nie Gelegenheit haben würden, sich mit ihrem Onkel zu einem kleinen Plausch zusammenzusetzen. Doch dies war der Preis, den ich für die Entscheidung zahlen musste, die ich 1918 getroffen hatte: die Trennung von meiner Familie, Exil auf Lebenszeit. Es war natürlich auch möglich, dass meine Schwestern nicht mehr am Leben waren, dass sie kinderlos alt geworden waren oder dass man sie während der Revolution umgebracht hatte. Wer weiß, welch fürchterliche Rache in Kaschin womöglich an ihnen vollzogen worden war, als die Nachricht von meiner Freveltat unser kleines, trostloses Dorf erreicht hatte?

Drei Luftangriffe betrafen mich und meine Familie in besonderem Maße. Beim ersten wurde das British Museum von Bomben getroffen, ein Ort, den ich inzwischen als eine Art Zuhause betrachtete. Die Bibliothek blieb weitgehend verschont, doch Teile des Hauptgebäudes waren so stark beschädigt, dass sie bis auf Weiteres geschlossen wurden. Es bekümmerte mich, ein so herrliches Gebäude in diesem erbarmungswürdigen Zustand zu sehen.

Beim zweiten wurde das Holborn Empire dem Erdboden gleichgemacht, das Filmtheater, das Soja und ich vor Ausbruch des Krieges so häufig besucht hatten, der Ort, den ich mit meiner Schwärmerei für Greta Garbo verband und mit dem Abend, als meine Frau und ich uns dort anlässlich einer Vorführung von *Anna Karenina* für zwei Stunden in Bildern und Erinnerungen verloren hatten, die uns in unsere Heimat zurückversetzten.

Der dritte war der betrüblichste. Unsere Nachbarin, Rachel Anderson, die seit sechs Jahren neben uns gewohnt hatte und die für Soja eine Freundin und Vertraute und für Arina so etwas wie eine Großmutter gewesen war, kam in einem Haus in Brixton zu Tode, wo sie eine Freundin besucht und es nicht mehr rechtzeitig in einen Luftschutzbunker geschafft hatte. Als ihr Leichnam eine Woche später gefunden wurde, hatten wir uns angesichts ihres spurlosen Verschwindens bereits auf das Schlimmste gefasst gemacht. Wir litten alle drei sehr unter diesem Verlust, vor allem jedoch Arina, die Rachel jeden Tag ihres Lebens gesehen hatte und die bis dahin noch nicht gewusst hatte, was es bedeutete, um jemanden zu trauern.

Im Unterschied zu ihren Eltern, die es nur zu gut wussten.

Zuerst gab es eine Reihe von Briefen, die offenbar keine wichtigen Informationen enthielten, doch ich übersetzte sie trotzdem und suchte dabei zwischen den Zeilen nach versteckten Botschaften. Die Briefe waren alle mindestens ein Jahr alt und umfassten Einzelheiten über Truppenbewegungen, die schon längst abgeschlossen waren. Als ich mich daranmachte, die in kyrillischer Schrift abgefassten Texte ins Englische zu übertragen, war die Mehrzahl der Soldaten, die den fraglichen Truppen angehört hatten, vermutlich bereits gefallen. Ich arbeitete sehr gewissenhaft und las zunächst jedes dieser Dokumente von A bis Z durch, um mir einen Eindruck von ihrem Inhalt zu verschaffen, bevor ich damit begann, sie Satz für Satz zu entziffern. Ich schrieb in einer sauberen, ordentlichen Handschrift auf Velinpapier, das mir vom Kriegsministerium zur Verfügung gestellt wurde, und ich benutzte dabei einen schwarzen Füllfederhalter von allerbester Qualität, der bei meiner Ankunft auf dem Tisch gelegen hatte. Als ich mit der Arbeit fertig war und den Füller zurücklegte, öffnete sich beinahe im selben Augenblick die Tür, und er trat herein.

»Der Spiegel«, sagte ich und nickte in Richtung der langen Glasscheibe, die in eine der Wände eingelassen war. »Ich nehme an, Sie haben mich dadurch beobachtet.«

»Ja, Mr Jatschmenew. Wir beobachten gern. Ich hoffe, es macht Ihnen nichts aus.«

»Machte es mir etwas aus, wäre ich nicht hier, Mr Jones«, sagte ich. »Es ist ja auch nicht so, dass Sie ein Geheimnis daraus gemacht hätten – ich habe Sie da drüben reden gehört. Besonders sicher kommt mir dieses Arrangement nicht vor. Ich hoffe, Sie benutzen den Raum nicht bei Leuten, die wichtiger sind als ich.«

Er nickte und bedachte mich mit einem entschuldigenden Achselzucken. Dann nahm er auf einem Sessel in der Ecke des Raums Platz und begann, die von mir beschriebenen Seiten sorgfältig zu studieren. Er trug einen anderen Anzug als in der Bibliothek, aber auch dieser war von erlesener Qualität, und ich kam nicht umhin, mich zu fragen, wie er sich so etwas in einer Zeit strengster Rationierung beschaffen konnte. *Mr Tweed* – wie Miss Simpson ihn an jenem Nachmittag genannt hatte – hatte sich mir später als *Mr Jones* vorgestellt, ohne einen Vornamen zu nennen. Eine ziemlich ungewöhnliche Ouvertüre, die darauf schließen ließ, dass dies genauso wenig sein richtiger Name war wie Miss Simpsons fantasievollerer Vorschlag. Das machte mir jedoch nichts aus. Wer immer er sein mochte, es kümmerte mich nicht. Schließlich war er nicht der erste Mensch in meinem Leben, der vorgab, jemand zu sein, der er nicht war.

»Ihr Anzug«, sagte ich, als ich ihn dabei beobachtete, wie er meine Sätze genau unter die Lupe nahm, wobei sich sein Gesichtsausdruck von Zeit zu Zeit veränderte und zwischen Zustimmung und Überraschung changierte.

»Mein Anzug?«, fragte er und schaute von seiner Lektüre auf.

»Ja, ich bewundere ihn gerade.«

Er starrte mich an, und seine Mundwinkel wanderten ein Stück nach oben, als wäre er sich nicht sicher, wie diese Bemerkung zu verstehen war. »Vielen Dank«, sagte er dann, mit einem argwöhnischen Beiklang in seiner Stimme.

»Ich frage mich, wie ein junger Mann zu so einem Anzug kommt. Ich meine, in diesen Zeiten«, fügte ich hinzu.

»Ich habe eine private Einnahmequelle«, erwiderte er auf der Stelle, wobei mir seine rasche Reaktion zu verstehen gab, dass sich das Thema damit für ihn erledigt hatte. »Diese Übersetzungen sind sehr gut«, fuhr er fort und kam zu mir herüber, um neben mir am Tisch Platz zu nehmen. »Wirklich ausgezeichnet. Sie haben die Fehler vermieden, die unsere anderen Übersetzer meist machen.«

»Und welche wären das?«

»Jedes Wort und jede Formulierung exakt so zu übersetzen, wie sie auf dem Papier stehen. Die idiomatischen Unterschiede zwischen den beiden Sprachen nicht zu berücksichtigen. Im Grunde haben Sie diese Briefe gar nicht übersetzt, stimmt's? Sie haben mir erzählt, was in diesen Briefen steht. Das ist ein gehöriger Unterschied.«

»Schön, dass es Ihnen gefällt«, sagte ich. »Aber darf ich Sie mal was fragen?«

»Ja, natürlich.«

»Ihr Russisch ist offenbar genauso gut wie meins.«

»Nein, Mr Jatschmenew«, sagte er mit einem Lächeln, »es ist besser.«

Ich blickte ihn an, von seiner Arroganz belustigt, denn er war mindestens fünfzehn Jahre jünger als ich und lief mit einem Akzent herum, aus dem unverkennbar hervorging, dass er Eton oder Harrow oder eine der anderen exklusiven Privatschulen besucht hatte, wo aus den Sprösslingen reicher Familien junge Gentlemen gemacht wurden. »Sie stammen aus Russland?«, fragte ich ungläubig. »Sie klingen so ... englisch.«

»Das kommt daher, dass ich Engländer bin. Aber ich bin ein paar Mal in Russland gewesen. Moskau. Leningrad, natürlich. Stalingrad.«

»St. Petersburg«, korrigierte ich ihn schnell. »Und Zarizyn.«

»Wenn Ihnen das lieber ist. Im Osten bin ich bis zum Mittelsibirischen Bergland gekommen, im Süden bis nach Irkutsk. Aber das war bloß zum Vergnügen. Ich war sogar einmal in Jekaterinburg.«

Ich hatte wieder auf die Briefe geschaut, während er sprach, und mich noch einmal am Anblick der kyrillischen Buchstaben erfreut, doch bei jenem Wort, beim schrecklichsten aller Wörter, fuhr ich zusammen und starrte ihn an, wobei ich seine Miene nach einem Hinweis durchforschte, der mir vielleicht Rückschlüsse auf *seine* Geheimnisse erlaubt hätte.

»Warum?«, fragte ich.

»Man hat mich dort hingeschickt.«

»Warum Jekaterinburg?«

»Man hat mich dort hingeschickt.«

Ich schaute ihn an und spürte, wie mir vor Aufregung und Angst ein Schauer über den Rücken lief. Ich konnte mich nicht erinnern, wann mir zum letzten Mal jemand begegnet war, der sich dermaßen unter Kontrolle hatte – ein junger Mann, der nie schwitzte, der nie die Fassung verlor, der nie etwas sagte, bei dem er sich nicht vollkommen sicher war, dass er es auch sagen wollte.

»Sie haben Russland nur besucht«, sagte ich schließlich, denn ich hatte den Eindruck, er würde erst dann wieder etwas sagen, wenn ich den Anfang machte.

»Das stimmt.«

»Sie haben dort nie gelebt?«

»Richtig.«

»Aber Sie glauben, Ihr Russisch sei besser als meins.«

»Ja.«

Angesichts seines selbstsicheren Tonfalls musste ich kurz lachen. »Darf ich fragen, warum Sie das glauben?«

»Weil es mein Job ist, besser Russisch zu können als Sie.«

»Ihr Job?«

»Ja.«

»Und was genau ist Ihr Job, Mr Jones?«

»Besser Russisch zu können als Sie.«

Ich seufzte und schaute weg. Diese Unterhaltung war vollkommen sinnlos. Es konnte nicht anders sein. Er würde mir nichts sagen, was er nicht sagen wollte. Es wäre einfacher, wenn ich meinen Mund hielt und darauf wartete, dass er stattdessen zu reden begann. Das Resultat wäre in jedem Fall das gleiche gewesen.

»Aber wie dem auch sei«, fügte er hinzu, wobei er die Briefe noch einmal hochhielt, um sie dann auf die Tischplatte zu werfen, »Ihr Russisch ist ausgezeichnet. Ich werde Sie als geeignet empfehlen. Es ist ja auch nicht so, dass Sie in den letzten zwanzig Jahren niemanden hatten, mit dem Sie Russisch sprechen konnten, oder?«

»Mit wem denn?«

»Na, mit Ihrer Frau natürlich«, sagte er achselzuckend. »Aber zu Hause sprechen Sie kein Russisch. Und erst recht nicht, wenn Ihre Tochter dabei ist.«

»Woher wissen Sie, was ich zu Hause spreche?«, fragte ich ihn, denn allmählich begann ich mich über ihn zu ärgern. Ich war wütend, weil er so viel über mich zu wissen schien. Ich hatte zwanzig Jahre lang versucht, die Privatsphäre meiner Familie zu schützen, und nun saß dieser Bengel hier neben mir und erzählte mir lauter Sachen, die er eigentlich nicht wissen durfte. Ich hätte zu gern gewusst, wie er das alles herausgefunden hatte. Und ich hätte gern erfahren, was er sonst noch über mich wusste.

»Stimmt doch, oder?«, fragte er, nun in einem versöhnlicheren Tonfall, so als habe er meine Verärgerung gespürt.

»Das wissen Sie doch ganz genau.«

»Und warum tun Sie das, Mr Jatschmenew? Warum sprechen Sie in Arinas Gegenwart nie Ihre Muttersprache? Wollen Sie, dass Ihre Tochter nichts über ihre Herkunft erfährt?«

»Los, erzählen Sie's mir«, sagte ich. »Sie scheinen ja alles über mich zu wissen.«

Daraufhin erlaubte er sich ein Lächeln, und wir saßen eine Weile da, ohne dass er etwas erwiderte. Er schüttelte einfach den Kopf, und dann nickte er.

»Wirklich ausgezeichnet«, wiederholte er und tippte dabei mit dem Zeigefinger auf das Bündel Briefe. »Ich wusste, ich habe den Richtigen gefunden. Aber nächstes Mal werden wir Sie mit etwas anspruchsvolleren Aufgaben betrauen.«

Für jemanden mit russischer Herkunft war das Leben in London während des Krieges kein Zuckerschlecken. Es gab viele Abende, an denen Soja mir berichtete, wie sie tagsüber beim Lebensmittelhändler oder beim Schlachter, wo sie schon seit Jahren eingekauft hatte, argwöhnisch beäugt worden war, als sie ihr Begehr mit einem unüberhörbaren ausländischen Akzent vorgebracht hatte – oder dass die Portionen des rationierten Fleisches, die man ihr über den Tresen reichte, immer etwas kleiner waren als die der englischen Frauen, egal ob diese in der Schlange vor oder hinter ihr gestanden hatten, oder dass die ihr verkaufte Milch oder Brot immer schon etwas älter waren. Das gute Einvernehmen, das Zusammengehörigkeitsgefühl, das wir im Laufe von mehr als zwanzig Jahren mit unseren Nachbarn aufgebaut hatten, schien sich fast über Nacht in Luft aufgelöst zu haben. Es war unerheblich, dass wir keine Deutschen waren. Wir waren keine Engländer, das war der springende Punkt. Wir sprachen anders als sie, und deshalb mussten wir feindliche Agenten sein, Spione, die man direkt in ihre Hauptstadt entsandt hatte, um sie auszukundschaften, um ihre Familien ans Messer zu liefern, um ihre Kinder zu töten.

Wenn ich stehen blieb, um eines der patriotischen Plakate zu lesen, mit denen fast alle Wände der Stadt bepflastert waren – SCHWEIGT UND WARNT JEDEN, DER SCHWATZT!; ACHTUNG: FEIND HÖRT MIT!; EIN UNÜBERLEGTES WORT KANN LEBEN KOSTEN! –, begriff ich, warum die Leute ihre Unterhaltung abrupt beendeten, sobald sie mich sprechen hörten, oder warum sie sich mit weit aufgerissenen Augen zu mir umdrehten, als wäre ich eine Gefahr. Es war mir vergällt, in Läden oder Cafés zu sprechen, und ich deutete stattdessen lieber auf das von mir Gewünschte und hoffte, die Bedienung würde kein Gespräch mit mir anknüpfen wollen. Und wenn wir zur Abwechslung einmal nicht im Luftschutzbunker saßen, verbrachten Soja und ich unsere Abende lieber zu Hause, wo wir uns ungestört unterhalten konnten, ohne die einschüchternden Blicke von Fremden ertragen zu müssen.

Gegen Ende des Jahres 1941 befand ich mich nach einem langen und schweren Tag auf dem Heimweg, in einer noch gedrückteren Stimmung als sonst. Die Frau, die Tochter und die Schwiegermutter meines Vorgesetzten, Mr Trevors, waren in der Nacht zuvor ums Leben gekommen, als sein Haus von einer verirrten Bombe getroffen wurde, die ein weit von seinem Kurs abgekommenes Flugzeug der Luftwaffe über London abgeworfen hatte. Es war das größte überhaupt vorstellbare Pech – alle anderen Häuser in der Straße hatten nicht einen Kratzer abbekommen –, und Mr Trevors war völlig niedergeschmettert angesichts dieser Tragödie. Am späten Nachmittag kam er in der Bibliothek, ohne von uns Notiz zu nehmen, und wenig später hörten wir laute Schreie aus seinem Büro. Als ich eintrat, saß der bedauernswerte Mann mit einem Ausdruck tiefster Verzweiflung hinter seinem Schreibtisch und begann zu schluchzen, als ich versuchte, ihn zu trösten. Miss Simpson folgte mir ein paar Minuten später und überraschte mich, indem sie die Situation sofort meisterte und Mr Trevors zur Beruhigung etwas Whisky einflößte, den sie wer weiß wo aufgetrieben hatte. Anschließend brachte sie ihn nach Hause und tat ihr Bestes, um ihm das bisschen Trost zu spenden, für den er in diesem fürchterlichen Moment empfänglich war.

Noch immer von diesen Ereignissen mitgenommen, machte ich auf dem Heimweg etwas für mich völlig Untypisches und ging in einen Pub, denn ich musste unbedingt etwas trinken. Das Lokal war zu zwei Dritteln gefüllt, von zumeist älteren Männern jenseits des wehrfähigen Alters, von Frauen jeglichen Alters und von ein paar Soldaten in Uniform, die auf Heimaturlaub waren. Ich beachtete sie nicht weiter, sondern begab mich schnurstracks zur Theke und lehnte mich dagegen, froh über das bisschen Halt, das sie mir gewährte.

»Bitte ein Pint Ale«, sagte ich zu dem Barmann, den ich noch nie zuvor gesehen hatte, obwohl dies gewissermaßen das Stammlokal von Soja und mir war, auch wenn wir dort nur alle Jubeljahre einkehrten.

»Was haben Sie gesagt?«, fragte er mich in einem aggressiven Tonfall, wobei er die Augen zusammenkniff und mich mit kaum verhohlener Verachtung musterte. Seine muskulösen Arme waren schwer zu übersehen, denn er hatte sich die Hemdärmel bis zum Bizeps hochgekrempelt, und unter den Aufschlägen lugte eine Tätowierung hervor.

»Ich sagte, ich hätte gern ein Pint Ale«, erwiderte ich, und dieses Mal starrte er mich zehn oder vielleicht auch zwanzig Sekunden lang an, so als überlegte er, ob er mich zur Tür hinausbefördern solle, bevor er schließlich nickte und sich zu den Zapfhähnen bequemte, wo er ein Glas füllte, bis der Schaum überquoll, und es dann vor mir auf die Theke knallte.

»Ist das nicht ein Bitter?«, fragte ich ihn, obwohl es natürlich klüger gewesen wäre, das Lokal einfach zu verlassen und nach Hause zu gehen. Für Notfälle wie diese hatte Soja nämlich immer ein paar Flaschen rationiertes Bier parat, die sie irgendwo in einem Schrank versteckt hielt.

»Ein Pint Bitter«, sagte der Barmann. »Wie Sie es bestellt haben. Das macht dann sechs Pence, wenn ich bitten darf.«

Jetzt war ich derjenige, der zögerte. Ich blickte auf das Glas, auf die Kondenswassertropfen, die verführerisch an seiner Außenseite hinabperlten, und kam zu dem Ergebnis, dass es die Sache nicht wert war. Das Stimmengewirr im Hintergrund hatte deutlich abgenommen, so als hofften die anderen Gäste, ich würde mich zu etwas hinreißen lassen, das womöglich eine Schlägerei provozierte.

»Na schön«, sagte ich und legte das exakt abgezählte Kleingeld auf die Theke. »Und danke.« Ich nahm das Glas und setzte mich damit an einen freien Tisch, griff mir eine dort liegen gelassene Zeitung und überflog die Schlagzeilen.

Die meisten Artikel behandelten natürlich den Krieg. Eine Reihe von Zitaten aus einer Rede, die Mr Churchill am Vortag in Birmingham gehalten hatte. Auszüge aus einer Rede, die Mr Attlee zur Unterstützung der Regierung gehalten hatte. Kurzmeldungen über die jüngsten Luftangriffe. Die Namen einiger Todesopfer, deren Alter und Berufe, allerdings noch nichts über Mr Trevors' Angehörige. Ich fragte mich, ob sie in den Meldungen des darauffolgenden Tages auftauchen würden oder ob es zu viele Tote gegeben hatte, um sie alle namentlich aufzulisten. Vermutlich war es nicht gut für die öffentliche Moral, wenn man tagtäglich die Namen der Toten veröffentlichte. Ich hatte gerade damit begonnen, einen mich nur mäßig interessierenden Artikel auf den Sportseiten zu lesen, als ich bemerkte, wie zwei Männer vom anderen Ende der Kneipe am Nachbartisch Platz nahmen. Ich schaute kurz auf – ihre Gläser waren halb leer, und ich hatte den Eindruck, dass sie schon einiges intus hatten –, widmete mich aber gleich wieder meiner Zeitung, denn ich hatte keine Lust, mich in ein Gespräch verwickeln zu lassen.

»N'Abend«, sagte einer der beiden und nickte in meine Richtung, ein Bursche etwa in meinem Alter, mit blasser Gesichtsfarbe und verfaulten Zähnen.

»Guten Abend«, erwiderte ich in einem Tonfall, der, wie ich hoffte, jede weitere Konversation im Keim ersticken würde.

»Ich habe gehört, wie Sie vorhin Ihr Bier bestellt haben«, sagte er. »Sie sind nicht von hier, stimmt's?«

Ich schaute zu ihm hinüber und seufzte, wobei ich mich fragte, ob ich nicht lieber aufstehen und den Pub verlassen sollte, gelangte aber zu dem Ergebnis, dass ich mich nicht von den beiden einschüchtern lassen wollte.

»Doch, bin ich«, erwiderte ich. »Tatsächlich wohne ich hier gleich um die Ecke.«

»Mag sein«, sagte er mit einem Kopfschütteln, »aber Sie sind trotzdem nicht von hier, oder?«

Ich schaute erst ihn an, und dann seinen Begleiter, der etwas jünger war und ziemlich einfältig aussah, und dann nickte ich langsam. »Doch, ich bin von hier«, erwiderte ich ruhig. »Ich lebe hier seit fast zwanzig Jahren.«

»Dann müssen Sie ja ungefähr in meinem Alter sein«, sagte der Mann. »Wo sind Sie die zwanzig Jahre davor gewesen?«

»Möchten Sie das wirklich wissen?«, fragte ich ihn.

»Ob ich das wissen möchte?«, wiederholte er mit einem Lachen. »Und ob ich das wissen möchte, Kumpel! Würde ich denn sonst danach fragen? Ob ich das wissen möchte, fragt er mich!«, fügte er kopfschüttelnd hinzu und schaute dabei in die Runde, als wäre das ganze Lokal sein Publikum.

»Na ja, das schien mir eine ziemliche törichte Frage zu sein.«

»Hören Sie mal, Freundchen!«, sagte der Mann nun etwas nachdrücklicher. »Ich möchte mich nur ein bisschen mit Ihnen unterhalten, das ist alles. Ich bin einfach nur nett, verstehen Sie? So sind wir hier in England. Nett und höflich. Aber vielleicht sind Sie mit unseren Sitten ja nicht so vertraut. Kann das sein?«

»Hören Sie«, sagte ich, wobei ich mein Glas abstellte und ihm direkt in die Augen sah, »ich schlage vor, Sie lassen mich einfach in Frieden, okay? Ich möchte hier in Ruhe mein Bier trinken und Zeitung lesen, mehr nicht.«

»Frieden?«, sagte er, verschränkte die Arme vor der Brust und schaute seinen Freund an, als wäre dies das Außergewöhnlichste, was ihm in seinem Leben jemals zu Ohren gekommen war. »Hast du gehört, Frankie? Dieser Gentleman hier sagt, er will in Frieden gelassen werden! Ich vermute mal, wir würden alle gern in Frieden gelassen werden, oder?«

»Ja«, sagte Frankie und nickte mit dem Kopf wie ein schreiender Esel. »Ich auf alle Fälle.«

»Aber wir bekommen keinen Frieden, nicht wahr?«, fuhr er fort. »Wegen all dem Ärger, den Ihre Leute uns bescheren.«

»Meine Leute?«, fragte ich stirnrunzelnd. »Wer bitte soll das sein?«

»Wollen Sie mich für dumm verkaufen? Ich weiß, dass Sie kein Engländer sind. Für mich klingen Sie irgendwie deutsch.«

Jetzt war ich derjenige, der lachen musste. »Glauben Sie wirklich, ich säße hier, in einem Pub mitten in London, wenn ich Deutscher wäre? Meinen Sie nicht auch, dass man mich dann schon längst abgeholt hätte, um mich irgendwo zu internieren?«

»Mag sein, aber woher soll ich das wissen?«, sagte er achselzuckend. »Man könnte Sie übersehen haben. Ich weiß, Ihr Deutsche seid raffinierte Schweinehunde.«

»Ich bin kein Deutscher«, sagte ich.

»Nun, Ihre Aussprache sagt etwas anderes. Sie sind jedenfalls nicht in Holborn aufgewachsen, so viel steht fest.«

»Ja, da haben Sie recht«, räumte ich ein. »Ich bin woanders aufgewachsen.«

»Warum dann diese Geheimniskrämerei? Haben Sie vielleicht was zu verbergen? Haben Sie Angst, dass man Ihnen auf die Schliche kommt?«

Ich blickte um mich und zögerte, bevor ich antwortete – im Lokal war ein reges Stimmengewirr zu vernehmen, aber ich war mir ziemlich sicher, dass die meisten Ohren trotzdem auf unser Gespräch gerichtet waren.

»Ich habe überhaupt nichts zu verbergen«, sagte ich schließlich. »Und wenn es Ihnen nichts ausmacht, würde ich dieses Gespräch jetzt gerne beenden.«

»Beantworten Sie meine Frage, und dann lasse ich Sie in Ruhe«, sagte er, nun mit einer aggressiveren Stimme, so als habe er die Geduld mit mir verloren. »Los, kommen Sie, Mister, wenn es keine so große Sache ist, wieso wollen Sie mir dann nicht erzählen, wo Sie Ihren Akzent herhaben?«

»Aus Russland«, sagte ich. »Ich bin in Russland geboren worden. Ist Ihre Neugier damit gestillt?«

Er lehnte sich einen Moment lang zurück und schien fast ein bisschen beeindruckt. »Russland«, murmelte er vor sich hin, bevor er sich seinem Freund zuwandte. »Wie stehen wir uns mit den Russen, Frankie?«

»Schlecht. Die können wir nicht ausstehen«, antwortete der jüngere Mann, wobei er sich vorbeugte und bedrohlich zu wirken versuchte, was ihm allerdings schwerfiel, denn mit seiner naiven, kindlichen Physiognomie erinnerte er eher an ein neugeborenes Lamm, das sich alle Mühe gab, auf die Beine zu kommen. Ich hatte den Eindruck, dass er, solange er nicht zum Sprechen aufgefordert wurde, in seiner ganz eigenen Gedankenwelt versunken war.

»Meine Herren, ich denke, es ist an der Zeit, dass ich gehe«, sagte ich, erhob mich und ließ die beiden an ihrem Tisch zurück. Sie riefen mir hinterher, dass sie bloß nett sein wollten, dass sie bloß ein wenig mit mir plaudern wollten, doch ich beachtete sie nicht weiter und verließ den Pub, wobei ich spürte, dass mehr als nur ein Augenpaar auf mich gerichtet war. Ich ließ mich nicht beirren und wandte mich draußen in Richtung der Straße, die zu mir nach Hause führte, doch wenig später vernahm ich hinter mir Schritte, und das Herz rutschte mir in die Hose. Zwanzig oder dreißig Sekunden lang versuchte ich verzweifelt, mich nicht umzudrehen, doch die Schritte kamen näher und näher. Schließlich hielt ich es nicht mehr aus und schaute zurück, genau in dem Moment, als die beiden Männer aus dem Pub mich eingeholt hatten.

»Wohin so schnell, Freundchen?«, fragte mich der Ältere, wobei er mich gegen die Hauswand drückte und bei der Kehle packte. »Wollen sich wohl aus dem Staub machen, um Ihren russischen Freunden geheime Informationen zuzustecken, wie?«

»Lassen Sie mich los«, zischte ich ihn an und befreite mich für einen Moment aus seinem Griff. »Sie haben beide getrunken, und ich rate Ihnen, wieder in den Pub zurückzugehen und mich in Ruhe zu lassen.«

»Ach, Sie wollen mir einen Rat geben?«, fragte er mich feixend, wobei er dem jüngeren Mann zuzwinkerte, bevor er ausholte, um mir mit der geballten Faust ins Gesicht zu schlagen. »Hier, ich habe auch einen Rat für Sie!«

Seine Faust kam nie mit meinem Gesicht in Berührung, denn meine linke Hand umschloss seinen rechten Arm und – gelernt ist gelernt – brach ihm in Sekundenschnelle den Unterarm, während meine rechte Faust seitlich in seinen Unterkiefer krachte, sodass er rücklings auf den Bürgersteig fiel, wo er fluchend seinen lädierten Arm betastete, der ihm jetzt noch nicht wehtat, aber bereits taub wurde und ihm einen kleinen Vorgeschmack auf die Schmerzen gab, die ihn wenig später ereilen würden.

»Der Saukerl hat mir den Arm gebrochen, Frankie!«,

schrie er, wobei ihm die Worte wie Bier aus dem Mund trieften. »Frankie, er hat mir einfach so den Arm gebrochen. Schnapp ihn dir, Frankie! Mach ihn fertig!«

Der jüngere Mann schaute mich verdutzt an, denn einen solchen Gewaltexzess hatte er, genauso wie ich, vorher noch nie erlebt. Ich erwiderte seinen Blick, ohne mit der Wimper zu zucken, und schüttelte den Kopf, um ihm zu bedeuten, dass jede Aktion seinerseits eine schlechte Idee wäre. Er schluckte nervös, und ich kehrte ihm den Rücken und entfernte mich, wobei ich ein gleichmäßiges Tempo einhielt und die mir nacheilenden Geräusche und Flüche ignorierte, bis ich die nächste Ecke erreicht hatte.

Es lag Jahrzehnte zurück, dass ich mich auf diese Weise hatte verteidigen müssen, doch Graf Tscharnetzki hatte mich hervorragend ausgebildet, und die nötigen Bewegungen waren mir schnell wieder gegenwärtig gewesen. Trotzdem schämte ich mich ein wenig für das, was ich getan hatte, und verschwieg Soja die Ereignisse jenes Abends, als ich nach Hause zurückkehrte. Stattdessen erzählte ich ihr von Mr Trevors' tragischem Schicksal und von dem Mitgefühl, dass Miss Simpson ihm angesichts seiner Verzweiflung entgegengebracht hatte.

An meinen Arbeitszeiten hatte sich nichts geändert. Um acht Uhr morgens erschien ich in der Bibliothek, und pünktlich um sechs Uhr abends verließ ich sie wieder. Die meiste Zeit verbrachte ich hinter dem Hauptpult und trug dort die Titel der Neuerwerbungen in unser Katalogsystem ein, wie ich es schon immer getan hatte. Lagen zu viele Bücher auf den Lesetischen herum, so half ich Miss Simpson beim Abräumen und Einsortieren, und benötigten Leser seltene Fachbücher, so trieb ich diese auf und sorgte dafür, dass sie ihnen so schnell wie möglich zur Verfügung standen.

Doch all dies war nun lediglich eine Tarnung für meine eigentlichen Pflichten.

Wollte man mir nur einen Briefumschlag zukommen lassen, so steckte mir jemand auf meinem Weg zur Arbeit eine Notiz in die Jackentasche, und zwar so unauffällig, dass selbst ich es nicht mitbekam. Für gewöhnlich handelte es sich um einen Zettel, auf den ein einziger Satz gekritzelt war, ein paar Wörter, die keine besondere Bedeutung hatten, etwa *Bitte vergiss nicht, wir brauchen Milch, Soja*, in einer Handschrift, die eindeutig nicht die meiner Frau war.

In der Bibliothek angekommen, vergewisserte ich mich, dass mich niemand beobachtete, und dann nahm ich Papier und Bleistift zur Hand, um mir die Wörter etwas genauer anzusehen.

B entspricht 2. V entspricht 22, die Quersumme macht 4. N ist 14, Quersumme 5. W ist 23, wieder Quersumme 5. B ist 2. M ist 13, wieder Quersumme 4. Z ist 26, Quersumme 8.

Bitte vergiss nicht, wir brauchen Milch, Soja.

2 455 248.

245–5248.

Die Signatur. Das Buch finden, den Brief entnehmen.

Den Brief lesen.

Den Brief übersetzen.

Den Brief vernichten.

Die Nachricht übermitteln.

War es mehr als ein einfacher Umschlag, zum Beispiel eine Reihe von Dokumenten, die übersetzt werden mussten, so kam mir morgens, wenn ich unsere Wohnung verließ, ein Mann entgegen, jedes Mal ein anderer, und rempelte mich kurz an, um sich sofort bei mir zu entschuldigen, wobei er sagte, er hätte besser darauf achten sollen, wo er langgehe. In diesem Fall suchte ich einen Eckladen in der Nähe des

Museums auf, um mir eine Zeitung oder ein Stück Obst zu kaufen. Während ich das Obst prüfte, um mir den Apfel mit den wenigsten Druckstellen herauszupicken, ließ ich meine Aktentasche neben mir auf dem Boden stehen. Wenn ich sie dann wieder aufhob, war sie immer etwas schwerer als zuvor. Dann kaufte ich das Obst und ging.

Manchmal klingelte auch das Telefon im Museum, immer nachmittags um exakt vier Uhr zweiundzwanzig, und dann nahm ich den Hörer ab.

»Mr Samuels?«, fragte eine Stimme am anderen Ende der Leitung.

»Tut mir leid, aber hier gibt es keinen Mr Samuels«, pflegte ich dann zu erwidern. Immer derselbe Wortlaut. Nicht die geringste Abweichung. »Hier ist die Bibliothek des British Museum. Wen möchten Sie sprechen?«

»Entschuldigung«, lautete die Antwort. »Man hat mir wohl die falsche Nummer gegeben. Ich dachte, ich sei mit dem Naturhistorischen Museum verbunden.«

»Ist nicht weiter schlimm, so was kann vorkommen«, sagte ich dann und legte den Hörer auf. In diesem Fall ging ich nach Feierabend nicht direkt nach Hause, zu Frau und Kind, sondern nahm einen Bus nach Clapham, wo an der Ecke von Lavender Hill und Altenburg Gardens eine Limousine auf mich wartete, die mich zu Mr Jones beförderte.

»Heute haben wir eine verdammt schwierige Sache für Sie, Mr Jatschmenew«, sagte er dann vielleicht, wenn ich bei ihm eintraf. »Glauben Sie, dass Sie das hinbekommen?«

»Ich kann's versuchen«, erwiderte ich dann mit einem Lächeln, woraufhin er mich in einen abgeschiedenen Raum führte, wo er eine Reihe von Schriftstücken oder Fotografien vor mir ausbreitete. Oder er stellte mich vielleicht einem Raum voller Männer vor, die mir ihre Namen nicht nannten, mich aber, sobald ich durch die Tür hereinkam, mit Fragen bombardierten, die ich so klar und so selbstsicher wie möglich zu beantworten versuchte.

Einmal verbrachte ich eine ganze Nacht mit der Durchsicht eines dicken Stapels von Telegrammen und Briefen, insgesamt über dreihundert Seiten Text. Als ich Mr Jones erläuterte, was diese Dokumente meiner Meinung nach besagten, schien er von meinen Schlussfolgerungen überrascht und bat mich, ihm die Logik meiner Übersetzung noch ein weiteres Mal zu erklären. Ich tat dies, und nachdem er eine Weile darüber nachgedacht hatte, orderte er für uns eine Limousine – und keine Stunde später stand ich plötzlich Mr Churchill gegenüber, der auf seiner Zigarre herumkaute, als ich für ihn noch einmal wiederholte, was ich Mr Jones bereits erzählt hatte. Während meines Vortrags wirkte er immer missvergnügter, so als hätte der Krieg mit einem Mal eine völlig andere Richtung genommen und als wäre dies ganz und gar meine Schuld.

»Und Sie sind sich da auch wirklich sicher?«, fragte er, wobei er mir die Worte mit einem finsteren Blick entgegenschleuderte.

»Ja, Sir«, sagte ich. »Vollkommen sicher.«

»Nun, das ist sehr interessant«, erwiderte er und trommelte kurz mit seinen dicken Fingern auf die Tischplatte, bevor er sich erhob. »Sehr interessant und sehr überraschend.«

»Ja, in der Tat, Sir«, erwiderte ich.

»Verdammt gute Arbeit, Jones«, sagte er dann zu meinem Begleiter und schaute auf seine Taschenuhr. »Aber ich muss jetzt gehen. Weiter so, mein Lieber! Da haben Sie ja einen patenten Burschen zur Hand, wirklich tadellos. Wie heißt der Mann überhaupt?«

»Jatschmenew«, sagte ich, obwohl die Frage nicht an mich gerichtet war. »Georgi Daniilowitsch Jatschmenew.«

Er drehte sich zu mir um und starrte mich an, als betrachtete er es als eine Unverschämtheit, dass ich diese an jemand anderen gerichtete Frage beantwortet hatte, doch am Ende nickte er und ging seiner Wege.

»Ein Wagen wird Sie zurück nach Clapham bringen«, sagte Mr Jones dann. »Aber ich fürchte, dort müssen Sie sehen, wie Sie alleine nach Hause kommen.«

Das tat ich dann auch. Als ich im Mondlicht in Richtung Holborn marschierte, völlig erschöpft von einem langen Tag, hatte ich Angst, dass jeden Moment die Sirenen losgehen könnten, während ich nicht bei Soja und Arina war.

Als ich dann schließlich durch die Tür trat, lächelte Soja mich an und machte mir ein zünftiges Frühstück, das sie zusammen mit einer großen Kanne Tee vor mich hinstellte. Sie fragte mich nie danach, wo ich in dieser Nacht gewesen war.

Die Weißen Nächte

Der Krieg lief nicht gut für uns.

Als die Menschen, die sich schon seit einiger Zeit auf den Straßen zusammengerottet hatten, dazu übergingen, Getreidehandlungen und städtische Lagerhäuser zu stürmen, kippte die Stimmung im Umkreis der kaiserlichen Familie, und statt arrogantem Selbstvertrauen herrschten binnen Kurzem Niedergeschlagenheit und Besorgnis. Dessen ungeachtet verbrachten der Zar und die Zarin ihre Zeit weiterhin abwechselnd in ihren Palästen in St. Petersburg, Livadia und Zarskoje Selo und unternahmen Vergnügungsreisen an Bord der *Standart*, als hätte sich die Welt kein bisschen verändert, und wir, ihre arme Entourage, folgten den beiden, wo immer sie hinreisten.

Mitunter schien es, als wären sie sich der Stimmung, die im Volk herrschte, überhaupt nicht bewusst, doch als sich die Meldungen über die hohen Verluste an der Front zu häufen begannen, beschloss der Zar, das Winterpalais bis auf Weiteres zu verlassen und seinen Vetter, den Großfürsten Nikolaus Nikolajewitsch, als Oberbefehlshaber der russischen Streitkräfte abzulösen. Zu meiner Überraschung fügte sich die Zarin, doch diesmal sollte der Zarewitsch ihn ja auch nicht begleiten.

»Muss das wirklich sein?«, fragte sie ihn, als sich die Familie eines Abends zu einem wie immer opulenten Mahl zusammengefunden hatte. Ich stand mit den Dienstboten in einer Reihe an der Wand des Speisesaals, und wir bemühten uns, möglichst leise zu atmen, damit die kaiserliche Verdauung nicht gestört wurde. Ich hatte mich natürlich gegenüber von Anastasia postiert, sodass ich sie während des Essens beobachten konnte. Wenn sie sich traute, warf sie mir einen Blick zu und schenkte mir ein zärtliches Lächeln, das mich meine müden Beine auf der Stelle vergessen ließ. »Du darfst dich nicht in Gefahr begeben, Nicky. Dazu bist du viel zu wichtig!«

»Das mag sein, aber so kann es nicht weitergehen«, erwiderte der Zar, füllte aus dem kunstvoll gearbeiteten Samowar, der auf dem Tisch stand, langsam seine Tasse nach und schaute mit zusammengekniffenen Augen zu, wie der Tee in die Tasse lief, als könnte dieser ihn hypnotisieren und an einen glücklicheren Ort zaubern. Einen Moment später massierte er sich wie zu Tode erschöpft mit den Fingerspitzen die Schläfen. Mir fiel auf, dass er in den vergangenen Monaten gehörig an Gewicht verloren hatte und sein dunkles Haar von Tag zu Tag grauer wurde. Er wirkte wie jemand, dem eine große und schreckliche Last aufgebürdet war, die er möglicherweise nicht mehr lange schultern konnte. »England befürchtet, wir könnten uns zurückziehen«, fuhr er mit müder Stimme fort. »Das hat Vetter Georgie mir in einem Brief mitgeteilt, und was Frankreich betrifft …«

»Du hast ihm doch wohl gesagt, dass wir das niemals tun würden, oder?«, unterbrach ihn die Zarin, allein schon von der Vorstellung völlig entsetzt.

»Ja, natürlich, Sunny«, erwiderte er gereizt. »Es wird allerdings immer schwieriger, das zu begründen. Russlands polnisches Territorium ist inzwischen weitgehend von Vetter Willy und seinen Bluthunden besetzt, vom Baltikum ganz zu schweigen.« Ich verdrehte die Augen, als ich ihn dies sagen hörte. Es war schon sehr außergewöhnlich, dass die Herrscher all dieser Länder so eng miteinander verwandt waren. Es schien, als wäre das Ganze nichts weiter als ein Kinderspiel: Willy, Georgie und Nicky, wie sie in einem Garten herumtollten, ihre Forts und Spielzeugsoldaten aufbauten und sich einen Nachmittag lang prima amüsierten, bis einer von ihnen es zu toll trieb und die drei von einem verantwortungsbewussten Erwachsenen getrennt werden mussten. »Nein, mein Entschluss steht fest«, sagte er mit resoluter Stimme. »Wenn ich mich an die Spitze des Heeres stelle, so ist dies eine Botschaft, nicht nur an unsere Alliierten, sondern auch an unsere Feinde, ein Beweis für die Ernsthaftigkeit meiner Absichten. Und es wird auch gut für die Moral der Männer sein. Es ist wichtig, dass sie mich als einen Kriegerzar sehen, als einen Herrscher, der an ihrer Seite kämpft.«

»Na, dann wirst du wohl gehen müssen«, erwiderte sie achselzuckend, wobei sie das Fleisch eines Hummers aus dessen Schale herauslöste und auf etwaige Mängel untersuchte, bevor sie ihm die Ehre gewährte, von ihr verspeist zu werden. »Aber in deiner Abwesenheit …«

»Wirst du natürlich die Staatsgeschäfte übernehmen«, sagte er, ihre Frage vorausahnend. »Wie es der Tradition entspricht.«

»Danke, Nicky«, sagte sie lächelnd und beugte sich zu ihm hinüber, um ihre Hand für einen Moment auf seine zu legen. »Ich freue mich, dass du so viel Vertrauen in mich hast.«

»Natürlich habe ich das«, erwiderte er, wobei er so klang, als wäre er von der Weisheit seiner Entscheidung nicht sonderlich überzeugt, doch er wusste, dass er seiner Frau unmöglich jemanden vor die Nase setzen konnte. Der einzige dafür infrage kommende Kandidat war elf Jahre alt und einer solchen Verantwortung noch nicht gewachsen.

»Keine Sorge«, sagte die Zarin ruhig und wandte dabei den Blick von ihrem Gatten ab, »meine Berater werden stets in meiner Nähe sein. Und du kannst dich darauf verlassen, dass ich auf deine Minister hören werde, sogar auf Stürmer, obwohl ich diesen Menschen nicht ausstehen kann.«

»Aber er ist ein tüchtiger Ministerpräsident, Liebling.«

»Er ist ein Geck und ein Feigling«, erwiderte sie schnippisch. »Aber du hast ihn ausgewählt, und ich werde ihm mit der Höflichkeit begegnen, die seiner Stellung gebührt. Und Vater Grigori ist ja auch noch da. Sein Rat dürfte von unschätzbarem Wert sein.«

Ich bemerkte, wie der Zar kurz erstarrte, als sie den Namen des Starez erwähnte, und sein nervös zuckender Unterkiefer verriet, wie wenig ihm die Vorstellung behagte, dass dieses boshafte Geschöpf irgendeinen Einfluss bei Hofe ausüben sollte, doch er behielt etwaige Vorbehalte oder Einwände für sich und nickte stattdessen resigniert.

»Dann weiß ich dich ja in guten Händen«, sagte er leise, nach einer beachtlichen Pause, und damit war alles zu diesem Thema gesagt.

»Allerdings werde ich nicht meine ganze Zeit mit Staatsangelegenheiten verbringen können«, fuhr die Zarin etwas später fort, wobei ihre Stimme nun ein bisschen ängstlich klang, und ich ertappte mich dabei, wie ich meinen Blick auf sie richtete, so wie ihr Gatte, der seine Teetasse absetzte und die Stirn runzelte.

»Ach ja?«, fragte er. »Und aus welchem Grund, wenn ich fragen darf?«

»Ich habe eine Idee«, sagte sie. »Und ich hoffe, sie wird dir gefallen.«

»Nun, das kann ich erst sagen, wenn du mir mitgeteilt hast, worum es geht, oder?«, sagte er und lächelte sie an, obgleich in seinem Tonfall eine gewisse Ungeduld lag, so als graute ihm bereits vor dem, was seine Frau gleich vorschlagen würde.

»Ich dachte, ich könnte auch etwas tun, um den Menschen zu helfen«, sagte sie. »Du weißt doch, dass ich letzte Woche das Lazarett gegenüber der St. Isaakskathedrale besucht habe, nicht wahr?«

»Ja, das hast du erwähnt.«

»Nun, es war entsetzlich, Nicky, einfach entsetzlich. Es gibt in diesem Lazarett nicht genug Ärzte und Krankenschwestern, die sich um die Verwundeten kümmern könnten, und die werden dort zu Hunderten eingeliefert, jeden Tag. Und nicht bloß dort, sondern überall in der Stadt. Ich habe gehört, dass es in St. Petersburg inzwischen mehr als achtzig Lazarette gibt.«

Der Zar runzelte die Stirn und wandte für einen Moment seinen Blick von ihr ab, schmerzlich getroffen von den Realitäten des von ihm geführten Krieges – das Bild von jungen Männern, die auf Bahren herangeschleppt wurden, war etwas, das er sich lieber erspart hätte.

»Ich bin mir sicher, es wird alles für sie getan, was man tun kann, Sunny«, sagte er schließlich.

»Aber das ist allenfalls das Nötigste«, sagte sie und beugte sich in seine Richtung, mit vor Aufregung gerötetem Gesicht. »Man kann noch mehr für sie tun. Und ich möchte diejenige sein, die das macht. Ich dachte, ich könnte dort als Krankenschwester aushelfen.«

Dies war, so weit ich mich erinnern konnte, das erste Mal, dass im kaiserlichen Speisesaal absolute Stille herrschte. Die übrigen Familienmitglieder saßen wie versteinert da, wobei ihre Messer und Gabeln reglos in der Luft verharrten, und starrten die Zarin an, als hätten sie sich gerade verhört.

»Was guckt ihr mich denn alle so an?«, fragte sie und schaute in die Runde. »Findet ihr es wirklich so außergewöhnlich, dass ich diesen armen Jungen helfen möchte?«

»Nein, natürlich nicht, Liebling«, sagte der Zar, als er die Sprache wiedergefunden hatte. »Es ist bloß … na ja, du bist keine ausgebildete Krankenschwester, verstehst du? Wahrscheinlich bist du dort nur im Weg.«

»Nein, Nicky«, beharrte sie. »Ich habe mich mit einem der Ärzte unterhalten, und der hat mir erzählt, es dauerte nur ein paar Tage, bis man einem Laien wie mir das Einmaleins der Krankenpflege beigebracht hat. Und es geht ja auch nicht darum, Leute zu operieren. Wir wären bloß da, um auszuhelfen. Um Wunden zu versorgen, um Verbände zu wechseln oder auch, um ein bisschen sauber zu machen. Ich meine ... also, dieses Land ist so gut zu mir gewesen, seitdem du mich vor all diesen Jahren hierhergeholt hast. Und auf jeden Hundsfott, der Verleumdungen über mich verbreitet, kommen tausend loyale Russen, die ihre Kaiserin lieben und die ihr Leben für sie opfern würden. Ich möchte ihnen auf diese Weise meine Dankbarkeit bezeigen. Bitte sag nicht Nein, Nicky. Du erlaubst es mir, ja?«

Der Zar trommelte mit den Fingern auf der Tischdecke herum, während er sich ihr Anliegen durch den Kopf gehen ließ, von den plötzlichen philanthropischen Anwandlungen seiner Frau zweifellos ebenso überrascht wie alle anderen Anwesenden. Es schien ihr jedoch ernst zu sein, und schließlich zuckte er mit den Schultern und schenkte ihr ein nervöses Lächeln, bevor er nickte.

»Ich halte das für eine fabelhafte Idee, Sunny«, sagte er. »Natürlich erlaube ich es dir. Aber sei vorsichtig. Das ist alles, worum ich dich bitte. Es müssen gewisse Sicherheitsvorkehrungen getroffen werden, aber wenn dies dein Wunsch ist, so werde ich dir keine Steine in den Weg legen. Die Menschen werden sehen, wie sehr uns ihr Wohlergehen und der Erfolg unserer Kriegsanstrengungen am Herzen liegen. Aber mir ist aufgefallen, dass du vorhin ›wir‹ statt ›ich‹ gesagt hast. Gibt es dafür einen Grund?«

»Ich möchte nicht allein gehen«, sagte sie und wandte sich dabei ihrer übrigen Familie zu. »Ich habe gedacht, Olga und Tatjana könnten mich vielleicht begleiten. Schließlich sind sie beide volljährig. Und sie könnten sich dort ebenfalls nützlich machen.«

Ich richtete meinen Blick auf die beiden ältesten Töchter der Kaiserin, die beide ein wenig erblasst waren, als ihre Namen genannt wurden. Zunächst sagten sie gar nichts, sondern schauten einander voller Bestürzung an, nachdem ihr Blick von ihrer Mutter zu ihrem Vater gewandert war.

»Vater?«, begann Tatjana, doch der nickte bereits heftig und schien seinen Entschluss gefasst zu haben.

»Das ist eine großartige Idee, Sunny«, sagte er. »Und, meine Töchter, ich kann euch gar nicht sagen, wie stolz ich auf euch bin, weil ihr eurem Land auf diese Weise helfen wollt.«

»Aber Vater«, sagte Olga, die von dieser Idee überhaupt nicht angetan schien, »dies ist das erste Mal, dass wir beide davon …«

»Ich bin sehr stolz auf dich, Liebling«, sagte der Zar und beugte sich über den Tisch, um seiner Frau die Hand zu tätscheln. »Auf euch alle. Nein, was für eine prächtige Familie ich doch habe! Wenn dies die Muschiks nicht davon abbringt, unseren Namen in den Schmutz zu ziehen, dann weiß ich nicht, was wir sonst noch tun könnten. Mit Taten wie diesen gewinnt man Kriege, nicht mit Kanonen oder Bajonetten. Damit nie! Das dürft ihr mir glauben, Kinder.«

»Und was ist mit mir, Vater?«, fragte Anastasia plötzlich. »Kann ich nicht auch helfen?«

»Nein, nein, Schwipsik«, sagte er lachend und schüttelte den Kopf. »Ich denke, du bist noch ein bisschen zu jung für das, was man an einem solchen Ort zu sehen bekommt.«

»Ich bin fünfzehn!«

»Wenn du achtzehn bist, so wie Tatjana, dann können wir es in Erwägung ziehen. Falls, was Gott verhüten möge, der Krieg dann noch immer nicht gewonnen ist. Aber keine Sorge, wir werden für dich und Maria etwas anderes finden.

Wir werden uns alle irgendwie nützlich machen. Die ganze Familie.«

Ich atmete auf, als ich hörte, dass Anastasia sich ihrer Mutter und ihren Schwestern nicht anschließen durfte, denn ich hielt das Ganze für eine törichte, wenngleich hochherzige Idee. Eine Gruppe unausgebildeter Krankenschwestern, umringt von Leibwächtern – das klang mir nicht nach einer großen Hilfe, sondern eher nach einer todsicheren Methode, die Arbeit im Lazarett zu behindern. Mein Seufzer der Erleichterung war jedoch möglicherweise zu laut gewesen, denn die Zarin drehte sich zu mir um und schaute mich an, was sie für gewöhnlich nur sehr widerwillig tat.

»Und du, Georgi Daniilowitsch«, sagte sie mit vor Verärgerung weit aufgerissenen Augen, »hast du auch etwas dazu zu sagen?«

»Ich bitte um Verzeihung, Euer Majestät«, sagte ich, wobei mir die Schamröte ins Gesicht stieg. »Das war nur ein Hustenreiz.«

Sie zog angewidert eine Augenbraue hoch, bevor sie sich wieder ihrem Essen zuwandte und ich einen Blick von Anastasia auffing, die mich wie immer anlächelte.

»Es ist alles so schrecklich«, sagte Großfürstin Tatjana einige Wochen später, als sie nach einem besonders anstrengenden Tag mit Maria, Anastasia und Alexei im privaten Salon der Zarentöchter saß. Sie sah blass aus und hatte auch etwas abgenommen, seitdem sie mit der Krankenpflege begonnen hatte. Die dunklen Ringe unter ihren Augen zeugten davon, dass sie in aller Herrgottsfrühe aufstand und erst spätabends nach Hause zurückkehrte, und ihre unbequeme Haltung im Sessel deutete darauf hin, dass nach den vielen Stunden, die sie tagtäglich damit verbrachte, sich über die Betten der verwundeten Soldaten zu beugen, ihr Rücken schmerzte. Da der Zarewitsch bei seinen Schwestern weilte, war auch ich dort zugegen, und Sergei Stasjewitsch komplettierte unsere Runde, stand aber nicht stramm, wie es sich gehört hätte, sondern saß in der Nähe von Großfürstin Maria auf der Armlehne eines der Sofas und drehte sich ungeniert eine Zigarette, als wäre er kein Bediensteter, sondern ein Vertrauter der kaiserlichen Familie. »Die Lazarette sind bis zum Bersten voll«, fuhr Tatjana fort, »und die Männer sind schrecklich entstellt – manchen sind Arme oder Beine weggeschossen worden, anderen die Augen. Alles ist voller Blut. Ein unaufhörliches Wimmern und Stöhnen. Die Ärzte rennen herum und brüllen Anweisungen, ohne die geringste Rücksicht auf Rang oder Dienstgrad, und das in einer Sprache, die fast schon unflätig ist. Wenn ich morgens aufwache, wünsche ich mir manchmal, dass ich selber krank werde und nicht mehr dort hingehen muss.«

»Tatjana!«, rief Maria empört, denn sie hatte das gleiche Pflichtgefühl gegenüber den Soldaten wie ihr Vater, und sie beneidete ihre großen Schwestern um deren neue Aufgabe. Sie hatte ihre Mutter bekniet, sie ebenfalls in einem Lazarett aushelfen zu lassen, doch dieser Wunsch war ihr genauso abgeschlagen worden wie davor schon Anastasia. »So etwas solltest du nicht sagen. Denk an die Qualen, die unsere Soldaten zu erdulden haben.«

»Maria Nikolajewna hat recht«, sagte Sergei, der sich bis dahin nicht an der Unterhaltung beteiligt hatte, und fixierte Tatjana mit einem Ausdruck tiefster Missbilligung, wie sie ihn bis dahin vermutlich noch nie auf jemandes Gesicht gesehen hatte. »Euer Ekel vor dem Anblick von Blut ist nichts, verglichen mit dem, was diese Männer ertragen müssen. Und wie kann man sich an dem bisschen Blut stören? Es pulsiert doch in allen von uns, egal welche Farbe es hat.« Ich schaute überrascht zu ihm hinüber. Dass wir bei Unterhaltungen wie diesen zugegen waren und hin und wieder sogar einen zustimmenden Kommentar beisteuerten, war nichts Ungewöhnliches, doch eine der Großfürstinnen in aller Öffentlichkeit zu kritisieren, war eine Ungehörigkeit, die nicht unbeantwortet bleiben konnte.

»Ich behaupte nicht, dass ich mehr leide als die Männer, Sergei Stasjewitsch«, erwiderte Tatjana, wobei sich ihre Wangen vor Zorn sichtbar röteten. »Das würde mir nie in den Sinn kommen. Ich wollte bloß sagen, dass dies kein Anblick ist, dem man sich gern aussetzt, mehr nicht.«

»Natürlich nicht, Tatjana«, sagte Maria. »Das bezweifelt ja auch keiner. Aber verstehst du denn nicht? Wir haben hier gut reden, in der Behaglichkeit des Winterpalais, aber denk an die vielen jungen Männer, die da draußen ihr Leben für uns opfern. Denk an sie und sag mir, dass sie dir nicht leid tun.«

»Natürlich tun sie mir leid, Schwester«, protestierte sie, wobei sie vor Frustration die Stimme erhob. »Ich kümmere mich um ihre Wunden, ich lese ihnen vor, ich flüstere ihnen tröstende Worte ins Ohr. Ich tue alles, was in meiner Macht steht, um ihnen ihr Schicksal zu erleichtern. Sie tun mir nicht leid? Du hast mich völlig falsch verstanden! Und was Sie betrifft, Sergei Stasjewitsch«, fügte sie hinzu und funkelte ihn zornig an, »Sie würden bestimmt nicht so arrogant daherreden, wenn Sie, statt hier zu sitzen, an der Front wären.«

»Tatjana!«, schrie Maria entsetzt.

»Na, das stimmt doch«, sagte diese und warf dabei den Kopf zurück, auf eine Weise, die an ihre Mutter erinnerte. »Wie kommt er dazu, so mit mir zu reden? Was weiß er vom Krieg, wenn er seine Zeit damit verbringt, uns auf Schritt und Tritt zu folgen und seine Fechtkünste zu vervollkommnen?«

»Ich weiß schon ein bisschen vom Krieg«, erwiderte Sergei, wobei er die Augen zusammenkniff und ihr einen wütenden Blick zuwarf. »Schließlich habe ich sechs Brüder, die an der Front für den Fortbestand Eurer Dynastie kämpfen. Besser gesagt, ich *hatte* sechs Brüder, denn drei von ihnen sind gefallen, einer wird vermisst, und von den beiden anderen habe ich schon seit über sieben Wochen nichts mehr gehört.«

Zu ihrer Ehre muss man sagen, dass Tatjana angesichts seiner Worte leicht errötete und sich vielleicht sogar auch ein bisschen schämte. Als Sergei seine gefallenen Brüder erwähnte, fiel mir auf, wie sich Großfürstin Maria in ihrem Sessel vorbeugte, als wollte sie zu ihm hinübergehen, um ihn zu trösten. Ihr traten die Tränen in die Augen – und in diesem Moment sah sie sehr schön aus, was noch verstärkt wurde durch die Schatten, die das flackernde Kaminfeuer auf ihre blasse Haut warf. Sergei registrierte dies ebenfalls, und seine Mundwinkel bogen sich leicht nach oben, zu einem anerkennenden Lächeln. Es überraschte mich, eine solche Vertrautheit zwischen den beiden zu beobachten, und ich war davon ziemlich bewegt.

»Ich meine ja nicht, dass ich nach einem Grund oder gar nach einem Vorwand suche, um nicht mehr dort hingehen zu müssen«, sagte Tatjana mit Nachdruck, um sicherzustellen, dass wir begriffen, wie ernst sie es meinte. »Ich wünsche mir nur, dass der Krieg bald vorbei ist. Das wünscht sich doch sicher jeder von uns. Dann wird alles wieder so wie früher sein, und wir können endlich wieder ein normales Leben führen.«

»Aber es wird nie wieder so wie früher sein«, hörte ich mich sagen, und nun war ich derjenige, der sich von ihr einen eisigen Blick einfing.

»Wieso sagst du das, Georgi Daniilowitsch?«

»Euer Hoheit, ich wollte bloß sagen, dass sich die Zeiten ändern. Wenn der Krieg vorbei ist, wenn wieder Frieden herrscht, werden die Menschen von ihren Führern mehr verlangen, als sie es in der Vergangenheit getan haben. Das liegt klar auf der Hand. Es wird kaum eine Familie geben, die nicht wenigstens einen Sohn auf dem Schlachtfeld verloren hat. Glaubt Ihr nicht auch, dass die irgendeinen Ausgleich verlangen werden, eine Entschädigung?«

»Eine Entschädigung? Von wem?«, fragte sie kühl.

»Na, von wem wohl? Von Eurem Vater natürlich«, erwiderte ich.

Sie öffnete den Mund, um mir zu antworten, doch die Impertinenz meiner Worte hatte ihr offenbar die Sprache verschlagen. Die Stille hielt jedoch nur für einen Moment an, und dann drehte sie sich von mir weg und warf verärgert die Arme in die Höhe.

»Meine Schwester möchte doch nur, dass alles wieder so ist wie früher«, sagte Maria, um die Wogen zu glätten. »Und sich das zu wünschen, ist doch nicht schlimm, oder? Es war einfach herrlich, in diesem Land aufzuwachsen. Im Palast gab es jeden Abend Bälle und die wunderbarsten Soireen. Von mir aus hätte es immer so weitergehen können.«

Ich äußerte mich nicht dazu, sondern warf Sergei einen amüsierten Blick zu, mit dem ich zum Ausdruck bringen wollte, wie sehr mich ihre bodenlose Naivität belustigte. Zu meiner Überraschung erwiderte er mein Lächeln jedoch nicht, sondern funkelte mich stattdessen wütend an, als fände er es unerhört, wie ich es wagen konnte, ihn in einen Witz auf Kosten der Großfürstin Maria einzubeziehen.

»Du solltest dich glücklich schätzen, Tatjana«, sagte Anastasia und schaltete sich damit in das Gespräch ein. »Es ist eine große Ehre, unseren Truppen auf diese Weise helfen zu dürfen. Du rettest Leben.«

»Oh, ich bin aber so schlecht darin«, seufzte sie mit einem Kopfschütteln. »Und der Anblick all dieser abgetrennten Gliedmaßen! Du kannst das nicht verstehen, Schwipsik, wenn du es nicht mit eigenen Augen gesehen hast. Hast du gewusst, dass unsere Mutter gestern bei einer Operation assistiert hat, wo einem siebzehnjährigen Jungen beide Beine amputiert werden mussten? Sie stand dabei und hat alles mitbekommen. Und sie hat geholfen, so gut sie konnte. Doch die Schreie des Jungen … Ich schwöre dir, dieses Geschrei werde ich mein Lebtag nicht vergessen.«

»Ich wünschte mir, ich wäre ein oder zwei Jahre älter, sodass ich ebenfalls dort aushelfen könnte«, sagte Anastasia wehmütig. Dann erhob sie sich und trat ans Fenster, von wo sie in den Hof hinunterstarrte; ich konnte die Fontäne des Springbrunnens plätschern hören und malte mir aus, dass sie auf die nahe gelegen Kolonnaden schaute, wo sie mir zum ersten Mal in die Arme gefallen war und wo wir uns dann geküsst hatten. Ich sehnte mich danach, dass sie sich umdrehte und mir einen Blick schenkte, doch sie regte sich nicht und sah weiter über die Mauern des Palastes hinaus.

»Nun, du kannst jederzeit mit mir tauschen, wenn du willst«, sagte Tatjana, wobei sie aufstand und die Vorderseite ihres Kleides glatt strich. »Ich bin hundemüde und werde jetzt ein langes Bad nehmen. Gute Nacht«, sagte sie und rauschte aus dem Raum, als hätte man sie tödlich beleidigt. Maria folgte ihr und drehte sich an der Türschwelle zu uns um, als wollte sie noch etwas sagen, doch dann überlegte sie es sich anders und verschwand wortlos.

Einen Augenblick später verabschiedete sich Sergei ebenfalls, wobei er angab, dass er irgendetwas vergessen habe, und der Tag näherte sich seinem Ende. Als Anastasia Alexei auf sein Zimmer brachte, blieb ich noch für ein paar Minuten im Salon und schaltete das Licht aus, ließ aber noch ein paar Kerzen brennen und wartete auf den Moment, wo sie zurückkehren und die Tür leise hinter sich schließen würde, um mir dann in die Arme zu fallen.

Es war Anastasias Idee, dass ich die Weißen Nächte zum ersten Mal mit ihr gemeinsam erleben sollte. Ich hatte bisher noch nicht einmal davon gehört und glaubte, ich sei verrückt geworden, als ich nach unruhigem Schlaf mitten in der Nacht aufwachte, die Augen aufschlug und helles Tageslicht in mein Zimmer schien. Aus Furcht, verschlafen zu haben, stand ich schnell auf, wusch mich und eilte den Flur hinunter zum Spielzimmer, wo Alexei um diese Zeit für gewöhnlich anzutreffen war, in eines seiner Militärbücher vertieft oder mit einem neuen Spielzeug beschäftigt.

Der Raum war jedoch verwaist, und als ich anschließend durch die Prunkzimmer und Empfangssäle lief und diese allesamt menschenleer vorfand, geriet ich in Panik und fragte mich, ob sich über Nacht irgendeine Katastrophe ereignet hatte, die mir im Schlaf entgangen war. Ich war indes nicht weit vom Zimmer des Zarewitsch entfernt, und als ich dort hineinstürmte, fand ich den Jungen zu meiner großen Erleichterung in seinem Bett vor, in tiefem Schlaf, quer unter der Bettdecke ausgestreckt, wobei ein nacktes Knie an der Seite herausragte.

»Alexei«, sagte ich und stupste ihm sanft gegen die Schulter, nachdem ich auf der Bettkante Platz genommen hatte. »Alexei, mein Freund. Los, raus aus den Federn! Du müsstest längst aufgestanden sein.«

Er grunzte und murmelte etwas Unverständliches, bevor er sich wieder auf die Seite rollte. Ich konnte mir vorstellen, wie seine Mutter reagieren würde, wenn sie hereinkam, um ihm einen Abschiedskuss zu gebe, bevor sie zum Lazarett aufbrach, und ihn noch immer im Tiefschlaf vorfand, und deshalb rüttelte ich an seiner Schulter, diesmal nicht gewillt, ihn wieder zu seinen Träumen zurückkehren zu lassen.

»Alexei, wach auf!«, beharrte ich. »Du kommst sonst zu spät zum Unterricht.«

Er öffnete langsam die Augen und starrte mich an, als wüsste er nicht, wer oder wo er ist, bevor er zum Fenster hinüberschaute, wo das Licht durch die Vorhänge hereinströmte.

»Es ist mitten in der Nacht, Georgi«, stöhnte er. Dann leckte er sich die Lippen und gab ein übertriebenes Gähnen von sich, bevor er erschöpft die Arme ausstreckte. »Ich muss noch nicht aufstehen.«

»Aber das stimmt nicht«, sagte ich. »Schau, wie hell es schon ist. Es muss bereits ...«

Ich warf einen Blick auf die Uhr, die an der Schlafzimmerwand hing, und stellte zu meiner Überraschung fest, dass es vier Uhr war. Da es jedoch unmöglich war, dass wir alle bis in den Nachmittag hinein geschlafen hatten, musste es noch immer früher Morgen sein.

»Geh wieder ins Bett, Georgi«, murmelte er, und dann legte er sich auf die Seite und sank sofort wieder in tiefen Schlummer.

Ich ging in mein Zimmer zurück und legte mich wieder ins Bett, war aber dermaßen verwirrt, dass ich nicht mehr einschlafen konnte.

Am Morgen fand ich Anastasia allein im Speisesaal vor, als sie gerade ihr Frühstück beendete, und sie erklärte mir das Phänomen.

»Wir nennen es die Weißen Nächte«, sagte sie. »Hast du schon mal davon gehört?«

»Nein«, erwiderte ich.

»Ich glaube, das ist typisch für St. Petersburg. Es hängt damit zusammen, dass die Stadt so hoch im Norden liegt. Monsieur Gilliard hat es uns kürzlich erklärt. Zu dieser Zeit des Jahres verschwindet die Sonne ein paar Tage lang nicht hinter dem Horizont, und deshalb wird es nachts nicht dunkel. Man hat den Eindruck, als wäre es die ganze Zeit über heller Tag, obwohl in den frühen Morgenstunden eigentlich eher so eine Art Dämmerlicht herrscht.«

»Unglaublich!«, bemerkte ich erstaunt. »Ich war mir sicher, ich hätte verschlafen.«

»Oh, man hätte dich nicht verschlafen lassen«, erwiderte sie mit einem Achselzucken. »Irgendjemand wäre schon gekommen, um dich aus dem Bett zu scheuchen.«

Ich nickte und war ein wenig verärgert über ihre letzte Bemerkung, ein Gefühl, das sich erst wieder legte, als sie zu mir herüberkam und mich, nachdem sie sich vergewissert hatte, dass uns niemand beobachten konnte, sanft auf die Lippen küsste.

»Bei jungen Liebespaaren ist es Brauch, während der Weißen Nächte am Ufer der Newa entlangzuspazieren«, sagte sie und lächelte mich dabei kokett an.

»Ach, tatsächlich?«, fragte ich, mit einem breiten Grinsen auf dem Gesicht.

»Ja. Es heißt, manche von ihnen schmieden dabei Heiratspläne – in diesen eigenartigen Weißen Nächten ereignen sich die eigenartigsten Dinge.«

»Wenn das so ist«, sagte ich, wobei ich mich spielerisch aus unserer Umarmung löste, als wäre mir eine solche Bindung ein Gräuel, »dann sollte ich jetzt wohl lieber gehen.«

»Georgi!«, rief sie lachend.

»Ich habe bloß Spaß gemacht«, sagte ich und nahm sie wieder in die Arme, allerdings mit einer gewissen Nervosität. Von uns beiden war ich immer derjenige, der mehr Angst davor hatte, erwischt zu werden – vielleicht, weil mir klar war, dass meine Bestrafung bei einer Entdeckung unserer Liaison wesentlich härter ausfiele als ihre. »Aber ich denke, für eine Verlobung wäre es noch etwas zu früh, oder? Ich kann mir gut vorstellen, was dein Vater dazu sagen würde.«

»Oder meine Mutter.«

»Oder sie«, stimmte ich zu und zog eine Grimasse, denn obwohl mir die Vorstellung, der Zar ließe mich eine seiner Töchter heiraten, völlig absurd vorkam, war ich irgendwie davon überzeugt, dass er gegen eine Liebesheirat weniger einzuwenden hätte als die Zarin. Doch das war unerheblich, denn eine so unstandesgemäße Verbindung würde nie und nimmer infrage kommen – ein Sachverhalt, mit dem Anastasia sich genauso ungern befasste wie ich.

»Aber wie dem auch sei«, sagte sie und umschiffte geschwind die aufgekommene Betretenheit, »du kannst nicht in St. Petersburg sein und dir die Weißen Nächte entgehen lassen. Wir beide sollten heute Nacht ausgehen.«

»Wir?«, fragte ich. »Du meinst, wir sollten uns zusammen sehen lassen?«

»Ja, warum nicht? Auch wenn es draußen hell ist, es ist ja trotzdem Nacht. Der ganze Palast wird schlafen. Wir könnten uns heimlich hinausschleichen, gut verkleidet, und niemand wird je Wind davon bekommen.«

Ich runzelte die Stirn. »Ist das nicht ein bisschen riskant?«, fragte ich. »Was ist, wenn man uns erkennt?«

»Uns erkennt schon niemand«, beharrte sie. »Das heißt, solange wir nicht die Aufmerksamkeit auf uns lenken.«

Ich war mir nicht sicher, ob das tatsächlich eine gute Idee war, doch Anastasias Begeisterung riss mich am Ende mit, genauso wie die Vorstellung, dass wir beide Hand in Hand am Flussufer entlangspazieren würden, wie all die anderen jungen Liebespaare, die dort abends herumbummelten. Zur Abwechslung würden wir einmal ganz normale Menschen sein, nicht eine Großfürstin und ein Mitglied der Leibgarde, nicht eine von Gott Auserwählte und ein gewöhnlicher Muschik, sondern einfach nur zwei Menschen wie alle anderen auch.

Georgi und Anastasia.

Für gewöhnlich begab sich die kaiserliche Familie früh zu Bett, vor allem jetzt, wo der Zar in der Stawka einquartiert war und die Zarin und ihre beiden ältesten Töchter schon um sieben Uhr aufstehen mussten, um eine Stunde später ihren Dienst im Lazarett anzutreten. Und so beschlossen wir, uns um drei Uhr morgens auf dem Palaisplatz an der Alexandersäule zu treffen, denn wir waren uns sicher, dass dann niemand mehr wach wäre, um uns dabei zu erwischen, wie wir den Palast verließen. Ich ging wie immer um Mitternacht zu Bett, schlief aber nicht. Stattdessen nahm ich mir ein Buch vor, das ich in der Bibliothek ausgeliehen hatte, einen Band mit Gedichten von Puschkin, in dem ich in letzter Zeit gelesen hatte, um etwas für meine Bildung zu tun – ich verstand so gut wie nichts, konzentrierte mich aber dennoch nach besten Kräften auf die Worte. Als es Zeit war zu gehen, zog ich statt meiner Gardistenuniform eine gewöhnliche Hose, ein Hemd und einen Mantel an und schlich dann die Treppe hinunter und hinaus in die ungewöhnlich helle Nacht.

Der Platz war so ruhig, wie ich ihn vorher noch nie erlebt hatte, doch es waren dort noch immer Leute unterwegs, allesamt in gehobener Stimmung wegen der nächtlichen Illumination. Gruppen von Soldaten schlenderten lärmend vorbei, offenbar auf der Rückkehr von irgendeinem Abenteuer. Zwei junge Prostituierte mit grell geschminkten Gesichtern grinsten anzüglich in meine Richtung und verhießen mir all jene sinnlichen Wonnen, die ich noch immer nicht kannte und nach denen ich mich zugleich verzweifelt sehnte. Betrunkene, die von irgendeinem Gelage nach Hause taumelten, grölten alte Lieder, wobei sie keinen Ton trafen und sich im Text verhaspelten, sofern sie sich überhaupt noch daran erinnerten. Ich sprach mit niemandem und ließ mich auf keine der mir gemachten Avancen ein, sondern wartete stumm an unserem vereinbarten Treffpunkt, bis ich meinen Liebling hinter den

Kolonnaden auftauchen und mir mit einer behandschuhten Hand zuwinken sah. Ihre Aufmachung war mehr als ungewöhnlich. Ein schlichtes Kleid. Darüber eine Duschegrejka, eine ärmellose, pelzgefütterte Jacke, als zweite Bekleidungsschicht unter dem Letnik des einfachen Volkes. Ein Paar billige Schuhe. Ein Kopftuch. Ich hatte sie noch nie in einem dermaßen schmucklosen Aufzug gesehen.

»Ach du meine Güte«, sagte ich, als ich auf sie zuging, und schüttelte den Kopf, während ich gleichzeitig versuchte, nicht laut loszulachen. »Wo in aller Welt hast du diese Klamotten her?«

»Die habe ich meiner Zofe aus dem Kleiderschrank geklaut«, sagte sie kichernd. »Ich werde die Sachen nachher wieder zurücklegen, und sie wird nie davon erfahren.«

»Aber wieso?«, fragte ich sie. »Ist es nicht unter deiner Würde, dich in so etwas blicken zu ...«

»Unter meiner Würde?«, fragte sie mich überrascht. »Wie kommst du darauf, Georgi? Du kennst mich kein bisschen, wenn du glaubst, dass ich das so empfinde.«

»Nein«, sagte ich schnell. »Nein, so habe ich das nicht gemeint. Es ist bloß ...«

»Es könnten noch Leute unterwegs sein, die mich erkennen würden«, sagte sie, wobei sie um sich blickte und das Kopftuch tiefer in ihre Stirn zog. »Das ist eher unwahrscheinlich, aber trotzdem möchte ich nichts riskieren. In diesen Sachen werde ich nicht aus der Menge herausstechen, das ist alles.«

Ich nahm sie bei der Hand und küsste sie auf die Lippen, wobei ich meinen Körper nach vorn bog und mich fest an sie schmiegte, um sie spüren zu lassen, wie sehr ich sie begehrte.

»Egal was du anhast, du wirst aus jeder Menge herausstechen«, sagte ich zu ihr. »Hast du das inzwischen noch nicht gemerkt?«

Sie lächelte und biss sich auf die Unterlippe, in der für sie typischen verschmitzen Manier, und dann schüttelte sie den Kopf über meine Dummheit, doch mir entging nicht, dass ihr mein Kompliment gefiel.

Ein paar Minuten später gingen wir am Palast entlang zu dem Fußweg, der das Ufer der Newa säumte. Die Nacht war wärmer als die meisten, die ich bis dahin in der Hauptstadt erlebt hatte – man konnte atmen, ohne dass sich die Dampfwolken unausgesprochener Wörter vor einem in der Luft verflüchtigten, und meine Hosen klebten mir auch nicht mit jener klammen Kälte an den Beinen, wie sie für so viele Abende in St. Petersburg typisch war.

Der erste Anblick, der sich uns bot, war die halb fertiggestellte Palaisbrücke, mit deren Bau man schon vor meiner Ankunft in der Stadt begonnen hatte, doch wegen des Krieges waren die Arbeiten eingestellt worden, und nun erhob sie sich vor uns und gemahnte an den Stillstand, der in unserem Land eingetreten war. Die gewaltigen Stützpfeiler aus Ziegelstein und Stahl ragten auf beiden Seiten der Newa in die Höhe, einer an der Vorderseite der Eremitage, der andere drüben auf der Wassiljewinsel, doch nichts deutete darauf hin, dass sich die beiden Brückenteile jemals zu einem Ganzen verbinden würden – stattdessen streckten sie sich nach dem anderen aus wie zwei Liebende, die durch eine weite Wasserfläche getrennt wurden. Voller Mitgefühl registrierte ich Anastasias niedergeschlagenen Gesichtsausdruck, mit dem sie auf das unvollendete Bauwerk starrte.

»Du schaust dir die Brücke an?«, fragte ich.

Sie nickte, schwieg jedoch noch eine Weile, wobei sie sich vielleicht vorstellte, wie das Ganze aussehen könnte, wäre der Krieg nicht dazwischengekommen. »Ja«, sagte sie schließlich. »Glaubst du, dass sie jemals fertiggestellt wird?«

»Ja, natürlich«, sagte ich mit einem zuversichtlichen Tonfall, der meine Skepsis überspielen sollte.

»Irgendwann bestimmt. Das kann doch nicht so bleiben.«

»Als die Bauarbeiten begannen, war ich elf oder zwölf Jahre alt«, erinnerte sie sich mit einem kleinen Lächeln. »So alt, wie Alexei heute ist. Die Baubehörde hatte verfügt, dass die Arbeit an der Brücke zwischen neun Uhr abends und sieben Uhr morgens zu ruhen hatte – also genau zu der Zeit, von der man annehmen möchte, sie sei die günstigste, um ein Bauvorhaben dieser Art zu realisieren.«

»Ach, tatsächlich?«, fragte ich, davon überrascht, wie gut sie sich in dieser Materie auskannte.

»Ja. Und weißt du auch, warum da nicht gearbeitet werden durfte?«

»Nein.«

»Weil es mich in meiner Nachtruhe gestört hätte. Das heißt, meine Schwestern und mich. Und meinen Bruder.«

Ich schaute sie an und lachte, überzeugt, dass sie mir einen Bären aufband, doch ihr Gesichtsausdruck belehrte mich eines Besseren, und ich kam nicht umhin, ein weiteres Mal zu lachen, diesmal vor Erstaunen über das außergewöhnliche Leben, das sie führte.

»Nun, jetzt kannst du schlafen, so viel du willst«, sagte ich schließlich. »Es gibt keine Arbeiter und auch keinen Stahl, bis der Krieg vorbei ist.«

»Ich wünschte mir, dieser Tag wäre bereits gekommen«, sagte sie, als wir weitergingen.

»Vermisst du deinen Vater?«

»Ja, sehr«, gab sie zu. »Aber es ist mehr als das. Und ich wünsche mir das nicht aus den Gründen, aus denen meine Schwester will, dass der Krieg ein Ende hat. Ich habe kein Interesse an Bällen oder an teuren Kleidern und all den anderen Belanglosigkeiten, welche die feine Gesellschaft von St. Petersburg so sehr schätzt.«

»Ach, wirklich?«, fragte ich überrascht. »Ich habe bislang immer gedacht, du würdest solche Vergnügungen genießen.«

»Nein«, sagte sie mit einem Kopfschütteln. »Ich sage nicht, dass ich sie nicht mag, Georgi. So einfach ist das nicht. Mitunter können solche Dinge recht amüsant sein. Aber du hast keine Vorstellung, wie das Leben hier vor dem Krieg war. Meine Eltern nahmen jeden Abend an einer anderen Festlichkeit teil. Olga war gerade in die Gesellschaft eingeführt worden. Sie hätten schon bald einen Mann für sie gefunden. Wahrscheinlich irgendeinen englischen Prinzen. Und das werden sie auch tun, sobald der Krieg vorbei ist, so viel steht fest. Sie reden immer davon, dass sie dabei an Vetter David denken, den Prince of Wales.«

»Tatsächlich?«, fragte ich überrascht, denn ich hätte nicht gedacht, dass Olga bereits einem Mann versprochen war. »Wann haben sich die beiden denn ineinander verliebt?«

»Verliebt?«, fragte sie mich, wobei sie sich zu mir hindrehte und eine Augenbraue hochzog. »Mach dich nicht lächerlich, Georgi. Sie sind nicht ineinander verliebt.«

»Wie können sie …«

»Sei nicht so naiv! Du weißt doch sicher, wie so etwas funktioniert. Olga ist eine attraktive junge Frau, stimmt's?«

»Ja, natürlich«, erwiderte ich. »Sie hat aber eine Schwester, die noch attraktiver ist.«

Anastasia lächelte und schmiegte ihren Kopf an meinen Arm, als wir weiterspazierten. Zu meiner Linken befand sich das Standbild des Bronzenen Reiters, der in jeder Hinsicht so aussah, als wollte er eine Attacke starten und in Richtung Newa galoppieren. »Sie braucht einen Ehemann von königlichem Geblüt«, fuhr sie fort. »Sie ist schließlich die älteste

Tochter des russischen Zaren. Da kann sie nicht irgendjemanden heiraten.«

»Nein«, stimmte ich ihr zu. »Nein, das geht nicht.«

»Und es heißt schon seit Langem, sie und Vetter David würden ein perfektes Paar abgeben. Er wird natürlich eines Tages König sein. Wenn Vetter Georgie gestorben ist. Das kann natürlich noch einige Jahre dauern, aber dann wird er den Thron besteigen, und Olga wird Königin von England sein. Wie einst unsere Urgroßmutter, Queen Victoria.«

Ich schüttelte den Kopf, völlig verwirrt angesichts all dieser Verbindungen.

»Gibt es eigentlich jemanden, mit dem du nicht verwandt bist?«, fragte ich.

»Nein, ich glaube nicht«, erwiderte sie völlig ernst. »Und wenn ja, kann es sich um niemanden von Bedeutung handeln. Vetter Georgie ist König von England. Vetter Alfonso ist König von Spanien. Vetter Christian ist König von Dänemark. Und dann ist da natürlich noch Vetter Willy, der Kaiser von Deutschland, aber den sollen wir nicht mehr Vetter nennen, wo wir jetzt Kriegsgegner sind. Aber er war ein Enkel von Queen Victoria, so wie Mutter ihre Enkelin war. Vielleicht ist das alles wirklich ein wenig seltsam. Findest du das seltsam, Georgi?«

»Ich weiß nicht, was ich dazu sagen soll«, erwiderte ich. »Bei all den Namen und all den Ländern, die sie regieren, ist es schwer, den Überblick zu behalten. Ich dachte immer, Prinz Edward sei der Prince of Wales.«

»Das ist ein und dieselbe Person«, sagte sie. »David ist sein richtiger Vorname, Edward sein Königsname.«

»Ich verstehe«, sagte ich, verstand aber nicht die Bohne.

»Und wenn Olga mit dem Prince of Wales verheiratet und Königin von England werden soll, erwartet Tatjana und Maria dann ein ähnliches Schicksal?«

»Natürlich«, erwiderte sie, wobei sie ihren Mantel fester um sich zog, denn die Nacht war kälter geworden, auch wenn die Sonne noch immer so gnädig war, uns ihr Licht zu spenden. »Sie werden für beide irgendeinen vertrottelten Prinzen auftreiben, so viel steht fest. Allerdings keinen so illustren Kandidaten wie Vetter David. Ich denke, Tatjana könnte Vetter Bertie heiraten. Mutter hat das letztes Jahr aufs Tapet gebracht, und Vater hat dem zugestimmt. Dann könnten sie als Schwestern am englischen Hof weilen, was sehr praktisch wäre.«

»Und was ist mit dir?«, fragte ich ruhig, wobei ich stehen blieb und sie am Arm griff, um sie zu mir zu drehen, damit sie mir in die Augen sah. Die Wellen der Newa schlugen an die Uferbefestigung, und als Anastasia sich zu mir umwandte, zerzauste der Wind ihre Stirnlocken und veranlasste sie dazu, die Augen ein wenig zusammenzukneifen. Sie griff sich mit der Hand an den Hals, um den Knoten ihres Kopftuchs straffer zu ziehen.

»Mit mir, Georgi?«, fragte sie.

»Ja. Wen sollst du heiraten? Soll ich dich an irgendeinen englischen Prinzen verlieren? Oder an einen griechischen? Einen dänischen? Einen italienischen? Lass mich wenigstens die Nationalität meines Rivalen wissen.«

»Ach, Georgi«, sagte sie traurig und wandte sich von mir ab, doch so leicht wollte ich sie nicht davonkommen lassen.

»Komm, sag's mir«, beharrte ich und zog sie näher an mich heran. »Sag es mir jetzt – damit ich mich darauf einstellen kann, dass du mir eines Tages das Herz brechen wirst.«

»Aber es bist doch du, Georgi«, sagte sie, und als sie die Arme um mich legte, um mich zu küssen, schossen ihr die Tränen in die Augen. »Du bist derjenige, den ich heiraten will. Ein anderer kommt für mich nicht in Frage.«

»Aber was kann ich dir schon bieten?«, fragte ich, verzweifelt vor Liebe und Begehren. »Ich kann nicht mit einem Königreich dienen. Keinem Fürstentum. Keinem Land, über das wir beide herrschen könnten. Ich habe keine Titel und keine adelige Abstammung, kein Vermögen und keine große Zukunft. Ich bin einfach nur ich. Ich bin nichts weiter als Georgi. Ein Niemand.«

Sie zögerte und schaute mir tief in die Augen. Ich konnte den Kummer darin erkennen. Die Angst. Ich wusste, dass ihr meine geringen Aussichten in der Welt nichts ausmachten, dass ich kein Prinz von königlichem Geblüt sein musste, damit sie mich liebte. Aber trotzdem stand unsere Herkunft zwischen uns – sie trennte uns, so wie die Fluten der Newa die beiden Pfeiler der Palaisbrücke voneinander trennten. Eines Tages würde der Krieg beendet sein, und dann würde der Zar eine Entscheidung treffen. Ein junger Mann würde in St. Petersburg eintreffen. Man würde ihn Anastasia vorstellen, und dann würden die beiden im Mariinski-Palais eine Mazurka tanzen, unter den Augen der dort versammelten feinen Gesellschaft, und ihr bliebe keine andere Wahl, als ihrem Vater zu gehorchen. Und damit würde sich die Sache erledigt haben. Man würde sie mit einem anderen verloben. Und ich würde das Nachsehen haben.

»Es gäbe eine Möglichkeit«, begann sie, doch bevor sie den Satz vollenden konnte, wurden wir unterbrochen und zuckten beide erschrocken zusammen. Wir waren so sehr ins Gespräch vertieft gewesen, dass wir die Leute um uns herum gar nicht mehr wahrgenommen hatten, und nun holte uns eine Männerstimme zu meiner Linken jäh in die wirkliche Welt zurück.

»Entschuldigung«, sagte der junge Mann, ein Bursche etwa in meinem Alter, der ähnlich gekleidet war wie ich. »Aber hast du vielleicht ein Streichholz für mich?«

Ich warf einen Blick auf die unangezündete Zigarette, die er mir entgegenhielt, und klopfte meine Manteltaschen nach Feuer ab. Anastasia löste sich dabei aus meinem Griff und entfernte sich ein oder zwei Schritte von mir, um aufs Wasser hinabzublicken, wobei sie die Arme als Schutz gegen die Kälte um sich schlang. Schließlich fand ich eine kleine Schachtel Streichhölzer, und als sich der junge Mann eins nahm, bemerkte ich, wie seine Begleiterin, ein junges Bauernmädchen, Anastasia anstarrte. Sie war ungefähr im gleichen Alter wie mein Schatz, nicht älter als sechzehn, mit einem hübschen Gesicht, das jedoch durch eine deutlich sichtbare, etwa fünf Zentimeter lange Narbe auf ihrer linken Wange verunstaltet wurde, die knapp unter dem Auge begann und ein Stück unterhalb des Backenknochens endete. Der junge Mann, ein gut aussehender Typ mit dichtem blonden Haar und einem sympathischen Gesicht, zündete seine Zigarette an, lächelte und bedankte sich bei mir.

»Morgen Nachmittag werden wir alle hundemüde sein«, sagte er und blickte in Richtung des hellen Horizonts.

»Ja, vermutlich«, erwiderte ich. »Ich denke die ganze Zeit, ich müsste jetzt schon müde sein, aber ich bin's einfach nicht. Diese Helligkeit bringt einen völlig durcheinander.«

»Letztes Jahr bin ich die ganzen drei Tage aufgeblieben«, sagte er und nahm einen tiefen Zug von seiner Zigarette. »Ich sollte gleich danach zu meinem Regiment zurückkehren, doch ich habe total verschlafen und wäre deswegen beinahe standrechtlich erschossen worden.«

»Du bist also Soldat?«, fragte ich.

»Ich war's«, sagte er. »Ich bin in die Schulter geschossen worden und kann den Arm hier nicht mehr bewegen.« Er nickte in Richtung seiner linken Körperhälfte. »Also haben sie mich nach Hause geschickt.«

»Schwein gehabt«, sagte ich lächelnd.

»Nein, ganz und gar nicht«, erwiderte er mit einem Kopfschütteln. »Ich sollte nicht hier sein. Ich will kämpfen. Und was ist mit dir?«, fragte er, wobei er mich von Kopf bis Fuß musterte. »Bist du in der Armee?«

»Ja, aber gerade auf Fronturlaub«, flunkerte ich ihn an. »Ende der Woche muss ich zu meiner Einheit zurück.«

Er nickte, voller Bedauern, wie mir schien. »Na, dann wünsche ich dir alles Gute«, sagte er, wobei er einen Blick auf Anastasia warf und lächelte. »Ich wünsche euch beiden alles Gute.«

»Ich euch auch«, sagte ich.

»Na, dann noch einen schönen Abend«, fügte er hinzu und kehrte mir den Rücken zu, um seine Freundin bei der Hand zu fassen, doch diese starrte Anastasia voller Ehrfurcht an, als wäre die Jungfrau Maria vom Himmel herabgestiegen, um leibhaftig am Ufer der Newa unter uns zu wandeln. Sie hatte Anastasia erkannt, so viel stand fest. Und wie die meisten Muschiks war auch dieses Mädchen überzeugt davon, Gott höchstselbst habe den Zaren und seine Familie in ihre Position eingesetzt. Ich hielt den Atem an, darauf gefasst, dass sie gleich losschreien und uns verraten würde, doch sie beherrschte sich und schüttelte den Kopf, um die Benommenheit zu verscheuchen, die von ihr Besitz ergriffen hatte – und dann trat sie einen Schritt vor und nahm Anastasias Hand in ihre und drückte sie für einen Moment, bevor sie auf den feuchten Pflastersteinen vor ihr niederkniete. Ich starrte auf diese wunderschöne junge Frau, deren Gesicht von wem oder was auch immer so schrecklich entstellt worden war, und als ich sah, wie sie ihre Lippen gegen die blasse, makellose Hand meines Mädchens drückte, fragte ich mich, ob ich wachte oder träumte. Nach einer kurzen Weile schaute sie zu Anastasia auf, und dann neigte sie den Kopf vor ihr.

»Darf ich um Euren Segen bitten?«, fragte sie, und Anastasia sperrte überrascht die Augen auf.

»Meinen …?«, begann sie.
»Bitte, Euer Hoheit.«
Anastasia zögerte, rührte sich aber nicht. »Nun, hier hast du ihn«, sagte sie schließlich und lächelte sanft, als sie sich nach vorn beugte und das Mädchen umarmte. »Und was immer er wert ist, er möge dir Frieden bringen.«
Das Mädchen lächelte und nickte, bevor sie ihren kriegsbeschädigten Freund bei der Hand nahm und mit ihm verschwand, ohne dass die beiden noch irgendetwas zu uns gesagt hätten. Anastasia drehte sich zu mir um und lächelte mich an, ihre Augen feucht von Tränen.
»Es wird kalt, Georgi«, sagte sie.
»Ja.«
»Lass uns heimgehen.«
Ich nickte und nahm sie bei der Hand. Schweigend kehrten wir zum Palast zurück, ohne auch nur ein weiteres Wort über Anastasias Heiratsaussichten zu verlieren. Wir kamen aus völlig verschiedenen Welten, so einfach war das. Unsere Herkunft und das, was wir waren, konnten wir genauso wenig verändern wie unsere Augenfarbe.
Als wir auf den Palaisplatz traten, gaben wir uns zum Abschied einen letzten traurigen Kuss, und dann strebte ich in Richtung der Türen, hinter denen sich der Treppenaufgang zu meinem Zimmer befand. Als ich zu den dunklen, unbeleuchteten Fenstern hinaufschaute, bemerkte ich eine schemenhafte Gestalt, die mich vom dritten Stock aus beobachtete, doch als ich die Augen zusammenkniff und blinzelte, um erkennen zu können, wer dort oben stand, übermannte mich schließlich die Erschöpfung, und die Erscheinung schien sich aufzulösen und zu verschwinden, als wäre sie nichts weiter als ein Trugbild gewesen. Ich dachte nicht weiter darüber nach, sondern begab mich in mein Zimmer, wo ich mich unverzüglich ins Bett legte und auf der Stelle einschlief.

1935

Ein Augenblick unbeschreiblichen Glücks.

Soja und ich sitzen auf unserem Bett im Giebelzimmer einer belebten Pension in Brighton, wo wir einen einwöchigen Urlaub verbringen, und sie hat mir gerade ein neues, tadellos gearbeitetes Oberhemd zum Geburtstag geschenkt. Eine Reise wie diese gibt es bei uns nur alle Jubeljahre – unsere Tage, Wochen und Monate sind stets angefüllt mit Arbeit, Verpflichtungen und Geldsorgen, sodass wir uns einen Luxus wie Ferien an der See normalerweise nicht leisten können. Doch Soja hatte vorgeschlagen, dass wir London für ein paar Tage verlassen und uns eine kurze Pause von unserem Alltagstrott gönnen sollten – an einem Ort, wo wir ausgedehnte, entspannte Mittagsmahlzeiten in Straßencafés genießen könnten, ohne auf die Uhr schauen zu müssen, an einem Ort, wo wir Hand in Hand am Strand entlangspazieren konnten, während Kinder lachten und auf den Kieselsteinen herumtollten –, und ich hatte *Ja* gesagt, ohne auch nur einen Moment zu zögern. *Ja*, das machen wir. *Ja*, wann wollen wir aufbrechen?

Unsere Reise fiel mit meinem sechsunddreißigsten Geburtstag zusammen, und als ich an jenem Morgen aufwachte, wurde mir bewusst, dass ich inzwischen mehr Jahre in der Fremde verbracht hatte als zu Hause bei meiner Familie in Kaschin – ein Gedanke, der meine ansonsten gute Laune mit einer Mischung aus Bedauern und Scham zu trüben drohte. Es kam nicht oft vor, dass ich mir die Gesichter meiner Eltern und Schwestern wieder vergegenwärtigte – ich war ein schlechter Sohn gewesen, daran bestand kein Zweifel, und ein noch schlechterer Bruder –, doch an jenem Morgen waren sie bei mir, schrien laut auf aus irgendeiner dunklen, entlegenen Kammer meiner Erinnerung, darüber verbittert, dass ich ein so unerwartetes Glück gefunden hatte, während sie ... Nun, ich wusste nicht, was aus ihnen geworden war, bezweifelte aber, dass sie überhaupt noch am Leben waren.

»Das habe ich bei Harrods gekauft«, sagte Soja, wobei sie sich voller Vorfreude auf die Unterlippe biss, als ich die Verpackung aufmachte und das Geschenk begutachtete: Es war ein Hemd von außergewöhnlicher Qualität, die Art von Luxus, die ich mir selbst nie geleistet hätte, aber mit Freude entgegennahm. »Es gefällt dir doch, Georgi, oder?«

»Ja, natürlich gefällt es mir«, erwiderte ich und zog sie an mich, um sie zu küssen. »Es ist wunderschön. Aber hat das nicht ein Vermögen gekostet?«

»Bitte«, sagte sie und schüttelte den Kopf, besorgt, ich könnte ihr den Spaß verderben, indem ich all die Gründe aufzählte, aus denen sie mich nicht mit einem so teuren Geschenk hätte verwöhnen dürfen. »Ich bin vorher noch nie bei Harrods gewesen. Das war schon ein echtes Erlebnis.«

Als sie das sagte, musste ich lachen, denn ich konnte mir vorstellen, wie sie diese Expedition bereits Wochen im Voraus geplant hatte, wie sie den richtigen Tag ausgewählt hatte, um sich nach Knightsbridge zu begeben, das Geschenk auszusuchen, es nach Hause zu bringen, es sich noch einmal genau anzusehen, es einzupacken und vor mir zu verstecken, bevor ich von der Arbeit nach Hause kam. Ich selber hatte auch noch nie einen Fuß in das berühmte Kaufhaus gesetzt, obwohl ich bereits unzählige Male daran vorbeigekommen war. Ich hatte immer eine gewisse Scheu verspürt, so als würde mir ein übereifriger Türsteher den Zutritt verwehren, sobald ich mich dem Eingang näherte, weil mein billiger Anzug und mein ausländischer Akzent mich als jemanden ausweisen, der da drinnen nichts verloren hatte. Soja hingegen ließ sich nicht einschüchtern – dass sie vornehme Geschäfte wie Harrods mied, war eher eine Sache des gesunden Menschenverstandes, denn sie wollte ihre Zeit nicht damit vergeuden, sich Dinge anzusehen, die sie sich nie leisten könnte.

»Von mir«, krähte Arina, wobei sie mit ausgestreckten Armen auf mich zugewackelt kam, ein kleines, ebenfalls schön eingepacktes Geschenk in ihren Händen. Sie strahlte über das ganze Gesicht, war aber noch immer unsicher auf den Beinen, denn sie hatte erst vor Kurzem gelernt, ohne Hilfe zu stehen und zu gehen, war jetzt aber mächtig stolz auf ihre neu errungene Unabhängigkeit. Sie mochte es gar nicht, wenn wir ihr zu nahe kamen, und zog es vor, auf eigene Faust ihr Umfeld zu erkunden. Unsere Tochter hatte keine Lust auf übertriebene Fürsorge.

»Was? Etwa noch ein Geschenk?«, rief ich, wobei ich sie in die Arme nahm und zu mir hochhob, aber sie sträubte sich gegen meine Umarmung, strampelte wie wild mit den Beinen, stieß mich von sich weg und verlangte, dass ich sie sofort wieder auf den Boden setzte. »Ich bin ja ein Glückspilz! Was da wohl drin ist?«

Behutsam entfernte ich die Verpackung und holte das Geschenk vorsichtig aus dem Seidenpapier, um es dann einen Moment lang anzustarren, denn ich war mir nicht sicher, was ich da betrachtete, doch plötzlich erkannte ich es und atmete vor Überraschung tief ein, völlig verblüfft von dem, was ich in meinen Händen hielt. Ich schaute zu Soja hinüber, und sie lächelte mich an, ein wenig nervös, wie ich fand, als wäre sie sich nicht ganz sicher, wie ich reagieren würde. Mir fehlten die Worte, und da ich Angst hatte, mit einer unbedachten Bemerkung meine Gefühle zu offenbaren, sagte ich erst einmal gar nichts, sondern kehrte meiner Familie den Rücken und trat ans Fenster, um diese Kostbarkeit im Sonnenlicht einer eingehenderen Prüfung zu unterziehen.

Meine Tochter hatte mir eine Schneekugel geschenkt, deren Boden nicht größer war als meine Handfläche, ein weißes Plastikoval, auf das eine gläserne, mit Wasser gefüllte Halbkugel montiert war. Im Innern des Objekts befand sich eine unbeholfene Nachbildung des Winterpalais, die Vorderseite dunkelblau, obwohl sie eigentlich hätte hellgrün sein müssen, die Dachstatuen nirgendwo zu sehen, der davor befindliche Platz ohne die Alexandersäule, doch trotz all dieser Mängel erkannte ich das Bauwerk sofort wieder. Niemand, der einmal innerhalb seiner vergoldeten Mauern gelebt oder gearbeitet hatte, würde es je vergessen. Beim Betrachten hielt ich den Atem an, als befürchtete ich, das Ganze könnte in sich zusammenfallen, wenn ich nur darauf hauchte, und ich kniff die Augen zusammen, um die kleinen weißen Einkerbungen zu mustern, die die Fenster des dreistöckigen Palastes darstellten.

Und dann wallten die Erinnerungen wieder auf.

Ich sah den Zarewitsch vor mir, wie er von den Kolonnaden durch das Geviert rannte, während ihm ein Mitglied der Leibgarde hinterherhastete, außer sich vor Sorge, der Junge könnte hinfallen und sich verletzen.

Ich sah seinen Vater im Arbeitszimmer im ersten Stock, wie er sich mit seinen Generälen und dem Ministerpräsidenten beriet, sein Bart grau gesprenkelt, mit blutunterlaufenen Augen, die verrieten, wie sehr ihm die Hiobsbotschaften von der Front zu schaffen machten.

In einem Raum im Stockwerk darüber stellte ich mir die Zarin vor, wie sie auf ihrem Betpult kniete, und den Starez, wie er vor ihr stand und düstere Beschwörungen murmelte, während sie sich vor ihm zu Boden warf wie eine einfache Bauersfrau ganz ohne kaiserliche Würde.

Und dann sah ich einen jungen Mann, einen Muschik aus Kaschin, der auf den Innenhof trat und sich eine Zigarette anzündete, als er draußen in der kalten Luft stand, und der die Gesellschaft eines Kameraden von der Leibgarde zurückwies, da er mit seinen Gedanken allein sein wollte, um nach einer Möglichkeit zu suchen, wie er die überwältigende Liebe ersticken konnte, die er für ein Mädchen empfand, das für ihn völlig außer Reichweite war, eine Liaison, die, wie er wusste, absolut unmöglich war.

Ich schüttelte die Kugel, und die Schneeflocken, die bis dahin friedlich auf dem Boden geruht hatten, stiegen im Wasser empor, schwebten schwerelos bis zum Dach des Palastes, bevor sie langsam wieder herabsanken. Die Menschen aus meiner Vergangenheit traten hervor und blickten mit ausgestreckten Händen gen Himmel, wobei sie, endlich alle wieder vereint, einander anlächelten und sich wünschten, dass dieser Moment nie vergehen, dass die Zukunft niemals anbrechen würde.

Ich drehte mich zu Soja um, zutiefst gerührt von dem Geschenk, das sie natürlich ausgesucht und gekauft hatte. »Das ist einfach unglaublich«, sagte ich mit einer Stimme, die meine plötzliche Gefühlsaufwallung verriet.

»Das habe ich in einem Juwelierladen in der Nähe des Trafalgar Square entdeckt«, sagte sie und trat zu mir ans Fenster, wo sie ihren Kopf sanft an meine Schulter schmiegte, während ich die Kugel vor uns in die Höhe hielt. Der Schnee fiel nach wie vor; der Palast stand nach wie vor; die Familie atmete nach wie vor. »Sie hatten ein ganzes Regal davon«, erzählte sie mir. »Natürlich nicht nur das Winterpalais, sondern Wahrzeichen von allen möglichen Hauptstädten. Das Kolosseum. Den Tower von London. Den Eiffelturm.« Sie hielt einen Moment inne, bevor sie zu mir aufblickte. »Aber ich habe diese Kugel nicht ausgesucht, Georgi, ich schwöre es dir. Ich habe zu Arina gesagt, sie solle sich die aussuchen, die ihr am besten gefiel, und sie entschied sich für St. Petersburg.«

Ich sah sie überrascht an und kam nicht umhin zu lächeln.

»Es kam nur so unerwartet«, sagte ich mit einem Kopfschütteln. »Das ist …«, ich dachte kurz darüber nach und errechnete die Zeit im Kopf. »Das ist fast zwanzig Jahre her, ist das zu fassen? Ich war damals so jung. Noch ein Junge.«

»Du bist doch noch immer jung, Georgi«, sagte sie mit einem Lachen und fuhr mir mit den Fingern durchs Haar. Es war schön, sie so glücklich zu sehen. Das waren unbeschwerte Jahre, mit unserer kleinen Arina, dem unerwartetsten Geschenk von allen, an unserer Seite. »Aber wie dem auch sei, auch ich werde älter«, fügte sie hinzu. »Ich werde bald Falten bekommen. Mich in eine alte Frau verwandeln. Wie wirst du mich dann wohl sehen?«

»So wie ich dich immer gesehen habe«, erwiderte ich und küsste sie, wobei ich sie in die Arme nahm und gleichzeitig die Kugel festhielt, bis wir durch unsere Tochter getrennt wurden, die sich zwischen uns beide zwängte, da sie diesen Glücksmoment mit uns teilen wollte.

»Papa«, sagte sie, nun in dem ernsten Tonfall, dessen sie sich immer bediente, wenn sie eine ihrer Ansicht nach ungeheuer wichtige Frage an uns hatte. Sie wollte wissen, welches Geschenk mir besser gefalle.

»Sie gefallen mir beide gleich gut«, sagte ich, denn ich wollte mich nicht für eins entscheiden müssen. »So wie ich euch beide auch gleich lieb habe«, fügte ich hinzu, und dann hob ich sie zu mir hoch und küsste sie. Ich hielt sie fest in meinen Armen, und am liebsten hätte ich sie nie wieder losgelassen.

Als wir seinerzeit in London angekommen waren, mieteten wir eine kleine Wohnung in Holborn, wobei wir das Pech hatten, Tür an Tür mit einem griesgrämigen Verwaltungsbeamten mittleren Alters zu wohnen, der Soja auf der Straße lüsterne Blicke zuwarf, während er mich mit Verachtung strafte. Bei den wenigen Gelegenheiten, die sich mir boten, ein Gespräch mit ihm anzuknüpfen, reagierte er schroff, als genügte allein schon mein Akzent, um ihn davon zu überzeugen, dass ich seine Zeit nicht wert war.

»Können Sie nicht was gegen dieses ständige Kindergeschrei unternehmen?«, blaffte er mich eines Morgens an, als ich unsere Haustür hinter mir schloss, und stellte sich mir in den Weg.

»Guten Morgen, Mr Nevin«, erwiderte ich, fest entschlossen, trotz seines rüden Tonfalls höflich zu bleiben.

»Ja, ja«, sagte er unwirsch. »Also, Ihre Tochter, die hält mich die ganze Nacht wach. Das geht auf keine Kuhhaut! Wann unternehmen Sie endlich was dagegen?«

»Tut mir leid«, sagte ich, denn ich wollte ihn nicht noch mehr auf die Palme bringen – seine Wangen waren vor Wut bereits puterrot, und die dunklen Ringe unter seinen Augen zeugten unverkennbar von Schlafmangel. »Aber sie ist erst ein paar Wochen alt. Und«, fügte ich mit einem Lächeln hinzu, um an seine Menschlichkeit zu appellieren, »für meine Frau und mich ist das alles noch wahnsinnig neu. Aber wir geben unser Bestes.«

»Nun, Ihr Bestes ist offensichtlich nicht genug, Mr Jackson«, fauchte er mich an und stieß mit einem knotigen Finger nach mir, der jedoch, zu seinem Glück, nicht mit meiner Brust in Kontakt kam – ich war ebenfalls völlig übernächtigt, und hätte er mich berührt, so wäre mir womöglich der Kragen geplatzt. »Ein Mensch braucht nun mal seinen Schlaf. Ich wohne hier seit …«

»Mein Name ist Jatschmenew«, sagte ich leise, wobei ich spürte, wie allmählich die Wut in mir aufstieg.
»Bitte?«
»Mein Name«, erwiderte ich. »Ich heiße nicht Jackson, sondern Jatschmenew. Aber von mir aus können Sie mich auch Georgi Daniilowitsch nennen. Wir sind schließlich Nachbarn.«
Er schwieg eine Weile und glotzte mich an, als fragte er sich, ob ich ihn provozieren wolle, doch dann machte er eine wegwerfende Geste und stapfte von dannen, wobei er noch ein paar fremdenfeindliche Bemerkungen machte, damit ich ihn ja nicht vergaß.
Das Ganze blieb ein ständiges Ärgernis – der Mann war ein echtes Ekel, aber Soja und ich wollten es uns dennoch mit unseren Nachbarn nicht verderben. Einige Wochen später löste sich das Problem von selbst, als Mr Nevin in einem Koller auszog. Seine Wohnung wurde von einer Frau in den Mittvierzigern bezogen, einer Witwe namens Rachel Anderson. Und statt sich von unserer Tochter belästigt zu fühlen, fraß sie regelrecht einen Narren an ihr, eine Reaktion, mit der sie sich bei einem stolzen Elternpaar natürlich sehr beliebt machte, und so freundeten wir uns schnell mit ihr an.
Sie sagte, sie würde gern für uns babysitten, und als unsere Freundschaft enger wurde und damit auch unser Vertrauen in sie wuchs, machten wir schließlich von ihrem Angebot Gebrauch. Sie war allein und einsam, das war nicht zu übersehen, und sie genoss es, die Großmutter für Arina zu spielen, in der sie womöglich einen Ersatz für die Kinder und Enkelkinder sah, die ihr versagt geblieben waren.
»Was für ein Glück, dass Rachel Babys mag«, sagte ich zu Soja, als wir eines Abends zum Holborn Empire schlenderten, um endlich wieder einmal ein paar ungestörte romanti-

sche Stunden zu genießen.»Dem alten Nachbarn hätten wir Arina niemals anvertrauen können, oder?«

»Nein, natürlich nicht«, sagte Soja, deren anfängliches Unbehagen angesichts einer so langen Abwesenheit von zu Hause praktisch in dem Moment verflogen war, als wir die Wohnung verlassen hatten.»Und du möchtest immer noch ins Kino, ja?«

»Wir können auch woanders hingehen, wenn du willst«, erwiderte ich, denn für mich zählte vor allem, dass wir beide endlich einmal wieder etwas Zeit zu zweit verbringen konnten. Als ich gesehen hatte, was im Empire lief, hatte ich Soja diesen Vorschlag unterbreitet, ohne groß darüber nachzudenken, und sofort erkannt, dass dies entweder die beste Idee war, die ich jemals gehabt hatte, oder die schlechteste.

»Nein, nein«, sagte sie und schüttelte den Kopf.»Ich hätte schon Lust. Du nicht auch?«

»Ja«, erwiderte ich ungeduldig. An dieser Stelle muss ich gestehen, dass ich vor jenem Abend nur dreimal im Kino gewesen war, aber jedes Mal hatte ich mir Greta Garbo angesehen. Das erste Mal lag fünf Jahre zurück, als ich, ohne zu wissen, was auf dem Programm stand, allein ins Empire gegangen war und die Schauspielerin als Anna Christie gesehen hatte, eine ehemalige Prostituierte, die ein neues Leben anfangen wollte. Zwei Jahre darauf sah ich sie erneut, in *Menschen im Hotel*, wo sie die alternde Primaballerina Grusinskaja spielte und mich nicht ganz so sehr bezauberte. Doch im darauffolgenden Jahr überzeugte sie mich wieder als die schwedische Königin Christine, und nun bot sich die Gelegenheit, sie mir, gemeinsam mit Soja, ein viertes Mal anzusehen, in einer Rolle, die mir ans Herz ging, nämlich als Anna Karenina.

Allein der Name reichte aus, um mich um zwanzig Jahre in die Vergangenheit zurückzuversetzen. Als ich ihn in großen schwarzen Lettern an der Fassade des Kinos prangen sah, spürte ich wieder die Ermattung, die ich damals nach Graf Tscharnetzkis endlosen Trainingsstunden empfunden hatte, und ich erinnerte mich wieder an das Gefühl der Verlorenheit in einem Palast, der mir noch nicht vertraut war und in dem ich mich auf der Suche nach meinem Zimmer heillos verlaufen hatte.

Ist das nicht der Junge, dem sie in die Schulter geschossen haben?, *hatte Tatjana gefragt, erfreut über diese kurze Atempause vom Unterricht.*

Nein, ich habe gehört, der Junge, der Vetter Nikolaus das Leben gerettet hat, soll wahnsinnig gut aussehen, hatte Maria mit einem Kopfschütteln erwidert.

Doch, er ist es, hatte Anastasia ruhig geantwortet, und dann hatte sie mir direkt in die Augen geschaut.

Im Empire herrschte an jenem Abend ein ziemlicher Andrang – die Luft im Saal war bereits von Zigarettenqualm und dem Geschnatter der Liebespaare erfüllt, doch Soja und ich ergatterten noch zwei benachbarte Sitzplätze auf dem zweiten Rang. Als das Licht erlosch und das Stimmengewirr auf einen Schlag verstummte, lehnten wir uns zufrieden zurück. Zuerst lief die Wochenschau, und wir sahen Bilder von einem Hurrikan, der an der Küste von Florida eine Spur der Verwüstung hinterließ. Ein Mann namens Howard Hughes, so erfuhren wir, hatte gerade mit 352 Meilen in der Stunde einen neuen Fluggeschwindigkeitsrekord aufgestellt, während der amerikanische Präsident, Mr Roosevelt, am Black Canyon gezeigt wurde, an der Grenze zwischen Arizona und Nevada, wie er sich anschickte, einen Damm einzuweihen. Die Wochenschau endete mit einem fünfminütigen Film über Herrn Hitler, den deutschen Kanzler, wie er durch die Straßen von Nürnberg marschierte, eine Truppenparade abnahm und vor Zehntausenden von Deutschen Reden hielt. Dem Kinopublikum stockte der Atem angesichts der Zerstörungswut des Hurrikans, es bejubelte die Tollkühnheit von Mr Hughes und schwatzte laut während der Rede von Mr Roosevelt, doch es saß mucksmäuschenstill da, als der Reichskanzler sich an die Massen wandte, als er brüllte und schrie, beschwörend, inständig bittend, insistierend, fordernd, als wäre er sich nur zu bewusst, dass man seine Rede auch noch im tausend Kilometer entfernten Holborn Empire hören würde, und als wollte er jedes Mitglied des dortigen Publikums mit seinen wilden Schlachtrufen hypnotisieren, ungeachtet der Tatsache, dass die Leute von dem, was er sagte, kein einziges Wort verstanden.

Soja und ich verstanden indes genug Deutsch, um in groben Zügen zu erfassen, was Hitler sagte. Wir rückten etwas enger zusammen, sagten aber nichts.

Als er schließlich von der Leinwand verschwunden war, begann der Film, und der Zug, in dem Anna und die Gräfin Wronskaja saßen, fuhr im Moskauer Bahnhof ein. Die gewaltigen Rauchwolken, die die Lokomotive ausstieß, lichteten sich allmählich, und die Garbo als Anna Karenina erschien im Bild – ihre großen klaren Augen genau in der Mitte der Leinwand, der dunkle Nerz ihrer Kopfbedeckung und ihres Mantels in markantem Kontrast zu ihren schlichten wallenden Locken.

»Was für eine Erscheinung!«, schwärmte ich Soja hinterher auf dem Heimweg vor, noch immer ganz weg von der Darbietung der Garbo. »Diese Leidenschaft! Aber auch bei Wronski. Die beiden mussten kein Wort sagen, sondern sich bloß anschauen, und schon war es um sie geschehen.«

»Du hast das für Liebe gehalten?«, fragte sie mich leise.
»Ich habe da etwas anderes gesehen.«
»Was denn?«
»Angst.«
»Angst?«, wiederholte ich und sah sie überrascht an.

»Aber die haben doch keine Angst voreinander. Sie sind füreinander bestimmt. Das ist ihnen vom ersten Moment ihrer Begegnung an klar.«

»Aber der Ausdruck auf ihren Gesichtern, Georgi«, sagte sie, wobei sie ihre Stimme ein wenig hob, enttäuscht von meiner Naivität. »Ja, ich weiß, es sind bloß Schauspieler, aber hast du es nicht auch erkannt? Mir kam es so vor, als sähen sie einander voller Entsetzen an, als wüssten sie, dass sie die Kette von Ereignissen, die sie mit ihrer Begegnung in Gang gesetzt hatten, unmöglich kontrollieren könnten. Das Leben, das jeder von ihnen bis dahin gelebt hatte, war von diesem Moment an unwiderruflich vorbei. Und von da an spielte es keine Rolle mehr, was als Nächstes geschehen würde. Ihr Schicksal war da bereits besiegelt.«

»Das ist ja eine ziemlich pessimistische Betrachtungsweise, Soja«, sagte ich, mit ihrer Interpretation der Szene unzufrieden.

»Was sagt Wronski später noch einmal zu Anna?«, fragte sie, ohne auf meine Bemerkung einzugehen. »*Du und ich sind verdammt ... verdammt zu unvorstellbarer Verzweiflung. Oder Glückseligkeit ... unvorstellbarer Glückseligkeit.*«

»Ich kann mich nicht daran erinnern, dass das im Buch steht«, bemerkte ich.

»Nein, kannst du nicht? Vielleicht steht es ja auch gar nicht drin. Es ist schon so viele Jahre her, dass ich den Roman gelesen habe. Aber wie dem auch sei, irgendwie verstehe ich diese Frau.«

»Aber du bist nicht so«, sagte ich lachend.

»Ach nein?«

»Anna liebt Karenin nicht«, erklärte ich. »Aber du liebst mich.«

»Natürlich«, erwiderte sie sofort. »Das habe ich auch nicht gemeint.«

»Und du würdest dir nie einen Seitensprung erlauben, so wie Anna es tut.«

»Nein«, sagte sie und schüttelte den Kopf. »Aber ihre Traurigkeit, Georgi. Wie sie beim Verlassen des Zuges erkennt, dass ihr Leben bereits vorbei ist, dass es fortan nur noch darum geht, die ihr noch verbleibende Zeit zu ertragen, so lange, bis sie am Ende angelangt ist … kommt dir das nicht irgendwie bekannt vor?«

Ich blieb wie angewurzelt stehen und drehte mich zu ihr hin, mit einem Stirnrunzeln, das mein Gesicht verfinsterte. Ich wusste nicht, wie ich auf ihre Worte reagieren sollte. Ich brauchte Zeit, um darüber nachzudenken, Zeit, um dahinterzukommen, was sie mir zu sagen versuchte.

»Ach, vergiss es, das ist nicht weiter wichtig«, sagte sie schließlich, wobei sie mich anlächelte. »Komm, Georgi, wir sind zu Hause.«

Als wir in die Wohnung kamen, schlief Arina bereits fest, und Rachel versicherte uns, dass unsere Tochter das mit Abstand entzückendste Kind sei, mit dem sie jemals einen Abend habe verbringen dürfen – etwas, das wir bereits wussten, aber trotzdem gern hörten.

»Ich bin schon seit Jahren nicht mehr im Kino gewesen«, sagte sie, als sie für den kurzen Weg zur Nachbarwohnung in ihren Mantel schlüpfte. »Mein Albert hat mich ständig ausgeführt, als er mir den Hof gemacht hat. Wir haben uns damals alles Mögliche angesehen. Ja, so war das. Am besten hat mir immer Charlie Chaplin gefallen. Sie mögen seine Filme doch sicher auch, oder?«

»Wir haben noch nie einen gesehen«, gestand ich. »Der Name ist uns natürlich ein Begriff, aber …«

»Was? Sie haben noch nie einen Charlie-Chaplin-Film gesehen?«, fragte sie völlig entgeistert. »Dann dürfen Sie sich den nächsten aber nicht entgehen lassen, also wirklich!

Ich werde dann wieder bei Ihnen babysitten, und zwar mit Vergnügen. Er ist einfach der Beste, der gute alte Charlie. Wussten Sie, dass ich ihn gut gekannt habe, als er ein Junge war? Er ist in Walworth aufgewachsen. Gleich um die Ecke von mir. Unglaublich, was? Er lief dort immer herum, in kurzen Hosen und nichts als Flausen im Kopf. Der hat mit jedem seine Späße getrieben. Ich wohnte damals an der Sandford Row, und mein Albert, der stammte von den Faraday Gardens. Jeder kannte damals jeden, und der gute alte Charlie, der war schon als Junge wegen seiner Kaspereien berühmt. Aber er hat's zu was gebracht, oder? Schauen Sie ihn sich heute an! Ein Millionär, drüben in Amerika, und alles, was Rang und Namen hat, tanzt nach seiner Pfeife. Es ist kaum zu glauben. Wer hat denn in dem Film heute Abend mitgespielt? Sie haben noch nie einen Charlie-Chaplin-Film gesehen? Ich fasse es nicht!«

»Greta Garbo«, sagte Soja mit einem Lächeln. »Georgi ist ein bisschen in sie verschossen. Haben Sie das gewusst?«

»In Greta Garbo?«, fragte Rachel, wobei sie eine Grimasse zog, als wäre ihr gerade ein unangenehmer Geruch in die Nase gestiegen. »Das kann ich nicht nachvollziehen. Die Frau hat immer so was schrecklich Männliches an sich.«

»Ich bin kein bisschen in sie verschossen«, sagte ich und errötete angesichts dieser Unterstellung. »Also wirklich, Soja, wie kannst du so was behaupten?«

»Schauen Sie ihn sich an, Mrs Anderson«, erwiderte sie mit einem fröhlichen Lachen. »Wie verlegen er ist.«

»Ja, er steht da wie ein begossener Pudel«, sagte sie und lachte ebenfalls, woraufhin ich wegschaute und ein beleidigtes Gesicht zog.

»So ein Unsinn!«, sagte ich und ging hinüber zu meinem Sessel, nahm darin Platz und tat so, als würde ich die Zeitung lesen.

»Nun, wie war er denn so?«, fragte Rachel, wobei sie sich an meine Frau wandte. »Dieser Greta-Garbo-Film? Taugt der was?«

»Er hat mich an zu Hause erinnert«, sagte Soja leise, in einem wehmütigen Tonfall, der mich aufhorchen und zu ihr hinüberschauen ließ.

»Das ist doch schön, oder?«

Soja lächelte, bevor sie nickte und einen tiefen Seufzer ausstieß. »Oh ja, Mrs Anderson«, sagte sie. »Das ist schön. Das ist sogar sehr schön.«

Soja hatte als Maschinennäherin in einer Fabrik gearbeitet, und stand kurz vor ihrer Beförderung zur Vorarbeiterin. Ihr Job wäre dadurch keineswegs leichter geworden – lange Arbeitszeiten von acht Uhr morgens bis abends um halb sieben, mit nur einer halben Stunde Pause zur Mittagszeit –, doch die Bezahlung wäre wesentlich besser gewesen, und anstatt den ganzen Tag über an ihre Nähmaschine gefesselt zu sein, hätte sie sich in der Fabrikhalle frei bewegen können.

Die Sache zerschlug sich, als sie schwanger wurde.

Wir haben diese Neuigkeit fast vier Monate lang für uns behalten – bis dahin hatten wir schon zu viele Enttäuschungen erlebt, um noch zu glauben, dass wir jemals Eltern sein würden –, doch schließlich war es nicht mehr zu übersehen, und unser Arzt versicherte uns, dass die Schwangerschaft sich diesmal normal entwickelte und es nicht zu befürchten sei, dass es wieder zu einer Fehlgeburt käme. Nach der Geburt beschloss Soja, nicht mehr in die Fabrik zurückzukehren, sondern sich stattdessen ausschließlich der Betreuung und Erziehung unserer Tochter zu widmen. Es hätte ohnehin keine andere Möglichkeit gegeben, da ihre Firma junge Mütter erst dann wieder an ihren Arbeitsplatz zurückkehren ließ, wenn ihre Kinder das schulpflichtige Alter erreicht hatten.

Unsere finanzielle Situation verschlechterte sich dadurch beträchtlich, da wir fortan nur noch über mein Einkommen verfügten. Allerdings hatten wir während der letzten paar Jahre etwas auf die hohe Kante gelegt, und Mr Trevors gewährte mir, in Anerkennung meiner neuen Verantwortung, gleich nach Arinas Geburt eine kleine Gehaltserhöhung.

Daher war ich einigermaßen überrascht, als ich eines Abends von der Arbeit heimkehrte und in einer Ecke unseres Wohnzimmers eine große Nähmaschine vorfand. Das schwere metallene Gehäuse funkelte mich herausfordernd an, als ich durch die Tür kam. Meine Frau war gerade damit beschäftigt, rechts neben dem Ding Platz für einen Beistelltisch zu schaffen, der ihr als Ablage für ihren Stoff und die Näh- und Stecknadeln dienen sollte. Arina verfolgte das Geschehen aufmerksam von ihrem Kinderstuhl aus, mit weit aufgerissenen Augen, völlig gefesselt von dieser ungewöhnlichen Aktivität, doch als sie mich erblickte, klatschte sie erfreut in die Hände und deutete, vor Entzücken krähend, auf die Maschine.

»Hallo, meine Lieben«, sagte ich und legte Hut und Mantel ab, als Soja sich mit einem Lächeln zu mir umdrehte. »Was ist denn hier los?«

»Du wirst es mir nicht glauben«, erwiderte sie und küsste mich auf die Wange. Was immer sich tagsüber zugetragen hatte, sie war deswegen völlig aus dem Häuschen, doch in ihrem Tonfall schwang gleichzeitig die Sorge mit, ich würde ihre Freude womöglich nicht teilen. »Als ich heute Morgen Arina das Frühstück gemacht habe, klopfte es an der Tür, und als ich durch das Fenster nach draußen sah, traute ich meinen Augen nicht. Denn es war Mrs Stevens.«

Soja neigte dazu, nervös zu werden, wenn es unerwartet an unserer Haustür klopfte. Wir hatten nur wenige Freunde, und da diese für gewöhnlich nicht unangekündigt bei uns vorbeischauten, bewirkte jede Störung unseres normalen Tagesablaufs bei meiner Frau ein starkes Unbehagen, als befürchtete sie, dass gleich etwas Schreckliches passieren würde. Anstatt sofort die Tür zu öffnen, ging sie immer erst zum Fenster und zog den Store ein wenig beiseite, um einen Blick auf denjenigen zu werfen, der draußen vor unserer Tür stand, denn von dieser Position aus konnte man den Rücken unseres Besuchers sehen, ohne dass er oder sie etwas davon mitbekam. Von dieser Angewohnheit ließ sie nie ab. Sie fühlte sich nie sicher, das war das Problem. Sie war fest davon überzeugt, dass man sie eines Tages finden würde – und nicht nur sie, sondern uns alle.

»Mrs Stevens?«, fragte ich und zog eine Augenbraue hoch. »Von Newsom's?«

»Ja. Ich war völlig überrascht. Ich dachte, dass sie vielleicht einen Fehler bei meiner letzten Lohnabrechnung gemacht hatte und dass sie gekommen war, um die Sache zu bereinigen, aber nein, es war nichts dergleichen. Zuerst sagte sie, sie habe nur mal vorbeischauen wollen, um zu sehen, wie es mir und Arina geht, aber das habe ich ihr natürlich nicht abgekauft. Nachdem sie dann eine Tasse Tee getrunken hatte und ich vor Spannung beinahe verrückt geworden wäre, rückte sie schließlich damit heraus, dass es in der Fabrik derzeit einen akuten Mangel an Maschinennäherinnen gebe und dass sie mit den Aufträgen nicht mehr nachkämen und ob ich vielleicht Interesse hätte, zu Hause für sie zu arbeiten.«

»Ah, ich verstehe«, erwiderte ich, schaute zur Maschine hinüber und nickte, denn mir war nun klar, was das Ergebnis dieser Unterhaltung gewesen war. »Und du hast natürlich Ja gesagt.«

»Nun, ich sah keinen Grund, das Angebot auszuschlagen. Die Bezahlung ist mehr als anständig. Und ein Mann von

Newsom's wird einmal die Woche vorbeikommen, um mir den Stoff und das andere Arbeitsmaterial zu bringen und gleichzeitig die fertigen Stücke abzuholen, sodass ich keinen Fuß in die Fabrik setzen muss. Das dürfte unsere finanzielle Situation doch um einiges verbessern, oder?«

»Ja, natürlich«, sagte ich und ließ mir die Sache durch den Kopf gehen. »Obwohl ich schon auch allein für uns drei sorgen kann.«

»Oh, das weiß ich, Georgi. Ich meinte nur ...«

»Sie muss sich deiner Antwort ja ziemlich sicher gewesen sein, wenn sie die Maschine gleich mitgebracht hat.«

Soja starrte mich einen Moment lang verdutzt an, bevor sie in Gelächter ausbrach. »Ach, Georgi«, sagte sie kopfschüttelnd, »du glaubst doch wohl nicht, dass Mrs Stevens die Maschine den ganzen Weg von der Fabrik bis hierher geschleppt hat, oder? Das Ding ist so schwer, dass ich es nur mit Mühe über den Fußboden schieben kann. Nein, ein Arbeiter aus der Fabrik hat sie heute Nachmittag vorbeigebracht, nachdem ich zugesagt hatte. Kurz bevor du kamst.«

Vielleicht war es falsch von mir, aber irgendwie schmeckte mir dieses Arrangement nicht. Ich fand, unsere Wohnung war unser Zuhause und kein Ort, den man in eine Nähstube verwandeln sollte, und außerdem ging es mir gegen den Strich, dass diese Entscheidung gefällt worden war, ohne dass man mich vorher gefragt hatte. Gleichzeitig sah ich jedoch, wie glücklich Soja darüber war, sich in Zukunft nicht mehr ausschließlich um Arina kümmern zu müssen, sondern nebenbei auch einer bezahlten Beschäftigung nachgehen zu können, und ich erkannte, dass es kleinlich von mir gewesen wäre, wenn ich ihr dies untersagt hätte.

»Das geht doch in Ordnung, Georgi, oder?«, fragte sie, denn offenbar spürte sie meine Bedenken. »Oder hast du was dagegen?«

»Nein, nein«, erwiderte ich schnell. »Wenn's dich glücklich macht.«

»Ja, das tut es«, sagte sie mit Nachdruck. »Ich fühle mich geschmeichelt, dass sie dabei an mich gedacht haben. Und abgesehen davon finde ich es gut, wenn ich mein eigenes Geld verdiene. Ich verspreche dir, dass ich abends nicht mehr arbeiten werde. Wenn du von der Bibliothek nach Hause kommst, wirst du hier nicht vom Surren der Maschine empfangen. Und wenn ich mir privat Stoff kaufe, kann ich jetzt auch Anziehsachen für Arina nähen.«

Ich lächelte und sagte, das sei eine hervorragende Idee, und dann verbrachte Soja zu meiner Überraschung den Rest des Abends an der Nähmaschine und widmete sich den diversen Vorlagen, die man ihr ebenfalls zugestellt hatte, damit sie schon einmal anfangen konnte, bevor der Mann von Newsom's in der darauffolgenden Woche wiederkam. Ich schaute zu, wie sie konzentriert zu Werke ging und die Augen zusammenkniff, als sie eine Linie von Stichen entlang eines feinen hellen Stücks Baumwollstoff ausführte, den Saum seitlich des Fadens wegschnitt und den Arm der Maschine anhob, bevor sie den Knoten abband. Zu Hause hätte das als niedere Tätigkeit gegolten, als eine Arbeit für Muschiks, aber hier in London, zweitausend Kilometer und zwanzig Jahre von St. Petersburg entfernt, war es eine Aufgabe, die meine Frau mit Freude erfüllte. Und zumindest dafür war ich dankbar.

Wenn wir abends tatsächlich einmal Besuch hatten, so handelte es sich in der Regel um Rachel Anderson, die ein- oder zweimal in der Woche an unsere Tür klopfte und dann eine Stunde in unserer Gesellschaft verbrachte, um ihre Einsamkeit ein wenig zu lindern. Wir freuten uns über ihre Besuche, denn sie war eine gute Seele, die nicht nur kam, um mit Arina zu spielen – unsere Tochter vergötterte sie –, sondern auch, um mit uns zusammen zu sein, wodurch sie zwangsläufig Sojas und meine Zuneigung gewann.

Zu Beginn der Weihnachtszeit jenes Jahres saßen wir in unserem zur Straße weisenden Wohnzimmer und hörten uns im Radio gemeinsam ein Konzert an. Arina schlief in meinen Armen, mit halb geöffnetem Mund und mit im Traum leicht zuckenden Augenlidern, und ich verspürte ein fast schon überwältigendes Gefühl der Zufriedenheit angesichts des glücklichen Familienlebens, mit dem ich gesegnet war. Soja saß neben mir, den Kopf an ein Kissen gelehnt, während wir den Klängen von Tschaikowskis Vierter Symphonie lauschten. Unsere Finger waren miteinander verflochten, und ich konnte sehen, dass sie in der Musik und den Erinnerungen, die diese in ihr heraufbeschwor, versunken war. Als ich zu Rachel hinüberschaute, trafen sich unsere Blicke im Kerzenschein, und obwohl sie angesichts unserer kleinen Familie lächelte, lag in ihrem Gesichtsausdruck ein fast schon unerträglicher Kummer.

»Rachel?«, fragte ich sie besorgt. »Geht es Ihnen gut?«

»Ja«, versicherte sie mir, wobei sie den Kopf schüttelte und zu lächeln versuchte. »Mir geht's gut.«

»So sehen Sie aber nicht aus. Sie sehen aus, als würden Sie gleich in Tränen ausbrechen.«

»Ach, wirklich?«, fragte sie und riss dabei für einen Moment die Augen auf, als wollte sie gegen irgendeine plötzliche Flut ankämpfen. »Nun, vielleicht bin ich innerlich ein wenig aufgewühlt.«

»Ja, Tschaikowski kann starke Gefühle hervorrufen«, sagte ich und hoffte, dass ich sie mit meiner Fragerei nicht in Verlegenheit gebracht hatte. »Wenn ich diesen Satz höre, füllt sich mein Kopf mit Erinnerungen an alte russische Volkslieder. Und dann werde ich immer ganz wehmütig.«

»Es ist nicht die Musik«, erwiderte sie leise. »Es sind Sie und Ihre Familie.«

»Was ist denn mit uns?«

Sie lachte und schaute weg. »Ich bin nun mal ein sentimentaler Typ. Das ist alles. Sie sind so glücklich, wie Sie so dasitzen, so geborgen, so gut aufgehoben in der Gesellschaft der anderen. Das erinnerte mich an meinen Albert. Ich musste daran denken, wie es heute wäre, hätten sich die Dinge anders entwickelt.« Sie hielt kurz inne, bevor sie entschuldigend die Achseln zuckte. »Er hätte heute Geburtstag gehabt, wissen Sie? Seinen vierzigsten Geburtstag. Wahrscheinlich hätten wir heute ordentlich einen draufgemacht, wäre er noch am Leben.«

»Rachel, das hätten Sie uns sagen müssen«, meinte Soja, wobei sie aufstand und zu ihr hinüberging, um neben ihr Platz zu nehmen. Dann legte sie ihr einen Arm um die Schulter und küsste sie auf die Wange. In Momenten wie diesen, wenn sie eine andere Seele Qualen erleiden sah, kam immer ihr großes Mitgefühl zum Vorschein – das zählte zu den Dingen, die ich so sehr an ihr liebte. »Sie denken bestimmt noch oft an ihn.«

»Ja, jeden Tag«, gab sie zu. »Obwohl er seit über zwanzig Jahren tot ist. Sie haben ihn in Belgien begraben. Habe ich Ihnen das schon erzählt? Das machte die Sache noch viel schlimmer, denn ich konnte nicht zu ihm, kann ihm keine Blumen aufs Grab legen, so wie es jeder andere kann. Es gibt noch immer Tage, wo ich nichts weiter will, als mit einer kleinen Thermosflasche Tee loszuziehen und mich zu ihm zu setzen, aber das kann ich nicht. Nicht hier. Nicht in London.«

»Sind Sie jemals drüben gewesen?«, fragte ich sie. »Von Dover ist das doch nur ein Katzensprung.«

»Ja, bisher achtmal«, sagte sie mit einem Lächeln. »Nächstes Jahr besuche ich ihn vielleicht wieder, wenn ich mir die

Überfahrt leisten kann. Er ist in Ypern begraben, auf einem Soldatenfriedhof namens Prowse Point. Reihen um Reihen von sauberen weißen Grabsteinen, einer neben dem anderen, und unter jedem liegt einer unserer tapferen Jungen. Die ganze Anlage ist immer picobello sauber. Es ist fast so, als wollten sie einem vortäuschen, es gäbe etwas, ich weiß nicht, etwas Sauberes an der Art und Weise, wie sie ums Leben gekommen sind. Doch das stimmt ja gar nicht. Die Reinheit dieses Friedhofs ist eine Lüge. Deshalb habe ich mir immer gewünscht, er wäre hier, auf irgendeinem Friedhof mit wild überwucherten Bäumen und Hecken und ein paar Feldmäusen. Ich meine, an einem ehrlicheren Ort.«

»War er Infanterist?«, fragte ich. »Offizier?«

»Oh, nein«, sagte sie mit einem Kopfschütteln. »Nein, Georgi, er war zu unbedeutend, um Offizier zu sein. Er hätte auch keiner sein wollen. Er war bei der Somerset Light Infantry – bloß einer der Jungs, nichts Besonderes. Außer für mich natürlich. Er fiel Ende 1914, also gleich am Anfang, wenn man so will. Bis dahin hatte er praktisch noch keine Kampfhandlungen erlebt. Manchmal denke ich, das ist für ihn ein Segen gewesen«, fügte sie hinzu und dachte kurz darüber nach. »Mir haben immer diese armen Jungen leid getan, die erst 1917 oder 1918 gefallen sind, die die letzten paar Jahre ihres Lebens damit verbracht haben, zu kämpfen und zu leiden und Gott weiß was für entsetzliche Dinge mitzubekommen. Meinem Albert ist das wenigstens erspart geblieben. Er ist seinem Schöpfer schon ziemlich früh gegenübergetreten.«

»Aber Sie vermissen ihn noch immer«, sagte Soja leise, wobei sie Rachel bei der Hand nahm, und die Frau nickte und gab einen tiefen Seufzer von sich, während sie gegen die Tränen ankämpfte.

»Ja, das tue ich«, sagte sie. »Ich vermisse ihn jeden Tag. Ich denke daran, was wir noch alles hätten tun können, an all das, was wir noch gemeinsam hätten erleben können. Manchmal macht mich das fürchterlich traurig, und manchmal bin ich so wütend auf die Welt, dass ich laut aufschreien könnte. Dann hasse ich sie alle. Die verdammten Politiker. Gott. Die Kriegshetzer: Asquith und den Kaiser und den Zaren, diese verfluchten Scheißkerle.« Bei diesen Worten zuckte Soja kurz zusammen, enthielt sich aber jeglichen Kommentars. »Ich hasse sie dafür, dass sie ihn mir weggenommen haben. Einen Jungen wie ihn. Einen jungen Burschen, der noch das ganze Leben vor sich hatte. Aber wem erzähle ich das eigentlich? Sie haben während des Krieges sicher auch viel durchgemacht. Sie mussten Ihre Heimat verlassen. Ich kann mir noch nicht einmal vorstellen, wie das gewesen sein muss.«

»Ja, das waren für uns alle schwere Zeiten«, sagte ich zögernd, denn ich war mir nicht sicher, ob wir dieses Thema noch weiter vertiefen sollten.

»Ich habe meine ganze Familie im Krieg verloren«, sagte Soja, und ich war einigermaßen verblüfft, sie tatsächlich über ihre Vergangenheit sprechen zu hören. »Nicht einer von ihnen hat überlebt.«

»Ach, Sie Ärmste«, sagte Rachel überrascht, wobei sie sich vorbeugte und nun Sojas Hand ergriff. »Das habe ich nicht gewusst. Ich habe immer gedacht, Ihre Angehörigen würden vielleicht noch in Russland leben. Ich meine, Sie sprechen nie von Ihnen. Und jetzt komme ich dummes Ding daher und wecke bei Ihnen all diese schlimmen Erinnerungen.«

»So sind Kriege nun mal«, sagte ich, darauf bedacht, das Thema zu wechseln. »Sie nehmen uns unsere Liebsten, sie reißen Familien auseinander, sie stiften unsägliches Leid. Und warum? Ich habe keine Ahnung.«

»Es ist bald wieder so weit«, sagte sie dann, wobei mich ihr ernster Tonfall überraschte.

»Was?«, fragte ich.

»Es wird wieder Krieg geben. Können Sie es nicht spüren? Ich spüre es. Ich kann ihn fast schon riechen.«

Ich schüttelte den Kopf. »Das glaube ich nicht«, sagte ich. »Europa ist ... unruhig, keine Frage. Es gibt Schwierigkeiten und Animositäten, aber ich glaube nicht, dass es wieder zu einem Krieg kommen wird. Jedenfalls nicht zu unseren Lebzeiten. Das möchte doch niemand noch einmal durchmachen.«

»Ist es nicht eine Ironie des Schicksals«, erwiderte sie, nachdem sie kurz darüber nachgedacht hatte, »dass all die Jungen, die in einem gewaltigen Ausbruch von Liebe und Wollust gezeugt wurden, als der Weltkrieg vorbei war, im wehrfähigen Alter sein werden, wenn der nächste beginnt? Es scheint fast so, als hätte Gott sie nur deshalb auf die Welt kommen lassen, damit sie kämpfen und sterben. Damit sie sich vor die Gewehrmündungen stellen und die Kugeln schlucken, die auf sie abgefeuert werden. Das ist doch ein grausamer Witz, oder?«

»Aber es wird keinen Krieg geben«, widersprach Soja ihr vehement. »Wie Georgi schon gesagt hat ...«

»Was für eine Verschwendung«, sagte Rachel seufzend, und dann stand sie auf und griff nach ihrem Mantel. »Was für eine schreckliche Verschwendung. Und ich will Ihnen nicht widersprechen, Georgi, nicht in Ihrer eigenen Wohnung, aber Sie liegen falsch, fürchte ich. Er wird kommen. Es wird nicht mehr lange dauern. Warten Sie's ab! Sie werden sehen.«

★

Die Newa

Die Nachricht wurde unter meiner Zimmertür hindurchgeschoben und schoss so weit über den Fußboden, dass sie beinahe unter dem Bett verschwunden wäre. Auf dem Umschlag stand nichts weiter als mein Name – *Georgi Daniilowitsch* –, in einer feinen kyrillischen Handschrift. Es war ungewöhnlich, mir auf diese Weise eine Mitteilung zukommen zu lassen – normalerweise setzte Graf Tscharnetzki die Abteilungskommandeure davon in Kenntnis, wenn es irgendeine Änderung im Dienstplan der Leibgarde gab, und diese wiederum informierten die Männer, die unter ihrem Kommando standen. Neugierig öffnete ich den Umschlag und entdeckte darin eine Karte, auf der nichts weiter stand als eine Adresse und eine Uhrzeit. Kein Hinweis und keine Erklärung, warum meine Anwesenheit dort erwünscht war. Das Ganze war mir ein Rätsel, hinter dem ich zunächst Anastasia vermutete, doch dann fiel mir ein, dass sie an jenem Abend mit ihrer Familie zu einem Diner im Hause des Fürsten Rogeski eingeladen war. Trotzdem war mein Interesse geweckt, und da ich an jenem Abend frei hatte und unternehmungslustig war, ging ich ins Badehaus und wusch mich gründlich, bevor ich meine beste Zivilkleidung anzog und den Palast verließ, um mich zu der angegebenen Adresse zu begeben.

Die Nacht war kalt und dunkel, und die Straßen waren so verschneit, dass ich mitunter fast bis zu den Knien in den Verwehungen versank. Die Hände tief in meinen Jackentaschen vergraben, kam ich auf meinem Weg nicht umhin, die Hetzplakate wahrzunehmen, die in der Innenstadt an Hauswänden und Laternenpfählen klebten – Karikaturen, die Nikolaus und Alexandra zeigten, schändliche Zeichnungen, auf denen sie als Ausbeuter tituliert wurden, als Tyrannen und Despoten, primitive Abbildungen der Zarin als Hure und als Wölfin, darunter einige, auf denen sie von einem Harem junger Männer umgeben war, aber auch welche, auf denen sie ausgestreckt dalag, dem lüsternen Blick des dunkeläugigen Starez ausgesetzt. Diese Plakate gehörten mittlerweile zum Straßenbild. Sie wurden jeden Tag von den Behörden heruntergerissen, nur um genauso schnell wieder aufzutauchen, wie man sie entfernte. Wurde man damit erwischt, so konnte es einen das Leben kosten. Ich fragte mich, wie es der Zar und seine Frau ertragen konnten, sich auf eine dermaßen obszöne Weise dargestellt zu sehen, wenn sie durch die Straßen fuhren. Er, der auf Kosten seiner Gesundheit seit Monaten damit beschäftigt war, die Streitkräfte zu führen, um unsere Landesgrenzen zu verteidigen. Sie, die tagaus, tagein im Lazarett erschien, um den Verwundeten und den Sterbenden Beistand zu leisten. Die Zarin war keine Marie Antoinette und ihr Mann war kein Ludwig XVI., doch die Muschiks schienen das Winterpalais als ein zweites Versailles anzusehen. Bei der Frage, wie all dieser Hass einmal enden sollte, wurde mir das Herz schwer.

Die Adresse auf der Karte führte mich in ein Viertel der Stadt, das ich nur selten aufsuchte, in eine jener eigenartigen Gegenden, wo es weder Fürstenpaläste noch Bauernhütten gab. Unscheinbare Straßen, kleine Läden, Bierlokale, nichts, das darauf hindeutete, hier könnte irgendetwas vor sich gehen, das meine Anwesenheit erforderte. Für einen Moment fragte ich mich, ob die Nachricht überhaupt für mich bestimmt war. Vielleicht hatte sie jemand unter der Tür eines meiner Kameraden hindurchschieben wollen, der Mitglied in einem der zahllosen Geheimbünde war, die in der Stadt ihr

Unwesen trieben. Jemand, der politische Ränke schmiedete. Vielleicht landete ich bei einem konspirativen Treffen, wo man den Aufruhr gegen die Romanows noch weiter anheizen wollte, und sie würden mich dort alle für einen Verräter halten. Es hätte nicht viel gefehlt, und ich wäre umgekehrt und wieder zum Winterpalais zurückgestiefelt, doch bevor ich mich dazu entscheiden konnte, tauchte plötzlich das Haus vor mir auf, nach dem ich suchte. Ich stand vor einer schlichten schwarzen Tür, hinter der sich jemand befinden musste, der meinen Besuch erwartete.

Ich zögerte, überrascht von der Beklommenheit, die mich mit einem Mal beschlich, und dann klopfte ich schnell an den hölzernen Türrahmen. Ich war hierher eingeladen worden, sagte ich mir. Die Nachricht war an mich adressiert gewesen. Drinnen rührte sich nichts, und so zog ich meinen rechten Handschuh aus, um etwas lauter zu klopfen, doch noch im selben Augenblick ging die Tür auf, und ich stand einer dunkel gekleideten Gestalt gegenüber, die mich einen Moment lang anstarrte, als versuchte sie in der Dunkelheit mein Gesicht zu erkennen, bevor sie ein entzücktes, fratzenhaftes Lächeln aufsetzte.

»Du bist gekommen!«, schrie der Mann, trat einen Schritt auf mich zu und legte mir die Hände auf die Schultern. »Ich wusste, du würdest kommen! Junge Männer sind so leicht zu beeinflussen, findest du nicht auch? Hätte ich dir gesagt, du sollst in die Moika springen, so würdest du jetzt tot auf dem Grund des Flusses liegen.«

Ich ging fast in die Knie unter dem Gewicht seiner Pranken und versuchte mich loszumachen, allerdings ohne Erfolg. Er drückte mit einer solchen Entschlossenheit auf meine Schultern, als wollte er mir seine Stärke demonstrieren und zugleich meine Standhaftigkeit testen. »Vater Grigori«, sagte ich, denn er war es, der mir die Tür geöffnet hatte – der

Mönch, der Gottesmann, der Muschik, der die russische Kaiserin zur Hure gemacht hatte. »Ich habe nicht gewusst, dass Ihr hinter dieser Einladung steckt.«

»Wieso? Wärst du vielleicht schneller gekommen, wenn du es gewusst hättest?«, fragte er grinsend. »Oder wärst du dann gar nicht gekommen, Georgi Daniilowitsch? Sag mir, was von beidem wäre es gewesen? Sicher nicht das Letztere. Das würde ich dir nicht abkaufen.«

»Ich bin einfach nur überrascht, das ist alles«, sagte ich wahrheitsgemäß, denn so unbehaglich ich mich in seiner Nähe fühlte und sosehr er mich auch abstieß, es war mir unmöglich, nicht auch gleichzeitig von ihm fasziniert zu sein. Seine Gegenwart hatte für mich stets etwas Berauschendes. Wenn er mir über den Weg lief, geriet ich fast in einen Zustand der Lähmung. Und damit war ich nicht allein. Jeder hasste ihn, aber niemand konnte sich ihm entziehen.

»Du bist gekommen, und das ist alles, was zählt«, sagte er nun und geleitete mich durch die Tür. »Komm rein. Draußen ist es kalt, und wir wollen doch nicht, dass du krank wirst, oder? Ich möchte dich meinen Freunden vorstellen.«

»Aber was soll ich hier?«, fragte ich, als ich ihm durch einen düsteren Flur in den hinteren Bereich des Hauses folgte, wo ich in einiger Entfernung einen ausschließlich von roten Kerzen erhellten Raum erkennen konnte. »Warum habt Ihr mich eingeladen?«

»Weil ich die Gesellschaft interessanter Menschen genieße, Georgi Daniilowitsch«, röhrte er, offenbar verliebt in den Klang seiner eigenen Stimme. »Und dich halte ich für einen sehr interessanten Menschen.«

»Aber wieso denn?«, fragte ich.

»Das weißt du nicht? Das solltest du aber.« Er hielt kurz inne und schaute mich lächelnd an, wobei er zwei Reihen gelber Zähne bleckte. »Ich mag jeden, der etwas zu verbergen hat, und du, mein junger Freund, hast jede Menge Geheimnisse, nicht wahr?«

Ich schaute ihm in seine dunkelblauen Augen und schluckte nervös.

»Ich habe keine Geheimnisse«, sagte ich. »Nicht ein einziges.«

»Natürlich hast du welche. Nur ein Dummkopf hat keine, und ich glaube kaum, dass du einer bist, oder? Aber wie dem auch sei, wir haben alle etwas zu verbergen. Jeder von uns. Diejenigen, die über uns stehen genauso wie die, die uns gleichgestellt sind. Und diejenigen, denen nicht dasselbe Glück beschieden gewesen ist wie uns. Niemand offenbart gern sein wahres Ich – täten wir es, so würden wir übereinander herfallen. Doch du bist anders als die meisten Menschen, da stimme ich dir zu. Denn du scheinst völlig unfähig, deine Geheimnisse für dich zu behalten. Es ist kaum zu fassen, dass ich der Einzige bin, der das bemerkt hat. Aber entschuldige, deshalb habe ich dich nicht hergebeten«, fügte er hinzu, wandte sich von mir ab und setzte seinen Weg durch den Flur fort. »Über diese Dinge können wir uns später noch unterhalten. Komm und lern meine Freunde kennen. Ich bin mir sicher, ihr werdet euch gut verstehen.«

Ich sagte mir, es sei besser, wenn ich auf der Stelle kehrtmachte und das Haus verließ, doch er war bereits in dem Raum mit den roten Kerzen verschwunden, und es gab keine Macht auf Erden, die mich daran hätte hindern können, ihm zu folgen. Ich wusste nicht, wer oder was mich dort erwartete, als ich durch die Tür trat. Vielleicht eine Gruppe anderer Starzen? Oder gar die Zarin? Ich hatte nicht die leiseste Ahnung. Und sosehr ich es mir auch vorzustellen versuchte, der Anblick, der mich drinnen erwartete, war höchst eigenartig, völlig unerwartet, und er zog mich sofort in seinen Bann.

Der Raum war mit niedrigen, scharlachrot und purpurn bezogenen Sofas möbliert und wurde von kostbaren Teppichen und Gobelins beherrscht, die so aussahen, als stammten sie aus den Basaren von Delhi. Über den Raum verteilt, ausgestreckt auf den Sofas und Chaiselongues, war vielleicht ein Dutzend Menschen, einer aufreizender gekleidet als der andere. Eine Frau, von der ich wusste, dass sie eine Gräfin und eine ehemalige Vertraute der Kaiserin war, die nach einem missglückten Besuch in Livadia – wo sie es gewagt hatte, Eira, dem hinterhältigen Terrier der Zarin, einen Fußtritt zu verpassen – in Ungnade gefallen war. Ein Prinz von königlichem Geblüt. Die Tochter eines der berüchtigtsten Sodomiten von St. Petersburg. Vier oder fünf jüngere Leute, etwa in meinem Alter, oder vielleicht auch ein wenig älter, die ich noch nie zuvor gesehen hatte. Ein paar Prostituierte. Ein außergewöhnlich hübscher Junge, fast noch ein Knabe, dessen Gesicht mit Rouge und Lippenstift beschmiert war. Die meisten von ihnen waren nur halb bekleidet, mit aufgeknöpften Hemden und ohne Strümpfe an ihren Füßen, und manche hatten nur noch ihre Unterwäsche an. Durch den Dunst, der den Raum erfüllte und von meinen Sinnen Besitz ergriff, der mich benommen machte und mich gleichzeitig nach mehr gieren ließ, sah ich eine der Prostituierten auf einem Sofa sitzen, den Kopf eines Jungen in ihrem Schoß – der Junge war splitterfasernackt, und seine Zunge leckte zwischen ihren Schenkeln wie eine Katze an einer Untertasse voll Milch. Ich starrte auf die sich vor mir abspielende Szene, meine Augen weit aufgesperrt, hin und her gerissen zwischen Ekel und Verlangen, wobei mich Ersteres dazu drängte wegzulaufen, während mich Letzteres zwang dazubleiben.

»Freunde«, brüllte Vater Grigori, wobei er seine Arme weit ausbreitete und das Stimmengewirr im Raum sofort zum Verstummen brachte. »Meine lieben, über alles geschätzten

Freunde, meine Getreuen und Vertrauten, ich möchte euch einen reizenden jungen Mann vorstellen, dessen Bekanntschaft ich zu meinem großen Glück habe machen dürfen. Georgi Daniilowitsch Jatschmenew, früher wohnhaft in dem Dorf Kaschin, einem elenden Kaff im Herzen unseres geliebten Vaterlandes. Er hat seine große Loyalität gegenüber der kaiserlichen Familie unter Beweis gestellt, wenn auch nicht, wie man sagen muss, gegenüber seinem besten Freund. Er ist schon seit einiger Zeit in St. Petersburg, hat aber immer noch nicht gelernt, sich zu amüsieren. Und das möchte ich heute Nacht ändern.«

Seine Gäste starrten mich an, die einen gelangweilt, die anderen desinteressiert, wobei sie weiterhin aus ihren Weingläsern tranken oder tiefe Züge aus den gluckernden Glaspfeifen nahmen, die zwischen ihnen herumwanderten. Und sie nahmen ihre Gespräche wieder auf, diesmal jedoch mit einem leisen, geflüsterten Murmeln. Sie hatten alle einen toten Ausdruck in ihren Augen. Das heißt, alle außer Vater Grigori. Der wirkte hellwach.

»Georgi, freust du dich, dass ich dich eingeladen habe?«, fragte er mich ruhig, wobei er mir den Arm über die Schulter legte und mich näher an sich heranzog, während er zu der Frau und dem Jungen hinüberschaute, die nun im gleichen Rhythmus zu zucken und zu stöhnen begannen. »Hier ist es doch viel netter als in dem alten, trübseligen Palast, oder?«

»Was wollt Ihr von mir?«, fragte ich, wobei ich mich zu ihm hindrehte, um ihn anzuschauen. »Warum habt Ihr mich herbestellt?«

»Aber mein Lieber, du wolltest doch herkommen«, sagte er und lachte mir dabei ins Gesicht, als wäre ich irgendein Trottel. »Oder habe ich dich etwa bei der Hand genommen und durch die Straßen hierhergeführt?«

»Ich wusste ja nicht, wer mir die Karte geschickt hat«, erwiderte ich rasch. »Hätte ich es gewusst ...«

»Du hast es sehr wohl gewusst, aber es hat dich nicht gekümmert«, sagte er und lächelte mich an. »Es ist dumm, sich selbst etwas vorzulügen. Lüg die anderen an, aber hüte dich davor, dich selbst anzulügen. Aber wie dem auch sei, komm, mein junger Freund, sei mir nicht mehr böse. Wir wollen hier keinen Streit haben, sondern nur Harmonie. Trink ein Glas Wein. Entspann dich. Lass dich unterhalten. Ich bin mir sicher, es gefällt dir hier, Georgi Daniilowitsch. Wenn du es schaffst, zu vergessen, wer du sein sollst, wenn du einfach der bist, der du sein möchtest. Oder sollte ich dich vielleicht Pascha nennen? Würde dir das besser gefallen?«

Ich sperrte meine Augen weit auf. Schon seit Jahren hatte mich niemand mehr so genannt, und selbst damals war es immer nur mein Vater gewesen. »Wo habt Ihr diesen Namen gehört?«, fragte ich ihn. »Wer hat Euch das erzählt?«

»Ich höre viele Dinge«, antwortete er, wobei er unvermittelt die Stimme erhob, ohne dass auch nur einer seiner Gäste vor Überraschung oder Schreck zusammenzuckte – sein Tonfall bebte vor Rechtschaffenheit und Ehrfurcht, als er sprach. »Ich höre die Stimmen der Bauern auf dem Feld, wie sie nach Gerechtigkeit und Gleichheit schreien. Ich höre das Schluchzen von Matuschka, wenn sie nachts wegen ihres kranken Sohnes weint. Ich höre alles, Pascha«, rief er. Seine Stimme wurde mitleiderregend und flehend, sein Gesicht war vom Schmerz zerfurcht, als er sich zu mir vorbeugte: »Ich höre das Geräusch ihres Atems, wie sie über ihre Schulter schaut und den Wagen auf sich zukommen sieht und weiß, dass er sie gleich überfahren wird, dass er ihr das Leben nehmen wird. Ich höre die Sünder in der Hölle, wie sie nach Erlösung schreien. Ich höre das Gelächter der Geretteten, wie sie sich im Paradies von uns abwenden. Ich höre das Stampfen der

Stiefel der Soldaten, wie sie in den Raum stürzen, mit Gewehren, bereit zu schießen, bereit zu töten, bereit zu quälen ...« An dieser Stelle hielt er inne und begrub sein Gesicht in den Händen. »Und ich höre dich, Georgi Daniilowitsch«, sagte er, wobei er die Hände von seinem Gesicht nahm und sie mir von beiden Seiten flach an den Kopf presste, seine Finger warm und weich auf meinen kalten Wangen. »Ich höre die Dinge, die du sagst, die Dinge, die du so verzweifelt zu verdrängen versuchst.«

»Was für Dinge?«, fragte ich so leise, dass ich kaum noch zu vernehmen war. »Was sage ich? Was hört Ihr?«

»Oh, mein lieber Junge«, sagte er und schüttelte den Kopf. »Du sagst, *Was ist geschehen? Wer hat da geschossen?*«

»Hier, nimm einen Schluck«, unterbrach uns eine Stimme zu meiner Rechten, und als ich mich umdrehte, stand der Prinz vor mir, ein Glas mit dunkelrotem Wein in der Hand. Ich sah keinen Grund, sein Angebot auszuschlagen, und führte das Glas auf der Stelle an meine Lippen und stürzte seinen Inhalt, ohne abzusetzen, herunter.

»Sehr gut«, sagte Vater Grigori, wobei er mich anlächelte und meine Wange auf eine Weise streichelte, die in mir den Wunsch weckte, mich noch enger an seine Hand zu schmiegen, die Augen zu schließen und einzuschlafen. »Sehr gut, Pascha. Und jetzt setz dich, bitte. Ich möchte dich meinen Freunden vorstellen. Ich denke, es sind einige dabei, an denen du Gefallen finden dürftest.« Er griff nach einem Regalbrett, als er dies sagte, und holte von dort eine weitere Pfeife, die er dann über eine Flamme hielt. Dabei versengte er sich die Hand, doch er schien den Schmerz nicht zu bemerken, oder es kümmerte ihn nicht. »Das hier solltest du auch probieren, Georgi«, sagte er und reichte mir die Pfeife. »Es wird dich entspannen. Vertrau mir«, flüsterte er. »Du vertraust mir doch, Pascha, oder? Du vertraust deinem Freund Grigori?«

Auf diese Frage gab es nur eine Antwort. Ich war wie hypnotisiert. Ich konnte spüren, wie Hände nach mir griffen und meinen Körper liebkosten. Die Prostituierte. Der Junge. Sie luden mich dazu ein, an ihrem Spiel teilzunehmen. Von der gegenüberliegenden Seite des Raums beobachtete mich die Gräfin und streichelte dabei ihre Brüste, die sie ohne irgendwelche Hemmungen vor mir entblößte. Der Prinz war vor ihr auf die Knie gesunken. Die anderen jungen Männer und Frauen flüsterten miteinander, sie rauchten und tranken und sahen zu mir herüber, während ich wegschaute und spürte, wie ich meinem Körper entstieg, als wäre er eine unnötige Last, wie ich mich fallen ließ, um mit dem Raum eins zu werden, um mich an ihrem ausgelassenen Treiben zu beteiligen. Als dann schließlich meine Stimme ertönte, klang sie kein bisschen wie meine eigene, vielmehr wie der Seufzer eines anderen, eines mir unbekannten Menschen, der sich aus einem weit entfernten Land meldete.

»Ja«, erwiderte ich. »Ja, ich vertraue Euch.«

Als sich das Jahr 1916 seinem Ende zuneigte, glich St. Petersburg einem Vulkan, der kurz vor dem Ausbruch stand, doch der Palast und seine Bewohner lebten noch immer in seliger Unwissenheit vor sich hin und bemerkten nichts von der Unruhe, die sich in den Straßen der Hauptstadt breitmachte. Stattdessen ging jeder von uns seinen üblichen Pflichten und Gewohnheiten nach, als hätte sich die Welt draußen kein bisschen verändert. Anfang Dezember kehrte der Zar für ein paar Wochen von der Stawka zurück, und bei der kaiserlichen Familie herrschte fortan eine Atmosphäre der Freude, ja sogar der Frivolität – zumindest bis zu dem Nachmittag, an dem der Zar schließlich herausfand, dass seine geliebte Tochter eine verbotene Beziehung zu einem der, wie er angenommen hatte, treuesten Mitglieder seiner Leibgarde unterhielt. Und in diesem Moment schien es so, als fände der Krieg nicht mehr an der deutschen Grenze, an der russischen Grenze, an den Grenzen des Baltikums und an der türkischen Grenze statt, sondern im zweiten Stock des Winterpalais.

Weder Anastasia noch ich erfuhren jemals mit letzter Gewissheit, wer dem Zaren dieses gut gehütete Geheimnis verraten hatte. Es wurde gemunkelt, irgendein Intrigant habe einen anonymen Brief geschrieben und auf dem Schreibtisch in Nikolaus' Arbeitszimmer deponiert. Ein weiteres Gerücht besagte, die Zarin habe davon von einem klatschsüchtigen Dienstmädchen erfahren, das gewisse Vorgänge mit eigenen Augen verfolgt hatte. Und eine dritte, völlig aus der Luft gegriffene Theorie basierte auf der Mutmaßung, Alexei habe einen klammheimlich ausgetauschten Kuss beobachtet und seinen Vater davon in Kenntnis gesetzt, obwohl der Junge so etwas nie getan hätte. Dafür kannte ich ihn gut genug.

Zum ersten Mal erfuhr ich von dieser fatalen Entdeckung, als ich eines Spätnachmittags aus dem Zimmer des Zarewitsch kam und hörte, wie sich am Ende des Flurs, dort wo das Arbeitszimmer seines Vaters lag, ein Gewitter zusammenbraute. Bei jeder anderen Gelegenheit wäre ich vermutlich stehen geblieben und hätte die Ohren gespitzt, um zu erfahren, was wohl der Grund für eine solche Aufregung sein mochte, doch ich war müde und hungrig und trottete weiter, doch ehe ich mich's versah, packte mich jemand am Arm, zerrte mich in einen der Empfangssäle, schloss die Tür hinter uns und sperrte sie obendrein auch noch ab. Ich wirbelte erschrocken herum, um meinem Entführer das Gesicht zuzuwenden.

»Anastasia«, sagte ich, entzückt, sie zu sehen, und in meiner Eitelkeit davon überzeugt, die Sehnsucht nach mir habe sie überwältigt und sie hier auf mich warten lassen, um mich abzupassen. »Du scheinst mir heute Abend ziemlich abenteuerlustig.«

»Lass das, Georgi«, erwiderte sie schnell und ließ meinen Arm los. »Hast du noch nicht gehört, was passiert ist?«

»Passiert?«, fragte ich. »Wem ist was passiert?«

»Maria«, sagte sie. »Maria und Sergei.«

Ich machte ein verdutztes Gesicht und versuchte vergeblich, ihren Worten einen Sinn abzugewinnen. Ich war müde an jenem Abend, und mein Verstand arbeitete nicht so schnell, wie er es normalerweise getan hätte, und deshalb war mir nicht sofort klar, was sie meinte.

»Maria, meine Schwester«, erklärte sie schnell, als sie meinen ratlosen Gesichtsausdruck registrierte. »Und Sergei Stasjewitsch Poljakow.«

»Sergei?«, fragte ich und zog eine Augenbraue hoch. »Was ist mit ihm? Ich habe ihn heute Abend noch nicht gesehen, falls du das meinst. Sollte er heute Nachmittag nicht im Gefolge deines Vaters sein, beim Gottesdienstbesuch in der Peter-und-Pauls-Kathedrale?«

»Hör mir zu, Georgi!«, fauchte Anastasia mich angesichts meiner Begriffsstutzigkeit an. »Vater hat alles über sie herausgefunden.«

»Über Maria und Sergei Stasjewitsch?«

»Ja.«

»Aber das verstehe ich nicht«, sagte ich. »Was für eine Maria? Ich weiß nichts von einer Maria und Sergei Stasjewitsch.« Doch in dem Moment, als dieser Satz meinen Mund verließ, wurde mir auf einen Schlag alles klar. »Nein!«, schrie ich überrascht, mit weit aufgerissenem Mund und noch weiter aufgerissenen Augen. »Du meinst doch wohl nicht ...«

»Die beiden hatten schon seit Monaten was miteinander«, sagte sie.

»Unglaublich«, erwiderte ich und schüttelte fassungslos den Kopf. »Deine Schwester ist eine kaiserliche Großfürstin, eine Prinzessin von königlichem Geblüt. Und Sergei

Stasjewitsch … nun, er ist zweifellos ein netter Bursche, und er sieht wohl gut aus, aber es kann doch nicht sein, dass jemand wie Maria sich mit einem …« Ich hielt inne und zog es vor, den Satz unvollendet zu lassen. Anastasia blickte mich an und zog dabei eine Augenbraue hoch, und trotz des Kummers auf ihrem Gesicht musste sie ein wenig lächeln.
»Natürlich kann es sein«, erlaubte ich mir zu sagen. »Das ist mir eben so herausgerutscht.«

»Jemand hat es Vater erzählt«, fuhr sie fort. »Und der ist wütend, Georgi, fuchsteufelswild. Ich habe ihn noch nie so aufgebracht erlebt.«

»Es ist nur … also, es ist unglaublich, dass Sergei mir nie davon erzählt hat«, sagte ich kopfschüttelnd. »Ich habe immer gedacht, wir seien Freunde. Schließlich ist er der engste Freund, den ich hier habe.« Als ich dies sagte, füllte sich mein Kopf plötzlich mit Erinnerungen an den letzten Jungen, den ich meinen engsten Freund genannt hatte, an den Jungen, mit dem ich zusammen aufgewachsen war, von unserer Kindheit bis zum frühen Mannesalter, an den Freund, dessen Blut noch immer an meinen Händen klebte.

»Hast du ihm denn von uns erzählt?«, fragte sie, wobei sie sich von mir abwandte und nervös im Raum auf und ab ging.

»Nein, natürlich nicht. Etwas so Heikles würde ich ihm nie anvertrauen.«

»Dann muss er dir gegenüber das Gleiche empfunden haben.«

»Ja, offenbar«, sagte ich, und obwohl ich wusste, wie scheinheilig das war, kam ich nicht umhin, mich ein wenig gekränkt zu fühlen. »Und was ist mit dir?«, fragte ich. »Hast du gewusst, dass die beiden was miteinander hatten?«

»Ja, natürlich wusste ich das, Georgi«, sagte sie, als wäre es die selbstverständlichste Sache der Welt. »Maria und ich erzählen uns immer alles.«

»Und mir hast du es nicht erzählt?«

»Nein, es war ja ein Geheimnis.«

»Ich dachte, wir hätten keine Geheimnisse voreinander«, sagte ich schnell.

»Ach, wirklich?«

»Jeder von uns verbirgt etwas«, murmelte ich vor mich hin und schaute kurz von ihr weg. Sie sah mich an, wobei sie mir direkt in die Augen schaute, mit der gleichen Intensität, mit der mich der Starez vor ein paar Wochen in jener grässlichen Nacht angeschaut hatte. Diese Assoziation, diese Erinnerung bohrte sich durch mein Herz wie ein Dolch, und ich schnitt eine Grimasse und schämte mich. »Und was ist mit uns?«, fragte ich schließlich, wobei ich mich darum bemühte, die Fassung wiederzugewinnen. »Weiß Maria von uns?«

»Ja«, sagte sie. »Aber ich verspreche dir, Georgi, sie wird es niemandem erzählen. Es ist unser Geheimnis.«

»Maria und Sergei Stasjewitsch waren auch dein Geheimnis. Und das ist herausgekommen.«

»Nun, *ich* habe es Vater nicht erzählt«, sagte sie wütend. »Das würde ich nie tun.«

»Und was ist mit Olga und Tatjana? Wussten die von Maria und Sergei? Wissen die auch über uns Bescheid?«

»Nein«, sagte sie und schüttelte den Kopf. »Das waren Dinge, über die Maria und ich uns zur Schlafenszeit unterhalten haben. Geheimnisse, die wir niemandem sonst anvertrauten.«

Ich nickte und glaubte ihr. Obwohl es in jedem der kaiserlichen Paläste Hunderte von Zimmern gab, teilten sich die beiden ältesten Schwestern, Olga und Tatjana, stets ein Schlafzimmer, um Gesellschaft zu haben, und Maria und Anastasia hielten es genauso. Von daher war es durchaus möglich, dass jedes der beiden Schwesternpaare seine eigenen Geheimnisse hatte.

»Also, was ist denn nun passiert?«, fragte ich und erinnerte mich dabei wieder an das Gebrüll, das kurz zuvor aus dem Arbeitszimmer des Zaren gedrungen war. »Weißt du, was da oben vor sich geht?«

»Mutter hat Maria vor einer Stunde in Vaters Arbeitszimmer geschleift. Als sie wieder herauskam, war sie in Tränen aufgelöst, ja fast schon hysterisch. Sie konnte kaum mit mir reden, Georgi, sie bekam fast kein Wort heraus. Sie sagte, Sergei Stasjewitsch werde nach Sibirien verbannt.«

»Nach Sibirien?«, fragte ich und atmete tief durch. »Das kann nicht sein.«

»Er wird noch heute Abend gehen müssen«, sagte sie. »Die beiden sollen sich nie wiedersehen. Und er hat Glück gehabt, meinte sie. Wäre ihre Beziehung enger gewesen, hätte man ihn auch hinrichten können.«

Ich kniff die Augen zusammen und schaute sie an, woraufhin sie puterrot anlief. Obwohl wir beide schon so lange zusammen waren, hatten wir noch nicht miteinander geschlafen, sondern uns auf endlose Küsse beschränkt.

»Sie haben Dr. Fedorow kommen lassen«, sagte sie leise, wobei ihre Wangen noch röter wurden, als sie seinen Namen erwähnte.

»Dr. Fedorow?«, fragte ich. »Aber der ist doch ausschließlich für die Gesundheit deines Bruders zuständig. Wozu haben sie ihn gebraucht?«

»Er hat Maria untersucht«, erwiderte sie. »Meine Eltern wollten wissen, ob sie ... ob sie noch unberührt ist.«

Mir fiel die Kinnlade herunter – ich konnte mir kaum vorstellen, wie entsetzlich das gewesen sein musste. Maria war erst vor wenigen Monaten siebzehn geworden. Eine dermaßen demütigende Untersuchung ertragen zu müssen, durch einen alten Mann wie Fedorow und mit ihren Eltern im Nebenraum – ich nahm jedenfalls an, dass sie sich im

Nebenraum befunden hatten –, musste schrecklich gewesen sein.

»Und ist sie …?«, begann ich, unschlüssig, ob ich die Worte aussprechen sollte.

»Sie ist noch Jungfrau«, sagte Anastasia mit Nachdruck und schaute dabei wieder zu mir auf, mit einer grimmigen Miene, fest entschlossen, meinem Blick standzuhalten.

Ich nickte und dachte einen Moment lang darüber nach, bevor ich einen Blick auf meine Uhr warf. »Und Sergei Stasjewitsch?«, fragte ich. »Wo ist er? Ist er schon aufgebrochen?«

»Ja, vermutlich«, sagte sie und klang dabei ein wenig verwirrt. »Ich bin mir nicht sicher, Georgi. Aber du solltest jetzt nicht losziehen und nach ihm suchen. Es wäre nicht gut für dich, wenn man sieht, dass du Anteil an seinem Schicksal nimmst.«

»Aber er ist mein Freund«, sagte ich und griff nach der Türklinke. »Ich muss ihn noch einmal sehen.«

»Wäre er tatsächlich dein Freund, so hätte er dir von der Sache erzählt.«

»Das ist unerheblich«, sagte ich mit einem Kopfschütteln. »Er wird verzweifelt sein. Ich kann ihn nicht fortgehen lassen, ohne mit ihm gesprochen zu haben. Ich habe schon einmal einen Freund verraten. Das wird mir nicht noch einmal passieren, egal was du sagst.«

Sie sah mich an und machte den Eindruck, als wollte sie noch weiter protestieren, doch sie erkannte in meinen Augen eine Entschlossenheit, die der ihrigen in nichts nachstand, und so nickte sie schließlich verzagt.

»Wir müssen von nun an sehr vorsichtig sein«, sagte sie, als ich die Tür öffnete. »Ich könnte es nicht ertragen, wenn sie es herausbekämen. Wenn man uns trennen und dich wegschicken würde. Es darf nie jemand erfahren.«

Ich eilte zu ihr und nahm sie fest in meine Arme, und sie begann zu weinen, um uns beide, aber auch um das gebrochene Herz ihrer Schwester.

»Es wird niemand erfahren«, beruhigte ich sie, obwohl ich mir insgeheim große Sorgen machte, denn *einer* hatte es ja bereits herausbekommen.

Ich machte mich auf die Suche nach Sergei Stasjewitsch und fand ihn, als er gerade den Palast verließ, bewacht von zwei anderen jungen Offizieren, guten Bekannten von uns beiden, mit denen wir uns an so manchem dienstfreien Abend gemeinsam betrunken hatten. Es war ihnen sichtlich unangenehm, dass man sie mit dieser Aufgabe betraut hatte. Ich bat sie, mich ein paar Minuten mit meinem Freund allein zu lassen, und sie willigten ein und traten ein paar Schritte zurück, damit wir uns ungestört voneinander verabschieden konnten.

»Das darf nicht wahr sein«, sagte ich und sah in sein müdes, unglückliches Gesicht. Er hatte einen gehetzten Blick, so als könnte er noch immer nicht fassen, was sich in den letzten Stunden ereignet hatte.

»Es ist aber so, Georgi«, erwiderte er mit einem bekümmerten Lächeln.

»Aber musst du uns wirklich verlassen? Werden sie ...« Ich schaute hinüber zu unseren Kameraden, seinen Bewachern. »Werden sie dich unterwegs nicht irgendwo freilassen? Du könntest gehen, wohin du willst. Du könntest ein neues Leben anfangen.«

»Das können sie nicht machen«, sagte er und zuckte die Achseln. »Damit würden sie ihr Leben aufs Spiel setzen. Es wird mich jemand in Empfang nehmen und den Zaren von meiner Ankunft unterrichten. Die beiden haben schließlich ihre Befehle. Und auch ich möchte nicht ungehorsam sein. So leid es mir tut, aber ich muss mich von dir verabschieden,

Georgi«, sagte er, wobei ihm vor Kummer beinahe die Stimme versagte. »Ich weiß nicht, ob ich dir wirklich ein guter Freund gewesen bin ...«

»Oder ich dir«, sagte ich schnell.

»Vielleicht sind wir beide in Gedanken ja immer woanders gewesen. Kann das sein?« Er lächelte mich an, und ich spürte, wie ich erblasste. Er wusste es, keine Frage. Er wusste von mir, was ich auch von ihm hätte wissen können, wäre ich nur etwas aufmerksamer gewesen. »Sei bloß *vorsichtig*«, sagte er mit Nachdruck, wobei er seine Stimme senkte und nervös um sich schaute. »Er wird auf den geeigneten Moment warten. Und dann wird er dich erledigen, so wie er mich erledigt hat.«

»Er?«, fragte ich stirnrunzelnd. »Wer er?«

»Rasputin«, zischte er, und dann zog er mich zu sich heran, um mich ungestüm zu umarmen. »Ihm habe ich mein Unglück zu verdanken. Rasputin weiß alles, Georgi«, flüsterte er mir ins Ohr. »Er behandelt uns alle, als wären wir nichts weiter als Marionetten in seinem unaufhörlichen Ränkespiel, vom Zaren und der Zarin bis hinunter zu so armen Wichten wie uns. Er hat seit Monaten mit mir gespielt.«

»Inwiefern?«, fragte ich, als er mich aus seiner Umarmung entließ.

Er schüttelte den Kopf und lachte bitter. »Das tut nichts zur Sache. Aber ich schäme mich in Grund und Boden, wenn ich nur daran denke. Das ist kein Mensch, von dem man möchte, dass er deine Geheimnisse kennt«, fügte er hinzu. »Er ist überhaupt kein Mensch. Er ist ein Teufel. Ich hätte ihn umbringen sollen, als ich die Gelegenheit hatte.«

»Aber das könntest du doch nicht tun«, sagte ich entsetzt.

»Nicht ohne einen triftigen Grund.«

»Wieso nicht? Was habe ich denn noch vom Leben ohne Maria? Und wie wird ihr Leben ohne mich aussehen? Ich wette, er ist jetzt da oben und lacht sich kaputt über uns. Ich war so dumm zu glauben, er würde uns nicht verraten, wenn ... wenn ...«

»Wenn was, Sergei?«

»Wenn ich das machte, was er von mir verlangte. Ich hätte ihn umbringen sollen, Georgi. Ich hätte ihm die Kehle durchschneiden sollen, von einem Ohr bis zum andern.«

Ich schaute hinauf zu den Palastfenstern und rechnete fast damit, wieder den finsteren Schatten zu erblicken, den ich dort in der Vergangenheit schon des Öfteren wahrgenommen hatte, doch diesmal war nichts von Vater Grigori zu sehen. Ich wünschte, ich hätte einen Blick auf den Brief werfen können, den der Zar auf seinem Schreibtisch entdeckt hatte – ich hätte zu gern den Umschlag untersucht, das Briefpapier und die Handschrift. Ich sah sie vor mir.

Die perfekte kyrillische Handschrift.

»Ich muss jetzt los«, sagte Sergei und sah hinüber zu seinen Bewachern, die in der Zwischenzeit drei Reitpferde besorgt hatten. »Wir werden uns nie wiedersehen, Georgi. Aber vergiss nicht, was ich dir gesagt habe! Mein Leben ist jetzt vorbei. Meins und das von Maria. Aber du und Anastasia ... ihr habt noch Zeit.«

Ich machte den Mund auf, um zu protestieren, wusste aber nicht, was er gemeint hatte. Und so sagte ich nichts weiter, sondern schaute stumm zu, wie er sich in den Sattel schwang und aus dem Palast ritt, seiner einsamen, verzweifelten Zukunft entgegen.

Vater Grigori. Der Mönch. Der Starez. Rasputin. Wie immer man ihn nennen mochte. Er hatte seine Hand im Spiel gehabt. Natürlich hatte er das. Er hatte Sergei Stasjewitsch auf wer weiß wie viele Weisen manipuliert. Und am Ende hatte mein Freund Nein gesagt und sich gegen ihn gewandt. Und das war ihn teuer zu stehen gekommen.

Ich hatte bereits versucht, die Ereignisse jener Nacht aus meinem Gedächtnis zu tilgen, allerdings ohne Erfolg. Tatsächlich erinnerte ich mich nur noch an sehr wenig. Der Alkohol. Die Drogen. Die Mixturen, die man mir eingeflößt hatte. Die anderen Teilnehmer dieser abartigen Zusammenkunft. Ich konnte mich kaum noch daran erinnern, was ich dort getan hatte. Ich wusste lediglich, dass ich mich dafür schämte. Ich wusste, dass ich es bedauerte – und dass ich mir wünschte, ich hätte diesen Briefumschlag nie vom Fußboden meines Schlafzimmers aufgehoben.

Das Einzige, was jetzt für mich zählte, war Anastasia. Ich konnte nicht zulassen, dass er uns das antat, was er Sergei Stasjewitsch und Maria angetan hatte. Ich konnte nicht zulassen, dass er uns auseinanderriss. Und so gebe ich es nun zu. Ich gestehe es nun, ein für alle Mal. Ich wurde zu jemandem, der dazu bereit war, Dinge zu tun, die ich mir vorher nie hätte vorstellen können. Ich schwor mir, dass er uns beide nicht zerstören würde.

Feinde von Vater Grigori zu finden, war nicht schwer – sie waren Legion. Sein Einfluss auf sämtliche Bereiche der Gesellschaft war mehr als erstaunlich. Während der Jahre, die er in St. Petersburg verbracht hatte, war es ihm gelungen, so viel Macht anzuhäufen, dass er nicht nur Minister, sondern auch Ministerpräsidenten aus ihren Ämtern entfernen konnte. Sein unersättlicher Geschlechtstrieb hatte unzählige Ehen in die Brüche gehen lassen. Er hatte sich die herrschende Klasse zum Feind gemacht, weil er das Volk gegen die Autokratie aufbrachte, und während die großen Damen der feinen Gesellschaft, darunter auch die Zarin, seinen Verführungskünsten erliegen mochten, traf dies auf die Muschiks in den Städten und Dörfern Russlands keineswegs zu.

Was einen verwunderte, war nicht, dass es so viele Leute

gab, die ihn mit Vergnügen umgebracht hätten, sondern dass er überhaupt noch am Leben war.

Die Tage nach der Aufdeckung der Affäre von Maria und Sergei waren von Angst erfüllt. Der Gedanke, der Starez würde irgendeinen Grund finden, um den Zaren über meine Beziehung zu seiner jüngsten Tochter ins Bild zu setzen, trieb mich beinahe in den Wahnsinn. Dazu kam noch der schmerzliche Verlust meines Freundes und die Sorge um Anastasia, die sich um ihre verzweifelte und in Ungnade gefallene Schwester kümmerte und offenbar ähnliche Qualen erlitt.

Es schien mir unmöglich, so ein Leben noch länger zu ertragen. Ich fuhr erschrocken zusammen, sobald es an meiner Tür klopfte, und ich schlich verängstigt durch die Flure des Palastes, in ständiger Angst, meinem Peiniger in die Arme zu laufen. Und so ging ich ein paar Abende nach Sergeis Verbannung ins Waffenarsenal und nahm dort eine Pistole aus den Regalen, ohne auch nur einen Gedanken an die möglichen Folgen meines Tuns zu verschwenden. Bei Einbruch der Dunkelheit begab ich mich zu dem Haus, das ich knapp drei Wochen zuvor besucht hatte, an dem Abend, als ich mich zum Vergnügen des Starez erniedrigt hatte. Um nicht erkannt zu werden, hatte ich mich verkleidet und trug einen schweren Mantel, den ich am Vortag an einer Marktbude erstanden hatte, einen Hut, einen dicken Schal und dazu noch ein langes Halstuch. Niemand würde mich identifizieren können oder etwas anderes in mir vermuten als einen fleißigen Händler, der schnurstracks nach Hause strebte, um der frostigen Luft zu entkommen. Wieder durch die gleichen Straßen zu gehen wie an jenem Abend und wieder zu hören, wie meine Hand an jenen schwarzen Türrahmen klopfte, reichte schon aus, um mich mit Scham und Reue zu erfüllen – ich spürte, wie sich mir der Magen umdrehte, als ich mich daran erinnerte, was ich getan und was ich so verzweifelt zu vergessen versucht hatte. Ich hatte meine Unschuld verloren, und ich wusste nicht mehr, ob ich der Liebe Anastasias überhaupt noch würdig war.

Meine Hände zitterten, nicht nur wegen der Kälte, sondern auch aus Angst vor dem, was ich vorhatte, und während ich darauf wartete, dass mein Feind an der Tür erschien, hielt ich die unter meinem Mantel verborgene Pistole fest umklammert. Würde ich ihn auf der Stelle erschießen? Oder würde ich ihm erlauben, ein letztes Gebet zu sprechen, um Vergebung zu bitten, sich vor seinem Gott, wer immer der sein mochte, in den Staub zu werfen, auf die gleiche Weise, auf die er so viele Menschen gezwungen hatte, sich vor ihm in den Staub zu werfen?

Von drinnen waren nun Schritte zu hören, die sich der Tür näherten. Mein Puls begann vor Aufregung zu rasen, meine schweißnassen Finger klebten am Abzug der Pistole. Nein, sagte ich mir, wenn ich ihn erschoss, dann in dem Moment, wo er an der Tür auftauchte – bevor er wusste, wie ihm geschah, bevor er mich dazu überreden konnte, Gnade walten zu lassen. Zu meiner Überraschung war es jedoch nicht er, der die Tür öffnete, sondern die Prostituierte, deren Reizen ich ein paar Wochen zuvor erlegen war. Sie hatte einen leeren Gesichtsausdruck und erkannte mich zunächst nicht wieder. Ich konnte sehen, dass sie entweder betrunken war oder, von welchem Absud auch immer, den Verstand verloren hatte.

»Wo ist er?«, fragte ich mit einer tiefen, furchtgebietenden Stimme, als ich mich wieder auf den Grund meines Kommens besann.

»Wo ist wer?«, erwiderte sie, von meiner Erscheinung genauso wenig beeindruckt wie von meiner Entschlossenheit. Ich war nur einer von vielen, die der Starez hierhergebracht hatte. Von Dutzenden vermutlich. Von Hunderten.

»Du weißt schon, wer«, beharrte ich. »Der Priester. Der, den sie Rasputin nennen.«

»Er ist nicht hier«, seufzte sie. Dann zog sie die Schultern hoch und gab ein betrunkenes Lachen von sich. »Er hat mich verlassen«, sagte sie in einem verträumten Tonfall.

»Wo ist er dann?«, herrschte ich sie an, wobei ich sie an den Schultern packte und schüttelte. Sie wurde wütend und starrte mich mit hasserfüllten Augen an, überlegte es sich dann aber anders und lächelte.

»Der Fürst hat ihn vorhin abgeholt«, sagte sie achselzuckend.

»Der Fürst? Welcher Fürst? Sag mir seinen Namen!«

»Jussupow«, erwiderte sie. »Das ist schon ein paar Stunden her. Und ich weiß nicht, wo sie hingegangen sind.«

»Natürlich weißt du es«, sagte ich und hielt ihr meine geballte Faust unter die Nase. »Sag mir sofort, wo sie hingegangen sind, oder ich schwöre dir, dass ich ...«

»Ich weiß es nicht«, sagte sie, wobei sie die Worte förmlich ausspuckte. »Er hat es mir nicht gesagt. Er könnte überall sein. Was hast du überhaupt vor, Pascha?«, fuhr sie in einem spöttischen Tonfall fort. »Denkst du, du kannst mir wehtun? Möchtest du mir gerne wehtun?«

Ich starrte sie an, bestürzt, dass sie mich schließlich doch noch erkannt hatte, sagte aber nichts weiter, sondern drehte mich um, damit ich sie nicht mehr ansehen musste.

»Das Palais an der Moika«, sagte ich leise vor mich hin, denn ich wusste, wo Felix Jussupow residierte. Und dort waren sie höchstwahrscheinlich hingegangen, denn dieser Palast war berüchtigt für ausschweifende Festivitäten. Ein Ort, wo Vater Grigori ganz in seinem Element wäre. Ich warf der Hure einen letzten Blick zu, und sie begann erneut, mich zu verhöhnen, doch ich ignorierte ihre Worte, wandte mich von ihr ab und machte mich auf den Weg.

Ich lenkte meine Schritte zum Ufer der Moika und überquerte diese an der Gorochowaja Uliza, und auf meinem Weg zu Fürst Jussupows Residenz kam ich am hell erleuchteten Mariinski-Palais vorbei. Der Fluss war größtenteils zugefroren. Das Eis knirschte an der gemauerten Uferbefestigung und bildete bizarre, weiß gekrönte Buckel, die von oben an eine schneebedeckte Gebirgslandschaft erinnerten. Während jenes langen, von klirrender Kälte begleiteten Fußmarschs begegnete mir keine Menschenseele – um so besser, dachte ich mir, denn die von mir ins Auge gefasste Tat konnte mich das Leben kosten, insbesondere wenn die Zarin davon erfuhr. Natürlich gab es viele, die mein Vorhaben gebilligt hätten, aber sie wären eine schweigende Mehrheit gewesen, nicht dazu bereit, sich hinter mich zu stellen, sollte mir der Prozess gemacht werden. Und sollte ich für schuldig befunden werden, so würde ich mein Leben zwangsläufig als Rasputins letztes Opfer beenden, aufgeknüpft an einem Baum irgendwo in den Wäldern außerhalb von St. Petersburg.

Schließlich ragte das Jussupow-Palais vor mir auf. Ich war froh, dort keine Wachposten zu sehen, die auf dem Areal Patrouille gingen. Noch vor zehn oder fünfzehn Jahren wären auf dem Vorplatz Dutzende von Wachen auf und ab marschiert, doch inzwischen nicht mehr. Dies war ein Anzeichen dafür, wie weit es mit der herrschenden Klasse bergab gegangen war. Den Palästen wurde allenthalben noch ein Jahr eingeräumt. Doch in der Zwischenzeit lebten die Reichen weiterhin ihr ausschweifendes Leben, sie tranken ihren Wein, sie schlugen sich den Wanst voll, sie besprangen ihre Huren. Ihre Tage waren gezählt, und sie wussten es, waren jedoch zu betrunken, um sich deswegen Sorgen zu machen.

Ich begab mich zur Rückseite des Palastes und wollte gerade eine der Türen öffnen, als ich drinnen einen Pistolenschuss vernahm. Ich blieb wie versteinert stehen. Hatte ich tatsächlich einen Schuss gehört oder es mir nur eingebildet? Ich schluckte nervös und blickte um mich, doch es war niemand zu sehen. Aus dem Palast drangen Stimmen und Gelächter und das Geraune von Leuten, die andere zu beruhigen versuchten, und dann, zu meinem Entsetzen, ein weiterer Schuss. Dann noch einer. Und noch einer. Alles in allem vier. Ich blickte mich um, und genau in diesem Augenblick traf mich ein gleißender Lichtschein, als die Tür geöffnet wurde und ein Unbekannter sich auf mich stürzte, mich in den Schwitzkasten nahm und mir die Klinge eines Messers an die Kehle drückte.

»Wer bist du?«, zischte er mich an. »Sag es mir schnell, sonst bist du tot!«

»Ein Freund«, stammelte ich, verzweifelt darum bemüht, meine Kehle beim Sprechen nicht zu weit hervorzustrecken, damit das Messer sich nicht in meinen Hals bohrte.

»Ein Freund?«, sagte er. »Du weißt doch noch nicht mal, mit wem du gerade sprichst.«

»Ich bin ...« Ich hielt inne. Sollte ich mich als einen Mann des Zaren zu erkennen geben? Oder als einen Vertrauten Rasputins? Und damit womöglich als einen Feind? Wie konnte ich wissen, wem die Loyalität dieses Mannes gehörte.

»Nein, Dimitri«, hörte ich eine zweite Stimme sagen, und ein Mann kam aus dem Palast heraus, den ich sofort als den Fürsten Felix Jussupow erkannte. »Lass ihn los. Ich kenne den Jungen.« Ich wurde unverzüglich losgelassen, wich aber nicht von der Stelle und betastete meinen Hals nach etwaigen Schnittwunden. Ich war unversehrt. »Was machst du hier?«, fragte er mich. »Ich kenne dich doch. Du bist der Leibwächter des Zarewitschs.«

»Georgi Daniilowitsch«, sagte ich zur Bestätigung.

»Was hast du hier so spät am Abend verloren? Hat der Zar dich geschickt?«

»Nein«, sagte ich schnell und schüttelte den Kopf. »Niemand hat mich geschickt. Ich bin aus eigenem Entschluss gekommen.«

»Aber warum? Was willst du hier?«

Der Mann, der mich noch bis vor Kurzem festgehalten hatte, baute sich vor mir auf, und ich starrte ihn an und hätte ihn am liebsten umgebracht. Ich hatte ihn in der Vergangenheit schon des Öfteren gesehen, diesen großen, unglücklich wirkenden Burschen. Ein Großfürst, dachte ich, oder auch ein Graf. Er funkelte mich herausfordernd an. »Los, antworte ihm«, sagte er barsch. »Was hast du hier zu suchen?«

»Ich suche den Starez«, räumte ich ein. »Bei ihm zu Hause habe ich ihn nicht angetroffen. Und da dachte ich mir, er sei vielleicht hier.«

Fürst Jussupow schaute mich überrascht an. »Rasputin?«, fragte er leise. »Und warum suchst du ihn?«

»Um ihn zu töten!«, schrie ich, denn nun kümmerte es mich nicht mehr, wer davon wusste – ich hatte es satt, eine Marionette in den Spielen dieser Leute zu sein. »Ich bin gekommen, um ihn umzubringen, und das werde ich auch tun, selbst wenn ich dazu erst euch beide ausschalten muss.«

Der Fürst und sein Begleiter schauten einander an, und dann wandten sie sich wieder mir zu, bevor sie in prustendes Gelächter ausbrachen. Am liebsten hätte ich die beiden auf der Stelle erschossen. Für wen hielten sie mich? Für ein tobsüchtiges Kind? Ich war hier, um den Starez umzubringen, und keine Macht der Welt würde mich davon abbringen können.

»Und warum willst du das tun, Junge?«, fragte er.

»Weil er ein Ungeheuer ist«, erwiderte ich. »Wenn er nicht vernichtet wird, werden wir alle zugrunde gehen.«

»Das werden wir sowieso«, sagte der Fürst mit einem verdrossenen Lächeln. »Niemand von uns kann etwas dagegen tun. Aber was den verrückten Mönch anbelangt ... nun, ich fürchte, da kommst du ein bisschen zu spät.«

Ich wusste nicht, ob ich mich erleichtert fühlte oder ob ich bestürzt war. »Er ist also gegangen?«, fragte ich und malte mir aus, wie er durch die Straßen huschte, zurück in die Arme seiner Huren.

»Oh ja.«

»Aber er ist hier gewesen?«

»Ja, stimmt«, gab der Fürst zu. »Ich habe ihn heute Abend hierher gebracht. Ich habe ihm Wein eingeschenkt. Ich habe ihm Kuchen serviert. Alles mit genug Zyankali versetzt, genug, um ein Dutzend Männer ins Jenseits zu befördern, ganz zu schweigen von einem stinkenden Muschik aus Pokrowskoje.«

Ich starrte ihn an und riss vor Überraschung die Augen auf. »Dann ist er also tot?«, fragte ich erstaunt. »Ihr habt ihn bereits getötet?«

Die beiden Männer tauschten wieder einen Blick und zuckten fast schon entschuldigend die Achseln. »Es sieht so aus«, sagte er und lächelte mich an. Sein Verhalten war nicht das eines Mannes, der gerade einen Mord begangen hatte, und ich fragte mich, ob er vielleicht betrunken war oder ebenfalls den Verstand verloren hatte. »Aber das Gift hat bei ihm nicht gewirkt. Er ist kein Mensch, verstehst du?«, fügte er hinzu, als wäre dies die selbstverständlichste Sache der Welt, etwas, das jedem zivilisierten Menschen klar war. »Er ist ein Geschöpf des Teufels. Das Zyankali hat ihn nicht zur Strecke gebracht.«

»Was war es dann?«, fragte ich, wobei mir ein kalter Schauer über den Rücken lief.

»Das hier«, erwiderte der Fürst mit einem Lächeln, als er eine Pistole unter seiner Bluse hervorzog, deren Mündung noch immer ein wenig rauchte. Sofort fielen mir wieder die

Schüsse ein, die mich keine zehn Minuten zuvor beinahe dazu gebracht hätten, das Weite zu suchen.

»Ihr habt ihn erschossen«, sagte ich mit ausdrucksloser Stimme, wobei mich die Realität dieser Worte frösteln ließ, obwohl ich im Grunde dasselbe beabsichtigt hatte.

»Natürlich. Ich zeige ihn dir, wenn du willst.«

Er begab sich in den Palast, und ich und der andere Mann folgten ihm, und wenig später landeten wir in einem düsteren Flur, der an beiden Seiten von langen weißen Kerzen illuminiert wurde. Auf dem Fußboden, mit dem Gesicht nach unten, lag unverkennbar Vater Grigori, sein schwarzer Umhang um ihn herum ausgebreitet, seine Arme zu einer grotesken Pose gespreizt, seine langen Haare verfilzt und schmutzig auf den hellen Marmorfliesen.

»Da es mit dem Gift nicht geklappt hatte, dachte ich mir, es würde mit Kugeln eher hinhauen«, sagte der Fürst, als ich näher an den Leichnam herantrat und ihn von oben musterte. »Ich habe ihm insgesamt vier verpasst, eine in den Bauch, eine ins Bein, eine in die Nieren und eine in die Brust. Jemand hätte das schon vor Jahren tun sollen – dann wären wir nicht in den Schlamassel geraten, in dem wir heute stecken.«

Ich hörte ihm kaum zu, sondern starrte stattdessen auf die Leiche. Ich war froh, dass jemand anders die Sache erledigt hatte, und ich fragte mich einen Moment lang, ob ich tatsächlich die Kraft gehabt hätte, ein so scheußliches Verbrechen zu begehen. Ich empfand jedoch keine Freude, keine Befriedigung. Stattdessen stiegen Ekel und Abscheu in mir auf, und ich wünschte mir nichts sehnlicher, als in die Geborgenheit meines Bettes im Winterpalais zurückzukehren, auch wenn es, nach den Ereignissen dieser Nacht, vielleicht nicht mehr lange mein Bett sein würde. Nein, hätte ich die Wahl gehabt, so hätte ich es vorgezogen, in den Armen meiner

Liebsten, meiner Anastasia, zu liegen, doch das war bis auf Weiteres unmöglich.

»Ich bin froh, dass Ihr es getan habt«, sagte ich zum Fürsten und wandte mich ihm zu, um ihn zu beruhigen, damit er nicht auf die Idee käme, mich als Tatzeugen ebenfalls ins Jenseits zu befördern. »Er hat es verdient und …«

Ich kam nicht dazu, meinen Satz zu vollenden, denn in diesem Moment entfuhr Vater Grigoris Körper ein leises Ächzen, seine Augen öffneten sich weit, und dann begann er zu lachen, zu kreischen und Laute von sich zu geben, die eher an ein Tier erinnerten als an einen Menschen. Mir stockte der Atem, als er seinen Mund zu einem schaurigen Lächeln verzog, wobei sich seine Lippen öffneten, um seine gelben Zähne und eine dunkle Zunge zum Vorschein zu bringen. Ich wollte laut schreien und davonlaufen, schaffte aber weder das eine noch das andere. Binnen einer Sekunde jagte ihm der Fürst eine Kugel ins Herz. Der Körper des Starez bäumte sich auf, dann erschlaffte er und sackte in sich zusammen.

Nun war er tot.

Eine knappe Stunde später waren wir ihn los. Wir schleppten ihn zu dritt ans Ufer der Newa und warfen ihn hinein. Er versank schnell, und als wir einen letzten Blick auf ihn warfen, starrte sein grässliches Gesicht zu uns hinauf, mit noch immer weit aufgesperrten Augen, bis er endlich in der schwarzen Tiefe verschwunden war.

Jene Nacht war eine der kältesten seit Menschengedenken, und der Fluss war fast eine Woche lang zugefroren.

Als das Eis ein wenig zu tauen begann und Rasputins Leichnam entdeckt wurde, waren seine Arme ausgebreitet, seine Hände zu Klauen verkrampft, die Fingernägel weiß von Eisschabseln. Er hatte offenbar versucht, aus der Newa herauszukommen. Er war noch immer nicht tot gewesen und musste wer weiß wie lange an dem dicken Eis herumgekratzt haben. Das Zyankali, die fünf Kugeln des Fürsten, Ertränken – nichts davon hatte funktioniert. Er hatte alles überlebt.

Ich weiß nicht, was ihm am Ende den Garaus gemacht hatte. Für mich zählte nur, dass ich ihn los war.

1924

In London Arbeit zu finden, war für Soja und mich kein Problem. Schon wenige Wochen nach unserer Ankunft aus Paris hatten wir beide anständige Jobs gefunden und verdienten genug, um einigermaßen über die Runden zu kommen, genug, um uns davon abzuhalten, zu viel über die Vergangenheit nachzudenken. Mein Bewerbungsgespräch bei Mr Trevors fand am selben Vormittag statt, an dem Soja eine Stelle in der Newsom's-Textilfabrik angeboten wurde, einem Unternehmen, das sich auf die Herstellung von Damenunterwäsche und Nachtgewändern spezialisiert hatte. Am nächsten Morgen, und zukünftig an jedem Werktag, verließ sie um sieben Uhr unsere kleine Wohnung in Holborn, in der grauen, tristen Einheitskluft der Arbeiterinnen, eine ähnlich unkleidsame Stoffmütze auf ihrem Kopf. Doch nichts an dieser Aufmachung, keine Stofffaser, keine Naht, kein Faden, konnte ihre Schönheit auch nur im Geringsten mindern. Ihre Aufgaben waren eintönig, und sie hatte kaum Gelegenheit, eine jener Fertigkeiten einzusetzen, die sie sich in Paris angeeignet hatte, doch sie war dennoch stolz auf ihre Arbeit. Ich hatte irgendwie den Eindruck, dass sie ihr Talent vergeudete, wenn sie eine so niedere Tätigkeit ausübte, doch sie schien zufrieden mit ihrer Stelle und suchte vorerst keine anspruchsvollere Arbeitsmöglichkeit.

»Ich gehe gern in die Fabrik«, erwiderte sie, wann immer ich sie darauf ansprach. »Da sind so viele Leute, dass ich dort nicht weiter auffalle. Jeder hat eine einzige einfache Aufgabe zu erfüllen, und jeder erledigt sie ruhig und ohne großes Theater. Ich werde dort nicht beachtet. Das gefällt mir. Ich will nicht auffallen. Ich möchte nicht bemerkt werden.«

Wenn sie nach Hause kam, beklagte sie sich jedoch manchmal darüber, wie schwer das Geplapper ihrer Kolleginnen zu ertragen sei, denn ihr Arbeitsplatz lag mitten in einer langen Reihe von Maschinennäherinnen, die ihren Mund aufmachten, wenn morgens das Pfeifsignal ertönte, und ihn erst dann wieder schlossen, wenn sie nach Feierabend zu Hause angelangt waren. Da saßen acht Frauen zu ihrer Linken, und noch einmal sechs zu ihrer Rechten, und vor und hinter ihr befanden sich jeweils fünf solcher Reihen. Das Geschnatter der Arbeiterinnen hätte wohl jedem Kopfschmerzen bereitet, doch es hatte auch etwas Gutes, denn es lenkte vom ständigen Surren und Summen der Nähmaschinen ab.

In England zeigte man sehr viel mehr Interesse an unserem Akzent, als es in Frankreich der Fall gewesen war, wo die Anwesenheit verschiedener Nationalitäten seit Kriegsende zu etwas völlig Normalem geworden war. Nach unserem gut fünfjährigen Aufenthalt in der französischen Hauptstadt hatte unsere Aussprache eine eigenartige zwitterhafte Prägung angenommen, die irgendwo zwischen St. Petersburg und Paris angesiedelt war. Wir wurden regelmäßig gefragt, woher wir stammten, und wenn wir wahrheitsgemäß antworteten, wurde dies häufig mit einer hochgezogenen Augenbraue und manchmal mit einem verhaltenen Nicken quittiert. In der Regel behandelte man uns jedoch höflich, denn wir befanden uns damals im Jahr 1924 – der letzte Krieg war lange vorbei und der nächste noch nicht in Sicht.

Eine junge Frau namens Laura Highfield, die an der Maschine neben Soja arbeitete, entwickelte ein reges Interesse an ihr. Laura war eine Träumerin, und dass Soja in Russland geboren worden war und so viele Jahre ihres Lebens in Frankreich verbracht hatte, fand sie romantisch und exotisch, und so fragte sie sie erbarmungslos nach ihrer Vergangenheit aus, jedoch ohne dass ihre Neugier gestillt wurde. An einem Abend gegen Ende des Frühjahrs, als die schneebedeckte Landschaft mich an zu Hause erinnerte, beendete ich meine Arbeit in der Bibliothek etwas früher als sonst und spazierte zur Fabrik, um Soja dort abzuholen und sie zum Abendessen in eines der preiswerten Cafés auszuführen, die ihren Heimweg säumten. Als wir losgingen, erblickte uns Laura, rief den Namen meiner Frau, winkte hektisch und lief auf uns zu.

Es müssen an die dreihundert Frauen gewesen sein, die gleichzeitig durch die Fabriktore nach draußen strömten, in Klatsch und Tratsch vertieft. Das durchdringende Geräusch des Signalhorns, das wiederholt das Ende des Arbeitstages verkündete, versetzte mich unversehens in einen eigenartigen Zustand der Tagträumerei. Es erinnerte mich an die Dampfpfeife des kaiserlichen Zuges, mit dem die Zarenfamilie das ganze Jahr über unablässig durch die russische Landschaft gereist war. Als das Signalhorn zum ersten Mal ertönte, sah ich Nikolaus und Alexandra vor mir, wie sie sich in ihrem privaten Salonwagen mit dem dicken, von ihrem goldenen Wappen gezierten Teppich von St. Petersburg zu ihrem Palast in Livadia in die Frühjahrsferien fahren ließen; es ertönte ein weiteres Mal, und ich sah Olga, wie sie französische oder englische Vokabeln paukte, wenn wir im Mai nach Peterhof fuhren; beim nächsten Mal sah ich Tatjana, wie sie einen ihrer Liebesromane verschlang, wenn der Zug im Juni der kaiserlichen Jacht und den finnischen Fjorden entgegenbrauste; es ertönte erneut, und ich musste an Maria denken, wie sie auf die kaiserliche Jagdhütte in den polnischen Wäldern schaute; und dann sah ich Anastasia, wie sie sich verzweifelt bemühte, die Aufmerksamkeit ihrer Eltern zu erlangen, wenn sie wieder auf die Krim zurückkehrten; und beim letzten Signal ist es November, und der Zug zuckelt für den Winter im Schneckentempo nach Zarskoje Selo, denn auf Geheiß der Zarin darf er nicht schneller als vierundzwanzig Stundenkilometer fahren, damit der Zarewitsch von den Stößen der aufeinanderknallenden Puffer nicht ein weiteres Trauma erleidet. Die Erinnerungen stürmten nur so auf mich ein, jede von ihnen ausgelöst durch das Geräusch eines Signalhorns, das einen Pulk Arbeiterinnen nach Hause zu ihren Familien schickt.

»Du wirkst irgendwie abwesend«, sagte Soja, als sie sich bei mir einhakte und ihren Kopf für einen Moment an meine Schulter legte. »Ist alles in Ordnung?«

»Ja, mir geht's gut, Duscha«, sagte ich mit einem Lächeln und küsste sie sanft auf den Scheitel. »Nur ein paar alberne Gedanken. Ich habe einen Augenblick lang gedacht …«

»Soja!«

Die hinter uns ertönende Stimme ließ uns innehalten, und als wir uns umdrehten, sahen wir Laura auf uns zustürmen, ein paar andere Frauen in ihrem Schlepptau. Sie würden noch einen Tee trinken gehen, erzählte sie, wobei sie mich prüfend von oben bis unten musterte. Ob Soja sich ihnen nicht anschließen wolle?

»Ich kann nicht«, gab Soja zur Antwort und machte sich nicht die Mühe, mich vorzustellen. Sie ging einfach weiter und zog mich hinter sich her. »Tut mir leid. Vielleicht ein andermal.«

»Freundinnen von dir?«, fragte ich, davon überrascht, wie schnell sie von ihnen wegzukommen versuchte.

»Das wären sie gerne«, sagte sie. »Aber wir sind bloß Arbeitskolleginnen, mehr nicht.«

»Ich kann nach Hause gehen, wenn du mit ihnen noch einen Tee trinken möchtest. Schließlich kennen wir kaum jemanden in London. Es wäre vielleicht ganz nett …«

»Nein«, unterbrach Soja mich schnell. »Nein, das möchte ich nicht.«

»Aber warum nicht?«, fragte ich sie überrascht. »Magst du sie denn nicht?«

Sie zögerte, und ihr Gesicht nahm einen bekümmerten Ausdruck an, bevor sie mir antwortete.

»Wir sollten keine Freundschaften schließen«, sagte sie dann.

»Das verstehe ich nicht.«

»*Ich* sollte keine Freundschaften schließen«, korrigierte sie sich. »Sie sollen keinen engeren Kontakt mit mir haben, das ist alles.«

Ich runzelte die Stirn, denn ich war mir nicht sicher, wie sie das meinte. »Aber das verstehe ich nicht. Was könnte es denn schaden? Soja, wenn du glaubst, dass …«

»Es ist nicht sicher, Georgi«, fuhr sie mir schnell über den Mund, wobei sie mich wütend anstarrte. »Es wird ihr nicht guttun, wenn sie sich mit mir anfreundet. Ich bringe Unglück. Das weißt du doch. Wenn ich jemanden zu nahe …«

Ich blieb mitten auf dem Bürgersteig stehen und schaute sie erstaunt an. »Soja!«, schrie ich, wobei ich sie am Arm packte und sie zu mir hindrehte, damit sie mir ins Gesicht schaute. »Das ist doch wohl nicht dein Ernst?«

»Wieso nicht?«

»Du bringst Unglück? Wie kommst du darauf? Das ist einfach lächerlich.«

»Mich zu kennen, heißt zu leiden«, erwiderte sie, mit einer tiefen und ernsten Stimme, wobei ihre Augen hin und her huschten, während ihr die Sorgenfalten ins Gesicht traten. »Das ergibt keinen Sinn, Georgi, ich weiß. Aber es ist dennoch wahr. Siehst du es denn nicht auch? Ich möchte mich nicht mit Laura anfreunden. Ich möchte nicht, dass sie stirbt.«

»Dass sie stirbt?«, schrie ich, wobei ich mich schnell umdrehte und einen Mann anfunkelte, der sich an uns vorbeigedrängelt und mich dabei leicht angerempelt hatte, was mich dermaßen in Rage versetzte, dass ich ihm am liebsten hinterhergelaufen wäre, um ihn zur Rede zu stellen. Vielleicht hätte ich dies sogar getan, hätte Soja mich nicht fest am Ellbogen gepackt und mich gezwungen, sie anzuschauen.

»Ich bin jemand, der nicht am Leben sein sollte«, sagte sie, und ihre Worte ließen die Menge um uns herum zu Staub zerfallen, sodass wir beide nun ganz allein auf der Welt waren. Mein Herz pochte wie wild, als ich den zutiefst überzeugten und unglücklichen Gesichtsausdruck meiner Frau wahrnahm. »Er hat es in mir gesehen«, fuhr sie fort, wobei sie von mir wegschaute und sich stattdessen auf die hohen Schneewälle konzentrierte. Ich konnte das Lachen der Kinder hören, wie sie durch die Verwehungen stapften und Schneebälle formten, um sich damit zu bewerfen, ihre entsetzten Schreie, wenn sie ihre kleinen Hände tief in den Schnee gruben und ihre Finger vor Kälte taub wurden. »*Armes Kind*, sagte er. *Sie kommen alle zu Schaden, wenn sie dir nahe sind, nicht wahr?*«

»Soja«, sagte ich erschrocken, denn das hatte sie mir gegenüber noch nie erwähnt. »Ich weiß nicht ... wie konntest du ...«

»Ich will keine Freunde haben«, fauchte sie. »Ich brauche niemanden. Niemanden außer dir. Denk daran. Denk an sie alle. Denk an das, was ich getan habe. Es hört nie auf, verstehst du? Sie sind der Preis, den ich für mein Leben bezahlen muss. Sogar Leo ...«

»Leo!« Ich konnte kaum glauben, dass sie seinen Namen erwähnte. Natürlich hatte ihn keiner von uns beiden vergessen – wir würden ihn nie vergessen –, aber er war, so wie alle anderen auch, ein Teil der Vergangenheit. Und Soja und ich, wir begruben die Vergangenheit sehr tief. Wir sprachen nie darüber. Auf diese Weise überlebten wir.« Was mit Leo geschehen ist, das war ganz und gar seine Schuld.«

»Ach, Georgi«, sagte sie leise, wobei sie kurz lachte und den Kopf schüttelte.»So unbedarft zu sein wie du. Wie schön muss das sein.«

Ich öffnete den Mund, um ihr zu widersprechen, nicht verletzt von dem, was sie gesagt hatte, sondern niedergeschmettert. Denn sie hatte ja recht. Ich war unbedarft, ein Trottel. Ich wollte meine Liebe für sie zum Ausdruck bringen, doch dies schien so leer, so banal, verglichen mit dem, was sie sagte. Mir fiel nichts mehr ein, was ich hätte sagen können.

»Oh, sieh doch!«, rief sie einen Augenblick später und klatschte entzückt in die Hände, als sie sah, wie die Eingangstür ihres Lieblingscafés aufging. Ihre in der dunkler werdenden Nacht widerhallende plötzliche Begeisterung erinnerte mich an das unschuldige Mädchen, in das ich mich einst verliebt hatte. Die letzten paar Minuten unserer Unterhaltung waren wie weggewischt.»Schau, sie haben wieder geöffnet. Ich dachte, sie hätten für immer dichtgemacht. Komm, Georgi, lass uns reingehen und hier zu Abend essen.«

Sie rannte so schnell auf die Straße, ohne nach links oder rechts zu schauen, dass sie beinahe von einem Bus überfahren wurde, dessen Hupe gellend ertönte, als sie mit einem Mal vor ihm auftauchte. Mir blieb das Herz stehen, als ich mir ausmalte, wie sie unter den Rädern des Busses zermalmt wurde, doch als dieser an mir vorbeigefahren war, sah ich, wie sie in die Wärme des Cafés eilte und offenbar gar nicht mitbekommen hatte, dass sie gerade um Haaresbreite dem Tod entronnen war.

Fünf Monate später unternahm sie ihren ersten Selbstmordversuch.

Der Tag begann wie alle anderen, einmal abgesehen davon, dass ich rasende Kopfschmerzen hatte und mich beim Frühstück darüber beklagte. Da ich fast nie krank wurde, war das für mich ein ganz ungewohntes Gefühl. Ich war aus einem wirren und dramatischen Traum erwacht – einem dieser Träume, den man um keinen Preis vergessen möchte, um sich später noch einmal eingehender damit zu befassen, der einem aber dennoch binnen Kurzem entgleitet und sich auflöst wie Zucker in Wasser. Es musste eine Marschkapelle oder ein Schlagzeugorchester darin vorgekommen sein, denn von dem Moment an, da ich die Augen aufschlug, tönte das dumpfe Hämmern der Migräne in meinem Kopf, zehrte an meinen Kräften und drohte im Verlauf des Morgens immer schlimmer zu werden.

Soja hatte beim Frühstück noch immer ihr Nachthemd an, was sehr ungewöhnlich war, denn normalerweise zog sie sich für die Arbeit an, während ich mein Bad nahm. Ihr gekochtes Ei mit Toast fehlte ebenfalls, und sie saß mir mit einem geistesabwesenden Gesichtsausdruck gegenüber, ohne die Tasse Tee zu beachten, die ich ihr hingestellt hatte.

»Ist alles in Ordnung?«, fragte ich, wobei das Sprechen die Trommelschläge hinter meinen Augen noch verstärkte. »Oder bist du etwa auch krank?«

»Nein, mir geht's gut«, erwiderte sie rasch, wobei sie mir ein angedeutetes Lächeln schenkte und den Kopf schüttelte. »Ich bin heute etwas spät dran, das ist alles. Ich bin noch immer ein bisschen müde. Aber jetzt sollte ich mich wirklich sputen.«

Sie stand auf und ging ins Schlafzimmer, um sich anzukleiden. Als ich da am Tisch saß, hatte ich irgendwie den Eindruck, dass etwas nicht stimmte – ich glaubte, bei ihr eine gewisse Bedrücktheit zu spüren, doch in meinem Kopf hämmerte es dermaßen, dass ich mich außerstande sah, sie danach zu fragen. Das Fenster war geöffnet, und ich merkte, dass es ein kühler, frostiger Morgen war. Ich wollte so schnell wie möglich nach draußen auf die Straße, denn ich hoffte, die frische Luft würde die Migräne verscheucht haben, sobald ich Bloomsbury erreicht hatte.

»Na dann bis heute Abend«, sagte ich und ging ins Schlafzimmer, um ihr einen Abschiedskuss zu geben. Zu meiner Überraschung saß sie noch immer auf dem Bett und starrte die nackte Wand vor ihr an. »Soja?«, fragte ich stirnrunzelnd. »Was ist denn los mit dir? Fehlt dir wirklich nichts?«

»Ja, mir geht's gut, Georgi«, erwiderte sie, bevor sie aufstand und in den Kleiderschrank griff, um ihre Arbeitskluft herauszuholen.

»Aber du hast so still dagesessen«, sagte ich. »Bedrückt dich irgendetwas?«

Als sie sich zu mir umdrehte, sah ich, wie sich ihre Stirn kräuselte und wie sie offenbar um Worte rang, als wollte sie mir etwas Wichtiges sagen. Ihre Lippen öffneten sich, und sie holte tief Luft, doch dann zögerte sie, schüttelte den Kopf und schaute weg.

»Ich bin bloß müde, das ist alles«, sagte sie schließlich mit einem Achselzucken. »Es ist eine lange Woche gewesen.«

»Aber heute ist doch erst Mittwoch«, sagte ich und lächelte sie an.

»Na dann ein langer Monat.«

»Wir haben erst den sechsten.«

»Georgi«, seufzte sie, nun in einem gereizten und frustrierten Tonfall.

»Okay, okay«, sagte ich. »Aber vielleicht solltest du dir ein wenig Ruhe gönnen. Hat es was zu tun mit …« Nun war ich an der Reihe, zu zögern. Dies war ein schwieriges Thema und für diese frühe Morgenstunde eher nicht geeignet. »Du machst dir doch keine Sorgen wegen …«

»Wegen was?«, fragte sie vorsichtig.

»Ich weiß doch, wie sehr du am Sonntag enttäuscht warst«, sagte ich. »Am Sonntagnachmittag. Ich meine, als du ...«

»Nein, das ist es nicht«, sagte sie rasch, wobei sie, wie ich fand, ein wenig errötete, als sie sich von mir wegdrehte und ihre am Kleiderbügel hängende Arbeitskluft glatt strich. »Ehrlich, Georgi, nicht alles muss immer damit zu tun haben. Ich wusste, dass es diesen Monat nicht klappen würde. Das hatte ich im Gefühl.«

»Du schienst aber zu glauben, dass es diesmal klappen könnte.«

»Dann habe ich mich eben geirrt. Wenn es passiert ... nun, es wird passieren, wenn der richtige Zeitpunkt gekommen ist. Ich kann mich nicht andauernd darauf konzentrieren. Das ertrage ich nicht, Georgi, verstehst du?« Ich nickte. Ich wollte nicht, dass wir beide uns stritten, und schon der Versuch, diese Unterhaltung zu führen, verschlimmerte meine Kopfschmerzen dermaßen, dass ich befürchtete, mich übergeben zu müssen. »Wie spät ist es überhaupt?«, fragte sie einen Augenblick später.

»Viertel nach sieben«, sagte ich, nachdem ich einen Blick auf meine Uhr geworfen hatte. »Du wirst zu spät kommen, wenn du dich nicht beeilst. Wir werden beide zu spät kommen.«

Sie nickte und beugte sich vor, um mich zu küssen, und dabei lächelte sie ein wenig. »Ja, ich sollte mich lieber beeilen«, sagte sie. »Wir sehen uns dann heute Abend. Ich hoffe, deine Kopfschmerzen sind bald verflogen.«

Wir lösten uns voneinander, und ich ging zur Vordertür unserer Wohnung, doch bevor ich sie öffnen konnte, hörte ich, wie sie mir durch die Küche hinterherlief; als sie mich am Arm griff und ich mich zu ihr umdrehte, warf sie sich in meine Arme. »Verzeih mir, Georgi«, sagte sie, ihre Stimme gedämpft, da sie ihr Gesicht an meiner Brust vergraben hatte.

»Dir verzeihen?«, fragte ich und schob sie ein Stück von mir fort, wobei ich sie unsicher anlächelte. »Was denn?«

»Ich weiß nicht«, sagte sie, was mich noch mehr verwirrte. »Aber ich liebe dich, Georgi. Das weißt du doch, oder?«

Ich schaute sie an und lachte. »Aber natürlich weiß ich das«, sagte ich. »Ich spüre das jeden Tag. Und du weißt, dass ich dich auch liebe, nicht wahr?«

»Ja, das weiß ich. Das habe ich immer gewusst«, erwiderte sie. »Manchmal frage ich mich, ob ich so viel Güte überhaupt verdient habe.«

Bei jeder anderen Gelegenheit hätte ich mich zu ihr gesetzt und ihre vielen Vorzüge aufgezählt, die Dutzende von Arten, auf die ich sie liebte, die Hunderte von Gründen, warum ich dies tat, doch das dumpfe Dröhnen hinter meiner Stirn wurde von Minute zu Minute unerträglicher, sodass ich sie einfach in die Arme nahm und sie zart auf beide Wangen küsste, bevor ich zu ihr sagte, ich müsse sofort hinaus an die frische Luft, da ich sonst vor Schmerzen zusammenbräche.

Sie sah mir zu, wie ich die Stufen zur Straße hinaufstieg, doch als ich mich umdrehte, um ihr noch einmal zuzuwinken, schloss sich die Tür bereits hinter mir. Ich stand da und blickte auf die Milchglasscheibe, durch die ich erkennen konnte, wie sie sich mit der Stirn dagegendrückte. Sie verharrte fünf oder vielleicht auch zehn Sekunden in dieser Pose, und dann verschwand sie im Innern der Wohnung.

Anders als erhofft, ging es mir noch schlechter, als ich in der Bibliothek eintraf, doch ich bemühte mich, die Schmerzen zu ignorieren und meinen Pflichten nachzugehen. Um elf Uhr hatten sich die Schmerzen jedoch auf meinen Magen und meine Glieder ausgebreitet, und ich gelangte zu der Überzeugung, dass ich mir irgendwo einen Bazillus eingefangen haben musste, dem man nicht mit einem Tag harter Arbeit beikommen konnte. Es war jedoch relativ ruhig – es gab keine Neuerwerbungen, die katalogisiert werden mussten, und die Lesesäle waren ungewöhnlich leer –, und so klopfte ich bei Mr Trevors an und schilderte ihm meine Situation. Mein bleiches, schweißüberströmtes Gesicht und die Tatsache, dass ich seit meiner Einstellung keinen einzigen Tag wegen Krankheit gefehlt hatte, sorgten dafür, dass er mich ohne langes Federlesen nach Hause schickte.

Als ich die Bibliothek verließ, sah ich mich außerstande, zu Fuß nach Holborn zu gehen, und nahm stattdessen den Bus. Als dieser durch die Theobald's Road in Richtung unserer Wohnung holperte, wurde mir von dem Geschaukel so schlecht, dass ich Angst hatte, mich entweder vor aller Augen zu übergeben oder aus dem fahrenden Bus springen zu müssen, um mir diese Schande zu ersparen. Am Ende der Fahrt erwartete mich jedoch das Einzige, was mich in diesem Moment noch interessierte – mein Bett –, und so biss ich die Zähne zusammen und versuchte, die Qualen zu ignorieren, die mich zu überwältigen drohten.

Um halb zwölf stieg ich schließlich vorsichtig die Stufen zu unserer Wohnung hinauf, öffnete die Tür und ging mit einem Seufzer der Erleichterung hinein. Es war ein komisches Gefühl, allein in der Wohnung zu sein. Soja war fast immer da, wenn ich nach Hause kam. Ich schenkte mir ein Glas Wasser ein, setzte mich an den Tisch und dachte an nichts Bestimmtes. Hoffentlich ließ sich mein Magen durch ein paar kleine Schluck Wasser wieder beruhigen.

Als ich die aktuelle Ausgabe der *Times* aus meiner Aktentasche holte und die Schlagzeilen überflog, blieb mein Blick an einem Artikel über den Aufstand in Georgien hängen. Die Menschewiken hatten sich dort gegen die Bolschewiki erhoben, um ihre Unabhängigkeit zu erkämpfen, doch das

Glück schien ihnen nicht hold zu sein. Ich war mir der zahlreichen Revolten und Aufstände bewusst, die in den unterschiedlichsten Teilen des einstigen Russischen Reiches stattfanden, und auch der großen Anzahl von Staaten, die ihre Souveränität anstrebten. Für gewöhnlich las ich die *Times* während meiner Teepause in der Bibliothek, wobei mein besonderes Interesse solchen Artikeln galt, die sich mit meinem Heimatland befassten, und die Vorgänge in Georgien, über die seit einigen Wochen berichtet wurde, verfolgte ich noch aufmerksamer, wegen des Anführers der Menschewisten, Oberst Tscholokaschwili, der einer Delegation angehört hatte, die 1917 in Zarskoje Selo erschienen war, um dem Zaren darüber Bericht zu erstatten, welche Fortschritte die russischen Streitkräfte an der Front machten. Er war jünger als die anderen Bevollmächtigten im Palast, und ich hatte das Glück gehabt, mich kurz mit ihm unterhalten zu können, als er im Aufbruch begriffen war, und dabei hatte er zu mir gesagt, das Leben des Kaisers und des Thronfolgers zu schützen, sei genauso wichtig wie die Sicherung unserer Grenzen während des Krieges. Seine Worte waren zu der Zeit für mich von besonderer Bedeutung gewesen, denn ich befürchtete, man könnte mich für einen Drückeberger halten, wenn ich im Dienst der kaiserlichen Familie blieb, während Zehntausende von jungen Männern meines Alters in den Karpaten oder auf den Schlachtfeldern an den Masurischen Seen ihr Leben ließen.

Als ich den Artikel gelesen hatte, kam es mir so vor, als wären meine Kopfschmerzen und die Magenverstimmung bereits am Abklingen, doch ich wollte den Rest des Tages trotzdem im Bett verbringen und hoffte, danach wieder völlig auf dem Damm zu sein.

Als ich die Schlafzimmertür öffnete, traf mich der Schlag. Soja lag quer auf dem Bett, mit geschlossenen Augen, die

Arme seitlich von sich gestreckt. Aus zwei tiefen Schnittwunden, die sie sich an den Handgelenken beigebracht hatte, sickerte Blut, das auf dem Laken unter ihr bereits eine rötlich-schwarze Lache bildete. Ich stand wie angewurzelt im Türrahmen, zu Tode erschrocken, und empfand ein höchst eigenartiges Gefühl von Nichtbegreifen und Ohnmacht. Es war beinahe so, als könnte mein Gehirn die sich ihm darbietende Szene nicht gänzlich erfassen und als wäre es deshalb unfähig, meinem Körper zu sagen, wie er sich verhalten solle. Doch schließlich stürmte ich zum Bett, mit einem gewaltigen, tierischen Brüllen, das aus meiner Magengrube emporstieg, und hob Soja in meine Arme, wobei mir Tränen über die Wangen liefen, als ich ihr in die Augen schaute und ein ums andere Mal ihren Namen schrie, in einem verzweifelten Versuch, sie wiederzubeleben.

Nach einigen Sekunden begannen ihre Augenlider leicht zu zucken; ihre Pupillen konzentrierten sich einen Moment lang auf meine, bevor sie wegschaute und einen erschöpften Seufzer von sich gab. Sie goutierte meine Anwesenheit kein bisschen – sie wollte nicht gerettet werden. Ich lief schnell zum Kleiderschrank, schnappte mir zwei Halstücher, und nachdem ich die Stellen lokalisiert hatte, wo die Messerklinge eingedrungen war, verband ich die Wunden fest, um die Blutungen zu stoppen. Ein Schrei drang aus Sojas Kehle, und sie flehte mich an, sie allein zu lassen, sie in Ruhe zu lassen, aber ich konnte und wollte das nicht, und nachdem ich ihre Arme verbunden hatte, rannte ich nach draußen und die Straße hinunter, wo es zu unserem Glück eine Arztpraxis gab. Ich muss wie ein Wahnsinniger ausgesehen haben, als ich dort hineingestürmt kam, mit wildem Blick, mein Hemd, meine Arme, mein Gesicht mit Sojas Blut beschmiert. Eine Frau mittleren Alters, die im Aufnahmebereich saß, stieß einen gellenden Schrei aus. Vermutlich hielt sie mich für einen

Amokläufer. Dennoch war ich geistesgegenwärtig genug, um der Sprechstundenhilfe zu erklären, was passiert war, und um sie um Hilfe zu bitten, um Hilfe zu verlangen, und zwar sofort, auf der Stelle, ehe es zu spät war.

In der darauffolgenden Woche wunderte ich mich des Öfteren über die Kopfschmerzen und die Übelkeit, die mich an jenem Tag befallen hatten. Normalerweise kannte ich solche Beschwerden nicht, doch wäre ich an jenem Tag, wie üblich, bei bester Gesundheit gewesen, so hätte ich den ganzen Tag in der Bibliothek des British Museum verbracht und wäre zum Zeitpunkt meiner Heimkehr Witwer gewesen.

In Anbetracht des Lebens, das ich geführt habe, der Menschen, die ich gekannt habe, und der Orte, die ich gesehen habe, scheint es mir verwunderlich, dass ich mich von jemandem eingeschüchtert fühlte, nur weil er eine verantwortungsvolle Position bekleidete, doch Dr. Hooper, der sich während ihres Krankenhausaufenthalts um Soja kümmerte, flößte mir eine gewisse Ehrfurcht ein, und ich hatte Angst, vor ihm als Dummkopf dazustehen. Er war ein älterer, in einen teuren Tweedanzug gehüllter Herr mit einem gepflegten Romanowbart, durchdringenden blauen Augen und einem schlanken, athletischen Körper, wie man ihn bei einem Mann seines Alters und Standes nicht erwartet hätte. Ich nahm an, dass er die Ärzte und Krankenschwestern unter seinem Kommando in Angst und Schrecken versetzte und dass Dummheit ihm ein Gräuel war. Ich ärgerte mich, dass er es während der Wochen, in denen sich meine Frau im Krankenhaus von ihren Verletzungen erholte, nicht für nötig erachtete, mich persönlich ins Bild zu setzen – wann immer er mir auf dem Flur über den Weg lief und ich ihn anzusprechen versuchte, wimmelte er mich ab, weil er gerade zu beschäftigt sei, und verwies mich stattdessen an einen seiner Assistenzärzte, die über den Zustand meiner Frau jedoch genauso wenig zu wissen schienen wie ich selbst. Am Tag, bevor ich sie nach Hause holen durfte, rief ich jedoch vorher bei seiner Sekretärin an und bat um einen Termin bei Dr. Hooper, bevor dieser ihren Entlassungsschein unterschrieb. Und so kam es, dass ich, drei Wochen nachdem ich Soja blutend und sterbend auf unserem Bett vorgefunden hatte, in einem großen, komfortablen Büro im obersten Stockwerk der psychiatrischen Abteilung saß und diesen überaus beeindruckenden Arzt beobachtete, während er die Krankenakte meiner Frau gründlich studierte.

»Mrs Jatschmenews äußere Verletzungen sind sehr gut verheilt«, verkündete er schließlich. Nachdem er die Akte beiseitegelegt hatte, musterte er mich von der anderen Seite des Schreibtischs. »Die Wunden, die sie sich zugefügt hat, waren nicht tief genug, um die Arterien zu verletzen. Das ist ihr Glück gewesen. Aber die wenigsten Menschen wissen, wie man das richtig angeht.«

»Es war alles voller Blut«, sagte ich zögernd, denn ich wollte mir die grässliche Szene nicht noch einmal vor Augen führen, hielt es aber für wichtig, dass er die ganze Geschichte erfuhr. »Ich dachte ... also, als ich sie fand ... nun, sie war extrem blass und ...«

»Mr Jatschmenew«, sagte er und hob eine Hand in die Höhe, um mich zum Schweigen zu bringen, »seitdem Ihre Frau bei uns eingeliefert wurde, sind Sie zwei oder drei Mal am Tag hier gewesen, stimmt's? Ihre Anteilnahme hat mich sehr beeindruckt – es würde Sie überraschen, wie wenige Ehemänner sich die Mühe machen, ihre Frauen zu besuchen, egal aus welchem Grund man sie eingeliefert hat. Und während dieser Zeit haben Sie doch sicher eine Besserung ihres Zustands festgestellt, oder? Es besteht für Sie kein Grund mehr, sich wegen ihrer physischen Verletzungen noch irgendwelche Sorgen zu machen. Es können ein paar Narben an ihren Armen zurückbleiben, aber diese werden im Laufe der Zeit verblassen und dann praktisch nicht mehr zu sehen sein.«

»Ich danke Ihnen«, sagte ich, wobei mir ein Seufzer der Erleichterung entfuhr. »Ich muss zugeben, dass ich schon das Schlimmste befürchtet hatte, als ich sie so fand.«

»Aber Sie kennen natürlich mein Fachgebiet und wissen, dass ich mich eher mit psychischen Narben beschäftige. Wie Ihnen bekannt sein dürfte, muss jeder versuchte Suizid eingehend beurteilt werden, ehe wir den Täter nach Hause entlassen können.«

Den Täter!

»Und zwar in erster Linie um seinetwillen. Ich habe mich in den letzten Wochen ausgiebig mit Ihrer Frau unterhalten, um ihrem Verhalten auf den Grund zu gehen, und ich muss Ihnen ehrlich sagen, Mr Jatschmenew, sie gibt mir Anlass zur Sorge.«

»Sie meinen, sie könnte es noch einmal versuchen?«

»Nein, das ist eher unwahrscheinlich«, sagte er und schüttelte den Kopf. »Die meisten Überlebenden eines Selbstmordversuchs schämen sich ihrer Tat und sind zu schockiert, um es noch ein zweites Mal zu versuchen. Die meisten wollen sich gar nicht umbringen, verstehen Sie? Das Ganze ist, wie man so schön sagt, ein Hilfeschrei.«

»Und Sie glauben, das ist auch bei meiner Frau der Fall?«, fragte ich hoffnungsvoll.

»Hätte sie es wirklich gewollt, dann hätte sie sich eine Pistole beschafft und sich erschossen«, erwiderte er, als wäre dies die selbstverständlichste Sache der Welt. »Dann gibt es nämlich kein Zurück mehr. Menschen, die überleben, wollen überleben. Das spricht zunächst einmal für Ihre Frau.«

In Sojas Fall war ich mir da nicht so sicher, denn normalerweise wäre ich erst gut sechs Stunden später nach Hause gekommen. Und in dieser Zeit wäre sie sicher verblutet, egal welche Venen sie durchtrennt hatte. Und wo in aller Welt hätte sie eine Pistole auftreiben sollen? Vielleicht beurteilte Dr. Hooper uns alle nach den Maßstäben seines privaten Waffenarsenals. Er wirkte in jeder Hinsicht wie ein Mann, der seine Wochenenden mit einer Flinte in der Hand verbrachte, um gemeinsam mit Angehörigen des niederen Adels alle möglichen Wildtiere zur Strecke zu bringen.

»Und im Fall Ihrer Frau«, fuhr er fort, »bin ich mir sicher, dass der Schock des Suizidversuchs, zusammen mit ihren Gefühlen für Sie, eine solche Wiederholung verhindern dürfte.«

»Ihre Gefühle für mich?«, fragte ich und zog eine Augenbraue hoch. »Als sie das gemacht hat, da dachte sie offenbar nicht an mich, oder?«

Diese Worte waren unter meiner Würde, doch meine Stimmung war, so wie die von Soja, während der letzten Wochen von Zuversicht in eine pechschwarze Trostlosigkeit umgekippt. Es gab Nächte, in denen ich wach dalag und an nichts anderes dachte als daran, wie nahe sie dem Tode gewesen war und wie ich ohne sie hätte weiterleben sollen. Es gab Tage, an denen ich mir schwere Vorwürfe machte, weil ich ihr Leiden nicht erkannt und ihr nicht geholfen hatte. Es gab Zeiten, wo ich mir vor Enttäuschung die Haare raufte, darüber erzürnt, dass sie so wenig an mich gedacht hatte, dass sie mir solche Qualen bereiten konnte.

»Sie sollten nicht glauben, dass das etwas mit Ihnen zu tun hat«, sagte Dr. Hooper schließlich, als hätte er meine Gedanken gelesen, und dann kam er hinter seinem Schreibtisch hervor und ließ sich neben mir in einen Sessel fallen. »Es hat nicht das Geringste mit Ihnen zu tun. Es liegt einzig und allein an Ihrer Frau. An ihrer Psyche, ihrer Depression, ihrem Unglück.«

Ich schüttelte den Kopf, denn ich konnte nicht fassen, was er da gesagt hatte. »Dr. Hooper«, sagte ich, wobei ich meine Worte sorgfältig wählte, »Sie müssen wissen, Soja und ich führen eine sehr glückliche Ehe. Wir streiten uns fast nie, und wir lieben einander sehr.«

»Und Sie sind zusammen seit ...«

»Wir haben uns schon als Jugendliche kennengelernt. Und vor fünf Jahren haben wir dann geheiratet. Das sind glückliche Zeiten gewesen.«

Er nickte und presste die Handflächen zusammen, sodass seine Finger gen Himmel wiesen, und dann atmete er schwer, als er sich meine Worte durch den Kopf gehen ließ.

»Sie haben natürlich keine Kinder«, sagte er.

»Nein«, erwiderte ich. »Wie Sie vielleicht wissen, haben wir eine Reihe von Fehlgeburten gehabt.«

»Ja, Ihre Frau hat mir davon erzählt. Insgesamt drei, stimmt's?«

Angesichts der Erinnerung an diese drei verlorenen Babys hielt ich einen Moment inne, doch schließlich nickte ich. »Ja«, sagte ich und räusperte mich. »Ja, es ist uns drei Mal passiert.«

Er beugte sich vor und schaute mir direkt in die Augen. »Mr Jatschmenew, es gibt einige Dinge, über die ich nicht mit Ihnen sprechen kann, Dinge, die Soja mir als Patientin anvertraut hat und die der ärztlichen Schweigepflicht unterliegen, verstehen Sie?«

»Ja, natürlich«, sagte ich, darüber enttäuscht, dass er mir nicht genau sagen konnte, was mit meiner Frau nicht stimmte, wo ich mir doch nichts sehnlicher wünschte, als ihr zu helfen. »Aber ich bin ihr Ehemann, Dr. Hooper. Es gibt gewisse Dinge, die ...«

»Ja, ja«, sagte er schnell und tat dies mit einer Handbewegung als unwesentlich ab, bevor er sich wieder zurücklehnte.

Ich hatte den Eindruck, dass er mich sorgfältig prüfte – ja sogar analysierte –, als wollte er herausfinden, wie viel er mich wissen lassen durfte und wie viel er weglassen sollte. »Wenn ich Ihnen erzähle, dass Ihre Gattin eine sehr unglückliche Frau ist, Mr Jatschmenew«, sagte er schließlich, »würden Sie das doch sicher nachvollziehen können, oder?«

»Ich würde meinen, dass das offenkundig ist«, sagte ich, mit einer tiefen und wütenden Stimme, »wenn man bedenkt, was sie getan hat.«

»Womöglich würden Sie sie sogar für geistesgestört halten.«

»Glauben Sie etwa, dass sie das ist?«, fragte ich.

»Nein, ich denke, dass keine dieser Erklärungen ausreicht, um dahinterzukommen, was mit Soja nicht stimmt. Solche Begriffe sind zu simpel, zu oberflächlich. Ich glaube, ihre Probleme liegen viel, viel tiefer. In ihrer persönlichen Geschichte. In den Dingen, die sie mitbekommen hat. In den Erinnerungen, die sie unterdrückt hat.«

Jetzt war ich an der Reihe, ihn anzustarren, und ich spürte, wie ich ein bisschen blasser wurde, denn ich war mir nicht sicher, wie er das gemeint hatte. Ich konnte mir beim besten Willen nicht vorstellen, dass Soja ihm irgendwelche Einzelheiten aus unserer Vergangenheit – aus ihrer Vergangenheit – offenbart hatte, selbst wenn er ihr Vertrauen genoss. Das wäre für sie völlig untypisch gewesen. Und ich kam nicht umhin, mich zu fragen, ob er wusste, dass es etwas gab, das er nicht erkennen konnte, und dass ich es ihm womöglich erzählte, wenn er mich in diese Richtung lenkte. Natürlich kannte er mich nicht – er wusste nicht, dass ich meine Frau niemals verraten würde.

»Ach ja? Welche zum Beispiel?«, fragte ich schließlich.

»Ich denke, wir beide kennen die Antwort darauf, Mr Jatschmenew.«

Ich schluckte und biss die Zähne zusammen, denn ich wollte mich von ihm auf gar keinen Fall aus der Reserve locken lassen. »Ich möchte lediglich wissen«, sagte ich, nun in einem selbstbewussteren Tonfall, »ob ich mir weiterhin wegen ihr Sorgen machen muss, ob ich den ganzen Tag über auf sie aufpassen muss. Ich will wissen, ob so etwas noch einmal passieren kann. Ich muss natürlich jeden Tag zur Arbeit gehen. Ich kann nicht ununterbrochen in ihrer Nähe sein.«

»Das ist schwer zu sagen«, erwiderte er. »Aber ich denke, Sie müssen sich keine allzu großen Sorgen machen. Natürlich werde ich noch weitere Sitzungen mit ihr abhalten müssen, im Rahmen einer ambulanten Behandlung. Ich glaube, ich kann ihr helfen, dass sie die Dinge in den Griff bekommt, die ihr so sehr zu schaffen machen. Ihre Frau leidet unter der Vorstellung, dass die Menschen, die ihr am nächsten stehen, in Gefahr sind. Das dürfte Ihnen doch bekannt sein, oder?«

»Ja, sie hat mir davon erzählt«, räumte ich ein. »Aber nur ganz allgemein. Das ist etwas, das sie lieber für sich behält.«

»Sie hat zum Beispiel von diesen Fehlgeburten gesprochen«, sagte er. »Und von Ihrem Freund, Monsieur Raymer.«

Ich nickte und schaute für einen Moment nach unten, als ich ihn mir in die Erinnerung zurückrief. *Leo.*

»Man muss Ihrer Frau klarmachen, dass sie für keines dieser Ereignisse verantwortlich ist«, sagte er, bevor er sich erhob und mir bedeutete, dass unser Gespräch damit beendet war. »Das ist natürlich meine Aufgabe, bei der ambulanten Behandlung. Aber es ist auch Ihre Aufgabe, in Ihrem gemeinsamen Leben.«

Soja war bereits angezogen und wartete auf mich, als ich auf die Station kam. Sie saß auf der Bettkante, sauber und adrett, in einem schlichten Baumwollkleid und einem Mantel, zwei Kleidungsstücken, die ich ihr am Vortag von zu Hause mitgebracht hatte. Sie schaute auf und lächelte, als sie mich auf sich zukommen sah, und ich lächelte ebenfalls und nahm sie in die Arme, wobei ich erleichtert zur Kenntnis nahm, dass mir der Anblick der großen Verbände an ihren Handgelenken erspart blieb, da sie sich unter den Ärmeln ihres Mantels verbargen.

»Georgi«, sagte sie leise, und dann brach sie in Tränen aus, als sie meinen offenbar ambivalenten Gesichtsausdruck wahrnahm. »Es tut mir so leid. Ich wollte dir nicht wehtun.«

»Ist schon in Ordnung«, sagte ich – eine merkwürdige Wortwahl, denn natürlich war es keineswegs in Ordnung. »Wenigstens kommst du jetzt endlich hier raus. Alles wird gut, das verspreche ich dir.«

Sie nickte und hakte sich bei mir ein, als wir die Station verließen. »Gehen wir jetzt nach Hause?«, fragte sie mich.

Nach Hause? Noch so ein merkwürdiger Begriff. Wo war das eigentlich, unser Zuhause? Nicht hier in London. Und auch nicht in Paris. Zuhause, das war Hunderte von Kilometern entfernt, ein Ort, an den wir nie wieder zurückkehren könnten. Ich würde sie nicht anlügen, indem ich ihre Frage mit Ja beantwortete.

»Zurück in unsere kleine Wohnung«, sagte ich leise. »Um die Tür hinter uns zu schließen und um zusammen zu sein, wie es unsere Bestimmung ist. Nur wir beide. GeorgiundSoja.«

Die Unterschrift des Zaren

Dass es auf diese Weise enden sollte, in einem Eisenbahnwaggon in Pskow, versetzt mich heute noch in Erstaunen.

Den Anbruch des Jahres 1917 feierten wir nicht so heiter oder ausgelassen, wie es an den vorausgegangenen Silvesterabenden der Fall gewesen war. Im Umfeld des Zaren zeigten sich zunehmend Auflösungserscheinungen, sodass ich bereits in Erwägung gezogen hatte, St. Petersburg zu verlassen und wieder nach Kaschin zurückzukehren oder vielleicht nach Westen zu ziehen, um dort ein völlig neues Leben anzufangen. Nur die Tatsache, dass Anastasia ihre Familie niemals verlassen hätte – und man es mir nicht gestattet hätte, sie mitzunehmen –, hielt mich davon ab, diese Pläne in die Tat umzusetzen. Doch alle, die dem kaiserlichen Hofstaat angehörten, spürten die zunehmende Anspannung. Das Ende war absehbar – es war nur noch eine Frage der Zeit.

Der Zar hatte den Großteil des Jahres 1916 bei seinen Streitkräften verbracht, und während seiner Abwesenheit hatte die Zarin die politische Führung übernommen. Während er seine Aufgabe in der Stawka erfüllte, dominierte sie die Regierung mit einer Energie und Beharrlichkeit, die ebenso beeindruckend wie irregeleitet war. Denn sie sprach natürlich nicht mit ihrer eigenen Stimme, sondern wiederholte lediglich das, was ihr der Starez eingeflüstert hatte. Sein Einfluss war überall spürbar gewesen. Doch nun war er tot, der Zar war weit weg, und sie war allein.

Die Nachricht von Vater Grigoris Tod hatte das Winterpalais eine Woche nach jenem schrecklichen Dezemberabend erreicht, an dem man seine vergiftete und von Kugeln durchsiebte Leiche in die Newa geworfen hatte. Die Kaiserin war natürlich bestürzt und forderte, dass die Mörder für ihr Verbrechen erbarmungslos zur Rechenschaft gezogen werden sollten, doch als sie die Angreifbarkeit ihrer eigenen Position erkannte, begann sie ihre Verzweiflung in sich hineinzufressen. Manchmal beobachtete ich, wie sie in ihrem Salon saß und mit ausdrucksloser Miene zum Fenster hinausschaute, während sich eine ihrer Kammerzofen über irgendeinen belanglosen Hofklatsch ausließ. In ihren Augen konnte ich jedoch zugleich den Willen erkennen, ungeachtet aller Widrigkeiten weiterzumachen und zu herrschen. Ich bewunderte sie dafür. Vielleicht war sie ja doch nicht nur Rasputins Einflüsterungen gefolgt.

Als der Zar für einen kurzen Weihnachtsbesuch nach Hause zurückkehrte, beharrte die Zarin jedoch darauf, dass Felix Jussupow der Prozess gemacht wurde, aber da der Fürst entfernt mit der kaiserlichen Familie verwandt war, behauptete der Zar, er könne in dieser Hinsicht nichts unternehmen.

»Diese Kletten und Blutsauger scheinen dir mehr zu bedeuten als Gott«, schrie sie nur wenige Stunden nach seiner Ankunft, an einem Nachmittag, an dem wir alle bestürzt zur Kenntnis genommen hatten, wie elend Nikolaus aussah. Es schien, als wäre er um zehn oder fünfzehn Jahre gealtert, seit wir ihn im August zum letzten Mal gesehen hatten. Er sah so aus, als wäre er am Ende seiner Kräfte und als würde ein weiteres Drama ausreichen, um ihn auf der Stelle tot umfallen zu lassen.

»Vater Grigori war nicht Gott«, insistierte der Zar, wobei er sich mit den Fingern die Schläfen massierte und sich im Raum umschaute, auf der Suche nach Unterstützung. Seine vier Töchter taten so, als würde der Streit gar nicht stattfinden; ihre Gesellschafterinnen hatten sich, so wie ich, in den hinteren Bereich des Raums zurückgezogen. Alexei beobachtete das Ganze von einem Sessel in der Ecke. Der Junge war fast genauso bleich wie sein Vater, und ich fragte mich, ob er sich tagsüber vielleicht verletzt hatte, ohne jemandem davon erzählt zu haben. Manchmal konnte man nämlich erkennen, wann die inneren Blutungen bei ihm begannen: der panische, verzweifelte Ausdruck auf dem Gesicht des Jungen, sein krampfhaftes Bemühen, vollkommen still dazusitzen, um das sich ankündigende Trauma abzuwehren – für diejenigen, die ihn gut kannten, war dies ein vertrauter Anblick.

»Er war Gottes Stellvertreter«, schrie die Zarin.

»Ach ja?«, fragte der Zar, wobei er sie wütend anfunkelte und sich bemühte, nicht die Fassung zu verlieren. »Ich habe immer gedacht, *ich* sei Gottes Stellvertreter in Russland. Ich habe gedacht, *ich* sei der von Gott Auserwählte, und nicht irgendein Bauer aus Pokrowskoje.«

»Oh, Nicky!«, rief sie frustriert. Dann warf sie sich in einen Sessel und vergrub für einen Moment ihr Gesicht in ihren Händen, bevor sie sich wieder erhob und zu ihm hinüberschritt, um ihn so anzusprechen, als wäre sie nicht seine Frau, sondern seine Mutter, die Kaiserinwitwe Maria Fjodorowna. »Du kannst die Mörder nicht ungestraft davonkommen lassen.«

»Ich will das aber nicht«, sagte er rasch. »Glaubst du etwa, dies sei das, was ich von Russland will? Von meiner eigenen Familie?«

»Man kann diese Männer kaum als deine Familie bezeichnen«, unterbrach sie ihn.

»Wenn ich sie bestrafen würde, wäre das ein Eingeständnis, dass wir Vater Grigoris Einfluss gutgeheißen haben.«

»Er hat unseren Sohn gerettet!«, schrie sie. »Wie viele Male hat er …«

»Er hat nichts dergleichen getan, Sunny«, sagte er. »Himmel, Herrgott, Sakrament! Wie dich dieser Mann bezirzt hat!«

»Hast du ihn deswegen so sehr gehasst?«, fragte sie. »Weil ich an ihn geglaubt habe?«

»Du hast einmal an mich geglaubt«, erwiderte er leise und wandte seinen Blick ab. Dabei war sein Gesicht von Kummer und Gram so zerfurcht, dass ich beinahe vergaß, dass er der Zar war, und glaubte, auf einen Menschen zu blicken, der nicht anders war als ich selbst. In jenem Moment war ich heilfroh, dass niemand von meiner Beteiligung an der Ermordung Rasputins wusste – wäre dies herausgekommen, so hätte sich die Wut des Zaren zweifellos gegen mich gerichtet, und ich wäre zur Beschwichtigung seiner verzweifelten Frau womöglich noch vor Einbruch der Nacht am Galgen gelandet.

»Aber ich glaube noch immer an dich, Nicky«, sagte sie, nun in einem sanfteren Tonfall, und streckte die Arme nach ihm aus. Doch er schien diese Geste misszuverstehen und wich vor seiner Frau zurück, sodass sie plötzlich allein dastand, mitten im Raum, wobei sie ihm ihre Hände noch immer entgegenhielt. »Alles, worum ich dich bitte …«

»Sunny, die Leute haben ihn gehasst, das weißt du doch«, sagte er.

»Natürlich weiß ich das.«

»Und du weißt auch, warum.«

Sie nickte, sagte aber nichts, vielleicht, weil ihr endlich bewusst wurde, dass ihre fünf Kinder die Szene verfolgten, auch wenn sie so taten, als wäre nicht das Geringste geschehen. Ich schaute zu Anastasia hinüber, die auf einem Sofa saß und häkelte. Geschickt zog sie die Nadel durch die Maschen und beobachtete gleichzeitig den Streit ihrer Eltern. Am liebsten wäre ich zu ihr hingelaufen, um sie von diesem schrecklichen Ort wegzubringen, weg aus diesem Palast, der rings um uns zu zerfallen schien. In meinem Kopf tauchten wieder Gedanken an Versailles auf, aber ich verdrängte sie schnell – ich wusste nur zu gut, wie diese Geschichte ausgegangen war.

»Vater Grigori war mein Beichtvater, mehr nicht«, sagte die Zarin schließlich, in einem verletzten Tonfall. »Und mein Vertrauter. Aber ich komme auch ohne ihn aus, Nicky, das musst du mir glauben. Ich kann stark sein. Ich *bin* stark. Ich muss es ja sein, wo du nicht hier bist und dieser schreckliche Krieg immer noch andauert ...«

»Ja, darüber wollte ich auch noch ein Wörtchen mit dir reden«, fuhr der Zar sie an und warf die Arme in die Höhe. »Also, die Macht, die du ausübst. Du übertreibst es damit, verstehst du? Du musst anderen erlauben, dir ...«

»Aber es ist Tradition, dass die Zarin die Regierungsgewalt ausübt, solange der Zar abwesend ist«, erwiderte sie schnippisch und warf den Kopf hoheitsvoll in den Nacken. »Es gibt dafür Präzedenzfälle. Deine Mutter hat es gemacht, und deren Mutter, und deren Mutter ebenfalls.«

»Aber du gehst dabei zu weit, Sunny. Und das weißt du auch. Trepow hat mir erzählt ...«

»Hah! Trepow«, schrie sie, wobei sie den Namen des Ministerpräsidenten mehr oder weniger ausspuckte. »Trepow hasst mich. Das weiß doch jeder.«

»Ja«, brüllte der Zar und lachte bitter. »Ja, das tut er. Und warum tut er es?«

»Weil er nicht weiß, wie man ein Land regiert. Weil er nicht weiß, wo die Kraft dafür herkommt.«

»Und wo kommt sie her, Sunny? Kannst du mir das verraten?«, fragte er sie, wobei er wütend einen Schritt auf sie zu machte. Die beiden hatten sich seit Monaten nicht mehr gesehen. Die Leidenschaft, mit der sie einander liebten, war allgemein bekannt, sie durchzog die Briefe, die sie sich täglich schrieben – doch hier waren sie nun und hassten sich offenbar, stritten sich erbittert, als hätte sich die ganze Welt gegen sie verschworen, um sie auseinanderzureißen. »Sie kommt aus dem Herzen! Und aus dem Kopf!«

»Was weißt du denn schon von meinem Herzen?«, kreischte sie, woraufhin die vier Töchter ihre Häkelei oder Stickerei unterbrachen und verängstigt zu ihren Eltern hinüberschauten. Ich warf einen Blick auf Alexei, der, wie es schien, gleich in Tränen zerfließen würde. »Du, der keins hat!«, fuhr sie fort. »Du, der alles vom Kopf her beurteilt! Wann hast du dich zum letzten Mal dafür interessiert, was ich in meinem Herzen empfinde?«

Der Zar starrte sie an und schwieg eine Weile, bevor er den Kopf schüttelte. »Trepow besteht darauf«, sagte er schließlich, mit einem resignierten Achselzucken. »Du wirst keine eigenmächtigen Entscheidungen mehr treffen, wenn ich nicht hier bin.«

»Dann musst du hier bleiben!«

»Ich muss gehen, Sunny. Die Streitkräfte …«

»… können auch ohne dich weitermachen. Der Großfürst Nikolaus Nikolajewitsch kann wiedereingesetzt werden.«

»Der Zar gehört an die Spitze seiner Streitkräfte«, beharrte er.

»Dann werde ich weiterhin die Regierungsgeschäfte führen.«

»Nein, das geht nicht.«

»Du willst dir von einem Mann wie Trepow vorschreiben lassen, was du tun sollst?«, fragte sie erstaunt. »Du lässt dir von irgendwem etwas vorschreiben? Du, der immer behauptet, er sei von Gott auserwählt?«

»Behauptet?«, fragte er, mit vor Unglauben weit aufgerissenen Augen. »Was willst du mit diesem *behauptet* sagen? Bezweifelst du etwa meine göttliche Legitimation?«

»Ich frage nur, ob du es tatsächlich so weit kommen lassen willst, mehr nicht. Du sagst, du würdest dich von einem Bauern aus Pokrowskoje nicht herumkommandieren lassen, aber vor einem Bastard aus Kiew kuschst du wie ein Köter. Erklär mir bitte, wo da der Unterschied liegt, Nicky. Erklär es mir, als wäre ich ein ignoranter, ungebildeter Muschik und nicht die Enkelin einer Königin, die Cousine eines Kaisers und die Frau eines Zaren.«

Der Zar begab sich hinter seinen Schreibtisch und nahm dort Platz. Er verbarg seine Augen eine Zeit lang hinter seiner Hand, bevor er wieder aufschaute, wobei sein Gesicht von düsteren Vorahnungen gezeichnet war. »Die Duma«, sagte er schließlich. »Die Deputierten verlangen uneingeschränkte parlamentarische Befugnisse.«

»Ein Parlament innerhalb einer Autokratie? Wie soll das gehen?«, fragte sie. »Das schließt sich doch gegenseitig aus.«

»Genau das ist der springende Punkt, Sunny«, erwiderte der Zar mit einem bitteren Lachen. »Es geht nicht! Aber ich kann nicht zwei Kriege auf einmal führen. Das werde ich nicht tun. Dazu habe ich nicht die Kraft. Und das Land hat sie auch nicht. Nein, ich werde in ein paar Tagen zur Stawka zurückkehren, und du wirst dich mit der Familie nach Zarskoje Selo begeben. Und in meiner Abwesenheit wird Trepow sich um die politischen Angelegenheiten kümmern.«

»Wenn du das machst, Nicky«, sagte sie leise, »dann wird es keinen Palast mehr geben, in den du zurückkehren kannst. Das prophezeie ich dir.«

»Die Dinge werden sich ...«, sagte er und sackte auf seinem Stuhl in sich zusammen. »Die Dinge werden sich wieder einrenken. Es wird vielleicht ein bisschen dauern, aber die Verhältnisse werden sich wieder normalisieren.«

Die Zarin öffnete den Mund, um noch etwas zu sagen, doch sie überlegte es sich anders und schüttelte lediglich den

Kopf, wobei sie ihren Gatten mitleidsvoll ansah. Dann blickte sie sich im Raum um und musterte nacheinander jedes ihre Kinder – ihre Miene verfinsterte sich bei jedem der Gesichter und erhellte sich nur, als sie ihre Augen auf ihrem jüngsten Kind ruhen ließ, auf Alexei.

»Los, Kinder«, sagte sie, »kommt mit.«

Die fünf Romanow-Sprösslinge standen sofort auf, doch mit Blick auf die Bediensteten hob die Zarin beide Arme in die Höhe, mit flach ausgestreckten Handflächen, und schüttelte den Kopf – dies war eine der seltenen Gelegenheiten, wo sie sich dazu herabließ, die Anwesenheit gewöhnlicher Sterblicher in einem Raum zu registrieren.

»Nein, nur meine Kinder«, sagte sie mit gebieterischer Stimme. »Ihr anderen bleibt hier. Beim Zaren. Vielleicht braucht er euch noch.«

Sie ging voraus, in Richtung ihres eigenen Salons, und ich beobachtete, wie die Kinder ihr folgten. Beim Verlassen des Raumes drehte sich Anastasia zu mir um. Als sich unsere Blicke trafen, lächelte sie nervös, und ich erwiderte ihr Lächeln und hoffte, ihr damit ein wenig Trost spenden zu können. Ein paar Augenblicke später verabschiedeten sich die vier Hofdamen, die den kaiserlichen Großfürstinnen als Gesellschafterinnen dienten, und die Leibgardisten postierten sich draußen vor der Tür, sodass schließlich nur noch der Zar und meine Wenigkeit zurückblieben. In meiner jugendlichen Torheit malte ich mir aus, dass ich bei ihm bleiben und mich mit ihm unterhalten würde, um ihn irgendwie aufzumuntern, um ihm Mut zuzusprechen, doch ich wusste, das stand mir nicht zu. Ich zögerte nur kurz, bevor ich ihm den Rücken kehrte, um den Raum zu verlassen. Er schaute jedoch auf, als ich wegging, und rief mich zurück.

»Georgi Daniilowitsch«, sagte er.

»Euer Majestät?«, erwiderte ich, wobei ich mich zu ihm

umdrehte und mich tief vor ihm verbeugte. Er erhob sich von seinem Stuhl und schritt langsam auf mich zu. Ich war bestürzt, als ich sah, welche Schwierigkeiten ihm das Gehen bereitete. Er war noch keine fünfzig Jahre alt, aber die Ereignisse der letzten Jahre hatten ihn vorzeitig altern lassen.

»Mein Sohn«, sagte er, kaum dazu in der Lage, mir in die Augen zu sehen, nach der Szene, die ich gerade mitverfolgt hatte. »Geht es ihm gut?«

»Ich glaube schon, Euer Majestät«, erwiderte ich. »Er ist sehr vorsichtig.«

»Aber er sieht so blass aus.«

»Seit der Starez ermordet wurde, besteht die Zarin darauf, dass Alexei sich nur noch drinnen aufhält«, sagte ich. »Seitdem hat er kein Tageslicht mehr gesehen, glaube ich.«

»Dann ist er hier ein Gefangener?«

»Ja, irgendwie schon.«

»Nun, wir sind hier alle Gefangene, Georgi«, sagte er mit einem angedeuteten Lächeln. »Stimmst du mir da nicht zu?«

Darauf erwiderte ich nichts, und als er mir den Rücken kehrte, verstand ich dies als einen Wink, mich zu entfernen, und begab mich in Richtung Tür.

»Bleib hier, Georgi«, sagte er und drehte sich wieder zu mir um. »Wenn es dir recht ist. Ich möchte dich fragen, ob du mir einen Gefallen tust.«

»Ja, was immer Ihr wollt, Euer Majestät.«

Er lächelte. »Das solltest du nie sagen, bevor du weißt, was von dir verlangt wird.«

»Das würde ich auch nicht«, erwiderte ich rasch. »Aber Ihr seid der Zar. Und deshalb sage ich es noch einmal: Was immer Ihr wollt, Euer Majestät.«

Er schaute mich an und biss sich kurz auf die Unterlippe, in einer Manier, die mich an seine jüngste Tochter erinnerte, und dann lächelte er.

»Ich möchte, dass du dich von Alexei verabschiedest«, sagte er. »Du sollst ihn nicht mehr beschützen. Jedenfalls eine Zeit lang. Ich möchte, dass du mich begleitest.«

Ich fragte mich, ob ich mir das Klopfen nur eingebildet hatte, doch dann ertönte es wieder, diesmal wesentlich dringlicher. Ich stieg aus dem Bett und ging zur Tür, die ich behutsam öffnete, damit ihr Quietschen nicht die anderen auf dem Flur störte. Eine Gestalt zwängte sich wortlos an mir vorbei, und ehe ich mich's versah, stand sie in meinem Zimmer.

»Anastasia«, sagte ich und steckte meinen Kopf kurz nach draußen, um mich zu vergewissern, dass ihr niemand gefolgt war. »Was machst du hier? Wie spät ist es?«

»Es ist spät«, sagte sie, mit einer ängstlich klingenden Stimme. »Aber ich musste dich sehen. Mach die Tür zu, Georgi. Niemand darf wissen, dass ich hier bin.«

Ich schloss auf der Stelle die Tür und schnappte mir die Kerze, die ich auf dem Fensterbrett aufbewahrte. Als der Docht brannte, drehte ich mich zu Anastasia um und bemerkte, dass sie ihr Nachthemd und ihren Morgenmantel anhatte – ein Aufzug, der ihren Körper vollständig verhüllen mochte, aber dennoch eine definitiv erotische Note hatte. Sie starrte mich ebenfalls an, und erst da wurde mir bewusst, dass ich noch unschicklicher gekleidet war als sie, denn ich trug lediglich eine kurze, schlabbrige Unterhose. Ich errötete – was im Kerzenschein, wie ich hoffte, vielleicht nicht zu sehen war – und kramte meine Hose und mein Hemd hervor, während sie sich wegdrehte, damit ich mich ungestört ankleiden konnte.

»Ich bin jetzt salonfähig«, sagte ich, als ich in Hemd und Hose geschlüpft war. Sie wandte sich mir wieder zu, aber irgendwie schien ihr der Gedankenfaden gerissen zu sein, genauso wie mir. Ich wünschte mir nichts sehnlicher, als sie in meine Arme zu nehmen, mich wieder meiner Kleidung zu entledigen, und sie ihres Nachtgewands, um mich dann unter der warmen Bettdecke ganz eng an sie zu schmiegen.

»Georgi ...«, hob sie zu sprechen an, doch dann schüttelte sie den Kopf und sah so aus, als würde sie gleich in Tränen ausbrechen.

»Anastasia«, sagte ich, »was ist los mit dir? Was hast du?«

»Du bist doch heute selber dabei gewesen«, sagte sie. »Du hast es alles miterlebt. Was soll bloß werden? Es gibt so viele schlimme Gerüchte.«

Ich nahm sie bei der Hand, und dann setzten wir uns nebeneinander auf die Bettkante. Nachdem die Zarin sie und ihre Geschwister einige Stunden zuvor aus dem Salon hinausgeführt hatte, hatte ich Anastasia gesucht, um sie von meiner Unterhaltung mit ihrem Vater zu unterrichten, doch sie hatte den Nachmittag unter der Aufsicht von Monsieur Gilliard verbracht, und mir war keine plausible Erklärung eingefallen, um sie nach Ende des Unterrichts besuchen zu können.

»Olga sagt, es geht alles den Bach hinunter«, fuhr sie mit verzweifelter Stimme fort. »Tatjana ist fast hysterisch vor Angst. Maria ist nicht mehr dieselbe, seitdem Sergei Stasjewitsch fort ist. Und was Mutter anbelangt ...« Sie ließ ein kurzes, zorniges Lachen ertönen. »Sie hassen sie, nicht wahr, Georgi? Alle hassen sie. Das Volk, die Regierung, Trepow, die Duma. Selbst Vater scheint ...«

»Sag das nicht ...«, unterbrach ich sie. »Das darfst du nicht sagen. Dein Vater betet die Zarin an.«

»Aber sie streiten sich immer nur. Er war kaum von der Stawka zurückgekehrt, und ... na ja, du hast selber gesehen, was passiert ist. Und morgen bricht er schon wieder dorthin auf. Wird dieser Krieg jemals aufhören, Georgi? Und warum hat sich das Volk gegen uns gewendet?«

Ich zögerte, ihr zu antworten. Ich liebte sie über alles, doch mir fielen jede Menge Gründe ein, warum die Zarenfamilie in diese Lage geraten war. Natürlich hatte der Zar bei seiner Kriegführung gegen die Deutschen und die Türken viele Fehler gemacht, doch dies war nichts verglichen damit, wie seine Untertanen, die ihm nach eigenem Bekunden so sehr am Herzen lagen, behandelt wurden. Wir vom kaiserlichen Hofstaat reisten von Palast zu Palast, wir bestiegen luxuriöse Züge, wir gingen an Bord von prächtigen Jachten, wir aßen die erlesensten Speisen, wir trugen die feinsten Anzüge und Gewänder. Wir spielten Gesellschaftsspiele, wir hörten uns Musik an, und wir schwatzten darüber, wer wen heiraten würde, welcher Prinz der hübscheste wäre und welche Debütantin die koketteste. Die Damen waren mit Schmuck behängt, den sie nur ein einziges Mal trugen und dann ausrangierten. Die Männer verzierten ihre unnützen Schwerter mit Diamanten und Rubinen, vertilgten Kaviar und betranken sich jeden Abend mit dem teuersten Wodka und Champagner. Unterdessen schmachteten die Menschen außerhalb der Paläste nach Nahrung, nach Brot, nach Arbeit, nach einer wie auch immer gearteten menschenwürdigen Existenz. In der Kälte des russischen Winters konnten sie die Familienmitglieder abzählen, die das kommende Frühjahr nicht mehr erleben würden. Sie opferten ihre Söhne auf den Schlachtfeldern, während eine Frau, die in ihren Augen eher eine Deutsche war als eine Russin, über ihr Leben bestimmte. Sie sahen ihre Kaiserin wie eine Hure mit einem Bauern verkehren, den sie verabscheuten. Sie versuchten, ihren Unmut mit Demonstrationen, Aufständen und über eine freie Presse zum Ausdruck zu bringen, wurden aber jedes Mal über den Haufen geschossen. Wie oft hatten sich die Krankenhäuser mit Verwundeten und Sterbenden gefüllt, nachdem die Männer des Zaren den Fortbestand der Autokratie sicherzustellen versucht hatten.

Wie oft hatten die Menschen auf den Friedhöfen Abschied nehmen müssen. Dies waren die Dinge, die ich ihr erzählen wollte, die Erklärungen, die ich ihr geben wollte, aber wie konnte ich das, wo sie doch kein anderes Leben kannte als das privilegierte, in das sie hineingeboren war? Und wie hätte ich ihr solche Erklärungen vorsetzen können, wo ich doch selber zwei Jahre unter diesen Leuten verbracht, ihren luxuriösen Lebensstil genossen und mich in der Vorstellung gesonnt hatte, ich wäre einer von ihnen und nicht bloß ein Gefolgsmann, ein unbedeutender Leutnant, der von einem Autokraten einfach so, aus heiterem Himmel, in die hinterste Ecke Russlands abkommandiert werden konnte?

»Die Dinge werden sich schon wieder einrenken«, flüsterte ich, als ich sie in die Arme nahm, und wiederholte, was der Zar einige Stunden zuvor gesagt hatte, obwohl ich es selber nicht eine Sekunde lang glaubte. »Auf Regen folgt Sonnenschein, wie es so schön heißt, und ...«

»Oh, Georgi, du verstehst mich nicht«, schrie sie und riss sich von mir los. »Vater schickt die ganze Familie nach Zarskoje Selo. Er sagt, er werde für den Rest des Krieges in der Stawka bleiben und notfalls selber an der Front kämpfen.«

»Dein Vater ist ein ehrenwerter Mann«, sagte ich.

»Aber diese Gerüchte, Georgi ... du weißt, wovon ich rede?«

Ich zögerte. Ich wusste ganz genau, was sie meinte, doch ich wollte nicht der Erste sein, der die Worte in den Mund nahm, die von jeder vergoldeten Wand des Palastes und in jeder heruntergekommenen Straße von St. Petersburg widerhallten, die Formulierung, die jeder Minister, jedes Mitglied der Duma und jeder Muschik in Russland offenbar hören wollte.

»Es heißt ...«, fuhr sie fort, wobei sie ein wenig schluckte, als sie um Worte rang, »es heißt, dass Vater ... also, man erwartet von ihm, dass er ... Georgi, es heißt, er müsse auf den Thron verzichten!«

»Das wird niemals passieren«, sagte ich automatisch, und sie kniff die Augen zusammen und zitterte sichtlich.

»Du scheinst gar nicht überrascht zu sein«, sagte sie zu mir. »Du hast schon davon gehört?«

»Ja, habe ich«, räumte ich ein. »Aber ich glaube nicht ... also, ich kann mir nicht vorstellen, dass das jemals passieren wird. Mein Gott, Anastasia! Seit dreihundert Jahren hat immer ein Romanow auf dem russischen Thron gesessen. Kein Sterblicher wird ihn von dort entfernen können. Das ist einfach undenkbar.«

»Aber was ist, wenn du dich irrst?«, fragte sie. »Wenn Vater plötzlich nicht mehr der Zar ist? Was wird dann aus uns werden?«

»Aus uns?«, erwiderte ich, wobei ich mich fragte, wen sie mit diesem »uns« meinte. Sie und mich? Ihre Geschwister? Die ganze Romanow-Sippe?

»Dir kann nichts geschehen«, sagte ich und lächelte sie an, um sie zu beruhigen. »Du bist eine Großfürstin von kaiserlicher Abstammung. Was in aller Welt denkst du ...«

»Das Exil«, flüsterte sie, wobei ihr das Wort wie ein Fluch von der Zunge ging. »Es heißt, man werde uns alle ins Exil schicken. Die ganze Familie – hinausgeworfen aus Russland wie eine Gruppe unerwünschter Einwanderer, abgeschoben nach ... weiß der Himmel wohin.«

»So weit wird es nicht kommen«, sagte ich. »Das wird das russische Volk nie zulassen. Es gibt Verbitterung, ja. Aber es gibt auch Liebe. Und Respekt. Auch hier in diesem Raum. Was immer geschehen mag, mein Liebling, ich werde bei dir sein. Ich werde dich beschützen. Dir wird kein Leid geschehen. Nicht, wenn ich in deiner Nähe bin.«

Sie lächelte kurz, doch ich konnte erkennen, dass sie nach

wie vor beunruhigt war, und sie rückte auf der Bettkante ein wenig von mir weg, als überlegte sie, ob sie nun in ihr eigenes Zimmer zurückkehren sollte, bevor jemand sie bei mir entdeckte. Zu meiner Schande erregte mich ihre Gegenwart in einem so intimen Rahmen über alle Maßen, und ich musste mich sehr zusammenreißen, um sie nicht in die Arme zu schließen, sie auf die Matratze zu pressen und ihren Körper mit meinen Küssen zu bedecken. *Sie würde mich lassen* – ja, auch das dachte ich. *Wenn ich sie fragte, würde sie mich lassen.*

»Anastasia«, flüsterte ich, bevor ich mich erhob und mich von ihr abwandte, denn ich wollte nicht, dass sie meinen liebeshungrigen Gesichtsausdruck wahrnahm. »Es ist ein Glück, dass du heute Nacht zu mir gekommen bist. Ich muss dir nämlich etwas erzählen.«

»Woanders hätte ich nicht sein wollen«, sagte sie, nun deutlich entspannter. »Wenn wir in Zarskoje Selo sind, werden wir uns zumindest öfter treffen können. Das ist das Gute daran.«

»Aber ich werde nicht in Zarskoje Selo sein«, sagte ich rasch, denn so unangenehm dies auch sein mochte, ich wollte nicht um den heißen Brei herumreden. »Ich kann nicht mitkommen. Der Zar hat mich heute meiner Pflichten gegenüber deinem Bruder entbunden. Er möchte, dass ich ihn zur Stawka begleite.«

Das Schweigen im Raum schien eine Ewigkeit zu dauern. Als ich es nicht mehr aushielt, drehte ich mich zu ihr um und sah ihren Gesichtsausdruck. Ein dünner Strahl blassblauen Mondlichts fiel durch mein Fenster und teilte ihr Gesicht in zwei Hälften.

»Nein«, sagte sie schließlich mit einem Kopfschütteln. »Nein.«

»Ich kann nichts dagegen machen«, sagte ich und spürte,

wie mir die Tränen in die Augen schossen. »Er hat es mir befohlen, und …«

»Nein!«, schrie sie erneut, und ich blickte zur Tür hinüber, denn ich befürchtete, man könnte sie hören und so von ihrer Anwesenheit in meinem Zimmer erfahren. »Das kann nicht dein Ernst sein! Du kannst mich doch nicht alleinlassen!«

»Aber du wirst nicht allein sein«, erklärte ich. »Deine Mutter wird da sein. Deine Schwestern, dein Bruder. Monsieur Gilliard. Dr. Fedorow.«

»Monsieur Gilliard?«, schrie sie entsetzt. »Dr. Fedorow? Was habe ich mit denen zu schaffen? Du bist derjenige, den ich brauche, Georgi. Ich brauche nur dich!«

»Und ich brauche dich auch«, rief ich und nahm sie in die Arme, um ihr Gesicht mit Küssen zu bedecken. »Du bist mein Ein und Alles, und das weißt du.«

»Aber wenn das so ist, wieso verlässt du mich dann?«, schrie sie. »Du musst meinem Vater sagen, dass du nicht mitkommen kannst.«

»Wie könnte ich mich dem Zaren widersetzen?«, fragte ich. »Er befiehlt. Ich gehorche.«

»Nein, nein, nein«, sagte sie und brach in Tränen aus. »Nein, Georgi, bitte …«

»Anastasia«, sagte ich und schluckte heftig, um so vernünftig wie möglich zu klingen, »was immer während der nächsten Wochen passieren mag, ich werde zu dir zurückkehren. Glaubst du mir das?«

»Ich weiß nicht mehr, was ich glauben soll«, sagte sie, wobei ihr die Tränen über die Wangen liefen. »Nichts ist mehr so wie früher. Um uns herum geht alles in die Brüche. Manchmal denke ich, die Welt ist verrückt geworden.«

Draußen vor dem Palast brach mit einem Mal ein ohrenbetäubender Lärm los, der uns zusammenzucken ließ. Erschrocken lief ich ans Fenster und erblickte eine Ansammlung von fünfhundert oder auch tausend Menschen, die mit Transparenten eine Machtübergabe an die Duma forderten, auf die Alexandersäule zumarschierten und hasserfüllte Parolen in Richtung des Winterpalais schrien. *Heute Nacht wird es noch nicht passieren*, dachte ich mir. *Aber bald. Es kann nicht mehr lange dauern.*

»Hör mir zu, Anastasia«, sagte ich, als ich mich wieder zu ihr umdrehte, um sie in die Arme zu nehmen und ihr in die Augen zu schauen. »Ich möchte, dass du mir sagst, du glaubst mir.«

»Ich kann nicht«, schrie sie. »Ich habe solche Angst!«

»Was immer geschieht, wo immer du hingehst, wo immer sie dich hinbringen, ich werde dich finden. Glaubst du mir das?« Sie nickte und schluchzte, doch das reichte mir nicht aus. »Glaubst du mir?«, fragte ich sie noch nachdrücklicher.

»Ja«, schrie sie. »Ja, ich glaube dir.«

»Und der Teufel soll mich holen, wenn ich dich im Stich lasse«, sagte ich leise.

Sie löste sich aus meiner Umarmung und schaute mich ein letztes Mal an, bevor sie mir den Rücken kehrte und aus meinem Zimmer verschwand. Schweißgebadet, beklommen und von düsteren Vorahnungen geplagt, blieb ich allein zurück.

Es sollte fast achtzehn Monate dauern, bis ich sie wiedersah.

Der kaiserliche Zug, der früher von Leben und Betriebsamkeit erfüllt gewesen war, wirkte verlassen und trostlos. Die kaiserliche Familie war nicht an Bord, die Leibgarde war nur mit einem kleinen Kontingent vertreten, es gab keine Hauslehrer, Ärzte, Köche oder Streichquartette, die um die Aufmerksamkeit der Passagiere wetteiferten. Der Zar saß, in sich zusammengesunken, hinter dem Schreibtisch in seinem privaten Salonwagen und beugte sich über eine Reihe von

Papieren, die vor ihm ausgebreitet waren, doch ich hatte nicht den Eindruck, dass er sie las. Wir schrieben den März 1917. Es war zwei Monate her, dass wir St. Petersburg verlassen hatten.

»Euer Majestät?«, fragte ich, wobei ich mich ihm näherte und ihn besorgt anblickte. »Euer Majestät, geht es Euch gut?«

Er schaute langsam auf und starrte mich einen Moment lang so an, als würde er mich nicht wiedererkennen. Ein schwaches Lächeln trat auf sein Gesicht, um jedoch gleich wieder zu verschwinden.

»Ja, mir geht's gut«, sagte er. »Wie spät ist es?«

»Kurz vor drei«, sagte ich, nachdem ich einen Blick auf die prächtig verzierte Uhr an der Wand hinter ihm geworfen hatte.

»Ich dachte, es sei noch Vormittag«, sagte er leise.

Ich öffnete den Mund, um ihm zu antworten, aber mit fiel keine passende Erwiderung ein. Ich wünschte mir, Dr. Fedorow wäre da gewesen, denn ich fand, der Zar hatte noch nie so krank ausgesehen. Sein Gesicht war grau und beträchtlich gealtert. Die Haut an seiner Stirn war trocken und schuppig geworden, und sein normalerweise gepflegtes und glänzendes Haar war fettig und strähnig. Die Luft im Arbeitszimmer war muffig, und ich bekam eine solche Platzangst, dass ich schnurstracks zu einem der Fenster ging, um es zu öffnen.

»Was treibst du da?«, fragte er und schaute zu mir herüber.

»Ich lasse etwas frische Luft herein«, sagte ich. »Vielleicht fühlt Ihr Euch besser, wenn ...«

»Lass es zu!«

»Aber findet Ihr es hier drin nicht auch stickig?«, fragte ich, als ich Anstalten machte, das Schiebefenster nach oben zu wuchten.

»Lass es zu!«, schrie er so laut, dass ich mich erschrocken zu ihm umdrehte.

»Ich bitte um Verzeihung, Euer Majestät«, sagte ich und schluckte nervös.

»Ist es schon so weit gekommen, dass ich einen Befehl zweimal erteilen muss?«, blaffte er mich an. Er kniff die Augen zusammen und starrte mich mit dem Blick eines Fuchses an, der sich anschickt, ein Kaninchen zu reißen. »Wenn ich sage, du sollst es zu lassen, dann lässt du es auch zu! Verstanden?«

»Ja, natürlich«, sagte ich und nickte. »Verzeiht mir, Euer Majestät.«

»Noch bin ich der Zar«, fügte er hinzu.

»Ihr werdet immer ...«

»Ich hatte vorhin einen Traum, Georgi«, wobei er nun von mir wegschaute und sich an ein unsichtbares Publikum wandte; binnen einer Sekunde hatte sich sein Tonfall geändert, und aus Zorn war Wehmut geworden. »Also im Grunde war es kein Traum, sondern eher eine Erinnerung. Ich habe mich an den Tag erinnert, an dem ich Zar wurde. Mein Vater war noch keine fünfzig, als er starb, wusstest du das? Ich hatte gedacht, bis ich auf den Thron käme, würden noch ...« Er zuckte die Achseln und dachte kurz nach. »Na ja, es würden noch viele Jahre vergehen. Es gab manche, die damals sagten, ich sei noch nicht so weit. Aber das stimmte nicht. Ich hatte mich mein Leben lang auf diesen Tag vorbereitet. Es ist schon seltsam, Georgi, wenn man seine Bestimmung nur um den Preis erfüllen kann, dass man den Vater verliert. Und ich war am Boden zerstört, als mein Vater starb. Er war ein Monstrum, natürlich. Aber sein Tod hat mich trotzdem sehr mitgenommen. Du hast deinen Vater nie gekannt, oder?«

»Doch, Euer Majestät«, erwiderte ich. »Ich habe Euch einmal von ihm erzählt.«

»Ach ja?«, sagte er mit einer abwinkenden Handbewegung. »Das habe ich vergessen. Nun, mein Vater war ein sehr schwieriger Mensch, daran besteht kein Zweifel. Aber gegen meine Mutter war er der reinste Waisenknabe. Eine Mutter wie meine wünsche ich selbst meinem ärgsten Feind nicht.«

Ich runzelte die Stirn und schaute hinüber zu der geöffneten Tür, die auf den Gang führte. Dieser war noch immer verwaist, und ich wünschte mir, jemand würde dort auftauchen und mich erlösen. Ich hatte den Zaren noch nie so reden gehört, und es behagte mir nicht, ihn so selbstmitleidig und desillusioniert zu erleben. Es war, als hätte er sich in einen jener verdrießlichen Trunkenbolde verwandelt, die einem des Nachts auf der Straße begegneten, voller Groll gegen diejenigen, die sie für ihr verpfuschtes Leben verantwortlich machten, verzweifelt auf der Suche nach jemandem, dem sie ihre traurigen Geschichten erzählen konnten.

»Ich habe Alexandra nur eine Woche nach seinem Tod geheiratet«, fuhr er fort, wobei er mit den Fingern rhythmisch auf die Tischplatte klopfte. »Heute kommt mir das wie eine völlig andere Zeit vor. Als wir in Moskau eintrafen, zur Krönungszeremonie, da waren die Straßen voller Menschen, die gekommen waren, nur um uns zu sehen ... Menschen aus ganz Russland. Sie haben uns damals geliebt, verstehst du? Das scheint noch gar nicht so lange her zu sein, dabei liegt es schon mehr als zwanzig Jahre zurück. Das ist schwer zu glauben, nicht wahr?«

Ich lächelte und nickte, obwohl es mir in Wahrheit als eine sehr lange Zeit erschien. Ich war schließlich erst achtzehn Jahre alt, und mein Leben lang hatte Nikolaus II. die Geschicke Russlands gelenkt. Zwanzig Jahre – das war länger als ein Leben, zumindest länger als meins.

»Du solltest heute nicht hier sein«, sagte er einen Augenblick später, und dann erhob er sich und schaute mich an. »Es tut mir leid, dass ich dich mitgenommen habe.«

»Soll ich gehen, Euer Hoheit?«, fragte ich.

»Nein, das habe ich nicht gemeint.« Seine Stimme wurde nun lauter, und sie bekam einen wehleidigen Unterton. »Warum werde ich immer falsch verstanden? Ich meinte nur, dass es nicht richtig gewesen ist, dich an diesen Ort hier mitzunehmen. Ich habe das nur getan, weil ich dir vertraue. Verstehst du, Georgi?«

Ich nickte, obwohl ich nicht wusste, was er eigentlich von mir wollte. »Natürlich«, erwiderte ich. »Und ich bin Euch dafür dankbar.«

»Da du bereits einem Romanow das Leben gerettet hast, habe ich geglaubt, du seist vielleicht in der Lage, noch einen weiteren zu retten – ein abergläubischer Gedanke. Aber da habe ich mich geirrt, nicht wahr?«

»Euer Majestät, solange ich hier bin, wird Euch kein Attentäter etwas anhaben können.«

Daraufhin lachte er, und dann schüttelte er den Kopf. »Das habe ich auch nicht gemeint«, sagte er. »Das habe ich ganz und gar nicht gemeint.«

»Aber Ihr habt doch gesagt …«

»Du kannst mich nicht retten, Georgi. Niemand kann das! Ich hätte dich nach Zarskoje Selo schicken sollen. Dort ist es schön, nicht wahr?«

Ich schluckte und hätte ihm am liebsten gesagt, dass er das noch immer tun könne – schließlich war Anastasia dort –, doch ich beherrschte mich und hielt den Mund. Es war nicht die Zeit, um ihn im Stich zu lassen – ich mochte vielleicht noch ein Junge sein, doch ich war erwachsen genug, um dies zu wissen.

»Euer Majestät wirken so niedergeschlagen«, sagte ich und machte einen Schritt auf ihn zu. »Gibt es irgendetwas, das … also, wenn wir vielleicht alle von diesem Ort aufbrechen würden. Der Zug steht hier schon seit zwei Tagen. Wir sind hier am Ende der Welt, Euer Majestät.«

Er lachte und schüttelte den Kopf, bevor er auf einer Polsterbank Platz nahm. »Das Ende der Welt«, wiederholte er. »Da hast du verdammt recht.«

»Ich könnte einen der Soldaten in die nächste Stadt schicken, um einen Arzt zu holen.«

»Was soll ich mit einem Arzt? Ich bin nicht krank.«

»Aber …«

»Georgi«, sagte er, wobei er mit den Fingerspitzen die dunklen Ringe unter seinen Augen massierte. »In ein paar Minuten wird General Ruschki zurückkehren. Du weißt, warum er mich besucht?«

»Nein, Euer Majestät«, erwiderte ich mit einem Kopfschütteln. Der General hatte fast den gesamten Nachmittag beim Zaren verbracht. Ich war bei ihren Gesprächen nicht zugegen gewesen, hatte aber erregte Stimmen durch die Holzvertäfelung vernommen, und dann Schweigen. Nachdem er sich vom Zaren verabschiedet hatte, war der General mit einem Gesichtsausdruck davongeeilt, der Sorge, aber auch Erleichterung verriet. Seitdem hatte ich den Zaren fast eine Stunde lang mit seinen Gedanken allein gelassen, war dann aber zunehmend besorgter geworden und schließlich zu ihm hineingegangen, um zu sehen, ob er etwas benötigte.

»Er bringt einige Papiere mit, die ich unterzeichnen soll«, sagte er. »Und wenn ich diese Papiere unterzeichne, wird es in Russland zu einer großen Veränderung kommen. Womöglich wird etwas passieren, von dem ich mir nie vorgestellt hätte, dass es einmal passieren könnte. Jedenfalls nicht zu meinen Lebzeiten.«

»Ja, Euer Majestät«, erwiderte ich – die übliche, von einem erwartete Reaktion, denn selbst wenn der Zar auf diese Weise redete, galt es als ungehörig, eine Frage an ihn zu richten. Man hatte zu warten, bis er von sich aus mit mehr Informationen herausrückte.

»Du hast schon gehört, was mit dem Winterpalais geschehen ist?«

»Nein, Euer Majestät«, sagte ich mit einem Kopfschütteln.

»Sie haben es mir weggenommen«, sagte er und lächelte kurz. »Die Regierung. Deine Regierung. *Meine* Regierung. Ich soll mich dort nicht mehr blicken lassen. Dort residiert jetzt die Duma, heißt es. Wer weiß, was aus meinem Palast werden wird? In ein paar Jahren wird er vielleicht ein Hotel sein. Oder ein Museum. Aus unseren Prunkzimmern werden sie Andenkenläden machen. In unseren Salons wird man Teegebäck und Kümmelbrötchen verkaufen.«

»Dazu wird es nie kommen«, sagte ich, entsetzt angesichts des Gedankens, der Palast könnte unter die Kontrolle von jemand anderem geraten. »Das ist doch Euer Zuhause!«

»Aber ich habe kein Zuhause mehr. In St. Petersburg gibt es keinen Platz mehr für mich, das steht fest. Sollte ich nur daran denken, zurückzukehren ...«

Ein Klopfen an der Tür unterbrach seine Rede, und ich schaute kurz dorthin und dann wieder zurück zum Zaren; er atmete tief durch, bevor er mir zunickte, und daraufhin ging ich zur Tür, um diese zu öffnen. General Ruschki, ein dünner Mann mit grauem Haar und einem buschigen schwarzen Schnurrbart, stand draußen im Gang, ein schweres Dokument in der Hand. Seitdem der Zug hier vor zwei Tagen Halt gemacht hatte, war der General mehrere Male aufgetaucht und wieder verschwunden, hatte aber nie von mir Notiz genommen, obgleich ich während seiner Unterredungen mit dem Zaren meist in der Nähe gewesen war. Auch jetzt schob er sich wortlos an mir vorbei und hastete in das Arbeitszimmer, wobei er Nikolaus kurz zunickte, bevor er ihm das

Schriftstück auf den Schreibtisch legte. Ich machte kehrt, um den Raum zu verlassen, doch als ich dies tat, schaute der Zar auf und hob seine Hand.

»Geh nicht, Georgi«, sagte er. »Ich denke, wir werden hierbei einen Zeugen benötigen. Habe ich recht, Herr General?«

»Äh ... ja, Majestät«, erwiderte der General schroff, wobei er mich von oben bis unten musterte, als wäre ihm ein so erbärmliches Exemplar der menschlichen Rasse noch nie untergekommen. »Aber ein Leibwächter dürfte dazu wohl kaum geeignet sein, oder? Ich kann einen meiner Leutnants kommen lassen.«

»Wozu der Aufwand?«, sagte der Zar. »Georgi erfüllt diesen Zweck voll und ganz. Los, setz dich«, sagte er zu mir, und ich nahm auf einem Stuhl in der Ecke des Waggons Platz, wo ich versuchte, mich möglichst unauffällig zu verhalten. »Also, Herr General«, sagte er schließlich, wobei er das Dokument sorgfältig prüfte, »hier steht alles, was wir verabredet haben?«

»Ja, Majestät«, erwiderte Ruschki und setzte sich nun ebenfalls hin. »Es fehlt nur noch Eure Unterschrift.«

»Und meine Familie? Ihr wird nichts geschehen?«

»Momentan steht sie in Zarskoje Selo unter dem Schutz der Streitkräfte der provisorischen Regierung«, sagte Ruschki vorsichtig. »Man wird ihnen kein Haar krümmen, das verspreche ich Euch.«

»Und meine Frau«, sagte der Zar, wobei ihm ein wenig die Stimme brach. »Sie garantieren für ihre Sicherheit?«

»Aber natürlich. Sie ist noch immer die Zarin.«

»Ja, das ist sie«, erwiderte der Zar, und nun lächelte er. »Noch. Mir fällt auf, dass Sie sagen, meine Familie stehe unter dem Schutz der Armee. Wollen Sie mit diesem Ausdruck beschönigen, dass man sie dort gefangen hält?«

»Über ihren Status ist noch nicht entschieden worden«, erwiderte der General, und ich war empört über seine Antwort. Wer war er, dass er glaubte, so mit dem Zaren sprechen zu können? Das war einfach skandalös. Und mir missfiel die Vorstellung, dass Anastasia von irgendwelchen Leuten der provisorischen Regierung bewacht wurde. Sie war schließlich eine kaiserliche Großfürstin, die Tochter, die Enkelin, die Urenkelin von Herrschern, die Gott höchstselbst auserwählt hatte.

»Da wäre noch etwas«, sagte der Zar nach einer längeren Pause. »Seit unserem letzten Gespräch habe ich meine Meinung in einem Punkt geändert.«

»Euer Majestät, wir haben alles ausführlich besprochen«, sagte der General mit einer müden Stimme. »Es ist unmöglich, dass ...«

»Nein, nein«, sagte der Zar mit einem Kopfschütteln. »Darum geht es nicht. Es geht mir um die Thronfolge.«

»Die Thronfolge? Aber das habt Ihr doch schon geregelt. Ihr werdet abdanken zugunsten Eures Sohnes, des Zarewitschs Alexei.«

Bei diesen Worten schnellte ich auf meinem Stuhl nach vorn, und vor Schreck hätte ich beinahe laut aufgeschrien. War dies wirklich wahr? Stand der Zar im Begriff, auf den Thron zu verzichten? Natürlich würde er das tun, das erkannte ich schnell. Ich hatte es kommen sehen. Wir alle hatten es kommen sehen. Ich hatte es nur nicht wahrhaben wollen.

»Wir ... und mit ›wir‹ meine ich meine unmittelbare Familie, also meine Frau, meine Kinder und mich selbst«, sagte der Zar, »wir werden ins Exil geschickt, nachdem ich dieses Dokument hier unterzeichnet habe, nicht wahr?«

Der General zögerte nur kurz, doch dann nickte er. »Ja, Majestät«, sagte. »In Russland wird man nicht mehr für

Eure Sicherheit garantieren können. Eure Verwandten in Europa, vielleicht ...«

»Ja, ja«, sagte der Zar mit einer wegwerfenden Handbewegung. »Vetter Georgie und all die anderen. Ich weiß, sie werden sich um uns kümmern. Aber wenn Alexei Zar werden soll, wäre er doch gezwungen, in Russland zurückzubleiben? Ohne seine Familie.«

»Ja, das wäre die wahrscheinlichste Lösung.«

Der Zar nickte. »Dann möchte ich, dass noch ein Passus hinzugefügt wird. Ich möchte nicht nur auf meinen Anspruch auf den Thron verzichten, sondern auch auf den meines Sohnes. Die Krone soll stattdessen an meinen Bruder Michail gehen.«

Der General lehnte sich zurück und strich sich kurz über den Schnurrbart. »Majestät«, sagte er, »haltet Ihr das für eine kluge Entscheidung? Hat der Junge nicht eine Chance verdient, auf ...«

»Der Junge«, fuhr ihm der Zar über den Mund, »ist, wie Sie eben selber so treffend gesagt haben, nur ein Junge. Er ist erst zwölf Jahre alt. Und mit seiner Gesundheit steht es nicht zum Besten. Ich kann nicht zulassen, dass er von mir und meiner Frau getrennt wird. Fügen Sie diesen Passus hinzu, Herr General, und ich werde Ihr Dokument unterschreiben. Und dann lässt man mich hoffentlich eine Zeit lang in Ruhe – wenigstens das sollte mir nach all den Jahren wohl vergönnt sein, oder?«

General Ruschki zögerte nur kurz, bevor er nickte und ein paar zusätzliche Zeilen auf das Pergamentpapier kritzelte, während der Zar zum Fenster hinausschaute. Ich lenkte meinen Blick direkt auf ihn, in der Hoffnung, er würde dies spüren und zu mir herübersehen, damit ich ihm zumindest ein bisschen Beistand leisten konnte, doch er drehte sich nicht um, bis ihm der General etwas zugemurmelt hatte. Er griff sich das Papier, überflog es kurz, und dann setzte er seine Unterschrift darunter.

Danach blieben wir alle sehr still, bis sich der Zar schließlich erhob.

»Ich würde jetzt gern ein wenig allein sein«, sagte er leise.

Der General und ich gingen gemeinsam hinaus und schlossen hinter uns die Tür.

Im kaiserlichen Salonwagen gab sich der letzte Zar seinen Gedanken hin – seinen Erinnerungen, seinem Schmerz und seiner Trauer.

1922

Mein Pariser Arbeitgeber, Monsieur Ferré, war nicht erfreut über mein fortgesetztes Fehlen am Arbeitsplatz, wartete aber, bis der letzte Kunde den Laden verlassen hatte, bevor er mich beiseitenahm, um mir sein Missfallen kundzutun. Er war schon den ganzen Tag über verstimmt gewesen und hatte nicht mit boshaften Bemerkungen über die Erfüllung meines Zeitsolls geknausert, ja er hatte mir sogar meine reguläre Nachmittagspause verweigert, mit der Begründung, er sei mir gegenüber zu nachsichtig gewesen. Am Spätnachmittag versuchte ich, ein Gespräch mit ihm anzuknüpfen, aber er fertigte mich ab, mit der Lässigkeit, mit der man eine Fliege totschlägt, die einem um den Kopf herumschwirrt, und meinte lapidar, im Augenblick habe er keine Zeit für mich, weil er die Monatsabrechnung fertigstellen müsse, ich solle später am Abend wieder zu ihm kommen, wenn der Laden geschlossen sei. Da ich mich nicht auf dieses Gespräch freute, wuselte ich zur verabredeten Zeit in der Geschichtsabteilung des Buchladens herum und tat so, als wäre ich zu sehr in meine Arbeit vertieft, um zu hören, wie er meinen Namen rief. Schließlich kam er um die Ecke gerauscht, und als er mich erblickte, wie ich gerade eine Reihe von Bänden zur Geschichte der französischen Militäruniformen in ein Regal einsortierte, da schäumte er fast vor Wut.

»Jatschmenew«, sagte er, »haben Sie nicht gehört, dass ich nach Ihnen gerufen habe?«

»Entschuldigen Sie, Monsieur Ferré«, erwiderte ich, wobei ich mich erhob und mir den Bücherstaub von der Hose klopfte; meine Knie zitterten, als ich mich aufzurichten versuchte, denn die Regale standen unglaublich nah beieinander. Monsieur Ferré legte Wert darauf, so viel Ware wie möglich vorrätig zu haben, was jedoch dazu führte, dass die Regale mit Büchern regelrecht vollgestopft waren und dass sie, angesichts der Enge zwischen den Regalen, unmöglich von mehr als einer Person gleichzeitig inspiziert werden konnten. »Die Arbeit hat mich völlig in Beschlag genommen«, fügte ich hinzu, »aber ...«

»Und wenn ich nun ein Kunde gewesen wäre?«, fragte er mich in einem aggressiven Tonfall. »Wenn Sie allein im Laden gewesen wären, hier in dieser Ecke versteckt, wie ein Halbwüchsiger, der in einem Band mit Aktbildern herumblättert, dann hätte sich jeder dahergelaufene Dieb mit unseren Tageseinnahmen davonmachen können, nur weil Sie nicht in der Lage sind, sich gleichzeitig auf mehr als eine Aufgabe zu konzentrieren.«

Ich wusste aus Erfahrung, dass es keinen Sinn hatte, sich mit ihm zu streiten, und dass es besser war, zu warten, bis seine Wut verraucht war, ehe ich etwas zu meiner Verteidigung vorbrachte. »Es tut mir leid, Monsieur Ferré«, sagte ich schließlich und versuchte, möglichst zerknirscht zu klingen. »Ich verspreche Ihnen, in Zukunft werde ich besser aufpassen.«

»Es geht mir nicht bloß ums Aufpassen, Jatschmenew«, sagt er gereizt und schüttelte den Kopf. »Dies ist genau das, worüber ich mich mit Ihnen unterhalten wollte. Sie werden doch wohl zugeben, dass ich Sie während der letzten Wochen mehr als fair behandelt habe.«

»Sie sind überaus großzügig gewesen, Monsieur Ferré, und ich bin Ihnen dafür sehr dankbar. Und meine Frau ebenfalls.«

»Ich habe Ihnen so lange freigegeben, wie Sie gebraucht haben, um hinwegzukommen über Ihre ...« Er hielt inne, offenbar unsicher, wie er dies formulieren sollte, und ich spürte, dass es ihm unangenehm war, in so ein Gespräch gezogen zu werden. »Über Ihre jüngsten Schwierigkeiten«, sagte er schließlich. »Aber ich bin kein Wohltätigkeitsverein, Jatschmenew, das müssen Sie verstehen. Ich kann mir keinen Angestellten leisten, der kommt und geht, wie es ihm passt, der nicht die Arbeitsstunden ableistet, zu denen er sich vertraglich verpflichtet hat, der mich im Laden allein lässt, obwohl ich mich noch um so viele andere Dinge kümmern muss …«

»Monsieur Ferré«, sagte ich schnell und machte einen Schritt auf ihn zu, denn ich hatte Angst, er würde mich entlassen, was ein weiterer Schlag in einer ohnehin schon schweren Zeit gewesen wäre. »Monsieur Ferré, ich kann mich nur dafür entschuldigen, wie unzuverlässig ich in letzter Zeit gewesen bin, aber ich bin mir sicher, das Schlimmste ist nun ausgestanden. Soja ist wieder auf den Beinen, geht am Montag wieder arbeiten. Wenn Sie sich dazu durchringen können, mir noch eine Chance zu geben, dann verspreche ich Ihnen, dass ich Ihnen nie wieder einen Anlass geben werde, mich zu rügen.«

Er funkelte mich an und schaute einen Moment lang weg, wobei er mit den Schneidezähnen an seiner Unterlippe knabberte, eine Angewohnheit, der er sich hingab, wenn er vor einer schweren Entscheidung stand. Ich konnte sehen, dass er mich am liebsten gefeuert hätte, dass er sich dies sogar fest vorgenommen hatte, doch meine Worte waren offenbar nicht ohne Wirkung geblieben, und er schien die Sache noch einmal überdenken zu wollen.

»Sie werden mir sicher zustimmen«, fügte ich hinzu, »dass Sie sich während der drei Jahre, die ich bei Ihnen bin, immer auf mich haben verlassen können.«

»Ja, sie sind ein tüchtiger Gehilfe gewesen, Jatschmenew«, erwiderte er frustriert. »Deswegen ist das Ganze für mich ja auch so enttäuschend. Ich habe eine hohe Meinung von Ihnen gehabt, und das habe ich auch Freunden von mir erzählt, verstehen Sie, anderen Geschäftsleuten hier in Paris, Männern, die, wie ich hinzufügen darf, für russische Emigranten sonst nicht viel übrig haben, Männern, die euch Russen durch die Bank für Revolutionäre und Unruhestifter halten. Ich habe denen erzählt, dass Sie einer der zuverlässigsten Mitarbeiter sind, die ich jemals das Glück hatte beschäftigen zu dürfen. Ich möchte Sie nicht verlieren, junger Mann, aber wenn ich Sie weiter beschäftigen soll ...«

»Dann werden Sie sich hundertprozentig darauf verlassen können«, sagte ich, »dass ich hier jeden Morgen pünktlich erscheine und den ganzen Tag über an meinem Arbeitsplatz bleibe. Geben Sie mir bitte noch eine Chance, Monsieur Ferré. Das ist alles, worum ich Sie bitte. Ich verspreche Ihnen, Sie werden diese Entscheidung nicht bereuen.«

Er dachte noch eine Weile darüber nach, bevor er mir mit seinem kurzen, fleischigen Zeigefinger drohte. »Also, ich gebe Ihnen noch eine Chance, Jatschmenew, doch das ist wirklich die letzte. Haben Sie mich verstanden?«

»Ja, Monsieur Ferré.«

»Ich weiß, Sie und Ihre Frau haben gerade Schreckliches durchgemacht, aber das tut nichts zur Sache. Sollten Sie mir noch einmal einen Anlass geben, auf diese Weise mit Ihnen zu sprechen, dann werden sich unsere Wege trennen. In der Zwischenzeit können Sie zum Ausgleich ein paar Überstunden machen. Am Besten fangen Sie gleich heute Abend damit an. Einige dieser Regale sind in einem traurigen Zustand. Vorhin habe ich mich hier ein wenig umgesehen und festgestellt, dass die alphabetische Ordnung völlig durcheinandergeraten ist. Ich habe keines der Bücher finden können, das ich gesucht habe.«

»Ja, Monsieur Ferré«, sagte ich und verneigte mich kurz vor ihm – eine alte, schwer abzuschüttelnde Angewohnheit gegenüber Respektspersonen. »Ich werde mir die Regale gleich vornehmen. Und vielen Dank. Ich meine, für die zweite Chance.«

Er nickte, und erleichtert machte ich mich ans Werk, denn die Arbeit im Buchladen war angenehm, und ich fand es sehr anregend, von so viel Kultur und Gelehrsamkeit umgeben zu sein. Noch wichtiger war jedoch, dass ich es mir nicht leisten konnte, auf das geringe Einkommen zu verzichten, das uns meine Anstellung bescherte.Der Notgroschen, den wir seit unserer Ankunft in Paris vor mehr als drei Jahren angespart hatten, war in den Wochen nach Sojas Fehlgeburt angesichts der Ausgaben für Ärzte und Medikamente gehörig zusammengeschmolzen, ganz zu schweigen vom vorübergehenden Verlust unseres zweiten Einkommens, und ich wagte mir nicht vorzustellen, wie es uns ergehen würde, sollte ich tatsächlich meine Arbeit verlieren. Und so nahm ich mir fest vor, Monsieur Ferré nie wieder einen Anlass zu Kritik zu geben.

Die Nachricht von Leos Verhaftung ereilte mich, als Soja eines Spätnachmittags im November mit aschfahlem Gesicht im Buchladen auftauchte – draußen herrschte seit einigen Tagen eine knackige Kälte, und die Bäume waren bereits ihrer Blätter beraubt. Ich stand hinter dem Ladentisch, wo ich eine Reihe von Anatomielehrbüchern begutachtete, die Monsieur Ferré aus mir unerklärlichen Gründen einige Tage zuvor bei einer Auktion ersteigert hatte, als das Glöckchen über der Eingangstür ertönte, und ich erzitterte instinktiv in Erwartung der eisigen Brise, die in den Laden hereinfegen und mir in die Ohren und in die Nase kneifen würde. Als ich aufschaute, war ich überrascht, meine Frau auf mich zukommen zu sehen, in ihren Mantel gehüllt und einen Schal, den sie selbst gestrickt hatte, locker um ihren Hals geworfen.

»Soja«, sagte ich, darüber erleichtert, dass mein Chef bereits nach Hause gegangen war, denn es hätte ihm kaum gefallen, dass ich während der Arbeitszeit privaten Besuch bekam. »Ist was passiert? Du bist weiß wie die Wand.«

Sie schüttelte den Kopf und zögerte kurz, um wieder zu Atem zu kommen, und mir wurde ganz schwummrig, als ich mir vorzustellen versuchte, was alles passiert sein mochte. Es war inzwischen fast drei Monate her, dass sie ihr Kind verloren hatte, und obwohl sie deswegen noch immer bedrückt war, hatte sie langsam wieder Spaß an unserem gemeinsamen Alltag gefunden. Nur ein paar Nächte zuvor hatten wir zum ersten Mal nach unserem Verlust wieder miteinander geschlafen. Es war sanft und gefühlvoll gewesen, und hinterher hatte sie vollkommen still in meinen Armen gelegen und hin und wieder zu mir aufgeschaut, um mich zärtlich zu küssen – die Tränen waren endlich versiegt, und an ihre Stelle war die Aussicht auf Hoffnung getreten. Mir graute vor dem Gedanken, dass sie wieder krank geworden war, doch als sie den panischen Gesichtausdruck registrierte, mit dem ich sie anschaute, zerstreute sie meine Befürchtungen auf der Stelle.

»Es geht nicht um mich«, sagte sie. »Mir geht's gut.«

»Gott sei Dank«, erwiderte ich. »Aber du siehst so bekümmert aus. Was kann ...«

»Es geht um Leo«, sagte sie. »Er ist verhaftet worden.«

Ich riss überrascht die Augen auf, konnte mir aber ein Lächeln nicht verkneifen, denn ich fragte mich, welchen Ärger sich mein lieber Freund, der hin und wieder über die Stränge schlug, diesmal eingebrockt haben mochte. »Verhaftet?«, fragte ich. »Aber warum? Was in aller Welt hat er getan?«

»Du wirst es mir nicht glauben«, sagte sie, und an ihrem Gesichtsausdruck konnte ich erkennen, dass er tiefer in der Tinte saß, als ich zunächst angenommen hatte. »Georgi, er hat einen Gendarmen getötet!«

Mir fiel die Kinnlade herunter, und ich spürte, wie mich angesichts dieser Worte ein leichter Schwindel überkam. Leo und seine Freundin Sophie waren unsere beiden engsten Freunde in Paris, die ersten Menschen, die wir dort näher kennengelernt hatten. Wir hatten oft gemeinsam zu Abend gegessen, wir hatten uns bei zu vielen Gelegenheiten gemeinsam betrunken, wir hatten gelacht und geschwerzt, aber vor allem hatten wir uns über Politik gestritten. Leo war ein Träumer, ein Idealist, ein Schwärmer, ein Revolutionär. Er konnte geistreich und enervierend sein, leidenschaftlich und unduldsam, kokett und großzügig – es gab unzählige Adjektive zur Beschreibung dieses außergewöhnlichen Menschen, und wenn Soja und ich uns von ihm verabschiedet hatten, kam es nicht selten vor, dass wir uns entweder ein bisschen in ihn verliebt hatten oder dass wir uns schworen, ihn niemals wiedersehen zu wollen. Leo war von allem erfüllt, was einen jungen Menschen umtreiben sollte: Poesie, Kunst, Ehrgeiz und Entschlossenheit. Doch er war kein Mörder. Er hatte keinen wie auch immer gearteten Hang zur Gewalttätigkeit.

»Aber das ist unmöglich«, sagte ich und starrte sie ungläubig an. »Das muss ein Missverständnis sein.«

»Es gibt Zeugen«, sagte sie, und dann setzte sie sich hin und vergrub ihr Gesicht in den Händen. »Und zwar wohl jede Menge. Ich weiß nicht genau, was passiert ist. Nur dass man ihn auf der Polizeiwache festhält und vorerst nicht auf freien Fuß setzen wird.«

Ich stützte mich auf den Ladentisch und dachte eine Weile still über das Ganze nach. Es war tatsächlich kaum zu glauben. Schon die Vorstellung von körperlicher Gewalt bereitete mir Unbehagen, und ich war mir sicher, bei Leo verhielt es sich genauso. Er predigte ein Evangelium des Pazifismus und des gegenseitigen Verständnisses, auch wenn seine revolutionären Anschauungen ihn mitunter dazu verleiteten, von historischen Präzedenzfällen proletarischer Unerbittlichkeit zu schwärmen. Ich war mir sicher, dass ich derlei Dinge hinter mir gelassen hatte, an einem anderen Ort, in einem anderen Land.

»Erzähl mir, was geschehen ist«, sagte ich. »Erzähl mir alles, was du weißt.«

»Ich weiß nur sehr wenig«, erwiderte sie, und ihre stockende Stimme verriet mir, dass auch sie gehofft hatte, Ereignisse wie diese ein für alle Mal aus unserem Leben verbannt zu haben. »Es ist erst eine Stunde her. Sophie und ich waren wie üblich bei der Arbeit. Wir waren mit zwei Kleidern beschäftigt, die gegen Feierabend abgeholt werden sollten, und gerade dabei, einen Spitzenbesatz für den Kragen zusammenzunähen, als ein Mann in den Laden kam. Er war sehr groß und wirkte sehr ernst. Ich war beunruhigt, als ich ihn sah. Manchmal kommt einen ganzen Monat niemand bei uns vorbei. Ich schäme mich, aber als ich den Mann sah, den Ernst und die Entschlossenheit in seinen Augen, da dachte ich ... also, ich dachte einen Moment lang ...«

»Dass man uns entdeckt hat?«

Sie nickte. »Ich starrte ihn überrascht an, und dann fragte ich ihn, ob ich ihm irgendwie helfen könne, doch er streckte einfach den Arm aus und deutete mit dem Finger auf mein Gesicht, so, als ob er eine Pistole auf mich richtete, und ich dachte, ich würde in Ohnmacht fallen.

›Sophie Tambleau?‹, fragte er mich, wobei er mir in die Augen schaute, doch ich bekam kein Wort heraus, so sehr nahm mich das Ganze mit. ›Sind Sie Sophie Tambleau?‹, wiederholte er, und bevor ich etwas sagen konnte, meldete Sophie sich zu Wort, eine Mischung aus Neugier und Besorgnis auf ihrem Gesicht.

›Ich bin Sophie Tambleau‹, sagte sie. ›Was kann ich für Sie tun?‹

›Nichts‹, erwiderte er. ›Ich soll Ihnen eine Nachricht überbringen, das ist alles.‹

›Eine Nachricht?‹, fragte sie, wobei sie kurz lachte und mich anschaute. Ich begann ebenfalls zu lächeln, vor Erleichterung, aber die Situation war dennoch sehr ungewöhnlich. Wer sollte uns wohl eine Nachricht zukommen lassen?

›Sind Sie die Frau, mit der ein gewisser Leo Raymer in eheähnlicher Gemeinschaft lebt?‹, fragte der Mann. Sophie zuckte mit den Achseln. Seine Formulierung war natürlich lächerlich, aber sie nickte und sagte, ja, sie sei diese Frau. ›Monsieur Raymer befindet sich auf der Polizeiwache in der Rue de Clignancourt. Er ist verhaftet worden.‹

›Verhaftet?‹, schrie sie, und der Mann sagte Ja, und dann erzählte er, dass Leo früher am Nachmittag einen Gendarmen getötet habe, dass man ihn bis zu seinem Prozess in Untersuchungshaft behalten würde und dass er darum gebeten habe, jemand solle zu Sophie geschickt werden und ihr berichten, was geschehen sei.«

»Aber Leo?«, fragte ich verblüfft. »*Unser* Leo? Wie in aller Welt hat er jemanden töten können? Warum sollte er so was tun?«

»Ich weiß es nicht, Georgi«, sagte sie, wobei sie sich erhob und frustriert im Raum auf und ab zu gehen begann. »Ich weiß nur das, was ich dir gerade erzählt habe. Sophie ist sofort zur Polizeiwache gerannt, um Leo zu sehen. Ich habe zu ihr gesagt, dass ich dich hier abholen würde und dass wir nachkommen würden. Das war doch richtig, oder?«

»Ja, natürlich«, sagte ich und schnappte mir die Ladenschlüssel, wobei es mich nicht kümmerte, dass ich die Buchhandlung eigentlich erst in einer Stunde schließen durfte. »Natürlich müssen wir hin. Unsere Freunde stecken in Schwierigkeiten.«

Wir traten auf die Straße hinaus, und ich sperrte die Tür hinter mir ab, wobei ich mich dafür verfluchte, dass ich am Morgen vergessen hatte, meine Handschuhe mitzunehmen, denn der Wind war so heftig, dass meine Wangen schon nach wenigen Sekunden vor Kälte scharlachrot wurden. Als wir die Straße hinunterliefen, galten meine Gedanken fast ausschließlich meinem lieben Freund, der irgendwo in eine Zelle gesperrt war, wegen eines abscheulichen Verbrechens, doch trotzdem kam ich nicht umhin, die gleiche Erleichterung zu verspüren, die Soja empfunden hatte, als ihr klar geworden war, dass dieser Herr wegen Sophie gekommen war und nicht wegen uns.

Es war erst vier Jahre her, dass wir Russland verlassen hatten. Ich lebte noch immer in dem Glauben, dass sie uns eines Tages aufspüren würden.

Wir durften Leo nicht sehen, und keiner der Gendarmen wollte uns Näheres über die Umstände erzählen, die zu seiner Inhaftierung geführt hatten. Der diensthabende Polizeimeister, ein älterer Mann, schaute mich voller Verachtung an, als er meinen Akzent wahrnahm, und er schien nicht gewillt, auch nur eine meiner Fragen zu beantworten, sondern grunzte nur und zuckte die Achseln, sobald ich mich an ihn wandte, so als wäre es unter seiner Würde, mir eine Antwort zu erteilen. Es kam selten vor, dass man uns mit Fremdenfeindlichkeit begegnete – der Krieg hatte schließlich dafür gesorgt, dass sich Menschen aus aller Herren Länder in Paris tummelten –, doch hin und wieder spürten wir gewisse Ressentiments bei jenen älteren Franzosen, denen es nicht schmeckte, dass so viele exilierte Russen und Europäer ihre Hauptstadt bevölkerten.

»Sie sind keine Familienangehörigen«, sagte der Polizeimeister, wobei er beim Sprechen kaum zu mir aufsah, sondern sich weiter mit einem Kreuzworträtsel beschäftigte. »Ich bin nicht befugt, Ihnen etwas zu sagen.«

»Aber wir sind Freunde«, protestierte ich. »Monsieur Raymer war Trauzeuge bei meiner Hochzeit. Unsere Frauen sind Arbeitskolleginnen. Sie können doch sicher …« In diesem Augenblick öffnete sich zu meiner Linken eine Tür, und Sophie erschien auf der Bildfläche, kreidebleich, verzweifelt darum bemüht, ihre Tränen zu unterdrücken. Sie wurde von einem Gendarmen eskortiert und schien überrascht, uns auf sie warten zu sehen, aber auch dankbar. Sie versuchte zu lächeln, bevor sie sich anschickte, die Polizeiwache zu verlassen.

»Sophie«, sagte Soja, als wir ihr nach draußen in die Dunkelheit gefolgt waren. Inzwischen war es Nacht geworden, und der Wind hatte gnädigerweise nachgelassen. »Sophie, was ist los? Was ist geschehen? Wo ist Leo?«

Sie schüttelte den Kopf, als fehlten ihr die Worte, um zu erklären, was vorgefallen war, und so führten wir sie über die Straße und in ein nahe gelegenes Café, wo wir drei Kaffee bestellten und sie sich wieder so weit in den Griff bekam, dass sie uns erzählen konnte, was man ihr mitgeteilt hatte.

»Das Ganze ist einfach lächerlich«, sagte sie. »Ein Unfall, nichts weiter. Ein dummer Unfall. Aber sie sagen, weil dabei ein Gendarm getötet wurde …«

»Getötet?«, fragte ich, geschockt von der Brutalität des Wortes, seinem harschen, unangenehmen Klang. »Aber Leo? Das ist unmöglich! Was genau ist passiert?«

»Er hat heute Morgen wie immer die Wohnung verlassen«, begann sie, mit einem Seufzer, als könnte sie nicht glauben, dass ein Tag, der so harmlos begonnen hatte, auf eine so dramatische Weise enden konnte. »Er ist früh aufgebrochen, weil er hoffte, dann einen guten Platz für seine Staffelei zu ergattern. Bei diesem scheußlichen Wetter haben Porträtmaler nichts zu lachen. Die meisten Leute wollen nicht in einer zugigen Straße dreißig Minuten auf einem Stuhl sitzen, um sich malen zu lassen. Er ging zur Sacré-Cœur, denn dort sind immer jede Menge Touristen. In letzter Zeit sind wir etwas knapp bei Kasse gewesen«, gab sie zu. »Nicht so, dass wir uns hätten Sorgen machen müssen, versteht ihr, aber wir konnten es uns nicht leisten, auf eine seiner Tageseinnahmen zu verzichten. Es ist nicht leicht.«

»Es ist für keinen leicht«, sagte ich leise. »Aber wir hätten euch unter die Arme gegriffen, wenn ihr uns gefragt hättet, das weißt du doch, oder?« Das hätte ich eigentlich nicht sagen dürfen. Hätten Leo und Sophie uns tatsächlich um Hilfe gebeten, so wären wir dazu nicht in der Lage gewesen. Etwas anderes zu behaupten, war eine unverzeihliche Arroganz. Soja wusste das und warf mir einen verstohlenen Blick zu, wobei sie ein wenig die Stirn runzelte, und ich senkte den Kopf, peinlich berührt von meinem großspurigen Gehabe.

»Es ist nett, dass du das sagst, Georgi«, erwiderte Sophie, die wahrscheinlich sehr gut wusste, dass unsere finanzielle Situation in etwa der ihrigen entsprach. »Aber wir waren noch nicht an dem Punkt angelangt, wo wir die Hilfe unserer Freunde benötigt hätten.«

»Leo«, sagte Soja sanft und beugte sich vor, um ihre Hand flach auf die von Sophie zu legen. »Erzähl uns von Leo.«

»An der Sacré-Cœur waren mehr Leute, als er erwartet hatte«, fuhr sie fort. »Und es waren auch schon etliche Künstler da, die ihre Staffeleien aufgebaut hatten, und alle versuchten, einen Touristen dazu zu bewegen, sich von ihnen porträtieren zu lassen. Und da war eine alte Dame, die auf dem Rasen saß und die Vögel fütterte …«

»Bei diesem Wetter?«, fragte ich überrascht. »Hatte die keine Angst, zu erfrieren?«

»Du weißt doch, wie zäh diese alten Schachteln sind«, erwiderte sie mit einem Achselzucken. »Die sitzen immer da, im Sommer wie im Winter, bei Regen und bei Sonnenschein. Das Wetter ist denen völlig egal.«

Das stimmte. Mir war schon des Öfteren aufgefallen, dass viele ältere Pariser ihre Vor- und Nachmittage damit verbrachten, auf dem grasbedeckten Hang vor der Basilika zu sitzen und ihren gefiederten Lieblingen Brosamen hinzustreuen. Offenbar glaubten sie, die Vogelwelt sei ohne ihre Hilfe zum Aussterben verurteilt. Knapp drei Wochen zuvor hatte ich einen etwa achtzigjährigen Mann beobachtet, einen hutzeligen Greis mit einem Gesicht voller Runzeln und Falten, der mit weit ausgestreckten Armen dasaß, auf denen sich eine ganze Schar Vögel niedergelassen hatte. Ich beobachtete ihn fast eine Stunde lang, und während der ganzen Zeit rührte er sich nicht – wären seine Arme nicht ausgestreckt gewesen, hätte man ihn für tot halten können.

»Dann tauchte ein weiterer Künstler auf«, fuhr Sophie fort, »jemand, der noch neu in Paris war, jemand, den Leo nicht kannte, und dieser Kerl wollte sich genau da hinsetzen, wo die alte Frau saß. Er bat sie, Platz zu machen, aber sie sagte Nein. Er erklärte ihr, er wolle dort malen, und sie erwiderte, er solle lieber nach Hause gehen und seinen Kopf unter den Wasserhahn halten. Es fielen ein paar heftige Worte, und dann zerrte der Mann die Frau auf die Beine, um sie von ihrem rechtmäßigen Platz wegzuheben. Er ignorierte ihr Protestgeschrei.«

»Woher stammte der Mann?«, wollte Soja wissen, und ich schaute sie verdutzt an, denn ich wusste zunächst nicht, was sie mit dieser Frage bezweckte. Vermutlich hoffte sie, dass er kein Landsmann von uns beiden war.

»Aus Spanien, glaubt Leo«, erwiderte sie. »Oder aus Portugal. Aber wie dem auch sei, Leo bekam mit, was da vor sich ging, und ihr wisst ja, wie er ist – ein so flegelhaftes Benehmen geht ihm gegen den Strich.«

Das stimmte. Leo war dafür bekannt, dass er auf der Straße vor älteren Frauen an die Mütze tippte, und er bezauberte sie mit seinem breiten Lächeln und seinen höflichen Umgangsformen. Im Café rückte er ihnen den Stuhl zurecht, und er half ihnen mit ihren Einkaufstaschen, wenn sie in dieselbe Richtung gingen wie er. Er betrachtete sich als einen Repräsentanten des uralten Ordens der Ritterlichkeit, als einen der letzten Männer im Paris der zwanziger Jahre, die dieser ehrwürdigen Vereinigung angehörten.

»Er lief zu den beiden hin, packte den Spanier am Arm, riss ihn herum und machte ihm Vorhaltungen wegen der Art und Weise, in der er die alte Frau behandelte. Er schubste ihn, und der andere schubste zurück, und sie fingen an, sich laut zu beschimpfen – wirklich kindisch. Als das Ganze aus dem Ruder zu laufen drohte, ging ein Gendarm dazwischen und trennte sie, was Leo noch wütender machte.

Er warf dem jungen Polizisten vor, er würde für einen Ausländer Partei ergreifen, gegen einen seiner eigenen Landsleute, und diese Bemerkung führte zu einem heftigen Wortwechsel. Und ihr wisst ja, wie er ist, wenn er sich mit der Staatsgewalt konfrontiert sieht. Ich vermute, dass er auf ihn losging und ihn wissen ließ, was er von *les gardiens de la paix* hielt, und ehe jemand eingreifen konnte, hatte Leo dem Spanier einen Schlag auf die Nase verpasst und dann dem Polizisten einen ins Gesicht.«

»Ach du lieber Gott!«, sagte ich. Leo war ein kräftiger Bursche – ich hätte keinen seiner Hiebe einstecken wollen.

»Danach blieb dem Polizisten natürlich keine andere Wahl, als ihn festzunehmen«, fuhr Sophie fort, »doch Leo riss sich los, vielleicht um wegzulaufen, und schubste ihn zur Seite. Unglücklicherweise kam der junge Polizist dabei ins

Strauchelt und stürzte fünfzehn oder zwanzig Stufen hinab, bis zum nächsten Treppenabsatz, wo er mit dem Kopf auf die Steinplatten krachte. Als Leo zu ihm hinunterhastete, um ihm zu helfen, starrten die Augen des Polizisten bereits gen Himmel. Er war tot.«

Wir saßen stumm da, und ich blickte zu Soja hinüber. Ihr Gesicht war kreidebleich, und sie biss die Zähne zusammen, als hätte sie Angst davor, wie sie auf diese Geschichte reagieren könnte, wenn sie ihren Gefühlen freien Lauf ließe. Schon der Gedanke an Gewalt, an den Tod, an den Augenblick, wo ein Leben endete, reichte aus, um sie aus dem seelischen Gleichgewicht zu bringen, um sie zutiefst zu beunruhigen, um wieder all die schrecklichen Erinnerungen in ihr hochkommen zu lassen. Keiner von uns beiden sagte etwas. Stattdessen warteten wir darauf, dass Sophie fortfuhr, die nun, wo sie uns das Ganze erzählte, wesentlich gefasster wirkte.

»Er versuchte wegzulaufen«, sagte sie schließlich. »Und das machte die Sache natürlich noch schlimmer. Er kam sogar ziemlich weit. Er rannte durch die Rue de la Bonne, und dann in die Rue Saint-Vincent, und dann machte er wieder kehrt und lief in Richtung der Saint-Pierre-de-Montmartre...«

Als ich dies hörte, hielt ich den Atem an: Meine erste Unterkunft in Paris hatte sich dort befunden, und die Wohnung, die Soja und ich uns seit unserer Hochzeit teilten, lag in der Rue Cortot, nicht weit von der Kirche Saint-Pierre entfernt, und ich fragte mich, ob Leo vielleicht vorgehabt hatte, sich bei uns zu verstecken.

»... doch mittlerweile waren ihm sechs oder sieben Gendarmen auf den Fersen, aus allen Straßen schrillten ihre Trillerpfeifen, und schließlich überwältigten sie ihn und warfen ihn zu Boden. Oh, Soja«, schrie sie und streckte die Hand nach ihrer Freundin aus, »sie haben ihn grün und blau geschlagen! Eines seiner Augen ist zugeschwollen, und seine Wangen sind fast purpurrot von Blutergüssen. Du würdest ihn kaum wiedererkennen, wenn du ihn jetzt sehen könntest. Sie sagen, sie hätten ihn nicht anders zur Räson bringen können, aber das kaufe ich ihnen nicht ab.«

»Es war ein tragischer Unfall«, sagte Soja ruhig. »Das müssen sie doch erkennen, oder? Und dann auch noch wegen einer solchen Nichtigkeit. Dieser Spanier hat doch genauso viel Schuld daran.«

»Sie sehen das nicht so«, sagte Sophie mit einem Kopfschütteln, und dann schossen ihr wieder die Tränen in die Augen – ein tiefes Schluchzen stieg direkt aus ihrem Herzen empor, und als ihr schließlich bewusst wurde, was geschehen war, drängten alle bis dahin unterdrückten Gefühle mit aller Macht an die Oberfläche. »Sie betrachten es als Mord. Man wird ihn vor Gericht stellen. Er könnte für viele Jahre hinter Gitter kommen – vielleicht sogar lebenslänglich. Wenn man ihn jemals entlässt, wird er ein alter Mann sein. Und ich kann nicht ohne ihn leben, versteht ihr?«, fügte sie hinzu, wobei sich ihre Stimme vor Hysterie überschlug. »Ohne ihn will ich nicht leben!«

Ich merkte, dass der Cafébesitzer argwöhnisch zu uns herüberschaute und uns zu verstehen gab, dass wir gehen sollten. Er räusperte sich hörbar, und ich nickte ihm zu, warf ein paar Francs auf den Tisch und erhob mich.

Soja und ich nahmen Sophie mit zu uns in die Wohnung, wo wir ihr zwei Schnapsgläser voll Weinbrand einflößten und sie dann in unser Schlafzimmer schickten, damit sie sich ein wenig ausruhen konnte. Sie ging ohne Protest und fiel auf der Stelle in einen unruhigen Schlaf.

»Er darf nicht ins Gefängnis kommen«, sagte Soja, als wir zwei schließlich allein waren. Wir saßen an unserem kleinen Küchentisch und überlegten angestrengt, wie wir den beiden helfen könnten. »Das ist undenkbar. Es muss doch eine Möglichkeit geben, ihn davor zu bewahren.«

Ich nickte, sagte aber nichts. Natürlich machte ich mir Sorgen um Leo, doch was mich beunruhigte, war nicht die Aussicht, dass man ihn zu einer Gefängnisstrafe verurteilen könnte. Es war etwas Schlimmeres als das. Schließlich hatte er den Tod eines Angehörigen der französischen Polizei verschuldet. Unfall hin, Unfall her, so etwas wurde nicht auf die leichte Schulter genommen. Die Bestrafung könnte wesentlich drakonischer ausfallen, als meine Frau oder Leos Lebensgefährtin es sich derzeit vorstellen mochten.

Drei Wochen später, in der zweiten Dezemberwoche, machte man Leo Raymer den Prozess. Er dauerte anderthalb Tage – er begann an einem Dienstagmorgen, und schon am Mittwochnachmittag waren die Geschworenen zu einem Urteil gelangt.

Sophie war nach dem Vorfall noch einige Tage in unserer Wohnung geblieben, doch dann kehrte sie zu sich nach Hause zurück, denn sie fand, es ergab keinen Sinn, auf unserer Couch zu schlafen und uns jeden Abend im Wege zu sein, wenn ihr nur vier Straßen von uns entfernt ein durchaus gutes, wenn auch einsames Bett zur Verfügung stand. Wir ließen sie ohne großen Protest gehen, verbrachten aber trotzdem jeden Abend mit ihr, entweder in ihrer Wohnung oder in unserer oder, wenn wir es uns leisten konnten, in einem der Cafés, von denen es in unserer Nachbarschaft nur so wimmelte.

Anfangs schien sie wegen der Ereignisse um Leo in eine Hysterie abzugleiten; dann fasste sie Mut und nahm sich vor, alles Menschenmögliche zu tun, um Leos Freilassung zu erwirken. Kurz darauf wurde sie erst depressiv und dann wütend auf ihren Freund, der sich diese Suppe eingebrockt hatte. Als der Prozess begann, war sie emotional erschöpft, und der Schlafmangel hatte ihr dunkle Ringe unter den Augen beschert. Ich begann mir Sorgen zu machen, weil ich nicht wusste, wie sie reagieren würde, wenn der Prozess keinen glücklichen Ausgang nahm.

Ich bat Monsieur Ferré darum, mir an dem Dienstag, an dem der Prozess begann, freizugeben, und schien leider einen ungünstigen Moment erwischt zu haben, denn er knallte seinen Füllfederhalter mit einer solchen Wucht auf die Schreibtischplatte, dass eine Ladung Tinte in meine Richtung spritzte und mich zurückzucken ließ, während er mich anstarrte und schwer durch die Nase atmete.

»Einen Tag frei? Mitten in der Woche, Jatschmenew?«, fragte er mich. »*Schon wieder* einen Tag frei? Ich dachte, wir beide hätten eine Abmachung getroffen.«

»Ja, haben wir, Monsieur Ferré«, erwiderte ich kleinlaut, denn eine dermaßen heftige Reaktion auf mein schlichtes Ansuchen hatte ich nicht erwartet. Seitdem er mich gemaßregelt hatte, war ich ein Musterangestellter gewesen, und ich war davon ausgegangen, dass er mir anstandslos einen Tag freigeben würde. »Entschuldigung, dass ich danach gefragt habe, aber ...«

»Ihre Frau muss lernen, dass sich die Welt nicht um ...«

»Diesmal hat es nichts mit meiner Frau zu tun, Monsieur Ferré«, sagte ich rasch, erbost darüber, dass er es sich herausnahm, Soja zu kritisieren. »Es hat nichts mit dem zu tun, was vor ein paar Monaten geschehen ist. Ich glaube, ich habe Ihnen von meinem Freund erzählt, oder? Von Monsieur Raymer?«

»Ach, der Mörder«, sagte er mit einem angedeuteten Lächeln. »Ja, ich erinnere mich. Und natürlich habe ich über den Fall in der Zeitung gelesen.«

»Leo ist kein Mörder«, erwiderte ich. »Es war ein schrecklicher Unfall.«

»Bei dem ein Mann zu Tode gekommen ist.«

»Ja, aber nur aus Versehen.«

»Und nicht irgendein Mann, sondern einer, dessen Aufgabe es war, die Bürger zu beschützen. Ich schätze, Ihr Freund kann nicht mit einem milden Urteil oder gar einem Freispruch rechnen. Die öffentliche Meinung ist gegen ihn.«

Ich nickte und versuchte, meine Gefühle unter Kontrolle zu halten; er wiederholte nur, was ich bereits wusste. »Bekomme ich den Tag nun frei oder nicht?«, fragte ich, wobei ich aufschaute und ihm direkt in die Augen sah und ihn so lange fixierte, bis er meinem Blick nicht mehr standhielt und seine Hände kapitulierend in die Luft warf.

»Na gut«, sagte er, »Sie bekommen einen Tag Urlaub. Unbezahlt, versteht sich. Und sollten Reporter im Gerichtsgebäude herumlungern, was zweifellos der Fall sein dürfte, so erzählen Sie denen ja nicht, dass Sie hier arbeiten. Ich möchte auf gar keinen Fall, dass meine Buchhandlung mit einer so schlimmen Sache in Verbindung gebracht wird.«

Ich erklärte mich damit einverstanden, und am Morgen des ersten Prozesstages begleitete ich Soja und Sophie in den Gerichtssaal. Als wir auf der Galerie Platz nahmen, spürten wir, wie sich alle Augen auf uns richteten. Ich merkte, wie unbehaglich Soja sich dabei fühlte, griff nach ihrer Hand und drückte diese zweimal – eine Geste, die Glück bringen sollte.

»Das gefällt mir nicht«, sagte sie leise. »Beim Reingehen hat mich ein Reporter gefragt, wer ich sei.«

»Denen musst du gar nichts sagen«, erwiderte ich. »Keiner von uns muss das. Und denk daran, wir sind denen nicht so wichtig. Die interessieren sich nur für Sophie.«

Ich wusste, diese Bemerkung war gefühllos, doch es war die Wahrheit, und ich wollte meiner Frau klarmachen, dass wir nichts zu befürchten hatten, dass wir sicher waren. Wenn sie es glaubte, dann glaubte ich es vielleicht auch.

Der Gerichtssaal war mit Schaulustigen gefüllt, und es dauerte nicht lange, bis ein Raunen durch die Bankreihen ging, denn nun öffnete sich die Tür, und Leo wurde hereingeführt, flankiert von mehreren Gendarmen. Er ließ seinen Blick durch den Saal schweifen, um uns ausfindig zu machen. Als er uns entdeckte, zeigte er ein tapferes Lächeln, mit dem, da war ich mir sicher, er die Angst kaschierte, die er tief in seinem Innern empfand. Er sah blasser und dünner aus als bei unserer letzten Begegnung. An jenem Abend, am Vorabend seiner Auseinandersetzung mit dem Polizisten, hatten wir beide in einer Bar gesessen und zu viel Rotwein getrunken, und Leo hatte mir anvertraut, dass er Sophie am ersten Weihnachtsfeiertag einen Heiratsantrag machen wollte – etwas, das sie noch immer nicht wusste. Während der Verlesung der Anklageschrift wirkte er dennoch gefasst und schaute ungerührt geradeaus, und als er auf »nicht schuldig« plädierte, tat er dies mit fester Stimme.

Der Vormittag verging mit einem langweiligen juristischen Palaver zwischen dem Richter, dem Staatsanwalt und dem Pflichtverteidiger, der unseren Freund vertrat. Am Nachmittag kam jedoch Leben in die Sache, denn nun wurden etliche Personen in den Zeugenstand gerufen, darunter auch die ältere Frau, die der Spanier zu vertreiben versucht hatte – sie sang natürlich ein Loblied auf Leo und machte den Gendarmen für den Unfall verantwortlich –, sowie der Spanier selbst, der in seiner Missbilligung von Leo unnötig hart war, vielleicht aus verletztem Stolz. Es wurden noch weitere Zeugen vernommen, die sich zur Zeit des Vorfalls auf den Stufen zur Sacré-Cœur aufgehalten und den Ermittlungsbeamten ihre Namen genannt hatten. Eine Dame, die nur wenige Zentimeter von dem Polizisten entfernt gewesen war, als dieser mit dem Kopf auf dem Boden aufschlug. Der Arzt, der ihn als Erster untersucht hatte. Der Leichenbeschauer.

»Es lief doch nicht schlecht, oder?«, fragte Sophie mich an jenem Abend, und ich nickte, obwohl ich anderer Meinung war. Aber eine kleine Aufmunterung würde ihr sicher guttun.

»Einige Zeugenaussagen waren schon hilfreich«, räumte ich ein – und verkniff es mir hinzuzufügen, dass die Mehrzahl der Zeugen Leos Verhalten als unbeherrscht und aggressiv beschrieben hatte und der Ansicht gewesen war, seine Hitzköpfigkeit habe zum Tod eines ehrbaren und unschuldigen jungen Mannes geführt.

»Morgen wird alles gut ausgehen«, sagte Soja, als sie Sophie zum Abschied umarmte. »Dessen bin ich mir sicher.«

Später stritten wir uns – es war das allererste Mal, dass Soja und ich einander anschrien. Obwohl ich sie am nächsten Tag ins Gerichtsgebäude begleiten wollte, erwähnte ich dummerweise, dass Monsieur Ferré es mir wahrscheinlich verübeln würde, wenn ich mir auch noch einen zweiten Tag freinahm. Sophie missdeutete meine Sorge um unsere Zukunft als Selbstsüchtigkeit und als Desinteresse an unseren Freunden, ein Vorwurf, der mich aufregte und verletzte.

Später, nachdem wir uns wieder vertragen hatten und zu Bett gegangen waren – es ist merkwürdig, sich daran zu erinnern, aber wir hatten beide Tränen vergossen, so wenig waren wir es gewohnt, uns zu streiten –, erklärte ich Soja, sie solle sich darauf gefasst machen, dass der Prozess anders ausgehen könne, als wir es uns wünschten.

Sie erwiderte nichts, sondern drehte sich einfach von mir weg, um zu schlafen. Ich wusste, sie war nicht so naiv, um die Wahrheit meiner Worte zu bezweifeln.

Am nächsten Tag saßen wir wieder auf denselben Plätzen, und diesmal war der Gerichtssaal bis zum Bersten gefüllt, denn jeder wollte Leos Aussage hören. Er begann nervös, doch es dauerte nicht lange, bis er seine gewohnte Selbstsicherheit wiedergewonnen hatte und eine so bemerkenswerte oratorische Leistung bot, dass ich mich einen Moment lang fragte, ob er seinen Kopf nicht doch noch aus der Schlinge ziehen konnte. Er stellte sich als einen Volkshelden dar, als einen jungen Mann, der nicht tatenlos zuschauen konnte, wenn eine ältere Frau – eine ältere *französische* Frau, wie er hervorhob – von jemandem beleidigt und misshandelt wurde, der in seinem Land zu Gast war. Er sprach davon, wie sehr er die Arbeit der Gendarmen zu schätzen wisse, und er sagte, dass er gesehen habe, wie der junge Mann das Gleichgewicht verloren habe, und dass er die Hand nach ihm ausgestreckt habe, um ihn festzuhalten, nicht um ihn zu schubsen, doch es sei zu spät gewesen. Er war bereits gestürzt. Als er sprach, war es im Gerichtssaal mucksmäuschenstill. Beim Verlassen des Zeugenstands schaute er zu Sophie, die ihn ihrerseits besorgt anlächelte; er lächelte zurück, bevor er wieder zwischen den beiden Polizisten Platz nahm, die ihn bewachten.

Der letzte Zeuge war jedoch die Mutter des jungen Gendarmen, die dem Gericht schilderte, was ihr Sohn an jenem Morgen gemacht hatte, und die ihn – vielleicht sogar zu Recht – als einen veritablen Heiligen darstellte. Sie sprach voller Stolz und Würde, wobei ihr nur einmal die Tränen kamen, und als sie am Ende ihrer Aussage angelangt war, wusste ich, dass kaum noch Hoffnung bestand.

Die Geschworenen kehrten eine Stunde später zurück. Sie befanden Leo des Mordes schuldig. Während im Gerichtssaal spontaner Applaus aufbrandete, sprang Sophie von ihrem Sitz und fiel in Ohnmacht, sodass Soja und ich sie in den Flur hinaustragen mussten.

»Das kann nicht sein, das kann nicht sein«, stammelte sie benommen, als sie auf einer der kalten Steinbänke, die die Außenmauern säumten, das Bewusstsein wiedererlangte. »Er ist unschuldig. Sie dürfen ihn mir nicht wegnehmen.«

Soja weinte nun ebenfalls, und die beiden Frauen umarmten einander, wobei sie heftig zitterten. Ich spürte, wie auch mir die Tränen in die Augen stiegen. Das war alles zu viel für mich. Ich stand auf, denn ich wollte nicht, dass die beiden sahen, wie ich die Selbstbeherrschung verlor.

»Ich geh wieder rein«, sagte ich schnell und kehrte den beiden den Rücken. »Ich will wissen, was jetzt passiert.«

Bei meiner Rückkehr in den Gerichtssaal musste ich mich durch die Menge hindurchdrängeln, bis ich einen Platz gefunden hatte, von dem aus ich verfolgen konnte, was vor sich ging. Leo stand da, käseweiß, an jeder Seite einen Gendarmen. Er sah so aus, als könnte er nicht fassen, was gerade passierte, als erwartete er, jeden Moment auf freien Fuß gesetzt zu werden, mit Entschuldigungen seitens des Gerichts. Doch diese Erwartung sollte sich nicht erfüllen.

Der Richter schlug mit seinem Hammer auf den Tisch, erbat sich Ruhe im Saal und begann, das Urteil zu verlesen.

Als ich ein paar Augenblicke später den Gerichtssaal wieder verließ, hatte ich das Gefühl, mich übergeben zu müssen. Ich eilte nach draußen, um möglichst viel frische Luft in meine Lungen zu pumpen, und während ich dies tat, begriff ich mit einem Mal die ganze Entsetzlichkeit dessen, was ich gerade gehört hatte. Ich musste mich mit einer Hand an der Mauer abstützen, damit ich nicht den Halt verlor und in aller Öffentlichkeit zusammenklappte.

Soja und Sophie, die nur zwei oder drei Meter von mir entfernt waren, drehten sich um und hörten für einen Augenblick auf zu weinen, um mich verständnislos anzustarren.

»Was ist denn?«, fragte Sophie, als sie auf mich zulief. »Los, Georgi, sag es mir! Was ist passiert?«

Ich schüttelte den Kopf. »Ich kann nicht«, sagte ich.

»Los, sag es mir!«, wiederholte sie, wobei sie nun schrie. »Sag es mir, Georgi!« Sie ohrfeigte mich, einmal, zweimal, dreimal, mit aller Kraft. Und dann ballte sie ihre Hände zu Fäusten und trommelte auf meine Schultern ein, aber ich spürte nichts, sondern stand einfach nur da, bis Soja sie von mir wegzog. »Sag es mir!«, schrie sie weiterhin, doch ihre Worte gingen in einem so jammervollen Schluchzen unter, dass man sie kaum verstehen konnte.

»Georgi?«, fragte Soja, wobei sie mich anschaute und nervös schluckte. »Georgi, was ist? Wir müssen es wissen. Du musst es ihr sagen.«

Ich nickte und schaute sie an, unsicher, wie ich etwas so Unaussprechliches in Worte fassen sollte.

Die Hinrichtung fand am darauffolgenden Morgen statt. Weder Soja noch ich waren dabei zugegen. Sophie durfte noch dreißig Minuten mit ihrem Lebensgefährten verbringen, bevor er in den Hof geführt und guillotiniert wurde. Ich war entsetzt – mehr als entsetzt –, als ich erfuhr, dass dies seine Strafe sein sollte, dass eine Tötungsvorrichtung, die ich mit der Französischen Revolution in Verbindung brachte, auch noch über ein Jahrhundert später Anwendung fand, um Todesurteile zu vollstrecken. Es war schlicht barbarisch. Keiner von uns dreien konnte glauben, dass man unserem Freund eine solche Strafe zugemessen hatte – ihm, diesem gut aussehenden, witzigen, vor Leben sprühenden jungen Mann. Doch es gab kein Entrinnen. Das Urteil war verkündet und wurde binnen vierundzwanzig Stunden vollstreckt.

Danach hatte Paris seinen Reiz für uns verloren. Ich reichte Monsieur Ferré meine schriftliche Kündigung ein, der meinen Brief jedoch zerriss, ohne ihn gelesen zu haben, und mir sagte, es spiele keine Rolle, was darin stehe, denn er hätte mich in jedem Fall gefeuert.

Es spielte keine Rolle.

Sophie besuchte uns noch einmal, bevor sie das Land verließ, und bedankte sich für unsere Hilfe. Sie versprach, uns zu schreiben, sobald sie – wo auch immer – angekommen war.

Auch Soja und ich beschlossen, Paris zu verlassen. Es war ihre Entscheidung, aber ich hatte nichts dagegen einzuwenden.

In unserer letzten Nacht in der Stadt saßen wir in unserer leeren Wohnung und schauten durch das Fenster auf die Türme der vielen Kirchen, mit denen die Stadt übersät war.

»Es war meine Schuld«, sagte sie.

Die Reise nach Jekaterinburg

Als ich mich in jener Nacht in eines der schmalen Feldbetten fallen ließ, die entlang der Wände des Waggons der Leibgardisten aufgestellt waren, bezweifelte ich, dass mir Schlaf vergönnt sein würde. Der Tag war unschön ausgeklungen: Der Zar war in eine tiefe Depression gesunken, und diejenigen von uns, die seiner unmittelbaren Entourage angehörten, zeigten sich betreten und tieftraurig. Ich gebe es nur ungern zu, aber ich schluchzte in mein Kopfkissen, denn ich war bis ins Innerste aufgewühlt, und obwohl mir schließlich die Augen zufielen, ließen mich meine wirren Träume nicht zur Ruhe kommen. In jener Nacht wachte ich immer wieder auf, jedes Mal desorientiert und verängstigt. Doch irgendwann fiel ich in einen tieferen Schlummer, und als ich die Augen wieder öffnete, war nicht nur die Nacht vorüber, sondern auch ein Großteil des Vormittags. Ich blinzelte und wartete darauf, dass sich die Ereignisse des Vortags als Traumgespinst erweisen würden, doch anstatt zu verblassen und sich in Luft aufzulösen, wurden sie immer deutlicher und verfestigten sich, und da erkannte ich, dass das Unvorstellbare tatsächlich eingetreten war.

Sonnenlicht strömte durch die Fenster hinein. Ich blickte um mich, um zu sehen, wer sich sonst noch im Waggon aufhielt, doch zu meiner großen Überraschung war ich mutterseelenallein. In diesem Teil des Zuges wimmelte es fast immer von Mitgliedern der Leibgarde, die schliefen oder zu schlafen versuchten, die sich ankleideten, sich unterhielten oder sich in die Haare gerieten. Jetzt herrschte eine gespenstische Stille. Ich stieg langsam aus dem Bett, schlüpfte in Hemd und Hose und spähte vorsichtig nach draußen, in das Dickicht der kalten, endlosen Wälder, die sich zu beiden Seiten des Zuges über Hunderte von Kilometern erstreckten.

Im Laufschritt durchquerte ich den Speisewagen, das Spielzimmer und die Waggons mit den Privatgemächern der Großfürstinnen, bis ich schließlich vor dem privaten Arbeitszimmer des Zaren stand. Ich klopfte an die Tür, hinter der der Zar am vorangegangenen Nachmittag auf seinen Thronanspruch und den seines Sohnes verzichtet hatte. Als niemand antwortete, beugte ich mich vor und legte mein Ohr an das Holz, um zu hören, ob sich drinnen etwas regte.

»Euer Majestät«, rief ich, fest entschlossen, ihn weiterhin mit seinem Titel anzureden, und klopfte erneut an die Tür. »Euer Majestät, kann ich Euch irgendwie zu Diensten sein?«

Da ich auch diesmal keine Reaktion vernahm, öffnete ich die Tür und fand den Raum genauso verlassen vor wie kurz zuvor mein Schlafquartier. Ich runzelte die Stirn und fragte mich, wo der Zar wohl sein mochte – er vergrub sich jeden Vormittag in seinem privaten Arbeitszimmer, um seinen Papierkram zu erledigen. Ich konnte mir nicht vorstellen, dass sich daran etwas geändert hatte, selbst unter den neuen Umständen nicht, die seit dem gestrigen Tag herrschten. Schließlich mussten nach wie vor Briefe geschrieben, Papiere unterzeichnet und Entscheidungen gefällt werden. Es war nun noch wichtiger als zuvor, dass er sich um seine Angelegenheiten kümmerte. Nachdem ich einen Blick zurück in den Gang geworfen hatte, um mich zu vergewissern, dass sich dort niemand näherte, begab ich mich zum Schreibtisch des Zaren und durchblätterte schnell die Papiere, die dort liegen geblieben waren. Es handelte sich um komplizierte politische Dokumente, die mir nichts sagten. Frustriert wandte ich mich ab und bemerkte, dass das Foto der Zarenfamilie, das immer auf dem Schreibtisch gestanden hatte, aus seinem silbernen Rahmen entfernt worden war. Ich starrte den leeren Bilderrahmen einen Moment lang an, nahm ihn und betrachtete ihn von allen Seiten, als könnte er mir irgendwelche Hinweise auf den Aufenthaltsort des Zaren liefern, stellte ihn aber wenig später wieder zurück und beschloss, unverzüglich auszusteigen.

Der Zug hatte sich seit der letzten Nacht nicht bewegt. Als ich hinabsprang, knirschten meine Stiefel laut auf dem Schotter neben den Bahnschwellen. Etwas weiter vorn konnte ich Peter Iljitsch Maksi erkennen, einen anderen Leibgardisten, der schon zum Gefolge des Zaren gehört hatte, als ich in St. Petersburg eingetroffen war. Wir waren nie gut miteinander ausgekommen, und für gewöhnlich machte ich einen Bogen um ihn. Als einem ehemaligen Mitglied des Pagenkorps war ihm meine Anwesenheit bei Hofe ein Dorn im Auge, und es hatte ihn besonders gewurmt, als man mich meiner, wie er es nannte, »Babysitter«-Pflichten gegenüber dem Zarewitsch entbunden und hierher mitgenommen hatte, sodass ich nun ebenfalls zum unmittelbaren Gefolge des Zaren gehörte. Da er aber der einzige Mensch weit und breit zu sein schien, blieb mir keine andere Wahl, als mich an ihn zu wenden.

»Peter Iljitsch«, sagte ich und ging auf ihn zu, wobei ich versuchte, mich nicht von der griesgrämigen Miene einschüchtern zu lassen, mit der er mich musterte, als wäre ich ein lästiges Ärgernis, das ihm den Morgen verdarb. Er kaute lange auf dem Mundstück seiner Zigarette herum, bevor er sich einen letzten Zug genehmigte und sie dann auf den Boden warf, wo er sie mit dem Stiefelabsatz zertrat.

»Mein Freund«, sagte er und nickte mir zu – seine Stimme triefte vor Sarkasmus. »Guten Morgen.«

»Was ist hier los?«, fragte ich. »Wo sind die anderen? Der Zug ist ja völlig leer.«

»Die sind alle da vorne«, sagte er und deutete mit dem Kopf in Richtung des ersten Waggons. »Jedenfalls alle, die noch übrig geblieben sind.«

»Übrig geblieben?«, fragte ich und zog eine Augenbraue hoch. »Was meinst du damit?«

»Hast du nichts mitbekommen?«, fragte er mich. »Du weißt nicht, was sich letzte Nacht zugetragen hat?«

Ich spürte, wie eine panische Angst in mir emporstieg, doch ich wollte mir nicht ausmalen, was er meinte. »Sag es mir einfach, Peter«, bat ich ihn. »Wo ist der Zar?«

»Es gibt keinen Zaren mehr«, sagte er mit einem Achselzucken, als wäre dies die selbstverständlichste Sache der Welt. »Er ist gegangen. Wir sind ihn endlich los.«

»Gegangen?«, fragte ich. »Aber wohin ist er gegangen? Du meinst doch nicht etwa ...«

»Er hat abgedankt.«

»Das weiß ich bereits«, blaffte ich ihn an. »Aber wohin ...«

»Sie haben einen Zug für ihn kommen lassen, mitten in der Nacht.«

»Wer hat einen Zug kommen lassen?«

»Unsere neue Regierung. Erzähl mir nicht, du hast das alles verpennt! Dann ist dir nämlich ein tolles Spektakel entgangen!«

Mir fiel ein Stein vom Herzen, als ich dies hörte – er war also noch am Leben, und dies bedeutete, dass seiner Familie vermutlich auch kein Haar gekrümmt worden war –, doch auf meine Erleichterung folgte sogleich der dringende Wunsch zu erfahren, wo man sie hingebracht hatte.

»Was kümmert dich das überhaupt?«, fragte mich Peter, wobei er die Augen zusammenkniff und seine Hand nach mir ausstreckte, um mir ein paar Staubkörner vom Kragen zu wischen – eine aggressive Geste, die mich zurückschrecken ließ.

»Es kümmert mich kein bisschen«, log ich, denn ich spürte, wie sehr sich die Welt über Nacht verändert hatte und dass neue Gefahren in ihr lauerten. »Es interessiert mich eben.«

»Dich interessiert, was mit Romanow geschehen ist?«

»Ja, ich möchte es wissen, das ist alles«, beharrte ich. »Ich bin zu Bett gegangen ... ich weiß nicht, ich muss ziemlich erschöpft gewesen sein. Ich habe es wohl verschlafen. Von einem anderen Zug habe ich jedenfalls nichts mitbekommen.«

»Wir sind alle erschöpft«, sagte er und zuckte mit den Schultern. »Aber jetzt ist es vorbei. Von nun an wird alles besser werden.«

»Was für ein Zug war das?«, fragte ich und ignorierte das offensichtliche Vergnügen, das ihm die Abdankung des Zaren bereitete. »Wann ist er hier eingetroffen?«

»Na, so gegen zwei oder drei Uhr morgens«, sagte er und zündete sich die nächste Zigarette an. »Die meisten von uns haben geschlafen, nehme ich an. Aber ich nicht. Ich wollte mit eigenen Augen sehen, wie sie ihn wegbrachten. Der Zug kam aus St. Petersburg, auf demselben Gleis, und hielt etwa anderthalb Kilometer entfernt von uns an. An Bord war ein Trupp Soldaten mit einem Haftbefehl für Nikolaus Romanow.«

»Sie haben ihn verhaften lassen?«, fragte ich entgeistert, tat ihm jedoch nicht den Gefallen, auf seine respektlose Titulierung des Zaren einzugehen. »Aber wieso? Er hatte doch getan, was sie von ihm verlangten.«

»Die Soldaten sagten, es sei zu seinem eigenen Schutz. Dass er nicht in die Hauptstadt zurückkehren könne, weil er dort nicht sicher sei. Da geht alles drunter und drüber. Es gibt ständig Ausschreitungen. Im Palast wimmelt es von Leuten. Der Mob stürmt die Läden auf der Suche nach Brot und Mehl. Es herrscht totale Anarchie. Was natürlich alles seine Schuld ist.«

»Deine Kommentare kannst du dir sparen«, zischte ich ihn an, denn allmählich riss mir die Geduld, und ich packte ihn beim Kragen. »Sag mir einfach, wo sie ihn hingebracht haben.«

»He, Georgi, lass mich los!«, schrie er und starrte mich überrascht an, als er sich aus meinem Griff herauswand. »Was ist denn los mit dir?«

»Was mit mir los ist?«, fragte ich. »Der Mann, dem wir gedient haben, ist in Gewahrsam genommen worden, und du stehst da und rauchst Zigaretten, als wäre heute ein Morgen wie jeder andere.«

»Aber es ist ein herrlicher Morgen«, sagte er, offenkundig darüber erstaunt, dass ich seine Gefühle nicht teilte. »Hast du dich nicht auch nach diesem Tag gesehnt?«

»Warum haben sie nicht diesen Zug hier genommen?«, fragte ich, ohne auf seine Frage einzugehen, und deutete auf das kaiserliche Transportmittel, auf die insgesamt fünfzehn Waggons, die nun auf diesen Schienen gestrandet waren. »Warum haben sie einen anderen geschickt?«

»Romanow muss auf seinen gewohnten Luxus verzichten«, erzählte er. »Er ist jetzt ein Gefangener, verstehst du? Er besitzt nichts mehr. Er hat kein Geld. Dieser Zug gehört ihm nicht mehr. Dieser Zug gehört jetzt Russland.«

»Bis gestern war *er* Russland.«

»Aber jetzt ist heute.«

Ich war drauf und dran, ihn herauszufordern, ihn am Kragen zu packen und ihm einen kräftigen Nasenstüber zu versetzen, damit er zurückschlug und ich dann meine Wut an ihm auslassen konnte, doch es war sinnlos.

»Georgi Daniilowitsch«, sagte er lachend und schüttelte den Kopf. »Ich kann es nicht glauben. Du bist tatsächlich das Hündchen des Zaren, nicht wahr?«

Angesichts dieser Bemerkung schürzte ich angewidert die

Lippen. Ich wusste, dass es unter den Mitgliedern der kaiserlichen Entourage so manchen gab, der den Zaren und alles, wofür dieser stand, verachtete, doch ich empfand für den Mann eine Loyalität, die durch nichts zu erschüttern war. Er hatte mich gut behandelt, das stand außer Frage, und ich würde ihn jetzt nicht verleugnen – ungeachtet der möglichen Folgen.

»Ich bin sein Diener«, sagte ich. »Bis ans Ende meiner Tage.«

»Ach ja?«, murmelte er, wobei er auf den Staub unter seinen Füßen hinabschaute und mit der Stiefelspitze in den Boden stieß. Ich drehte mich von ihm weg, denn ich wollte mich nicht mehr mit ihm unterhalten und blickte in die Ferne, nach Norden, in Richtung St. Petersburg. Natürlich würden sie ihn nicht dorthin zurückbringen. Wenn die Unruhen tatsächlich so schlimm waren, wie Peter Iljawitsch gesagt hatte, dann würde man ihn mitten auf dem Palaisplatz bei lebendigem Leib in Stücke reißen. Ich drehte mich wieder zu Peter um, entschlossen, noch weitere Antworten aus ihm herauszuholen, doch er war inzwischen gegangen. Als ich zum vordersten Waggon blickte, konnte ich dort das Geräusch anderer Stimmen vernehmen, von Leuten, die sich laut unterhielten und stritten, aber nicht so deutlich, dass ich mitbekam, worum es ging. Zur linken Seite des Zuges bemerkte ich zwei Automobile, die am Vortag noch nicht dort gestanden hatten, und plötzlich packte mich die Angst vor dem, was womöglich als Nächstes passierte.

Ich hatte gegenüber Peter Iljawitsch kein Blatt vor den Mund genommen, und wahrscheinlich erstattete er gerade über mich Bericht.

Ich schluckte nervös, machte auf dem Absatz kehrt und begann, langsam in Richtung Zugende zu gehen, als der letzte Waggon in Sicht kam, beschleunigte ich meine Schritte.

Als ich kurz über meine Schulter blickte, konnte ich niemanden hinter mir sehen, doch ich wusste, mir blieben nur noch wenige Augenblicke, bis sie sich an meine Fersen hefteten. Ich war ja nichts weiter als ein gewöhnlicher Muschik, der es im Leben merkwürdigerweise zu etwas gebracht hatte. Den Zaren ließen sie womöglich am Leben – er war schließlich eine Trophäe. Aber was war ich? Doch bloß jemand, der einem Romanow das Leben gerettet und einem anderen als Leibwächter gedient hatte.

Vor mir tat sich der Wald auf. Ich überquerte die Schienen und tauchte in ein Meer von Tannen und Föhren, von Zedern und Lärchen, die dicht beieinanderstanden. Durch meinen keuchenden Atem und das Rauschen der Zweige glaubte ich die Stimmen der Soldaten zu hören, die mich verfolgten, ihre Gewehre im Anschlag, fest entschlossen, mich zur Strecke zu bringen. Ich hielt einen Moment inne und schnappte nach Luft und … ja, es stimmte, sie waren hinter mir her. Ich hatte es mir nicht bloß eingebildet.

Ich war kein Mitglied der Leibgarde mehr – dieser Abschnitt meines Lebens war unwiderruflich vorbei. Ich war nun auf der Flucht, rechtlos und geächtet.

Es war fast Oktober, als ich nach St. Petersburg zurückkehrte. Ich wusste nicht, ob ich noch immer in Gefahr schwebte, doch allein die Vorstellung, von den Bolschewiki geschnappt und ermordet zu werden, sorgte dafür, dass ich ständig auf der Hut war, um möglichen Verfolgern immer einen Schritt voraus zu sein. Aus demselben Grund war ich auch nicht sofort in die Stadt zurückgekehrt, sondern hatte mich lieber in Ortschaften entlang des Weges versteckt. Ich schlief, wo immer ich einen geschützten, abgeschiedenen Winkel finden konnte, und um mir den Gestank vom Körper zu waschen, war ich in Flüssen geschwommen. Ich hatte mir die Haare wachsen und einen stoppeligen Bart stehen lassen, der mein Gesicht so verbarg, dass mich niemand als den jungen achtzehnjährigen Soldaten wiedererkannt hätte, der ich am Ende der Romanow-Dynastie gewesen war. Da ich ständig in Bewegung war, wurde ich immer kräftiger, und ich lernte, Tiere zu töten und sie zu häuten, sie auszunehmen und über dem offenen Feuer zuzubereiten; indem ich ihr Leben opferte, rettete ich meins.

Gelegentlich machte ich in kleinen Dörfern Halt, wo man mir für ein paar Tage Arbeit Kost und Logis gewährte. Ich quetschte die Bauern nach politischen Neuigkeiten aus, und es überraschte mich, dass eine provisorische Regierung, die sich damit brüstete, die Interessen des Volkes zu vertreten, so wenig Informationen über ihre Aktivitäten an die Außenwelt dringen ließ. Ich erfuhr jedoch immerhin, dass nun ein Mann namens Wladimir Iljitsch Uljanow – den alle als Lenin kannten – in Russland das Sagen hatte und, in völligem Gegensatz zum Zaren, sein Hauptquartier von St. Petersburg nach Moskau in den Kreml verlegt hatte, einen Ort, den Nikolaus immer verabscheut und nur im Ausnahmefall besucht hatte. Dort waren alle Zaren gekrönt worden, und ich kam nicht umhin, mich zu fragen, ob Lenin diese Tradition vor Augen gehabt hatte, als er sein neues Machtzentrum auswählte.

Als ich schließlich zurückkehrte, hatte sich St. Petersburg – oder Petrograd – beträchtlich verändert, doch ich erkannte es immer noch wieder. Die Paläste entlang der Newa waren verrammelt, und ich fragte mich, wo all die Fürsten, Grafen und Herzoginwitwen untergekommen sein mochten. Sie waren natürlich mit Königshäusern überall in Europa verwandt oder verschwägert. Zweifellos waren einige von ihnen nach Dänemark geflohen, andere nach Griechenland. Die robusteren Naturen hatten womöglich das europäische Festland durchquert und sich nach England eingeschifft, wie es der Zar vorgehabt hatte. Sie waren jedenfalls nicht hier. Nicht mehr.

Die Flussufer, an denen es einstmals von Equipagen gewimmelt hatte, die ihre reichen Insassen zum Schlittschuhlaufen zu den zugefrorenen Seen oder zu geselligen Abenden in ihren Herrenhäusern transportierten, waren nun verwaist, einmal abgesehen von den Bauern, die das Trottoir entlanghasteten, verzweifelt darauf bedacht, nach Hause zu gelangen, der Kälte zu entfliehen und die kümmerlichen Speisereste zu vertilgen, die sie tagsüber in der Stadt hatten auftreiben können.

Es war klirrend kalt in jenem Winter, daran erinnere ich mich noch. Die Luft auf dem Palaisplatz war dermaßen frostig, dass mir jeder Windstoß in die Wangen, die Ohren und die Nasenspitze biss und ich mir die Fingernägel tief in meine Handteller bohrte, um mich davon abzuhalten, vor Schmerz laut aufzuschreien. Ich stand im Schatten der Kolonnaden, und als ich auf mein einstiges Domizil blickte, musste ich daran denken, wie sehr sich die Dinge verändert hatten, seitdem ich hier vor zwei Jahren angekommen war, so naiv und arglos, so begierig auf ein anderes Leben als das, das ich in Kaschin zu ertragen gehabt hatte. Was würde meine Schwester Asja jetzt von mir halten, wie ich hier an einer Mauer kauerte, die Arme fest um mich geschlungen, um mir wenigstens etwas Wärme zu verschaffen?

Wahrscheinlich würde sie mich kein bisschen bedauern, sondern denken, dies geschehe mir ganz recht.

Ich wusste nicht, wie es der kaiserlichen Familie ergangen war, und unterwegs, als ich von Dorf zu Dorf gezogen war, hatte ich über ihr Schicksal herzlich wenig in Erfahrung bringen können. Ich vermutete, dass man sie eine Zeit lang festgehalten und dann, Anastasias schlimmste Befürchtung, ins Exil geschickt hatte, dass man sie über das europäische

Festland nach England verbracht hatte, wo König Georg sie zweifellos mit einer familiären Umarmung empfangen hatte, um sich anschließend zu fragen, was um Himmels willen er nun mit diesen Romanows anfangen sollte.

Natürlich spukte mir Anastasias Gesicht fortwährend im Kopf herum, nicht nur am Tage, wenn ich unterwegs war, sondern auch während der Nacht, wenn ich zu schlafen versuchte. Ich träumte von ihr, und ich verfasste im Geist Briefe und Sonette sowie allerlei törichte Poesie. Ich hatte ihr geschworen, dass ich sie nie im Stich lassen würde, dass ich, was immer geschehen mochte, für sie da wäre. Doch seit wir uns zum letzten Mal gesehen hatten – in jener Nacht, als sie mich, bedrückt vom Unglück ihrer Familie, in meiner Kammer im Winterpalais besucht hatte –, waren fast neun Monate verstrichen. Wir hatten nicht gedacht, dass dies ein Abschied sein würde, doch der Zar hatte beschlossen, am darauffolgenden Morgen in aller Frühe abzureisen, bevor seine Familie aufgestanden war, und es war meine Pflicht gewesen, ihn zu begleiten. Ich malte mir oft aus, wie aufgeregt Anastasia gewesen sein musste, als sie nach dem Aufstehen festgestellt hatte, dass ich verschwunden war.

Ob sie wohl von mir träumte, so wie ich von ihr träumte, wenn ich in Scheunen und Ställen übernachtete und durch die Ritzen zwischen den Holzbrettern über mir den Sternenhimmel sah? Schlief sie vielleicht zur selben Zeit ein und blickte dabei auf einen silbern funkelnden Himmel über London? Fragte sie sich, wo ich wohl sein mochte, und stellte sie sich genauso vor, ich würde unter demselben Nachthimmel liegen wie sie? Und ihren Namen vor mich hin flüstern und sie bitten, mir zu vertrauen? Das waren schwere Tage. Hätte ich ihr schreiben können, so hätte ich es getan, doch wohin hätte ich den Brief schicken sollen? Wäre es möglich gewesen, sie zu treffen, so wäre ich durch Wüsten und Einöden marschiert. Doch wohin hätte ich gehen sollen? Ich hatte nicht den geringsten Anhaltspunkt, und nur hier, nur in St. Petersburg – ja, für mich würde es immer St. Petersburg sein, nie Petrograd – konnte ich vielleicht jemanden finden, der mir meine Fragen beantwortete.

Ich hielt mich schon fast eine Woche in der Stadt auf, als ich endlich einen Fingerzeig erhielt. Ich hatte mir gerade ein paar Rubel verdient, indem ich geholfen hatte, Fässer mit Getreide zu entladen und in der Vorratskammer eines neuen, von der Regierung eingerichteten Lagerhauses zu verstauen, und beschlossen, mir eine warme Mahlzeit zu gönnen – ein Luxus, den ich mir nur selten gestattete. Ich saß am Kaminfeuer eines warmen, gemütlichen Gasthauses, löffelte eine Schüssel Schtschi und trank Wodka, um wieder einmal ein paar einfache Freuden zu genießen, um wieder ein junger Mann, um wieder Georgi zu sein. In diesem Moment fiel mir am Nachbartisch ein Bursche auf, der ein paar Jahre älter war als ich und der im Laufe des Abends immer betrunkener wurde. Er war glatt rasiert und trug die Uniform der provisorischen Regierung, ein Bolschewik bis in die Knochen. Aber etwas an ihm sagte mir, dass ich gefunden hatte, wonach ich suchte.

»Du siehst unglücklich aus, mein Freund«, sagte ich, und er wandte sich mir zu und starrte mich einen Moment lang an, wobei er mein Gesicht eingehend musterte, als überlegte er, ob er sich mit mir abgeben sollte oder nicht.

»Ach was«, sagte er und wedelte mit der Hand in der Luft herum. »Ich war unglücklich, das stimmt.« Er hob die Flasche Wodka in die Höhe und lächelte mich an. »Aber jetzt nicht mehr.«

»Ich verstehe«, sagte ich und prostete ihm mit meinem Glas zu. »Sa was.«

»Sa was«, erwiderte er und kippte den Inhalt seines Glases auf einen Zug hinunter, um es gleich wieder zu füllen.

Ich wartete ein paar Augenblicke, und dann ging ich zu ihm hinüber und nahm an seinem Tisch Platz. »Darf ich?«, fragte ich ihn.

Er beäugte mich argwöhnisch, doch dann zuckte er die Achseln. »Ja, von mir aus.«

»Du bist Soldat«, sagte ich.

»Ja. Und du?«

»Ich bin Bauer.«

»Wir brauchen mehr Bauern«, sagte er mit betrunkener Entschlossenheit und ließ seine Fäuste auf die Tischplatte krachen. »So werden wir reich. Durch Getreide.«

»Da hast du recht«, sagte ich und schenkte uns beiden noch einen Wodka ein. »Dank euch Soldaten werden wir bald alle reich sein.«

Er atmete laut aus und schüttelte den Kopf, einen Ausdruck von tiefer Desillusionierung auf dem Gesicht. »Mach dir nichts vor, mein Freund«, sagte er. »Keiner weiß, was sie vorhaben. Sie hören nicht auf Leute wie mich.«

»Aber es geht uns doch allen viel besser als vorher, oder?«, fragte ich mit einem Lächeln, denn obwohl er mit seinem Los unzufrieden war, gehörte seine Loyalität wahrscheinlich den Revolutionären. »Ich meine, besser als unter dem Za…, also unter Nikolaus Romanow.«

»Das stimmt«, sagte er, wobei er über den Tisch langte, um mir die Hand zu schütteln, als wären wir Brüder. »Egal, was sonst noch passieren mag, wir sind heute alle besser dran, dank der Veränderungen, die es gegeben hat. Diese verdammten Romanows«, fügte er hinzu und spuckte auf den Fußboden, woraufhin der Wirt ihm lautstark zu verstehen gab, er solle sich in seinem Lokal anständig aufführen, sonst würde er ihn rauswerfen.

»Was ist also los mit dir?«, fragte ich. »Warum bist du so unglücklich? Geht es vielleicht um eine Frau?«

»Ich wünschte, es wäre so«, erwiderte er verbittert. »Im Moment sind Frauen das Letzte, was mir Kummer bereitet. Nein, es ist nichts, mein Freund. Ich möchte dich nicht damit langweilen. Ich hatte heute etwas erwartet, von einem kleinen Bürokraten, aber ich bin enttäuscht worden. Das ist alles. Und deshalb ertränke ich meine Sorgen im Alkohol. Natürlich werde ich morgen noch immer enttäuscht sein, aber das wird schon vergehen.«

»Du wirst auch einen ziemlichen Brummschädel haben.«

»Der wird auch vergehen.«

»Du bist ein enger Vertrauter von Lenin?«, fragte ich, denn ich war mir sicher, ich würde herausbekommen, was ich wissen wollte, wenn ich ihm ordentlich Honig ums Maul schmierte.

»Natürlich nicht. Ich bin ihm nie begegnet.«

»Aber wie ...«

»Ich habe andere Beziehungen. Es gibt mächtige Männer, die große Stücke auf mich halten.«

»Das glaube ich dir aufs Wort«, sagte ich, darauf bedacht, ihn bei Laune zu halten. »Es sind Männer wie du, die dieses Land verändern.«

»Erzähl das mal meinem kleinen Bürokraten.«

»Darf ich dich fragen ...« Ich hielt inne, denn ich wollte nicht zu wissbegierig erscheinen. »Also, bist du einer der Helden, die für die Entfernung der Romanows verantwortlich waren? Sollte dies der Fall sein, dann sag es mir jetzt, damit ich dir einen ausgeben kann, denn wir armen Muschiks sind dir zu großem Dank verpflichtet.«

Er zuckte mit den Schultern. »Nein, eigentlich nicht«, räumte er ein. »Der Papierkram, vielleicht. Aber mehr habe ich damit nicht zu tun gehabt.«

»Ach, wirklich?«, sagte ich, wobei mein Herz höherschlug. »Glaubst du, man wird sie jemals zurückkehren lassen?«

»Nach Petrograd?«, fragte er stirnrunzelnd. »Nein. Definitiv nicht. Man würde sie in Stücke reißen. Die Leute würden das niemals akzeptieren. Nein, wo sie sich jetzt befinden, sind sie sicherer.«

Ich atmete erleichtert auf und versuchte, meinen erleichterten Seufzer mit einem Husten zu kaschieren. Das war ein klarer Hinweis darauf, dass sie noch am Leben waren – dass *sie* noch am Leben war!

»Sie werden sich an das Klima gewöhnen müssen«, sagte ich und lachte dabei, um sein Vertrauen zu gewinnen. »Es heißt, die Winter dort seien kalt, wenn auch nicht so kalt wie unsere hier.«

»In Tobolsk?«, fragte er und zog eine Augenbraue hoch. »Keine Ahnung. Aber man wird sich um sie kümmern. Das Haus des Gouverneurs von Sibirien mag kein Palast sein, aber es ist eine noblere Unterkunft als wir beide jemals haben werden. Solche Leute wissen eben, wie man überlebt. Sie sind wie Katzen – sie landen immer auf ihren Füßen.«

Ich musste mich am Riemen reißen, um vor Überraschung nicht laut aufzuschreien. Sie waren also gar nicht in England. Sie weilten nach wie vor in Russland. Man hatte sie nach Tobolsk gebracht, einem Ort hinter dem Ural. Tief in Sibirien. Das war natürlich weit weg. Aber ich konnte dort hingehen. Ich konnte *sie* finden.

»Das ist natürlich streng geheim, mein Freund«, sagte er, wobei er nicht so klang, als kümmerte es ihn, ob ich diese Information für mich behielt oder nicht. »Ich meine, wo man sie festhält. Das darfst du niemandem erzählen.«

»Keine Bange«, erwiderte ich, erhob mich und ging, nachdem ich ein paar Rubel auf den Tisch geworfen hatte, um seine und meine Zeche zu begleichen – das hatte er verdient, fand ich. »Ich habe nicht vor, mit irgendjemandem darüber zu sprechen.«

Ich verließ St. Petersburg und reiste gen Osten, vorbei an Wologda, Wjatka und Perm, bis in die Westsibirische Tiefebene. Inzwischen war es über ein Jahr her, dass ich Anastasia zum letzten Mal gesehen hatte, und es lag fast genauso lange zurück, dass aus dem Zaren ein schlichter Nikolaus Romanow geworden war. Ich kam abgemagert und hungrig jenseits des Urals an, aber der sehnsüchtige Wunsch, mein Mädchen wiederzusehen und es zu beschützen, trieb mich voran. Ich war von der langen Reise geschwächt, und hätte ich einen Spiegel dabeigehabt, so hätte ich festgestellt, dass ich ein Jahrzehnt älter aussah als es meinem wahren Alter entsprach.

Die Reise war eine einzige Strapaze gewesen. Kurz vor Wjatka bekam ich Fieber, doch zu meinem Glück nahmen mich ein Bauer und seine Frau in ihrem Haus auf und pflegten mich wieder gesund, wobei sie sich mein deliriöses Gebrabbel anhörten, ohne mir daraus einen Strick zu drehen. An meinem letzten Abend in ihrem Haus saß ich am Kaminfeuer, und die Frau des Bauern, ein kräftiges Weibsbild namens Polina Pawlowna, legte ihre Hand auf meine – eine vertrauliche Geste, die mich überraschte.

»Du musst vorsichtig sein, Pascha«, sagte sie zu mir, denn als sie mich am ersten oder zweiten Tag nach meinem Namen gefragt hatte, war mir dieser im Fieberwahn nicht eingefallen, und ich hatte ihr stattdessen den verhassten Kosenamen aus meiner Kindheit genannt. »Was du dir vorgenommen hast, ist nicht ungefährlich.«

»Was ich mir vorgenommen habe?«, fragte ich, denn während meiner Genesung hatte ich ihnen erzählt, dass ich zu meiner Familie zurückreiste, die in Surgut lebte, um meinem Vater bei der Landarbeit zu helfen. »Was soll daran gefährlich sein?«

»Als Luka und ich uns kennenlernten, da war mein Vater dagegen«, flüsterte sie mir zu. »Doch das kümmerte uns nicht, denn unsere Liebe war stark genug. Aber mein Vater war ein armer Mann, ein ganz gewöhnlicher Mensch. In deinem Fall ist das völlig anders.«

Ich schluckte nervös, denn ich fragte mich, wie viel ich auf dem Krankenbett preisgegeben hatte. »Polina ...«, begann ich.

»Du musst dir keine Sorgen machen«, sagte sie und lächelte mich an. »Du hast es nur mir erzählt. Und ich habe es keinem weitererzählt. Nicht einmal Luka.«

Ich nickte und schaute zum Fenster hinaus. »Ist es noch weit?«, fragte ich.

»Ja, du wirst noch Wochen brauchen«, sagte sie. »Aber sie werden alle wohlauf sein. Dessen bin ich mir sicher.«

»Wie kannst du das wissen?«, fragte ich.

»Weil ihre Geschichte nicht in Tobolsk endet«, sagte sie leise, wobei sie mit einem bekümmerten Gesichtsausdruck von mir wegschaute. »Und die Großfürstin, also die, die du liebst – ihre Geschichte ist noch lange nicht abgeschlossen.«

Ich wusste nicht, was ich dazu sagen sollte, und deshalb hielt ich lieber den Mund. Ich war kein abergläubischer Mensch, und von Hellseherei oder dem Zweiten Gesicht alter Frauen hielt ich rein gar nichts. Der Starez hatte mich damit nicht beeindrucken können, und einer Bauersfrau aus Wjatka würde dies auch nicht gelingen. Trotzdem hoffte ich inständig, dass sie recht hatte.

»Der Zar ist hier einmal durchgereist, weißt du?«, sagte sie zu mir, bevor ich ging. »Als ich noch ein junges Mädchen war.«

Ich runzelte die Stirn, denn sie war eine ältere Frau. Ich konnte es kaum glauben.

»Nicht dein Zar«, sagte sie, wobei sie kurz lachte. »Sein Großvater, Alexander II. Das war nur wenige Wochen, bevor er getötet wurde. Er kam und ging wie der Blitz. Die ganze

Stadt war erschienen, um ihn zu sehen, doch er nahm kaum von uns Notiz und galoppierte auf seinem Ross einfach an uns vorbei, aber trotzdem hatten wir alle das Gefühl, uns habe die Hand Gottes berührt. Das kann man sich heute kaum noch vorstellen, nicht wahr?«

»Ja, kaum«, räumte ich ein.

Am darauffolgenden Tag brach ich auf, und ich hatte das Glück, während des Rests meiner Reise gesund zu bleiben. Anfang Juli traf ich in Tobolsk ein. In der Stadt wimmelte es von Bolschewiki, aber keiner von ihnen interessierte sich für mich. Sie suchten nicht mehr nach mir. Ich war schließlich nur ein kleiner Gefolgsmann gewesen, ein Niemand. Falls sie jemals vorgehabt hatten, mich nach der Verhaftung des Zaren dingfest zu machen, so hatten sie schon lange davon Abstand genommen.

Die Residenz des Gouverneurs ausfindig zu machen, war ein Kinderspiel. Als ich mich ihr am Spätnachmittag näherte, hatte ich erwartet, das Haus schwer bewacht vorzufinden. Ich war mir nicht ganz sicher gewesen, was ich tun sollte, wenn ich dort eintraf, doch ich hatte mir irgendwie vorgestellt, dass ich einfach fragen würde, ob ich den Zaren sehen dürfe – oder Nikolaus Romanow, wenn sie darauf bestanden –, um mich ihm dann als Diener zur Verfügung zu stellen, sodass ich Anastasia jeden Tag sehen könnte, bis man sie alle ins Exil schickte.

Die Situation war jedoch nicht so, wie ich es erwartet hatte. Es standen keine Automobile vor dem Haus, und es gab dort nur einen einzigen Soldaten, der sich gegen den Zaun lümmelte und herzhaft vor sich hin gähnte. Er musterte mich, als ich mich näherte, und kniff gereizt die Augen zusammen, zeigte ansonsten aber kein Interesse an mir. Er machte sich noch nicht einmal die Mühe, sich gerade hinzustellen.

»Guten Abend«, sagte ich.

»Genosse.«

»Ich frage mich ... also, ist das die Residenz des Gouverneurs?«

»Wieso willst du das wissen?«, fragte er mich. »Wer bist du überhaupt?«

»Mein Name ist Georgi Daniilowitsch Jatschmenew«, sagte ich. »Ich bin der Sohn eines Bauern aus Kaschin.«

Er nickte und drehte seinen Kopf kurz zur Seite, um auf den Boden zu spucken. »Hab' noch nie von dir gehört«, sagte er.

»Das habe ich auch nicht erwartet. Aber dein Gefangener kennt mich.«

»Mein Gefangener?«, fragte er und lächelte ein wenig. »Und welcher Gefangene soll das bitte sein?«

Ich seufzte. Ich hatte keine Lust auf irgendwelche Spielchen. »Ich habe eine langen Marsch hinter mir«, sagte ich. »Genauer gesagt, den ganzen Weg von St. Petersburg bis hierher.«

»Du meinst, von Petrograd?«

»Ja, von mir aus auch Petrograd.«

»Zu Fuß?«, fragte er und zog eine Augenbraue hoch.

»Ja, größtenteils«, gab ich zu.

»Na schön. Und was willst du hier?«

»Bis zum letzten Jahr habe ich im kaiserlichen Palast gearbeitet«, erklärte ich. »Ich habe für den Zaren gearbeitet.«

Er zögerte, bevor er etwas erwiderte. »Es gibt keinen Zaren«, sagte er dann in einem scharfen Tonfall. »Du hast allenfalls für den ehemaligen Zaren gearbeitet.«

»Na, dann eben für den ehemaligen Zaren. Ich habe gedacht ... also, ich habe mich gefragt, ob ich ihm vielleicht meine Aufwartung machen kann.«

Er runzelte die Stirn. »Das kannst du natürlich nicht«, sagte er. »Hast du noch alle Tassen im Schrank, Jatschmenew? Denkst du, die Romanows dürfen irgendwelche Besucher empfangen?«

»Aber ich stelle für niemanden eine Bedrohung dar«, sagte ich und breitete meine Arme aus, um ihm zu zeigen, dass ich keine versteckten Waffen oder Geheimnisse bei mir hatte. »Ich möchte ihnen einfach nur meine Dienste anbieten.«

»Und warum, wenn ich fragen darf?«

»Weil sie immer gut zu mir gewesen sind.«

»Das waren Tyrannen«, sagte er. »Du musst verrückt sein, wenn du mit denen zusammen sein möchtest.«

»Ich will es trotzdem«, erwiderte ich leise. »Ist das möglich?«

»Alles ist möglich«, sagte er mit einem Achselzucken. »Aber ich fürchte, du bist zu spät gekommen.«

Mein Herzschlag setzte für eine Sekunde aus – ich musste mich beherrschen, damit ich ihn nicht beim Revers packte und so lange durchschüttelte, bis er mir verriet, wie ich seine Bemerkung zu verstehen hatte.

»Zu spät?«, fragte ich vorsichtig. »Inwiefern?«

»Na ja, sie sind nicht mehr hier«, sagte er. »Der Gouverneur ist wieder in seine Residenz eingezogen. Wenn du willst, kann ich ihn fragen, ob er dir eine Audienz gewährt.«

»Nein danke«, sagte ich und schüttelte den Kopf. »Dazu besteht keine Veranlassung.« Am liebsten hätte ich mich auf den Boden gesetzt und mein Gesicht in den Händen vergraben. Würde diese Qual denn nie enden? Würden wir nie wiedervereint sein? »Ich ... ich hatte gehofft, sie hier anzutreffen.«

»Man hat sie an einen Ort gebracht, der nicht weit von hier entfernt ist«, sagte er. »Vielleicht triffst du sie ja dort an.«

Ich schaute ihn voller Hoffnung an. »Nicht weit von hier entfernt?«, fragte ich. »Wo sind sie denn?«

Er grinste und öffnete seine Hand, und ich wusste sofort, dass diese Information nicht billig sein würde. Ich fasste in meine Taschen und holte mein gesamtes Geld hervor. »Es gibt nichts zu verhandeln«, sagte ich, als ich ihm die Rubel überreichte. »Du kannst mich durchsuchen, wenn du willst, aber das ist alles was ich habe. Mehr habe ich nicht, ehrlich. Also bitte …«

Er warf einen Blick auf seinen Handteller, zählte die Münzen und ließ sie in seiner Jackentasche verschwinden, doch bevor er ging, beugte er sich zu mir und flüsterte mir ein Wort ins Ohr.

»Jekaterinburg.«

Und so machte ich mich erneut auf den Weg, diesmal Richtung Südwesten, wobei ich irgendwie wusste, dass dies der letzte Abschnitt meiner Reise sein und ich Anastasia dort endlich wiedersehen würde. Die Dörfer, durch die ich unterwegs kam – Tawda, Tirinsk, Irbit – erinnerten mich ein wenig an Kaschin, und in einigen davon rastete ich zwischendurch, auch weil ich hoffte, mit den dort lebenden Bauern ins Gespräch zu kommen. Doch es war nutzlos, denn sie misstrauten mir offensichtlich und unterhielten sich nur widerwillig mit mir. Ich fragte mich, ob sie wussten, wer da vor mir durch ihre Dörfer gereist war und ob sie diese Reisenden vielleicht sogar mit eigenen Augen gesehen hatten. Falls es sich so verhalten hatte, verloren sie darüber jedoch kein Wort.

Ich brauchte fast eine Woche, bis ich in Jekaterinburg eintraf.

Hier wirkten die Einheimischen noch ängstlicher als die, die mir während meiner Reise begegnet waren, und ich war mir sicher, dass ich am Ziel war. Es dauerte nicht lange, bis ich jemanden gefunden hatte, der mir den richtigen Weg wies. Ein großes Haus am Stadtrand, das von Soldaten bewacht wurde.

»Es gehört einem stinkreichen Kaufmann«, erklärte mir die einzige hilfsbereite Person, die mir über den Weg lief. »Die Bolschewiken haben es beschlagnahmt. Sie lassen niemanden hinein.«

»Dieser Kaufmann?«, fragte ich. »Wo ist der jetzt?«

»Der hat die Stadt verlassen. Sie haben ihn ausgezahlt. Sein Name war Ipatjew. Sie haben ihm sein Haus weggenommen. Wir Einheimischen nennen es noch immer das Ipatjew-Haus. Die Bolschewiken nennen es das Haus zur besonderen Verwendung.«

Ich nickte und ging in die Richtung, die er mir gewiesen hatte.

Sie würde dort sein, das wusste ich. Sie würden alle dort sein.

1919

Es mag sich kurios oder altmodisch anhören, aber in Paris bezogen Soja und ich möblierte Zimmer in separaten Häusern auf den Hügeln von Montmartre, mit Fenstern, die in entgegengesetzte Richtungen wiesen, sodass wir uns nachts vor dem Schlafengehen noch nicht einmal zuwinken oder uns, als letzte Handlung des Tages, eine Kusshand zuwerfen konnten. Von ihrem Fenster aus konnte Soja auf die von einer weißen Kuppel gekrönte Basilika von Sacré-Cœur blicken, die an der Stelle stand, wo der spätere Nationalheilige der Franzosen den Märtyrertod erlitten hatte. Sie konnte die Menschenmassen beobachten, die die steilen Stufen zum dreibogigen Zugang der Kirche emporstiegen, und sie konnte das Geplapper der Leute hören, die unter ihrem Fenster auf dem Weg von oder zu ihrer Arbeit waren. Von meinem Fenster aus konnte ich die Spitzen der Saint-Pierre-de-Montmartre sehen, der Geburtsstätte des Jesuitenordens, und wenn ich mich weit hinauslehnte, konnte ich die Künstler beobachten, wie sie jeden Morgen ihre Staffeleien in ihren Straßenateliers aufstellten, in der Hoffnung, tagsüber genug Francs für ein bescheidenes Abendessen zu verdienen. Wir hatten nicht vorgehabt, uns mit so viel Religion zu umgeben, doch die Mieten im *dix-huitième* waren erschwinglich, und da es in diesem Stadtviertel bereits vor Flüchtlingen wimmelte, fielen zwei russische Emigranten wie wir dort nicht weiter auf.

Während jener Monate näherte sich der Krieg allmählich seinem Ende, und die beteiligten Mächte begannen, Waffenstillstandsverträge zu unterzeichnen, zunächst in Budapest, Prag und Zagreb, und dann schließlich auch in einem Eisenbahnwaggon in Compiègne, doch in den vorausgegangenen vier Jahren waren Zehntausende von europäischen Flüchtlingen in die französische Hauptstadt geströmt, Menschen, die vor den anrückenden Truppen des Kaisers aus ihren Heimatländern geflohen waren. Obwohl ihre Zahl bereits wieder abnahm, als wir in Paris eintrafen, war es für uns nicht schwer, so zu tun, als wären wir bloß zwei weitere Exilanten, die im Krieg nach Westen verschlagen worden waren, und niemand bezweifelte den Wahrheitsgehalt der Geschichte, die wir uns zurechtgelegt hatten.

Bevor wir in Paris eintrafen, nach einer strapaziösen, scheinbar endlosen Bahnfahrt, die in Minsk begonnen hatte, ging ich fälschlicherweise davon aus, dass Soja und ich dort als Mann und Frau zusammenleben würden. Diese Vorstellung war mir fast pausenlos durch den Kopf gegangen, als mein Geburtsland an mir vorüberglitt und dann durch Städte, Flüsse und Gebirgszüge abgelöst wurde, die ich bis dahin nur aus Büchern gekannt hatte – der Gedanke an ein solches Zusammenleben erregte mich, aber gleichzeitig hatte ich auch gewisse Hemmungen, ihn auszusprechen. Ich verbrachte einen Großteil der Reise damit, nach geeigneten Worten zu suchen, um dieses heikle Thema anschneiden zu können.

»Wir müssen uns nur eine kleine Wohnung nehmen«, schlug ich vor, als es noch fünfzehn Kilometer bis Paris waren, und dabei traute ich mich kaum, Soja anzuschauen, aus Angst, sie könnte merken, wie nervös ich war. »Ein Wohnbereich mit Kochnische. Ein kleines Badezimmer, wenn wir Glück haben. Und natürlich ein Schlafzimmer«, fügte ich hinzu, wobei ich schrecklich errötete, als ich die letzten Worte aussprach. Soja und ich hatten noch nie miteinander geschlafen, doch es war meine inbrünstige Hoffnung, dass uns unser Leben in Paris nicht nur Unabhängigkeit bescherte und einen Neuanfang, sondern auch eine Einführung in die Welt der sinnlichen Genüsse.

»Georgi«, sagte sie, wobei sie zu mir herüberschaute und den Kopf schüttelte. »Wir können nicht so zusammenleben, das weißt du doch. Wir sind nicht verheiratet.«

»Ja, natürlich«, erwiderte ich, wobei mein Mund so trocken war, dass mir die Zunge unangenehm am Gaumen klebte. »Aber für uns hat ein neuer Lebensabschnitt angefangen, nicht wahr? Wir kennen hier niemanden, wir haben nur uns beide, und da dachte ich mir, wir könnten vielleicht …«

»Nein, Georgi«, sagte sie entschieden, wobei sie sich sanft auf die Unterlippe biss. »Das nicht. Noch nicht. Ich kann nicht.«

»Dann … dann lass uns einfach heiraten«, schlug ich vor, überrascht, dass ich nicht schon früher auf diese Idee gekommen war. »Ja, natürlich, das ist das, was ich die ganze Zeit über gemeint habe. Wir werden Mann und Frau!«

Soja starrte mich an, und zum ersten Mal, seit sie mir vor einer Woche in die Arme gefallen war, lachte sie schallend und verdrehte dabei die Augen – nicht um anzudeuten, dass ich ein Dummkopf wäre, sondern wegen der Dummheit meines Vorschlags.

»Georgi, hast du mir gerade einen Heiratsantrag gemacht?«, fragte sie.

»Ja, das habe ich«, erwiderte ich mit einem strahlenden Gesicht. »Ich möchte, dass du meine Frau wirst.« Ich versuchte, vor ihr niederzuknien, wie es die Tradition verlangte, doch zwischen den Sitzbänken des Eisenbahnabteils war es zu eng, um eine einigermaßen graziöse Haltung einnehmen zu können, und als ich es schließlich schaffte, mich auf einem Knie vor ihr niederzulassen, war ich gezwungen, meinen Kopf zur Seite zu drehen, um sie anschauen zu können. »Ich habe keinen Ring«, sagte ich. »Aber du hast mein Herz. Ich gehöre dir mit Haut und Haaren.«

»Ja, das weiß ich«, sagte sie, wobei sie mich hochzog und sanft in meinen Sitz zurückdrückte. »Aber fragst du mich das nur, damit wir beide ... also, damit du mich ...«

»Nein«, sagte ich schnell, denn es war mir unangenehm, dass sie so schlecht von mir denken konnte. »Nein, Soja, das meine ich nicht. Ich bitte dich darum, weil ich den Rest meines Lebens mit dir verbringen möchte. Jeden Tag und jede Nacht davon. Für mich gibt es keine andere auf der Welt, das musst du wissen.«

»Und für mich gibt es auch keinen anderen, Georgi«, sagte sie leise. »Aber ich kann dich nicht heiraten. Noch nicht.«

»Aber warum denn nicht?«, fragte ich, wobei ich versuchte, den beleidigten Unterton zu kaschieren, der sich in meine Stimme einzuschleichen begann. »Wenn wir beide uns lieben, wenn wir einander versprochen sind, dann ...«

»Georgi ... denk nach, bitte.« Sie schaute weg, nachdem sie mir diese Worte praktisch zugeflüstert hatte, und ich begann sofort, mich zu schämen. Natürlich! Wie hatte ich nur so gefühllos sein können? Es war unerhört von mir, ihr die eheliche Verbindung zu einem solchen Zeitpunkt auch nur vorgeschlagen zu haben, aber ich war jung und liebestrunken und wünschte mir nichts sehnlicher, als mit dieser Frau für immer zusammen zu sein.

»Verzeih mir«, sagte ich leise, nachdem ein paar Augenblicke verstrichen waren. »Das war gedankenlos und rücksichtslos von mir.« Sie schüttelte den Kopf, und ich sah, dass sie den Tränen nahe war. »Ich werde ... ich werde nicht mehr davon anfangen. Ich meine, bis der richtige Zeitpunkt gekommen ist«, fügte ich hinzu, denn ich wollte ihr klarmachen, dass dies ein Thema war, das ich nicht vergessen würde.

»Erlaubst du mir, dass ich eines Tages darauf zurückkommen kann, Soja? Irgendwann in der Zukunft?«

»Ja, ich werde in der Hoffnung darauf leben«, erwiderte sie, wobei ihr Lächeln wieder zurückkehrte. Für mich waren wir beide nun verlobt, und der Gedanke ließ mein Herz höherschlagen.

Und so trafen wir auf den Hügeln von Montmartre ein, wo wir an zig Türen klopften, auf der Suche nach einer Unterkunft. Wir hatten kein Gepäck und keine andere Kleidung als die Lumpen, die wir am Leibe trugen. Wir hatten keine Habseligkeiten. Wir hatten kaum Geld. Wir waren in einem eigenartigen Land eingetroffen, um dort ein neues Leben zu beginnen, und alle Besitztümer, die wir fortan erwarben, würden auf diese neue Existenz verweisen. Tatsächlich hatten wir aus unserem alten Leben nichts mitgenommen außer uns selbst.

Doch das, so glaubte ich, war alles, was wir brauchten.

In jenem Winter feierten wir zweimal Weihnachten.

Mitte Dezember luden uns unsere Freunde Leo und Sophie zu einem Festessen am fünfundzwanzigsten, dem traditionellen christlichen Feiertag, in ihre Wohnung nahe dem Place du Tertre ein. Ich war mir nicht sicher, wie Soja mit so einer Feier zurechtkommen würde, und deshalb schlug ich vor, Weihnachten völlig zu ignorieren, den Nachmittag damit zu verbringen, am Ufer der Seine entlangzuspazieren und den außergewöhnlichen Frieden zu genießen, den uns dieser Tag bescheren würde – nur wir beide.

»Aber ich möchte zu Leo und Sophie gehen, Georgi«, sagte sie zu mir, wobei sie mich mit ihrem Enthusiasmus überraschte. »Das wird sicher sehr lustig! Und etwas Spaß könnten wir beide doch gut gebrauchen, oder?«

»Ja, natürlich«, sagte ich, von ihrer Antwort erfreut, denn ich wollte ebenfalls gern hingehen. »Aber nur, wenn du dir wirklich sicher bist. Es könnte ein schwerer Tag werden, unser erstes Weihnachten, seit wir Russland verlassen haben.«

»Ich glaube«, erwiderte sie langsam, wobei sie einen Augenblick zögerte und sich die Sache gründlich durch den Kopf gehen ließ, »ich glaube, es ist eine gute Idee, diesen Tag gemeinsam mit Freunden zu verbringen. Dann hat man weniger Zeit, Trübsal zu blasen.«

In den fünf Monaten, die seit unserer Ankunft in Paris verstrichen waren, hatte sich Soja verändert. Zu Hause in Russland war sie lebhaft und amüsant gewesen, keine Frage, doch in Paris hatte sie ihre Reserviertheit zunehmend aufgegeben und war nun wesentlich lockerer, was ihre Gefühlsäußerungen betraf. Diese Veränderung bekam ihr gut. Sie war nach wie vor völlig unverdorben, hatte sich aber für die Genüsse geöffnet, die ihr die Welt zu bieten hatte, obwohl unsere traurige finanzielle Situation uns dafür kaum Möglichkeiten bot. Es gab allerdings auch Momente, viele Momente, in denen ihr Kummer wieder an die Oberfläche drang, in denen schreckliche Erinnerungen auf sie einstürmten und sie überwältigten. In diesen Momenten war sie lieber allein, und ich weiß nicht, wie sie sich durch die Finsternis kämpfte. Es gab so manchen Morgen, wo ich sie bleich und mit dunklen Ringen unter den Augen vorfand, wenn wir uns zum Frühstück trafen. Wenn ich mich nach ihrem Befinden erkundigte, so ging sie achselzuckend darüber hinweg und sagte, es sei nicht der Rede wert, sie habe einfach nicht schlafen können. Und wenn ich dann nicht lockerließ, schüttelte sie den Kopf, wurde wütend und wechselte das Thema. Ich lernte, ihr den Freiraum zu lassen, den sie benötigte, um sich mit den Schrecken der Vergangenheit auseinanderzusetzen. Sie wusste, ich war für sie da. Sie wusste, ich würde ihr zuhören, wann immer sie das Bedürfnis verspürte zu reden.

Soja hatte Sophie in der Damenschneiderei kennengelernt, in der sie beide arbeiteten, und sie hatten sich schnell angefreundet. Sie schneiderten einfache, schlichte Kleider für die Frauen von Paris, in einem Laden, wo man während des Krieges Berufskleidung angefertigt hatte. Sophie machte uns mit ihrem Freund Leo bekannt, dem Maler, und schon bald bildeten wir ein unzertrennliches Quartett, das sich regelmäßig zum Abendessen traf oder zu Spaziergängen am Sonntagnachmittag, bei denen wir voller Abenteuerlust die Seine überquerten und durch den Jardin du Luxembourg flanierten. Auf mich wirkten Leo und Sophie wahnsinnig kosmopolitisch. Ich beneidete sie insgeheim, denn sie waren kaum zwei Jahre älter als Soja und ich, lebten aber zusammen, in unverfrorener Eintracht, und zeigten ihre Leidenschaft sogar in aller Öffentlichkeit. Ihr ungenierter Austausch von Zärtlichkeiten war mir unangenehm, erregte mich aber zugleich auch.

»Es gibt Truthahn«, verkündete Sophie an jenem ersten Weihnachtsfeiertag und tischte uns einen merkwürdig aussehenden Vogel auf, der offenbar zu lange im Backofen geschmort hatte. Er war zum Teil verkohlt, aber an anderen Stellen merkwürdig rosafarben geblieben, ein außergewöhnliches Kunststück, das dem gesamten Gericht einen eher unappetitlichen Anstrich verlieh. Doch angesichts der angenehmen Gesellschaft und des in Strömen fließenden Weins sahen wir darüber hinweg und tafelten bis tief in die Nacht, wobei Soja und ich verlegen zur Seite schauten, wann immer unsere Gastgeber lange, leidenschaftliche Küsse austauschten.

Hinterher lagen wir auf den beiden Sofas in ihrem Wohnzimmer und redeten über Kunst und Politik. Soja schmiegte sich an mich und ließ es zu, dass ich ihr einen Arm um die Schultern legte und sie enger an mich heranzog. Die Wärme ihrer Haut ließ meine Körpertemperatur steigen, und ihr

Haar, das sonst nach Lavendel roch, das sie aber an diesem Abend mit einem von Sophies Parfüms besprüht hatte, duftete überaus verführerisch.

»He, ihr zwei«, sagte Leo, um auf sein Lieblingsthema zu kommen, »ihr seid aus Russland. Da müsst ihr euch doch rund um die Uhr mit Politik befasst haben.«

»Nein, keineswegs«, sagte ich und schüttelte den Kopf. »Ich bin in einem sehr kleinen Dorf aufgewachsen, und da hatten wir keine Zeit für solche Dinge. Wir haben gearbeitet, wir haben Landwirtschaft betrieben, wir haben versucht, über die Runden zu kommen, das war alles. Für politische Debatten hatten wir keine Zeit. Das hätte man bei uns für ziemlich extravagant gehalten.«

»Ihr hättet euch die Zeit nehmen sollen«, beharrte er. »Gerade in einem Land wie dem euren.«

»Ach, Leo«, sagte Sophie und schenkte uns Wein nach, »nicht schon wieder dieses Thema, bitte!« Sie schimpfte ihn aus, allerdings auf eine gutmütige Art. Wann immer wir einen Abend zusammen verbrachten, irgendwann landeten wir bei der Politik. Leo war ein Künstler – und sogar ein guter –, aber wie so viele Künstler war er der Überzeugung, dass die Welt, die er auf seinen Leinwänden festhielt, völlig korrupt war und rechtschaffener Männer bedurfte, Männer seines Schlages, die ihre Stimme erhoben, um die Welt menschenwürdiger zu machen. Natürlich, er war noch jung und naiv, doch er hoffte, eines Tages für die Abgeordnetenkammer zu kandidieren. Er war ein Idealist und ein Träumer, aber auch ein ziemlicher Faulpelz, und ich bezweifelte, dass er jemals die für einen Wahlkampf nötige Energie aufbringen würde.

»Aber das ist wichtig«, sagte er mit Nachdruck. »Jeder von uns hat ein Land, das er als das seinige ansieht, stimmt's? Und so lange wir leben, ist es unsere Pflicht, dieses Land zu einem besseren Land zu machen.«

»Aber inwiefern besser?«, fragte Sophie. »Mir gefällt Frankreich so, wie es jetzt ist. Ich kann mir nicht vorstellen, woanders zu leben. Ich möchte nicht, dass Frankreich sich verändert.«

»Ich meine insofern besser, als dass es gerechter zugeht.«, erwiderte er. »Soziale Gerechtigkeit. Finanzielle Freiheit. Die Liberalisierung der Politik.«

»Was meinst du damit?«, fragte Soja, wobei ihre Stimme die Luft förmlich durchschnitt, denn sie offenbarte weder Sophies betrunkene Begeisterung noch Leos feindselige Selbstgerechtigkeit. Sie hatte schon seit einiger Zeit nichts mehr gesagt und einfach so dagelegen, die Augen geschlossen, ohne zu schlafen, offenkundig entspannt von der Wärme und vom Alkohol. Alle Blicke waren nun auf sie gerichtet.

»Na ja«, erwiderte Leo mit einem Achselzucken, »ich wollte nur sagen, dass es mir sinnvoll erscheint, wenn jeder Bürger eine Verantwortung für …«

»Nein«, unterbrach sie ihn, »das habe ich nicht gemeint. Du hast davor etwas gesagt. Über ein Land wie das unsere.«

Leo dachte kurz darüber nach, und schließlich zuckte er mit den Schultern, als läge das Ganze klar auf der Hand. »Ach das«, erwiderte er, wobei er sich auf einen Ellbogen aufstützte, um nun mit Verve in sein Lieblingsthema einzusteigen. »Schau, Soja, mein Land, also Frankreich, hat Jahrhunderte unter der Knute einer widerwärtigen Aristokratie gestanden, von Generationen von Schmarotzern, die den einfachen, hart arbeitenden Männern und Frauen des Landes das Mark aus den Knochen gesogen haben, die uns unser Geld gestohlen haben, die uns unser Land geraubt haben, die sich Exzessen und Perversionen hingegeben haben, während wir in Hunger und Armut vor uns hin vegetieren mussten. Doch schließlich sagten wir: ›Es reicht!‹ Wir widersetzten uns, wir begehrten auf, wir stellten diese kleinen fetten Aristokraten auf die Schinderkarren, wir fuhren sie zum Place de la Concorde, und wutsch!« Er ließ die flache Hand wie ein Fallbeil durch die Luft sausen. »Wir haben ihnen die Köpfe abgeschlagen! Und wir haben uns die Macht zurückerobert. Aber, meine Freunde, das ist fast einhundertfünfzig Jahre her. Mein Urururgroßvater hat an der Seite von Robespierre gekämpft, versteht ihr? Er hat die Bastille erstürmt mit …«

»Ach, Leo«, fuhr Sophie entnervt dazwischen. »Das weißt du doch gar nicht. Das erzählst du immer, aber welchen Beweis hast du dafür?«

»Na ja, ich habe den Beweis, dass er seinem Sohn die Geschichten von seinem Heldenmut erzählt hat«, erwiderte er, in die Defensive gedrängt. »Und diese Geschichten sind in unserer Familie seitdem immer vom Vater an den Sohn weitergegeben worden.«

»Ja«, sagte Soja – wobei ich in ihrem Tonfall eine gewisse Ungehaltenheit zu vernehmen glaubte –, »aber was hat das alles mit Russland zu tun? Das sind doch zwei verschiedene Stiefel!«

»Puh«, sagte Leo, wobei seinen Lippen ein Pfiff entfuhr. »Ich frage mich nur, warum Mütterchen Russland so viel länger gebraucht hat, um das Gleiche zu tun. Das ist alles. Wie viele Jahrhunderte lang haben Bauern wie ihr – verzeiht mir, aber wir sollten die Dinge beim Namen nennen – ein erbärmliches Dasein fristen müssen, damit die Paläste unterhalten werden konnten, damit weiterhin rauschende Feste gefeiert werden konnten. Damit die *Ballsaison* stattfinden konnte?« Er schüttelte den Kopf, als wäre ihm allein schon der Gedanke an derlei Dinge zuwider. »Warum habt ihr so lange gebraucht, um eure Aristokraten loszuwerden? Um die Macht in eurem Land zurückzuerobern? Um ihnen die Köpfe abzuschlagen? Was ihr natürlich nicht getan habt. Ihr habt sie erschossen, richtig?«

»Ja«, erwiderte Soja. »Das haben wir.«

Ich weiß nicht mehr, wie viel ich in jener Nacht getrunken hatte – vermutlich eine Menge –, doch ich wurde auf der Stelle nüchtern und wünschte mir, ich hätte bemerkt, wohin unsere Unterhaltung führte. Hätte ich dies vorausgesehen, so hätte ich das Thema wahrscheinlich früher gewechselt, doch nun war es zu spät dafür. Soja saß aufrecht da, und sie wurde kreidebleich, während sie Leo anstarrte.

»Du Ignorant«, sagte sie. »Was weißt du schon über Russland, einmal abgesehen von dem, was du in euren Zeitungen liest. Du kannst dein Land nicht mit unserem vergleichen. Frankreich und Russland sind völlig verschieden. Was du sagst, ist oberflächlich und dumm.«

»Soja«, erwiderte er, überrascht von ihrem feindseligen Tonfall, aber nicht gewillt, klein beizugeben – ich mochte Leo, aber er gehörte zu den Menschen, die glaubten, sie hätten immer recht, und die mit Überraschung und Mitleid auf diejenigen blickten, die ihre Ansichten nicht teilten –, »die Tatsachen lassen sich nicht bestreiten. Man kann doch überall nachlesen, dass ...«

»Du würdest dich also als einen Bolschewiken sehen?«, fragte sie. »Als einen Revolutionär?«

»Ich würde gewiss für Lenin Partei ergreifen«, sagte er. »Das ist ein großer Mann. Wenn man bedenkt, wo er hergekommen ist und was er alles erreicht hat ...«

»Er ist ein Mörder«, erwiderte Soja.

»Ach, und der Zar war keiner?«

»Leo«, sagte ich schnell, wobei ich mein Glas auf den Tisch vor mir stellte, »das ist unhöflich. Du musst verstehen, wir sind beide unter der Herrschaft des Zaren aufgewachsen. Es gibt viele Menschen, die ihn verehrt haben, die ihn noch immer verehren. Zwei von ihnen befinden sich hier mit dir in diesem Raum. Vielleicht wissen wir mehr über den Zaren als du, und über die Bolschewiken und sogar über Lenin, denn wir haben das miterlebt und nicht nur darüber gelesen. Vielleicht haben wir mehr erlitten, als du dir jemals vorstellen kannst.«

»Und vielleicht sollten wir uns nicht gerade zu Weihnachten über solche Dinge unterhalten«, sagte Sophie und füllte uns allen die Gläser nach. »Wir wollten uns heute doch amüsieren, oder?«

Leo zuckte die Achseln und lehnte sich zurück, froh, das Thema fallen lassen zu können, in seiner Arroganz felsenfest davon überzeugt, dass er recht hatte und wir zu dumm waren, um das zu erkennen. Soja sagte an jenem Abend nur noch wenig, und die Feier endete in einer angespannten Atmosphäre. Das Händeschütteln wirkte etwas gezwungener als sonst, die Abschiedsküsse fielen etwas flüchtiger aus.

»Ist es das, was die Leute denken?«, fragte Soja mich, als wir unseren getrennten Zimmern entgegenstrebten. »Erinnern sie sich so an den Zaren? Stellen sie ihn auf eine Stufe mit Louis Seize?«

»Ich weiß nicht, was die Leute denken«, sagte ich. »Und es kümmert mich auch nicht. Für mich zählt nur, was wir beide denken, was wir beide wissen.«

»Aber sie haben die Geschichte verfälscht – sie wissen nichts von unseren Kämpfen. Sie betrachten Russland in so simplen Begriffen: die Privilegierten als Ungeheuer, die Armen als Helden. Das ist so undifferenziert. Sie reden so idealistisch daher, diese Revolutionäre, aber ihre Theorien sind schrecklich naiv. Das ist doch komisch.«

»Aber Leo ist kein Revolutionär«, sagte ich und versuchte, das Ganze abzutun. »Er ist ein Maler, mehr nicht. Er bildet sich ein, er könne die Welt verändern, aber was macht er denn tagaus, tagein? Er porträtiert fette Touristen und versäuft das Geld in Straßencafés, wo er dann große

Reden schwingt. Du solltest ihn nicht so furchtbar ernst nehmen.«

Es war nicht zu übersehen, dass Soja skeptisch blieb. Auf dem Rest unseres Heimwegs sagte sie kaum ein Wort, und beim Abschied gestattete sie mir lediglich einen züchtigen Kuss auf die Wange, wie eine Schwester ihn ihrem Bruder gewähren würde. Als ich sie durch ihre Haustür verschwinden sah, vermutete ich, dass ihr eine schwere Nacht bevorstand, in der ihr all die Dinge im Kopf herumgeisterten, die sie sagen wollte, all die Wut, die sie empfand. Ich wünschte mir, sie würde mich mit auf ihr Zimmer nehmen, damit sie ihren Kummer mit mir teilen konnte, mehr nicht. Damit wir unsere Wut teilen konnten, denn auch ich hatte mich über Leo geärgert.

Unser zweites Weihnachten feierten wir dreizehn Tage später, am siebten Januar, und wir revanchierten uns bei Leo und Sophie, indem wir sie in ein Café zum Essen einluden. Es war uns nicht möglich, etwas in unseren jeweiligen Zimmern zu kochen – unsere Vermieterinnen hätten das niemals zugelassen. Außerdem war es mir peinlich, dass Soja und ich nicht zusammenlebten, und es hätte mir nicht behagt, bei ihr zu Gast zu sein oder sie als Gast zu mir einzuladen. Ich fragte mich, ob Leo und Sophie über unser Wohnarrangement sprachen, und ich vermutete, dass sie es taten. In Weinlaune hatte Leo mich einmal tatsächlich als seinen »unschuldigen jungen Freund« bezeichnet, und die darin enthaltene Andeutung von Keuschheit hatte mich verletzt, eine Behauptung, die nicht dazu geeignet war, mein Selbstwertgefühl zu steigern. Bei einer anderen Gelegenheit hatte er mir angeboten, mich in ein gewisses ihm bekanntes Haus mitzunehmen, wo man mein Problem beheben würde, doch ich hatte diesen Vorschlag entrüstet von mir gewiesen und war nach Hause gegangen, um meine Lust allein zu befriedigen, bevor mich sein Angebot in Versuchung führen konnte.

»Aber ich verstehe das nicht«, sagte Sophie, wobei sie ihren Hut abnahm und ihr langes dunkles Haar zurechtschüttelte, als wir am Tisch Platz nahmen. »Ein zweites Weihnachten?«

»Es ist das traditionelle russisch-orthodoxe Weihnachten«, erklärte ich. »Das hat etwas mit dem Julianischen und dem Gregorianischen Kalender zu tun. Das ist alles ziemlich kompliziert. Die Bolschewiken wollten, dass wir uns dem Rest der Welt anpassen, was wohl nicht einer gewissen Ironie entbehrt, doch die Traditionalisten unter uns machen das natürlich nicht mit. Deshalb ein separater erster Weihnachtsfeiertag.«

»Natürlich nicht«, sagte Leo mit einem charmanten Lächeln. »Der Himmel möge verhüten, dass du gemeinsame Sache mit den Bolschewiken machst!«

Soja und Leo hatten seit dem früheren Vorfall nicht mehr miteinander gesprochen, und die Erinnerung an ihren Streit schwebte über unserem Tisch wie eine dunkle Wolke, doch die Tatsache, dass wir die beiden trotzdem zum Essen eingeladen hatten, bewies, dass wir weiterhin Wert auf ihre Freundschaft legten, und es ehrte Leo, dass er der Erste war, der die Friedensfühler ausstreckte.

»Ich denke, ich muss mich bei dir entschuldigen, Soja«, sagte er nach zwei Gläsern Wein und nachdem Sophie ihm einen unübersehbaren Rippenstoß verpasst hatte. »Ich bin am ersten Weihnachtsfeiertag ziemlich unhöflich gewesen. Also, an *unserem* ersten Weihnachtsfeiertag. Ich war auch etwas betrunken. Habe ein paar Dinge gesagt, die ich besser nicht gesagt hätte. Ich hatte kein Recht, so über dein Heimatland zu reden.«

»Ja, das stimmt«, erwiderte sie, jedoch ohne eine Spur von Verärgerung. »Aber ich hätte auch nicht so reagieren dürfen, wie ich es in eurer Wohnung getan habe – so bin ich nicht erzogen worden, und ich denke, ich muss mich ebenfalls entschuldigen.«

Ich bemerkte, dass keiner der beiden seine Worte ausdrücklich zurücknahm, und eigentlich entschuldigten sie sich auch nicht beim anderen, sondern brachten lediglich das Gefühl zum Ausdruck, sich beim anderen entschuldigen zu müssen, doch ich wollte den Streit nicht aufs Neue entfachen, indem ich sie darauf hinwies.

»Nun, du bist ein Gast in unserem Land«, sagte er zu ihr, mit einem breiten Lächeln, »und deshalb war es falsch von mir, so mit dir zu reden. – Wenn du gestattest?« Er hob sein Glas in die Höhe, und wir schlossen uns ihm an. »Auf Russland«, sagte er.

»Auf Russland«, erwiderten wir, und dann ließen wir die Gläser klingen und nahmen jeder einen ordentlichen Schluck Wein.

»Vive la révolution«, fügte er leise hinzu, aber ich war wohl der Einzige, der diese Bemerkung mitbekam, und natürlich ging ich nicht darauf ein.

»Ich frage mich trotzdem, warum ihr nie darüber sprecht«, sagte er einen Augenblick später. »Ich meine, wenn dort alles so herrlich gewesen ist. Ach komm, Sophie, schau mich nicht so an! Das ist doch eine ganz vernünftige Frage, oder?«

»Soja möchte nicht darüber sprechen«, erwiderte Sophie. Sie hatte schon mehrmals vergeblich versucht, ihrer neuen Freundin Näheres über deren Vergangenheit zu entlocken, und hatte es schließlich aufgegeben.

»Aber wie steht es mit dir, Georgi?«, fragte Leo. »Kannst du uns nicht ein bisschen von dem Leben erzählen, das du geführt hast, bevor du nach Paris gekommen bist?«

»Da gibt es kaum etwas zu erzählen«, erwiderte ich mit einem Achselzucken. »Ich habe neunzehn Jahre auf einem Bauernhof verbracht. Da erlebt man nicht viel.«

»Nun, wo habt ihr beide euch kennengelernt, Soja? Du hast gesagt, du stammst aus St. Petersburg, nicht wahr?«

»In einem Eisenbahnabteil«, sagte ich. »An dem Tag, als wir beide Russland für immer verließen. Wir saßen uns in diesem Abteil gegenüber, und da sonst niemand da war, haben wir angefangen, uns zu unterhalten. Und seitdem sind wir zusammen.«

»Oh, wie romantisch«, sagte Sophie. »Aber eins musst du mir verraten. Wenn ihr zweimal Weihnachten feiert, dann musst du doch auch zweimal Geschenke bekommen. Richtig? Und ich weiß, du hast ihr zum ersten Weihnachtsfeiertag Parfüm gekauft, Georgi. Also, erzähl, Soja. Hat Georgi dir heute noch einmal etwas geschenkt?«

Soja schaute zu mir herüber und lächelte, und ich nickte ihr zu, denn von mir aus durfte sie es ihnen gern erzählen. Daraufhin lachte sie und wandte sich den beiden zu, wobei ein breites Grinsen in ihr Gesicht trat. »Ja, natürlich hat er das«, sagte sie. »Ist es euch noch nicht aufgefallen?«

Und als sie dies sagte, streckte sie ihre linke Hand aus, um ihnen mein Geschenk zu zeigen. Ich war nicht überrascht, dass sie es bis dahin noch nicht bemerkt hatten. Es muss der kleinste Verlobungsring in der Geschichte der Menschheit gewesen sein. Aber mehr konnte ich mir nicht leisten. Und für mich zählte einzig und allein, dass sie ihn trug.

Wir heirateten im Herbst 1919, fast fünfzehn Monate nach unserer Flucht aus Russland, im Rahmen einer Zeremonie, der es so sehr an Glanz fehlte, dass sie sicher erbärmlich gewirkt hätte, wäre ihre Kargheit nicht wieder wettgemacht worden durch die Intensität unserer Liebe.

Erzogen zum Gehorsam gegenüber einer strengen, unerschütterlichen Doktrin, wollten wir unbedingt, dass unsere Verbindung den Segen der Kirche erhielt. In Paris konnten wir jedoch keine russisch-orthodoxe Kirche finden, und so schlug ich vor, stattdessen in einer französisch-katholischen Kirche zu heiraten, doch Soja wollte nichts davon wissen und wurde beinahe wütend, als ich ihr diesen Vorschlag unterbreitete. Ich selber war nie besonders religiös gewesen, auch wenn ich den Glauben, in dem ich erzogen worden war, nicht infrage stellte, doch Soja empfand in dieser Hinsicht anders als ich, und sie betrachtete den Verzicht auf unsere Konfession als einen Schritt, der uns endgültig von unserem Heimatland trennen würde, und sie war nicht dazu bereit, diesen Schritt zu vollziehen.

»Aber wo dann?«, fragte ich sie. »Du meinst doch wohl nicht, dass wir wegen der Trauzeremonie wieder nach Russland zurückkehren sollen? Das wäre …«

»Natürlich nicht«, sagte sie, obwohl ich sehr gut wusste, dass sich etwas in ihr danach sehnte, zurückzukehren. Sie empfand eine Verbindung zu dem Land und zu seinen Menschen, die ich selber binnen kürzester Zeit verloren hatte – es war ein unauslöschlicher Teil ihres Wesens. »Aber ich würde mich nicht wirklich verheiratet fühlen, Georgi, wenn wir auf die vorgeschriebene Zeremonie verzichteten. Denk an meinen Vater und an meine Mutter! Stell dir vor, wie sie sich fühlen würden, sollte ich unsere Traditionen missachten!«

Gegen dieses Argument war kein Kraut gewachsen, und so machte ich mich auf die Suche nach einem russisch-orthodoxen Priester. Die russische Gemeinde war klein und über die ganze Stadt verteilt, und wir hatten uns dort nie umgetan. Als einmal ein junges russisches Paar den kleinen Buchladen betrat, in dem ich als Gehilfe arbeitete, und ich ihre Stimmen vernahm, da beschwor der vertraute Klang unserer Muttersprache, die Melodie ihrer Intonation in mir Bilder und Erinnerungen herauf, die mich vor Sehnsucht und Schmerz ganz schwindelig machten. Ich sah mich gezwungen, mich zu entschuldigen und, unter dem Vorwand, mir sei plötzlich schlecht geworden, in die kleine Gasse hinter dem Laden zu verschwinden, sehr zum Missfallen meines Arbeitgebers, Monsieur Ferré, der das Paar nun selber bedienen musste. Ich wusste, die meisten russischen Emigranten lebten und arbeiteten im Bezirk Neuilly im *dix-septième*, einer Gegend, die wir absichtlich mieden, da wir nicht Teil einer Gemeinde werden wollten, in der uns möglicherweise Gefahr drohte.

Bei meiner Detektivarbeit stellte ich mich jedoch ziemlich geschickt an, und schließlich hatte ich einen älteren Mann namens Raklezki ausfindig gemacht, der in einem kleinen Miethaus im Hallenviertel wohnte und sich dazu bereit erklärte, die Trauzeremonie zu vollziehen. Er erzählte mir, er sei in den 1870er Jahren in Moskau zum Priester geweiht worden und nach wie vor ein rechtgläubiger Mensch, habe sich aber nach der Revolution von 1905 mit seiner Diözese überworfen und sei deswegen nach Frankreich übergesiedelt. Als ein loyaler Untertan des Zaren habe er sich dem revolutionären Priester Vater Gapon erbittert widersetzt und in jenem Jahr vergeblich versucht, diesen von seinem Marsch auf das Winterpalais abzuhalten.

»Gapon war streitlüstern«, erzählte er mir. »Ein Anarchist, der sich als Fürsprecher der Arbeiter gerierte. Er brach mit den Konventionen der Kirche und heiratete zweimal, er forderte den Zaren heraus, und trotzdem machten sie einen Helden aus ihm.«

»Bevor sie sich gegen ihn wandten und ihn aufknüpften«, erwiderte ich, ein grüner Junge, der die Stirn hatte, einen älteren Mann zu belehren.

»Ja, davor«, räumte er ein. »Aber wie viele unschuldige Menschen sind seinetwegen am ›Blutigen Sonntag‹ ums Leben gekommen? Tausend? Doppelt so viele? Viermal so viele?« Er schüttelte den Kopf, traurig und zugleich wütend.

»Danach konnte ich nicht mehr dort bleiben. Er hätte befohlen, mich wegen meines Ungehorsams zu töten. Es erstaunt mich immer wieder, Georgi Daniilowitsch, dass diejenigen, die sich am meisten über ein autokratisches oder diktatorisches Regime empören, zu den Ersten gehören, die ihre Feinde gnadenlos eliminieren, sobald sie selber an die Macht gekommen sind.«

»Vater Gapon hat nie irgendwelche Macht erlangt«, wandte ich ein.

»Aber Lenin schon«, erwiderte er, wobei er mich anlächelte. »Der ist auch nur ein weiterer Zar, oder?«

Ich verschwieg Soja seine politischen Ansichten, obwohl sie diese geteilt hätte, aber ich hielt es für falsch, unseren Hochzeitstag mit solchen Erinnerungen zu belasten. Ich wollte ihr Vater Racklezki als einen weiteren Exilanten vorstellen, den der Vormarsch der Truppen des Kaisers aus seinem Heimatland vertrieben hatte. Ich hatte so lange gebraucht, um diesen Mann aufzutreiben, und wollte keine Probleme heraufbeschwören, die unsere Hochzeit womöglich noch weiter hinausgezögert hätten.

Die Trauung wurde in der Wohnung von Leo und Sophie vollzogen, an einem warmen Samstagabend im Oktober. Unsere Freunde hatten ihre Bleibe großzügigerweise für die Zeremonie zur Verfügung gestellt, und sie fungierten an jenem Tag auch als unsere Trauzeugen. Vater Racklezki verbrachte am Nachmittag eine Stunde allein in der Wohnung, um das Wohnzimmer zu einem heiligen Ort zu weihen, mittels einer Prozedur, die, wie er sagte, »ziemlich unorthodox, aber überaus angenehm sei«, eine Formulierung, die mich amüsierte.

Es betrübte mich, dass ich nicht in der Lage war, meiner Braut eine glanzvollere Hochzeit auszurichten, doch mehr konnten wir uns nicht leisten, ohne in finanzielle Kalamitäten zu geraten. Unsere Gehälter reichten gerade für Miete und Essen. Soja achtete außerdem darauf, dass wir jede Woche ein paar Francs zurücklegten, für den Fall, dass wir aus Paris flüchten müssten. Das Hochzeitskleid hatten Soja und Sophie peu à peu nach Feierabend in der Schneiderei genäht; Leo und ich trugen unsere besten Hemden und Hosen. Am Tag der Hochzeit fand ich jedoch, dass wir trotz unserer begrenzten Mittel einen würdigen Rahmen geschaffen hatten.

Vater Racklezki hatte Soja noch nicht kennengelernt, und als sie an jenem Abend bei mir eingehakt das Wohnzimmer betrat, war ihr Gesicht mit einem schlichten Schleier bedeckt, der ihre Schönheit und ihren Liebreiz verbarg. Er strahlte uns glücklich an, als wären wir seine Kinder oder ein Lieblingsneffe und eine Lieblingsnichte, und es war nicht zu übersehen, wie sehr er sich darüber freute, wieder einmal eine Trauung zu vollziehen. Sophie und Leo flankierten uns, entzückt, an dieser ungewöhnlichen Erfahrung teilhaben zu dürfen. Ich glaube, es kam ihnen schrecklich modern und unkonventionell vor, auf diese Weise und an einem solchen Ort zu heiraten – und vielleicht auch romantisch.

Wir tauschten schlichte Ringe aus, und dann nahm ich Sojas linke Hand in meine rechte, bevor wir mit unseren freien Händen brennende Kerzen entgegennahmen, die wir in die Höhe hoben, während der Priester über unseren Köpfen die Anrufungen intonierte. Auf sein Zeichen hin fassten Sophie und Leo nach den Tischen an ihrer Seite, griffen sich die dort abgestellten kleinen, schlichten Kronen, die Soja aus Stanniolpapier und Filz gebastelt hatte, und setzten sie dann gleichzeitig auf unsere Köpfe.

»Gottes Diener Georgi Daniilowitsch Jatschmenew und Soja Fjodorowna Danitschenko«, sang der Priester, wobei er seine Hände in einem Abstand von etwa zehn Zentimetern über unsere Köpfe hielt, »werden hiermit gekrönt im Namen des Vaters, des Sohnes und des Heiligen Geistes.« Mich durchfuhr eine Woge unfassbaren Glücks, als er diese Worte sprach, und ich umklammerte Sojas Hand noch fester – ich konnte es kaum fassen, dass wir nun endlich vereint waren.

Danach wurde aus dem Evangelium gelesen, und wir tranken aus dem Messkelch, wobei wir uns versprachen, fortan alles im Leben zu teilen und in Freud und Leid zusammenzuhalten, bis dass der Tod uns scheidet. Als wir unsere Gelübde abgelegt hatten, führte Vater Racklezki uns an einen Tisch, auf dem das Evangelium und das Kreuz lagen, um das Wort Gottes und unsere Erlösung zu versinnbildlichen. Wir schritten gemeinsam im Kreis um den Tisch herum, nun als ein verheiratetes Paar, und dann standen wir wieder vor dem Priester, während er den abschließenden Segen rezitierte, bei dem er für mich erflehte, ich solle gepriesen werden wie Abraham und gesegnet sein wie Isaak, mich vermehren, wie Jakob es getan hatte, in Frieden wandeln und in Rechtschaffenheit arbeiten, und Soja wünschte er, sie solle gepriesen werden wie Sara und froh sein wie Rebekka, sich vermehren, wie Rahel es getan hatte, sich an ihrem neuen Ehemann erfreuen und die Bedingungen des Gesetzes erfüllen, denn so sei es Gott wohlgefällig.

Die Trauzeremonie war beendet, und unser Eheleben begann.

Sophie und Leo brachen in spontanen Beifall aus, und Vater Racklezki schien von ihrer legeren Art überrascht zu sein, ohne jedoch daran Anstoß zu nehmen. Er gratulierte uns beiden, wobei er mir kräftig die Hand schüttelte und sich dann nach vorn beugte, um der Braut einen Kuss zu geben, die in diesem Moment ihren Schleier lüftete.

Er hielt jählings inne und zuckte zurück, eine so plötzliche und unerwartete Bewegung, dass ich dachte, er habe irgendeinen Anfall oder eine Herzattacke bekommen. Er murmelte etwas Unverständliches und zögerte so lange, dass Sophie,

Leo und ich ihn nur anstarren konnten, als hätte er völlig den Verstand verloren. Seine Augen fixierten die von Soja, doch anstatt verwirrt oder verlegen wegzuschauen, hielt sie seinem Blick stand, wobei sie ihr Kinn hob und ihm nicht ihre Wange zum Kuss hinhielt, sondern ihre Hand. Einen Augenblick später kehrte er in die Wirklichkeit zurück, ergriff hastig ihre Hand, küsste diese und entfernte sich dann von uns beiden, ohne uns dabei den Rücken zu kehren. Sein Gesicht offenbarte seine Verwirrung, sein Erstaunen, seinen völligen Unglauben.

Obwohl er uns versprochen hatte, noch ein wenig zu bleiben und nach der Zeremonie mit uns zu Abend zu essen, packte er in Windeseile seine Habseligkeiten zusammen und machte sich auf den Heimweg, nachdem er noch ein paar Worte mit Soja gewechselt hatte, jedoch nicht in der Wohnung, sondern draußen im Hausflur, wo die beiden ungestört waren.

»Was für ein seltsamer Mensch«, resümierte Sophie, als wir eine Stunde später ziemlich vornehm speisten, wobei wir das Essen mit einer außergewöhnlich guten Flasche Wein hinunterspülten, die unsere Freunde besorgt hatten.

»Es muss lange her sein, dass er eine so hübsche Frau wie deine russische Braut gesehen hat«, sagte Leo, auf seine charmanteste und koketteste Art, wobei seine gelockerte Krawatte vor seinem geöffneten Hemdkragen herabbaumelte. »Er hat dich angeglotzt, Soja, als bedaure er es, dass er nicht der Bräutigam gewesen ist.«

»Auf mich wirkte er so, als hätte er ein Gespenst gesehen«, fügte Sophie hinzu.

Ich wandte mich meiner Frau zu, und als sich unsere Blicke trafen, schüttelte sie kurz den Kopf, bevor sie sich wieder in das Tischgespräch einschaltete. Ich konnte es kaum erwarten, bis wir beide endlich allein waren, allerdings nicht aus dem Grund, den man sich womöglich vorstellt. Nein, ich wollte wissen, worum es in dem Gespräch gegangen war, das der Priester und Soja im Hausflur geführt hatten, bevor er uns verlassen hatte.

Leo und Sophie machten uns noch ein zweites Geschenk: Wir durften ihre Wohnung als Domizil für unsere Flitterwochen benutzen, für drei Nächte trauter Zweisamkeit, während sie für die Dauer unseres dortigen Aufenthalts in die ehemaligen Zimmer von Soja und mir übersiedelten. Das war sehr zuvorkommend von ihnen, denn die eigene Wohnung, die wir in Kürze beziehen sollten, stand uns erst ab Mitte der Woche zur Verfügung, und natürlich wollten wir so kurz nach unserer Hochzeit nicht gleich wieder voneinander getrennt sein.

»Er weiß, wer du bist«, sagte ich zu Soja, nachdem Leo und Sophie sich an jenem Abend von uns verabschiedet hatten.

»Ja, das weiß er«, erwiderte sie und nickte.

»Wird er es für sich behalten?«

»Er wird es niemandem erzählen«, sagte sie. »Dessen bin ich mir sicher. Er ist ein Loyalist, ein rechtgläubiger Mensch.«

»Und du glaubst ihm?«

»Ja, das tue ich.«

Ich nickte, denn mir blieb keine andere Wahl, als mich auf ihr Urteilsvermögen zu verlassen. Es war ein eigenartiger Moment der Panik, der keinem von uns entgangen war, doch nun war er vorbei, und wir waren ein jungvermähltes Ehepaar. Ich nahm Soja bei der Hand und führte sie ins Schlafzimmer.

Hinterher schmiegte ich mich eng an sie, und als wir zu schlafen versuchten, nicht gewöhnt an die Wärme und die Glätte zweier nackter, unter rauen Bettdecken ineinander verschlungener Körper, da schloss ich die Augen und strich mit den Fingern über ihre Beine und ihren wohlgeformten Rücken, über ihren ganzen Körper, wobei ich nichts sagte und auch nicht darauf achtete, wie sie in meinen Armen schluchzte und ihr eigenes Zittern zu bekämpfen versuchte, während sie den Tag und die Hochzeit noch einmal Revue passieren ließ und dabei an diejenigen dachte, die nicht zugegen gewesen waren.

Das Ipatjew-Haus

Aus der Nähe wirkte das Ipatjew-Haus nicht besonders bedrohlich.

Ich betrachtete es von meinem Versteck aus, einer gut getarnten Stelle am Rand des nahezu undurchdringlichen Waldes, der an das Haus des Kaufmanns angrenzte, und versuchte mir vorzustellen, was sich in seinem Innern abspielen mochte. Eine Gruppe von Lärchen bot mir einen idealen Beobachtungsposten; ihre überhängenden Zweige und dicht beieinanderstehenden Stämme gewährten sogar einen leidlichen Schutz gegen die Kälte, dennoch bedauerte ich es, dass ich keinen gefütterten Mantel dabeihatte oder die dicken Wollhandschuhe, die Graf Tscharnetzki mir in meiner ersten Woche in St. Petersburg gegeben hatte. Vor mir befand sich eine kleine mit Gras bewachsene Lichtung, wo ich mich hinlegen und ausruhen konnte, wenn mir die Beine zu müde wurden, und ein Stück weiter vorn verlief eine mehrere Meter lange dichte Hecke, die zu einer mit Kies bestreuten, parallel zur Vorderseite des Hauses verlaufenden Zufahrt führte.

Irgendwo da drüben, sagte ich mir, waren die Mitglieder der kaiserlichen Familie versammelt, als Gefangene der bolschewistischen Regierung – irgendwo da drüben war Anastasia.

Ein Dutzend Soldaten kamen und gingen im Verlauf des Nachmittags. Sie lümmelten sich gegen die Hauswände und rauchten, schwatzten und lachten, wobei sie kleine Grüppchen bildeten. Einer von ihnen holte doch tatsächlich einen Fußball hervor, und nachdem sie zwei Mannschaften gebildet hatten, lieferten sie sich mit hochgekrempelten Ärmeln ein etwa halbstündiges Match, bei dem das Zufahrtstor das eine Paar Pfosten bildete und die gegenüberliegende Hauswand das andere. Fast alle waren junge Männer in den Mitzwanzigern, doch ihr Anführer, der hin und wieder auftauchte, um ihnen den Spaß zu verderben, war ein Mann in den Fünfzigern, ein kleiner, muskulöser Bursche mit zusammengekniffenen Augen und einem aggressiven Gebaren. Ihren Uniformen zufolge waren sie Bolschewiki. Aber sie versahen ihren Dienst ziemlich nachlässig, so als sei ihnen der erhabene Rang ihrer Gefangenen vollkommen gleichgültig. Seit der Abdankung des Zaren hatten sich die Zeiten erheblich geändert. Während meiner sechzehnmonatigen Odyssee von dem Eisenbahnwaggon in Pskow zum Haus zur besonderen Verwendung in Jekaterinburg war mir zunehmend aufgefallen, dass die Leute der Zarenfamilie nicht mehr den Respekt und die Hochachtung zollten, die sie ihr früher entgegengebracht hatten. Die Leute wetteiferten stattdessen darum, wer sich die obszönste Beleidigung einfallen ließ, und sie verfluchten in aller Öffentlichkeit den Mann, den sie einmal für ihren von Gott höchstselbst auserwählten Herrscher gehalten hatten. Natürlich hatte niemand von ihnen den Zaren persönlich kennengelernt – wäre dies der Fall gewesen, so hätten sie ihn vielleicht mit anderen Augen gesehen.

Was mich jedoch am meisten überraschte, war das Fehlen jeglicher Sicherheitsmaßnahmen. Ein- oder zweimal wagte ich mich aus meinem Versteck heraus und wanderte die Straße entlang, wobei ich an dem geöffneten Zufahrtstor vorbeikam und jeden Blickkontakt mit den dort postierten Soldaten vermied, die aber kaum Notiz von mir nahmen. Für sie war ich bloß ein Junge, ein verarmter Muschik, der ihre Zeit nicht wert war. Das Zufahrtstor blieb den ganzen Tag über geöffnet; ich sah mehrmals ein Automobil vor dem Haus vor- und wieder wegfahren. Die Vordertür wurde nie geschlossen, und durch die breiten Fenster eines im Erdgeschoss liegenden Salons konnte ich die Wachen sehen, wenn sie sich dort zum Essenfassen versammelten. Angesichts dieser laxen Beaufsichtigung fragte ich mich, warum die Zarenfamilie nicht einfach die Treppe hinunter- und in die nahe gelegene Stadt spazierte. Als ich am Spätnachmittag meines ersten Beobachtungstages meine Augen auf eines der Fenster im oberen Stockwerk richtete, tauchte dort plötzlich eine Gestalt auf, um die Vorhänge zu schließen, und ich wusste sofort, dass dies die Silhouette von niemand anderem war als der Zarin persönlich, der Kaiserin Alexandra Fjodorowna. Ungeachtet unserer oftmals angespannten Beziehung schlug mir das Herz bis zum Hals, als ich sie dort oben erblickte, denn dies war der Beweis – falls es eines Beweises bedurft hätte –, dass meine Reise nicht umsonst gewesen war und ich die Zarenfamilie tatsächlich gefunden hatte.

Als die Nacht hereinbrach und ich in die Stadt zurückkehren wollte, um mir einen wärmeren Schlafplatz zu suchen, kam plötzlich ein kleiner Hund durch die Vordertür geschossen, und gleich darauf konnte ich laute Stimmen vernehmen, die eines Mädchens und die eines Mannes, die sich in der Dunkelheit hinter dem eichenen Balkenwerk des Hauses stritten. Einen Augenblick später trat das Mädchen auf die Zufahrt hinaus, wo es mit einem verärgerten Gesichtsausdruck abwechselnd nach rechts und links schaute. Ich erkannte sie sofort: Es war Maria, die dritte der vier Zarentöchter. Sie rief nach dem Terrier der Zarin, der inzwischen das Grundstück verlassen, die Straße überquert und es sich in meinen Armen bequem gemacht hatte.

Maria lief die Zufahrt hinunter und rief immer wieder den Namen des kleinen Hundes, was dieser mit einem Bellen quittierte. Daraufhin blickte sie in Richtung des Waldes und zögerte nur einen kurzen Moment, bevor sie die Straße überquerte und direkt auf mich zukam.

»Eira, wo bist du?«, rief sie, immer näher kommend, bis sie in der Finsternis des Waldes nur noch ein oder zwei Schritte von mir entfernt war. Sie schien zu spüren, dass sie nicht allein war, denn ihr Tonfall wurde nun nervöser. »Bist du hier irgendwo?«, fragte sie zaghaft.

»Ja«, sagte ich, und dann streckte ich eine Hand nach ihr aus, packte sie am Arm und zerrte sie mit einem Ruck in die Büsche, wo sie direkt auf mich fiel. Sie war zu verdutzt, um laut aufzuschreien, und bevor sie wusste, wie ihr geschah, presste ich ihr meine Hand auf den Mund und hielt ihren Körper fest umklammert, während sie sich aus meinem Griff zu befreien versuchte. Der Hund fiel zu Boden, rappelte sich auf und kläffte uns beide an, doch als ich mich ihm zuwandte und ihn böse anfunkelte, hörte er sofort auf und begann, mit den Pfoten zu scharren und kläglich zu wimmern. Maria drehte ihren Kopf ein wenig, und ihre Augen öffneten sich weit, als sie die Person erblickte, die sie da festhielt – ich spürte, wie sich ihr Körper entspannte, als sie mich erkannte. Ich sagte ihr, sie solle aufhören, sich zu wehren, und nicht schreien, und falls sie mir dies verspräche, würde ich meine Hand von ihrem Mund entfernen. Sie nickte sofort, und daraufhin ließ ich sie los.

»Ich bitte um Verzeihung, Euer Hoheit«, sagte ich schnell und verbeugte mich tief vor ihr, als sie einen Schritt zurücktrat, um sich davon zu überzeugen, dass ich ihr tatsächlich nichts antun wollte. »Ich hoffe, ich habe Euch nicht wehgetan, aber ich konnte nicht riskieren, dass Ihr schreit und die Wachen auf uns aufmerksam macht.«

»Du hast mir nicht wehgetan«, sagte sie, und dann wandte sie sich dem Hund zu und pfiff leise, damit er aufhörte zu winseln. »Du hast mich überrascht, das ist alles. Aber ich kann nicht glauben, wen ich hier vor mir sehe. Georgi Daniilowitsch, bist du es wirklich?«

»Ja«, erwiderte ich und lächelte sie an, entzückt, mich wieder in ihrer Gesellschaft zu befinden. »Ja, Euer Hoheit, ich bin's.«

»Aber was tust du hier? Wie lange versteckst du dich hier schon?«

»Es würde zu lange dauern, das zu erklären«, sagte ich und warf einen Blick in Richtung des Hauses, um mich zu vergewissern, dass man noch nicht nach ihr suchte. »Es ist schön, Euch wiederzusehen, Maria«, sagte ich und fragte mich zugleich, ob diese Bemerkung nicht zu vertraulich war, doch sie kam aus tiefstem Herzen. »Ich suche schon seit geraumer Zeit nach Eurer Familie.«

»Ich finde es auch schön, dich wiederzusehen, Georgi«, sagte sie lächelnd, und ich glaubte zu sehen, wie ihr Tränen in die Augen stiegen. Sie war dünn geworden, seitdem ich sie das letzte Mal gesehen hatte; ihr billiges Kleid war zu groß für sie und hing formlos an ihrem Körper herab. Und selbst im Schatten des Waldes konnte ich die dunklen, auf Schlafmangel deutenden Ringe unter ihren Augen erkennen. »Es ist wie ein wunderbarer Blick in die Vergangenheit. Manchmal glaube ich, ich habe mir jene Zeiten bloß eingebildet. Aber hier bist du, in Fleisch und Blut. Du hast uns gefunden.« Ihre Rührung war offensichtlich. Ohne Vorwarnung warf sie mir ihre Arme um den Hals und drückte sich an mich, eine rein freundschaftliche Geste, die ich aber dennoch zu schätzen wusste.

»Geht es Euch gut?«, fragte ich, löste mich aus ihrer Umarmung und lächelte genauso breit wie sie, tief bewegt von der Herzlichkeit unseres Wiedersehens. »Hat man Euch wehgetan? Wie geht es Eurer Familie?«

»Du meinst wohl, wie es meiner Schwester geht?«, fragte sie lächelnd. »Wie es Anastasia geht?«

»Ja«, erwiderte ich, wobei ich ein wenig errötete, davon überrascht, dass ich so leicht zu durchschauen war. »Du weißt es also?«

»Oh ja, sie hat es mir schon vor Langem erzählt. Aber keine Sorge, ich habe es für mich behalten. Nach dem, was damals mit Sergei Stasjewitsch passiert ist …« Sie schaute abrupt auf, und ihre Augen wanderten in der Dunkelheit umher. »Ist er auch hier?«, fragte sie, in einem Tonfall voller Aufgeregtheit und Hoffnung. »Bitte sag mir, dass du ihn mitgebracht hast und …«

»Tut mir leid«, unterbrach ich sie. »Ich habe ihn nicht mehr gesehen. Nicht mehr seit dem Tag, an dem er St. Petersburg verließ.«

»Du meinst den Tag, an dem er weggeschickt wurde.«

»Ja, seit jenem Tag. Hat er dir nicht geschrieben?«

»Falls er es hat, sind mir seine Briefe vorenthalten worden«, sagte sie mit einem Kopfschütteln. »Ich bete jeden Tag darum, dass es ihm gut geht und dass er mich finden wird. Ich stelle mir vor, dass er mich ebenfalls sucht. Aber ich kann nicht glauben, dass du tatsächlich hier bist, mein lieber alter Freund. Nur … wo du nun hier bist … also, was genau hast du vor?«

»Ich möchte Anastasia sehen«, sagte ich. »Ich möchte alles tun, was in meiner Macht steht, um Eurer Familie zu helfen.«

»Es gibt nichts, was du tun könntest. Niemand kann etwas tun.«

»Aber das verstehe ich nicht, Euer Hoheit. Ihr seid gerade aus dem Haus spaziert, einfach so, und die Soldaten haben Euch nicht verfolgt. Kümmert es sie überhaupt, ob Ihr hierbleibt?«

»Ich habe ihnen erzählt, dass ich den Hund meiner Mutter suchen möchte.«

»Und sie haben nichts dagegen gehabt? Sie erlauben Euch, einfach zu gehen?«

»Warum sollten sie es nicht?«, fragte sie. »Wo könnte ich denn schon hingehen? Wo könnte einer von uns denn schon hingehen? Meine Familie ist da drinnen. Mutter und Vater sind im oberen Stockwerk. Die Soldaten wissen, ich werde zurückkommen. Sie gewähren uns alle Freiheiten, einmal abgesehen von der Freiheit, Russland zu verlassen, natürlich.«

»Das wird bald geschehen«, sagte ich. »Dessen bin ich mir sicher.«

»Ja, das glaube ich auch. Vater sagt, wir werden nach England gehen. Er schreibt Vetter Georgie fast täglich, um ihm unsere missliche Lage zu schildern, doch er hat noch keine Antwort erhalten. Wir wissen nicht, ob diese Briefe überhaupt abgeschickt werden. Du hast nichts darüber gehört, nehme ich an.«

»Kein bisschen«, erwiderte ich mit einem Kopfschütteln. »Nur, dass die Bolschewiken auf den richtigen Augenblick warten, um Eure Familie außer Landes zu bringen. Sie wollen Euch nicht in Russland haben, das steht fest. Aber ich denke, sie warten so lange, bis Ihr das Land ungefährdet verlassen könnt.«

»Ich wünschte mir, es wäre schon so weit«, sagte sie. »Ich will keine Großfürstin mehr sein, mein Vater will nicht mehr der Zar sein. Das alles bedeutet uns nichts mehr. Das sind doch bloß Wörter. Wir wollen nur, dass man uns gehen lässt, dass man uns unsere Freiheit wiedergibt.«

»Der Tag wird kommen, Maria«, sagte ich. »Davon bin ich felsenfest überzeugt. Aber jetzt sagt mir bitte, wann ich Anastasia sehen kann.«

Sie blickte zum Haus, aus dem gerade einer der Soldaten trat und sich, in der Nachtluft gähnend, umschaute. Wir regten uns nicht, während er dort stand, sich eine Zigarette anzündete, diese rauchte und dann wieder im Haus verschwand.

»Ich werde ihr sagen, dass du hier bist«, sagte sie. »Wir teilen uns noch immer ein Zimmer. Wir werden die ganze Nacht darüber reden, das verspreche ich dir. Du wirst doch nicht gleich wieder von hier weggehen, oder?«

»Ich werde niemals von hier weggehen«, erwiderte ich. »Nicht ohne Eure Familie.«

»Ich danke dir, Georgi«, sagte sie, wobei sie lächelte und für einen Moment auf den Boden schaute, um einen Blick auf Eira zu werfen, der uns nun stumm beobachtete. »Schau mal, da drüben, da steht eine Gruppe von Zedern«, sagte sie und deutete in die Dunkelheit. »Warte dort. Ich werde jetzt wieder ins Haus gehen und Anastasia sagen, wo du bist. Vielleicht dauert es nur ein paar Minuten, bis sie dich dort trifft, vielleicht dauert es aber auch Stunden, bis sie das Haus verlassen kann, doch ich verspreche dir, sie wird kommen.«

»Wenn es sein muss, werde ich die ganze Nacht auf sie warten«, sagte ich.

»Schön«, sagte sie. »Sie wird sich wahnsinnig freuen, dich wiederzusehen. Aber jetzt gehe ich lieber zurück, bevor sie mich suchen. Warte bei den Zedern auf Anastasia. Es wird nicht lange dauern, bis sie kommt.«

Ich nickte, und sie schnappte sich den Hund der Zarin, überquerte die Straße und lief zum Haus, wobei sie sich noch einmal kurz zu mir umdrehte, bevor sie hineinging. Ich wartete, bis ich sicher war, dass mich niemand beobachtete, und dann erhob ich mich, klopfte mir den Schmutz von der Kleidung und ging schnell den Weg hinunter, in die Richtung, die sie mir gewiesen hatte. Bei dem Gedanken daran, dass ich

Anastasia gleich wiedersehen würde, schlug mir das Herz bis zum Hals.

Als ich aufwachte, war es bereits heller Tag. Ich öffnete die Augen und blinzelte zu dem blassblauen Himmel hinauf, der über meinem Kopf durch die Zweige der Bäume hindurchschimmerte, und für einen Moment wusste ich nicht, wo ich war. Dann erinnerte ich mich jedoch wieder an die Ereignisse des vergangenen Abends, und als ich mich erschrocken aufsetzte, verspürte ich unten an meinem Rückgrat einen stechenden Schmerz, der zweifellos von der unbequemen Körperhaltung herrührte, in der ich geschlafen hatte.

Ich hatte bei den Zedern stundenlang auf Anastasia gewartet, doch schließlich waren mir vor Müdigkeit die Augen zugefallen. Zunächst befürchtete ich, ich könnte unser Treffen schlicht und einfach verschlafen haben, doch diese Möglichkeit verwarf ich gleich wieder, denn wenn sie in der Lage gewesen wäre, das Haus zu verlassen, dann hätte sie mich zweifellos gefunden und geweckt. Ich erhob mich und ging ein paar Minuten hin und her, wobei ich versuchte, die Schmerzen in meinem Rücken zu lindern, indem ich die Stelle mit der Hand massierte; zu allem Überfluss verspürte ich einen nagenden Hunger, denn ich hatte seit über einem Tag nichts mehr gegessen.

Auf meinem Rückweg hielt ich auf der Straße vor dem Ipatjew-Haus inne und sah zu den Fenstern im oberen Stockwerk hinauf, konnte aber keine Stimmen von drinnen vernehmen. Als ich am Zufahrtstor vorüberkam, bemerkte ich einen jungen Soldaten, der damit beschäftigt war, an einem Automobil einen Reifen zu wechseln. Ich näherte mich ihm vorsichtig.

»Genosse«, sagte ich und nickte dabei in seine Richtung. Er blickte zu mir auf, wobei er seine Augen vor dem Sonnenlicht beschirmte, und dann musterte er mich mit kaum verhohlener Verachtung von oben bis unten.

»Wer bist du?«, fragte er unwirsch. »Was hast du hier zu suchen, Junge?«

»Hast du vielleicht ein paar Rubel für mich?«, sagte ich. »Ich habe seit Tagen nichts mehr gegessen. Ich wäre dir für jede Hilfe dankbar.«

»Verzieh dich, und geh woanders betteln«, erwiderte er mit einer abwinkenden Handbewegung. »Was glaubst du, wo du hier bist?«

»Bitte, Genosse«, sagte ich. »Sonst muss ich vielleicht verhungern.«

»Hör mal«, sagte er, wobei er aufstand und sich mit der Hand über die Stirn wischte, was einen langen, dunklen Ölfleck über seinen Augenbrauen hinterließ. »Ich habe dir gesagt ...«

»Ich könnte das da erledigen, wenn du willst«, sagte ich. »Ich kann einen Reifen wechseln.«

Er zögerte und schaute auf den Boden, während er sich meinen Vorschlag durch den Kopf gehen ließ. Ich vermutete, dass er sich schon seit einiger Zeit mit diesem Reifenwechsel abplagte, aber nicht damit zurechtkam. Neben dem Automobil lagen ein Wagenheber und ein Radkreuz, aber die Radmuttern waren noch nicht entfernt worden. »Du kannst das?«, fragte er.

»Ja, wenn ich dafür so viel bekomme, dass ich mir ein Mittagessen leisten kann«, erwiderte ich.

»Wenn du die Sache anständig erledigst, bekommst du von mir so viel, dass es für einen Teller Borschtsch reicht«, sagte er. »Aber beeil dich! Es könnte sein, dass wir dieses Auto heute noch brauchen.«

»Jawohl, Genosse«, sagte ich und sah zu, wie er sich entfernte und mich auf der Zufahrt allein ließ.

Ich kauerte mich nieder und untersuchte den Murks, den er bis dahin gemacht hatte, und dann schnappte ich mir den Wagenheber und klemmte ihn unter den Rahmen, um das Automobil anzuheben. Die Arbeit nahm mich voll in Anspruch. Tatsächlich war ich so tief darin versunken, dass ich noch nicht einmal die Schritte hörte, die sich mir näherten. Als dann plötzlich mein Name ausgesprochen wurde, in einem ehrfürchtigen Flüsterton, zuckte ich erschrocken zusammen, wobei mir das Radkreuz entglitt und ich mir die linke Hand aufschrammte. Ich fluchte, doch als ich aufblickte, verflog meine Wut auf der Stelle.

»Alexei«, sagte ich.

»Georgi«, erwiderte er, wobei er zum Haus zurückblickte, um sicherzugehen, dass ihn niemand beobachtete. »Kommst du mich besuchen?«

»Ja, mein Freund«, sagte ich, und diesmal war ich derjenige, dem die Tränen in die Augen stiegen. Wie sehr ich diesen Jungen mochte, war mir erst klar geworden, als er nicht mehr ein Teil meines Lebens gewesen war. »Kannst du es fassen, dass ich hier bin?«

»Du hast einen Bart«, sagte er.

»Na ja, so etwas Ähnliches«, sagte ich, wobei ich mir nervös mit der Hand über die Stoppeln strich. »Jedenfalls ist er nicht so beeindruckend wie der deines Vaters.«

»Du siehst anders aus.«

»Älter, vermute ich.«

»Dürrer«, sagte er. »Und blasser. Ja, du siehst gar nicht gut aus.«

Ich lachte und schüttelte den Kopf. »Vielen Dank!«, sagte ich. »Du hast dich schon immer darauf verstanden, mir gute Laune zu machen.«

Er starrte mich einen Augenblick lang an, als versuchte er zu ergründen, wie ich das gemeint hatte, und als er merkte,

dass ich ihn nur aufgezogen hatte, trat ein breites Lächeln auf sein Gesicht. »Entschuldigung«, gab er zurück.
»Wie geht es dir?«, fragte ich. »Hältst du dich wacker? Gestern habe ich deine Schwester getroffen, weißt du?«
»Welche?«
»Maria.«
»*Pffft*«, zischte er angewidert und schüttelte den Kopf. »Ich hasse meine Schwestern.«
»Alexei, so etwas darfst du nicht sagen.«
»Aber es ist wahr. Sie lassen mich nie in Ruhe.«
»Aber trotzdem lieben sie dich sehr.«
»Kann ich dir beim Reifenwechsel helfen?«, fragte er.
»Du kannst mir dabei zusehen«, sagte ich. »Warum setzt du dich nicht da drüben hin?«
»Kann ich nicht helfen?«
»Du kannst mich beaufsichtigen«, schlug ich vor. »Du kannst aufpassen, ob ich alles richtig mache.«
Er nickte zufrieden und nahm auf einem großen Stein Platz, der hinter ihm lag und für ihn genau die richtige Höhe hatte, um darauf sitzen und sich mit mir unterhalten zu können, während ich arbeitete. Ich hatte den Eindruck, dass es ihn nicht besonders überraschte, mich hier anzutreffen und auf diese Weise arbeiten zu sehen. Er stellte mir deswegen keine einzige Frage. Für ihn war das ein ganz normaler Bestandteil seines Tages.
»Du blutest, Georgi«, sagte er und deutete auf meine Hand.
Ich schaute hinunter, und da war tatsächlich ein schmaler, gerade gerinnender Streifen Blut oberhalb meiner Knöchel.
»Das ist deine Schuld«, sagte ich und grinste ihn an. »Du hast mich erschreckt.«
»Und du hast ein schlimmes Wort gesagt.«
»Ja, das habe ich«, gab ich zu. »Aber lass uns nicht mehr davon reden.«

»Du hast gesagt ...«

»Alexei«, sagte ich stirnrunzelnd.

Ich griff mir den Schraubenschlüssel und widmete mich eine Weile stumm dem Reifen, denn obwohl ich darauf brannte, mich mit dem Jungen zu unterhalten, wollte ich meine Fragen nicht zu schnell stellen, weil er sonst vielleicht nach drinnen gestürmt wäre, um den anderen brühwarm zu erzählen, wen er draußen vor dem Haus entdeckt hatte.

»Deine Familie«, sagte ich schließlich. »Sie sind alle in diesem Haus hier?«

»Ja, im oberen Stockwerk«, sagte er. »Vater schreibt Briefe. Olga liest irgendeinen albernen Roman. Mutter erteilt meinen anderen Schwestern ihren Unterricht.«

»Und du?«, fragte ich. »Warum bist du nicht beim Unterricht?«

»Ich bin der Zarewitsch«, sagte er mit einem Achselzucken. »Ich ziehe es vor, nicht daran teilzunehmen.«

Ich lächelte ihn an und nickte, und mit einem Mal überkam mich eine Welle des Mitleids angesichts seiner misslichen Lage. Offenbar hatte er noch nicht begriffen, dass er nicht mehr der Zarewitsch war, sondern nur noch Alexei Nikolajewitsch Romanow, ein Junge mit genauso wenig Geld oder Einfluss wie ich.

»Ich bin froh, dass es dir gut geht«, sagte ich. »Mir fehlt das Winterpalais.«

»Mir fehlt die *Standart*«, sagte er, denn er hatte sich immer am liebsten auf der kaiserlichen Jacht aufgehalten. »Und ich vermisse meine Spielsachen und meine Bücher. Hier habe ich nur ganz wenige.«

»Aber es geht dir gut, seitdem du hier in Jekaterinburg bist?«, fragte ich. »Du hast dich nicht verletzt, oder?«

»Nein«, sagte er und erschauderte kurz angesichts dieser Vorstellung. »Mutter lässt mich nicht oft nach draußen. Dr.

Fedorow ist auch hier, für alle Fälle, aber in letzter Zeit bin ich, Gott sei Dank, immer gesund gewesen.«

»Das freut mich zu hören.«

»Und du, Georgi Daniilowitsch? Wie ist es dir ergangen? Du weißt, dass ich inzwischen dreizehn Jahre alt bin?«

»Ja, weiß ich«, sagte ich. »An deinem Geburtstag im letzten August habe ich an dich gedacht.«

»Wie?«

»Nun, ich habe für dich eine Kerze angezündet«, erwiderte ich, wobei ich mich an den Tag erinnerte, an dem ich fast acht Stunden auf den Beinen gewesen war, bis ich endlich eine Kirche gefunden hatte, wo ich den Geburtstag des Zarewitsch würdig begehen konnte. »Ich habe eine Kerze angezündet und gebetet, dass du gesund und wohlauf bist und dass Gott seine schützende Hand über dich hält.«

»Ich danke dir«, sagte er lächelnd. »Nächsten Monat ist mein vierzehnter Geburtstag. Wirst du dann das Gleiche tun?«

»Ja, natürlich«, sagte ich. »Das werde ich von nun an jedes Jahr am 12. August machen. Solange ich lebe.«

Alexei nickte und schaute sich im Hof um. Er schien in Gedanken versunken, und ich schwieg, um ihn nicht zu stören, und fuhr einfach mit meiner Arbeit fort.

»Wirst du hier bleiben, Georgi?«, fragte er schließlich.

Ich schaute zu ihm hinüber und schüttelte den Kopf. »Das glaube ich nicht«, sagte ich. »Einer der Soldaten hat versprochen, mir ein paar Rubel zu geben, wenn ich diesen Reifen hier wechsle.«

»Und was wirst du mit dem Geld machen?«

»Mir was zu essen kaufen.«

»Wirst du hinterher wiederkommen? Wir haben hier nämlich niemanden, der uns beschützt.«

»Aber die Soldaten beschützen euch doch«, sagte ich. »Deswegen sind sie doch hier, oder?«

»Ja, das sagen sie zumindest«, erwiderte er, wobei er ein wenig die Stirn furchte, als er darüber nachdachte. »Aber ich glaube ihnen nicht. Ich glaube, sie mögen uns nicht. Ich mag sie auch nicht. Sie sagen immer so hässliche Dinge über uns. Über Mutter. Über meine Schwestern. Sie haben keinen Respekt vor uns. Sie haben vergessen, was sich geziemt.«

»Aber du musst auf sie hören, Alexei«, sagte ich, um seine Sicherheit besorgt. »Wenn du ihnen gehorchst, werden sie dich gut behandeln.«

»Ach, du nennst mich jetzt Alexei?«

»Ich bitte um Verzeihung«, sagte ich und verbeugte mich vor ihm. »Ich meinte natürlich Euer Hoheit.«

Er zuckte die Achseln, als kümmerte ihn das eigentlich nicht, doch ich merkte, dass ihn sein neuer gesellschaftlicher Rang zutiefst verunsicherte.

»Du hast doch auch Schwestern, stimmt's, Georgi?«, fragte er mich.

»Ja, hatte ich«, sagte ich. »Insgesamt drei. Aber ich weiß nicht, was aus ihnen geworden ist. Ich habe sie schon lange nicht mehr gesehen.«

»Dann haben wir zusammen sieben Schwestern, aber keine Brüder.«

»Richtig.«

»Merkwürdig, oder?«

»Ja, irgendwie schon.«

»Ich habe mir immer einen Bruder gewünscht«, sagte er leise und blickte dabei auf den steinigen Boden. Er klaubte ein paar Kiesel von der Zufahrt auf und warf sie von einer Hand in die andere.

»Das hast du mir nie erzählt«, sagte ich, überrascht, ihn das sagen zu hören.

»Aber es stimmt. Ich habe immer gedacht, es wäre schön, einen großen Bruder zu haben. Jemanden, der sich um mich kümmert.«

»Dann wäre er der Zarewitsch gewesen, und nicht du.«

»Ich weiß«, sagte er. »Das wäre schön gewesen.«

Ich runzelte die Stirn, denn mit dieser Antwort hatte ich nicht gerechnet.

»Und was ist mit dir, Georgi? Hast du dir jemals einen Bruder gewünscht?«

»Nein, eigentlich nicht«, sagte ich. »Ich habe nie darüber nachgedacht. Ich hatte einmal einen Freund, Kolek Borisowitsch – wir sind zusammen aufgewachsen. Er war für mich wie ein Bruder.«

»Und wo ist er jetzt? Kämpft er im Krieg?«

»Nein«, sagte ich und schüttelte den Kopf. »Nein, er ist gestorben.«

»Das tut mir leid.«

»Nun ja, das ist schon lange her.«

»Wie lange?«

»Über drei Jahre.«

»Das ist aber nicht besonders lange.«

»Mir kommt es wie eine halbe Ewigkeit vor«, sagte ich. »Aber wie dem auch sei, du hast keinen Bruder, und Kolek Borisowitsch ist tot, aber du und ich, wir leben noch. Vielleicht könnte *ich* für dich wie ein großer Bruder sein, Alexei. Wie wäre das?«

Er starrte mich an und runzelte die Stirn. »Aber das ist unmöglich«, sagte er, wobei er sich von dem Stein erhob. »Du bist schließlich nur ein Muschik. Und ich bin der Sohn eines Zaren.«

»Ja«, sagte ich lächelnd. Er wollte mich nicht verletzen, der arme Junge. Er war einfach so erzogen worden. »Ja, das ist unmöglich.«

»Aber wir können Freunde sein«, sagte er schnell, wobei er so klang, als wisse und bedauere er, dass er etwas Unpassendes gesagt hatte. »Wir werden immer Freunde sein, Georgi, nicht wahr?«

»Ja, natürlich«, erwiderte ich. »Und wenn du von hier weggehst, werden wir weiterhin die besten Freunde bleiben. Das verspreche ich dir.«

Er lächelte mich erneut an, und dann schüttelte er den Kopf. »Aber wir werden nie von hier weggehen, Georgi Daniilowitsch«, sagte er in einem ruhigen, gemessenen Tonfall. »Weißt du das nicht?«

Ich zögerte, einigermaßen beunruhigt von der Gewissheit in seiner Stimme, und überlegte, was ich ihm sagen könnte, um ihn zu beruhigen, doch als ich den Mund öffnete, sah ich Maria, wie sie eiligen Schrittes auf uns zukam.

»Alexei«, sagte sie und nahm ihn beim Arm, »hier steckst du also. Ich habe dich gesucht.«

»Maria, schau, Georgi Daniilowitsch!«

»Ja, das sehe ich«, sagte sie und sah mir einen Moment lang direkt in die Augen, bevor sie sich wieder ihrem Bruder zuwandte. »Geh rein«, sagte sie. »Vater fragt nach dir. Und erzähl ihm nicht, wen du hier getroffen hast, verstehst du?«

»Aber warum nicht?«, fragte Alexei. »Er wird es wissen wollen.«

»Wir können es ihm später erzählen, aber jetzt noch nicht. Wir heben es uns für später auf, als eine besondere Überraschung. Vertrau mir, bitte!«

»In Ordnung«, sagte er und zuckte mit den Schultern. »Also dann auf Wiedersehen, Georgi«, sagte er, wobei er mir die Hand entgegenstreckte, auf die förmliche Weise, auf die er sie einst Generälen und Fürsten hingehalten hatte; ich ergriff sie und schüttelte sie kräftig, wobei ich ihn anlächelte.

»Auf Wiedersehen, Alexei«, sagte ich. »Bis später!«

Er nickte und lief zurück ins Haus.

Als er verschwunden war, wandte sich Maria mir zu. »Tut mir leid, Georgi«, sagte sie. »Ich habe ihr Bescheid gesagt. Und sie wollte natürlich kommen. Aber die Soldaten haben die ganze Nacht Karten gespielt, und deshalb konnte sie nicht ins untere Stockwerk gehen.«

»Und wo ist sie jetzt?«, fragte ich.

»Sie ist bei Mutter. Sie will dich unbedingt sehen. Ich habe es gestern geschafft, das Haus zu verlassen. Ich bin zu den Zedern gegangen, um dir Bescheid zu sagen. Ich sollte dir von ihr ausrichten, dass sie dich heute Nacht treffen wird. Und zwar sehr spät. Sie verspricht, dass sie heute Nacht kommen wird, egal, was passiert.«

Ich nickte. Noch einen weiteren halben Tag warten zu müssen, kam mir wie Folter vor, doch andererseits hatte ich schon so lange gewartet, mehr als achtzehn Monate, dass ich auch noch ein bisschen länger warten konnte.

»In Ordnung«, sagte ich. »Da drüben.« Ich deutete auf die Baumgruppe, wo wir uns am Abend zuvor unterhalten hatten. »Ich werde dort ab Mitternacht warten und …«

»Nein, das ist zu früh«, sagte sie. »Komm gegen zwei Uhr morgens. Dann werden alle schlafen. Sie wird kommen, das verspreche ich dir.«

»Danke, Maria«, sagte ich.

»Du solltest jetzt von hier verschwinden«, sagte sie, wobei sie sich vorsichtig umsah. »Wenn Mutter und Vater dich sehen … also, es ist besser, wenn so wenig Leute wie möglich von deiner Anwesenheit wissen.«

»Ja, ich werde jetzt verschwinden«, sagte ich, wobei ich darüber hinwegsah, dass ich die Radmuttern an dem neuen Reifen noch nicht festgezogen hatte. »Und noch einmal vielen Dank.«

Sie beugte sich zu mir herüber und küsste mich auf beide

Wangen, bevor sie ins Haus zurückkehrte. Ich schaute ihr nach und war ihr schrecklich dankbar. Als ich noch im Dienst ihrer Familie stand, hatten wir beide kaum etwas miteinander zu tun gehabt, doch sie war immer sehr nett zu mir gewesen, und Sergei Stasjewitsch hatte sie geliebt. Ich blickte mich um und zog kurz in Erwägung, auf die Rückkehr des Soldaten zu warten, um mir meine Rubel auszahlen zu lassen, doch es war weit und breit nichts von ihm zu sehen, und ich verspürte mit einem Mal das starke Bedürfnis, mich von diesem Ort zu entfernen.

Ich kehrte dem Haus den Rücken und ging die Zufahrt hinunter und schritt gerade durch das Tor hinaus, als ich auf dem Kies hinter mir das sich schnell nähernde Getrappel von Füßen vernahm. Ich drehte mich um und erblickte Alexei, der keine Anstalten machte, sein Tempo zu drosseln, und so breitete ich meine Arme aus, und er sprang mitten in sie hinein und klammerte sich um meinen Nacken, als ich ihn zu mir hochhob.

»Ich wollte dich nur wissen lassen«, sagte er mit tränenerstickter Stimme, »also, ich wollte dir nur sagen, dass du mein Bruder sein kannst, wenn du möchtest. So lange, wie ich dein Bruder sein darf.«

Dann löste er sich von mir und schaute mir direkt in die Augen, und ich lächelte ihn an und nickte. Ich öffnete den Mund, um zu sagen, ja, es wäre mir eine Ehre, sein Bruder sein zu dürfen, doch mein zustimmendes Nicken hatte ihm bereits gereicht, denn noch im selben Augenblick hatte er kehrtgemacht und war wieder ins Haus zurückgelaufen, in den Kreis seiner Familie.

Jede Minute zog sich endlos hin.

Ich hatte keine Uhr, und deshalb ging ich in ein kleines Café, um zu fragen, wie spät es war. Zehn nach zwei. Also musste ich noch einen halben Tag warten. Das schien mir unmöglich. Ich tigerte durch die Straßen, wobei ich von Sekunde zu Sekunde ungeduldiger und aufgeregter wurde. Nachdem ich, wie es mir vorkam, stundenlang ziellos durch die Straßen gewandert war, ging ich wieder in das Café, um noch einmal nach der Uhrzeit zu fragen.

»Für was hältst du das hier, Junge? Für ein Auskunftsbüro?«, schrie der Mann hinter dem Tresen. »Verschwinde und such dir jemand anders, dem du auf die Nerven gehen kannst.«

»Bitte«, sagte ich. »Können Sie mir nicht ...«

»Es ist kurz vor drei«, blaffte er mich an. »Und jetzt verschwinde, und lass dich hier ja nicht mehr blicken!«

Drei Uhr! Es war noch nicht einmal eine Stunde verstrichen.

Gott schien es jedoch gut mit mir zu meinen, denn als ich kurz darauf um die Ecke bog, sah ich zu meinen Füßen etwas aufschimmern, einen kleinen glitzernden Gegenstand. Ich blieb stehen und kniff die Augen zusammen, um zu sehen, worum es sich dabei handelte, doch so sehr ich mich auch bemühte, ich konnte das Ding nicht finden. Also deshalb ging ich ein paar Schritte zurück, bis sich das Glitzern erneut sehen ließ. Ich heftete meine Augen darauf, und als ich es erreichte und mich danach bückte, zog ich einen Klipp aus dem Schmutz, in dem eine Handvoll Banknoten klemmte – nicht viele, aber mehr als ich seit wer weiß wie langer Zeit gesehen hatte. Irgendein Pechvogel musste sie auf der Straße verloren haben; es konnte erst ein paar Minuten her sein, vielleicht aber auch schon Wochen, das war schwer zu sagen. Ich blickte mich um, ob mich jemand beobachtet hatte, aber niemand sah in meine Richtung, und so stopfte ich mir das Geld in die Tasche, wobei ich mein Glück kaum fassen konnte. Ich hätte es natürlich einem Soldaten aushändigen können; ich hätte mich an den Stadtrat wenden können, um es seinem rechtmäßigen Besitzer zukommen zu lassen, aber ich tat weder das eine noch das andere. Ich tat, was jeder getan hätte, der so mittellos und hungrig gewesen wäre wie ich: Ich behielt es.

»Es ist Viertel nach drei«, brüllte der Cafébesitzer, als ich erneut in seinem Lokal aufkreuzte. Diesmal hielt ich eine Banknote in die Höhe, um ihm zu zeigen, dass ich als zahlender Gast gekommen war. »Ah«, sagte er lächelnd, »das ist natürlich etwas anderes.«

Ich nahm an einem der Tische Platz, bestellte mir etwas zu essen und zu trinken und zwang mich, nicht auf die Wanduhr und ihre langsam vorrückenden Zeiger zu starren. Jetzt, wo meine achtzehnmonatige Reise ein Ende gefunden hatte, wo Anastasia und ich uns endlich wiedersehen sollten, drängte sich mir mit aller Macht eine Frage auf: Was würde ich tun, wenn wir beide wieder zusammen wären?

Die Bolschewiki würden ihr nicht so ohne Weiteres erlauben, das Ipatjew-Haus zu verlassen. Und selbst wenn sie es taten, wo sollten wir hingehen? Nein, wahrscheinlich würden wir uns nur für ein paar Minuten wiedersehen oder, wenn wir Glück hätten, für eine Stunde, und dann müsste sie wieder zu ihrer Familie zurückkehren. Und was würde ich danach tun? Jede Nacht zurückkehren, um sie zu sehen? Ein heimliches Rendezvous nach dem anderen planen? Nein, es musste eine andere Lösung geben.

Vielleicht konnte ich sie alle retten, dachte ich. Vielleicht fand ich ja eine Möglichkeit, die ganze Familie außer Landes zu bringen, sie quer durch Russland und dann Richtung Norden nach Finnland zu schmuggeln, von wo aus sie nach England entkommen könnten. Es müsste noch genug Sympathisanten geben, die die kaiserliche Familie beschützen würden, die für sie lügen und notfalls auch für sie sterben würden. Und sollte ich dabei erfolgreich sein, so würde mir der Zar die Hand seiner Tochter bestimmt nicht verwehren, trotz der uns trennenden Standesschranken. Es war eine gute Idee, aber sosehr ich mir auch das Gehirn zermarterte, ich sah keine Möglichkeit, sie in die Tat umzusetzen. Die Soldaten waren alle mit Gewehren bewaffnet, während ich nichts weiter hatte als ein paar Banknoten, die ich auf der Straße gefunden hatte. Die Bolschewiki und die neue Regierung würden ihre wertvollen Geiseln nicht so einfach ziehen lassen, damit sie im Exil einen russischen Hofstaat etablierten. Nein, sie würden sie für immer festhalten, sie würden sie isolieren, vor der Welt verstecken. Der Zar und die Zarin würden keinen Hofstaat mehr haben, sie würden den Rest ihres Lebens schwer bewacht in Jekaterinburg verbringen. Ihr Sohn und ihre Töchter würden dort alt werden. Man würde sie für den Rest ihres Lebens gefangen halten und ihnen nicht erlauben, zu heiraten oder Kinder zu bekommen, und die Romanow-Dynastie würde so ein natürliches Ende finden: In fünfzig oder vielleicht sechzig Jahren wäre sie ausgestorben.

Es war unvorstellbar, aber zugleich sehr wahrscheinlich. Allein schon der Gedanke deprimierte mich unsäglich. Die Stunden verstrichen, die Sonne ging unter, ich verließ das Café und streifte wieder durch die Straßen, lief eine Stunde lang in eine Richtung und dann dieselbe Strecke in die Gegenrichtung wieder zurück. Ich wurde nicht müde, denn in dieser Nacht musste ich einfach hellwach und auf der Hut sein. Es wurde neun Uhr, zehn Uhr, elf Uhr. Mitternacht nahte. Ich konnte nicht länger warten.

Ich ging zurück.

Wirkte das Haus tagsüber nicht besonders bedrohlich, so erweckte es nachts einen anderen Eindruck, der flackernde Schatten des Mondlichts, der auf die es umgebenden Mauern und Zäune fiel, beunruhigte mich. Die Wachen, die sich normalerweise in Schichten abwechselten, waren nun nirgends zu sehen. Das Tor war nicht geschlossen, und mitten auf der Zufahrt stand ein Lastwagen, dessen Fracht – falls es eine gab – sich unter einer Segeltuchplane verbarg. Ich hielt auf dem gegenüberliegenden Rasen inne und blickte mich nervös um. Was mochte sich wohl im Innern des Hauses abspielen? Da ich befürchtete, die Soldaten könnten zurückkehren und mich entdecken, schlich ich mich zu der Baumgruppe, die ich mit Maria als Treffpunkt ausgemacht hatte, und hoffte, Anastasia würde bald dort auftauchen.

Es dauerte nicht lange, bis in dem Salon im Erdgeschoss das Licht anging und eine, wie es schien, ganze Abteilung von Soldaten den Raum betrat. Sie trugen nicht mehr ihre bolschewistischen Uniformen, sondern hatten sich umgezogen und steckten nun in der Kluft einfacher Bauern. Sie hatten, wie immer, ihre Gewehre umhängen, aber anstatt sich, wie ich erwartet hatte, in Gruppen aufzuteilen und abzutreten – sei es um zu schlafen, um zu arbeiten oder um Wache zu schieben –, nahmen sie alle an dem Tisch Platz und richteten ihre Aufmerksamkeit auf einen älteren Mann, einen Soldaten, der offensichtlich das Kommando hatte und der im Stehen zu ihnen sprach, während sie still dasaßen und seinen Worten lauschten.

Einen Augenblick später hörte ich ein plötzliches Geräusch auf dem Kies der Zufahrt. Ich zog mich noch weiter in die Dunkelheit zurück, reckte aber meinen Kopf in die Höhe, um sehen zu können, wer da kam. Es war jedoch zu dunkel, und der Lastwagen versperrte mir die Sicht, sodass ich außer den Wachen im Salon niemanden erkennen konnte. Ich hielt den Atem an, und ja, da war es wieder – das knirschende Geräusch von behutsamen Schritten.

Jemand hatte das Haus verlassen.

Ich kniff die Augen zusammen und versuchte verzweifelt zu erkennen, ob es sich um Anastasia handelte, traute mich jedoch nicht, ihren Namen zu rufen, ja noch nicht einmal, ihn leise zu flüstern, denn sollte ich mich geirrt haben, wäre ich sofort entdeckt worden. Mir blieb nichts weiter übrig, als zu warten. Das Herz schlug mir erneut bis zum Hals, und trotz der frischen Nachtluft traten mir Schweißperlen auf die Stirn. Irgendetwas stimmte nicht. Ich fragte mich, ob ich es riskieren sollte, die Straße zu überqueren, doch bevor ich zu einer Entscheidung gelangte, standen die Wachen gleichzeitig auf. Sie streckten ihre rechten Arme aus und legten ihre Hände über der Tischmitte turmartig übereinander, um sie dann wieder wegzuziehen und in einer Reihe Aufstellung zu nehmen. Zwei von ihnen, derjenige, den ich für ihren Anführer hielt, und ein anderer, verließen den Salon. Durch die halb geöffnete Vordertür konnte ich sehen, wie die beiden die Treppe in der Mitte des Hauses hinaufstiegen.

Ich konzentrierte mich wieder auf die Zufahrt, in der Hoffnung, die Person identifizieren zu können, die nach draußen gekommen war, doch dort war es nun völlig still. Vielleicht war es nur der Terrier der Zarin gewesen. Oder ein anderes Tier. Vielleicht hatte ich mir das Ganze auch nur eingebildet. Sollte dort tatsächlich jemand gewesen sein, so war er oder sie jetzt verschwunden.

In einem der Zimmer im oberen Stockwerk ging das Licht an. Ich konnte Stimmen hören, ein tiefes Gemurmel, und erkannte durch den dünnen Vorhangstoff die Silhouette einer Gruppe von Menschen, die dort dicht gedrängt zusammenstanden, sich dann aber voneinander lösten und im Gänsemarsch zur Tür schritten.

Ich lief rasch nach links und starrte durch die Bäume auf die Treppe. Einen Moment später erschien Großfürstin Olga, gefolgt von einer kleineren Gruppe von Personen, die ich in der Dunkelheit nicht erkennen konnte, bei denen es sich meiner Überzeugung nach jedoch um ihren Bruder und ihre

Schwestern Maria, Tatjana und Anastasia handeln musste – ich sah sie nur kurz, bevor sie um eine Ecke verschwanden. Die fünf wurden von ihren Eltern getrennt, vermutlich, um sie an einem anderen Ort unterzubringen. Schließlich waren sie noch jung. Sie hatten sich nichts zuschulden kommen lassen. Vielleicht entließ man sie in die Freiheit.

Aber nein, jetzt erschienen auch der Zar und die Zarin in der Diele und stiegen ebenfalls die Treppe hinab, wobei sie sehr langsam gingen und sich, offenbar völlig entkräftet, gegenseitig stützten. Die beiden Soldaten, die ihnen folgten, dirigierten sie in dieselbe Richtung, in die auch ihre Kinder gegangen waren.

Dann herrschte Stille. Die im Salon verbliebenen Soldaten erhoben sich und verließen langsam den Raum, der letzte unter ihnen löschte das Licht, und dann verschwanden auch sie um die Ecke und waren nicht mehr zu sehen.

In diesem Moment fühlte ich mich absolut allein. Die Welt schien ein vollkommen ruhiger und friedlicher Ort zu sein, einmal abgesehen von dem leichten Geraschel der Blätter über mir, die sich in der sommerlichen Brise hin und her bewegten. Ja, dieser Ort entbehrte nicht einer gewissen Schönheit, und als ich die Augen schloss und meine Gedanken in der Stille schweifen ließ, da erfüllte mich mit einem Mal die Hoffnung auf eine zivilisierte Entwicklung unseres Landes, die Zuversicht, dass sich alles zum Guten wenden würde, für immer und ewig. Das Ipatjew-Haus lag nun in vollkommener Dunkelheit. Die kaiserliche Familie war verschwunden. Die Soldaten waren nirgends zu sehen. Wer immer über den Kies der Zufahrt gelaufen sein mochte, war nun außer Sicht- und Hörweite. Ich war ganz allein, verängstigt, unsicher, verliebt. Und mit einem Mal überfiel mich mit der Wucht eines Hurrikans eine bleierne Müdigkeit – ich dachte daran, mich ins Gras zu legen, die Augen zu schließen, einzuschlafen und darauf zu hoffen, dass die Ewigkeit anbrach. Es würde ganz leicht sein, mich einfach auszustrecken und meine Seele in Gottes Hände zu geben, mich vom Hunger und von der Entbehrung übermannen und an einen Ort führen zu lassen, wo ich vor Kolek Borisowitsch stehen und *Es tut mir leid* sagen konnte.

Wo ich vor meinen Schwestern niederknien und *Es tut mir leid* sagen konnte.

Wo ich auf meine Liebste warten und *Es tut mir leid* sagen konnte, sobald sie zu mir kam.

Anastasia.

Für einen letzten Augenblick war die Welt vollkommen still.

Dann fielen die Schüsse.

Zunächst einer, plötzlich, unerwartet. Ich zuckte zusammen, riss die Augen auf und stand wie angewurzelt. Etwas später folgte ein zweiter, und schließlich eine ganze Serie von Schüssen, so als würden die Bolschewiki all ihre Gewehre auf einmal abfeuern. Der Lärm war ohrenbetäubend. Ich war wie versteinert. Während die Schüsse krachten, blitzte zur linken Seite der Treppe ein ums andere Mal ein helles Licht auf und erlosch wieder. Mir jagten alle möglichen Erklärungen durch den Kopf, doch keine davon erschien mir plausibel. Das Ganze geschah so unerwartet, dass ich reglos verharrte, unfähig, mich zu bewegen, wobei ich mich fragte, ob ich vielleicht gerade das Ende der Welt erlebte.

Ich brauchte fünfzehn, vielleicht auch zwanzig Sekunden, bis ich wieder atmen konnte, und erst in diesem Moment spürte ich meine Füße wieder und versuchte aufzustehen. Ich musste nachsehen, musste hingehen, musste ihnen helfen. Was immer dort gerade geschehen war. Doch noch bevor ich einen Schritt tun konnte, drang aus den Büschen vor mir lautes Geraschel, und jemand warf sich auf mich, sodass ich flach auf den Boden fiel. Einen Moment lang lag ich benommen da und fragte mich, was um Himmels willen geschehen war. Hatte mich eine Kugel erwischt? War dies der Augenblick meines Todes?

Doch schnell fasste ich mich wieder und krabbelte rückwärts, wobei ich in der Dunkelheit angestrengt zu erkennen versuchte, wer da neben mir lag. Ich starrte und hielt den Atem an.

»Georgi!«, schrie sie.

1918

Es war ein Moment, wie ich ihn mir niemals erträumt hätte. Ich, Georgi Daniilowitsch Jatschmenew, der Sohn eines ehemaligen Leibeigenen, ein Nichts, ein Niemand, hockte zusammengekauert in einem Dickicht in der Dunkelheit einer eisig kalten Jekaterinburger Nacht und hielt in meinen Armen die Frau, die ich liebte: die Großfürstin Anastasia Nikolajewna Romanowa, die jüngste Tochter Seiner Kaiserlichen Majestät, des Zaren Nikolaus II., und seiner Gemahlin, der Zarin Alexandra Fjodorowna Romanowa. Wie war ich hierhergekommen? Welche außergewöhnlichen Umstände hatten mich von den Blockhütten Kaschins in die Umarmung einer von Gott höchstselbst Auserwählten gelangen lassen? Ich schluckte nervös, und mir wurde ganz flau im Magen, als ich zu verstehen versuchte, was geschehen war.

Im Ipatjew-Haus gingen die Lichter an und aus, und aus dem Innern drangen wütendes Gebrüll und manisches Gelächter. Als ich die Augen zusammenkniff, erkannte ich den Anführer der Bolschewiki, wie er an ein Fenster im oberen Stockwerk trat, es öffnete, sich hinauslehnte und seinen Hals auf eine fast schon unanständige Weise vorstreckte. Er ließ den Blick über das sich ihm bietende Panorama schweifen, bis er vor Kälte zitternd das Fenster wieder schloss und verschwand.

»Anastasia«, flüsterte ich, wobei ich sie mit sanftem Druck ein wenig von mir wegschob, damit ich sie besser sehen konnte – während der letzten paar Minuten hatte sie sich auf eine so schmerzhafte Weise an meine Brust gepresst, als wollte sie sich einen Weg bis zu meinem Herzen graben, um sich darin zu verstecken. »Anastasia, meine Liebste, was ist passiert? Wer hat da geschossen? Die Bolschewiken? Oder der Zar? Sprich mit mir. Ist jemand verletzt?«

Sie sagte kein Wort und starrte mich weiterhin an, als wäre ich kein menschliches Wesen, sondern eine Gestalt aus einem Albtraum, ein Phantom, das sich jeden Moment in Luft auflösen konnte. Es war, als erkannte sie mich nicht – sie, die mit mir von Liebe gesprochen, die mir ein Leben voll inniger Zuneigung versprochen hatte. Ich griff nach ihren Händen und ließ sie vor Schreck fast wieder fallen. Wäre sie zu Grabe getragen worden, so hätten ihre Hände nicht kälter sein können. Genau in diesem Moment verlor sie die Fassung und begann heftig zu zittern. Ihrer Kehle entfuhr ein tiefes, heiseres Geräusch, ein gequältes Ächzen, das einem Schrei vorausging. »Anastasia«, wiederholte ich, beunruhigt von ihrem sonderbaren Verhalten. »Ich bin es. Dein Georgi. Erzähl mir, was passiert ist. Wer hat da geschossen? Wo ist dein Vater? Wo ist deine Familie? Was ist passiert?«

Keine Antwort.

»Anastasia!«

Ich spürte, wie mich jenes Grauen beschlich, das einen überkommt, wenn man Kunde von einem Gemetzel erhält. Als Junge hatte ich in Kaschin mitbekommen, wie Bewohner unseres Dorfes dahinsiechten und starben, ausgezehrt von Hunger oder Krankheit. Als Mitglied der Leibgarde hatte ich mit eigenen Augen gesehen, wie Männer in ihren Tod geführt worden waren, manche standhaft und unerschrocken, manche verängstigt. Doch nie zuvor hatte ich jemanden erlebt, der unter einem so tiefen Schock stand wie dem, der den Körper meiner vor mir auf dem Boden liegenden Liebsten erzittern ließ. Sie musste Entsetzliches erlebt haben, doch in meiner jugendlichen Unbedarftheit wusste ich nicht, wie ich ihr am besten helfen konnte.

Die aus dem Haus dringenden Stimmen wurden nun noch lauter, und ich zerrte Anastasia tiefer in den Schutz der Bäume. Obwohl ich mir sicher war, dass man uns da, wo wir lagen, nicht sehen konnte, befürchtete ich, sie könnte plötzlich wieder zur Besinnung kommen und uns verraten, und ich wünschte mir, ich hätte eine Waffe dabei.

Drei Bolschewiki traten durch die hohen roten Türen an der Vorderseite des Hauses ins Freie, zündeten sich ihre Zigaretten an und unterhielten sich mit leiser Stimme. Ich sah jede Menge Streichhölzer aufblitzen und fragte mich, ob die Männer zu nervös waren oder ob der Wind die Flammen immer zu früh erlöschen ließ. Ich war zu weit entfernt, um ihrer Unterhaltung folgen zu können, doch nach einer Weile ließ einer von ihnen, der größte der drei, einen verärgerten Schrei ertönen, und ich hörte, wie die folgenden Worte die nächtliche Stille unterbrachen:

Aber wenn rauskommt, dass sie ...

Das war alles. Fünf einfache Wörter, die mich mein Leben lang begleitet haben.

Ich kniff die Augen zusammen, um die Mienen dieser Männer zu entschlüsseln, und versuchte vergeblich herauszufinden, ob sie vergnügt, aufgeregt, nervös, zerknirscht, schockiert oder mordlustig waren. Ich sah hinab auf Anastasia, die mich noch immer so fest umklammert hielt, dass es mir wehtat; sie schaute im selben Moment zu mir herauf, und als sich unsere Blicke trafen, huschte ein solches Grauen über ihr Gesicht, dass ich befürchtete, sie habe angesichts dessen, was sich in jenem verfluchten Haus zugetragen hat, den Verstand verloren. Als sie den Mund öffnete und tief Luft holte, befürchtete ich, sie würde schreien und so die Soldaten auf uns aufmerksam machen. Schnell legte ich ihr meine Hand auf den Mund, wie ich es zwei Nächte zuvor bei ihrer älteren Schwester getan hatte. Jede Faser meines Wesens begehrte gegen diese entwürdigende Behandlung auf, doch ich ließ meine Hand dort, bis ich schließlich spürte, wie ihr Körper erschlaffte und sich ihre Augen von mir abwandten, als hätte sie den Willen verloren, noch länger zu kämpfen.

»Vergib mir, mein Liebling«, flüsterte ich ihr ins Ohr. »Vergib mir, dass ich so grob zu dir bin. Hab keine Angst, bitte! Sie sind da drüben, aber ich werde dich beschützen. Ich werde auf dich aufpassen. Du musst still sein, Liebste. Sie dürfen uns nicht entdecken. Wir müssen hier warten, bis sie wieder ins Haus gegangen sind.«

Der Mond kam hinter einer Wolke hervor und tauchte Anastasias Gesicht für einen Augenblick in einen bleichen Schimmer. Sie wirkte nun beinahe gelassen, ruhig und heiter, so wie ich es mir in meiner Fantasie immer ausgemalt hatte, wenn ich mir vorgestellt hatte, wie sie in der Stille der Nacht zu mir aufs Zimmer kam. Wie oft hatte ich geträumt, dass ich mich im Bett umdrehen und sie neben mir vorfinden würde, dass ich mich aufsetzen und sie betrachten würde, während sie schlief – das schönste Wesen, das mir in meinen neunzehn Lebensjahren begegnet war! Wie oft war ich in Schweiß gebadet aufgewacht und hatte mich geschämt, während ihr Bild aus meinen Träumen verschwand! Doch ihre Heiterkeit stand in einem solchen Gegensatz zu unserer Situation, dass mir angst und bange wurde. Es schien, als hätte sie wirklich den Verstand verloren. Ich hatte solche Angst, dass sie jeden Moment schreien oder kreischen oder lachen oder durch den Wald laufen und sich dabei die Kleider vom Leib reißen könnte, wäre ich so töricht, sie loszulassen.

Und so drückte ich sie fest an mich, und jung wie ich war, taktlos wie ich war, wollüstig wie ich war, kam ich nicht umhin, das Gefühl ihres so eng an mich gepressten Körpers zu genießen. *Jetzt könnte ich sie haben*, schoss es mir durch den Kopf, und ich verabscheute mich wegen dieser abartigen Anwandlung. Ich war von mir selber angewidert. Aber trotzdem ließ ich sie nicht los.

Ich spähte durch die Bäume und wartete darauf, dass die Soldaten verschwanden.

Und ich ließ sie noch immer nicht los.

Das Einzige, was ich mit Sicherheit wusste, war, dass wir schleunigst verschwinden mussten. Was als ein romantisches Stelldichein von zwei jungen Liebenden geplant gewesen war, hatte eine völlig andere Wendung genommen, und wenn meine Angst weniger offenkundig war als ihre, so war sie dennoch real. Ich hatte erwartet, Anastasia würde mir freudig erregt um den Hals fallen – dasselbe warme, ausgelassene, liebevolle Geschöpf, in das ich mich in einem mondänen Milieu verliebt hatte. Ich hatte erwartet, dass ihr strahlender Glanz kaum gemindert sein würde durch die Zeit, die sie in Jekaterinburg hatte verbringen müssen. Stattdessen war sie nun stumm vor Entsetzen, und das Knallen von Gewehrschüssen war die Musik, die mir in den Ohren klang. Im Ipatjew-Haus musste etwas Entsetzliches geschehen sein, so viel stand fest. Sollten wir entdeckt werden, so würden wir den Morgen vermutlich nicht erleben.

Obwohl die Nacht finster und kalt war, sagte mir mein Instinkt, dass wir uns unverzüglich in Richtung Westen begeben und in einer Scheune oder einem Kohlenschuppen Unterschlupf suchen sollten. Ich zerrte Anastasia auf die Beine – sie schien noch immer nicht gewillt, mich aus ihrem Klammergriff zu entlassen – und fasste ihr mit der linken Hand unters Kinn, um ihren Kopf anzuheben und Blickkontakt zu ihr herzustellen. Ich schaute ihr tief in die Augen und versuchte, sie dazu zu bewegen, sich vollkommen auf meinen Blick zu konzentrieren und mir zu vertrauen, und erst als ich spürte, dass sie mir zuhörte, begann ich zu sprechen.

»Anastasia«, sagte ich leise, aber entschlossen. »Ich weiß nicht, was heute Nacht passiert ist, doch dies ist nicht der Moment, um mir dein Herz auszuschütten. Was immer geschehen ist, es kann nicht mehr rückgängig gemacht werden. Aber eins musst du mir sagen. Nur eine einzige Sache, Liebste. Kannst du das tun?« Sie starrte mich weiterhin an, ohne einen Hinweis, dass sie mich verstanden hatte – ich vertraute einfach darauf, dass es in ihrem Gehirn einen Bereich gab, der nach wie vor aufnahmefähig und ansprechbar war. »Du musst es mir sagen«, fuhr ich fort. »Ich möchte mit dir von hier fortgehen. Jetzt gleich, und ich will dich nicht zu deiner Familie zurückschicken. Anastasia, ist das auch dein Wille? Ist es richtig, wenn ich dich von hier wegbringe?«

Angesichts der Stille, die auf diese Frage folgte, wagte ich kaum zu atmen. Ich packte sie an den Unterarmen und drückte so fest zu, dass sie unter anderen Umständen vermutlich vor Schmerz laut aufgeschrien hätte, doch sie nahm es einfach so hin. Ich beobachtete ihr Gesicht, verzweifelt auf eine wie auch immer geartete Reaktion wartend, und dann – mir fiel ein riesiger Stein vom Herzen – nickte sie kaum wahrnehmbar mit dem Kopf und sah nach Westen, als wollte sie sagen: Ja, lass uns in diese Richtung aufbrechen. Ich wagte zu hoffen, dass die wahre Anastasia irgendwo in diesem eigenartigen Gesichtsausdruck gegenwärtig war, auch wenn es sie zu sehr angestrengt hatte, mir dieses kleine Zeichen zu geben, und sie nun wieder an meiner Brust erschlaffte. Mein Entschluss stand fest.

»Wir brechen sofort auf«, sagte ich zu ihr. »Noch vor Sonnenaufgang. Du musst jetzt stark sein.«

Im Verlauf meines Lebens habe ich oft an diesen Moment gedacht und mir ausgemalt, wie ich mich bücken, sie vom Boden hochheben und in meinen Armen tragen würde, nicht in Sicherheit, aber doch der Sicherheit entgegen. Dies wäre womöglich die heroische Geste gewesen, das Detail, das ein angemessenes Porträt oder einen dramatischen Moment ergeben hätte. Aber das Leben ist kein Heldenepos. Anastasia war ein junges Mädchen von geringem Körpergewicht, doch wie kann ich die Grausamkeit des Wetters beschreiben, die unverschämte *froideur* der Luft, die in unsere ungeschützten Körperpartien biss, auf eine Weise, die an den abscheulichen Kläffer der Kaiserin erinnerte. Es war, als hätte das Blut unter unserer Haut zu fließen aufgehört und sich in Eis verwandelt. Wir mussten laufen, wir mussten in Bewegung bleiben, schon allein, um unsere Blutzirkulation aufrechtzuerhalten.

Ich trug unter meinem Mantel drei Schichten von Bekleidung, und so entledigte ich mich, bevor wir uns auf den Weg machten, der äußeren Schicht, legte sie um Anastasias Schultern und knöpfte das Ganze vorne zu. Während ich uns beide vorantrieb, konzentrierte ich mich hauptsächlich darauf, dass wir einen gewissen Rhythmus beibehielten. Wir wechselten kein Wort, und obwohl mich das eintönige Geräusch meiner Schritte hypnotisierte, sorgte ich dafür, dass wir ein gleichmäßiges Tempo einhielten, damit wir nicht aus dem Tritt gerieten.

Währenddessen spitzte ich die Ohren und achtete auf Anzeichen von Bolschewiki in unserem Rücken. Irgendetwas Schreckliches war in jener Nacht im Haus passiert. Ich wusste nicht was, aber mir schossen alle möglichen Vermutungen durch den Kopf. Das Schlimmste war undenkbar, ein Verbrechen gegen Gott selbst. Aber sollte sich tatsächlich ereignet haben, was ich nicht auszusprechen wagte, so waren Anastasia und ich garantiert nicht die Einzigen, die von Jekaterinburg wegliefen: Soldaten würden uns auf den Fersen sein – würden *ihr* auf den Fersen sein. Und falls sie uns schnappten … Undenkbar! Ich beschleunigte unser Tempo.

Zu meiner Überraschung hielt Anastasia mühelos mit. Tatsächlich ließ sie mich zuweilen sogar hinter sich, als legte sie, trotz ihres Schweigens, noch mehr Wert darauf als ich, dass wir einen möglichst großen Abstand zu ihrem ehemaligen Gefängnis gewannen. Ihr Durchhaltevermögen in jener Nacht war geradezu übermenschlich: Hätte ich ihr vorgeschlagen, den ganzen Weg bis nach St. Petersburg zu laufen, so hätte sie vermutlich eingewilligt und unterwegs kein einziges Mal rasten wollen.

Doch nach zwei oder drei Stunden merkte ich, dass eine Pause unumgänglich war. Mein Körper rebellierte bei jedem Schritt. Wir hatten noch einen weiten Weg vor uns und mussten uns unsere Kräfte gut einteilen. Die Sonne würde bald aufgehen, und ich wollte mich bei Tagesanbruch nicht auf freiem Gelände befinden, doch nichts deutete darauf hin, dass wir verfolgt wurden. Etwa einen knappen Kilometer vor uns konnte ich einen kleinen Viehstall erkennen, und ich beschloss, dort ein paar Stunden zu rasten.

Drinnen stank es bestialisch, doch der Stall war leer. Die Wände machten einen soliden Eindruck, und auf dem Boden lag genug Stroh, um sich halbwegs komfortabel ausruhen zu können.

»Hier werden wir ein wenig schlafen, Liebste«, sagte ich. Anastasia nickte und legte sich anstandslos hin, um dann die Decke anzustarren, noch immer mit diesem gehetzten, leeren Blick. »Du musst nichts sagen«, fügte ich hinzu, wobei ich den Sachverhalt ignorierte, dass sie bis dahin nur ein einziges Wort gesagt hatte, meinen Vornamen, und dass sie nicht die geringsten Anstalten machte, mir zu erzählen, was geschehen war. »Noch nicht. Sieh zu, dass du ein bisschen Schlaf bekommst. Du wirst es brauchen.«

Wieder das kurze Nicken, doch diesmal spürte ich, wie sich ihre Finger etwas fester um die meinen legten, als wollte sie mir signalisieren, dass sie mich verstanden hatte. Ich legte mich neben sie, und als ich mich an sie schmiegte, um ihr Wärme zu spenden, merkte ich, dass ich binnen Sekunden einschlafen würde. Ich versuchte, wach zu bleiben, um auf sie aufzupassen, doch sie dabei zu beobachten, wie sie die Decke unseres Stalls anstarrte, hypnotisierte mich dermaßen, dass ich im Nu von der Müdigkeit übermannt wurde.

Es dauerte drei Tage, bis Anastasia wieder zu sprechen begann.

Am nächsten Morgen bot sich uns eine Mitfahrgelegenheit, ein Fuhrwerk, das in Richtung Ischewsk unterwegs war. Die Fahrt dauerte einen ganzen Tag, doch der Bauer verlangte für diese Gefälligkeit nur ein paar Kopeken und bot uns unterwegs Brot und Wasser an, was wir dankbar annahmen, denn wir hatten beide seit dem vergangenen Nachmittag nichts mehr gegessen. Wir schliefen unruhig, im hinteren Bereich des Vehikels, flach ausgestreckt auf den Holzplanken. Jede Unebenheit der Straße ließ uns aus dem Schlaf aufschrecken, und ich betete, dass diese Folter bald ein Ende haben möge. Jedes Mal, wenn Anastasia aufwachte, bemerkte ich, dass sie einen Moment brauchte, um sich wieder daran zu erinnern, wo sie war und was sie an diesen Ort geführt hatte. Ihre Miene wirkte ein oder zwei Sekunden lang entspannt und völlig unbeschwert, und dann umwölkte sie sich, eine plötzliche Verfinsterung ihres Strahlens, und sie schloss wieder die Augen, als wollte sie, dass der Schlaf – oder etwas Schlimmeres – sie übermannte. Unser Fahrer trieb keine Konversation mit uns und erkannte auch nicht, dass es eine Prinzessin von kaiserlichem Geblüt war, die, Rücken an Rücken, hinter ihm saß. Ich war dankbar für dieses Schweigen, denn angesichts der Situation, in der wir uns befanden, wäre es mir schwer gefallen, Freundlichkeit oder Geselligkeit vorzutäuschen.

In Ischewsk ließen wir uns absetzen und aßen etwas in einem kleinen Café, bevor wir uns zum Bahnhof begaben. Hier herrschte ein regeres Treiben, als ich erwartet hatte, ein Sachverhalt, der mir gefiel, denn so konnten wir problemlos in der Menge untertauchen. Ich hatte befürchtet, an den Eingängen könnten Soldaten postiert sein, die nach uns Ausschau hielten, die nach *ihr* Ausschau hielten, doch dies schien nicht der Fall zu sein. Anastasia hielt den Kopf gesenkt und den Blick auf den Boden gerichtet. Ihr Haar steckte unter einer dunklen Kapuze, sodass sie wie eine der Bauerntöchter aussah, die an uns vorüberhasteten. Ich verfügte noch immer über die Mehrzahl der Rubel, die ich am vorangegangenen Nachmittag gefunden hatte, und beschloss unbekümmert, praktisch doppelt so viel auszugeben, wie eigentlich nötig gewesen wäre, um uns an Bord des Zuges ein Privatabteil zu beschaffen. Ich kaufte zwei Fahrkarten nach Minsk, eine Reise von gut eintausendsechshundert Kilometern. Ein anderes Ziel fiel mir nicht ein. Und ich hatte keine Ahnung, wohin es von dort aus weitergehen sollte.

Es gibt merkwürdige Glücksmomente im Leben, unverhoffte Freuden, und ein solcher Augenblick ergab sich, als wir aus dem Bahnhof fuhren. Der Zugabfertiger ließ seine schrille Pfeife ertönen, die letzten Passagiere wurden lautstark aufgefordert, unverzüglich einzusteigen, und dann begann der Dampf aufzusteigen, als das Triebwerk der Lokomotive ruckartig in Gang kam. Kurz darauf erhöhte der Zug seine Geschwindigkeit, bis er ein ordentliches Tempo erreicht hatte, und als er so gen Westen ratterte, schaute ich zu Anastasia hinüber, auf deren Gesicht mit einem Mal Erleichterung stand. Ich beugte mich zu ihr und nahm ihre Hand. Sie schien von dieser unerwarteten Vertraulichkeit überrascht, als hätte sie vergessen, dass wir gemeinsam den Zug bestiegen hatten, doch dann sah sie mich an und lächelte. Dieses

Lächeln hatte ich seit achtzehn Monaten nicht mehr gesehen, und ich erwiderte es dankbar. Es weckte in mir die Hoffnung, dass sie schon bald wieder ganz die Alte sein würde.

»Frierst du, mein Liebling?«, fragte ich, wobei ich nach oben griff und eine dünne Wolldecke von der Hutablage zog. »Die kannst du dir gegen die Kälte über die Beine legen.«

Sie nahm die Decke dankbar entgegen und drehte dann den Kopf zur Seite, um durch das Fenster die an uns vorüberziehende triste Landschaft zu betrachten. Die Felder. Die Ernte. Die Muschiks. Die Revolutionäre. Einen Moment später wandte sie sich mir wieder zu, und ich hielt voller Erwartung den Atem an. Ihre Lippen öffneten sich. Sie schluckte heftig und öffnete den Mund, um etwas zu sagen. Ich sah, wie der Kehlkopf in ihrem blassen Hals leicht zu zucken begann, als der vom Gehirn entsandte Sprechimpuls ihre Zunge erreichte, doch genau in dem Moment, wo sie sich anschickte, zum ersten Mal ein paar Worte zu artikulieren, wurde die Tür zu unserem Abteil so abrupt aufgerissen, dass ich erschrocken herumfuhr – doch zu meiner großen Erleichterung war es nur der Schaffner.

»Ihre Fahrkarten, bitte«, sagte er, und bevor ich danach griff, sah ich zu Anastasia hinüber, die sich von mir und dem Schaffner abgewandt hatte. Sie schaute wieder zum Fenster hinaus, hielt den Kragen meines Mantels vor ihrem Kinn umklammert und zitterte. Ich streckte die Hand nach ihr aus, unsicher, wo ich sie berühren sollte.

»Duscha«, flüsterte ich, bevor wir unterbrochen wurden.

»Ihre Fahrkarten, bitte«, wiederholte der Schaffner, diesmal etwas nachdrücklicher. Ich drehte mich um und funkelte ihn an, mit einem dermaßen wütenden Gesichtsausdruck, dass er einen halben Schritt zurückwich und mich nervös anschaute. Er öffnete den Mund, um noch etwas zu sagen, doch dann überlegte er es sich anders und sah schweigend zu, wie ich die Fahrkarten langsam aus meiner Tasche zog.

»Sie fahren nach Minsk?«, fragte er, nachdem ich sie ihm überreicht und er sie eingehend gemustert hatte.

»Richtig.«

»Dann müssen Sie in Moskau umsteigen«, erwiderte er. »Das letzte Stück der Reise werden Sie in einem anderen Zug zurücklegen.«

»Ja, ich weiß«, sagte ich, denn ich wollte, dass er uns endlich allein ließ. Ich hatte ihn jedoch offenbar nicht so stark eingeschüchtert, wie ich dachte, denn anstatt mir die Fahrkarten zurückzugeben und uns in Ruhe zu lassen, behielt er sie als Faustpfand für die Befriedigung seiner Neugier in der Hand und musterte Anastasia.

»Ist alles in Ordnung mit ihr?«, fragte er einen Augenblick später.

»Ja, es geht ihr gut.«

»Sie wirkt irgendwie bekümmert.«

»Ihr geht es gut«, wiederholte ich, ohne zu zögern. »Bekomme ich jetzt meine Fahrkarten zurück?«

»Madame?«, sagte er, als hätte er meine Frage nicht gehört. »Madame, reisen Sie in Gesellschaft dieses Herrn hier?«

Anastasia reagierte nicht, sondern schaute weiter zum Fenster hinaus und weigerte sich, die Anwesenheit des Schaffners überhaupt zur Kenntnis zu nehmen. »Madame«, fuhr er fort, in einem barscheren Tonfall. »Madame, ich habe Ihnen eine Frage gestellt.«

Es folgte eine mir endlos vorkommende Pause, und dann drehte sich Anastasia zu ihm um und starrte ihn kühl an, als wäre ihr noch nie eine größere Unverschämtheit geboten worden.

»Madame, können Sie mir bestätigen, dass Sie in Gesellschaft dieses Herrn hier reisen?«

»Natürlich reist sie in meiner Gesellschaft, Sie Idiot!«, blaffte ich ihn an. »Säßen wir sonst zusammen in diesem Abteil? Hätte ich sonst beide Fahrkarten in meiner Tasche?«

»Mein Herr, die junge Dame macht einen bekümmerten Eindruck«, erwiderte er. »Ich möchte sichergehen, dass sie nicht unter Zwang in dieses Abteil gebracht worden ist.«

»Unter Zwang?«, fragte ich und lachte ihm ins Gesicht. »Sind Sie noch ganz bei Trost, Mann? Sie ist einfach müde, das ist alles. Wir sind schon seit Tagen unterwegs und …«

Bevor ich den Satz vollenden konnte, hatte Anastasia eine Hand nach mir ausgestreckt und sie mir auf den Arm gelegt. Ich schaute sie überrascht an und verfolgte, wie sie ihre Hand wieder wegnahm und, nun nicht mehr zitternd, dem Schaffner einen trotzigen Blick zuwarf. Als ich mich nach ihm umdrehte, konnte ich erkennen, wie ihn zwei Dinge aus der Fassung brachten: die Selbstsicherheit, die sie mit einem Mal an den Tag legte, und ihre würdevolle Schönheit.

»Ich bin nicht entführt worden, falls es das ist, worauf sie hinauswollen«, sagte sie, wobei ihre Stimme beim Sprechen ein wenig krächzte, was nicht verwunderlich war, wenn man bedachte, wie lange sie nicht davon Gebrauch gemacht hatte.

»Ich bitte um Verzeihung, Madame«, erwiderte er, ein wenig verlegen. »Darauf wollte ich keineswegs hinaus. Aber Sie sahen so aus, als fühlten Sie sich unbehaglich.«

»Das liegt an diesem unbequemen Zug hier«, sagte sie. »Ich frage mich, warum Ihre Regierung nicht einen Teil ihres Geldes in technische Verbesserungen investiert. Die hat doch genug Geld, oder?«

Ich hielt den Atem an, denn ich war mir nicht sicher, ob es klug war, sich so zu äußern. Schließlich kannten wir diesen Mann nicht. Wir wussten nicht, wessen Befehlen er Folge leistete, wem seine Loyalität gehörte. Anastasia, die es gewohnt war, keinem Mann außer ihrem Vater Rede und

Antwort stehen zu müssen, hatte dank der Impertinenz des Schaffners eindeutig ihre innere Kraft wiedergewonnen. Im Abteil herrschte eine Zeit lang betretenes Schweigen – ich fragte mich, ob er uns noch weiter behelligen würde, und hatte Sorge, dass wir in diesem Fall wirklich in die Bredouille geraten könnten –, doch schließlich gab er mir die Fahrkarten zurück und sah weg.

»Falls Sie Hunger haben, am Ende des Zuges befindet sich ein Speisewagen«, sagte er schroff. »Unser nächster Halt ist Nischni Nowgorod. Ich wünsche Ihnen eine angenehme Reise.«

Daraufhin nickte ich, und er warf einen letzten Blick auf uns – Anastasia sah ihn noch immer herausfordernd an –, bevor er sich wegdrehte, die Abteiltür schloss und uns allein ließ. Mir entfuhr ein gewaltiger Seufzer, wobei meine Brust nach der Anspannung der letzten Minuten förmlich in sich zusammensackte, und dann schaute ich zu Anastasia hinüber, die mich schwach anlächelte.

»Du hast deine Stimme wiedergefunden«, sagte ich.

Sie nickte leicht. »Georgi«, flüsterte sie verzagt.

Ich griff mir ihre Hand.

»Du musst es mir erzählen«, beharrte ich, jedoch ohne sie zu bedrängen, sondern in einem freundlichen, einfühlsamen Tonfall. »Du musst mir erzählen, was geschehen ist.«

»Ja«, sagte sie. »Ich werde es dir erzählen. Dir und niemandem sonst. Aber zuerst musst du mir etwas sagen.«

»Was immer du willst.«

»Liebst du mich?«

»Aber natürlich!«

»Du wirst mich nie verlassen?«

»Nur der Tod könnte uns beide trennen, mein Liebling.«

Ihre Miene erstarrte, und ich wusste sofort, dass ich mich in der Wahl meiner Worte vergriffen hatte. Ich nahm ihre

Hände fest in die meinen und bestürmte sie erneut, mir alles zu erzählen. Mir zu erzählen, was sich in jener Nacht im Ipatjew-Haus zugetragen hatte.

Die Wachen behandelten uns nicht wie Gefangene. Tatsächlich ließen sie uns nach Belieben auf dem Grundstück umherwandern, ja sie erlaubten uns sogar lange Spaziergänge durch die umliegende Landschaft, unter der Bedingung, dass wir hinterher wieder zum Haus zurückkehrten. Natürlich gehorchten wir ihnen. Wo hätten wir denn auch hingehen können? Wir hätten uns nirgends verstecken können, in keinem Dorf und in keiner Stadt in ganz Russland. Sie sagten, in Jekaterinburg seien wir sicher, dass sie uns beschützten, dass sie unseren Aufenthaltsort geheim hielten, da es in Russland viele Leute gäbe, die uns hassten. Sie sagten, viele von denen würden uns am liebsten tot sehen.

Sie waren sogar freundlich zu uns, was mich immer wieder überraschte. Sie sprachen mit uns, als bestimmten sie nicht über unser Leben. Sie verhielten sich so, als wäre es uns anheimgestellt, ob wir blieben oder gingen, und wenn sich jemand von uns nach draußen begab, so stellten sie ihm keine Fragen. Doch die Gewehre an ihren Schultern sprachen eine andere Sprache. Ich fragte mich, wann der Tag kommen würde, an dem ich auf jene Tür zuging und sie die Hand hoben, um mir Einhalt zu gebieten.

Maria erzählte mir, dass du gekommen seist, um mich zu sehen. Anfangs wollte ich es nicht glauben. Es kam mir wie ein Wunder vor. Doch sie schwor hoch und heilig, dass es wahr sei, dass sie dich gesehen und mit dir gesprochen habe. Ich war außer mir vor Freude, doch Mutter erlaubte mir nicht, das Haus zu verlassen. Sie bestand darauf, dass ich mit meinem Unterricht fortfuhr. Natürlich konnte ich ihr nicht sagen, warum ich nach draußen wollte – denn sonst hätte sie mir nie wieder erlaubt, das Haus zu verlassen. Allein die Vorstellung, dass du so nahe warst, machte mich glücklich, ganz besonders, als Maria mir erzählte, du würdest in jener Nacht wiederkommen. Ich konnte es kaum erwarten, Georgi.

Als es dunkel geworden war, schlich ich mich nach unten. Ich konnte die Wachen hören, wie sie sich in einem der Salons im Erdgeschoss unterhielten. Es kam mir merkwürdig vor, dass sie sich dort alle versammelt hatten, denn normalerweise war immer einer von ihnen an der Haustür postiert. Das Grundstück war menschenleer, dennoch bewegte ich mich sehr vorsichtig. Der Kies knirschte unter meinen Füßen, und ich fürchtete schon, entdeckt zu werden. Es mag sich seltsam anhören, Georgi, aber meine Sorge war nicht, dass die Wachen merkten, wo ich hinging, sondern dass Vater und Mutter herausfanden, mit wem ich mich treffen wollte.

Ich ging in die Hocke, als ich am Fenster des Salons vorbeikam, doch etwas ließ mich für einen Augenblick innehalten: Es hörte sich so an, als stritten sie sich. Ich versuchte zu verstehen, was sie sagten, und dann erhob sich eine Stimme über die anderen, und sie verstummten alle und hörten zu, was ihnen diese Stimme zu sagen hatte. Ich maß dem keine besondere Bedeutung bei und ging schnell in Richtung des Zufahrtstors, wobei ich nur an dich denken konnte. Ich sehnte mich nach deiner Umarmung. Ja, ich stellte mir vor, ich träumte, dass du mich von Jekaterinburg wegbringen würdest, dass du meinen Vater von unserer Liebe in Kenntnis setzen würdest, dass er uns umarmen und dich seinen Sohn nennen würde, dass wir beide einfach da weitermachen würden, wo wir in St. Petersburg aufgehört hatten. Maria hatte vielleicht recht. Sie meinte, es sei töricht von mir, zu glauben, du und ich könnten jemals zusammen sein.

Als ich das Tor erreicht hatte, merkte ich, wie kalt es draußen war. Mein Herz sagte mir, ich solle weiterlaufen und dich suchen, dass du mich schon bald in deinen Armen aufwärmen würdest, doch mein Verstand befahl mir, zurück ins Haus zu gehen und mir einen Mantel zu holen. Es hing einer in der Diele, neben der Tür – Tatjanas, glaube ich, aber ich war mir sicher, sie würde ihn nicht vermissen. Ich ging zurück und bemerkte, dass das Zimmer, in dem die Soldaten sich unterhalten hatten, nun leer war. Ich fand das merkwürdig und blieb stehen. Ich bangte, dass mein Wunsch nach einem Mantel womöglich doch noch zu meiner Entdeckung führen würde und rechnete jeden Augenblick damit, dass ein paar Soldaten durch die Tür kämen, um draußen eine Zigarette zu rauchen. Aber es kam niemand. Ich wollte natürlich nicht, dass sie kamen, Georgi, aber andererseits beunruhigte es mich, dass sie es nicht taten.

Einen Augenblick später hörte ich das dumpfe Donnern von Stiefeln auf der Treppe, von vielen Stiefeln. Ich stahl mich durch die Vordertür hinaus und kauerte mich um die Ecke unter einem Fenster nieder. Über mir ging das Licht an, und eine größere Gruppe von Menschen betrat den Raum. Ich konnte die Stimme meines Vaters hören. Er fragte, was das alles zu bedeuten habe, und einer der Soldaten erwiderte, es sei nicht mehr sicher in Jekaterinburg, zum Schutz unserer Familie sei es notwendig, uns unverzüglich an einen anderen Ort zu bringen.

»Aber wohin?«, fragte meine Mutter. »Und hat das nicht Zeit bis nach dem Frühstück?«

»Bitte warten Sie hier«, antwortete der Mann, und dann verließen all die schweren Stiefel wieder den Raum, und nur meine Familie blieb darin zurück.

Ich war hin und her gerissen. Brachte man meine Eltern und meine Geschwister in eine andere Stadt, so sollte ich natürlich bei ihnen sein. Aber du, Georgi, hast auf mich gewartet. Du warst so nahe. Vielleicht konnte ich dich noch einmal treffen und dir erzählen, wo man uns hinbrachte, und dann würdest du uns folgen und dir etwas einfallen lassen, um mich zu befreien. Ich überlegte noch, was ich tun sollte, als ich hörte, wie wieder ein Soldat hereinkam und eine Frage stellte, die ich akustisch nicht verstehen konnte, aber mein Vater antwortete: »Ich weiß es nicht. Ich habe sie heute Abend noch nicht gesehen.« Ich nahm an, dass sie über mich sprachen, dass die Soldaten nach mir suchten, doch ich blieb, wo ich war, und kurz darauf war es wieder still im Zimmer.

Schließlich stand ich auf. Das Fenster lag so hoch, dass man von drinnen nur die obere Hälfte meines Gesichts hätte sehen können. Ich riskierte einen Blick in den Raum, den ich in der Vergangenheit bei so vielen Gelegenheiten gesehen hatte. Er war immer leer gewesen, aber nun standen dort zwei Stühle nahe der Wand. Vater saß auf einem davon, mit Alexei auf dem Schoß. Mein Bruder befand sich im Halbschlaf und döste in Vaters Armen vor sich hin. Mutter saß neben den beiden – sie machte einen besorgten Eindruck und nestelte an der langen Perlenkette, die um ihren Hals hing. Olga, Tatjana und Maria standen hinter ihnen, und ich hatte ein schlechtes Gewissen, weil ich nicht ebenfalls dort war. In diesem Moment sah Maria zum Fenster – womöglich hatte sie meinen Blick gespürt –, und als sie mich erblickte, sagte sie meinen Namen.

»Anastasia.«

Vater und Mutter drehten sich um und schauten in meine Richtung, und für einen kurzen Augenblick trafen sich unsere Blicke. Mutter sah schockiert aus, als fände sie es unerhört, dass ich mich da draußen herumtrieb, doch Vater … er warf mir einen glühenden Blick zu, seine Augen hellwach und entschlossen. Er hob die Hand, Georgi. Er gab mir mit einer Geste zu verstehen, ich solle bleiben, wo ich war. Es kam mir wie ein Befehl vor, wie eine Anordnung des Zaren. Ich öffnete den Mund, um etwas zu sagen, doch bevor ich Worte fand, wurde die Tür aufgestoßen, und meine Familie sah sich ihren Bewachern gegenüber.

Die Soldaten nahmen wortlos in einer Reihe Aufstellung. Dann holte ihr Anführer ein Stück Papier aus seiner Tasche. Er sagte, es tue ihm leid, aber unsere Familie könne nicht gerettet werden, und bevor ich überhaupt verstand, wie er das gemeint hatte, zog er eine Pistole und schoss meinem Vater in den Kopf. Er erschoss den Zaren, Georgi! Meine Mutter bekreuzigte sich, meine Schwestern schrien und umarmten einander, doch sie hatten keine Zeit, um etwas zu sagen oder in Panik zu geraten, denn in diesem Moment zog jeder der Soldaten eine Pistole hervor, und dann schossen sie. Sie knallten sie ab wie Tiere. Sie brachten sie um, einfach so. Und ich schaute dabei zu. Ich sah, wie sie zu Boden sanken. Ich sah, wie ihr Blut floss und wie sie starben.

Und dann wandte ich mich ab – und lief.

Ich erinnere mich nur noch daran, dass ich die Bäume erreichen und dass ich das Haus hinter mir lassen wollte. Ich konzentrierte mich auf das Gehölz, wo du auf mich warten wolltest. Beim Laufen stolperte ich über irgendetwas und fiel hin. Ich fiel hin, und ich landete in deinen Armen.

Ich hatte dich gefunden. Du hattest auf mich gewartet.

Und den Rest ... den Rest kennst du, Georgi.

Es dauerte zwei Tage, bis wir völlig erschöpft in Minsk eintrafen. Wir standen in der Bahnhofshalle, studierten den Fahrplan und die Liste möglicher Reiseziele. Die Vorstellung, noch mehr Zeit in einem Eisenbahnwaggon verbringen zu müssen, behagte uns überhaupt nicht, doch uns blieb keine andere Wahl. In Russland konnten wir nicht bleiben. Dort waren wir unseres Lebens nicht mehr sicher.

»Wo sollen wir hinfahren?«, fragte mich Anastasia, als wir uns die Liste der Städte anschauten, die wir auf dem Schienenweg erreichen konnten. Rom, Madrid, Wien, Genf. Vielleicht Kopenhagen? War nicht einer ihrer Vettern König von Dänemark?

»Wo immer du hinwillst, Anastasia«, erwiderte ich. »Wo immer du dich in Sicherheit fühlst.«

Sie zeigte auf eine der Städte, und ich nickte, angetan von ihrer Wahl, denn allein der Name dieses Ortes weckte in mir romantische Gefühle. »Also dann, auf nach Paris«, verkündete ich.

»Georgi«, sagte sie und griff mich am Arm. »Da wäre noch etwas.«

»Ja?«

»Mein Name. Du darfst mich nicht mehr bei meinem Namen nennen. Wir dürfen nicht riskieren, dass man uns entdeckt. Nach dir werden sie nicht suchen, denn außer Maria wusste niemand von unserer Beziehung, und sie …« Sie hielt inne, sammelte sich kurz und fuhr dann fort. »Von heute an darfst du mich nicht mehr Anastasia nennen.«

»Natürlich«, pflichtete ich ihr bei. »Aber wie soll ich dich dann nennen? Einen besseren Namen als deinen kann ich mir nicht vorstellen.«

Sie senkte einen Moment lang den Kopf und dachte darüber nach. Als sie wieder aufschaute, kam es mir so vor, als wäre sie ein völlig anderer Mensch geworden, eine junge Frau, die sich anschickte, ein neues, einfaches Leben zu beginnen.

»Nenn mich Soja«, sagte sie leise. »*Leben.*«

★

1981

Es ist fast elf Uhr abends, als das Telefon klingelt. Ich sitze in einem Sessel an unserem kleinen Gasofen, einen zugeklappten Roman in den Händen, die Augen geschlossen, aber wach. Das Telefon befindet sich in Reichweite, doch ich nehme nicht sofort ab, sondern gestatte mir einen letzten Moment des Optimismus, bevor ich den Anruf entgegennehme und mich der Nachricht stellen muss. Schließlich strecke ich die Hand aus und greife mir den Hörer.

»Ja bitte?«, sage ich.

»Mr Jatschmenew?«

»Am Apparat.«

»Guten Abend, Mr Jatschmenew«, sagt die Frauenstimme am anderen Ende der Leitung. »Entschuldigen Sie, dass ich so spät noch anrufe.«

»Das macht nichts, Dr. Crawford«, sage ich, denn ich erkenne sie sofort – wer sonst würde mich um diese Uhrzeit anrufen?

»Ich habe leider keine guten Nachrichten für Sie, Mr Jatschmenew«, höre ich sie sagen. »Soja bleibt nicht mehr viel Zeit.«

»Aber Sie haben doch gesagt, es könne noch Wochen dauern«, erwidere ich, denn genau das hatte sie mir heute Nachmittag erklärt. »Sie haben gesagt, im Moment bestehe noch kein Anlass zur Sorge.« Ich bin nicht wütend auf Dr. Crawford, sondern bloß verwirrt. Ein Arzt erzählt dir etwas, du hörst ihm zu, du glaubst ihm. Und du gehst nach Hause.

»Ich weiß«, sagt sie, wobei sie ein wenig zerknirscht klingt. »Und das habe ich heute Nachmittag auch geglaubt, doch der Zustand Ihrer Frau hat sich heute Abend plötzlich verschlechtert, Mr Jatschmenew. Es liegt natürlich ganz bei Ihnen, aber ich denke, Sie sollten jetzt herkommen.«

»Ich werde mich beeilen«, sage ich und lege den Hörer auf.

Zum Glück habe ich noch nicht mein Nachtzeug angezogen, und so brauche ich nicht lange, bis ich Portemonnaie, Hausschlüssel und Mantel geschnappt habe und zur Tür eile. In diesem Moment kommt mir ein Gedanke, der mich innehalten lässt, und ich frage mich, ob das nicht warten kann, doch dann gelange ich zu dem Ergebnis, dass es das nicht kann; ich kehre ins Wohnzimmer zurück, zum Telefon, und rufe meinen Schwiegersohn an, um ihn ins Bild zu setzen.

»Michael ist oben«, lässt Ralph mich wissen, und ich bin froh, dies zu hören, denn ich habe keine andere Möglichkeit, mich mit meinem Enkelsohn in Verbindung zu setzen. »Wir werden in Kürze bei dir sein.«

Draußen auf der Straße brauche ich ein paar Minuten, bis ich ein Taxi entdecke, doch schließlich nähert sich eins. Ich hebe die Hand, und es hält direkt neben mir am Bordstein. Ich öffne die hintere Tür und sage dem Fahrer den Namen des Krankenhauses, noch bevor ich sie wieder geschlossen habe. Er tritt aufs Gaspedal und fährt los. Ich spüre einen kühlen Luftzug im Gesicht und schlage schnell die Tür zu.

Die Straßen sind um diese Uhrzeit ruhiger, als ich es erwartet habe. Gruppen von jungen Männern kommen aus den Pubs; sie haben einander die Arme über die Schulter gelegt und pöbeln sich mit gerecktem Zeigefinger gegenseitig an. Weiter vorn prügeln sich zwei von ihnen, während eine junge Frau versucht, die beiden Streithähne voneinander zu trennen, indem sie sich zwischen sie stellt; ich sehe sie nur kurz, im Vorüberfahren, doch der hasserfüllte Ausdruck auf ihren Gesichtern bestürzt mich.

Das Taxi biegt scharf nach links ab, dann nach rechts, und kurz darauf passieren wir das British Museum. Ich sehe die beiden Löwen, die den Eingang flankieren, und ich kann mich selbst sehen, wie ich dort stehe und kurz zögere, bevor ich zum ersten Mal das Gebäude betrete, am Morgen meines Vorstellungsgesprächs mit Mr Trevors, am selben Morgen, an dem Soja ihre Stelle als Maschinennäherin bei Newsom's antrat. Das ist so lange her, ich war so jung, und das Leben war schwer, und dennoch würde ich jetzt buchstäblich alles geben, um noch einmal dorthin zurückkehren zu können, um zu begreifen, welches Glück mir beschieden war. Meine Jugend und meine Frau zu haben, und unsere Liebe – und unser Leben noch vor uns.

Ich schließe meine Augen und schlucke. Nein, ich werde nicht weinen. Ich weiß, heute Nacht werden mir die Tränen kommen. Aber jetzt noch nicht.

»Ist es hier okay, Sir?«, fragt mich der Taxifahrer, als er am Besuchereingang vorfährt, und ich sage, ja, das sei genau richtig, und stecke ihm den erstbesten Geldschein zu, der mir in die Finger kommt – es ist zu viel, ich weiß, doch es kümmert mich nicht. Ich steige in die kalte Nachtluft hinaus, zögere kurz am Eingang und gehe erst hinein, als ich das Taxi wegfahren höre.

Eine blasse, müde aussehende junge Frau in der Aufnahme teilt mir mit, dass Soja nicht mehr auf der onkologischen Station liegt. Man habe sie in ein Einzelzimmer im dritten Stockwerk verlegt.

»Ihr Akzent«, sage ich. »Sie stammen nicht aus England, stimmt's?«

»Ja«, erwidert sie, wobei sie nur kurz aufblickt, um sich dann gleich wieder ihrem Papierkram zu widmen. Sie will mir offenbar nicht erzählen, wo sie herkommt, aber ich bin mir sicher, sie stammt irgendwo aus Osteuropa. Nicht aus

Russland, so viel steht fest. Aber vielleicht aus Jugoslawien. Oder aus Rumänien. Aus einem dieser Länder.

Ich betrete den Fahrstuhl und drücke auf den mit »3« beschrifteten Knopf. Auch wenn der Anruf nicht allzu explizit gewesen ist, weiß ich, was es bedeutet, wenn jemand in diesem Stadium einer Krankheit in ein Einzelzimmer verlegt wird. Ich bin froh, dass der Fahrstuhl leer ist. So kann ich ungestört meine Gedanken ordnen und mich sammeln. Aber nur kurz, denn schon stehe ich auf dem langen, weißen Flur, an dessen Ende das Schwesternzimmer liegt. Als ich langsam darauf zugehe, vernehme ich die Stimmen eines jungen Mannes und einer älteren Frau, die sich drinnen unterhalten. Er erzählt von einem Bewerbungsgespräch, das ihm bevorstehe und bei dem es offenbar um seine Beförderung im Krankenhaus gehen soll. Er hält inne, als er mich in der Tür stehen sieht, und verzieht angesichts dieser Störung verärgert das Gesicht, bevor ich auch nur ein Wort sagen kann. Womöglich hält er mich für einen der älteren Patienten aus einer der vielen Abteilungen, die von diesem Flur abzweigen wie die Arme eines Kraken. Vielleicht denkt er, dass ich mich verlaufen habe, dass ich nicht einschlafen kann oder ins Bett gemacht habe. Was natürlich lächerlich ist. Ich bin vollständig angezogen. Ich bin einfach nur alt.

»Mr Jatschmenew«, sagt eine Stimme in seinem Rücken. Es ist Dr. Crawford, die jetzt nach einem Klemmbrett greift, an dem sich ein ganzer Stapel von Krankenblättern befindet. »Sie haben es aber schnell hierher geschafft.«

»Ja«, sage ich. »Wo ist Soja? Wo ist meine Frau?«

»Sie ist gleich da drüben«, erwidert sie und nimmt mich beim Arm. Ich weise ihre Hand zurück, vielleicht etwas heftiger als nötig. Aber ich bin nicht krank, und ich möchte auch nicht so behandelt werden. »Verzeihung«, sagt sie leise, und dann führt sie mich an ein paar Türen vorbei, hinter denen sich ... ja, wer befindet sich dort? Die Toten und die Sterbenden und die Trauernden – drei Zustände, die ich binnen Kurzem alle selber kennenlernen werde.

»Was ist passiert?«, frage ich. »Ich meine, heute Abend. Nachdem ich gegangen bin. Wieso hat sich ihr Zustand so schnell verschlechtert?«

»Es kam völlig unerwartet«, sagt sie. »Aber das ist, ehrlich gesagt, nichts Ungewöhnliches. Die letzten Stadien sind leider nicht vorhersehbar. Einem Patienten kann es wochenlang, manchmal sogar monatelang, relativ gut gehen, also nicht besser, aber auch nicht schlechter, und dann kann sich sein Zustand von einem Tag auf den andern rapide verschlechtern. Wir haben Ihre Frau von der Station in dieses Zimmer verlegt, denn dort sind Sie beide ungestört.«

»Aber ihr Zustand ...« Ich halte inne; ich will mir nichts vormachen, muss die Frage aber trotzdem stellen. »Ihr Zustand könnte sich doch auch wieder verbessern, oder? Ich meine, so schnell, wie er sich verschlimmert hat. Ist das möglich?«

Dr. Crawford bleibt vor einer geschlossenen Tür stehen und schenkt mir ihr angedeutetes Lächeln, wobei sie mir mit der Hand über den Arm streicht. »Nein, leider nicht, Mr Jatschmenew«, sagt sie. »Ich denke, Sie sollten sich darauf konzentrieren, die Zeit, die Ihnen beiden noch bleibt, gemeinsam zu verbringen. Sie werden sehen, dass Soja noch immer an einen Herzmonitor angeschlossen ist und über eine Magensonde ernährt wird, doch auf weitere Apparate haben wir verzichtet. Wir finden, so ist es angenehmer. Es gibt dem Patienten mehr Würde.«

Ich lächle nun, ja, ich lache beinahe. Als ob sie oder irgendjemand sonst ermessen könnte, wie viel Würde Soja hat. »Meine Frau wurde mit Würde großgezogen. Sie ist die Tochter des letzten Zaren von Russland, des ermordeten

Nikolaus II., die Urenkelin von Alexander II., dem ›Befreierzar‹, der die Leibeigenschaft aufgehoben hat. Sie ist die Mutter von Arina Georgijewna Jatschmenew. Es gibt nichts, was Sie tun könnten, um ihr ihre Würde zu nehmen.«

Das möchte ich sagen, tue es aber natürlich nicht.

»Ich bin im Schwesternzimmer, falls Sie mich brauchen sollten«, lässt mich Dr. Crawford wissen und öffnet mir die Tür. »Kommen Sie, wann immer Sie wollen.«

»Danke«, sage ich, und sie macht kehrt und lässt mich vor der Tür allein. Ich stoße sie auf.

Ich schaue hinein.

Ich trete ein.

»Aber sind wir dort auch sicher?«, fragte ich sie, draußen vor dem Café in Hamina, an der Südostküste Finnlands, als wir in die Ferne schauten, in Richtung der Inseln vor der Wiborger Bucht, in Richtung St. Petersburg. Natürlich hatte Soja dies von Anfang an im Sinn gehabt. Es sollte unser letzter gemeinsamer Urlaub sein. Sie war diejenige gewesen, die Finnland ausgesucht hatte, die vorgeschlagen hatte, dass wir weiter nach Osten reisen sollten, als wir ursprünglich geplant hatten, die darauf bestanden hatte, dass wir diese letzte Reise gemeinsam unternahmen.

»Natürlich sind wir dort sicher«, erwiderte sie, und ich sagte nachgebend, wenn dies ihr Wunsch sei, so würden wir hinfahren. Wir würden heimkehren nach St. Petersburg. Nicht für lange. Allenfalls für ein paar Tage. Nur, um es uns anzuschauen. Nur, um noch einmal dort zu sein, ein allerletztes Mal.

Wir kamen in einem Hotel nahe der St. Isaakskathedrale unter. Nachdem wir dort am Spätnachmittag eingetroffen waren, setzten wir uns ans Fenster, zwei große Becher mit Kaffee vor uns, und schauten auf den Platz hinaus. Wir sprachen kaum ein Wort, so sehr bewegte es uns, dass wir wieder zurück waren.

»Es ist unfassbar, nicht wahr?«, fragte sie schließlich und sah kopfschüttelnd auf die vielen Menschen, die draußen durch die Straßen wuselten und aufpassen mussten, dass sie von den ziemlich rücksichtslos durch die Straßen rasenden Autos nicht überfahren wurden. »Hast du jemals gedacht, du würdest wieder hierher zurückkehren?«

»Nein«, sagte ich. »Nein. Das habe ich nie. Du vielleicht?«

»Ja natürlich«, sagte sie schnell. »Ich habe immer gewusst, dass wir eines Tages zurückkehren würden. Ich habe gewusst, dass es jetzt so weit ist, an meinem Lebensende ...«

»Soja ...«

»Oh, bitte verzeih mir, Georgi«, sagte sie, wobei sie mich zärtlich anlächelte und ihre Hand nach mir ausstreckte, um sie dann auf meine zu legen. »Ich möchte nicht morbide erscheinen. Ich hätte sagen sollen, dass ich gewusst habe, ich würde erst als alte Frau hierher zurückkehren, das ist alles. Keine Bange, mir bleiben noch mindestens zwei gute Jahre.«

Ich nickte. Ich war noch immer dabei, mich an Sojas Krankheit zu gewöhnen, an den Gedanken, sie zu verlieren. In Wahrheit sah sie so gesund aus, dass man kaum glauben mochte, dass mit ihr etwas nicht stimmte. Sie sah so schön aus wie an jenem ersten Abend, als ich sie mit ihren Schwestern und Anna Wyrubowa an dem Kastanienstand am Ufer der Newa gesehen hatte.

»Ich wünschte, wir hätten Arina hierher mitgenommen«, sagte sie, was mich ein wenig überraschte, denn sie sprach nur selten von unserer Tochter. »Das wäre schon was gewesen. Ich meine, ihr zu zeigen, wo sie herkommt.«

»Oder Michael«, sagte ich.

Sie kniff die Augen zusammen und wirkte eher skeptisch.

»Vielleicht«, sagte sie und dachte kurz darüber nach. »Womöglich wäre es selbst heute noch für ihn gefährlich.«

Ich nickte und sah nun ebenfalls nach draußen. Es war Nacht, aber noch immer nicht dunkel. Wir hatten es beide vergessen, aber plötzlich erinnerten wir uns wieder.

»Die Weißen Nächte«, sagten wir unisono und brachen in Gelächter aus.

»Unglaublich«, sagte ich. »Wie konnten wir das vergessen?«

»Georgi, lass uns noch ein bisschen spazieren gehen«, sagte sie unternehmungslustig. »Was meinst du?«

»Es ist schon spät«, erwiderte ich. »Draußen mag es hell sein, aber du solltest zusehen, dass du ein wenig Schlaf bekommst. Wir können doch morgen Vormittag einen Stadtbummel machen.«

»Nein, noch heute Nacht«, bat sie mich flehentlich. »Nur ganz kurz. Oh, bitte, Georgi! Am Flussufer entlangzuspazieren in einer Nacht wie dieser … wir können doch nicht so weit gereist sein und dann darauf verzichten.«

Ich gab nach, natürlich. Ich hätte ihr ohnehin jeden Wunsch erfüllt. »In Ordnung«, sagte ich. »Aber wir müssen uns warm anziehen. Und wir sollten nicht allzu lange draußen bleiben.«

Binnen einer Stunde verließen wir das Hotel in Richtung Flussufer. Dort schlenderten Hunderte von Menschen entlang, Arm in Arm, die helle Nacht genießend – es war ein gutes Gefühl, mit ihnen eins zu sein. Wir machten Halt, um das Standbild des Bronzenen Reiters im Alexandergarten zu betrachten, und schauten zu, wie sich die Touristen davor fotografieren ließen. Beim Gehen wechselten wir kaum ein Wort, wir wussten, wohin uns unsere Füße tragen würden, wollten den Augenblick aber nicht kaputtmachen, indem wir davon sprachen, bevor wir dort angekommen waren.

Als wir die Admiralität passiert hatten, bogen wir nach rechts ab und sahen uns kurz darauf dem Generalstabsgebäude gegenüber, das den Palaisplatz umgab. Vor uns erhob sich die Alexandersäule, und dahinter stand, so strahlend und mächtig, wie ich es in Erinnerung hatte – das Winterpalais.

»Ich muss an die Nacht denken, als ich hier angekommen bin«, sagte ich leise. »Ich kann mich so deutlich daran erinnern, wie ich an dieser Säule vorbeigekommen bin, als wäre es erst gestern gewesen. Die Soldaten, die mich begleitet hatten, setzten mich an der Seite des Palastes ab, und Graf Tscharnetzki beäugte mich, als wäre ich etwas, das er an seinem Stiefelabsatz entdeckt hatte.«

»Er war ein alter Brummbär«, sagte Soja lächelnd.

»Ja. Und dann wurde ich nach drinnen geführt, um deinem Vater vorgestellt zu werden.« Ich schüttelte den Kopf und seufzte tief, bemüht, mich von meinen Erinnerungen nicht überwältigen zu lassen. »Das liegt mehr als sechzig Jahre zurück«, sagte ich kopfschüttelnd. »Es ist unglaublich!«

»Los, komm«, sagte sie und führte mich auf den Palast zu. Vorsichtig folgte ich ihr. Sie war verstummt. Ihr Kopf war zweifellos von noch mehr Erinnerungen an diesen Ort erfüllt, als der meine – denn dies war schließlich der Ort, an dem sie aufgewachsen war. Hinter diesen Mauern hatten sie und ihre Geschwister ihre Kindheit verbracht.

»Der Palast dürfte um diese Uhrzeit geschlossen sein«, sagte ich. »Morgen vielleicht, falls du reingehen möchtest …«

»Nein«, sagte sie schnell. »Nein, das möchte ich nicht. Das hier reicht mir vollkommen. Schau, Georgi, erinnerst du dich noch?«

Wir standen in dem kleinen Geviert zwischen der Haupteinfahrt und den Türen, und uns umgaben die zwölf Kolonnaden, wo damals der Reiter so schnell vorübergaloppiert war, dass sie mir erschrocken in die Arme gefallen war. Es war die Stelle, wo wir uns zum ersten Mal geküsst hatten.

»Und bis dahin hatten wir noch kein einziges Wort gewechselt«, sagte ich und musste schmunzeln, als ich mich daran erinnerte.

Soja beugte sich vor und umarmte mich erneut, stand vor mir, an derselben Stelle, wo wir damals, vor all diesen Jahren, gestanden hatten. Als wir uns diesmal voneinander lösten, fiel uns das Sprechen schwer. Ich spürte, wie mich meine Gefühle erneut zu übermannen drohten, und zweifelte einen Moment, ob es tatsächlich eine gute Idee gewesen war, hierherzukommen. Ich sah zurück auf den Platz und holte mein Taschentuch hervor, um mir damit die Augenwinkel abzutupfen, fest entschlossen, die Fassung zu bewahren.

»Soja«, sagte ich und drehte mich zu ihr hin, doch sie stand nicht mehr neben mir. Ich blickte besorgt um mich, und es dauerte nicht lange, bis ich sie entdeckt hatte. Sie war in den Garten geschlüpft, der sich zwischen uns und der Palasttür befand, und saß nun auf der Umrandung des Springbrunnens. Ich beobachtete sie und dachte daran, wie ich sie schon einmal dort sitzen gesehen hatte, ihr Gesicht im Profil, und in diesem Moment wandte sie mir den Kopf zu und lächelte mich an.

Als wäre sie wieder das Mädchen von damals.

Wir gingen langsam am Ufer der Newa entlang zum Hotel zurück.

»Die Palaisbrücke«, sagte Soja und deutete auf das beeindruckende Bauwerk, das sich von der Eremitage bis hinüber zur Wassiljewinsel erstreckte. »Sie haben sie fertiggestellt.«

Ich lachte laut auf. »Ja, endlich«, sagte ich. »All die Jahre, wo das Ganze nur ein mitleiderregender Torso war. Zuerst konnten sie die Brücke nicht vollenden, weil sie sonst deine Nachtruhe gestört hätten, und dann ...«

»Der Krieg«, sagte Soja.

»Ja, der Krieg.«

Wir hielten an und betrachteten die Brücke mit einigem Stolz. Es war schön, dass sie schließlich doch noch fertig geworden war. »Entschuldigung«, sagte eine Stimme zu meiner Rechten, und als wir uns umdrehten, erblickten wir einen älteren Mann, der einen schweren Mantel und einen Schal trug. »Aber haben Sie vielleicht Feuer für mich?«

»Tut mir leid«, sagte ich, wobei ich einen Blick auf die unangezündete Zigarette warf, die er mir entgegenhielt, »aber ich rauche nicht.«

»Hier«, sagte Soja, nachdem sie in ihre Tasche gegriffen und eine Schachtel Streichhölzer hervorgekramt hatte; sie rauchte ebenfalls nicht, und es überraschte mich, dass sie so etwas bei sich hatte, doch der Inhalt der Handtasche meiner Frau war mir schon immer ein unergründliches Rätsel.

»Danke«, sagte der Mann und nahm sich die Schachtel. Als ich ihm über die Schulter sah, bemerkte ich, wie seine Begleiterin – seine Frau, nahm ich an – Soja anstarrte. Die beiden waren etwa im gleichen Alter, aber die Jahre hatten ihrer Schönheit genauso wenig anhaben können wie der meiner Frau. Tatsächlich wurden ihre feinen Gesichtszüge lediglich von einer Narbe auf ihrer linken Wange beeinträchtigt, die ein Stück unterhalb des Backenknochens endete. Der Mann, ein gut aussehender Typ mit dichtem weißem Haar, zündete seine Zigarette an, lächelte und bedankte sich bei uns.

»Na, dann noch einen schönen Abend«, sagte er und nickte.

»Danke, gleichfalls«, erwiderte ich.

Er wandte sich zum Gehen und fasste nach der Hand seiner Frau, doch diese schaute Soja nun mit einem heiteren Gesichtsausdruck an. Keiner von uns sagte etwas, doch schließlich verneigte sich die Frau vor ihr.

»Darf ich um Euren Segen bitten?«, fragte sie.

»Meinen Segen?«, fragte Soja, wobei ihr die Worte beinahe im Hals stecken blieben.

»Bitte, Euer Hoheit.«

»Nun, hier haben Sie ihn«, sagte Soja. »Und was immer er wert ist, er möge Ihnen Frieden bringen.«

Es ist bereits hell, mitten am Vormittag, und das Wohnzimmer wirkt kalt und abweisend, als ich in meine Wohnung zurückkehre. Ich bleibe für einen Moment stehen, blicke flüchtig auf den Tisch, den Herd, die Sessel, das Schlafzimmer, auf diese kleine Wohnung, in der meine Frau und ich den Großteil unseres Lebens verbracht haben. Ich zögere. Ich bin mir nicht sicher, ob ich weitergehen kann.

»Du musst nicht hierher zurück«, sagt Michael, der hinter mir durch die Tür tritt und nun ebenfalls zögert. »Es wäre vielleicht eine gute Idee, wenn du heute zu mir und Dad kommst, meinst du nicht auch?«

»Ja, das werde ich«, sage ich, wobei ich den Kopf schüttle und ein oder zwei Schritte in den Raum mache. »Später. Am Abend vielleicht. Aber jetzt noch nicht, wenn du nichts dagegen hast. Ich denke, ich möchte hier sein. Es ist schließlich mein Zuhause. Wenn ich jetzt nicht hineingehe, werde ich es nie tun.«

Er nickt und schließt die Tür, und dann begeben wir uns beide in die Mitte des Raums, ziehen unsere Mäntel aus und legen sie auf einem Sessel ab.

»Tee?«, fragt er und füllt bereits den Wasserkessel. Ich lächle und nicke. Michael ist so englisch.

Er lehnt sich gegen die Spüle, während er darauf wartet, dass das Wasser zu kochen beginnt, und ich setze mich in meinen Sessel und lächle ihn an. Er trägt ein T-Shirt mit einem witzigen Aufdruck an der Vorderseite; ich mag das – er ist gar nicht erst auf den Gedanken gekommen, sich etwas förmlicher anzuziehen.

»Danke, übrigens«, sage ich zu ihm.

»Wofür?«

»Dass du letzte Nacht ins Krankenhaus gekommen bist. Du und dein Vater. Ich weiß nicht, wie ich diese Nacht ohne euch beide durchgestanden hätte.«

Er zuckt die Achseln, und ich fürchte, dass er gleich wieder zu weinen beginnt; im Verlauf der Nacht ist er drei- oder viermal in Tränen ausgebrochen. Einmal, als ich ihm mitteilte, dass seine Großmutter gestorben sei. Einmal, als er hereinkam, um einen letzten Blick auf sie zu werfen. Einmal, als ich ihn in meine Arme nahm.

Er nickt und wischt sich die Augen trocken. Dann hängt er Teebeutel in die Tassen, gießt kochendes Wasser darüber und drückt sie mit einem Teelöffel gegen die Tassenwand, anstatt eine richtige Kanne aufzubrühen – wäre seine Großmutter da, so würde sie ihm jetzt die Leviten lesen.

»Du musst dich nicht sofort entscheiden«, sagt er, als er mir gegenüber Platz nimmt und die Tassen abstellt. »Aber du weißt, dass du zu uns kommen kannst, nicht wahr? Ich meine, dass du bei uns wohnen kannst. Dad ist sicher einverstanden.«

»Ich weiß«, sage ich und lächle ihn an. »Und ich bin euch beiden auch sehr dankbar dafür. Aber ich denke, nein. Ich bin noch ziemlich gut beieinander, oder? Ich komme allein klar. Du wirst mich aber besuchen kommen, nicht wahr?«, frage ich nervös und bin mir zugleich nicht sicher, warum ich ihn dies frage, denn ich kenne die Antwort bereits.

»Natürlich werde ich das«, sagt er und reißt dabei seine Augen weit auf. »Bei Gott! Jeden Tag, wenn ich es einrichten kann.«

»Michael, wenn du hier jeden Tag aufkreuzt, werde ich dir nicht die Tür aufmachen!«, erwidere ich. »Du musst dich um dein eigenes Leben kümmern.«

»Also dann zweimal die Woche«, sagt er.

»Na schön«, sage ich, denn ich habe keine Lust, lange mit ihm herumzufeilschen.

»Du weißt, dass mein Stück demnächst anläuft, oder? Heute in zwei Wochen. Du kommst doch zur Premiere, nicht wahr?«

»Ich werde es versuchen«, sage ich, denn ich bin mir nicht sicher, ob ich wirklich ohne Soja an meiner Seite dort hingehen möchte. Ohne Anastasia. Ich sehe den enttäuschten Ausdruck auf seinem Gesicht und lächle ihn an, um ihn zu beruhigen. »Ich werde tun, was ich kann«, sage ich. »Das verspreche ich dir.«

»Danke.«

Wir sitzen noch eine Weile zusammen und reden, und dann sage ich ihm, dass er nun nach Hause gehen soll, dass er müde sein müsse, da er die ganze Nacht auf gewesen sei.

»Aber nur, wenn du dir sicher bist, dass du mich nicht mehr brauchst«, sagt er, wobei er sich erhebt, sich reckt und laut gähnt. »Ich meine, ich könnte auch hier schlafen, wenn du willst.«

»Nein, nein«, sage ich. »Es ist Zeit, dass du nach Hause gehst. Wir sollten uns beide ein bisschen aufs Ohr legen. Und ich glaube, ich wäre jetzt ganz gern ein wenig allein, wenn es dir nichts ausmacht.«

»Okay«, sagt er und zieht sich seinen Mantel an. »Ich schaue heute Abend wieder bei dir vorbei, um zu sehen, wie du so zurechtkommst. Es müssen noch ...«, er hält inne, beschließt aber, es einfach zu sagen. »Du weißt, es müssen bestimmte Vorbereitungen getroffen werden.«

»Ich weiß«, sage ich, als ich ihn zur Tür begleite. »Aber

darüber können wir uns später noch unterhalten. Ich sehe dich heute Abend.«

»Also dann bis später, Pops«, sagt er, wobei er sich vorbeugt und mich auf die Wange küsst. Dann umarmt er mich, dreht sich aber gleich von mir weg, damit ich die Trauer nicht sehe, die ihm ins Gesicht geschrieben steht. Ich schaue ihm dabei zu, wie er die Stufen zur Straße hinaufstürmt, seine langen, kräftigen Beine, die ihn überall hintragen werden, wohin er will. Noch einmal so jung sein dürfen! Ich schaue ihm nach und frage mich, wie er es immer schafft, genau in dem Moment aufzubrechen, in dem ein Bus auftaucht, als wollte er nicht eine Sekunde seines Lebens damit vergeuden, wartend an einer Straßenecke herumzustehen. Er springt hinten auf den Bus auf und hebt eine Hand, als er sich zu mir umdreht – der ungekrönte Kaiser und Selbstherrscher von ganz Russland winkt seinem Großvater von der hinteren Plattform eines die Straße hinuntersausenden Londoner Doppeldeckers zu, während sich ihm der Schaffner nähert, um das Fahrgeld zu kassieren.

Ich komme nicht umhin zu lachen. Ich mache die Tür hinter mir zu und setze mich wieder. Als ich mir das Ganze noch einmal vergegenwärtige, finde ich es tatsächlich so komisch, dass ich erneut lachen muss. Ich lache, bis es in ein Weinen übergeht.

Und als mir die Tränen kommen, denke ich, *ach …*

So ist das also, wenn man allein ist.

Deutsche Erstausgabe
2. Auflage 2010
© by Arche Literatur Verlag AG, Zürich–Hamburg, 2010
Alle Rechte vorbehalten
Die Originalausgabe erschien 2009
unter dem Titel *The House of Special Purpose*
bei Doubleday, London
Copyright © John Boyne 2009
Aus dem Englischen von Fritz Schneider
Umschlag: Kathrin Steigerwald, Hamburg
Umschlagmotiv: © Art Wolf / getty images
Satz: Greiner & Reichel, Köln
Druck und Bindung: GGP Media GmbH, Pößneck
Printed in Germany 2010
ISBN 978-3-7160-2642-7

www.zurbesonderenverwendung.de

www.arche-verlag.com